Stephen King

FEUERKIND

Roman

Aus dem Amerikanischen übertragen
von Harro Christensen

BASTEI LÜBBE TASCHENBUCH
Band 26071

Vollständige Taschenbuchausgabe

Bastei Lübbe Taschenbücher ist ein Imprint
der Verlagsgruppe Lübbe

Titel der englischen Originalausgabe: Firestater
Copyright © 1984 by Verlagsgruppe Lübbe GmbH & Co. KG,
Bergisch Gladbach
Umschlaggestaltung: MARTINEZ ProduktionsAgentur, Köln
Titelbild: Archiv MARTINEZ
Satz: hanseatenSatz-bremen, Bremen
Druck und Verarbeitung: Brodard & Taupin, La Fleche
Printed in France
ISBN 3-404-26071-6

Sie finden uns im Internet unter
http://www.luebbe.de

Der Preis dieses Bandes versteht sich einschließlich
der gesetzlichen Mehrwertsteuer.

New York/Albany

1

»Daddy, ich bin müde«, sagte das kleine Mädchen in der roten Hose und der grünen Bluse gereizt. »Können wir nicht stehenbleiben?«

»Noch nicht, Honey.«

Der Mann war groß und breitschultrig und trug eine schäbige Cordjacke mit abgewetzten Ärmeln und eine braune Hose aus grobem Stoff. Er und das kleine Mädchen gingen Hand in Hand die Third Avenue in New York City hinauf. Sie gingen schnell. Fast liefen sie. Er schaute über die Schulter zurück, und der grüne Wagen war immer noch da und schlich langsam auf der rechten Spur dahin.

»Bitte, Daddy, *bitte*.«

Er schaute sie an und sah, wie blaß ihr Gesicht war. Sie hatte dunkle Ringe unter den Augen. Er nahm sie hoch und ließ sie in seiner Armbeuge sitzen, aber er wußte nicht, wie lange er das noch schaffte. Auch er war müde, und Charlie war kein Leichtgewicht mehr.

Es war fünf Uhr dreißig nachmittags, und die Third Avenue war verstopft. Sie passierten die Querstraßen in den oberen Sechzigern, und diese Querstraßen waren dunkler und weniger belebt . . . Aber gerade das fürchtete er.

Sie rempelten eine Dame an, die einen Einkaufswagen mit Lebensmitteln schob. »Passen Sie doch auf«, sagte sie, und dann war sie verschwunden, aufgesogen von der hastenden Menge.

Sein Arm ermüdete, und er verlagerte Charlies Gewicht auf den anderen. Noch einmal schaute er sich kurz um, und der grüne Wagen war immer noch da. Er verfolgte sie und war nur noch einen halben Block hinter ihnen. Auf dem Vordersitz

saßen zwei Männer, und er meinte, auf dem Rücksitz einen dritten ausgemacht zu haben.
Was soll ich jetzt tun?
Darauf wußte er keine Antwort. Er war müde und hatte Angst und konnte kaum noch denken. Sie hatten ihn zu einer ungünstigen Zeit erwischt, und die Schweine wußten das wahrscheinlich. Er wollte jetzt nur eins: sich auf die dreckige Bordsteinkante setzen und seine Verzweiflung und seine Angst herausschreien. Aber das war keine Lösung. Schließlich war er der Erwachsene. Er mußte für sie beide denken.
Was sollen wir jetzt tun?
Kein Geld. Das war, von den Männern im grünen Wagen abgesehen, vielleicht das größte Problem. Ohne Geld war in New York nichts zu machen. Leute ohne Geld verschwanden ganz einfach von der Bildfläche; sie tauchten in den Gassen unter und wurden nie mehr gesehen.
Wieder schaute er sich um und sah, daß der grüne Wagen aufgerückt war, und der Schweiß lief ihm noch ein wenig schneller den Rücken und die Arme hinunter. Wenn sie so viel wußten, wie er vermutete – nämlich wie wenig ihm von seinen außergewöhnlichen Kräften noch verblieben war – könnten sie vielleicht versuchen, ihn gleich hier zu greifen. Selbst die vielen Leute würden sie davon nicht abhalten. Wenn man in New York nicht selbst betroffen war, entwickelt man eben diese eigenartige Gleichgültigkeit. Haben sie meine sämtlichen Daten? überlegte Andy verzweifelt. Wenn ja, dann ist alles gelaufen; dann saß er in der Falle. Wenn sie die Daten hatten, dann kannten sie auch das ganze Muster. Wenn Andy Geld bekam, passierten die seltsamen Dinge für eine Weile nicht mehr. Die Dinge, an denen sie so brennend interessiert waren.
Weitergehen. Klar, Chef. Gewiß doch, Chef. Wohin?
Er war mittags zur Bank gegangen, denn sein inneres Radar hatte ihn alarmiert – diese komische Ahnung, daß sie schon wieder näher gekommen waren. Und war das nicht eigenartig? Andrew McGee hatte bei der Chemical Allied Bank von New York kein Konto mehr, kein persönliches, kein Giro-, kein Sparkonto. Alle Konten hatten sich in Luft aufgelöst. Und nun wußte er, daß sie diesmal wirklich Ernst machten. War das Ganze tatsächlich erst fünfeinhalb Stunden her?

Aber vielleicht war ihm von seinen Fähigkeiten ein kleiner Rest geblieben. Nur ein winziger Rest. Das letzte Mal lag fast eine Woche zurück – da war dieser Selbstmordkandidat aus der von ihm geleiteten Selbsterfahrungsgruppe, der an einem der regelmäßig am Donnerstagabend stattfindenden Beratungsgespräche teilgenommen hatte und dann mit geradezu gespenstischer Gelassenheit über Hemingways Selbstmord referiert und sich dafür begeistert hatte. Und auf dem Weg nach draußen hatte Andy wie beiläufig den Arm um die Schultern des Selbstmordkandidaten gelegt und ihn psychisch beeinflußt. Hatte sich das wirklich gelohnt? Denn jetzt sah es so aus, als ob er und Charlie dafür büßen müßten. Fast hoffte er, daß ein Echo . . .

Aber nein. Entsetzt und von sich selbst angewidert, gab er den Gedanken sofort auf. Das durfte man *niemandem* wünschen.

Nur ein kleiner Rest, betete er. Lieber Gott, nur ein kleiner Rest. Nur genug, Charlie und mich aus dieser Klemme zu retten.

Und wie ich dafür büßen werde . . . ganz abgesehen davon, daß ich einen Monat lang so tot sein werde wie ein Radio mit einer geplatzten Röhre. Vielleicht sogar sechs Wochen lang. Vielleicht sogar wirklich tot, und mein nutzloses Gehirn wird mir aus den Ohren hinausrinnen. Aber was soll dann aus Charlie werden?

Vor ihnen lag die 70. Straße, und die Ampeln zeigten auf Rot. Der Querverkehr strömte vorbei, und an der Ecke stauten sich die Passanten. Und plötzlich wußte er, daß dies genau die Stelle war, wo die Männer aus dem grünen Wagen sie erwischen würden. Wenn möglich, natürlich lebendig, aber wenn sie Ärger befürchteten . . . über Charlie wußten sie wahrscheinlich ebenfalls genau Bescheid.

Vielleicht sind sie gar nicht mehr daran interessiert, uns lebend zu erwischen. Was macht man mit einer Gleichung, die nicht stimmt? Man wischt sie einfach von der Tafel.

Ein Messer in den Rücken, eine Pistole mit Schalldämpfer, möglicherweise auch etwas noch Unauffälligeres – ein Tropfen eines seltenen Giftes an der Spitze einer Nadel. Zuckungen an der Ecke Third Avenue und 70. Straße. Officer, sehen Sie doch, der Mann hat einen Herzanfall!

Diesen letzten Rest seiner Fähigkeiten mußte er nutzen. Es gab keine andere Möglichkeit.

Jetzt erreichten sie die an der Ecke wartenden Passanten. Die Ampel drüben zeigte immer noch Rot, es schien eine Ewigkeit zu dauern. Er schaute zurück. Der grüne Wagen stand. Zum Bürgersteig hin öffnete sich der Schlag, und zwei Männer in Straßenanzügen stiegen aus. Es waren junge Leute mit glatten Gesichtern, und sie sahen sehr viel frischer aus, als Andy McGee sich fühlte.

Mit den Ellbogen bahnte er sich einen Weg durch die Menge, und dabei sah er sich verzweifelt nach einem Taxi um.

»Heh, Mann . . .«

»Verdammt noch mal, Sie Idiot!«

»Bitte, Mister, Sie haben meinen *Hund* getreten . . .«

»Entschuldigen Sie bitte . . . Verzeihung . . .«, sagte Andy verzweifelt.

Er suchte ein Taxi. Es gab keins. Zu jeder anderen Zeit hätte es auf der Straße von Taxis gewimmelt. Er spürte körperlich, wie die Kerle aus dem grünen Wagen sich ihnen näherten, ihn und Charlie greifen wollten, um sie Gott weiß wohin zu schaffen. Vielleicht zur Firma, vielleicht auch an einen anderen verdammten Ort, und vielleicht kam es noch schlimmer.

Charlie lehnte ihren Kopf an seine Schulter und gähnte.

Andy sah ein leeres Taxi.

»Taxi, Taxi!« brüllte er und winkte wie verrückt mit der freien Hand.

Hinter ihm ließen die Männer die Maske fallen. Sie rannten los.

Das Taxi stoppte.

»Halt!« brüllte einer der Männer. »Polizei! Polizei!«

Hinten in der Menge kreischte eine Frau, dann rannte alles auseinander.

Andy öffnete die hintere Tür und schob Charlie in den Wagen. Dann glitt er selbst hinein. »La Guardia, aber zügig«, sagte er.

»Warten Sie, Fahrer. Polizei!«

Der Taxifahrer drehte sich um, und Andy setzte seine psychischen Waffen ein. Es war, als würde ihm ein Dolch mitten in die Stirn gestoßen und rasch wieder herausgezogen. Zuerst rasender und stechender Schmerz, dann ein dumpfer Schmerz wie nach einer Nacht, wenn man schief in seinem Bett gelegen hat.

»Sie sind hinter dem Schwarzen her, dem mit der karierten Mütze«, sagte er dem Fahrer.

»Wahrscheinlich«, meinte der Fahrer und gab Gas. Sie fuhren die 70. Straße Ost hinunter.

Andy schaute zurück. Die beiden Männer standen allein am Bordstein. Die übrigen Passanten wollten mit ihnen nichts zu tun haben. Einer der Männer nahm ein Funksprechgerät, das er am Gürtel hängen hatte, und sprach hinein. Dann waren sie verschwunden.

»Dieser Schwarze«, sagte der Fahrer, »was hat er gemacht? Schnapsladen ausgeräumt, was?«

»Ich weiß es nicht«, sagte Andy und überlegte fieberhaft, was er tun konnte, um mit geringstem Aufwand möglichst viel aus diesem Taxifahrer herauszuholen. Hatten sie die Wagennummer? Das mußte er wohl annehmen. Aber sie würden sich nicht an die City Police oder die Jungs von der Staatspolizei wenden wollen. Fürs erste waren sie ausgetrickst worden und tappten im dunklen.

»Die Schwarzen hier. Alles rauschgiftsüchtiges Pack«, sagte der Fahrer. »Erzählen Sie mir nichts, sag' ich Ihnen.«

Charlie war eingeschlafen. Andy zog sich die Cordjacke aus, faltete sie zusammen und legte sie ihr unter den Kopf. Er hatte einen vagen Hoffnungsschimmer. Wenn er keinen Fehler machte, könnte es funktionieren. Die Glücksgöttin hatte ihm einen Mann geschickt, der, wie Andy (ohne jedes Vorurteil) dachte, leicht zu beeinflussen war. Der Fahrer war in jeder Hinsicht leicht zu beeinflussen: er war ein Weißer (bei Farbigen war es aus unerfindlichen Gründen am schwierigsten); er war ziemlich jung (bei alten Leuten war es fast unmöglich) und von mittlerer Intelligenz (gescheite Leute schaffte man am leichtesten, bei dummen war es schwerer, und bei geistig zurückgebliebenen klappte es nie).

»Ich habe es mir anders überlegt«, sagte Andy. »Fahren Sie uns nach Albany, bitte.«

»*Wohin?*« Der Fahrer starrte ihn im Rückspiegel an. »Mann,

ich kann doch keine Fuhre nach Albany annehmen. Sind Sie denn verrückt geworden?«

Andy zog seine Brieftasche, in der noch eine Eindollarnote steckte. Er konnte Gott danken, daß dies kein Taxi mit einer schußsicheren Trennscheibe war, in dem man außer durch den Geldschlitz keinen Kontakt mit dem Fahrer hatte. Bei ungehindertem Kontakt konnte man die Leute besser beeinflussen. Er hatte nie ganz begriffen, ob es sich dabei um irgend etwas Psychologisches handelte, aber das spielte im Augenblick keine Rolle.

»Ich gebe Ihnen fünfhundert Dollar«, sagte Andy ruhig, »wenn Sie mich und meine Tochter nach Albany fahren, okay?«

»Mein Gott, Mister . . .«

Andy drückte ihm den Schein in die Hand, und als der Fahrer die Banknote betrachtete, stieß Andy zu . . . und er stieß hart zu. Eine schreckliche Sekunde lang fürchtete er, daß er es nicht schaffen würde, daß einfach nichts mehr übrig war, daß er seine letzte Kraft damit verbraucht hatte, dem Fahrer einen nicht existierenden schwarzen Räuber mit karierter Mütze einzureden.

Und dann kam das Gefühl – wie immer begleitet von diesem scharfen Schmerz, als hätte er einen Dolchstoß empfangen. Im gleichen Augenblick schien sein Magen immer schwerer zu werden, und seine Eingeweide zogen sich schmerzhaft zusammen. Er fuhr sich mit der Hand übers Gesicht. Die Hand zitterte, und er überlegte schon, ob er aufgeben sollte . . . oder sterben. In diesem einen Augenblick *wollte* er sterben. Das war immer so, wenn er von seinen Kräften übermäßigen Gebrauch gemacht hatte – *nehmt es, aber übernehmt euch nicht*, dieser Spruch, mit dem vor langer Zeit ein Disc-Jockey sein Programm zu beenden pflegte, schoß ihm durch den Kopf und erregte zusätzliche Übelkeit – was immer dieses »es« bedeuten sollte. Wenn ihm genau in diesem Moment jemand eine Kanone zugesteckt hätte . . .

Dann schaute er zu Charlie hinüber, Charlie, die schlief, Charlie, die sich darauf verließ, daß er sie beide aus dieser Klemme herausholen würde wie aus allen anderen, Charlie, die darauf vertraute, daß er bei ihr sein würde, wenn sie aufwachte. Ja, all diese Schwierigkeiten, außer daß es immer die gleiche Schwierigkeit war, die gleiche verdammte Schwierigkeit, und auch jetzt wieder konnten sie nur eines tun: abhauen. Schwarze Verzweiflung quälte ihn.

Das Gefühl verschwand . . . aber nicht die Kopfschmerzen. Die Kopfschmerzen würden immer schlimmer werden, bis es war, als hämmerte ihm ein schweres Gewicht auf Kopf und Nacken, das ihm bei jedem Pulsschlag rotglühende Qual verursachte. Helle Blitze würden ihm die Augen tränen lassen, und wie mit brennenden Pfeilen würde der Schmerz das Gewebe ringsum durchdringen. Seine Nasenhöhlen würden verstopfen, so daß er nur noch durch den Mund atmen konnte. Die Schläfen wie durchbohrt. Leise Geräusche enorm verstärkt, normale Geräusche wie die von Preßlufthämmern, laute Geräusche unerträglich. Die Kopfschmerzen würden so arg werden, daß es sich anfühlte, als werde ihm in einer Folterkammer der Inquisition der Kopf zerquetscht. Bei dieser Intensität verharrte der Schmerz dann sechs, acht, vielleicht zehn Stunden.

Wie es diesmal sein würde, wußte er nicht. Noch nie hatte er seine psychischen Kräfte bei schon fast eingetretener Leere so sehr verausgabt. Wie lange ihn auch die Kopfschmerzen in den Klauen behielten, er würde während dieser Zeit nahezu hilflos sein. Charlie würde ihn in ihre Obhut nehmen müssen. Weiß Gott, das hatte sie schon mehr als einmal getan . . . aber sie hatten immer Glück gehabt. Wie oft hatte man Glück?

»Verdammt, Mister, ich weiß nicht recht –«

Das bedeutete, daß er irgendeinen Ärger mit der Polizei vermutete.

»Der Handel gilt nur, wenn Sie meiner kleinen Tochter nichts davon sagen«, bemerkte Andy. »Sie war in den letzten zwei Wochen bei mir. Sie muß morgen früh wieder bei ihrer Mutter sein.«

»Besuchsrechte«, sagte der Fahrer. »Darin kenn' ich mich aus.«

»Wissen Sie, ich sollte eigentlich mit ihr fliegen.«

»Nach Albany? Wahrscheinlich Ozark, stimmt's?«

»Stimmt. Nun habe ich aber eine Todesangst vor dem Fliegen. Ich weiß, wie verrückt sich das anhört, aber es ist so. Gewöhnlich bringe ich sie mit dem Wagen zurück, aber diesmal hat meine Frau gemeckert, und . . . ich weiß nicht.« Andy wußte wirklich nicht. Er hatte die Geschichte ohne lange Überlegung zusammengebastelt, und jetzt schien er in eine Sackgasse geraten zu sein. Das lag an seiner Erschöpfung.

»Dann setze ich Sie also am alten Flugplatz von Albany ab, und Mutti meint, Sie sind geflogen, klar?«

»Natürlich.« Ihm dröhnte der Kopf.

»Und außerdem denkt Mutti dann nicht, daß Sie ein Jammerlappen sind, stimmt's?«

»Ja.« Konnte der Kerl nicht endlich die Klappe halten? Die Schmerzen wurden schlimmer.

»Fünfhundert Dollar, nur um nicht fliegen zu müssen«, murmelte der Fahrer, und schüttelte den Kopf.

»Das ist es mir wert«, sagte Andy und setzte noch einmal nach. Mit ruhiger Stimme und dem Fahrer fast direkt ins Ohr fügte er hinzu: »Und Ihnen sollte es das auch wert sein.«

»Hören Sie zu«, sagte der Fahrer mit verträumter Stimme, »ich lehne doch keine fünfhundert Dollar ab. Das brauchen Sie mir nicht zu erzählen, sag' ich Ihnen.«

»Okay«, sagte Andy und lehnte sich zurück.

Der Taxifahrer war beruhigt. Er wunderte sich nicht über Andys fadenscheinige Geschichte. Er wunderte sich nicht darüber, wieso ein siebenjähriges Mädchen im Oktober ihren Vater besuchte, wo sie doch zur Schule mußte. Er wunderte sich auch nicht darüber, daß die beiden nicht einmal eine Tasche bei sich hatten. Er machte sich nicht die geringsten Sorgen. Er war psychisch beeinflußt worden.

Und dafür würde Andy jetzt büßen müssen.

Er legte eine Hand auf Charlies Knie. Sie schlief fest. Den ganzen Nachmittag waren sie unterwegs gewesen – seit Andy sie in der Schule aufgesucht und mit einer Allerweltsausrede aus der zweiten Klasse herausgeholt hatte . . . ihre Großmutter ist schwer krank . . . muß nach Hause . . . tut mir leid, daß ich mitten im Unterricht stören muß. Und dann die große Erleichterung. Wie hatte er gefürchtet, Charlies Platz in Mrs. Mishkins Unterrichtsraum leer zu finden, die Bücher fein säuberlich im Pult verstaut: *Nein Mr. McGee . . . sie wurde vor zwei Stunden von Freunden abgeholt . . . sie hatten ein Entschuldigungsschreiben von Ihnen . . . das war doch in Ordnung?* Ihm kamen Erinnerungen an Vicky, das plötzliche Entsetzen an jenem Tage, als er in das leere Haus kam. Die wilde Suche nach Charlie. Schließlich hatten sie sie schon einmal in ihrer Gewalt gehabt, o ja.

Aber Charlie hatte an ihrem Platz gesessen. Wie groß war sein Vorsprung? War er ihnen um eine halbe Stunde zuvorgekommen? Fünfzehn Minuten? Weniger? Er mochte gar nicht daran denken. Sie hatten bei *Nathans* noch eine Kleinigkeit gegessen, und den Rest des Nachmittags waren sie unterwegs gewesen, immer in Bewegung. Jetzt konnte Andy sich eingestehen, daß er in einem Zustand blinder Panik gewesen war – sie waren mit der U-Bahn und mit dem Bus gefahren, aber die meiste Zeit waren sie gelaufen. Und jetzt war die Kleine völlig fertig. Er warf ihr einen langen liebevollen Blick zu. Sie trug schulterlanges Haar von leuchtendem Blond, und im Schlaf war ihr Gesicht von überwältigender Schönheit. Sie sah Vicky so ähnlich, daß es weh tat. Auch er schloß die Augen.

Auf dem Vordersitz betrachtete der Fahrer nachdenklich die Fünfhundertdollarnote, die der Kerl ihm gegeben hatte. Er schob sie in eine Extratasche am Gürtel, in der er sein Trinkgeld aufbewahrte. Es kam ihm nicht eigenartig vor, daß dieser Mann auf dem Rücksitz mit einem kleinen Mädchen und einer Fünfhundertdollarnote in der Tasche durch New York gelaufen war. Er machte sich auch keine Gedanken darüber, wie er die Sache mit seinem Fahrdienstleiter regeln sollte. Er dachte nur daran, wie aufgeregt seine Freundin Glyn sein würde. Glynis lag ihm ständig damit in den Ohren, was Taxifahren doch für ein elender und uninteressanter Job sei. Abwarten, bis sie diese elende, uninteressante Fünfhundertdollarnote sah.

Andy hielt auf dem Rücksitz den Kopf nach hinten und die Augen geschlossen. Die Kopfschmerzen suchten ihn heim, so unvermeidlich wie ein schwarzes Pferd zu einem feierlichen Leichenbegängnis gehört. Er spürte den Hufschlag in den Schläfen. Ein monotones Stampfen.

Auf der Flucht. Er und Charlie. Er war vierunddreißig Jahre alt, und bis vor einem Jahr war er Dozent für Englisch am Harrison State College in Ohio gewesen. Harrison war eine verschlafene kleine Universitätsstadt. Das gute alte Harrison im Herzen Amerikas. Der gute alte Andrew McGee, ein anständiger und stattlicher junger Mann. Eine solide Stütze der Gesellschaft.

Erbarmungslos trabte der reiterlose Rappe in seinem Kopf herum, warf mit eisenbeschlagenen Hufen weiche Brocken grauen Gehirngewebes auf, hinterließ Hufabdrücke, die sich mit geheimnisvollen Blutströmen füllten.

Der Taxifahrer war leicht zu beeinflussen gewesen. Das stand fest. Ein ausgezeichneter Fahrer.

Er nickte ein und sah Charlies Gesicht. Und Charlies Gesicht verwandelte sich in Vickys Gesicht.

Andy McGee und seine Frau, die hübsche Vicky. Sie hatten ihr die Fingernägel herausgerissen, einen nach dem anderen. Vier Stück hatten sie ihr herausgerissen, und dann hatte sie geredet.

Das war jedenfalls seine Vermutung. Daumen, Zeigefinger, Mittelfinger, Ringfinger. Dann: Aufhören. Ich werde reden. Ich werde alles sagen, was Sie wissen wollen. Wenn Sie nur aufhören. Bitte. Sie hatte also geredet. Und dann . . . vielleicht war es nur ein Unfall . . . dann war seine Frau gestorben. Nun, es gibt Dinge, die größer sind als wir beide, und andere Dinge sind größer als wir alle.

Die Firma zum Beispiel.

Der reiterlose Rappe trabte weiter und immer weiter: seht nur, ein schwarzes Pferd.

Andy schlief.

Mit seinen Erinnerungen.

2

Das Experiment wurde von Dr. Wanless durchgeführt. Er war fettleibig, fast kahlköpfig und hatte mindestens eine recht bizarre Gewohnheit.

»Wir werden allen zwölf anwesenden jungen Damen und Herren je eine Injektion verpassen«, sagte er und zerfaserte dabei eine Zigarette, deren Bestandteile er in den vor ihm stehenden Aschenbecher fallen ließ. Seine kurzen, rosigen Finger zupften an dem dünnen Zigarettenpapier, bis es zerriß und feine Stränge goldbraunen Tabaks freigab. »Sechs dieser Injektionen bestehen aus Wasser. Die anderen enthalten zusätzlich eine chemische Verbindung, die wir Lot Sechs nennen. Die genaue Zusammensetzung dieser Verbindung ist geheim, aber im wesentlichen handelt es sich um ein Hypnotikum zusammen mit einem milden Halluzinogenikum. Verstehen Sie bitte, daß wir das Mittel blind verabfolgen . . . das heißt, daß vorerst weder Sie noch wir wissen, wer nur das Wasser und wer zusätzlich die Wirkstoffe bekommen hat. Sie alle werden nach der Injektion achtundvierzig Stunden lang unter sorgfältiger Überwachung stehen. Noch Fragen?«

Es gab einige, und die meisten drehten sich um die genaue Zusammensetzung von Lot Sechs – das Wort *geheim* wirkte, als hätte man Bluthunde auf die Spur eines entwichenen Sträflings gesetzt. Wanless wich allen Fragen geschickt aus. Niemand hatte die Frage gestellt, an deren Beantwortung der zweiundzwanzigjährige Andy McGee am meisten interessiert war. In der Pause, die im fast leeren Hörsaal des kombinierten Psychologie/Soziologie-Instituts der Universität von Harrison entstand, wollte er sich schon zu Wort melden, um zu fragen, warum der Kerl denn Zigaretten zerriß, die wirklich noch zu gebrauchen waren. Aber lieber nicht. Lieber der Phantasie die Zügel schießen lassen, während dieser langweilige Mist hier ablief. Er wollte sich doch selbst gern das Rauchen abgewöhnen. Rauchen ist ein Zeichen dafür, daß man in der Oralphase steckengeblieben ist. Wer sich noch nicht aus der Analphase gelöst hat, reißt Zigaretten kaputt (Andy mußte grinsen, aber er hielt sich die Hand vor den Mund, damit es nicht auffiel). Der Bruder von Dr. Wanless war an Lungenkrebs gestorben, und symbolisch ließ Wantess nun seinen Aggressionen gegen die Zigarettenindustrie freien Lauf. Vielleicht handelte es sich auch nur um eine jener dekorativen Marotten, die Universitätsprofessoren eher zur Schau stellten als unterdrückten. In seinem zweiten Jahr in Harrison hatte Andy einen Englischdozenten gehabt (der Mann lehrte glücklicherweise nicht mehr), der während einer Vorlesung über William Den Howells und den aufkommenden Realismus ständig an seiner Krawatte herumschnüffelte.

»Wenn es keine Fragen mehr gibt, bitte ich Sie, diese Formulare auszufüllen. Ich erwarte Sie dann pünktlich um neun Uhr am nächsten Dienstag.«

Seine beiden Assistenten verteilten Fotokopien mit fünfundzwanzig albernen Fragen, die mit Ja oder Nein zu beantworten waren. *Mußten Sie sich jemals einer psychiatrischen Behandlung unterziehen? – Nr. 8. Glauben Sie, daß Sie schon jemals ein authentisches parapsychisches Erlebnis gehabt haben? – Nr. 14. Haben Sie jemals halluzinogene Drogen genommen? – Nr. 18.* Nach einer kleinen Pause beantwortete Andy die letztere mit Nein und dachte, *wir schreiben 1969. Gibt es noch einen, der noch keine genommen hat?*

Quincey Temont, der Junge, mit dem er am College in einem Zimmer gewohnt hatte, hatte ihn auf den Gedanken gebracht, hier mitzumachen. Quincey wußte, daß es mit Andys Finanzen nicht gerade rosig aussah. Es war Mai, und Andy befand sich im letzten Studienjahr; er rangierte leistungsmäßig als vierzigster in einer Klasse von fünfhundertsechs, und im Englischkursus war er Drittbester. Aber dafür konnte man sich nichts kaufen, wie er Quincey gesagt hatte, der Psychologie als Hauptfach hatte. Neben einer Assistentenstelle hatte Andy für den Herbst ein mit einem Darlehen kombiniertes Stipendium in Aussicht. Alles zusammen würde ausreichen, zu leben und in Harrison weiterzustudieren. Aber das begann alles erst im Herbst, und dazwischen lag eine lange Sommerpause. Er hatte nichts Besseres gefunden als den verantwortungsvollen und höchst abwechslungsreichen Job eines Arco-Tankwarts für die Nachtschicht.

»Möchtest du nicht auf die Schnelle zweihundert Dollar verdienen?« hatte Quincey gefragt.

Andy wischte sich eine Strähne dunkles Haar aus den grünen Augen und grinste. »Für welche Herrentoilette soll ich 'ne Konzession beantragen?«

»Nein, es handelt sich um ein psychologisches Experiment«, sagte Quincey.

»Es wird allerdings von dem ›Verrückten Doktor‹ durchgeführt. Laß dich also warnen.«

»Wer ist das denn?«

»Ein gewisser Wanless, Tonto. Bedeutender Medizinmann aus der Psycho-Abteilung.«

»Warum nennt man ihn den ›Verrückten Doktor‹?«

»Nun«, sagte Quincey, »er hat es mit Rattenexperimenten, und außerdem ist er Verfechter der Lehre Skinners. Ein Behaviorist. Und Verhaltensforscher dieser Art werden heutzutage nicht gerade mit Liebe überschüttet.«

»Aha«, sagte Andy und wußte nicht recht, was Quincey meinte.

»Ansonsten trägt er eine sehr dicke randlose Brille, mit der er dem Kerl sehr ähnlich sieht, der in dem Film *Dr. Cyclops* die Menschen schrumpfen ließ. Hast du den Streifen mal gesehen?«

Andy sah sich gewohnheitsmäßig die Nachtprogramme an, kannte den Film und war jetzt schon besser im Bilde. Er war aber nicht sicher, ob er an Experimenten eines Professors teilnehmen sollte, den man wie folgt beschrieb: a) als den Mann mit den Rattenexperimenten und b) als den ›Verrückten Doktor‹.

»Die werden doch hoffentlich nicht versuchen, Menschen schrumpfen zu lassen?« fragte er.

Quincey mußte lachen. »Nein, das tun nur die Spezialisten, die an den Horrorfilmen arbeiten«, sagte er. »Die Psycho-Abteilung testet eine Reihe von harmlosen Halluzinogenen. Sie arbeiten mit dem US-Geheimdienst zusammen.«

»CIA?« fragte Andy.

»Weder CIA, DIA noch NSA«, sagte Quincey. »Etwas weniger Bekanntes. Hast du schon mal von einem Laden gehört, den sie ›die Firma‹ nennen?«

»Vielleicht in einer Sonntagsbeilage oder so was. Ich weiß es nicht genau.«

Quincey zündete sich die Pfeife an. »Diese Dinge laufen in allen Disziplinen gleich ab«, sagte er. »Psychologie, Chemie, Physik, Biologie . . . selbst die Jungs von der Soziologie kriegen etwas vom Kuchen ab. Gewisse Forschungsprogramme werden von der Regierung subventioniert. Vom Paarungsverhalten der Tsetsefliege bis zur Endlagerung verbrauchter Plutoniumstäbe. Ein Laden wie ›die Firma‹ muß zum Beispiel seinen jährlichen Etat ganz ausgeben, damit im nächsten Jahr der gleiche Betrag wieder überwiesen wird.«

»Wenn ich so was höre, wird mir ganz anders«, meinte Andy.

»Da wird jedem denkenden Menschen anders«, sagte Quincey in seiner ruhigen, sorglosen Art. »Aber diese Dinge laufen automatisch. Was will ein Zweig unserer Geheimdienste mit harmlosen Halluzinogenen? Wer weiß das? Ich nicht. Du nicht. Wahrscheinlich nicht einmal die Leute selbst. Aber in den Geheimausschüssen machen sich diese Berichte gut, wenn es um die Festlegung des Budgets geht. Sie haben in jeder Abteilung ihre Lieblinge. In Harrison ist Wanless in der Psycho-Abteilung ihr Liebling.«

»Kümmert sich die Regierung nicht darum?«

»Sei nicht naiv, mein Junge.« Die Pfeife brannte inzwischen zu seiner Zufriedenheit, und er stieß dichte, stinkende Rauchwolken aus, mit denen er das schäbige Wohnzimmer des Apartments verpestete. Mit rollender und entsprechend volltönender Stimme sagte er: »Was für Wanless gut ist, ist gut für Harrisons psychologische Fakultät, die nächstes Jahr ihr eigenes Gebäude haben wird – ohne sich mit den Typen von der Soziologie quetschen zu müssen. Und was für die Psychologie gut ist, ist auch gut für das Harrison State College. Und für Ohio. Und das ganze übrige Blabla.«

»Glaubst du, daß es ungefährlich ist?«

»Wenn es nicht ungefährlich wäre, würden sie es nicht an freiwilligen Probanden aus der Studentenschaft testen«, sagte Quincey. »Wenn sie auch nur den geringsten Zweifel hätten, würden sie es zuerst an Ratten und dann an Sträflingen ausprobieren. Du kannst sicher sein: was man dir injiziert, hat man schon dreihundert Leuten vor dir injiziert, deren Reaktionen dann sorgfältig überwacht wurden.«

»Mir gefällt die Sache mit der CIA nicht . . .«

»Du meinst ›die Firma‹.«

»Wo ist denn da der Unterschied?« fragte Andy mürrisch. Er betrachtete Quinceys Poster mit Richard Nixon, der vor einem verbeulten Gebrauchtwagen stand. Nixon grinste, und aus jeder seiner behaarten Fäuste spreizten sich zwei Finger zum V-Zeichen. Andy konnte kaum glauben, daß dieser Mann noch vor kurzem gewählter Präsident gewesen war.

»Nun, ich dachte nur, daß du die zweihundert Dollar vielleicht brauchen könntest, weiter nichts.«

»Warum zahlen die denn so viel?« fragte Andy mißtrauisch.

Quinceys Hände fuhren hoch. »Andy, die hohen Zuschüsse von der Regierung! Kapierst du das denn nicht? Vor zwei Jahren hat die Firma ungefähr dreihunderttausend Dollar für eine Studie bezahlt, in der die Möglichkeit der Massenproduktion von Fahrrädern untersucht wurde, die selbsttätig explodierten – und *das* stand in der *Sunday Times*. Vermutlich waren die Dinger für Vietnam bestimmt, obwohl das wahrscheinlich niemand genau weiß. Wie der alte Spinner McGee immer sagte: ›Damals hielt man es für eine gute Idee‹.« Mit schnellen, ruckartigen Bewegungen klopfte Quincey seine Pfeife aus. »Für solche Leute ist jeder Universitäts-Campus in Amerika wie ein großes Warenhaus. Hier kaufen sie eine Kleinigkeit, dort sehen sie sich nur die Auslagen an. Wenn du also nicht willst . . .«

»Vielleicht will ich doch. Machst du denn selbst mit?«

Quincey hatte gelächelt. Sein Vater besaß in Ohio und Indiana eine Kette von äußerst gutgehenden Herrenmodegeschäften. »Ich brauche die zweihundert nicht so dringend«, sagte er. »Außerdem hasse ich Injektionsnadeln.«

»Hmm.«

»Hör zu, ich will dir die Sache nicht aufdrängen, verdammt noch mal; ich hatte nur den Eindruck, daß du knapp bei Kasse bist. Das Risiko, daß du in die eigentliche Kontrollgruppe gerätst, ist ohnehin nur fifty-fifty. Zweihundert Dollar für eine Wasserinjektion. Übrigens nicht einmal Leitungswasser. *Destilliertes* Wasser.«

»Kannst du das für mich arrangieren?«

»Ich gehe öfter mit einer von Wanless' Assistentinnen aus«, sagte Quincey. »Es werden sich vielleicht fünfzig Leute melden, darunter viele Anfänger, die beim ›Verrückten Doktor‹ Punkte sammeln wollen . . .«

»Kannst du nicht aufhören, ihn so zu nennen?«

»Dann eben Wanless«, sagte Quincey und lachte. »Er wird persönlich dafür sorgen, daß die Radfahrer aussortiert werden. Und mein Mädchen wird dafür sorgen, daß dein Antrag im Eingangskorb landet. Danach, mein Lieber, kommt es nur noch auf dich selbst an.«

Also hatte er, als auf einer Bekanntmachung am Schwarzen Brett der psychologischen Fakultät Freiwillige gesucht wurden, seinen Antrag bereits ausgefüllt. Eine Woche nachdem er ihn eingereicht hatte, rief ihn eine junge Assistentin (wahrscheinlich Quinceys Freundin) an, um einige Auskünfte einzuholen. Er sagte ihr, daß seine Eltern nicht mehr lebten; daß er die

Blutgruppe 0 habe; daß er noch nie an einem Test der psychologischen Fakultät teilgenommen habe; daß er in Harrison ordnungsgemäß als Student eingeschrieben sei, daß er 1969 angefangen und die erforderliche Stundenzahl belegt habe. Aber ja, er sei schon über einundzwanzig und berechtigt, jede Art Verträge abzuschließen.

Eine Woche später erhielt er mit der Universitätspost ein Schreiben, in dem seine Teilnahme am Test bestätigt und er gebeten wurde, eine Freistellungsbescheinigung zu unterschreiben. Bitte, geben Sie das unterschriebene Formular am 6. Mai in Zimmer 100 im Jason-Gearneigh-Gebäude ab.

Und jetzt saß er hier, die Freistellungsbescheinigung war schon abgegeben, der Zigarettenzerreißer Wanless gegangen (er sah tatsächlich dem ›Verrückten Doktor‹ in diesem Horror-Film ein wenig ähnlich), und beantwortete zusammen mit elf weiteren Studenten Fragen über etwaige religiöse Erscheinungen. Ob er Epileptiker sei? Nein. Sein Vater war, als Andy elf war, plötzlich an einem Herzanfall gestorben. Als Andy siebzehn war, hatte er seine Mutter bei einem Autounfall verloren – eine häßliche, traumatische Sache. Seine einzige Verwandte war eine Schwester seiner Mutter, Tante Cora, und die war schon ziemlich alt.

Er ging die Fragen durch und hakte sie ab. NEIN, NEIN, NEIN. Nur eine Frage beantwortete er mit JA: *Haben Sie je eine Fraktur oder eine ernsthafte Verstauchung gehabt? Wenn JA, bitte nähere Angaben.* In der vorgesehenen Rubrik notierte er, daß er vor zwölf Jahren bei einem Baseball-Spiel in einer Jugendmannschaft vor der Grundlinie ausgeglitten sei und sich den linken Knöchel gebrochen habe.

Noch einmal überprüfte er seine Antworten und ließ dabei die Spitze seines Kugelschreibers leicht über die Zeilen gleiten. Plötzlich berührte jemand seine Schulter, und eine angenehme, ein wenig rauhe Mädchenstimme bat: »Leihst du mir den, wenn du fertig bist? Meiner schreibt nicht mehr.«

»Gern«, sagte er, drehte sich um und reichte ihr den Stift. Hübsches Mädchen. Groß. Rötliches Haar, wunderbar klarer Teint. Sie trug einen rauchblauen Pullover und einen kurzen Rock. Klassebeine. Keine Strümpfe. Beiläufige Taxierung der künftigen Ehefrau.

Sie nahm den Kugelschreiber und lächelte dankbar. Die Deckenbeleuchtung zauberte Kupferglanz in ihr Haar, das sie hinten lose mit einer weißen Schleife zusammengebunden hatte. Dann beugte sie sich wieder über den Tisch.

Er nahm sein Formular und ging nach vorn, um es dem Assistenten zu geben. »Danke«, sagte der Assistent monoton wie ein programmierter Roboter. »Zimmer siebzig, Samstag vormittag, neun Uhr. Kommen Sie bitte pünktlich.«

»Wie heißt das Kennwort?« flüsterte Andy heiser.

Der Assistent lachte höflich.

Andy verließ den Hörsaal und ging durch die Halle zu den großen Doppeltüren. Der Frühsommer hatte das Viereck draußen schon mit Grün überzogen, und planlos schlenderten einige Studenten auf und ab. Andy dachte plötzlich an seinen Kugelschreiber. Fast hätte er darauf verzichtet; das Ding hatte nur neunzehn Cent gekostet, und er mußte noch für sein Vorexamen arbeiten. Aber das Mädchen war hübsch gewesen. Vielleicht lohnte es sich, sie noch einmal anzuquatschen. Er machte sich keine Illusionen über sein Aussehen oder seine Gesprächstechnik, die beide schwer einzuordnen waren, oder über die persönlichen Verhältnisse des Mädchens (sie mochte einen festen Freund haben oder sogar verlobt sein), aber es war ein schöner Tag, und er fühlte sich ausgezeichnet. Er beschloß zu warten. Wenigstens würde er diese Beine noch einmal sehen.

Drei oder vier Minuten später kam sie heraus, ein paar Schreibhefte und ein Buch unter dem Arm. Sie sah wirklich sehr gut aus, und Andy fand, daß es sich gelohnt hatte, auf den Anblick ihrer Beine zu warten. Sie waren nicht nur einfach wohlgeformt; sie waren phantastisch.

»Oh, da bist du ja«, sagte sie lächelnd.

»Ich habe gewartet«, sagte Andy McGee. »Was hältst du von der ganzen Sache?«

»Ach, ich weiß nicht recht«, sagte sie. »Meine Freundin sagt, daß dauernd solche Experimente laufen – sie hat im letzten Semester einen Psycho-Test nach Professor J. B. Rhine mitgemacht und fünfzig Dollar dafür bekommen, obwohl sie bei fast allen Fragen versagt hat. Und da dachte ich eben . . .« Sie beendete den angefangenen Satz mit einem Achselzucken und warf ihr kupferglänzendes Haar sorgfältig über die Schulter zurück.

»Mir ging's ähnlich«, sagte er und nahm seinen Kugelschreiber wieder in Empfang. »Studiert deine Freundin Psychologie?«

»Ja«, sagte sie, »und mein Freund auch. Er hat einen Kursus bei Dr. Wanless belegt und durfte deshalb nicht mitmachen. Interessenkonflikt oder so was.«

Ein Freund. Ganz klar, daß eine gutgewachsene rothaarige Schönheit wie sie einen Freund hatte. Das war nun einmal der Lauf der Welt.

»Und wie war das bei dir?« fragte sie.

»Genauso. Ein Freund von mir studiert ebenfalls Psychologie. Ich heiße übrigens Andy. Andy McGee.«

»Und ich bin Vicky Tomlinson. Die ganze Geschichte beunruhigt mich ein wenig, Andy McGee. Wenn es nun ein Horror-Trip wird?«

»Soweit ich weiß, handelt es sich um ziemlich harmloses Zeug. Aber selbst wenn es sich um halluzinogene Drogen handelt, nun . . . die im Labor hergestellten sind etwas anderes als der Stoff, den man an der Straßenecke kauft. Da müßte ich mich sehr irren. Nein, das Zeug ist mild und ausgewogen und wird unter den günstigsten äußeren Umständen verabreicht. Wahrscheinlich wird dabei Musik von Jefferson Airplane gespielt.« Andy grinste.

»Kennst du dich mit LSD aus?« fragte sie mit einem angedeuteten kleinen Grinsen, das ihm sehr gefiel.

»Eigentlich wenig«, gab er zu. »Ich habe es zweimal genommen — einmal vor zwei Jahren und einmal im vorigen Jahr. Irgendwie war es ein gutes Gefühl. Ich wurde ganz klar im Kopf — jedenfalls war das mein Eindruck. Aber ich würde mich nicht daran gewöhnen wollen. Das Gefühl, mich nicht mehr in der Gewalt zu haben, gefällt mir nicht. Trinken wir eine Cola zusammen?«

»Okay«, meinte sie, und sie gingen zusammen zum Unionsgebäude hinüber.

Am Ende hatte er zwei Cola für sie ausgegeben, und sie verbrachten den Nachmittag gemeinsam. Abends tranken sie in der Kneipe ein paar Bier. Es stellte sich heraus, daß sie im

Begriff war, sich von ihrem Freund zu trennen, und nicht recht wußte, wie sie es anstellen sollte. Er tat schon so, als seien sie verheiratet, erklärte sie Andy; er hatte ihr streng verboten, an dem Experiment bei Wanless teilzunehmen. Aus Trotz hatte sie die Bescheinigung unterschrieben, und jetzt war sie entschlossen, die Sache durchzustehen, wenn sie auch ein wenig Angst hatte.

»Dieser Wanless sieht tatsächlich aus wie ein ›Verrückter Doktor‹«, sagte sie und zeichnete mit ihrem Bierglas Ringe auf den Tisch.

»Wie gefiel dir sein Trick mit den Zigaretten?«

Vicky kicherte. »Seltsame Methode, sich das Rauchen abzugewöhnen, was?«

Er fragte, ob er sie am Tage des Experiments morgens abholen solle, und sie stimmte erleichtert zu.

»Es wäre schon gut, wenn man dieses Experiment mit einem Freund zusammen durchsteht«, sagte sie und sah ihn aus ihren blauen Augen offen an. »Weißt du, ich habe wirklich ein bißchen Angst. George war so – ich weiß nicht, so *unnachgiebig*.«

»Wieso? Was sagte er denn?«

»Das ist es ja gerade«, antwortete Vicky. »Er wollte überhaupt nichts sagen, außer daß er Wanless nicht traut. Er meinte, daß kaum jemand aus der Fakultät ihm traut, aber viele von ihnen melden sich zu den Tests, weil er das Prüfungsprogramm leitet. Außerdem wissen sie, daß ihnen nichts passieren kann, denn er sortiert sie sowieso wieder aus.«

Er griff über den Tisch und berührte ihre Hand. »Wir beide bekommen wahrscheinlich ohnehin das destillierte Wasser«, sagte er. »Mach dir keine Sorgen, Kleines. Es ist alles in Ordnung.«

Aber, wie sich herausstellen sollte, war nichts in Ordnung. Nichts.

3

albany
flughafen albany mister
heh mister, wir sind da

Eine Hand schüttelte ihn. Sein Kopf fiel zur Seite. Schreckliche Kopfschmerzen – oh, mein Gott! Klopfende, stechende Schmerzen.

»Heh, Mister, wir sind am Flughafen.«

Andy öffnete die Augen, schloß sie dann wieder vor dem weißen Licht einer Leuchtstoffröhre, das von oben einfiel. Dann ein fürchterlich kreischendes Jaulen, das immer lauter wurde. Er zuckte zusammen und wand sich vor Schmerzen. Es war, als würden ihm stählerne Nadeln in die Ohren gestoßen. Ein Flugzeug. Beim Start. Der Gedanke kam ihm durch einen roten Nebel von Qual. O ja, Doc, ich erinnere mich wieder an alles.

»Mister?« Die Stimme des Fahrers klang besorgt. »Mister, ist alles in Ordnung?«

»Kopfschmerzen.« Seine Stimme kam wie von weit, vom Düsenlärm überdeckt, der zum Glück schwächer wurde. »Wie spät ist es?«

»Gleich Mitternacht. Schlechtes Durchkommen nach hier oben. Erzählen Sie mir nichts, sag' ich Ihnen. Busse fahren nicht mehr, falls Sie einen nehmen wollten. Soll ich Sie nicht doch lieber nach Hause fahren?«

Andy zerbrach sich den Kopf wegen der Geschichte, die er dem Fahrer erzählt hatte. Sie mußte ihm unbedingt wieder einfallen – trotz der grauenhaften Kopfschmerzen. Das war wegen des Echos wichtig. Wenn er seiner ursprünglichen Geschichte in irgendeiner Weise widersprach, könnte das im Kopf des Fahrers eine Art Abpralleffekt auslösen. Dieser Effekt könnte wieder abflauen, aber sicher wußte man das nicht. Es konnte auch sein, daß der Mann auf einen bestimmten Punkt ansprang und darauf fixiert blieb; wenig später würde er jede Kontrolle verlieren und an nichts anderes mehr denken können; am Ende würde er ganz einfach verrückt werden. Das hatte es schon gegeben.

»Mein Wagen parkt dort«, sagte er. »Es ist alles in Ordnung.«

»Ach so.« Der Fahrer lächelte erleichtert. »Wissen Sie, das wird Glyn mir nie glauben. Heh! ›Erzähl mir nichts‹, wird sie sagen . . .«

»Natürlich wird sie es glauben. Sie glauben es doch auch, nicht wahr?«

Der Fahrer grinste breit. »Ich hab' den großen Schein als Beweis, Mister. Vielen Dank.«

»*Ich* habe zu danken«, sagte Andy. Er bemühte sich, höflich zu sein. Er mußte durchhalten. Allein wegen Charlie. Wenn sie nicht gewesen wäre, hätte er schon lange ein Ende gemacht. Ein Mensch war einfach nicht dazu geschaffen, solche Schmerzen zu ertragen.

»Sind Sie sicher, daß Sie es schaffen, Mister? Sie sind ja leichenblaß.«

»Es geht schon, danke.« Er rüttelte Charlie wach. »Heh, Kleine.« Er vermied es, ihren Namen auszusprechen. Wahrscheinlich hätte es nichts ausgemacht, aber diese Vorsicht war so automatisch wie das Luftholen. »Aufwachen, wir sind da.«

Charlie murmelte etwas und versuchte, sich von ihm wegzurollen.

»Komm, Kleines. Wach auf, Schatz.«

Blinzelnd öffnete Charlie die Augen – diese strahlend blauen Augen, die sie von ihrer Mutter hatte –, setzte sich auf und rieb sich das Gesicht. »Daddy? Wo sind wir?«

»In Albany, Liebling. Am Flughafen.« Er beugte sich zu ihr hinab und flüsterte: »Sag jetzt nichts.«

»Okay.« Sie lächelte den Taxifahrer an, und der lächelte zurück. Dann glitt sie aus dem Wagen, und Andy folgte ihr, wobei er sich bemühte, nicht zu schwanken.

»Noch mal vielen Dank, Mister«, sagte der Fahrer. »War 'ne großartige Fuhre.«

Andy schüttelte die Hand, die der andere ihm entgegenstreckte. »Passen Sie auf sich auf.«

»Mach ich. Glyn wird das alles einfach nicht glauben.«

Der Fahrer stieg wieder ein und zog vom gelbgestrichenen Bordstein weg. Wieder startete ein Jet mit aufheulenden Düsen, und Andy hatte das Gefühl, sein Kopf würde in zwei Stücke gespalten, um wie ein hohler Kürbis zu Boden zu fallen. Er schwankte, und Charlie legte ihm die Hände auf den Arm.

»Oh, Daddy«, sagte sie, und ihre Stimme kam von weit her.
»Gehen wir hinein. Ich muß mich setzen.«

Sie betraten die Halle, das kleine Mädchen in roter Hose und grüner Bluse und der große Mann mit zerzaustem Haar und hängenden Schultern. Ein Flughafenangestellter beobachtete sie und dachte, welche Schande es doch sei: da lief dieser große Kerl nach Mitternacht stockbesoffen mit seiner kleinen Tochter herum, die seit Stunden im Bett sein müßte und die ihn führte wie ein Blindenhund. Dann gingen sie durch die elektronisch gesteuerten Türen, und der Angestellte vergaß die beiden, bis er sich vierzig Minuten später wieder an sie erinnerte, als ein grüner Wagen am Bordstein hielt und zwei Männer ausstiegen und ihn ansprachen.

4

Es war zehn Minuten nach Mitternacht. Die Flughafenhalle gehörte nun den Leuten, die schon am frühen Morgen unterwegs waren: Armeeangehörige, deren Urlaub ablief, gequält wirkende Frauen, die ein buntes Durcheinander von übermüdeten Kindern zusammenzuhalten versuchten, junge Leute auf Reisen, einige von ihnen mit Rucksäcken, ein Pärchen mit Tennisschlägern. Die Lautsprecher kündeten Start- und Landezeiten an und riefen einzelne Personen aus.

Andy und Charlie saßen nebeneinander an Tischen mit aufgeschraubten Fernsehgeräten. Die Apparate waren zerkratzt, verbeult und tiefschwarz angestrichen. Sie kamen Andy wie unheimliche, surrealistische Kobraschädel vor. Er warf seine letzten beiden Münzen ein, damit niemand sie von den Sitzen scheuchte. Charlies Gerät zeigte eine Wiederholung von *Starsky und Hutch*, während auf Andys Schirm Johnny Carson mit Sonny Bono und Buddy Hackett um die Wette wirbelte.

»Daddy, muß ich wirklich?« fragte Charlie zum zweitenmal. Sie war den Tränen nahe.

»Honey, ich bin völlig erledigt«, sagte er. »Wir haben kein Geld, und hier können wir nicht bleiben.«

»Kommen die bösen Männer wieder?« fragte sie und ließ die Stimme zu einem Flüstern herabsinken.

»Ich weiß es nicht.« Wieder ein dumpfes Pochen in seinem Gehirn. Es war kein reiterloser Rappe mehr; jetzt waren es mit scharfkantigem Eisenschrott gefüllte Postsäcke, die im fünften Stock aus dem Fenster geworfen wurden. »Aber es ist zu befürchten.«

»Wie könnte ich denn Geld beschaffen?«

Er zögerte und sagte dann: »Das weißt du doch.«

Die Tränen kamen und liefen ihr die Wangen herab. »Es ist Unrecht. Stehlen ist Unrecht.«

»Das weiß ich«, sagte er. »Aber es ist auch Unrecht, daß sie uns verfolgen. Ich habe es dir erklärt, Charlie. Oder wenigstens zu erklären versucht.«

»Das mit ein bißchen schlimm und sehr schlimm?«

»Ja. Das geringere und das größere Unrecht.«

»Hast du wirklich solche Kopfschmerzen?«

»Ziemlich schlimm«, sagte Andy. Es war sinnlos, ihr zu erzählen, daß er in ein oder zwei Stunden vor Schmerzen nicht mehr zusammenhängend würde denken können. Es war sinnlos, ihr noch mehr Angst zu machen, als sie schon hatte. Sinnlos, ihr zu sagen, daß er diesmal nicht mehr an ein Entkommen glaubte.

»Ich will's versuchen«, sagte sie und stand vom Stuhl auf. »Armer Daddy«, sagte sie und küßte ihn.

Er schloß die Augen. Das Fernsehgerät vor ihm spielte weiter. Entfernte Sprechgeräusche erreichten ihn durch die ständig stärker werdenden Schmerzen in seinem Kopf. Als er die Augen wieder öffnete, sah er ihre Gestalt in der Ferne, sehr klein, in Rot und Grün gekleidet, fast wie ein Christbaumschmuck, und so trippelte sie zwischen den in der weiten Halle verstreuten Menschen davon.

Oh, Gott, laß ihr nichts geschehen, dachte er. *Laß nicht zu, daß jemand sie belästigt oder ihr noch mehr Angst einjagt. Oh, Gott, bitte! Okay?*

Und wieder schloß er die Augen.

5

Ein kleines Mädchen in roter Hose und grüner Bluse. Schulterlanges blondes Haar. Zu spät noch wach und auf den Beinen. Offensichtlich allein. Dies war eine der wenigen Örtlichkeiten, wo ein kleines Mädchen nach Mitternacht nicht unbedingt auffiel. Sie ging an verschiedenen Leuten vorbei, aber eigentlich bemerkte sie niemand. Wenn sie geweint hätte, wäre vielleicht ein Sicherheitsbeamter auf sie zugegangen und hätte gefragt, ob sie sich verlaufen habe, ob sie wisse, für welche Fluglinie ihre Eltern gebucht hätten und wie sie hießen, damit man sie ausrufen könne. Aber sie weinte nicht und schien ein Ziel zu haben.

Sie hatte kein genaues Ziel – aber sie wußte doch ungefähr, was sie suchte. Sie brauchten Geld; das hatte Daddy gesagt. Die bösen Männer waren hinter ihnen her, und Daddy hatte Schmerzen. Wenn er solche Schmerzen hatte, fiel ihm das Denken schwer. Er mußte sich hinlegen und brauchte möglichst viel Ruhe. Er mußte schlafen, bis die Schmerzen aufhörten. Und die bösen Männer könnten kommen . . . die Männer von der Firma, die sie auseinandernehmen wollten, um zu sehen, wie sie funktionierten – zu sehen, ob sie sie brauchen könnten, um irgendwelche Dinge zu tun.

In einem Abfallbehälter entdeckte Charlie eine Einkaufstüte aus Papier und nahm sie mit. Etwas weiter unten in der Halle fand sie, was sie suchte: Telefonzellen.

Charlie betrachtete die Dinger und hatte Angst. Sie hatte Angst, weil Daddy ihr immer wieder gesagt hatte, daß sie es nicht tun durfte . . . seit frühester Kindheit wußte sie, daß es etwas Böses war. Sie konnte dieses Böse nicht immer kontrollieren. Dabei konnte es gefährlich sein. Für sie selbst, für andere, vielleicht für viele. Damals

(*oh, Mami, es tut mir so leid, ich habe ihr weh getan, sie hat geschrien ich bin schuld, daß Mami so geschrien hat, und ich will es nie . . . nie . . . wieder tun, denn es ist etwas Böses*)

in der Küche, als sie noch ganz klein war . . . aber es tat zu weh, daran zu denken. Es war etwas Böses, denn wenn man es nicht kontrollierte, war es plötzlich überall. Und das konnte einem schon Angst einjagen.

Es gab noch anderes. Das Zustoßen zum Beispiel; so nannte Daddy es jedenfalls: Zustoßen. Nur, daß sie viel härter zustoßen konnte als Daddy, und sie bekam hinterher nie Kopfschmerzen. Aber manchmal . . . gab es anschließend Feuer.

Das Wort für dieses Böse klang ihr durch den Kopf, als sie da stand und nervös zu den Telefonzellen hinübersah: Pyrokinese. »Mach dir nichts daraus«, hatte Daddy ihr gesagt, als sie noch in Port City waren und närrischerweise glaubten, sie seien in Sicherheit. »Du bist ein Feuerkind, Honey. Ganz einfach ein riesengroßes Feuerzeug.« Damals war es ihr komisch vorgekommen, und sie hatte gekichert, aber jetzt fand sie es überhaupt nicht mehr komisch.

Der andere Grund, warum sie nicht zustoßen sollte, war die Sorge, daß *sie* es merken könnten. Die bösen Männer von der Firma. »Ich weiß nicht, wieviel sie schon über dich wissen«, hatte Daddy ihr gesagt, »aber mehr dürfen sie auf keinen Fall erfahren. Du stößt anders zu als ich, Kleine. Oder bringst du es vielleicht fertig, daß die Leute . . . sich so verhalten, wie du willst?«

»Nnn-ein.«

»Aber du kannst Gegenstände beeinflussen, daß sie sich bewegen. Und wenn sie ein Muster erkennen und mit dir in Verbindung bringen würden, wären wir in einer noch viel übleren Lage als jetzt.«

Und es war Diebstahl, und Diebstahl war auch etwas Böses.

Aber das spielte jetzt keine Rolle. Daddy hatte Kopfschmerzen, und sie brauchten einen ruhigen und warmen Platz, bevor es so schlimm wurde, daß er überhaupt nicht mehr denken konnte. Charlie gab sich einen Ruck.

Sie sah insgesamt fünfzehn Telefonzellen, alle mit Rundschiebetüren. Wenn man in der Zelle war, saß man wie in einer großen Kapsel mit einem Telefon. Die meisten Zellen waren unbeleuchtet, erkannte Charlie, als sie an ihnen entlangschlenderte. Eine fette Frau im Hosenanzug hatte sich in eine von ihnen hineingezwängt. Sie redete unablässig und lächelte dabei. Und in der dritten Zelle von hinten saß auf dem kleinen Hocker ein junger Mann in Armeeuniform, dessen Beine durch die geöffnete Tür nach draußen ragten. Er redete schnell.

»Hör zu, Sally, ich verstehe ja deine Gefühle, aber ich kann dir alles erklären. Absolut. Ich weiß . . . ich weiß . . . aber laß mich dir doch nur . . .« Er hob den Kopf und sah, daß das kleine Mädchen ihn beobachtete. Mit einer einzigen Bewegung, wie eine Schildkröte, die sich in ihren Panzer zurückzieht, zog er die Beine ein und schloß die Tür. Er streitet sich mit seiner Freundin, dachte Charlie. Wahrscheinlich hat er sie versetzt. Ich würde mich nie von einem Jungen versetzen lassen.

Hallende Lautsprecher. Wie eine nagende Ratte saß ihr die Angst im Nacken. Nur fremde Gesichter. Sie fühlte sich verlassen und sehr klein und war ganz krank vor Kummer, denn sie mußte wieder an ihre Mutter denken. Dies war Diebstahl, aber was machte das schon aus? Ihrer Mutter hatte man das Leben gestohlen.

Sie glitt in die Zelle am Ende der Reihe, und ihre Einkaufstüte knisterte. Sie nahm den Hörer vom Haken und täuschte ein Gespräch vor – Hallo, Großmama, ja, Daddy und ich sind gerade angekommen, ja, alles in Ordnung – und dabei hielt sie durch die Glasscheibe nach Neugierigen Ausschau. Sie sah niemanden. In der Nähe war nur eine Schwarze, die gerade die Police ihrer Flugversicherung aus einem Automaten zog, aber sie drehte Charlie den Rücken zu.

Charlie betrachtete den Münzapparat, um dann plötzlich *zuzustoßen*.

Vor Anstrengung entfuhr ihr ein kleiner Seufzer, und sie biß sich auf die Unterlippe. Sie mochte es, wenn die sich unter ihren Zähnen verformte. Nein, es tat nicht weh. Es machte Spaß, Dinge in Bewegung zu bringen, und auch das ängstigte sie. Wenn so etwas Gefährliches ihr nun zur lieben Gewohnheit wurde?

Wieder beeinflußte sie ganz behutsam das Telefon, und plötzlich ergoß sich ein Strom von Silbermünzen aus dem Rückgabeschacht. Sie versuchte rasch, ihre Tüte darunterzuhalten, aber als sie es endlich geschafft hatte, lagen die meisten Münzen schon auf dem Boden verstreut. Sie bückte sich und schaufelte das meiste davon in ihre Tüte. Dabei schaute sie immer wieder durch die Scheibe nach draußen.

Als sie das Kleingeld aufgesammelt hatte, ging sie zur nächsten Zelle. Am nächsten Telefon hing immer noch der junge Soldat. Er hatte die Tür wieder geöffnet und rauchte. »Sal, ich sage dir, es stimmt! Frag doch deinen Bruder, wenn du mir nicht glaubst. Er wird . . .«

Charlie schloß die Tür, um seine leicht weinerliche Stimme nicht mehr zu hören. Sie war erst sieben, aber wenn sie jemanden reden hörte, wußte sie, ob er log oder nicht. Sie konzentrierte sich auf das Telefon, und gleich darauf lieferte der Apparat sein Kleingeld ab. Diesmal hielt sie die Tüte richtig, und die Münzen klimperten melodisch, als sie hineinfielen.

Als sie herauskam, war der Soldat verschwunden, und Charlie schlüpfte in seine Zelle. Der Sitz war noch warm, und trotz des Ventilators roch die Luft ekelhaft nach Zigarettenrauch.

Das Geld rasselte in ihre Tüte, und Charlie machte weiter.

6

Eddie Delgardo saß auf einem der harten Plastikstühle, starrte gegen die Decke und rauchte. Das Miststück, dachte er. Das nächste Mal wird sie es sich zweimal überlegen, ob sie ihre verdammten Beine zusammenkneift. Eddie dies und Eddie das und Eddie, ich will dich nie wiedersehen, und Eddie, wie konntest du nur so *grausam* sein. *Ich will dich nie wiedersehen.* Diesen Unsinn hatte er ihr wenigstens ausgetrieben. Er hatte jetzt dreißig Tage Urlaub und war auf dem Weg nach New York City, dieser enormen Stadt, deren Sehenswürdigkeiten er sich anschauen und deren Bars für Singles er abklappern wollte. Wenn er zurückkam, würde Sally ihm wie eine reife Frucht in den Schoß fallen. Mit Geschwätz wie ›hast du denn gar keine Achtung vor mir?‹ konnte man bei Eddie Delgardo aus Marathon in Florida ohnehin nicht landen. Sally Bradford würde schon stillhalten, und wenn sie die Scheiße, er habe sich sterilisieren lassen, wirklich glaubte, geschah es ihr nur recht. Wenn sie wollte, konnte sie dann ruhig wieder zu ihrem Bruder rennen, diesem albernen Schulmeister, der noch dazu ein Trottel war. Inzwischen würde Eddie Delgardo längst in Westberlin einen Armeelastwagen fahren. Er würde . . .

Eddies teils wütende, teils angenehme Überlegungen wurden durch ein eigenartiges Hitzegefühl gestört, das von seinen

Füßen ausging; es war, als hätte der Fußboden sich plötzlich um zehn Grad erhitzt. Und gleichzeitig registrierte er einen komischen, aber irgendwie vertrauten Geruch ... nicht, als ob etwas brannte ... eher von etwas *Versengtem* vielleicht?

Er öffnete die Augen, und das erste, was er sah, war dieses kleine Mädchen, das sich für die Telefonzellen interessiert hatte, ein kleines Mädchen von sieben oder acht Jahren, das recht übermüdet wirkte. Jetzt trug sie eine große Papiertüte, die sie am unteren Ende hielt, als seien Lebensmittel oder ähnliches darin.

Aber was war mit seinen Füßen?

Sie waren nicht mehr warm, sie waren *heiß*.

Eddie Delgardo sah nach unten und schrie entsetzt auf. »*Gott im Himmel!*«

Seine Schuhe brannten.

Eddie sprang auf. Köpfe fuhren herum. Eine Frau sah, was geschehen war, und kreischte vor Schreck. Zwei Sicherheitsbeamte, die sich mit dem Mann am Schalter der Allegheny Airlines unterhalten hatten, schauten herüber, um zu sehen, was los war.

Aber das kümmerte Eddie Delgardo einen Dreck. Alle Gedanken an Sally Bradford und seine Liebesrache an ihr waren wie weggeblasen. Seine Armeestiefel flackerten lustig, und auch seine Uniformhose fing Feuer. Wie von der Sehne geschnellt sprintete er, eine Rauchfahne hinter sich ziehend, durch die Halle. Die Damentoilette lag am nächsten, und Eddie, dessen Selbsterhaltungstrieb stark ausgeprägt war, stieß mit dem Arm die Tür auf und rannte ohne auch nur eine Sekunde zu zögern hinein.

Eine junge Frau kam aus einer der Kabinen. Sie hatte den Rock bis über die Hüfte geschürzt und ordnete ihre Unterwäsche. Sie sah Eddie als lebende Fackel und stieß einen Schrei aus, den die gekachelten Wände noch verstärkten. »Was war das?« und »Was ist denn los?« hörte man aus einigen anderen besetzten Kabinen. Eddie stieß gegen die Tür der Münztoilette, bevor sie wieder ins Schloß fallen konnte. Er griff oben an die Seitenwände, zog sich hoch und ließ sich mit den Füßen zuerst ins Becken hinab. Es gab ein zischendes Geräusch und eine bemerkenswerte Dampfwolke.

Die beiden Sicherheitsbeamten stürmten herein.

»Halt, Sie da!« rief einer von ihnen. Er hatte seinen Revolver gezogen. »Kommen Sie heraus, aber die Hände schön oben lassen!«

»Können Sie nicht wenigstens warten, bis ich meine Füße herausgezogen habe?« knurrte Eddie.

7

Charlie war zurückgekommen. Und wieder weinte sie.

»Was ist denn los, Kleines?«

»Ich hab' das Geld . . . aber ich konnte es wieder nicht aufhalten, Daddy . . . da war ein Mann . . . ein Soldat . . . ich konnte nichts dafür . . .«

Andy fühlte Angst in sich aufsteigen. Sie wurde durch die Schmerzen in Kopf und Nacken gedämpft, aber sie war da. »Hat . . . hat es Feuer gegeben, Charlie?«

Sie konnte nicht sprechen, aber sie nickte. Tränen liefen ihr über die Wangen.

»Oh, mein Gott«, flüsterte Andy und erhob sich mühsam. Das war Charlie zuviel. Sie fing hemmungslos an zu schluchzen.

Ein Haufen Leute hatte sich vor der Damentoilette versammelt. Die Tür war geöffnet, aber Andy konnte nichts erkennen . . . und dann sah er es doch. Die beiden Sicherheitsbeamten, die dorthin gelaufen waren, führten einen kräftigen jungen Mann in Armeeuniform aus dem Waschraum zu ihren Diensträumen hinüber. Der junge Mann beschimpfte sie laut, und was er sagte, war ausgesucht vulgär. Unterhalb der Knie war seine Uniform kaum noch vorhanden, und er trug zwei tropfnasse, schwarze Gegenstände in der Hand, die einmal Schuhe gewesen sein mochten. Dann verschwanden die Männer im Büro und ließen die Tür hinter sich zuschlagen. Aufgeregtes Raunen entstand in der Halle.

Andy setzte sich wieder und legte seinen Arm um Charlie. Das Denken fiel ihm jetzt schwer; seine Gedanken waren wie winzige silbrige Fische, die in einem großen schwarzen Meer pochender Schmerzen umherschwammen. Aber er mußte tun, was er nur irgend konnte. Er brauchte Charlie, wenn sie aus ihrer jetzigen Lage herauskommen wollten.

»Ihm ist nichts passiert, Charlie. Es ist alles in Ordnung. Sie haben ihn nur ins Sicherheitsbüro gebracht. Und nun erzähl. Was ist geschehen?«

Unter Tränen, die langsam versiegten, berichtete Charlie. Daß sie den Mann am Telefon hatte sprechen hören. Daß sie sich ein paar beiläufige Gedanken über ihn gemacht und geglaubt hatte, er belüge das Mädchen, mit dem er gesprochen hatte. »Und dann, als ich zu dir zurückkam, sah ich ihn . . . und bevor ich es aufhalten konnte . . . passierte es eben. Ich konnte es nicht ändern. Ich hätte ihn verletzten können, Daddy. Ich hätte ihn schwer verletzen können. Ich habe ihn in *Brand* gesteckt!«

»Sprich nicht so laut«, sagte er. »Ich will, daß du mir zuhörst, Charlie. Ich finde, dies ist das Schönste, was seit einiger Zeit passiert ist.«

»W-wirklich?« Sie sah ihn ungläubig und überrascht an.

»Du sagst, du konntest es nicht aufhalten«, sagte Andy, und jedes Wort kostete ihn Anstrengung. »Und so war es auch. Aber nicht wie sonst. Diesmal war es nur ein kleines bißchen. Es war zwar gefährlich, Honey, aber . . . du hättest ihm ja auch die Haare in Brand setzen können. Oder das Gesicht.«

Der Gedanke ließ sie entsetzt zusammenzucken. Behutsam drehte Andy ihr Gesicht, so daß sie ihn wieder ansah.

»Du tust es unbewußt, und es trifft immer jemanden, den du nicht magst«, sagte er. »Aber . . . du hast ihn nicht wirklich verletzt, Charlie. Du . . .« Er wußte nicht mehr, was er sagen wollte, und nur die Schmerzen blieben. Redete er immer noch? Einen Augenblick wußte er nicht einmal das.

Charlie merkte, daß dieses Böse immer noch in ihrem Kopf herumraste und herauswollte, um etwas anderes zu tun. Es war wie ein kleines, bösartiges und ziemlich dummes Tier. Man mußte es aus seinem Käfig lassen, damit es etwas unternehmen konnte – wie Geld aus den Telefonapparaten holen. Aber es könnte auch etwas anderes, etwas wirklich Schlimmes tun,

(*wie bei Mami in der Küche, oh, Mami, es tut mir so leid*)

bevor man es wieder einfangen konnte. Aber das war jetzt nicht wichtig. Sie wollte nicht daran denken. Sie wollte jetzt

(die Verbände, meine Mami muß Verbände tragen, weil ich ihr weh getan habe)

an nichts dergleichen denken. Jetzt ging es um ihren Vater. Er war in seinem TV-Sessel nach vorn gesunken und stampfte vor Schmerzen mit den Füßen. Er war kalkweiß, und seine Augen waren blutunterlaufen.

Oh, Daddy, dachte sie, *wenn ich könnte, würde ich mit dir tauschen. Du hast etwas, das dir weh tut, aber es kommt nie aus seinem Käfig heraus. Ich habe etwas Großes, das mir überhaupt nicht weh tut, aber ich bekomme manchmal solche Angst –*

»Ich habe das Geld«, sagte sie. »Ich bin nicht zu allen Telefonen gegangen. Die Tüte wurde so schwer, und ich hatte Angst, daß sie reißt.« Sie sah ihn besorgt an. »Wohin können wir gehen, Daddy? Du mußt dich hinlegen.«

Andy griff in die Tüte und begann langsam eine Handvoll Kleingeld nach der anderen in die Tasche seiner Kordjacke zu stecken. Er fragte sich, ob diese Nacht je enden würde. Nichts hätte er lieber getan, als noch ein Taxi zu nehmen, in die Stadt zu fahren und im nächstbesten Hotel oder Motel abzusteigen . . . aber er hatte Angst. Ein Taxi war leicht zu verfolgen, und er hatte das bestimmte Gefühl, daß die Männer im grünen Wagen ihnen hart auf den Fersen waren.

Er versuchte, sich ins Gedächtnis zurückzurufen, was er über den Flughafen von Albany wußte. Erstens lag er überhaupt nicht in Albany, sondern in der Kleinstadt Colnie. Hier war das Land der Shaker – hatte sein Großvater ihm nicht einmal erzählt, daß dies das Land der Shaker war? Oder war die Sekte inzwischen ausgestorben? Wie stand es mit Landstraßen? Gab es Schlagbäume? Die Antwort kam langsam. Es gab eine Straße . . . eine Art Durchgangsstraße. Nordroute oder Südroute, dachte er.

Er öffnete die Augen und sah Charlie an. »Kannst du noch ein Stück laufen, Kleines? Vielleicht ein paar Meilen?«

»Oh, ja.« Sie hatte geschlafen und fühlte sich relativ frisch. »Du denn?«

Das war die Frage. Er wußte es nicht. »Ich will's versuchen«, sagte er. »Ich denke, wir gehen zur Hauptstraße hinüber und versuchen, mitgenommen zu werden.«

»Anhalter?« fragte sie.

Er nickte. »Einen Anhalter zu finden, ist ziemlich schwierig, Charlie. Wenn wir Glück haben, fahren wir mit jemandem, der morgen früh in Buffalo ist.« Und wenn nicht, stehen wir noch mit ausgestrecktem Daumen auf der Standspur, wenn der grüne Wagen kommt.

»Wenn du meinst«, sagte Charlie zweifelnd.

»Komm«, sagte er, »hilf mir.«

Schmerzen wie von Hammerschlägen, als er aufstand. Er schwankte ein wenig, schloß die Augen, öffnete sie dann wieder. Die Menschen sahen unwirklich aus. Die Farben waren viel zu hell. Eine Frau in hochhackigen Schuhen ging vorbei, und jedes Klicken auf den Fußbodenfliesen verursachte ein Geräusch, als würde eine Tresortür zugeschlagen.

»Daddy, bist du sicher, daß du es schaffst?« Ihre Stimme klang dünn und sehr ängstlich.

Charlie. Nur Charlie machte einen munteren Eindruck.

»Ich denke doch«, sagte er. »Komm.«

Sie verließen die Halle durch eine andere Tür, und der Angestellte, der sie aus dem Taxi hatte steigen sehen, stand am Kofferraum eines Wagens und lud Gepäckstücke aus. Er sah sie nicht gehen. »Welche Richtung, Daddy?« fragte Charlie.

Er schaute nach beiden Seiten und sah die Nordroute, die rechts am Flughafengebäude vorbeiführte und sich dann in der Ferne verlor. Die Frage war, wie sie dorthin kamen. Überall gab es Straßen – Überführungen, Unterführungen, NICHT RECHTS ABBIEGEN, AUF STOPSIGNAL ACHTEN, LINKS HALTEN, PARKEN VERBOTEN. Verkehrsschilder blitzten in der Dunkelheit des frühen Morgens auf wie geisternde Irrlichter.

»Ich glaube, hier geht's lang«, sagte er, und sie gingen die überall mit LADEZONE markierte Zubringerstraße entlang, bis sie das Ende des Gebäudekomplexes erreicht hatten, wo auch der Fußweg endete. Ein silbermetallic lackierter Mercedes zog gemächlich an ihnen vorbei, und der von seiner Oberfläche zurückgeworfene Schein der Leuchtstofflampen ließ ihn grell aufleuchten.

Charlie sah ihn fragend an.

Andy nickte. »Bleib so weit wie möglich auf der Seite. Ist dir kalt?«

»Nein, Daddy.«
»Gott sei Dank haben wir eine warme Nacht. Deine Mutter würde . . .«
Er biß sich auf die Lippen.
Die beiden verschwanden in der Dunkelheit, der große Mann mit den breiten Schultern und das kleine Mädchen in roter Hose und grüner Bluse, das seine Hand hielt und ihn zu führen schien.

8

Eine Viertelstunde später tauchte der grüne Wagen auf und hielt am gelbmarkierten Bordstein. Zwei Männer stiegen aus. Es waren dieselben, die Andy und Charlie in Manhattan bis zum Taxi verfolgt hatten. Der Fahrer blieb am Steuer sitzen.

Ein Flughafenpolizist näherte sich. »Sie können hier nicht parken, Sir«, sagte er. »Wenn Sie Ihren Wagen bitte dort drüben . . .«

»Und ob ich kann«, sagte der Fahrer. Er zeigte dem Beamten seinen Ausweis. Der Flughafenpolizist prüfte ihn, sah den Fahrer an und sah sich noch einmal das Bild im Ausweis an.

»Oh«, sagte er. »Das tut mir leid, Sir. Geht es um etwas, das wir wissen sollten?«

»Es hat nichts mit der Sicherheit des Flughafens zu tun«, sagte der Fahrer, »aber vielleicht können Sie uns helfen. Haben Sie diese Leute heute nacht gesehen oder wenigstens einen davon?« Er reichte dem Beamten ein Bild von Andy und ein unscharfes Bild von Charlie. Damals war ihr Haar länger gewesen. Auf dem Schnappschuß war es zu Zöpfen geflochten. Ihre Mutter hatte damals noch gelebt. »Das Mädchen ist jetzt etwa ein Jahr älter«, sagte der Fahrer. »Ihr Haar ist ein wenig kürzer. Ungefähr schulterlang.«

Der Polizist studierte die Bilder eingehend, mal das eine, dann das andere, schließlich wieder das erste. »Wissen Sie, ich glaube, ich habe das Mädchen gesehen«, sagte er. »Sie ist blond, nicht wahr? Nach dem Bild ist das schwer zu beurteilen.«

»Das ist richtig, blond.«

»Ist der Mann ihr Vater?«

»Stellen Sie keine Fragen, und ich erzähle Ihnen keine Lügen.«

Eine Welle der Abneigung gegen den glattgesichtigen Jüngling am Steuer des unauffälligen grünen Wagens durchfuhr den Flughafenpolizisten. Er hatte schon vorher kurz mit FBI, CIA und dem Laden, den man »die Firma« nannte, zu tun gehabt. Die Agenten dieser Dienste waren alle gleich, ganz einfach arrogant und herablassend. Sie betrachteten einen Mann in blauer Uniform als eine Art Spielzeugpolizisten. Aber als es hier vor fünf Jahren die Flugzeugentführung gegeben hatte, waren es die Spielzeugpolizisten gewesen, die den mit Handgranaten bewaffneten Kerl aus der Maschine holten. Als der dann Selbstmord beging, indem er sich mit den Fingernägeln die Halsschlagader aufriß, hatte er sich allerdings schon im Gewahrsam der »richtigen« Polizisten befunden. Reife Leistung, Jungs.

»Sehen Sie . . . Sir. Ich wollte wissen, ob er ihr Vater ist, weil sie sich dann ähnlich sehen könnten. Auf den Bildern ist es schlecht zu erkennen.«

»Eine gewisse Ähnlichkeit besteht. Die Haarfarbe ist verschieden.«

Das seh' ich doch selbst, du Arschloch, dachte der Flughafenpolizist. »Ich habe sie beide gesehen«, sagte er dem Fahrer des grünen Wagens. »Er ist ziemlich groß, größer, als er auf dem Bild wirkt. Er sah irgendwie krank aus.«

»Tatsächlich?« Es schien den Fahrer zu freuen.

»Allerhand los hier heute nacht. Irgendein Trottel brachte es sogar fertig, sich die Schuhe in Brand zu stecken.«

Ruckartig schoß der Fahrer hinter dem Steuer hoch. »*Was* haben Sie da gesagt?«

Der Flughafenpolizist nickte. Er freute sich, daß er die gelangweilte Fassade des Fahrers ein wenig aufgelockert hatte.

Er hätte sich sehr viel weniger gefreut, hätte er gewußt, daß er sich soeben die Vorladung zu einem Verhör im Büro der Firma in Manhattan eingehandelt hatte.

Und Eddie Delgardo hätte ihn vermutlich gern zu Brei geschlagen, weil er, statt während seines Urlaubs in New York die Bars für Singles zu inspizieren (und die Massage-Salons und die Porno-Shops am Times Square), die Zeit weit unangenehmer verbringen mußte. Er würde durch Drogen in einen Zustand totalen Erinnerns versetzt werden und immer wieder über die Ereignisse vor und nach dem plötzlichen Schuhbrand berichten müssen.

9

Die beiden anderen Männer aus der grünen Limousine sprachen mit dem Flughafenpersonal. Einer von ihnen befragte den Angestellten, der gesehen hatte, wie Andy und Charlie aus dem Taxi gestiegen und in die Halle gegangen waren.

»Gewiß habe ich sie gesehen. Eine Schande, habe ich gedacht, daß ein so besoffener Kerl noch so spät mit einem kleinen Mädchen unterwegs ist.«

»Vielleicht haben sie ein Flugzeug genommen«, meinte einer der Männer.

»Das könnte sein«, sagte der Angestellte. »Was hält wohl die Mutter der Kleinen davon? Ob sie überhaupt weiß, was hier gespielt wird?«

»Das bezweifle ich«, sagte der Mann im blauen Anzug. Er sagte das sehr ernst. »Haben Sie die beiden gehen sehen?«

»No, Sir. Sie müßten noch hier sein . . . wenn ihr Flug nicht inzwischen aufgerufen wurde.«

10

Die beiden Männer machten eine Runde durch die Halle und gingen dann durch die Tore zu den Flugsteigen. Dabei hielten sie ihre Ausweise in den Handflächen, um nicht von den Sicherheitsbeamten aufgehalten zu werden. Am Flugschalter der United Airlines trafen sie sich wieder.

»Nichts«, sagte der erste.

»Denkst du, sie haben 'ne Maschine genommen?« fragte der zweite. Es war der Mann in dem blauen Anzug.

»Ich glaube nicht, daß der Kerl mehr als fünfzig Dollar in der Tasche hatte . . . vielleicht noch viel weniger.«

»Das müssen wir auf jeden Fall nachprüfen.«
»Ja, aber wir sollten uns beeilen.«

United Airlines, Allegheny, American, Braniff. Die Chartergesellschaften. Kein breitschultriger, krank aussehender Mann hatte Flugkarten gelöst. Der Mann am Gepäckschalter der Albany Airlines meinte sich allerdings zu erinnern, ein kleines Mädchen in roter Hose und grüner Bluse gesehen zu haben. Hübsches blondes Haar. Schulterlang.

Die zwei Männer trafen sich in der Nähe der TV-Geräte wieder, wo Andy und Charlie noch vor kurzem gesessen hatten. »Was meinst du?« fragte der erste.

Der Agent im blauen Anzug war ganz aufgeregt. »Wir sollten die ganze Gegend abriegeln. Ich denke, sie sind zu Fuß gegangen.«

Sie machten sich auf den Weg zum grünen Wagen. Sie rannten.

11

Andy und Charlie marschierten auf den Banketten der Zubringerstraße durch die Dunkelheit. Gelegentlich jagten Wagen an ihnen vorbei. Es war fast ein Uhr. Eine Meile hinter ihnen hatten die beiden Männer am Flughafen ihren dritten Partner erreicht, der im grünen Wagen gewartet hatte. Andy und Charlie gingen jetzt parallel zur Nordroute, die rechts von ihnen und etwas unterhalb entlangführte. Sie lag im fahlen Licht der Leuchtstofflampen. Man könnte vielleicht die Böschung hinuntersteigen und versuchen, auf der Standspur einen Wagen anzuhalten. Wenn allerdings ein Polizist sie sah, war auch die geringste Chance wegzukommen vertan. Andy überlegte, wie weit sie wohl noch gehen mußten, um eine Auffahrt zu erreichen. Er spürte bei jedem Schritt einen dumpfen Schmerz im Kopf.

»Daddy? Kannst du noch?«

»Es geht schon«, sagte er, aber eigentlich ging es nicht. Er machte sich nichts vor, und er bezweifelte, ob er Charlie etwas vormachen konnte.

»Wie weit ist es noch?«

»Wirst du müde?«

»Noch nicht . . . aber Daddy . . .«

Er blieb stehen, senkte den Kopf und sah sie ernst an. »Was ist denn, Charlie?«

»Ich glaube, die bösen Männer sind in der Nähe«, flüsterte sie.

»Nun ja«, sagte er. »Ich denke, wir sollten den Weg abkürzen, Schatz. Schaffst du den Abhang, ohne hinzufallen?«

Sie schaute die mit Oktobergras bedeckte Böschung hinab.

»Ich glaube ja«, sagte sie zaghaft.

Er stieg über die Leitplanke und half auch ihr hinüber. Wie so oft unter extremen Schmerzen und extremer Belastung, versuchten auch heute seine Gedanken, sich in die Vergangenheit zu flüchten. Es hatte gute Jahre gegeben, es war schön gewesen, bevor diese Schatten über ihre Leben fielen – zuerst nur über seines und Vickys, dann waren sie alle drei betroffen, und Stück für Stück wurde ihr Glück ausgelöscht, so unerbittlich wie eine Mondfinsternis das Mondlicht auslöscht. Es war . . .

»*Daddy!*« schrie Charlie entsetzt. Sie hatte auf dem trügerischen glatten Gras den Halt verloren. Andy versuchte, ihren Arm zu packen, aber er griff vorbei und verlor selbst das Gleichgewicht. Der Aufprall auf den Boden ließ seinen Kopf so schmerzen, daß er laut aufbrüllte. Dann rollten und glitten sie beide den Abhang hinab der Nordroute entgegen, wo die Autos vorbeirasten, viel zu schnell, als daß sie noch hätten bremsen können, wenn einer von ihnen – er oder Charlie – auf die Fahrbahn gestürzt wäre.

12

Der Assistent wickelte eine Gummimanschette dicht über dem Ellbogen um Andys Oberarm und sagte: »Machen Sie bitte eine Faust.« Andy gehorchte. Sofort trat die Vene hervor. Er schaute weg und fühlte sich unwohl. Zweihundert Dollar hin, zweihundert Dollar her, er hatte keine Lust, auch noch zu sehen, wie der intravenöse Tropf angebracht wurde.

Vicky Tomlinson lag auf dem nächsten Klappbett. Sie trug eine ärmellose weiße Bluse und taubengraue Hosen und lächelte ihm gequält zu. Wieder mußte er daran denken, wie schön ihr rotes Haar war und wie gut es zu ihren strahlenden blauen Augen paßte . . . dann der stechende Schmerz, und anschließend das dumpfe Hitzegefühl im Arm.

»So, das hätten wir«, sagte der Assistent beruhigend.

»Jetzt fängt's erst an«, sagte Andy und war kein bißchen beruhigt.

Sie lagen in Zimmer siebzig des Jason-Gearneigh-Gebäudes. Die Universitätsklinik hatte freundlicherweise ein Dutzend Klappbetten zur Verfügung gestellt, und die zwölf Freiwilligen lagen auf Schaumstoffkissen und verdienten ihr Geld. Dr. Wanless beteiligte sich nicht selbst an der technischen Durchführung, sondern ging zwischen den Betten auf und ab und hatte für jeden ein Wort und ein frostiges Lächeln. *Jetzt fangen wir jeden Augenblick an zu schrumpfen*, dachte Andy voll Entsetzen. Als sie alle versammelt gewesen waren, hatte Wanless eine kurze Ansprache gehalten, die darauf hinauslief: *Habt keine Angst. Ihr ruht geborgen im Schoß der Wissenschaft*. Andy hatte nicht viel Vertrauen in die moderne Wissenschaft, die der Welt zusammen mit Salk-Impfstoff und Clearasil die Wasserstoffbombe, Napalm und das Lasergewehr beschert hatte.

Der Assistent tat jetzt etwas anderes. Er kniffte die Zuleitung. Der intravenöse Tropf enthielt Wasser mit fünf Prozent Dextrose, hatte Wanless gesagt . . . er nannte es eine D5W-Lösung. Unterhalb der abgeklemmten Stelle der Zuleitung ragte ein kleiner Nippel hervor. Wenn Andy Lot Sechs bekam, würde man es dort mit einer Spritze hineingeben. Wenn er zur Vergleichsgruppe gehörte, würde man normale Salzlösung injizieren. Kopf oder Zahl.

Wieder schaute er zu Vicky hinüber. »Wie fühlst du dich, Mädchen?«

»Okay.«

Wanless war aufgetaucht. Er stand zwischen ihnen und sah zuerst Vicky, dann Andy an.

»Sie spüren einen leichten Schmerz, nicht wahr?« Er sprach völlig dialektfrei, und ein regionaler amerikanischer Dialekt war schon gar nicht herauszuhören. Er konstruierte die Sätze so, wie Andy es von einem Mann vermutete, der Englisch als Fremdsprache gelernt hatte.

»Einen Druck«, sagte Vicky. »Einen leichten Druck.«
»So? Das geht vorüber.« Wohlwollend sah er Andy an. In seinem weißen Arztkittel wirkte Wanless sehr groß. Seine Brillengläser aber wirkten sehr klein. Ein eigenartiger Gegensatz.

Andy sagte: »Wann fangen wir an zu schrumpfen?«

Wanless hörte auf zu lächeln. »Haben Sie das Gefühl, daß Sie schrumpfen werden?«

»Schschrrrumpfen«, sagte Andy und grinste albern. Er spürte, wie sich etwas in ihm veränderte. Mein Gott, er wurde high. Er war wie benebelt.

»Es geht in Ordnung«, sagte Wanless, und sein Lächeln wurde noch freundlicher. Er ging weiter. Reiter, reite weiter, dachte Andy wirr. Wieder schaute er zu Vicky hinüber. Wie ihr Haar leuchtete! Es war verrückt, aber ihr Haar erinnerte ihn an den Kupferdraht in der Lichtmaschine eines neuen Automotors . . . Generator . . . Alternator . . . welch Geschwätz . . .

Er mußte laut lachen.

Mit einem leichten Lächeln, als hätte er den Witz verstanden, klemmte der Assistent wieder die Zuleitung ab und injizierte ein wenig mehr vom Inhalt der Spritze in Andys Arm. Dann schlenderte er davon. Andy betrachtete den Schlauch des intravenösen Tropfes. Jetzt störte das Ganze ihn nicht mehr. *Ich bin eine Fichte*, dachte er. *Seht nur meine schönen Nadeln.* Und wieder lachte er.

Vicky lächelte ihn an. Mein Gott, war sie schön. Er wollte es ihr sagen, ihr sagen, daß ihr Haar wie brennendes Kupfer aussah.

»Danke«, sagte sie. »Welch schönes Kompliment.« Hatte sie das wirklich gesagt? Oder hatte er es sich nur eingebildet?

Er nahm die letzten Fetzen seines Verstandes zusammen und sagte: »Ich glaub' ich bin von dem destillierten Wasser besoffen geworden, Vicky.«

»Ich auch«, sagte sie ruhig.

»Ist es nicht schön?«

»Ja, schön«, sagte sie verträumt.

Irgendwo weinte jemand. Lallte hysterisch. In interessanten Zyklen schwoll das Geräusch an, um dann wieder zu verebben. Nach einem Nachdenken, das eine Ewigkeit gedauert zu haben schien, wandte Andy den Kopf, um zu sehen, was vor sich ging. Es war interessant. Alles war interessant geworden. Alles schien sich in Zeitlupe abzuspielen. Er mußte an den avantgardistischen Filmkritiker der Unizeitung und seine Rezensionen denken. *Wie schon in früheren Filmen, gelingen Antonioni auch in diesem die spektakulärsten Effekte durch die Verwendung von Zeitlupeneinstellungen.* Zeitlupe. Welch interessantes und gescheites Wort. Es hörte sich an, als kröche eine Schlange aus einem Kühlschrank heraus: Zeitlupe.

Einige Assistenten rannten in Zeitlupe auf eines der Betten zu, die in der Nähe der Wandtafel von Zimmer siebzig aufgestellt waren. Der junge Bursche, der dort lag, tat etwas mit seinen Augen. Ja, er tat wirklich etwas mit seinen Augen, denn er hatte die Finger in sie hineingewühlt und schien sich die Augäpfel herauszureißen. Seine Hände waren zu Klauen gekrümmt, und Blut spritzte ihm aus den Augen. Es spritzte in Zeitlupe. In Zeitlupe löste sich die Nadel aus seinem Arm. Wanless kam in Zeitlupe herbeigerannt. Die Augen des Jungen lagen jetzt auf dem Bett, und Andy stellte mit klinischer Sachlichkeit fest, daß sie wie zusammengefallene verlorene Eier aussahen. Ja, tatsächlich.

Dann hatten sich die Weißkittel alle um das Bett herum versammelt, und man konnte den Jungen nicht mehr sehen. Direkt hinter ihm hing eine Karte herab. Sie zeigte die einzelnen Abschnitte des menschlichen Gehirns. Mit großem Interesse schaute Andy sich die Darstellung eine Weile an. *Serrr inderrressant*, wie Arte Johnson in seiner Fernsehshow immer sagte.

Eine blutige Hand erhob sich aus dem Gedränge der weißen Kittel wie die emporgereckte Hand eines Ertrinkenden. Die Finger waren blutbeschmiert, und Gewebefetzen hingen von ihnen herab. Die Hand schlug auf die Karte und hinterließ eine kommaförmige Blutspur. Mit einem klatschenden Geräusch schoß die Karte nach oben und rollte sich auf ihrer Walze auf.

Dann wurde das Bett angehoben (den Jungen, der sich die Augen ausgekratzt hatte, konnte man immer noch nicht sehen) und rasch aus dem Zimmer getragen.

Ein paar Minuten (Stunden? Tage? Jahre?) später trat einer der Assistenten an Andys Bett und injizierte noch ein wenig Lot Sechs in Andys Verstand.

»Wie fühlen Sie sich, mein Junge?« fragte der Assistent, aber natürlich war er gar kein Assistent, genausowenig wie die anderen. Erstens sah der Mann aus wie fünfunddreißig, und das wäre für einen Assistenten reichlich alt. Zweitens arbeitete der Kerl für die Firma. Das wußte Andy plötzlich. Es war absurd, aber er wußte es. Und der Mann hieß . . .

Andy dachte mühsam nach. Dann hatte er den Namen. Der Mann hieß Ralph Baxter.

Er lächelte. Ralph Baxter. Sehr gut.

»Ich fühle mich gut«, sagte er. »Wie geht es dem anderen Burschen?«

»Welchem anderen Burschen, Andy?«

»Dem, der sich eben die Augen ausgekratzt hat«, sagte Andy heiter.

Ralph Baxter lächelte und schlug ihm leicht auf die Hand. »Hübsche Einbildung, nicht wahr, mein Junge?«

»Nein, es stimmt«, sagte Vicky. »Ich hab's auch gesehen.«

»Das denken Sie nur«, sagte der Assistent, der kein Assistent war. »Sie hatten lediglich die gleiche Illusion. Der Mann dort bei der Tafel hatte eine Muskelreaktion . . . eine Art Muskelkater. Keine ausgekratzten Augen. Kein Blut.«

Er wollte wieder weggehen.

»Guter Mann«, sagte Andy, »es ist unmöglich, die gleiche Illusion zu haben, ohne daß man das vorher verabredet.« Er kam sich ungeheuer schlau vor. Die Logik war makellos. Unangreifbar. Er hatte Ralph Baxter festgenagelt.

Ralph lächelte ungerührt zurück. »Bei dieser Droge ist es durchaus möglich«, sagte er. »Ich bin sofort zurück.«

»Okay, Ralph«, sagte Andy.

Ralph blieb stehen und trat wieder an Andys Bett. Er bewegte sich in Zeitlupe. Nachdenklich sah er Andy an. Andy grinste ihn an. Es war ein breites, albernes Grinsen, dem man die Wirkung von Drogen ansah. Ich habe dich am Haken, Ralph, alter Junge. Ich habe dich am sprichwörtlichen Haken. Plötzlich stürzte eine Flut von Informationen über Ralph Baxter auf ihn herab, gleich tonnenweise: Baxter war fünfunddreißig Jahre alt und arbeitete seit sechs Jahren für die Firma. Vorher war er zwei Jahre lang beim FBI gewesen. Er hatte . . .

Er hatte im Laufe seiner Karriere vier Menschen getötet, drei

Männer und eine Frau. Und die Frau hatte er, als sie tot war, vergewaltigt. Sie war Klatschspaltenjournalistin gewesen und hatte einiges gewußt über –

Die näheren Informationen darüber waren nicht ganz klar. Es spielte auch keine Rolle. Andy wollte es plötzlich gar nicht mehr wissen. Das Grinsen verschwand aus seinem Gesicht. Immer noch starrte Ralph Baxter auf ihn herab, und Andy wurde von schwarzem Irrsinn gepackt, wie er ihn aus seinen beiden LSD-Trips kannte ... aber diesmal war er intensiver und weit erschreckender. Er hatte keine Ahnung, wie er alle diese Dinge über Ralph Baxter wissen konnte – oder woher er überhaupt dessen Namen kannte. Entsetzliche Angst stieg in ihm auf. Wenn er Ralph erzählte, was er über ihn wußte, würde er vermutlich genauso schnell aus Zimmer 70 des Jason-Gearneigh-Gebäudes verschwinden wie der Junge, der sich die Augen ausgekratzt hatte.

Oder war alles wirklich nur Halluzination gewesen? Auf einmal schien es ganz und gar unwirklich.

Immer noch sah Ralph ihn an. Fast unmerklich fing er an zu lächeln. »Sehen Sie?« sagte er leise. »Mit Lot Sechs passieren alle möglichen komischen Dinge.«

Er ging. Andy stieß einen Seufzer der Erleichterung aus. Er schaute zu Vicky hinüber, und auch sie sah ihn mit schreckgeweiteten Augen an. *Sie nimmt meine Gefühle auf,* dachte er. *Sie empfängt sie wie ein Radiogerät. Ich muß vorsichtig mit ihr sein! Schließlich ist sie auf einem Trip, oder wie man diese unheimliche Scheiße nennen soll.*

Er lächelte sie an, und nach einer Weile lächelte Vicky unsicher zurück. Sie fragte ihn, was denn los sei. Er sagte ihr, daß er es nicht wisse, es sei wahrscheinlich alles in Ordnung.

(Aber wir sprechen nicht miteinander – ihr Mund bewegt sich nicht)
(bewegt sich nicht?)
(Vicky, bist du das?)
(Ist es Telepathie, Andy? Ist es das?)

Er wußte es nicht. Aber irgend etwas war es. Er schloß die Augen.

Sind diese Männer wirklich Assistenten? fragte sie ihn ängstlich. Sie sahen jetzt ganz anders aus. Kommt das von der Droge, Andy? Ich weiß es nicht, sagte er, die Augen immer

noch geschlossen. Ich weiß nicht, wer sie sind. Was ist aus dem Jungen geworden? Der, den sie weggetragen haben? Er schlug die Augen wieder auf und sah sie an, aber Vicky schüttelte den Kopf. Sie erinnerte sich nicht daran. Andy stellte überrascht und bestürzt fest, daß auch er sich kaum daran erinnerte. Es schien vor Jahren geschehen zu sein. Hatte der Kerl nicht einen Muskelkater? Ein Muskelzucken, weiter nichts. Er –
hat sich die Augen ausgekratzt.
Aber war das wirklich wichtig?
Eine Hand, die sich wie die Hand eines Ertrinkenden aus dem Gedränge der weißen Kittel emporreckt.
Aber das geschah vor langer Zeit. Vielleicht im zwölften Jahrhundert.
Eine blutige Hand, die auf die Karte schlägt. Die Karte schießt mit einem klatschenden Geräusch nach oben und rollt sich auf.
Lieber nicht nachdenken. Vicky sah wieder besorgt aus.
Plötzlich erklang Musik aus den Deckenlautsprechern, und das war angenehm . . . viel angenehmer, als über Muskelkater und blutbeschmierte Augäpfel nachzudenken. Die Musik war leise und dennoch erhaben. Viel später befand Andy (in Übereinstimmung mit Vicky), daß es Rachmaninov gewesen war. Und immer, wenn er später Rachmaninov hörte, zogen wie Träume die Erinnerungen an jene endlose, zeitlose Zeit in Zimmer 70 des James-Gearneigh-Gebäudes herauf.
Wieviel davon war Wirklichkeit, wieviel Halluzination gewesen? Zwölf Jahre ständig wiederholten Nachdenkens darüber hatten Andy McGee der Antwort auf diese Frage nicht nähergebracht. Einmal hatte er geglaubt, Gegenstände durch den Raum fliegen zu sehen, als bliese ein unsichtbarer Wind – Pappbecher, Handtücher, eine Manschette zum Blutdruckmessen, ein tödlicher Hagel von Bleistiften und anderen Schreibgeräten. Zu einem späteren Zeitpunkt (Oder war es in Wirklichkeit früher gewesen? Es gab einfach keinen linearen Zeitablauf.) hatte eine der Testpersonen Muskelkrämpfe erlitten, denen Herzstillstand folgte – wenigstens dem Anschein nach. Es hatte aufgeregte Bemühungen gegeben, ihn durch Mund-zu-Mund-Beatmung wiederzubeleben. Dann hatte man ihm etwas direkt in die Brusthöhle injiziert und endlich eine Maschine eingesetzt, die ein schrilles jaulendes Geräusch von sich gab und an der

mit dicken Drähten zwei Gegenstände befestigt waren, die wie schwarze Schröpfköpfe aussahen. Andy meinte sich zu erinnern, auch einen der »Assistenten« gesehen zu haben, der laut brüllte: »Schnell! Beeilen Sie sich doch! Oh, verdammt, geben Sie mir die Dinger, Sie Idiot!«

Dann wieder hatte Andy geschlafen, war dabei immer wieder halb zu Bewußtsein gekommen. Er sprach mit Vicky, und jeder berichtete dem anderen über sich selbst. Andy erzählte ihr von dem Autounfall, bei dem seine Mutter tödlich verunglückt war, und wie er das nächste Jahr bei seiner Tante verbracht hatte, vor Kummer einem Nervenzusammenbruch nahe. Sie erzählte ihm, daß sie im Alter von sieben Jahren von einem halbwüchsigen Babysitter mißbraucht worden war und jetzt schreckliche Angst vor Sex hatte. Noch mehr fürchtete sie, daß sie frigide sein könnte, und das sei es auch gewesen, was den Bruch mit ihrem Freund herbeigeführt hatte. Er hatte sie immer wieder ... bedrängt.

Sie erzählten einander Dinge, die man sonst erst bespricht, wenn man sich jahrelang kennt ... Dinge, über die Mann und Frau oft überhaupt nicht miteinander sprechen, nicht einmal bei gelöschtem Licht im Ehebett, nachdem sie schon jahrzehntelang zusammen waren.

Sprachen sie aber?

Das wußte Andy nicht.

Die Zeit war stehengeblieben, aber irgendwie verging sie dennoch.

13

Ganz allmählich erwachte er aus seinem Halbschlaf. Die Musik von Rachmaninov war nicht mehr zu hören ... wenn es sie je gegeben hatte. Vicky schlief friedlich auf dem Bett neben ihm. Die Hände hatte sie zwischen den Brüsten gefaltet, die Hände eines Kindes, das beim Abendgebet eingeschlafen ist. Andy sah sie an, und ihm wurde klar, daß er irgendwann angefangen hatte, sie zu lieben. Es war ein tiefes und umfassendes Gefühl. Daran bestand kein Zweifel.

Ein wenig später schaute er sich um. Einige der Betten waren leer. Im Raum befanden sich vielleicht noch fünf Probanden. Einige schliefen. Einer saß aufrecht im Bett, und ein Assistent – ein völlig normaler Assistent von etwa fünfundzwanzig Jahren – befragte ihn und machte auf einem Block Notizen. Der Proband hatte wahrscheinlich eben etwas Komisches gesagt, denn beide lachten – leise und rücksichtsvoll, wie man es tut, wenn andere schlafen.

Andy setzte sich auf und machte für sich eine Bestandsaufnahme. Er fühlte sich gut. Er versuchte ein Lächeln und fand, daß es vollkommen angebracht war. Seine Muskeln waren entspannt, und er fühlte sich frisch und munter. Seine Wahrnehmung schien geschärft, und er kam sich irgendwie unschuldig vor. Dieses Empfinden kannte er aus seiner Kindheit, wenn er an einem Samstagmorgen aufwachte und wußte, daß sein Fahrrad in der Garage stand. Es war ein Gefühl, als läge das Wochenende vor ihm wie ein einziges Traumvergnügen, bei dem ihm alles offenstand.

Der Assistent kam zu ihm und fragte: »Wie fühlen Sie sich, Andy?«

Andy sah ihn an. Es war der Mann, der ihm die Injektion verabreicht hatte – wann? Vor einem Jahr? Er strich sich mit der Handfläche über die Wange und hörte das Knistern von Bartstoppeln. »Ich fühle mich wie Rip van Winkle«, sagte er.

Der Assistent lächelte. »Es waren nur achtundvierzig Stunden, nicht zwanzig Jahre. Wie fühlen Sie sich nun wirklich?«

»Großartig.«

»Normal?«

»Was immer Sie darunter verstehen, ja. Normal. Wo ist Ralph?«

»Ralph?« Der Assistent hob die Brauen.

»Ja, Ralph Baxter. Ungefähr fünfunddreißig. Ziemlich groß. Mittelblondes Haar.«

Der Assistent lachte. »Den haben Sie geträumt«, sagte er.

Andy sah den Assistenten unsicher an. »Was habe ich?«

»Sie haben ihn geträumt. Eine Halluzination. Der einzige Ralph, den ich kenne und der überhaupt irgend etwas mit den Lot-Sechs-Tests zu tun hat, ist ein Repetitor für Pharmakologie, und der ist fünfundfünfzig.«

Lange sah Andy den Assistenten schweigend an. Ralph nur

eine Illusion? Nun, es könnte sein. Hierin lagen alle paranoiden Elemente eines Drogenrauschs. Ganz gewiß. Andy glaubte sich zu erinnern, daß Ralph eine Art Geheimagent war, der alle möglichen Leute umgebracht hatte. Er zeigte die Andeutung eines Lächelns. Der Assistent lächelte zurück . . . ein wenig zu eifrig, dachte Andy. Oder war das auch paranoid? Bestimmt war es das.

Der Mann, der gesessen und sich unterhalten hatte, als Andy aufwachte, wurde nun aus dem Raum geleitet, wobei er Orangensaft aus einem Pappbecher trank.

Vorsichtig fragte Andy: »Es hat sich doch niemand verletzt, oder ?«

»Verletzt?«

»Nun – es hat doch niemand Krämpfe bekommen? Oder –«

Der Assistent beugte sich vor und machte einen besorgten Eindruck. »Hören Sie, Andy, ich will doch hoffen, daß Sie nichts dergleichen bei Ihren Kommilitonen herumerzählen. Das könnte für Dr. Wanless bei seinem Forschungsprogramm eine Menge Scherereien bringen. Im nächsten Semester testen wir Lot Sieben und Lot Acht, und . . .«

»Ist denn etwas vorgefallen?«

»Einer der Jungs hatte eine Muskelreaktion, nicht der Rede wert, aber sehr schmerzhaft«, sagte der Assistent. »Sie war nach weniger als fünfzehn Minuten vorbei und hat ihm nicht geschadet. Aber jetzt herrscht hier die Atmosphäre einer Hexenjagd. Dann darf kein Mensch mehr zur Armee einberufen werde, man müßte die Militärakademien schließen und Dow Chemical verbieten, Leute einzustellen, weil sie Napalm produzieren . . . Das steht doch alles in keinem Verhältnis mehr, und im übrigen bin ich der Ansicht, daß es sich hier um ein sehr wichtiges Forschungsprojekt handelt.«

»Wer war der Mann?«

»Nun, das kann ich Ihnen nicht sagen. Denken Sie bitte daran, daß Sie unter dem Einfluß einer leicht halluzinogenen Droge standen. Verwechseln Sie die durch die Droge verursachten Halluzinationen bitte nicht mit der Wirklichkeit, um dann die ganze Horrorstory in der Uni zu verbreiten.«

»Würde man das überhaupt zulassen?«

Der Assistent sah ihn befremdet an. »Ich wüßte nicht, wie

wir Sie daran hindern könnten. Jedes Testprogramm an der Universität ist nun einmal auf freiwillige Probanden angewiesen. Für lausige zweihundert Dollar können wir von Ihnen doch kaum einen Treueeid erwarten, finden Sie nicht auch?«

Andy verspürte Erleichterung. Wenn dieser Kerl log, gab er jedenfalls eine ausgezeichnete Vorstellung. Es war alles nur eine Serie von Halluzinationen gewesen. Und auf dem Bett neben ihm begann Vicky, sich zu regen.

»Nun, was ist?« fragte der Assistent lächelnd. »Ich denke, ich sollte eigentlich die Fragen stellen.«

Und er stellte Fragen. Als Andy sie alle beantwortet hatte, war auch Vicky wach. Sie wirkte ausgeruht und kaum nervös und lächelte ihn strahlend an. Die Fragen waren detailliert. Viele von ihnen waren genau die Fragen, die Andy selbst gestellt hätte.

Warum hatte er also das Gefühl, daß es sich nur um Augenwischerei handelte?

14

Andy und Vicky saßen in einem der kleineren Aufenthaltsräume des Hauptgebäudes auf einer Couch und verglichen ihre Halluzinationen.

Sie hatte keine Erinnerung an das, was ihm am meisten Sorgen machte: jene blutige Hand, die sich schlaff aus dem Gedränge der weißen Kittel hervorgestreckt und gegen die Karte geschlagen hatte, um dann wieder zu verschwinden. Andy hatte keine Erinnerung an das, was ihr am lebhaftesten vor Augen stand: ein Mann mit langem blondem Haar hatte einen Klapptisch neben ihrem Bett aufgestellt, so daß die Platte für sie in Augenhöhe lag. Dann hatte er eine Reihe großer Dominosteine auf dem Tisch aufgestellt und gesagt: »Werfen Sie sie um, Vicky. Werfen Sie alle Steine um.« Und gehorsam hatte sie die Hand gehoben, um die Steine umzuwerfen, aber der Mann hatte ihr die Hand behutsam, aber energisch auf die Brust zurückgedrückt. »Sie brauchen dazu die Hände nicht, Vicky«, hatte er gesagt. »Werfen Sie sie einfach um.« Deshalb hatte sie die Dominosteine nur angesehen, und sie waren einer nach dem anderen umgefallen. Im ganzen ungefähr ein Dutzend.

»Ich fühlte mich anschließend sehr müde«, erzählte sie Andy und lächelte dabei ihr kleines schiefes Lächeln. »Und dann kam mir irgendwie der Gedanke, daß wir über Vietnam diskutierten. Und ich sagte ungefähr folgendes: ›Ja, das ist der Beweis. Wenn Südvietnam fällt, fällt auch alles andere‹. Und er lächelte und streichelte mir die Hände und sagte: ›Warum schlafen Sie nicht ein wenig, Vicky? Sie müssen müde sein.‹ Und das war ich auch.« Sie schüttelte den Kopf. »Aber jetzt erscheint es mir ganz unwirklich. Entweder habe ich mir das alles nur eingebildet, oder ich habe einen völlig normalen Test mit einer Halluzination ausgeschmückt. Erinnerst du dich, den Mann gesehen zu haben? Er war groß, mit langen blonden Haaren, und am Kinn hatte er eine kleine Narbe.«

Andy schüttelte den Kopf.

»Ich verstehe aber immer noch nicht, wieso wir *überhaupt* eine dieser Phantasien gemeinsam hatten«, sagte Andy. »Es könnte höchstens sein, daß sie eine Droge entwickelt haben, die nicht nur halluzinogen wirkt, sondern außerdem telepathische Fähigkeiten bewirkt. Ich weiß, daß während der letzten paar Jahre darüber geredet wurde . . . der Gedanke dabei ist wohl, daß eine halluzinogene Droge die Wahrnehmungsfähigkeit schärfen kann . . .« Er grinste. »Carlos Castaneda, wo bist du, wenn man dich braucht?«

»Ist es nicht wahrscheinlicher, daß wir nur die gleiche Phantasievorstellung diskutiert und das dann vergessen haben?«

Auch er meinte, dies sei durchaus eine Möglichkeit, aber er war über das Erlebnis noch immer höchst beunruhigt.

Dann nahm er seinen ganzen Mut zusammen und sagte: »Das einzige, was ich wirklich bestimmt weiß, ist, daß ich mich wahrscheinlich in dich verliebt habe, Vicky.«

Sie lachte nervös und küßte ihn am Mundwinkel. »Das ist lieb von dir, Andy, aber . . .«

»Aber du hast ein wenig Angst vor mir. Vielleicht vor Männern allgemein.«

»Vielleicht stimmt das«, sagte sie.

»Ich wollte dich ja nur bitten, mir eine Chance zu geben.«

»Du wirst deine Chance bekommen«, sagte sie. »Ich mag

dich, Andy. Sehr sogar. Aber vergiß bitte nicht, daß ich Angst habe. Manchmal habe ich ganz einfach . . . Angst.« Sie wollte nur ganz leicht die Achseln zucken, aber es wurde ein Erschauern daraus.

»Ich werde daran denken«, sagte er, zog sie in seine Arme und küßte sie. Nach einigem Zögern erwiderte sie seinen Kuß, und hielt seine Hand ganz fest in ihrer.

15

»Daddy!« kreischte Charlie.

Häßlich drehte sich vor Andys Augen die Welt. Die Lampen, die die Nordroute säumten, lagen unter ihm, der Boden hing über ihm und schüttelte ihn wieder ab. Dann saß er plötzlich, und, wie ein Kind auf einem Schlitten, glitt er den unteren Teil der Böschung hinab. Unter ihm rollte Charlie hilflos den Hang hinunter.

Oh, nein, sie wird direkt auf der Straße im Verkehr landen –
»Charlie!« brüllte er heiser, daß es ihm im Kopf und in der Kehle weh tat. »Paß auf!«

Dann war sie unten und hockte im grellen Licht der vorbeirasenden Wagen auf der Standspur. Sie schluchzte. Wenige Augenblicke später landete er mit einem Aufprall neben ihr, der ihm durch das Rückgrat bis in den Kopf fuhr. Er sah alles doppelt, dann dreifach, bis sich allmählich der alte Zustand wieder einstellte.

Charlie saß da und hielt die Arme vor das Gesicht.

»Charlie«, sagte er und berührte ihren Arm. »Es wird schon alles gut, Schatz.«

»Ich wünschte, ich wäre vor die Autos gefallen!« rief sie aus, und ihre Stimme klang hell und böse, denn sie empfand Ekel vor sich selbst. Es schnitt Andy ins Herz. »Ich habe es verdient, weil ich den Mann in Brand gesteckt hab!«

»Schscht«, sagte er. »Daran darfst du nicht mehr denken.«

Er hielt sie fest. Die Wagen fegten vorbei. In jedem von ihnen konnte ein Polizist sitzen, und das würde ihren Ausflug beenden. In diesem Stadium wäre das fast eine Erleichterung.

Ihr Schluchzen ließ nach. Zum Teil war ihr Zustand wohl auf

Müdigkeit zurückzuführen, sagte sich Andy. Und auch bei ihm war es Müdigkeit, die seine Kopfschmerzen ins Unerträgliche steigerte und diese unwillkommene Flut von Erinnerungen bewirkte. Wenn sie sich nur irgendwo hinlegen könnten . . .

»Kannst du aufstehen, Charlie?«

Sie stand langsam auf und wischte sich die letzten Tränen ab. Ihr Gesicht war ein bleicher kleiner Mond in der Dunkelheit. Als er sie so ansah, empfand er ein bohrendes Schuldgefühl. Sie sollte warm und geborgen in einem Bett liegen, irgendwo in einem Haus, dessen Hypothek langsam abgetragen wurde, mit einem Teddybär im Arm, bereit, am nächsten Tag in die Schule zu gehen und sich für Gott, Vaterland und die Versetzung in die zweite Klasse einzusetzen. Statt dessen stand sie nachts um ein Uhr fünfzehn auf der Standspur einer Autostraße, war auf der Flucht und hatte Schuldgefühle, weil sie von ihren Eltern etwas geerbt hatte – etwas, das sie selbst so wenig hatte bestimmen können wie das strahlende Blau ihrer Augen. Wie erklärt man einem siebenjährigen Mädchen, daß Daddy und Mami einmal zweihundert Dollar brauchten, und daß die Leute, an die sie sich gewendet hatten, behaupteten, es sei völlig ungefährlich, was aber gelogen war?

»Wir werden versuchen, einen Wagen anzuhalten«, sagte Andy, und er wußte nicht, ob er den Arm um ihre Schulter gelegt hatte, um sie zu trösten oder um sich abzustützen. »Wir werden zu einem Hotel oder Motel fahren, und dann werden wir schlafen. Dann werden wir überlegen, was wir als nächstes tun. Was meinst du dazu?«

Sie nickte teilnahmslos.

»Okay«, sagte er und hob den Daumen. Aber die Wagen rauschten vorbei, und zwei Meilen weiter war der grüne Wagen wieder unterwegs. Andy wußte nichts davon; sein gemartertes Hirn dachte an jenen Abend in der Uni zurück, den er mit Vicky verbracht hatte. Sie wohnte in einem der Studentenwohnheime, und er hatte sie hingebracht. Auf den Stufen vor der großen Doppeltür hatte er sie noch einmal geküßt, und zögernd hatte sie ihm die Arme um den Hals gelegt, das Mädchen, das damals noch unberührt gewesen war. Sie waren jung gewesen, mein Gott, sie waren so jung gewesen.

Die Wagen rasten vorbei, und jedesmal wurde Charlies Haar im Fahrtwind hochgeweht, und er erinnert sich an den Rest dessen, was an jenem Abend vor zwölf Jahren geschehen war.

16

Nachdem Andy Vicky zu ihrer Wohnung gebracht hatte, ging er über das Unigelände in Richtung Hauptstraße, von wo aus er per Anhalter in die Stadt wollte. Obwohl er ihn nur schwach spürte, pfiff der Wind kräftig durch das Laub der Ulmen zu beiden Seiten der Allee, wie ein unsichtbarer Strom, der dicht über ihm durch die Luft fließt, ein Fluß, von dem er nur ein schwaches und weit entferntes Plätschern wahrnahm.

Das Jason-Gearneigh-Gebäude lag auf seinem Weg, und er blieb vor dem dunklen, massigen Bau stehen. Die Bäume mit ihrem frischen Laub bogen sich elastisch im Ansturm des unsichtbaren Windstromes. Ein Kälteschauer lief ihm über den Rücken und setzte sich im Magen fest, so daß ihn fror. Er zitterte, obwohl der Abend warm war. Groß und wie ein Silberdollar stand der Mond zwischen den aufziehenden Wolkenmassen – wie goldverzierte große Schiffe liefen sie auf dem Strom dort oben vor dem Wind. Der Mond spiegelte sich in den Fenstern des Gebäudes, und es war, als starrten unheimliche tote Augen in die Nacht.

Etwas mußte dort drinnen geschehen sein, dachte er. *Mehr als wir wissen und mehr, als man uns gegenüber angedeutet hat. Aber was war es?*

Im Geiste sah er wieder die emporgereckte blutige Hand – aber diesmal sah er, wie sie gegen die Karte schlug und eine kommaförmige Blutspur hinterließ . . . und mit einem rasselnden und klatschenden Geräusch rollte sich dann die Karte auf.

Er schritt auf das Gebäude zu. Wahnsinn. Man würde ihn nach zehn Uhr abends doch nicht in einen Hörsaal lassen. Und . . .

Und ich habe Angst.

Ja. Das war es. Zu vieles, Erinnerungsfetzen, beunruhigte ihn. Es war zu leicht, sich einzureden, daß alles nur Phantasien gewesen waren. Auch Vicky sah das allmählich ein. Eine Testperson kratzt sich die Augen aus. Einer schreit, daß er lieber tot sein will, als dies zu ertragen, selbst wenn es bedeutet, zur Hölle zu fahren und dort bis in alle Ewigkeit zu schmoren. Ein anderer hat Herzstillstand und wird dann eiskalt wie irgendein Gegenstand aus dem Weg geräumt. Mach dir nichts vor, Andy, alter Junge: der Gedanke an Telepathie hat nichts Erschreckendes. Schrecklich ist nur der Gedanke, daß diese Dinge vielleicht wirklich geschehen sind.

Laut waren seine Schritte auf dem Pflaster zu hören, als er die Stufen zu der großen Doppeltür hinaufging. Er rüttelte daran. Verschlossen. Durch die Scheiben sah er die leere Eingangshalle. Andy klopfte, und als er eine Gestalt aus den Schatten auftauchen sah, wäre er fast weggerannt. Er wäre fast weggerannt, weil das Gesicht, das aus den verschwimmenden Schatten zum Vorschein kommen würde, das Gesicht Ralph Baxters sein mußte oder das eines großen Mannes mit schulterlangem blondem Haar und einer Narbe am Kinn.

Aber es war keiner von beiden; der Mann, der an die Eingangstür trat, aufschloß und ihm sein mürrisches Gesicht entgegenstreckte, war ein typischer College-Wachmann: etwa zweiundsechzig, Stirn und Wangen faltig, wache blaue Augen, denen man ansah, daß er gern an der Flasche nuckelte. Am Gürtel hatte er eine große Stechuhr hängen.

»Das Gebäude ist geschlossen!« bellte er.

»Ich weiß«, sagte Andy, »aber ich habe an einem Experiment in Raum 70 teilgenommen, das heute morgen beendet war, und . . .«

»Das spielt keine Rolle! Wochentags ist ab neun geschlossen! Kommen Sie morgen wieder!«

». . . und ich glaube, ich habe meine Uhr dort vergessen«, sagte Andy. Er besaß gar keine Uhr. »Was meinen Sie? Könnte ich nicht mal nachschauen?«

»Das geht nicht«, sagte der Mann, aber plötzlich lag eine seltsame Unsicherheit in seiner Stimme.

Ohne sich darüber in irgendwelcher Weise Gedanken zu machen, sagte Andy leise: »Natürlich geht das. Ich schaue nur nach, und dann bin ich schon wieder weg. Sie werden nicht einmal wissen, daß ich hier war. Was ist nun?«

Plötzlich hatte er ein komisches Gefühl im Kopf; es war, als hätte er zugepackt und dem Mann einen Stoß gegeben, aber nicht mit den Händen, sondern mit dem Kopf. Und der Wachmann trat tatsächlich unsicher ein paar Schritte zurück und ließ die Tür los.

Andy war ein wenig besorgt, als er eintrat. Er spürte einen scharfen Schmerz im Kopf, der aber nachließ, zu einem dumpfen Pochen wurde und nach einer halben Stunde ganz verschwunden war.

»Fehlt Ihnen was?« fragte er den Wachmann.

»Was? Nein, nein, mir fehlt nichts.« Das Mißtrauen des Wachmanns war wie weggeblasen. Er lächelte Andy freundlich an. »Wenn Sie wollen, können Sie nach oben gehen und Ihre Uhr suchen. Lassen Sie sich Zeit. Ich werde mich wahrscheinlich überhaupt nicht mehr daran erinnern, daß Sie hier waren.«

Und er schlenderte davon.

Ungläubig schaute Andy ihm nach und rieb sich die Stirn, als wolle er den leichten Schmerz fortwischen. Was, in Gottes Namen, hatte er mit dem alten Kerl gemacht? *Irgend etwas*, soviel stand fest.

Er drehte sich um und stieg die Treppe hinauf. Das Obergeschoß mit seinem schmalen Korridor lag in tiefem Schatten. Ein unangenehmes Gefühl von Platzangst befiel ihn. Wie ein unsichtbares Hundehalsband schien es ihm die Luft abzuschnüren. Hier oben war das Gebäude dem Windstrom ausgesetzt, und leise pfeifend fegte die Luft am Dachrand entlang. Raum 70 hatte zwei Doppeltüren mit Milchglasscheiben. Andy blieb stehen und lauschte auf das Geräusch des Windes, der die alten Dachrinnen und Abflüsse entlangfuhr und die welken Blätter toter Jahre aufwirbelte. Das Herz schlug ihm bis zum Hals.

Fast wollte er wieder gehen; es schien plötzlich besser, nichts mehr zu erfahren und einfach alles zu vergessen. Dann griff er an den Türknopf und sagte sich, daß der verdammte Raum ohnehin verschlossen sein mußte und zum Teufel damit. Er brauchte sich keine Sorgen zu machen.

Aber der Raum war nicht verschlossen. Der Knopf ließ sich drehen. Die Tür öffnete sich.

Der Raum war leer. Der Mond hinter den windzerzausten Zweigen der Ulmen draußen tauchte ihn in zitterndes Licht. Es war hell genug, um zu erkennen, daß die Klappbetten entfernt worden waren. Die Wandtafel hatte man abgewaschen. Die Karte war aufgerollt, und nur der Zugring hing herab. Andy trat heran, und seine Hand flatterte, als er danach griff. Er zog die Karte herunter.

Gehirnsegmente; der menschliche Verstand, dargeboten wie auf einem Diagramm in einer Schlachterei. Allein der Anblick schickte ihn wieder auf einen Trip. Es durchfuhr ihn wie ein scharfer Blitz. Aber es war kein Spaß. Es machte ihn krank, und das Stöhnen, das aus ihm hervorbrach, war so zart und leise wie die silbrigen Fäden eines Spinngewebes.

Die Blutspur war noch da, ein schwarzes Komma im wechselnden Licht des Mondes. Eine gedruckte Aufschrift, die vor dem Experiment zweifellos CORPUS CALLOSUM gelautet hatte, las er jetzt als COR OSUM. Die fehlenden Buchstaben waren vom Blut ausgelöscht.

So eine Kleinigkeit.

So etwas Gewaltiges.

Er stand im Dunkel und sah es sich an, versuchte, in die Wirklichkeit zurückzufinden. Was wurde hier bestätigt? Etwas? Das Meiste? Alles? Überhaupt nichts?

Er hörte hinter sich ein Geräusch, er glaubte es wenigstens: das leise Knarren eines Schuhs.

Er bewegte ruckartig die Hände, und mit dem gleichen klatschenden Geräusch rollte sie sich rasselnd auf. Überlaut hörte er diese widerlichen Geräusche in der schwarzen Höhle des Raumes.

Ein plötzliches Klopfen am mondlichtbestäubten Fenster; ein Zweig. Oder vielleicht tote, mit Blut und Gewebe beschmierte Finger: *laß mich rein, ich habe meine Augen da oben vergessen, oh, laß mich rein, laß mich rein* –

In einem Zeitlupentraum wirbelte er herum, in diesem Zeitlupentraum wußte er noch im Versinken, daß es jener Junge sein mußte, ein Geist im weißen Gewand und mit tropfenden schwarzen Löchern, wo einmal seine Augen gewesen waren. Sein Herz erwachte in seiner Kehle wieder zum Leben.

Niemand da.

Nichts.

Aber seine Nerven hielten es nicht mehr aus, und als der

Zweig unerbittlich gegen das Fenster schlug, rannte er davon, ohne die Tür zum Hörsaal hinter sich zu schließen. Er raste den schmalen Korridor entlang, und plötzlich verfolgten ihn *wirklich* Schritte, das Echo seiner eigenen. Er rannte die Treppe hinab, zwei Stufen auf einmal nehmend, und erreichte schwer atmend die Eingangshalle. Das Blut hämmerte in seinen Schläfen. Wie frisches Heu kratzte der Atem in seiner Kehle.

Vom Wachmann war nirgends etwas zu sehen. Andy machte sich davon, nachdem er eine der großen Glastüren geschlossen hatte, und schlich sich über den Platz wie der Flüchtling, der er später werden sollte.

17

Fünf Tage später und sehr gegen ihren Willen schleppte er Vicky Tomlinson zum Jason-Gearneigh-Gebäude. Sie hatte schon beschlossen, nie mehr an das Experiment zu denken. Sie hatte den Scheck der psychologischen Fakultät erhalten und ihn ihrer Bank zur Gutschrift eingereicht. Sie wollte überhaupt nicht mehr daran denken, woher das Geld gekommen war.

Er überredete sie mitzukommen und tat das mit einer Eloquenz, die er sich zu keiner Zeit zugetraut hätte. Sie gingen hin, als um vierzehn Uhr fünfzig die Vorlesungen zu Ende waren und die Studenten andere Hörsäle aufsuchten. Die Glocken der Kapelle von Harrison läuteten durch die unbewegte Luft des Frühlingstages. »Am hellen Tag kann uns doch nichts passieren«, sagte er und war sich selbst nicht darüber klar, wovor er sich denn fürchten sollte. »Da sind doch so viele Menschen.«

»Ich will einfach nicht, Andy«, hatte sie gesagt, aber sie war dann doch mitgekommen.

Zwei oder drei junge Leute mit Büchern unter dem Arm verließen gerade den Hörsaal. Die Sonnenstrahlen malten schönere Muster auf die Scheiben, als es der diamantene Staub des Mondes vermocht hätte. Andy erinnerte sich und konnte vergleichen.

Als Andy und Vicky hereinkamen, wurden sie von ein paar anderen begleitet, die an einem Seminar in Biologie teilnehmen wollten. Einer von ihnen redete leise, aber ernst auf die anderen ein. Er sprach über eine bevorstehende Demonstration gegen Militarismus, die am nächsten Wochenende stattfinden sollte. Niemand nahm von Andy und Vicky auch nur die geringste Notiz.

»Okay«, sagte Andy, und seine Stimme klang ein wenig belegt und sehr nervös. »Du mußt es dir ansehen.«

Er zog die Karte herunter. Sie sahen einen nackten Mann ohne Haut, dessen Organe genau bezeichnet waren. Seine Muskeln sahen aus wie Stränge ineinander verwobenen roten Garns. Irgendein Witzbold hatte »Oskar der Griesgram« daruntergeschrieben.

»Mein Gott«, sagte Andy.

Sie packte seinen Arm, und ihre Hand war schweißnaß vor Nervosität. »Andy«, sagte sie. »Bitte, laß uns gehen. Bevor uns jemand erkennt.«

Ja, auch er wollte fort. Die Tatsache, daß die Karte ausgewechselt worden war, erschreckte ihn irgendwie mehr als alles andere. Heftig riß er am Zugring und ließ los. Als sie sich aufrollte, gab es das gleiche klatschende Geräusch.

Eine andere Karte. Das gleiche Geräusch. Zwölf Jahre später konnte er dieses Geräusch immer noch hören – wenn seine Kopfschmerzen es zuließen. Seit jenem Tage hatte er nie wieder den Raum Nr. 70 im Jason-Gearneigh-Gebäude betreten, aber das Geräusch blieb ihm vertraut.

Er hörte es häufig in seinen Träumen ... und sah diese emporgereckte blutbeschmierte Hand.

18

Fast lautlos glitt der grüne Wagen die Zubringerstraße des Flughafens entlang, um die Auffahrt zur Nordroute zu erreichen. Auf dem Fahrersitz saß Norville Bates und hielt die Hände am Lenkrad konstant auf zehn und zwei Uhr. Gedämpft und weich tönte klassische Musik aus dem UKW-Empfänger. Norville Bates trug sein Haar jetzt kurz und zurückgekämmt, aber die kleine halbkreisförmige Narbe an seinem Kinn hatte sich nicht verändert – an der Stelle hatte er sich als Kind an der

Scherbe einer Colaflasche verletzt. Vicky hätte ihn wiedererkannt, wenn sie noch gelebt hätte.

»Es ist noch jemand unterwegs«, sagte der Mann im blauen Anzug. Er hieß John Mayo. »Der Kerl ist nicht astrein. Außer für uns arbeitet er auch noch für den DIA.«

»Eine ganz gewöhnliche Nutte«, sagte der dritte Mann, und alle drei lachten nervös und ein wenig zu laut. Sie wußten, daß sie den Verfolgten dicht auf der Spur waren. Sie rochen schon Blut. Der Name des dritten Mannes war Orville Jamieson, aber er zog es vor, OJ genannt zu werden, oder besser noch The Juice. Im Büro unterschrieb er seine Aktennotizen immer mit OJ. Einmal hatte er eine mit »The Juice« unterschrieben, und Cap, dieser Mistkerl, hatte ihm einen Verweis erteilt. Nicht nur mündlich, sondern einen schriftlichen Verweis, der in seine Personalakte gekommen war.

»Du glaubst also, es ist die Nordroute?« fragte OJ.

Norville Bates zuckte die Achseln. »Entweder die Nordroute, oder sie sind direkt nach Albany gegangen«, sagte er. »Ich habe dem Dorftrottel die Hotels in der Stadt überlassen, denn es ist schließlich seine Stadt. Ist das richtig?«

»Natürlich«, sagte John Mayo. Er und Norville kamen gut miteinander aus. Das hatte schon eine lange Geschichte. Sie führte in den Raum 70 im Jason-Gearneigh-Gebäude zurück, und *das*, mein Freund, falls man Sie jemals fragen sollte, war eine *haarige* Angelegenheit gewesen. Etwas so Haariges wollte John nie wieder durchmachen müssen. Er war der Mann, der den Jungen mit dem Herzstillstand behandelt hatte. Zu Anfang des Krieges war er Sanitäter in Vietnam gewesen, und er wußte mit einem Defibrillator umzugehen – wenigstens theoretisch. In der Praxis hatte es nicht so gut funktioniert, und der Junge war nicht mehr zu retten gewesen. Zwölf junge Leute hatten an dem Tag Lot Sechs bekommen. Zwei von ihnen waren gestorben – der Junge mit dem Herzstillstand und ein Mädchen, das sechs Tage später in ihrer Wohnung offenbar eine plötzliche Gehirnembolie nicht überlebt hatte. Zwei andere waren unheilbar geisteskrank geworden – einer von ihnen der junge Mann, der sich die Augen ausgekratzt hatte, die andere ein Mädchen, das später vom Hals an total gelähmt war. Wanless hatte behauptet, das habe psychologische Gründe, aber wer konnte das schon wissen? Es war schon ein höllisches Stück Arbeit gewesen.

»Der Dorftrottel nimmt seine Frau mit«, sagte Norville gerade. »Sie sucht ihre Enkelin. Ihr Sohn ist mit dem kleinen Mädchen abgehauen. Natürlich geht es um Ehescheidung. Sie will die Polizei nur im Notfall verständigen, aber sie hat Angst, ihr Sohn könnte durchdrehen. Wenn sie das richtig bringt, gibt es keinen Nachtportier in der ganzen Stadt, der ihr nicht erzählt, ob die beiden bei ihm ein Zimmer genommen haben.«

»Wenn sie es richtig vorträgt«, sagte OJ. »Bei diesen Weibern kann man das nie wissen.«

John sagte: »Wir fahren zur nächsten Auffahrt, klar?«

»Klar«, sagte Norville. »Noch drei bis vier Minuten.«

»Hatten sie denn überhaupt genug Zeit, dorthin zu kommen?«

»Ja, aber sie müssen verdammt gewetzt sein. Vielleicht erwischen wir sie schon an der Auffahrt, wenn sie dort versuchen, mitgenommen zu werden. Vielleicht haben sie auch den Weg abgekürzt und sind gleich zur Standspur runtergelaufen. In beiden Fällen brauchen wir nur weiterzufahren, bis wir sie finden.«

»Wo soll's denn hingehen, mein Freund, steigen Sie ein«, sagte The Juice und lachte. Er trug eine .357 Magnum im Schulterhalfter.

»Wenn sie schon einer mitgenommen hat, Norv«, sagte John, »sind wir aber angeschissen.«

Norville zuckte die Achseln. »Eine Frage der Wahrscheinlichkeit. Es ist jetzt viertel nach ein Uhr nachts. Es sind nicht viele Leute unterwegs. Und was denkt der Herr Geschäftsmann, wenn er um diese Zeit einen großen Mann und ein kleines Mädchen sieht, die mitgenommen werden wollen?«

»Er wird ins Grübeln kommen.«

»Darauf wette ich jeden Betrag.«

Wieder lachte The Juice. Oben vor ihnen lag die Blinklichtanlage, die die Auffahrt zur Nordroute markierte. OJ legte die Hand an den Nußbaumkolben seines Revolvers. Für alle Fälle.

19

Ein Lieferwagen fuhr vorbei, sie spürten die kühle Luft des Fahrtwindes ... dann leuchteten die Bremslichter auf, der Wagen fuhr auf die Standspur hinüber und hielt vierzig Meter weiter.

»Gott sei Dank«, sagte Andy leise. »Laß mich reden, Charlie.«

»In Ordnung, Daddy.« Ihre Stimme klang apathisch. Sie hatte wieder dunkle Ringe unter den Augen. Der Wagen fuhr rückwärts, als sie auf ihn zuliefen. Andys Kopf fühlte sich wie ein langsam anschwellender Ballon aus Blei an.

Die Seite des Wagens war mit Szenen aus Tausendundeinernacht bemalt – Kalifen, verschleierte Mädchen und ein geheimnisvoll in der Luft hängender Teppich. Der Teppich sollte zweifellos rot sein, aber im Licht der Straßenbeleuchtung hatte er die braune Farbe von trocknendem Blut.

Andy öffnete die Tür an der Beifahrerseite, hob Charlie hinein und stieg hinterher. »Danke, Mister«, sagte er. »Sie haben uns das Leben gerettet.«

»Es ist mir ein Vergnügen«, sagte der Fahrer. »Hallo, kleine Freundin.«

»Hallo«, sagte Charlie mit dünner Stimme.

Der Fahrer sah in den Außenspiegel, gab Gas, verließ die Standspur und fädelte sich in die Fahrspur ein. Als Andy über Charlies gesenkten Kopf hinweg den Fahrer ansah, bekam er so etwas wie ein schlechtes Gewissen: der Fahrer war genau der Typ eines jungen Mannes, an dem Andy stets vorbeifuhr, wenn er ihn mit erhobenem Daumen am Straßenrand stehen sah. Er war groß und schlank und trug einen dichten schwarzen Bart, der bis auf die Brust reichte, sowie einen breitkrempigen Filzhut, der wie eine Requisite aus einem Film über das alte Kentucky aussah. Eine selbstgedrehte Zigarette hing ihm aus dem Mundwinkel, und kräuselnd stieg der Rauch auf. Nach dem Geruch war es eine normale Zigarette; sie hatte nicht den süßlichen Duft von Cannabis.

»Wo wollen Sie denn hin, mein Freund?« fragte der Fahrer.

»Zwei Städte weiter«, sagte Andy.

»Hastings Glen?«

»Stimmt.«

Der Fahrer nickte. »Ist jemand hinter euch her?«

Charlie wurde starr vor Schreck, und Andy strich ihr sanft mit der Hand über den Rücken, bis ihre Spannung sich löste. Er hatte aus der Stimme des Fahrers keinen drohenden Unterton herausgehört.

»Am Flughafen wartete schon ein Zustellbeamter«, sagte er.

Der Fahrer grinste – das Grinsen war unter seinem wilden Bart kaum zu erkennen –, nahm die Zigarette aus dem Mund und überließ sie dann vorsichtig dem am ausgestellten Fenster saugenden Wind. Der Luftstrom verschluckte sie.

»Hat wohl etwas mit Ihrem kleinen Engel zu tun, denke ich«, sagte er.

»Sie haben nicht ganz unrecht«, sagte Andy.

Der Fahrer sagte nichts mehr. Andy lehnte sich zurück und versuchte, mit seinen Kopfschmerzen fertig zu werden. Sie schienen sich auf einen letzten grauenhaften Höhepunkt zu konzentrieren. War es jemals so schlimm gewesen? Immer wenn er es übertrieb, schien es schlimmer zu sein als je zuvor. Dann dauerte es immer einen Monat, bevor er wieder zuzustoßen wagte. Er wußte, daß zwei Städte weiter nicht annähernd weit genug war, aber mehr schaffte er heute nacht einfach nicht. Er war fertig. Hastings Glen mußte reichen.

»Auf wen tippen Sie«, fragte ihn der Fahrer.

»Wie, was?«

»Football. Die San Diego Padres im Endspiel – das darf doch wohl nicht sein.«

»Ziemlich unwahrscheinlich«, stimmte Andy zu. Seine Stimme kam aus weiter Ferne, wie die Glocke eines längst versunkenen Schiffs.

»Ist was nicht in Ordnung, Mann? Sie sehen so blaß aus.«

»Kopfschmerzen«, sagte Andy. »Migräne.«

»Sie stehen unter Dampf«, sagte der Fahrer. »Das kann ich verstehen. Gehen Sie in ein Hotel? Brauchen Sie vielleicht Geld? Ich kann Ihnen einen Fünfer geben. Ich wollte, es wäre mehr, aber ich muß nach Kalifornien, und ich muß vorsichtig sein wie die Familie Joad in *Früchte des Zorns*.«

Andy lächelte dankbar. »Wir kommen schon klar.«

»Gut.« Der Fahrer schaute zu Charlie hinüber, die eingeschlafen war. »Hübsches kleines Mädchen. Sie werden gut auf sie aufpassen?«

»So gut ich kann«, sagte Andy.

»In Ordnung«, sagte der Fahrer. »So gehört es sich.«

20

Hastings Glen war wenig mehr als eine Ausbuchtung an der Straße. Um diese Zeit waren alle Verkehrsampeln der Stadt auf Blinklicht umgeschaltet. Der bärtige Fahrer im Schlapphut nahm die Abfahrt und fuhr durch die schlafende Stadt über Route 40 zum Slumberland-Motel, einem aus dem Holz von Mammutbäumen errichteten Gebäude, hinter dem ein abgeerntetes Kornfeld lag, und an dessen Fassade man auf einem rosaroten Neonschild die verstümmelten Worte lesen konnte: ZIM ER FR I. Charlie schlief inzwischen ganz fest, war nach links gerutscht und lag jetzt mit dem Kopf auf dem jeansumhüllten Schenkel des Fahrers. Andy wollte sie anders hinlegen, aber der Fahrer schüttelte den Kopf.

»Sie liegt so gut, Mann. Lassen Sie sie schlafen.«

»Können Sie uns etwas weiter hinten absetzen?« bat Andy. Das Denken fiel ihm immer noch schwer, aber diese Vorsichtsmaßnahme traf er intuitiv.

»Der Nachtportier soll nicht wissen, daß Sie kein Auto haben?« Der Fahrer lächelte. »Aber klar, Mann. Obwohl es denen hier auch egal wäre, wenn Sie auf einem Einrad hergefahren kommen.« Die Reifen des Wagens wühlten den Kies auf. »Sind Sie sicher, daß Sie keinen Fünfer brauchen?«

»Ich könnte ihn schon brauchen«, sagte Andy zögernd. »Aber dann schreiben Sie mir doch Ihre Adresse auf. Ich schicke ihn zurück.«

Wieder erschien ein Grinsen im Gesicht des Fahrers. »Meine Adresse lautet ›unterwegs‹«, sagte er und zog die Brieftasche. »Vielleicht sehen Sie mein freundlich lächelndes Gesicht irgendwann mal wieder. Wer weiß. Nehmen Sie schon, Mann.« Er gab Andy die Fünfdollarnote, und plötzlich weinte Andy – nicht sehr, aber er weinte.

»Nicht doch, Mann«, sagte der Fahrer freundlich. Er strich

Andy über den Kopf. »Das Leben ist kurz, und der Schmerz ist lang, und wir sind alle auf diese Welt gekommen, um einander zu helfen. Das ist Jim Paulsons komische Philosophie. Paß auf die kleine Fremde auf.«

»Bestimmt«, sagte Andy und wischte sich die Augen. Er steckte den Schein in die Tasche seiner Cordjacke. »Charlie? Kleines? Wach auf. Nur noch ein paar Minuten.«

21

Drei Minuten später lehnte Charlie sich schläfrig gegen ihn, als er Jim Paulson nachschaute, der bis zu einem geschlossenen Restaurant weiterfuhr, wendete und dann an ihnen vorbei Kurs auf die Interstate nahm. Andy hob die Hand, und Paulson grüßte zurück. Der alte Ford mit den Szenen aus Tausendundeinernacht, mit Tänzerinnen und Großwesiren und einem geheimnisvollen fliegenden Teppich. Kalifornien soll dich gut behandeln, Junge, dachte Andy, und dann machte er sich mit Charlie auf den Weg zum Slumberland-Motel.

»Warte hier draußen und laß dich nicht blicken«, sagte Andy. »Okay?«

»Okay, Daddy.« Es kam sehr schläfrig.

Er ließ sie neben einer Konifere stehen, ging zum Büro und drückte die Nachtglocke. Nach zwei Minuten erschien ein in einen Morgenmantel gehüllter Mann in mittleren Jahren, der eifrig seine Brillengläser polierte. Er öffnete die Tür und ließ Andy wortlos ein.

»Könnte ich vielleicht das Apartment am Ende des linken Flügels bekommen?« fragte Andy. »Da steht mein Wagen.«

»Wenn Sie wollten, könnten Sie um diese Jahreszeit den ganzen Westflügel haben«, sagte der Nachtportier und entblößte sein gelbes Gebiß. Er reichte Andy ein Formular und einen Reklamekugelschreiber. Draußen fuhr ein Wagen vorbei. Er war nicht zu hören. Seine Scheinwerfer leuchteten hell auf, dann waren sie nicht mehr zu sehen.

Andy unterschrieb das Formular mit Bruce Rozelle. Bruce fuhr einen 1978er Vega mit dem New Yorker Kennzeichen LMS 240. Dann schaute er kurz auf die Rubrik ORGANISA-

TION/FIRMA und trug einer plötzlichen Eingebung folgend den Namen einer Automatenvertriebsfirma ein: United Vending Company of America. Unter der Rubrik Zahlungsart trug er BAR ein.

Wieder fuhr ein Wagen vorbei.

Der Portier zeichnete gegen und steckte das Formular weg. »Macht siebzehn Dollar und fünfzig Cents.«

»Nehmen Sie Kleingeld?« fragte Andy. »Ich kam nicht mehr zur Bank und schleppe ein Kilo Silber mit mir herum. Wie ich diese Sammelfahrten auf dem Lande hasse.«

»Geben Sie ruhig her. Gibt sich genauso schnell aus.«

»Danke.« Andy griff in die Jackentasche, schob den Fünfdollarschein zur Seite und holte eine Handvoll Silbergeld heraus. Er zählte vierzehn Dollar ab und griff noch einmal in die Tasche. Dann hatte er den Betrag zusammen. Der Portier hatte die Münzen inzwischen säuberlich aufgeschichtet und verteilte sie jetzt in die entsprechenden Fächer seiner Kassette.

»Wissen Sie«, sagte er und schloß die Schublade. Dann sah er Andy erwartungsvoll an. »Ich würde Ihnen ja fünf Dollar nachlassen, wenn Sie den Zigarettenautomaten reparieren könnten. Der funktioniert schon seit einer Woche nicht mehr.«

Andy trat zum Automaten, der in der Ecke stand, und tat so, als ob er ihn sich ansah. Dann wandte er sich ab. »Nicht unser Fabrikat«, sagte er.

»Pech. Aber was soll ich machen. Gute Nacht, Junge. Im Schrank liegt eine Extradecke, falls Sie sie brauchen.«

»Prima.« Er ging. Der Kies knirschte unter seinen Füßen, und grauenhaft verstärkt drang ihm das Geräusch in die Ohren. Er ging zur Konifere hinüber, wo er Charlie zurückgelassen hatte, aber Charlie war nicht da.

»Charlie?«

Keine Antwort. Er ließ den Zimmerschlüssel mit dem grünen Plastiketikett von einer Hand in die andere gleiten. Beide Hände waren plötzlich schweißnaß.

»Charlie?«

Immer noch keine Antwort. Er versuchte sich zu erinnern, und jetzt schien es ihm, als ob der letzte Wagen, während er das Formular ausfüllte, abgebremst hatte. Vielleicht war es ein grüner Wagen gewesen.

Sein Herz begann schneller zu schlagen, und wilder Schmerz fuhr ihm ins Gehirn. Er überlegte, was er tun sollte, wenn Charlie weg war, aber er konnte nicht denken. Zu sehr tat ihm der Kopf weh. Er . . .

Von den Büschen her hörte er leises Schnauben und Schnarchen. Ein Geräusch, das er nur zu gut kannte. Er rannte hinüber, daß der Kies spritzte. Die harten Zweige der Konifere schlugen ihm um die Beine und verhakten sich in seiner Cordjacke.

Mit fast bis ans Kinn angezogenen Knien lag Charlie hinter dem Gebüsch auf dem Rasen. Sie war fest eingeschlafen. Einen Augenblick stand Andy mit geschlossenen Augen da. Dann rüttelte er sie wach und hoffte, daß es in dieser Nacht das letzte Mal sein würde. In dieser entsetzlich langen Nacht.

Ihre Augenlider bewegten sich, und dann sah sie zu ihm auf. »Daddy?« fragte sie kaum verständlich und noch halb im Traum.

»Ich habe mich nicht sehen lassen, wie du sagtest.«

»Ich weiß, mein Kleines«, sagte er. »Ich weiß. Komm. Wir gehen schlafen.«

22

Zwanzig Minuten später lagen sie beide im Doppelbett von Apartment 16. Charlie schlief ganz fest, und ihr Atem ging ruhig. Andy war noch wach, aber er dämmerte dem Schlaf entgegen. Nur das unablässige Hämmern in seinem Kopf hielt ihn wach. Und die vielen Fragen.

Seit einem Jahr schon waren sie auf der Flucht. Es war fast nicht zu glauben, vielleicht deshalb nicht, weil es nicht wie Flucht *ausgesehen* hatte, jedenfalls nicht, als sie noch in Port City lebten. In Port City in Pennsylvania hatte er Abmagerungskurse verkauft, und dort war Charlie auch zur Schule gegangen. Und wie konnte jemand auf der Flucht sein, der einen Job hatte und dessen Tochter das erste Jahr zur Schule ging? In Port City hätte man sie fast erwischt, nicht, weil die anderen besonders gut gewesen wären (obwohl sie äußerst hartnäckig waren, was Andy sehr beunruhigte), sondern weil Andy einen entscheidenden Fehler gemacht hatte: er hatte sich erlaubt, vorübergehend zu vergessen, daß sie auf der Flucht waren.

Das konnte jetzt nicht passieren.

Wie dicht waren sie ihnen auf den Fersen? Waren sie noch in New York? Wenn er doch nur davon ausgehen könnte, daß sie die Nummer des Taxis nicht hatten und immer noch versuchten, den Fahrer zu finden. Aber höchstwahrscheinlich waren sie in Albany und krochen über den Flughafen wie Maden über einen Fleischklumpen. Hastings Glen? Vielleicht am Morgen. Aber vielleicht auch nicht. Hastings Glen lag fünfzehn Meilen vom Flughafen entfernt. Nur nicht verrückt machen lassen.

Ich habe es verdient, vor die Autos zu rollen, weil ich den Mann in Brand gesteckt habe! Und er hörte seine Stimme antworten: *Es hätte schlimmer kommen können. Du hättest ihm das Gesicht verbrennen können.*

Geisterstimmen, die ihn verfolgten.

Etwas anderes fiel ihm ein. Er fuhr angeblich einen Vega. Wenn der Nachtportier morgen früh vor Apartment 16 keinen geparkten Vega sah, würde er dann einfach annehmen, daß der Mann von der United Vending Company weitergefahren sei, oder würde er der Sache nachgehen? Aber jetzt konnte er nichts unternehmen. Er war total erledigt.

Ich dachte mir doch gleich, daß etwas mit ihm nicht stimmt. Er sah so blaß und krank aus. Und er hat mit Kleingeld bezahlt. Angeblich arbeitet er für eine Verkaufsautomatenfirma, aber er kann keinen Zigarettenautomaten reparieren.

Geisterstimmen, die ihn verfolgten.

Er drehte sich auf die Seite und hörte Charlies langsame und gleichmäßige Atemzüge. Er hatte geglaubt, sie hätten sie gefunden, dabei war sie nur tiefer unter die Büsche gekrochen. Und hatte sich nicht blicken lassen. Charlene Norma McGee. Charlie nannten sie sie seit . . . nun, eigentlich immer schon. *Wenn sie dich gekriegt hätten, Charlie, weiß ich nicht, was ich tun würde.*

23

Eine letzte Stimme, die seines Zimmergenossen Quincey vor sechs Jahren.

Charlie war damals ein Jahr alt gewesen, und sie wußten

natürlich, daß sie nicht normal war. Sie hatten es gewußt, seit sie eine Woche alt war. Vicky hatte sie mit in ihr gemeinsames Bett genommen, denn wenn man sie in ihrem Kinderbett allein ließ, fing das Kissen an zu . . . nun, es fing an zu glimmen. Eines Abends, als es so heiß wurde, daß sie Brandblasen an der Wange bekam und trotz eines Beruhigungsmittels, das Andy in der Hausapotheke gefunden hatte, die ganze Nacht schrie, hatten sie das Kinderbett endgültig weggestellt, und in ihrer Angst – einer Angst, die zu tief saß und zu seltsam war, als daß man sie hätte artikulieren können – hatten sie überhaupt nicht darüber gesprochen. Das erste Jahr war völlig verrückt. Kein Schlaf, die andauernde Angst. Wenn man ihr zu spät die Flasche gab, brannten die Papierkörbe. Einmal fingen die Vorhänge Feuer, und wenn Vicky nicht im Zimmer gewesen wäre . . .

Es war ihr Sturz die Treppe hinunter, der ihn schließlich veranlaßte, Quincey zu rufen. Sie war damals im Krabbelalter und konnte schon recht gut auf Händen und Knien die Treppe hinaufklettern und rückwärts wieder herunter. An jenem Tage hatte Andy auf sie aufgepaßt.

Vicky war mit einer Freundin einkaufen gegangen. Sie hatte zuerst gezögert, so daß Andy sie praktisch hinauswerfen mußte. Sie sah immer so abgespannt und so müde aus. In ihren Blicken lag etwas Starres, das ihn an die Geschichten über den Frontkoller im Krieg erinnerte.

Er hatte im Wohnzimmer in der Nähe der Treppe gesessen und gelesen. Charlie krabbelte immer wieder die Treppe rauf und runter. Auf den Stufen saß ein Teddybär. Andy hätte ihn natürlich wegnehmen sollen, aber jedesmal, wenn sie raufkrabbelte, kroch Charlie um den Teddy herum, und Andy hatte sich durch das friedliche Bild einlullen lassen – wie ihn das, was ihr normales Leben in Port City zu sein schien, eingelullt hatte.

Als sie das dritte Mal herunter wollte, geriet ihr der Teddy zwischen die Füße, und sie purzelte die Treppe hinunter und heulte dabei vor Wut und Angst. Die Treppe war mit Teppichen belegt, und sie hatte nicht einmal eine Schramme – Betrunkene und kleine Kinder haben einen Schutzengel, hatte Quincey immer gesagt, und das war an jenem Tage sein erster bewußter Gedanke an Quincey – aber Andy sprang hinzu, nahm sie auf und tröstete sie, während er nachschaute, ob sie blutete, sich etwas verrenkt oder sich sonstwie verletzt hatte. Und . . .

Und er *fühlte* ihn an sich vorbeiziehen, den unsichtbaren, unglaublichen Todesstrahl aus den Gedanken seiner Tochter. Es war wie die Luftströmung von einem rasch fahrenden U-Bahnzug im Sommer, wenn man vielleicht ein wenig zu dicht an der Bahnsteigkante steht. Ein sanftes, geräuschloses Vorbeiziehen warmer Luft . . . und dann stand der Teddybär in Flammen. Der Teddy hatte Charlie weh getan. Also wollte Charlie dem Teddy weh tun. Die Flammen loderten auf, und einen Augenblick sah Andy die schwarzen Knopfaugen durch einen Flammenvorhang, und die Flammen griffen auf den Teppich über, auf dem der Teddybär lag.

Andy setzte seine Tochter ab und rannte zum Feuerlöscher an der Wand neben dem Fernsehgerät. Er und Vicky sprachen nie über diese Fähigkeit ihrer Tochter – es gab Zeiten, da Andy es gern getan hätte, aber Vicky wollte davon nichts wissen; sie mied das Thema mit einem geradezu hysterischen Eigensinn und bestand darauf, daß mit Charlie alles in Ordnung sei, *alles in Ordnung* – aber in aller Stille und ohne darüber zu sprechen, waren immer mehr Feuerlöscher im Haus aufgetaucht, so unbemerkt wie der Löwenzahn hervorsprießt, wenn Frühling und Sommer ineinander übergehen. Sie sprachen nicht über Charlies unheimliche Fähigkeit, aber das Haus wimmelte von Feuerlöschern.

Rasch nahm er diesen von der Wand, roch den beißenden Rauch des brennenden Teppichs und stürzte die Treppe hinauf . . . und dabei hatte er noch Zeit, an eine Geschichte zu denken, die er einmal als Kind gelesen hatte. »Das Leben ist *schön*« war der Titel, und ein gewisser Jerôme Bixby hatte das Buch geschrieben. Es handelte von einem kleinen Kind, das seine Eltern mit Psychoterror versklavte, ein Alptraum von tausendfältig drohendem Tod, und man wußte nie . . . man wußte nie, wann das kleine Kind wieder böse wurde . . .

Charlie saß am Fuß der Treppe auf dem Hintern und heulte.

Andy drehte wütend am Knopf des Feuerlöschers und spritzte den Schaum auf das sich ausbreitende Feuer, das schnell erstickt wurde. Andy hob den schwarzverbrannten und schaumbesprühten Teddy auf und trug ihn die Treppe hinunter.

Er haßte sich dafür, aber er wußte irgendwie ganz primitiv, daß es getan werden mußte. Der Strich mußte gezogen, die Lektion gelernt werden. Fast stieß er ihr den Bären in das schreiende, ängstliche, tränenüberströmte Gesicht. *Oh, du Scheißkerl*, dachte er verzweifelt, *warum gehst du nicht einfach gleich in die Küche, holst ein Messer und ziehst ihr einen Strich über jede Wange? Um sie auf diese Weise zu zeichnen?* Und darauf konzentrierten sich seine Gedanken. Narben. Ja, das mußte er tun. Er mußte seinem Kind Narben beibringen. Ihr Narben in die Seele brennen.

»Findest du, daß der Teddy jetzt schön aussieht?« brüllte er. Der Bär war versengt und schwarz und lag noch so warm wie abkühlende Holzkohle in seiner Hand. »Gefällt es dir, daß der Teddy so verbrannt ist, daß du nicht mehr mit ihm spielen kannst, Charlie?«

Charlie weinte in schrillen, langgezogenen Schluchzern. Ihr Gesicht war totenblaß mit roten fiebrigen Flecken, und ihre Augen schwammen in Tränen. *»Bääääähh! Teddy! Teddy!«*

»Ja, Teddy«, sagte er wütend. »Teddy ist ganz verbrannt, Charlie. Und wenn du den Teddy verbrennst, könntest du auch Mami und Daddy verbrennen. Du ... *du darfst es nie wieder tun!«* Er lehnte sich zu ihr hinüber, ohne sie auf den Arm zu nehmen oder zu berühren. »Du darfst es nie wieder tun, denn *es ist etwas Böses!«*

»Bääääääähh –«

Er ertrug es nicht, ihr noch mehr Herzeleid zuzufügen, sie noch mehr in Angst und Schrecken zu versetzen. Er hob sie hoch und ging mit ihr auf und ab, bis – sehr viel später – ihr Schluchzen abebbte, bis man schließlich nur noch hin und wieder ein leises Schnauben hörte. Als er sie ansah, hatte sie die Wange an seine Schulter gelegt und war fest eingeschlafen.

Er legte sie auf die Couch, ging ans Telefon und rief Quincey an.

Quincey wollte nicht reden. Damals, 1975, arbeitete er für eine große Flugzeugfabrik, und auf seinen jährlichen Weihnachtskarten an die McGees bezeichnete er sich immer als den für Streicheleinheiten zuständigen Vizepräsidenten. Wenn die

Männer, die die Flugzeuge bauten, Probleme hatten, erwartete man, daß sie sich an Quincey wandten. Quincey half ihnen dann bei ihren Problemen – Entfremdung, Identitätskrisen, vielleicht auch ganz einfach das Gefühl, daß ihre Jobs eine enthumanisierende Wirkung auf sie hatten – und dann gingen die Leute ans Band zurück und setzten keine Teile mehr falsch ein, und dann stürzten auch keine Flugzeuge mehr ab, und die Demokratie in der Welt war gerettet. Dafür bekam Quincey zweiunddreißigtausend Dollar im Jahr, siebzehntausend mehr, als Andy verdiente. »Ich habe nicht das geringste schlechte Gewissen«, hatte er geschrieben. »Ich finde, es ist ein kleines Gehalt für einen Mann, der Amerika fast allein über Wasser hält.«

Das war Quincey. Immer noch der gleiche zynische Humor. An dem Tag allerdings, an dem Andy ihn in Gegenwart seiner auf der Couch schlafenden Tochter, den Geruch des versengten Teddys und des angesengten Teppichs noch in der Nase, aus Ohio anrief, war er weder zynisch noch humorvoll gewesen.

»Ich habe zwei Dinge erfahren«, sagte Quincey endlich, als er sah, daß Andy sich so nicht abspeisen lassen wollte. »Aber es kommt vor, daß Telefone überwacht werden, alter Junge. Wir leben im Watergate-Zeitalter.«

»Ich habe Angst«, sagte Andy. »Vicky hat Angst. Und Charlie hat auch Angst. Was hast du erfahren, Quincey?«

»Es hat einmal ein Experiment gegeben, an dem zwölf Leute teilnahmen. Erinnerst du dich daran? Es war vor etwa sechs Jahren.«

»Und wie ich mich erinnere«, sagte Andy grimmig.

»Von den zwölf Leuten sind nicht mehr viele übrig. Als ich das letzte Mal davon hörte, waren es noch vier. Zwei davon haben einander geheiratet.«

»Ja«, sagte Andy, aber er fühlte Entsetzen in sich aufsteigen. Nur vier übrig? Wovon redete Quincey?

»Soweit ich weiß, kann einer von ihnen Schlüssel verbiegen oder Türen öffnen, ohne sie auch nur zu berühren.« Quinceys Stimme klang dünn. Sie kam über Tausende von Meilen Telefonkabel, über Schaltstationen und Relais und Kabelkästen in Nevada, Idaho, Colorado, Iowa. Millionen Stellen, um Quinceys Stimme mitzuschneiden.

»Tatsächlich«, sagte Andy und versuchte, in normalem Tonfall weiterzusprechen. Und er dachte an Vicky, die manchmal das Radio aus- und das Fernsehgerät einschalten konnte, ohne ranzugehen – und Vicky war sich dieser Fähigkeit anscheinend nicht einmal bewußt.

»Oh, ja, kein Zweifel. Er ist – wie kann man es nennen? – ein dokumentierter Fall. Wenn er diese Dinge zu oft tut, bekommt er Kopfschmerzen, aber tun kann er sie. Sie haben ihn in einen kleinen Raum gesperrt, dessen Tür er nicht öffnen und dessen Schloß er nicht verbiegen kann. Dort machen sie Tests mit ihm. Er verbiegt Schlüssel. Er öffnet Türen. Und er soll schon fast verrückt sein.«

»Oh . . . mein . . . Gott«, sagte Andy schwach.

»Er ist Teil der Friedensbemühungen, und darum schadet es auch nichts, wenn er verrückt wird«, fuhr Quincey fort. »Er verliert den Verstand, damit zweihundertzwanzig Millionen Amerikaner frei und sicher leben können. Verstehst du?«

»Ja«, flüsterte Andy.

»Was mit den beiden ist, die geheiratet haben? Nichts. Soweit man weiß. Sie leben unauffällig in einem ruhigen Staat im Mittleren Westen, zum Beispiel Ohio. Vielleicht werden sie jährlich einmal überprüft. Damit man feststellt, ob sie auch Schlüssel verbiegen oder Türen öffnen, ohne sie zu berühren, oder ob sie bei irgendeinem obskuren Straßenfest als Zauberkünstler auftreten. Gut, daß die beiden so etwas nicht können, nicht wahr, Andy?«

Andy schloß die Augen und roch verbrannten Stoff. Manchmal öffnete Charlie die Kühlschranktür, schaute hinein und kroch wieder davon. Wenn Vicky gerade bügelte, schaute sie nur zum Kühlschrank hinüber, und die Tür fiel zu – ohne daß sie das Empfinden hatte, etwas Ungewöhnliches zu tun. Das war aber nur manchmal. Bei anderen Gelegenheiten schien es nicht zu funktionieren, und sie unterbrach das Bügeln und schloß die Kühlschranktür selbst (oder schaltete das Radiogerät aus oder das Fernsehgerät ein). Vicky konnte keine Schlüssel verbiegen, sie konnte nicht Gedanken lesen oder fliegen oder Feuer entfachen oder die Zukunft voraussagen. Sie konnte manchmal über das ganze Zimmer hinweg eine Tür schließen, und das war's auch schon. Manchmal, nachdem sie mehrere solche Dinge getan hatte, klagte sie über Kopfschmerzen oder einen verdorbenen Magen, wie Andy bemerkt hatte. Und Andy wußte nicht, ob es sich dabei um eine physische Reaktion handelte oder um eine Art Warnung aus dem Unterbewußtsein. Wenn sie ihre Periode hatte, war ihre Fähigkeit, diese Dinge zu tun, vielleicht ein wenig ausgeprägter. Diese Kleinigkeiten, die noch nicht einmal häufig geschahen, sah Andy mittlerweile als normal an. Was ihn selbst betraf . . . er konnte Menschen psychisch beeinflussen. Es gab eigentlich keinen Namen dafür. Autohypnose kam der Sache vielleicht am nächsten. Und er schaffte es nicht oft, weil er davon Kopfschmerzen bekam. An den meisten Tagen dachte er überhaupt nicht daran, daß er nicht völlig normal war und es seit jenem Tag in Raum 70 des Jason-Gearneigh-Gebäudes auch nie wieder gewesen war.

Er schloß die Augen und sah auf dem dunklen Feld unter den geschlossenen Augenlidern jene kommaförmige Blutspur und die verstümmelten Worte COR OSUM.

»Ja, das ist ganz gut«, fuhr Quincey fort, als ob Andy ihm zugestimmt hätte. »Sonst hätte man sie in zwei kleine Räume gesperrt, wo sie die ganze Zeit arbeiten müßten, damit zweihundertzwanzig Millionen Amerikaner frei und sicher leben können.«

»Eine gute Sache«, stimmte Andy zu.

»Diese zwölf Leute«, sagte Quincey. »Vielleicht hat man diesen zwölf Leuten eine Droge gegeben, die man selbst noch nicht kannte. Es könnte sein, daß jemand – ein gewisser verrückter Doktor – sie absichtlich getäuscht hat. Oder vielleicht dachte er, daß er sie täuschte, und sie täuschten absichtlich ihn. Aber das spielt keine Rolle.«

»Nein.«

»Man gab ihnen also diese Droge, und sie hat vielleicht ihre Chromosomen ein wenig verändert. Oder sogar sehr stark. Wer weiß. Und vielleicht haben zwei von ihnen geheiratet und beschlossen, ein Kind zu bekommen, und vielleicht hat dieses Baby mehr als Mund und Augen. Müßten sie an diesem Kind nicht sehr interessiert sein?«

»Darauf möchte ich wetten«, sagte Andy, der jetzt solche Angst hatte, daß er kaum noch sprechen konnte. Er hatte sich schon vorgenommen, Vicky nichts über seinen Anruf bei Quincey zu erzählen.

»Es ist, als ob du eine Zitrone hast, und das ist etwas Gutes, und du hast ein Baiser, und auch *das* ist etwas Gutes, aber wenn man beides zusammentut, bekommt man . . . einen völlig neuen Geschmack. Ich wette, daß sie sehr gern erfahren möchten, wozu das Kind imstande ist. Vielleicht wollen sie es holen und in einen kleinen Raum sperren, um zu sehen, ob es dazu beitragen kann, die Demokratie in der Welt sicherer zu machen. Und ich denke, mehr werde ich nicht sagen, alter Junge, außer . . . laß dich nicht erwischen.«

24

Geisterstimmen, die ihn verfolgten.

Laß dich nicht erwischen.

Er drehte sich zu Charlie um, die fest schlief. *Charlie, mein Kleines, was sollen wir nur tun? Wohin können wir nur gehen, wo man uns in Ruhe läßt? Wie wird dies alles enden?*

Es gab auf keine dieser Fragen eine Antwort.

Und am Ende schlief er ein, während nicht weit entfernt ein grüner Wagen durch die Dunkelheit fuhr, dessen Insassen immer noch hofften, einen großen, breitschultrigen Mann in einer Cordjacke und ein blondes kleines Mädchen in roter Hose und grüner Bluse aufzuspüren.

Longmont, Virginia:
Die Firma

1

Zwei hübsche Landhäuser im Südstaatenstil lagen einander gegenüber. Die weite Rasenfläche zwischen beiden Gebäuden war von einigen elegant gewundenen Fahrradwegen durchzogen, und eine zweispurige Kiesanfahrt führte von der Hauptstraße her über einen Hügel auf das Gelände. Ein wenig entfernt stand neben einem dieser Häuser eine leuchtendrot gestrichene und in makellosem Weiß abgesetzte, große Scheune. In der Nähe des anderen sah man einen langen Stall, der in dem gleichen hübschen, weiß abgesetzten Rot gehalten war. Hier standen Pferde aus den besten Gestüten, die im Süden zu finden waren. Zwischen Scheune und Stall befand sich ein großer, flacher Ententeich, in dessen unbewegter Oberfläche sich der Himmel spiegelte.

In den sechziger Jahren des neunzehnten Jahrhunderts hatten die ursprünglichen Eigentümer ihre Anwesen verlassen und waren im Bürgerkrieg gefallen, und alle überlebenden Angehörigen waren ohne Nachkommen gestorben. Im Jahre 1954 waren beide Grundstücke zu einem Komplex zusammengelegt und in Regierungsbesitz übernommen worden. Hier hatte die Firma ihr Hauptquartier.

Um zehn Minuten nach neun an einem sonnigen Oktobertag – es war der Tag, nachdem Andy und Charlie New York mit dem Taxi in Richtung Albany verlassen hatten – fuhr ein älterer Mann mit freundlich blitzenden Augen und einer britischen Wollmütze auf dem Kopf mit dem Rad auf eines der Häuser zu. Hinter ihm, am zweiten Hügel, lag der Kontrollpunkt, den er passiert hatte, nachdem der Computer der Sicherungsanlage seinen Daumenabdruck überprüft hatte. Der Kontrollpunkt befand sich innerhalb einer doppelten Stacheldrahtumzäunung. Der über zwei Meter hohe äußere Zaun war alle zwanzig Meter mit Hinweisschildern markiert: VORSICHT! REGIERUNGSGELÄNDE. DIESER ZAUN FÜHRT STROM VON GERINGER SPANNUNG! Tagsüber war die Spannung tatsächlich niedrig. Nachts jedoch ließ der auf dem Grundstück installierte Generator sie auf eine tödliche Voltzahl steigen, und jeden Morgen fuhren fünf Bedienstete mit kleinen elektrisch betriebenen Golfkarren um den Zaun herum und entfernten die toten verschmorten Kaninchen, Maulwürfe, Vögel und Murmeltiere, gelegentlich ein in einer Lache von Gestank liegendes Stinktier und manchmal ein Stück Rotwild. Und zweimal fand man sogar auf ähnliche Weise verbrannte Menschen. Der Abstand zwischen beiden Stacheldrahtzäunen betrug gut neun Meter. Tag und nacht ließ man in diesem Areal Wachhunde frei laufen. Es waren Dobermannhunde, und sie waren darauf dressiert, sich vom elektrisch geladenen Zaun fernzuhalten. An jeder Ecke der Anlage gab es Wachtürme, die ebenfalls rot und weiß gestrichen waren. Sie waren mit Leuten besetzt, die als Experten im Umgang mit todbringendem Präzisionsstahl bezeichnet werden konnten. Der ganze Komplex wurde von TV-Kameras überwacht, und die Bilder wurden ständig vom Computer ausgewertet. Das Anwesen von Longmont war absolut einbruchsicher.

Der ältere Mann fuhr weiter und hatte für jeden, der ihm begegnete, ein freundliches Lächeln. Ein kahlköpfiger alter Mann, der eine Baseballmütze trug, bewegte ein Stutfohlen mit schmalen Fesseln. Er hob die Hand und rief: »Hallo, Cap! Ist das nicht ein herrlicher Tag?«

»Wunderbar«, stimmte der Mann auf dem Rad zu. »Und viel Spaß, Henry.«

Er erreichte die Vorderseite des nördlichen Gebäudes, stieg vom Rad und klappte den Ständer hinab. Tief atmete er die warme Morgenluft ein und eilte die breiten Verandastufen hinauf und zwischen den hohen dorischen Säulen hindurch.

Er öffnete die Tür und betrat die große Eingangshalle. Hinter einem Schreibtisch saß eine rothaarige junge Frau, die eine Statistik vor sich liegen hatte. Eine Hand deutete auf eine Stelle in dem Buch, die andere lag in der halb geöffneten Schublade und berührte eine Smith & Wesson, Kaliber achtunddreißig.

»Guten Morgen, Josie«, sagte der ältere Herr.

»Hallo, Cap. Nicht gerade sehr pünktlich.« Hübsche Mädchen durften sich solche Dreistigkeiten erlauben. Duane hätte sich das nicht erlauben dürfen, wenn er heute am Empfang gesessen hätte.

»Meine Gangschaltung klemmt, Darling.« Er steckte den Daumen in den dafür vorgesehenen Schlitz. Etwas in der Konsole rasselte, und auf Josies Tischplatte flackerte ein grünes Licht auf, das nicht wieder ausging. »Und nun sei schön brav.«

»Ich werde mir Mühe geben«, sagte sie kokett und schlug die Beine übereinander.

Cap lachte dröhnend und durchquerte die Halle. Sie sah ihm hinterher und überlegte, ob sie ihm hätte sagen sollen, daß Wanless, dieser alte Schleicher, vor zwanzig Minuten gekommen war. Aber er würde es ohnehin bald erfahren. Sie seufzte. Der Vormittag dieses herrlichen Tages war garantiert versaut, wenn man sich mit diesem alten Gespenst unterhalten mußte. Aber ein Mann wie Cap, der in seiner Stellung so viel Verantwortung trug, mußte so etwas wohl gelegentlich schlucken.

2

Caps Büro lag im hinteren Teil des Gebäudes. Durch das breite Erkerfenster hatte man einen wunderschönen Ausblick auf den Rasen, die Scheune und den Ententeich, der teils von Erlen umstanden war. Hinten auf dem Rasen saß Rich McKeon rittlings auf einem kleinen motorgetriebenen Rasenmäher. Cap schaute ihm eine Weile zu, die Hände auf dem Rücken, und trat dann an die Kaffeemaschine in der Ecke. Er ließ ein wenig Kaffee in seinen Becher laufen, fügte Trockenmilch hinzu, setzte sich und schaltete die Sprechanlage ein.

»Hallo, Rachel«, sagte er.

»Hallo, Cap. Dr. Wanless ist –«

»Ich wußte es«, sagte Cap. »Ich *wußte* es. Schon gleich als ich reinkam, roch ich diesen alten Sack.«

»Soll ich ihm sagen, daß sie heute keine Zeit haben?«

»Sie sollen ihm gar nichts sagen«, antwortete Cap energisch. »Der soll ruhig den ganzen Vormittag im gelben Raum hocken. Wenn er nicht vorher nach Hause geht, werde ich wohl noch vor dem Essen mit ihm reden.«

»Geht in Ordnung, Sir.« Poblem gelöst – jedenfalls für Rachel, dachte Cap mit einem Anflug von Wut. Eigentlich war Wanless überhaupt kein Problem. Tatsache war, daß er ganz einfach lästig wurde. Er hatte seinen Nutzen und seinen Einfluß überlebt. Nun, es gab immer noch die Möglichkeit, ihn nach Maui zu schaffen. Und schließlich war Rainbird auch noch da.

Cap spürte ein innerliches Schaudern . . . und er war nicht der Mann, dem das oft passierte.

Wieder drückte er den Kippschalter der Sprechanlage nach unten. »Ich brauche den gesamten Vorgang McGee, Rachel, und um zehn Uhr dreißig möchte ich Al Steinowitz sprechen. Wenn ich mit Al fertig bin und Wanless dann noch da ist, können Sie ihn herschicken.«

»Wird gemacht, Cap.«

Cap lehnte sich zurück, legte die Fingerspitzen gegeneinander und schaute zu George Pattons Bild hinüber, das an der Wand hing. Der General stand breitbeinig über der Einstiegsluke eines Panzers und hielt sich wahrscheinlich für John Wayne oder sonst wen. »Das Leben ist hart, wenn man nicht weich wird«, sagte Cap zu Pattons Bild und schlürfte seinen Kaffee.

3

Fast geräuschlos rollte Rachel den Vorgang auf einem Bibliothekskarren herbei. Die Akte bestand aus sechs Kästen mit Papieren und Berichten und vier Kästen mit Fotos. Auch Aufzeichnungen von Telefongesprächen waren dabei. Seit 1978 wurde McGees Apparat ständig überwacht.

»Danke, Rachel.«

»Gern geschehen. Mr. Steinowitz wird um zehn Uhr dreißig hier sein.«

»Natürlich. Ist Wanless schon gestorben?«

»Leider nein«, sagte sie lächelnd. »Er sitzt nur da und schaut zu, wie Henry die Pferde bewegt.«

»Zerreißt er dabei seine verdammten Zigaretten?«

Rachel hielt sich wie ein Schulmädchen die Hand vor den Mund, kicherte und nickte. »Er hat schon eine halbe Packung geschafft.«

Cap brummte etwas vor sich hin. Rachel ging, und er wandte sich den Unterlagen zu. Wie oft hatte er das Material während der letzten elf Monate durchgesehen? Ein dutzendmal? Zwei dutzendmal? Er kannte es schon fast auswendig. Und wenn Al recht hatte, würde er die beiden letzten McGees bis zum Ende der Woche aufgespürt haben. Bei diesem Gedanken spürte er ein heißes Prickeln der Erregung im Magen.

Wahllos blätterte er in den Akten, zog hier einen Bogen heraus und las dort einen Bericht. Sein bewußter Verstand war auf neutral geschaltet, sein Unterbewußtsein aber lief auf hohen Touren. Was er jetzt brauchte, waren keine Einzelheiten, er mußte das Ganze in den Griff bekommen. Und diesen Griff mußte er erst finden, wie Baseballspieler sagen.

Er fand eine Notiz von einem jüngeren Wanless (ach, waren sie nicht damals alle jünger gewesen?), die das Datum »13. September 1968« trug. Caps Augen blieben an einem Absatz hängen:

. . . von enormer Wichtigkeit für das weitere Studium kontrollierbarer psychischer Phänomene. Weitere Versuche mit Tieren wären unverwertbar (siehe unten 1), und, wie ich während der Gruppentreffen im Sommer schon betonte, könnten Versuche mit Sträflingen oder anderen Probanden mit von der Norm abweichendem Persönlichkeitsbild zu ernsthaften Problemen führen, falls Lot Sechs auch nur annähernd so wirksam ist, wie wir vermuten (siehe unten 2). Ich empfehle deshalb weiterhin . . .

Du empfiehlst weiterhin, daß wir das Zeug an Kontrollgruppen von Studenten verfüttern, wobei, im Falle eines Mißerfolgs, für alle Eventualitäten Vorsorge getroffen ist, dachte Cap. Wanless hatte damals wirklich nicht lange gefackelt. Sein Motto war gewesen: Volldampf voraus, und den letzten beißen die Hunde. Man hatte zwölf Leute getestet. Zwei von ihnen waren gestorben, einer während des Tests, der andere kurz darauf. Zwei waren unheilbar geisteskrank geworden, und diese beiden waren noch dazu Krüppel – der eine war erblindet, der andere litt an einer psychotischen Lähmung, und beide waren in Maui eingesperrt, wo sie bleiben würden, bis ihr elendes Leben zu Ende war. Es blieben also noch acht. Einer von ihnen war 1972 bei einem Autounfall gestorben, einem Autounfall, der mit an Sicherheit grenzender Wahrscheinlichkeit überhaupt kein Unfall war, sondern Selbstmord. Ein anderer war 1973 vom Dach des Postamts in Cleveland gesprungen. In diesem Fall gab es keine Zweifel; der Mann hatte eine Nachricht des Inhalts hinterlassen, er könne »die Bilder in seinem Kopf nicht länger ertragen«. Die Polizei von Cleveland hatte zum Selbstmord führende Depressionen und Paranoia diagnostiziert. Cap und die Firma hatte einen tödlichen Lot-Sechs-Schock angenommen. Nun blieben noch sechs.

Drei andere hatten zwischen 1974 und 1977 Selbstmord begangen, wonach man von vier erwiesenen Selbstmorden ausgehen konnte. Wahrscheinlich aber war die Gesamtzahl fünf. Fast die halbe Klasse, könnte man sagen. Alle vier Probanden, die nachweislich durch Selbstmord endeten, hatten einen völlig normalen Eindruck gemacht, bevor sie dann zu Schußwaffe oder Strick griffen oder sich von einem hohen Gebäude stürzten. Aber wer wußte schon, was sie vielleicht durchgemacht hatten? Wer wußte das wirklich?

Jetzt waren also nur noch drei übrig. Seit 1977, als das Lot-Sechs-Projekt, das lange geruht hatte, plötzlich wieder brandaktuell wurde, hatte man einen Burschen namens James Richardson, der mittlerweile in Los Angeles lebte, ständig unter geheimer Überwachung gehalten. Er hatte 1969 am Lot-Sechs-Experiment teilgenommen, und während er unter dem Einfluß der Droge stand, hatte er die gleichen erstaunlichen Fähigkeiten wie die anderen an den Tag gelegt: Telekinese, Gedankenübertragung und das vielleicht interessanteste Symptom von allen (jedenfalls vom speziellen Standpunkt der Firma aus gesehen): die gedankliche Beherrschung anderer.

Aber, wie es auch bei den übrigen der Fall gewesen war, schienen Richardsons durch die Droge bewirkten besonderen Kräfte mit Nachlassen der Drogenwirkung völlig geschwunden zu sein. Folgeuntersuchungen in den Jahren 1971, 1973 und 1975 blieben ohne Ergebnis. Das hatte selbst Wanless zugeben müssen, und er war bei dem Thema Lot Sechs ausgesprochen fanatisch. Ständige Computer-Stichproben (und als die Sache mit McGee anfing, hatte man es nicht mehr bei Stichproben belassen) hatten keine Hinweise darauf ergeben, daß sich Richardson, bewußt oder unbewußt, irgendwelcher Psi-Kräfte bediente. Er hatte 1971 sein Examen gemacht. Nach einer Reihe von Manager-Jobs auf untergeordneter Ebene – dabei konnte von gedanklicher Beherrschung anderer keine Rede sein – war er nach Westen gegangen und arbeitet jetzt für die Telemyne Corporation.

Außerdem war er eine verdammte Flasche.

Cap seufzte.

Sie behielten Richardson zwar immer noch im Auge, aber Cap persönlich war davon überzeugt, daß mit dem Mann nichts anzufangen war. Blieben noch zwei: Andy McGee und seine Frau. Die Eheschließung der beiden war natürlich weder der Firma noch Wanless verborgen geblieben, und dieser hatte angefangen, das Büro mit Briefen zu bombardieren, in denen er anregte, auch etwaige Kinder aus dieser Verbindung sorgfältig zu überwachen, und mehr als einmal hatte Cap mit dem Gedanken gespielt, Wanless zu sagen, sie hätten erfahren, Andy McGee habe sich sterilisieren lassen. Das hätte dem alten Idioten das Maul gestopft. Aber dann hatte Wanless seinen Schlaganfall bekommen und war nun effektiv nutzlos, wirklich nur noch ein Ärgernis.

Mit Lot Sechs hatte es nur dies eine Experiment gegeben. Die Ergebnisse waren so verheerend gewesen, daß man sie massiv und vollständig hatte vertuschen müssen ... und das war teuer gewesen. Die Anweisung, weitere Tests auf unbestimmte Zeit zu unterlassen, war von ganz oben gekommen. Wanless hatte damals jeden Grund zu jammern ... und er hatte auch gejammert. Aber es hatte keine Anzeichen dafür gegeben, daß die Russen oder irgendeine andere Großmacht an durch Drogen geweckten Psi-Kräften interessiert waren, und die hohen Militärs nahmen an, daß es sich bei Lot Sechs trotz einiger positiver Resultate um einen Schlag ins Wasser handelte. Im Hinblick auf langfristige Ergebnisse brachte einer der Wissenschaftler, die an dem Projekt mitgearbeitet hatten, den Vergleich mit einem Düsenantrieb, den man in einen alten Ford steckt. Er funktioniert prima . . . bis er auf das erste Hindernis trifft. »Wir sollten der Menschheit noch weitere zehntausend Jahre Zeit lassen, sich zu entwickeln«, hatte dieser Wissenschaftler gesagt, »und es dann noch einmal versuchen.«

Ein Teil des Problems bestand darin, daß in dem Zeitraum, in dem die durch Drogen geweckten Psi-Kräfte am stärksten ausgeprägt waren, die Probanden gleichzeitig zu geistigen Fehlleistungen neigten. Eine Kontrolle war nicht möglich. Angesichts dieser Sachlage bekamen es die hohen Militärs mit der Angst zu tun. Den Tod eines Agenten oder selbst den eines ahnungslosen Zeugen, der bei einer Aktion zufällig zugegen ist, geheimzuhalten – das war schon schwierig genug. Den Tod eines Studenten, der einem Herzanfall erlegen war, zu vertuschen, das Verschwinden zweier anderer und Anzeichen von Hysterie und Paranoia bei weiteren anderen nicht bekanntwerden zu lassen – das war eine völlig andere Sache. Sie hatten alle Freunde und Verwandte, wenn auch das Vorhandensein möglichst weniger naher Verwandter eines der Kriterien war, nach denen man die Probanden ausgesucht hatte. Die Kosten und Risiken waren enorm gewesen. So hatten fast siebenhunderttausend Dollar Schweigegeld bezahlt werden müssen, und mindestens eine Zwangsmaßnahme war nötig geworden – sie hatte sich gegen den Paten eines Studenten gerichtet, der sich die Augen ausgekratzt hatte. Der Patenonkel wollte einfach nicht aufgeben. Er wollte den Dingen auf den Grund gehen. Wie es denn kommen mußte, war der einzige Grund, den er erreichte, der Meeresgrund vor Baltimore, wo er vermutlich immer noch lag, und zwar mit zwei Betonklötzen an dem, was von seinen Beinen noch übriggeblieben sein mochte.

Und doch war viel, sehr viel, nur Glücksache gewesen.

So war das Lot-Sechs-Projekt auch weiterhin mit einem gewissen Etat ausgestattet worden. Das Geld wurde darauf verwendet, die Überlebenden stichprobenartig zu überwachen für den Fall, daß es neue Erkenntnisse gab – daß vielleicht irgendein Muster sichtbar wurde.

Am Ende war genau das eingetreten.

Cap durchstöberte eine Mappe mit Fotos und fand die

schwarzweiße Hochglanzaufnahme eines kleinen Mädchens. Das Bild hatte das Format acht mal zehn und war vor drei Jahren aufgenommen worden, als das Kind vier Jahre alt war und den Kindergarten in Harrison besuchte. Man hatte die Aufnahme mit einem Teleobjektiv von der Ladefläche eines Lieferwagens aus geschossen und später einen Ausschnitt vergrößert, bis aus einem Rudel von Jungen und Mädchen beim Spiel das Porträt eines kleinen Mädchens mit fliegenden Zöpfen entstand, das in jeder Hand den Griff eines Springseils hielt.

Gerührt betrachtete Cap das Bild eine Zeitlang. Wanless hatte als Folge seines Schlaganfalls Ängste entwickelt. Wanless war jetzt der Ansicht, daß gegen das Mädchen Zwangsmaßnahmen eingeleitet werden müßten. Obwohl Wanless mit dem Projekt nichts mehr zu tun hatte, gab es einige, die seine Ansicht teilten – und die waren sehr wohl mit der Angelegenheit befaßt. Cap hoffte, daß es dazu nicht kommen würde. Er hatte selbst drei Enkelkinder, etwa im gleichen Alter wie Charlene McGee.

Natürlich mußten sie das Mädchen von ihrem Vater trennen. Wahrscheinlich für immer. Und es war fast sicher, daß man gegen ihn Zwangsmaßnahmen würde ergreifen müssen ... natürlich erst, wenn er seinen Zweck erfüllt hatte.

Es war zehn Uhr fünfzehn. Er betätigte den Summer und meldete sich bei Rachel. »Ist Albert Steinowitz schon da?«

»Er ist eben eingetroffen, Sir.«

»Gut. Schicken Sie ihn bitte her.«

4

»Ich möchte, daß Sie die restlichen Aktionen persönlich leiten, Al.«

»In Ordnung, Cap.«

Albert Steinowitz war ein kleinwüchsiger Mann mit blaßgelblicher Gesichtsfarbe und pechschwarzem Haar; früher war er gelegentlich mit dem Schauspieler Victor Jory verwechselt worden. Cap hatte schon seit acht Jahren hin und wieder mit Steinowitz zusammengearbeitet – sie waren zusammen aus der

Marine in die Firma übergewechselt –, und auf ihn hatte Al immer den Eindruck eines Mannes gemacht, der kurz vor seinem letzten Krankenhausaufenthalt steht. Außer an diesem Ort, wo es nicht gestattet war, rauchte er unablässig. Er befleißigte sich eines langsamen, majestätischen Gangs, der ihm eine eigenartige Würde verlieh, und solche durch nichts zu erschütternde Würde ist selten. Cap, der die Krankengeschichten aller Agenten der Sektion Eins kannte, wußte, daß Alberts würdevoller Gang aus der Not geboren war; er litt schwer an Hämorrhoiden und war deshalb schon zweimal operiert worden. Eine dritte Operation hatte er abgelehnt, denn sie hätte damit enden können, daß er für den Rest seines Lebens einen Plastikbeutel zwischen den Beinen tragen müßte. Sein würdevoller Gang erinnerte Cap immer an die Nixe aus dem Märchen, die gern eine Frau werden wollte, und an den Preis, den sie für Beine und Füße bezahlte. Cap konnte sich vorstellen, daß auch ihr Gang ziemlich würdevoll gewesen sein mußte.

»Wann können Sie in Albany sein?« fragte Cap.

»Eine Stunde nach meiner Abfahrt.«

»Gut. Ich werde Sie nicht lange aufhalten. Wie ist die Lage da oben?«

»Die örtliche Polizei arbeitet gut mit uns zusammen. Um Albany herum sind alle Ausfallstraßen gesperrt. Die Sperren sind in konzentrischen Kreisen angelegt, und in ihrem Zentrum liegt der Flughafen von Albany. Der Radius beträgt fünfunddreißig Meilen.«

»Sie nehmen also an, daß es ihnen nicht gelungen ist, per Anhalter zu entwischen?«

»Davon müssen wir ausgehen«, sagte Albert. »Wenn jemand sie allerdings, sagen wir, zweihundert Meilen weit mitgenommen hat, müssen wir natürlich wieder von vorn anfangen. Aber ich wette, daß sie sich noch innerhalb dieses Kreises aufhalten.«

»So? Und wie kommen Sie darauf?« Cap beugte sich vor. Albert Steinowitz war zweifellos der beste Agent, den die Firma beschäftigte, vielleicht von Rainbird abgesehen. Er war intelligent, hatte Phantasie – und reagierte mitleidslos, wenn es der Job erforderte.

»Teils habe ich so eine Ahnung«, sagte Albert. »Teils schließe ich das aus den Computerangaben. Wir hatten alles eingegeben, was wir über Andrew McGees letzte drei Lebensjahre wissen. Wir wollten jedes Muster erfahren, das sich aus der Fähigkeit ergibt, die er haben soll.«

»Er hat sie wirklich, Al«, sagte Cap leise. »Das macht dieses Unternehmen ja gerade so heikel.«

»Gut, er hat sie also«, sagte Al. »Aber die Computerdiagnosen lassen vermuten, daß er große Schwierigkeiten hat, sie anzuwenden. Wenn er übermäßigen Gebrauch davon macht, wird er krank.«

»Richtig. Damit rechnen wir ja auch.«

»In New York hat er Managementkurse abgehalten, so in dem Stil: Wie mache ich meinen Leuten Feuer unterm Hintern?«

Cap nickte. Der Laden nannte sich Confidence Associates, und die Zielgruppe waren leitende Angestellte, die nicht genügend Selbstvertrauen besaßen. Andrew McGee verdiente genug, um sich und seine Tochter über Wasser zu halten, zu viel mehr reichte es nicht.

»Wir haben die Teilnehmer des letzten Kurses befragt«, sagte Albert Steinowitz. »Es waren sechzehn Leute, die ihre Unterrichtsgebühren in zwei Raten bezahlten – hundert Dollar bei der Anmeldung und weitere hundert nach Absolvierung des halben Kurses, wenn der Teilnehmer der Ansicht war, daß er aus dem Kurs Nutzen gezogen hatte. Und der Ansicht waren natürlich alle.«

Cap nickte. McGees Fähigkeit war hervorragend dazu geeignet, Leute mit Zuversicht zu erfüllen. Er *stieß* sie buchstäblich in diese Zuversicht hinein.

»Wir haben ihre Antworten auf gewisse Schlüsselfragen dem Computer eingegeben. Die Fragen lauteten: Waren Sie zu bestimmten Zeiten besonders zufrieden mit sich und dem Erfolg des Kurses bei Confidence Associates? Ist es vorgekommen, daß Sie sich nach einem Abend bei Confidence Associates am folgenden Arbeitstag wie ein Tiger fühlten? Haben Sie –«

»Wie ein Tiger gefühlt?« fragte Cap. »Verdammt, Sie haben sie gefragt, ob sie sich wie *Tiger* gefühlt haben?«

»Die Frage stammt aus dem Computer.«

»Okay, erzählen Sie weiter.«

»Die dritte Schlüsselfrage lautete: Haben Sie, seit Sie an den Kursen bei Confidence Associates teilnehmen, in Ihrem Beruf irgendwelche besonderen und meßbaren Erfolge erzielt? Diese Frage konnten sie alle mit größter Objektivität und Zuverlässigkeit beantworten, denn jeder neigt dazu, sich an den Tag zu erinnern, an dem er eine Gehaltsaufbesserung bekommt oder der Boß ihm anerkennend auf die Schulter klopft. Darüber erzählten sie alle gern. Ich fand es ein wenig gespenstisch, Cap. Er hat wirklich gehalten, was er versprochen hatte. Von den sechzehn sind elf befördert worden – *elf*. Von den restlichen fünf haben drei Jobs, in denen man nur nach festgesetzten Zeiträumen befördert wird.«

»Niemand bezweifelt McGees Fähigkeit«, sagte Cap. »Jedenfalls jetzt nicht mehr.«

»Okay. Aber jetzt wieder zur Sache. Der Kurs dauerte sechs Wochen. Nach Auswertung der Antworten auf die Schlüsselfragen warf der Computer vier interessante Daten aus . . . das heißt Tage, an denen McGee wahrscheinlich die gewohnte Ihr-schafft-es-wenn-ihr-nur-wollt-Arie durch konzentrierte psychische Beeinflussung ergänzt hat. Die Daten, die uns vorliegen, sind der siebzehnte August, der erste September, der neunzehnte September . . . und der vierte Oktober.«

»Und was beweist das?«

»Nun, den Taxifahrer hat er gestern abend intensiv beeinflußt. Er hat hart zugestoßen. Der Trottel ist immer noch nicht ganz da. Wir nehmen an, daß Andy McGee umgekippt ist. Krank. Vielleicht kann er sich kaum bewegen.« Albert sah Cap ruhig an. »Laut Computer steht die Wahrscheinlichkeit, daß er tot ist, bei sechsundzwanzig Prozent.«

»*Was?*«

»Na ja, er hat sich schon vorher manchmal übernommen und mußte dann ins Bett. Irgend etwas geschieht dabei mit seinem Gehirn . . . Was, weiß man nicht. Möglicherweise winzige Blutungen. Es könnte schlimmer werden. Der Computer schätzt die Chance, daß er gestorben ist, etwas höher ein als eins zu vier . . . entweder an einem Herzanfall oder, wahrscheinlicher, an einem Gehirnschlag.«

»Er mußte es anwenden, bevor er wieder aufgeladen war«, sagte Cap.

Albert nickte und holte etwas aus der Tasche. Es war in weiches Plastik eingeschweißt. Er gab es Cap, der es sich ansah und dann zurückreichte.

»Was soll das denn bedeuten?« fragte er.

»Nichts Besonderes«, sagte Al und betrachtete nachdenklich die Banknote in der Plastikhülle. »Damit hat McGee seine Taxirechnung bezahlt.«

»Er ist für einen Dollar von New York City nach Albany gefahren, was?« Cap nahm die Hülle und betrachtete den Schein mit erneutem Interesse. »Die Taxipreise müssen aber . . . was ist denn das?« Er ließ den Umschlag fallen, als hätte er sich daran verbrannt, lehnte sich zurück und blinzelte.

»Sie also auch«, sagte Al. »Haben Sie es gesehen?«

»Verdammt, ich weiß nicht, was ich gesehen habe«, sagte Cap und griff nach der Keramikdose, in der er seine Tabletten gegen Sodbrennen aufbewahrte. »Eine Sekunde lang sah das Ding überhaupt nicht wie eine Eindollarnote aus.«

»Jetzt aber, nicht wahr?«

Cap sah sich die Note noch einmal an. »Aber ja, das ist tatsächlich George Wash – *mein Gott*!« Er lehnte sich so heftig nach hinten, daß er beinahe mit dem Kopf gegen die Holztäfelung hinter seinem Schreibtisch geknallt wäre. Er starrte Al an. »Das Gesicht . . . es schien sich ganz kurz zu verändern. Bekam plötzlich eine Brille oder so etwas. Ist das ein Trick?«

»Oh, ein verdammt guter Trick«, sagte Al und nahm den Schein wieder an sich. »Ich habe es auch gesehen, jetzt allerdings nicht mehr. Wahrscheinlich habe ich mich darauf eingestellt . . . obwohl ich verdammt nicht weiß, wie. Es ist natürlich nicht da. Es ist nur eine verrückte Halluzination. Aber ich habe das Gesicht erkannt. Es ist Benjamin Franklin.«

»Sie haben den Schein vom Taxifahrer bekommen?« fragte Cap und betrachtete die Banknote fasziniert. Er wartete darauf, daß sie sich wieder veränderte, aber er sah nur George Washington.

Al lachte. »Ja«, sagte er. »Wir nahmen den Schein und gaben ihm dafür einen Scheck über fünfhundert Dollar. Der Mann steht sich jetzt wirklich besser.«

»Wieso?«

»Benjamin Franklin ist nicht auf der Fünfhundertdollarnote.

Er ist auf dem Hunderter. Das hat McGee anscheinend nicht gewußt.«

Al reichte Cap den Eindollarschein erneut, und Cap starrte ihn volle zwei Minuten lang an. Gerade als er ihn wieder zurückgeben wollte, flimmerte das Bild wieder – nahm ein anderes Aussehen an. Aber diesmal hatte Cap wenigstens das Gefühl, daß dieses Flimmern in seinem Kopf stattfand und nicht in der Banknote oder auf der Banknote oder wo auch immer.

»Ich sage Ihnen noch etwas. Ich bin nicht ganz sicher, aber ich glaube nicht, daß Franklin auf den Banknoten eine Brille trägt. Sonst ist es . . .« Seine Stimme verlor sich, und er wußte nicht, wie er den Gedanken fortführen sollte.

Verdammt *komisch*, fiel ihm ein, aber er sagte es nicht.

»Ja«, sagte Al. »Was es auch ist, die Wirkung wird schwächer. Heute morgen habe ich das Ding sechs Leuten gezeigt. Einige meinten, eine Veränderung zu erkennen, aber nicht so deutlich wie der Taxifahrer und das Mädchen, mit dem er zusammenlebt.«

»Sie glauben also, McGee hat sich übernommen?«

»Ja. Ich bezweifle, ob er sich noch auf den Beinen halten kann. Sie müssen im Wald geschlafen haben oder in einem abseits gelegenen Motel. Vielleicht sind sie in der Gegend auch in ein Wochenendhaus eingebrochen. Aber ich denke, daß sie dort noch irgendwo sind, und wir werden sie ohne große Mühe schnappen können.«

»Wie viele Leute brauchen Sie dafür?«

»Wir haben alles, was wir brauchen. Wenn man die State Police mitzählt, nehmen etwa siebenhundert Mann an dieser kleinen Party teil. Höchste Dringlichkeitsstufe. Sie gehen von Tür zu Tür und von Haus zu Haus. Wir haben jedes Hotel und Motel in der unmittelbaren Umgebung von Albany überprüft – mehr als vierzig. Jetzt dehnen wir die Suche auf die Nachbarstädte aus. Ein Mann und ein kleines Mädchen . . . die fallen auf wie ein verbundener Daumen. Wir werden sie kriegen. Oder das Mädchen, falls er tot ist.« Albert stand auf. »Und ich denke, ich sollte mich auf den Weg machen. Ich möchte gern dabeisein, wenn es losgeht.«

»Das kann ich verstehen. Schaffen Sie sie her, Albert.«

»Mach ich«, versprach Albert und ging zur Tür.
»Albert?«
Er drehte sich um; ein kleiner Mann mit ungesunder Gesichtsfarbe.
»Wer *ist* denn nun auf der Fünfhundertdollarnote? Haben Sie das festgestellt?«
Albert Steinowitz lächelte. »McKinley«, sagte er. »Er wurde ermordet.«
Albert ging, schloß leise die Tür hinter sich und überließ Cap seinen Gedanken.

5

Zehn Minuten später betätigte Cap mit dem Daumen wieder die Sprechanlage. »Ist Rainbird schon aus Venedig zurück, Rachel?«
»Seit gestern«, sagte Rachel, und Cap meinte selbst aus Rachels sorgfältig kultivierter Sekretärinnenstimme einen Unterton von Ekel herauszuhören.
»Ist er hier oder in Sanibel?« Die Firma unterhielt ein Erholungszentrum auf Sanibel Island in Florida.
Es entstand eine kurze Pause, denn Rachel mußte den Computer befragen.
»Longmont, Cap. Seit gestern achtzehn Uhr. Vielleicht schläft er die durch den Flug bedingte Zeitverschiebung aus.«
»Veranlassen Sie, daß jemand ihn weckt«, sagte Cap. »Ich möchte ihn gern sprechen, wenn Wanless geht . . . immer vorausgesetzt, daß Wanless noch hier ist.«
»Vor fünfzehn Minuten war er es noch.«
»Gut . . . sagen wir also, Rainbird um zwölf Uhr.«
»Ja, Sir.«
»Sie sind ein gutes Mädchen, Rachel.«
»Danke, Sir.« Das klang ganz gerührt. Cap mochte sie. Er mochte sie sehr gern.
»Schicken Sie bitte Dr. Wanless herein, Rachel.«
Er lehnte sich zurück, faltete die Hände auf dem Tisch und dachte: *Für meine Sünden.*

6

Dr. Joseph Wanless hatte seinen Schlaganfall an dem Tage erlitten, an dem Nixon seinen Rücktritt von der Präsidentschaft erklärte – am 8. August 1974. Es war ein Gehirnschlag von mittlerer Schwere gewesen, und physisch hatte er sich nie wieder so richtig davon erholt. Nach Caps Ansicht auch geistig nicht. Erst seit dem Schlag war sein Interesse an dem Experiment mit Lot Sechs und dessen Folgen zur Besessenheit geworden.

Auf einen Stock gestützt, betrat Wanless den Raum. Das Licht vom Erkerfenster fing sich in seinen runden, randlosen Brillengläsern und ließ sie funkeln. Seine linke Hand war zu einer Klaue gekrümmt. In seinem linken Mundwinkel klebte ein eisiges Grinsen.

Rachel schaute Wanless über die Schulter und warf Cap einen mitfühlenden Blick zu. Mit einer Kopfbewegung bedeutete Cap ihr, den Raum zu verlassen. Sie tat es und schloß leise die Tür.

»Der gute Doktor«, sagte Cap ohne jeden Humor.

»Na, wie läuft's?« fragte Wanless und nahm ächzend Platz.

»Geheim«, sagte Cap. »Das wissen Sie doch, Joe. Was kann ich heute für Sie tun?«

»Ich habe mir angesehen, was hier so los ist«, sagte Wanless, der Caps Frage völlig ignorierte. »Was blieb mir sonst übrig, wo ich mir den ganzen Vormittag die Beine in den Leib stehen mußte.«

»Dann müssen Sie eine Verabredung treffen, bevor Sie herkommen.«

»Sie glauben schon wieder, daß Sie sie fast erwischt haben«, sagte Wanless.

»Was sollte Steinowitz sonst hier? Nun, vielleicht stimmt es ja. Vielleicht. Aber das haben Sie ja schon einmal geglaubt, nicht wahr?«

»Was wollen Sie, Joe?« Cap mochte nicht gern an vergangene Fehlschläge erinnert werden. Sie hatten das Mädchen tatsächlich schon einmal gehabt. Die Männer, die daran mitgewirkt hatten, waren immer noch nicht einsatzfähig und würden es vielleicht nie wieder sein.

»Was will ich denn immer?« fragte Wanless auf seinen Stock gebeugt. Oh, Gott, dachte Cap, das alte Arschloch wird wieder rhetorisch. »Warum bleibe ich am Leben? Um Sie zu überreden, gegen beide Zwangsmaßnahmen einzuleiten. Auch gegen die Leute in Maui. Extreme Zwangsmaßnahmen, Captain Hollister. Löschen Sie sie aus. Tilgen Sie sie von der Erdoberfläche.«

Cap seufzte.

Wanless deutete mit seiner verkrümmten Hand auf den Bibliothekskarren. »Ich sehe, daß Sie sich wieder mit den Akten beschäftigt haben.«

»Ich kenne sie fast auswendig«, sagte Cap und lächelte dann schwach. Während des letzten Jahres war Lot Sechs sein tägliches Brot gewesen; während der zwei Jahre davor hatte es bei jeder Besprechung auf der Tagesordnung gestanden. Vielleicht war Wanless hier also nicht der einzige, der besessen war.

Mit einem Unterschied: Ich werde dafür bezahlt. Für Wanless ist es ein Hobby. Ein gefährliches Hobby.

»Sie lesen sie, aber Sie lernen nichts«, sagte Wanless. »Lassen Sie mich noch einmal versuchen, Sie zur Wahrheit zu bekehren, Captain Hollister.«

Cap wollte protestieren, aber dann dachte er an Rainbird, mit dem er für zwölf Uhr verabredet war, und seine Miene glättete sich. Sein Gesicht wurde ganz ruhig, sogar freundlich. »In Ordnung«, sagte er. »Schießen Sie los.«

»Sie glauben doch immer noch, daß ich verrückt bin. Ein Irrer.«

»Das haben *Sie* gesagt.«

»Es wäre gut, wenn Sie sich daran erinnerten, daß ich als erster ein Testprogramm mit dilysergischer Triumsäure vorschlug.«

»Es gibt Tage, an denen ich wünschte, daß Sie es nicht getan hätten«, sagte Cap. Wenn er die Augen schloß, sah er noch Wanless' ersten Bericht vor sich, eine zweihundert Seiten dicke Schrift über eine Droge, die anfangs als DLT bekannt gewesen war, dann von den beteiligten Technikern »Verstärkersäure« genannt wurde, bis man sie dann endlich als Lot Sechs bezeichnete. Caps Vorgänger hatte das ursprüngliche Projekt genehmigt; und dieser Gentleman war vor sechs Jahren mit allen militärischen Ehren in Arlington zu Grabe getragen worden.

»Ich sage nur, daß meine Ansicht doch einiges Gewicht haben sollte«, sagte Wanless. An diesem Morgen klang seine Stimme müde, und er sprach langsam und undeutlich. Das schiefe Grinsen in seinem linken Mundwinkel blieb auch beim Sprechen.

»Ich höre zu«, sagte Cap.

»Soweit ich weiß, bin ich der einzige Psychologe oder Mediziner, der bei Ihnen noch Gehör findet. Es gibt nur eins, was Ihren Leuten den Blick verstellt hat: was dieser Mann und dieses Mädchen für Amerikas Sicherheit bedeuten könnten . . . und möglicherweise für das künftige Kräftegleichgewicht. Nach dem, was wir über McGees Geschichte wissen, ist er eine Art gütiger Rasputin. Er veranlaßt . . .«

Monoton redete Wanless weiter, aber Cap hörte vorübergehend nicht mehr zu. *Gütiger Rasputin*, dachte er. Es war zwar nur eine schillernde Phrase, aber sie gefiel ihm. Er überlegte, was Wanless wohl sagen würde, wenn er ihm mitteilte, daß der Computer eine Eins-zu-vier-Chance ausgerechnet hatte, daß McGee nach seiner Flucht aus New York City schon tot war. Wahrscheinlich wäre er überglücklich. Und wenn er Wanless die Banknote zeigte? Dann wäre ein zweiter Schlaganfall fällig, dachte Cap und hielt sich die Hand vor den Mund, um sein Lächeln zu verbergen.

»Hauptsächlich mache ich mir wegen des Mädchens Sorgen«, sagte Wanless ihm zum zwanzigsten? dreißigsten? fünfzigsten? Mal. »Daß McGee und Tomlinson geheiratet haben . . . eine Chance tausend zu eins. Das hätte um jeden Preis verhindert werden müssen. Dennoch hätten Sie voraussehen können –«

»Damals waren Sie sehr dafür«, sagte Cap und fügte trocken hinzu: »Sie hätten sogar den Brautführer gemacht, wenn Sie gebeten worden wären.«

»Keiner von uns war sich darüber klar«, murmelte Wanless. »Ich mußte erst den Schlaganfall bekommen, damit mir die Augen geöffnet wurden. Lot Sechs war schließlich nichts anderes als eine synthetische Kopie eines Schilddrüsenextrakts . . . eine unglaublich wirksame schmerzstillende halluzinogene Droge, die uns damals in ihren Auswirkungen unbekannt war und die wir auch heute noch nicht einschätzen können. Wir wissen – oder sind wenigstens zu neunzig Prozent davon überzeugt –, daß das natürliche Gegenstück zu dieser Substanz auf irgendeine Weise für das gelegentliche Aufflackern von Psi-Fähigkeiten verantwortlich ist, die fast jeder Mensch von Zeit zu Zeit demonstriert. Es ist eine überraschend breite Palette von Phänomenen: Hellsichtigkeit, Telekinese, geistige Beherrschung anderer, Ausbrüche übermenschlicher Kraft, zeitweilige Kontrolle über das vegetative Nervensystem. Wissen Sie, daß die Hypophyse bei fast allen biochemischen Rückkopplungsexperimenten plötzlich eine Überaktivität entfaltet?«

Cap wußte es. Wanless hatte ihm dies und alles andere zahllose Male erzählt. Aber eine Antwort erübrigte sich. Wanless ließ seine Rhetorik ungehemmt erblühen, gefiel sich in seinem Vortrag. Und Cap war geneigt zuzuhören ... dieses eine letzte Mal. Sollte der alte Mann noch einmal seinen Vortrag halten. Für Wanless lief die Uhr ab.

»Ja, das stimmt«, antwortete er an Caps Stelle. »Sie ist aktiv bei biochemischer Rückkopplung, aktiv beim REM-Schlaf, und Leute mit beeinträchtigter Hypophyse träumen selten normal. Bei solchen Leuten treten außerordentlich häufig Gehirntumore und Leukämie auf. Die Hypophyse, Captain Hollister. Sie ist entwicklungsgeschichtlich gesehen die älteste endokrine Drüse im menschlichen Körper. Während der Mensch heranwächst, gibt sie ein Vielfaches ihres eigenen Gewichts an Drüsensekreten in den Blutstrom ab. Es ist eine ungeheuer wichtige Drüse, eine ungeheuer geheimnisvolle Drüse. Wenn ich an die menschliche Seele glaubte, Captain Hollister, würde ich ihren Sitz in der Hypophyse vermuten.«

Cap grunzte.

»Wir kennen diese Dinge«, sagte Wanless, »und wir wissen, daß Lot Sechs bei den Testpersonen irgendwie die physische Beschaffenheit der Hypophyse verändert hat. Selbst bei dem von Ihnen als ›ruhig‹ eingestuften James Richardson. Wichtiger noch, aus unseren Erkenntnissen über das Mächen können wir schließen, daß Lot Sechs ebenfalls die Chromosomenstruktur irgendwie verändert ... und daß diese Veränderung in der Hypophyse eine echte Mutation sein könnte.«

»Der X-Faktor wurde weitergegeben.«

»Nein«, sagte Wanless. »Das ist eins der vielen Dinge, die Sie nicht begreifen, Captain Hollister. In seinem postexperimentellen Leben wurde Andrew McGee ein X-Faktor. Victoria Tomlinson wurde ein Y-Faktor – ebenfalls betroffen, aber anders als ihr Mann. Die Frau behielt telekinetische Fähigkeiten auf niedriger Stufe. Der Mann behielt mittlere Fähigkeiten zu geistiger Beeinflussung. Das kleine Mädchen aber . . . das kleine Mädchen, Captain Hollister . . . was ist sie? Wir wissen es eigentlich nicht. Sie ist der Z-Faktor.«

»Das beabsichtigen wir herauszufinden«, sagte Cap leise.

Nun grinste Wanless mit beiden Mundwinkeln. »Sie beabsichtigen es herauszufinden«, kam sein Echo. »Ja, wenn Sie darauf bestehen, können Sie es gewiß . . . ihr blinden, besessenen Narren.« Er schloß die Augen und bedeckte sie mit der Hand. Cap beobachtete ihn mit Gelassenheit.

Wanless sagte: »Eins wissen Sie bereits. Sie kann willkürlich Feuer entfachen.«

»Ja.«

»Sie nehmen an, daß sie die telekinetischen Fähigkeiten ihrer Mutter geerbt hat. Sie sind sogar fest überzeugt davon.«

»So ist es.«

»Als sie noch sehr klein war, konnte sie diese . . . diese Talente, mir fällt kein anderes Wort ein, in keiner Weise kontrollieren . . .«

»Ein sehr kleines Kind kann auch seinen Darm nicht kontrollieren«, sagte Cap und zitierte damit ein Beispiel aus dem Bericht. »Aber wenn das Kind älter wird –«

»Ja, ja, diese Analogie ist mir vertraut. Aber auch einem älteren Kind kann ein Mißgeschick widerfahren.«

Cap antwortete lächelnd: »Wir werden die Kleine in einem feuersicheren Raum aufbewahren.«

»In einer Zelle.«

Immer noch lächelnd sagte Cap: »Wenn Ihnen das lieber ist.«

»Ich biete Ihnen folgenden Schluß an«, sagte Wanless. »Sie wendet die Fähigkeiten, die sie hat, nur ungern an. Man hat ihr davor Angst gemacht, und diese Angst wurde ihr absichtlich eingeflößt. Ich will Ihnen ein Parallelbeispiel nennen. Das Kind meines Bruders. Es gab Streichhölzer im Haus. Freddy wollte damit spielen. Sie anzünden und wieder ausmachen. ›Hübsch, hübsch‹, sagte er dann. Und so begann mein Bruder, in dem

Jungen einen Komplex zu züchten. Ihn so sehr zu erschrecken, daß er nie mehr mit den Streichhölzern spielen würde. Er erzählte Freddy, die Streichholzköpfe seien aus Schwefel und daß seine Zähne davon verfaulen und herausfallen würden. Daß er, wenn er die Streichhölzer nur ansah, am Ende blind werden würde. Und schließlich hielt er Freddys Hand einen Augenblick über ein brennendes Streichholz und versengte ihm den Finger.«

»Ihr Bruder«, murmelte Cap, »scheint ein wahrer Wohltäter unter den Menschen zu sein.«

»Besser eine Brandblase an der Hand eines Knaben als ein naßverpacktes Kind auf der Intensivstation mit Verbrennungen dritten Grades an über sechzig Prozent seiner Körperoberfläche«, sagte Wanless wütend.

»Noch besser wäre es, die Streichhölzer vor Kindern zu verschließen.«

»Können Sie Charlene McGees Streichhölzer vor ihr verschließen?« fragte Wanless.

Cap nickte bedächtig. »Sie haben in gewisser Weise recht, aber –«

»Fragen Sie sich doch selbst, Captain Hollister: Wie muß es wohl für Andrew und Victoria McGee gewesen sein, als dieses Kind noch klein war? Als sie sich mit diesem Kind auseinandersetzen mußten? Es bekommt die Flasche zu spät. Schon geht ein Stofftier *direkt in ihrem Bett* in Rauch und Flammen auf. Sie hat sich den Latz bekleckert. Das Baby schreit. Und gleich darauf fängt spontan die Schmutzwäsche im Deckelkorb zu brennen an. Das steht doch alles in Ihren Akten, Captain Hollister; Sie wissen doch, wie es in diesem Haus zuging. Ein Feuerlöscher und ein Rauchanzeiger in jedem Raum. Und einmal war es das *Haar* der Kleinen, Captain Hollister. Die Eltern gingen in das Zimmer ihrer Tochter, und sie stand schreiend im Bett, und ihr Haar brannte.«

»Ja«, sagte Cap, »das muß die Leute verdammt nervös gemacht haben.«

»Also«, sagte Wanless, »wurde sie nicht nur zur Sauberkeit erzogen, sondern auch dazu, kein Feuer zu machen.«

»Dazu erzogen, kein Feuer zu machen«, sagte Cap nachdenklich.

»Was lediglich bedeutet, daß ihre Eltern, wie mein Bruder bei seinem Sohn Freddy, bei ihr einen Komplex erzeugt haben. Sie haben da eine Analogie zitiert, Captain Hollister. Lassen Sie uns diese doch einmal prüfen. Was ist denn diese Erziehung zur Sauberkeit? Sie besteht ganz einfach darin, daß man einen Komplex erzeugt.« Und plötzlich veränderte sich die Stimme des alten Mannes auf erstaunliche Weise. Sie wurde zu einem schrillen, zitternden Diskant. Es hörte sich an, als schimpfte eine Frau mit ihrem Baby. Cap ließ das Theater mit angewidertem Erstaunen über sich ergehen.

»Du böses Kind«, zeterte Wanless. »Sieh nur, was du gemacht hast. Pfui, du böses Kind. Es ist abscheulich, in die Hose zu machen, du Ferkel. Machen Erwachsene in die Hose? Geh auf den Topf, Baby, auf den *Topf*.«

»Bitte«, sagte Cap gequält.

»Es geht darum, einen Komplex zu erzeugen«, sagte Wanless. »Die Erziehung zur Sauberkeit wird dadurch erreicht, daß die Aufmerksamkeit des Kindes auf die eigenen Ausscheidungsvorgänge gelenkt wird, und zwar auf eine Weise, die wir für ungesund hielten, wäre der Gegenstand dieser Aufmerksamkeit ein anderer. Sie könnten jetzt fragen, wie stark dieser eingeimpfte Komplex das Verhalten des Kindes bestimmt. Richard Damon von der Universität Washington hatte sich diese Frage gestellt und veranstaltete ein Experiment, um das herauszufinden. Durch Zeitungsanzeigen fand er fünfzig Studenten, die sich freiwillig zur Verfügung stellten. Er ließ sie reichlich Wasser, Soda und Milch trinken, bis sie alle dringend urinieren mußten. Nach Ablauf einer vorher festgesetzten Zeit sagte er ihnen, daß sie sich jetzt erleichtern dürften . . . vorausgesetzt, sie machten sich in die Hose.«

»Wie ekelhaft!« sagte Cap laut. Er war schockiert und angewidert. Das war kein Experiment, sondern ein Beispiel von Entartung.

»Sie sehen, wie stark dieser Komplex in Ihrer eigenen Psyche verwurzelt ist«, sagte Wanless ruhig. »Als Sie zwanzig Monate alt waren, hielten Sie es nicht für so ekelhaft. Wenn Sie damals mußten, taten Sie es auf der Stelle, und wenn Sie beim Papst auf dem Schoß gesessen hätten. Was bei Damons Experiment herauskam, ist dies: die meisten *konnten* nicht. Ihnen war klar, daß normale Verhaltensregeln für die Dauer des Experiments außer Kraft gesetzt waren; sie befanden sich in Räumlichkeiten, die ebenso privat waren wie jedes gewöhnliche Badezimmer . . . aber achtzig Prozent *konnten* einfach nicht. Ganz gleich, wie stark das physische Bedürfnis war: der von ihren Eltern erzeugte Komplex war stärker.«

»Sinnloses Geschwafel«, sagte Cap kurz.

»Durchaus nicht. Ich möchte, daß Sie die Parallelen zwischen der Erziehung zur Sauberkeit und der zum Verzicht auf Feuermachen bedenken . . . und den einen wichtigen Unterschied – den Unterschied der Folgen. Wenn die Erziehung zur Sauberkeit bei einem Kind schwierig ist, was sind dann die Folgen? Geringfügige Unannehmlichkeiten. Sein Zimmer riecht, wenn es nicht ständig gelüftet wird. Die Mutter steht dauernd an der Waschmaschine. Vielleicht muß nach einiger Zeit der Teppich gereinigt werden. Schlimmstenfalls ist das Kind öfter wund, aber das passiert nur, wenn es eine besonders empfindliche Haut hat oder die Mutter zu schlampig ist, es sauberzuhalten. Was aber sind die Folgen bei einem Kind, das Feuer machen kann?«

Seine Augen funkelten. Seine linke Mundhälfte grinste.

»Meine Einschätzung der McGees als Eltern ist sehr hoch«, sagte Wanless. »Irgendwie haben sie es bei ihr geschafft. Ich kann mir vorstellen, daß sie damit lange vor dem Zeitpunkt angefangen haben, zu dem Eltern normalerweise mit der Erziehung zur Sauberkeit beginnen, vielleicht sogar noch bevor sie krabbeln konnte. ›Das darf Baby nicht! Baby tut sich weh! Böses Mädchen! Nein, nein nein! Böses Mädchen! Bö-öses Mädchen!‹

Aber Ihr eigener Computer, Captain Hollister, informiert uns, daß sie im Begriff ist, ihren Komplex zu überwinden. Sie ist dazu in einer beneidenswerten Ausgangsposition. Sie ist jung, und der Komplex konnte sich noch nicht über Jahre hinweg zementieren. Und ihr Vater ist bei ihr! Können Sie die Bedeutung dieser einfachen Tatsache ermessen? Natürlich können Sie es nicht. Der Vater ist die Autoritätsfigur. Beim weiblichen Kind beeinflußt er jede Fixationsphase. Oral, anal genital; hinter jeder steht wie ein Schatten hinter einem Vorhang die väterliche Autoritätsfigur. Für das weibliche Kind ist er Moses; die Gesetze sind seine Gesetze, wie auch immer überliefert, und er sorgt dafür, daß sie befolgt werden. Er ist vielleicht die einzige Person auf der Welt, die diese Blockade aufheben kann. Unsere Komplexe, Captain Hollister, verursachen uns die meisten Qualen und psychischen Nöte, wenn diejenigen, die sie in uns erzeugt haben, sterben und damit jenseits aller Argumente . . . und allen Mitleids sind.«

Cap schaute auf die Uhr und stellte fest, daß Wanless erst vierzig Minuten bei ihm war. Ihm kam es vor wie Stunden. »Sind Sie bald fertig? Ich habe noch eine weitere Verabredung –«

»Wenn Komplexe verschwinden, ist es, als ob bei Sturmflut die Deiche brechen«, sagte Wanless leise. »Wir kennen ein sexuell sehr freizügiges Mädchen, das neunzehn Jahre alt ist und schon dreihundert Männer gehabt hat. Ihr Körper ist voll sexueller Verseuchung wie der einer vierzigjährigen Prostituierten. Mit siebzehn war sie noch Jungfrau. Ihr Vater war Geistlicher, der ihr, als sie noch klein war, immer wieder erzählte, daß Sex in der Ehe ein notwendiges Übel sei, Sex außerhalb der Ehe aber Hölle und Verdammnis bedeute. Wenn ein solcher Komplex verschwindet, brechen wirklich alle Dämme. Erst gibt es einen oder zwei kleine Risse, durch die so wenig Wasser sickert, daß man es nicht bemerkt.

Und nach den Informationen aus Ihrem Computer befindet sich das kleine Mädchen genau in dieser Phase. Wir haben die Information, daß sie ihre Fähigkeit benutzt hat, um ihrem Vater zu helfen, vermutlich auf dessen Drängen. Und dann bricht alles, und in gewaltigen Fluten stürzt das Wasser herein und zerstört und ertränkt alles auf seinem Wege und verändert die Landschaft für immer!«

Wanless, der vorher leise gesprochen hatte, sprach jetzt mit lauter, zittriger Greisenstimme, die aber eher mürrisch als pathetisch klang.

»Hören Sie zu«, sagte er zu Cap. »Hören Sie mir ein einziges Mal zu. Nehmen Sie die Scheuklappen von den Augen. Der Mann ist von sich aus nicht gefährlich. Er hat gewisse Fähigkeiten, aber das ist nur Spielzeug. Das weiß er. Er hat keine Millionen damit verdienen können. Er beherrscht keine Menschen und Nationen. Er hat seine Fähigkeiten angewendet, um fetten Frauen abnehmen zu helfen. Er hat sie angewendet, um leitenden Angestellten zu mehr Selbstvertrauen zu verhelfen. Er ist außerstande, diese Fähigkeiten oft und wirksam anzuwenden . . . irgendein innerer physiologischer Faktor setzt ihm Grenzen. Aber das Mädchen ist unglaublich gefährlich. Sie ist mit ihrem Vater auf der Flucht und sieht sich einer Situation ausgesetzt, in der es ums nackte Überleben geht. Sie hat große Angst. Und auch er hat Angst, und das macht ihn gefährlich. Er ist es nicht von sich aus, sondern weil Sie ihn zwingen, seine Tochter umzuerziehen. Sie zwingen ihn, ihre Vorstellungen über ihre inneren Kräfte zu ändern. Sie bringen ihn dazu, sie zu zwingen, ihre Fähigkeiten zu *gebrauchen*.«

Wanless atmete schwer.

Cap spielte weiter mit – das Ende war jetzt in Sicht – und sagte ruhig: »Was schlagen Sie vor?«

»Der Mann muß getötet werden. Rasch. Bevor er die Axt an den Komplex legen kann, den er und seine Frau in das Mädchen eingebaut haben. Und ich glaube, das Mädchen muß auch getötet werden. Für den Fall, daß der Schaden schon eingetreten ist.«

»Sie ist schließlich nur ein kleines Mädchen, Wanless. Sie kann Feuer anzünden, ja. Wir nennen es Pyrokinese. Aber bei Ihnen hört es sich an, als sei es der Weltuntergang.«

»Vielleicht wird es das noch«, sagte Wanless. »Lassen Sie sich durch ihr Alter und ihre Größe nicht dazu verleiten, den Z-Faktor zu vergessen . . . und genau das tun Sie natürlich. Wenn das Verursachen von Feuern nur die Spitze des Eisbergs ist? Wenn ihre Fähigkeiten sich noch erweitern? Sie ist erst sieben. Als John Milton sieben war, hat er vielleicht ein Stück Holzkohle genommen und versucht, seinen Namen mit Buchstaben zu schreiben, die seine Eltern lesen konnten. Als er erwachsen war, schrieb John Milton *Das verlorene Paradies*.«

»Ich weiß nicht wovon, zum Teufel, Sie reden«, sagte Cap ärgerlich.

»Ich rede vom Zerstörungspotential. Ich rede über eine Fähigkeit, die mit der Hypophyse zusammenhängt, einer Drüse, die bei einem Kind im Alter von Charlene McGee noch fast untätig ist. Was geschieht, wenn sie heranwächst und die Drüse aus ihrem Schlaf erwacht und für zwanzig Monate zur stärksten Kraft im menschlichen Körper wird, die vom Reifen der primären und sekundären Geschlechtsmerkmale bis zur erhöhten Produktion von Sehpurpur im Auge alles veranlaßt? Stellen Sie sich vor, wir hätten ein Kind, das irgendwann *allein durch Willenskraft* in der Lage sein wird, eine nukleare Explosion auszulösen!«

»Einen solchen Wahnsinn hab' ich noch nie gehört.«

»So? Dann lassen sie mich von Wahnsinn zu ausgesprochenem Irrsinn übergehen. Wenn irgendwo dort draußen ein kleines Mädchen herumläuft, das die nur vorläufig noch latente Fähigkeit besitzt, den ganzen Planeten in zwei Hälften zu spalten wie einen Porzellanteller auf einem Schießstand?«

Sie sahen einander schweigend an. Und plötzlich summte die Sprechanlage.

Nach einer Weile beugte Cap sich vor und drückte auf den Knopf. »Ja, Rachel?« Verdammt, der alte Kerl hatte ihn doch tatsächlich einen Augenblick beeindruckt. Er war wie eine Aaskrähe. Das war ein weiterer Grund dafür, daß Cap ihn nicht mochte. Er selbst war eher ein Draufgänger, und wenn es etwas gab, das er haßte, dann waren das diese ewigen Pessimisten.

»Auf dem Zerhacker ist ein Gespräch für Sie«, sagte Rachel. »Aus dem Einsatzgebiet.«

»Gut, Mädchen. Vielen Dank. Lassen Sie ihn ein paar Minuten warten.«

»Yes, Sir.«

Er lehnte sich im Sessel zurück. »Ich muß diese Unterhaltung beenden, Dr. Wanless. Sie können sich darauf verlassen, daß ich mir alles, was Sie gesagt haben, sorgfältig durch den Kopf gehen lassen werde.«

»Wirklich?« fragte Wanless, und mit der gelähmten Mundhälfte schien er zynisch zu grinsen.

»Ja.«

Wanless sagte: »Das Mädchen ... McGee ... und dieser Richardson sind die letzten Faktoren in einer Gleichung, die nicht aufgeht, Captain Hollister. Löschen Sie sie aus. Fangen Sie schnellstens damit an. Das Mädchen ist sehr gefährlich.«

»Ich werde berücksichtigen, was Sie gesagt haben«, wiederholte Cap.

»Tun Sie das.« Und endlich fing Wanless an, sich mühselig

aus seinem Stuhl hochzuarbeiten, wobei er sich auf seinen Stock stützte. Es dauerte lange, aber schließlich stand er.

»Der Winter steht vor der Tür«, sagte er zu Cap. »Davor haben diese alten Knochen Angst.«

»Bleiben Sie über Nacht in Longmont?«

»Nein, in Washington.«

Cap zögerte und sagte dann: »Übernachten Sie im Mayflower. Es könnte sein, daß ich mich mit Ihnen in Verbindung setzen möchte.«

Etwas in den Augen des alten Mannes leuchtete auf – Dankbarkeit? Höchstwahrscheinlich.

»Gern, Captain Hollister«, sagte er und schleppte sich, auf seinen Stock gestützt, zur Tür – ein alter Mann, der einst die Büchse der Pandora geöffnet hatte und nun alles erschießen wollte, was herausgeflogen war, anstatt abzuwarten, was sich daraus entwickelte.

Als die Tür sich hinter ihm geschlossen hatte, stieß Cap einen Seufzer der Erleichterung aus und nahm den Hörer des Zerhakkertelefons auf.

7

»Mit wem spreche ich?«

»Orv Jamieson, Sir.«

»Haben Sie sie, Jamieson?«

»Noch nicht, Sir, aber auf dem Flughafen haben wir etwas Interessantes festgestellt.«

»Und das wäre?«

»Alle Münzfernsprecher sind leer. In einigen Zellen lagen noch ein paar Münzen auf dem Fußboden.«

»Geknackt?«

»No, Sir. Deshalb rufe ich Sie an. Sie sind nicht geknackt worden, sie sind ganz einfach leer. Die Telefongesellschaft spielt schon verrückt.«

»Ich habe verstanden, Jamieson.«

»Das beschleunigt die Sache. Wir haben uns überlegt, ob der Mann das Mädchen vielleicht draußen versteckt und nur für sich selbst ein Zimmer genommen hat. Wie dem auch sei, wir suchen jetzt einen Kerl, der mit 'ner Menge Kleingeld bezahlt hat.«

»Wenn sie überhaupt in ein Motel gegangen sind und nicht irgendwo draußen schlafen.«

»Ja, Sir.«

»Machen Sie weiter, OJ.«

»Ja, Sir. Vielen Dank.« Er schien sich auf absurde Weise darüber zu freuen, daß der andere sich an seinen Spitznamen erinnerte.

Cap legte auf. Fünf Minuten lang saß er mit halbgeschlossenen Augen da und dachte nach. Das weiche Herbstlicht fiel durch das Erkerfenster herein, erwärmte und erhellte das Büro. Dann beugte er sich vor und sprach über die Sprechanlage mit Rachel.

»Ist John Rainbird da?«

»Ja, Cap.«

»Schicken Sie ihn in fünf Minuten rein. Ich will vorher noch mit Norville Bates sprechen. Er hat draußen das Kommando, bis Al dort ist.«

»Ja, Sir«, sagte Rachel zweifelnd.

»Das müßte eine offene Leitung sein. Über Walkie-Talkie. Nicht sehr –«

»Machen Sie schon«, sagte er ungeduldig.

Es dauerte zwei Minuten. Bates war nur leise zu hören, und es knackte in der Leitung. Der Mann war gut – ein wenig phantasielos, aber ein Arbeitstier. Er war genau der Typ, der die Stellung halten konnte, bis Albert Steinowitz eintraf. Norville berichtete, daß sie die Suche jetzt auf die benachbarten Städte ausgedehnt hätten – Oakville, Tremont, Messalonsett, Hastings Glen, Looton.

»Okay, Norville, das ist gut«, sagte Cap und dachte an Wanless, der gesagt hatte: *Sie zwingen ihn dazu, das kleine Mädchen umzuerziehen.* Er dachte an Jamieson, der berichtet hatte, daß alle Münzapparate leer seien. Das war nicht McGee gewesen. Das hatte das Mädchen getan. Und dann hatte sie, weil sie so spät noch auf war, dem Soldaten die Schuhe in Brand gesetzt, wahrscheinlich aus Versehen. Wanless würde sich freuen, wenn er wüßte, daß Cap trotz allem seine Ratschläge zu fünfzig Prozent befolgen wollte – der alte Knacker hatte heute morgen erstaunliche Beredsamkeit an den Tag gelegt.

»Es hat sich etwas geändert«, sagte Cap. »Wir müssen gegen McGee Zwangsmaßnahmen einleiten. Extreme Zwangsmaßnahmen. Haben Sie verstanden?«

»Extreme Zwangsmaßnahmen«, sagte Norville gleichmütig. »Jawohl, Sir.«

»Gut, Norville«, sagte Cap leise. Er legte den Hörer auf und wartete auf John Rainbird.

Im nächsten Augenblick ging die Tür auf, und da stand er schon, in Lebensgröße, aber doppelt so häßlich. Dieser Irokesenmischling bewegte sich so leise, daß man seine Anwesenheit im Zimmer überhaupt nicht wahrnahm, wenn man sich gerade mit Lesen oder der Erledigung von Korrespondenz beschäftigte. Cap wußte, wie ungewöhnlich das war. Die meisten Leute spürten die Anwesenheit eines anderen im Raum. Wanless hatte diese Fähigkeit einmal beschrieben. Er hatte sie nicht den sechsten Sinn genannt, sondern sie als eine Art Instinkt bezeichnet, der unmerklich aus den Wahrnehmungen der normalen Sinne gespeist wird. Aber bei Rainbirds Erscheinen funktionierte dieser Instinkt nicht. Bei ihm hatte man keine Wahrnehmung, und es gab nichts, was auch nur einen Nerv vibrieren ließ. Bei einem Glas Portwein in Caps Wohnung hatte sich Al Steinowitz einmal ganz seltsam über Rainbird geäußert: »Er ist der einzige Mensch, den ich kenne, der die Luft nicht vor sich herschiebt, wenn er geht.« Und Cap war froh, daß Rainbird auf ihrer Seite war, denn er war der einzige Mensch, den *er* kannte, vor dem er sich fürchtete.

Er war ein Ungeheuer, ein Ungetüm von einem Mann. Er war fast zwei Meter groß und trug sein glänzendes schwarzes Haar zurückgekämmt und zu einem kurzen Pferdeschwanz gebunden. Vor zehn Jahren, während seines zweiten Einsatzes in Vietnam, war direkt vor ihm ein Sprengsatz hochgegangen, und jetzt war sein Gesicht ein Chaos aus vernarbtem Gewebe und verbranntem Fleisch. Sein linkes Auge fehlte, und wo es gesessen hatte, war nur noch die Höhle. Plastische Chirurgie oder ein künstliches Auge hatte er abgelehnt, weil er, wie er sagte, in den ewigen Jagdgründen seine Kampfnarben würde vorzeigen müssen. Wenn er so etwas sagte, wußte man nie, ob man ihm glauben konnte; man wußte nie, ob er es ernst meinte oder ob er einen aus irgendeinem Grund einfach nur zum Narren halten wollte.

Über die Jahre hinweg war Rainbird ein überraschend guter Agent gewesen – teils, weil er wie alles andere aussah, nur nicht wie ein Agent, hauptsächlich aber, weil hinter der häßlichen Maske ein fähiger, hell lodernder Verstand steckte. Er sprach vier Sprachen fließend, in drei weiteren konnte er sich verständigen. Zur Zeit nahm er an einem Hypnosekurs in Russisch teil. Wenn er sprach, klang seine Stimme angenehm leise, musikalisch und kultiviert.

»Guten Abend, Cap.«

»Ist es schon so spät?« fragte Cap überrascht.

Rainbird lächelte und zeigte dabei ein Gebiß von makellosem Weiß – Haifischzähne, dachte Cap. »Um vierzehn Minuten zu spät«, sagte Rainbird. »Ich habe in Venedig auf dem schwarzen Markt eine Seiko-Digitaluhr gekauft. Es ist faszinierend. Kleine schwarze Ziffern, immer andere. Eine technologische Leistung. Ich denke oft, Cap, daß wir den Krieg in Vietnam nicht geführt haben, um ihn zu gewinnen, sondern um technologische Leistungen zu vollbringen. Wir haben ihn geführt, um billige Digitaluhren zu erfinden, das Ping-Pong-Spiel, das man an sein Fernsehgerät anschließen kann, den Taschenrechner. Im Dunkel der Nacht schaue ich auf meine Armbanduhr. Sie sagt mir, daß ich Sekunde um Sekunde meinem Tode näher bin. Eine gute Nachricht.«

»Setzen Sie sich, alter Freund«, sagte Cap. Wie immer, wenn er mit Rainbird sprach, hatte er ein trockenes Gefühl im Mund, und er mußte auf seine Hände achten, damit sie sich auf der polierten Tischplatte nicht nervös ineinander verkrampften. Bei alledem war er davon überzeugt, daß Rainbird ihn *mochte* – wenn überhaupt die Rede davon sein konnte, daß Rainbird irgendeinen Menschen mochte.

Rainbird setzte sich. Er trug alte Blue Jeans und ein verschossenes Leinenhemd.

»Wie war Venedig?« fragte Cap.

»Es versinkt«, sagte Rainbird.

»Ich habe einen Job für Sie, wenn Sie wollen. Es ist eine Bagatellsache, könnte aber zu einem Auftrag führen, den Sie wesentlich interessanter finden werden.«

»Worum geht es?«

»Natürlich nur freiwillig«, sagte Cap. »Schließlich haben Sie noch Urlaub.«

»Worum geht es?« wiederholte Rainbird leise, und Cap sagte es ihm. Rainbird blieb nur fünfzehn Minuten, aber es kam Cap wie eine Stunde vor.

Als der baumlange Indianer gegangen war, stieß Cap einen langen Seufzer aus. Wanless und Rainbird an einem einzigen Vormittag – das konnte jedem den Tag vermiesen. Aber der Vormittag war vorbei, er hatte eine Menge geschafft, und wer konnte wissen, was ihn am Nachmittag noch erwartete. Er betätigte den Summer, um Rachel zu rufen.

»Ja, Cap.«

»Ich esse hier, Darling. Würden Sie mir bitte etwas aus der Cafeteria holen lassen? Ganz gleich was. Vielen Dank, Rachel.«

Endlich war er allein. Das Zerhackertelefon mit seinen Mikroschaltkreisen und Chips, und was immer sonst noch zu seinen Bestandteilen gehörte, schwieg, und wenn es wieder summte, war es wahrscheinlich Albert oder Norville, die ihm berichten wollten, daß im Staat New York alles gelaufen war – das Mädchen geschnappt, ihr Vater tot. Das wäre eine gute Nachricht.

Wieder schloß Cap die Augen. Langsam und träge gingen ihm Gedanken und Sätze durch den Kopf. Geistige Beherrschung anderer. Die Wissenschaftler sahen darin enorme Möglichkeiten. Man müßte sich einen Mann wie McGee in der Umgebung Castros oder Ayatollah Khomeinis vorstellen. Man müßte sich vorstellen, daß er in den engeren Kreis um Ted Kennedy gelangte, um ihm im Brustton der Überzeugung zu suggerieren, daß Selbstmord die beste Lösung wäre. Man müßte sich vorstellen, ein solcher Mann würde auf die Führer der verschiedenen kommunistischen Guerillagruppierungen angesetzt. Eine Schande, daß sie ihn beseitigen mußten. Aber ... was einmal gelungen war, konnte auch ein zweites Mal gelingen.

Das kleine Mädchen. Was hatte Wanless gesagt? *Die Fähigkeit, eines Tages den ganzen Planeten in zwei Hälften zu spalten wie einen Porzellanteller auf einem Schießstand* ... das war natürlich lächerlich. Wanless war so verrückt geworden wie der kleine

Junge in der Geschichte von D. H. Lawrence, der auf der Rennbahn die Sieger bestimmen konnte. Für Wanless hatte sich Lot Sechs in Schwefelsäure verwandelt; es hatte große, klaffende Löcher in seinen Verstand gefressen. Sie war ein kleines *Mädchen*, keine Waffe, die den Weltuntergang herbeiführen konnte. Und sie mußte man wenigstens lange genug behalten, um genau zu dokumentieren, was in ihr steckte, und aufzuzeichnen, was vielleicht aus ihr werden könnte. Das allein würde ausreichen, das Testprogramm mit Lot Sechs wieder aufzunehmen. Wenn man sie dazu bringen konnte, ihre Fähigkeiten zum Nutzen des Landes einzusetzen, um so besser.

Umso besser, dachte Cap.

Plötzlich ertönte das heisere Summen des Zerhackertelefons. Cap nahm den Hörer auf. Sein Puls jagte plötzlich.

Der Zwischenfall
auf der Mandersfarm

1

Charlie McGee saß auf der Kante ihres Motelbetts in Apartment 16 und gähnte und reckte sich, während Cap mit Steinowitz in Longmont über ihre Zukunft diskutierte. Die helle Morgensonne schien aus einem Himmel von makellosem Herbstblau herab schräg durchs Fenster. Im freundlichen Tageslicht sah alles schon nicht mehr so schlimm aus.

Sie sah zu ihrem Daddy hinüber, der als regloser Klotz unter den Decken lag. Ein schwarzes Haarbüschel schaute hervor – das war alles. Sie lächelte. Er gab sich immer solche Mühe. Wenn er hungrig war und sie auch, und sie hatten nur einen Apfel, biß er nur einmal ab, und sie durfte den Rest essen. Wenn er wach war, gab er sich immer große Mühe.

Aber wenn er schlief, klaute er alle Decken.

Sie ging ins Bad, streifte die Unterwäsche ab und drehte die Dusche auf. Während das Wasser warm wurde, benutzte sie die Toilette und ging dann in die Duschkabine. Als das heiße Wasser herabrieselte, schloß sie lächelnd die Augen. Es gab nichts Schöneres auf der Welt, als die ersten zwei Minuten unter einer heißen Dusche.

(Gestern abend warst du sehr böse)

Sie blickte finster vor sich hin und legte die Stirn in Falten.

(Nein. Daddy sagte, das war ich nicht.)

(Du hast dem Mann die Schuhe in Brand gesteckt, du böses, böses Mädchen, findest du es schön, daß der Teddy ganz verbrannt ist?)

Ihr Unbehagen mischte sich jetzt mit Angst und Scham. Der Gedanke an den Teddy wurde ihr gar nicht recht bewußt; er schwang nur mit, und wie es so oft der Fall war, schien ihr

Schuldgefühl untrennbar mit einem Geruch zusammenzuhängen – einem Geruch von Brand und Rauch. Glimmender Stoff. Ein brennender Teddybär. Und dieser Geruch ließ verschwommen das Bild ihrer Eltern vor ihr erstehen, wie sie sich riesengroß über sie beugten; und sie hatten Angst; sie waren wütend, sie sprachen laut, und ihre Stimmen klangen, als ob Felsbrocken einen Berghang hinunterpoltern, wie man es im Kino sieht.

(»*Du böses, böses Mädchen! Das darfst du nicht tun! Tu es nie, nie wieder!*«)

Wie alt war sie damals gewesen? Zwei? Drei? Wie weit konnte ein Mensch sich zurückerinnern? Das hatte sie Daddy einmal gefragt, aber er wußte es nicht. Er sagte nur, daß er sich daran erinnerte, einmal von einer Biene gestochen worden zu sein, und seine Mutter hatte ihm erzählt, daß er damals erst fünfzehn Monate alt war.

Dies war ihre erste Erinnerung: die großen Gesichter, die sich über sie beugten; die lauten Stimmen, wie Felsbrocken, die einen Berghang hinunterrollen; und ein Geruch wie eine verbrannte Waffel. Der Geruch war von ihrem Haar gekommen. Sie hatte ihr eigenes Haar in Brand gesteckt, und es war fast ganz abgebrannt. Danach hatte Daddy von »Hilfe« gesprochen, und Mami war ganz komisch geworden, zuerst lachte und dann weinte sie. Und dann lachte sie wieder so schrill und seltsam, daß Daddy ihr ins Gesicht schlug. Sie erinnerte sich daran, weil es, soviel sie wußte, das einzige Mal war, daß Daddy so etwas getan hatte. Vielleicht sollten wir daran denken, ihr »helfen« zu lassen, hatte Daddy gesagt. Sie waren im Bad, und ihr Kopf war naß, denn Daddy hatte sie unter die Dusche gesteckt. Oh, ja, hatte Mami gesagt, laßt uns Dr. Wanless aufsuchen, der wird uns *sehr* »helfen«, wie er es schon einmal getan hat . . . und dann das Gelächter, das Weinen, wieder Gelächter, dann der Schlag.

(*Du warst so BÖSE gestern abend*)

»Nein«, murmelte sie unter dem Rauschen der Dusche. »Daddy sagte nein. Daddy sagte, es hätte . . . auch . . . sein . . . Gesicht treffen können.«

(DU WARST EIN SEHR BÖSES MÄDCHEN GESTERN ABEND)

Aber sie hatten das Geld aus den Münzapparaten doch gebraucht. Daddy hatte es gesagt.
(SEHR BÖSE)
Und dann dachte sie wieder an Mami zu der Zeit, als sie selbst fast sechs war. Sie dachte nicht gern daran, aber es kam ihr nun einmal in den Sinn, und sie konnte es nicht verdrängen. Es war gewesen, bevor die bösen Männer kamen und Mami weh taten.
(Nein, getötet, sie haben sie getötet)
Ja, also bevor sie sie *töteten* und Charlie abholten. Daddy hatte sie auf den Schoß genommen, um ihr vorzulesen, aber diesmal waren es nicht die gewohnten Märchenbücher mit Bildern. Statt dessen hatte er einige dicke Bücher ohne Bilder. Sie hatte widerwillig die Nase gerümpft und ihre Bilderbücher verlangt.
»Nein, Charlie«, hatte er gesagt. »Ich will dir ein paar andere Geschichten vorlesen. Ich denke, du bist jetzt alt genug, und deine Mutter meint das auch. Die Geschichten erschrecken dich vielleicht ein wenig, aber es ist wichtig, daß du sie kennst. Es sind wahre Geschichten.«
Sie erinnerte sich an die Titel einiger der Bücher, aus denen Daddy vorgelesen hatte, denn die Geschichten *hatten* sie erschreckt. Das eine hieß *Vorsicht!* und war von einem gewissen Charles Fort. Ein anderes, *Was keine Wissenschaft erfaßt*, hatte ein Frank Edwards geschrieben. Ein weiterer Titel lautete *Die Wahrheit der Nacht*. Ein anderes Buch war *Pyrokinese: Fallbeschreibungen*, aber Mami hatte Daddy gebeten, ihr daraus nichts vorzulesen. »Später«, hatte Mami gesagt, »wenn sie älter ist, Andy.« Und dann war das Buch weggestellt worden, und Charlie war froh gewesen.

Die Geschichten waren wirklich erschreckend gewesen. Die eine handelte von einem Mann, der sich in einem Park selbst verbrannt hatte. In einer ging es um eine Frau, die in ihrem Wohnanhänger verbrannt war, und außer der Frau und einem Teil des Stuhls, auf dem sie vor dem Fernseher gesessen hatte, war nichts mitverbrannt. Einiges war zu kompliziert gewesen, als daß sie es verstanden hätte, aber sie erinnerte sich daran, daß ein Polizist gesagt hatte: »Wir haben für diesen Todesfall keine Erklärung. Vom Opfer waren nur noch die Zähne und ein paar verkohlte Knochen übrig. Um einen Menschen so zuzurichten, hätte man eine Lötlampe gebraucht. Dabei war im übrigen Raum nicht einmal etwas angesengt. Wir können uns nicht erklären, warum nicht der ganze Anhänger in Flammen aufgegangen ist.«

Die dritte Geschichte handelte von einem großen Jungen – er war elf oder zwölf –, der zu brennen begonnen hatte, während er sich am Strand aufhielt. Sein Vater hatte ihn ins Wasser geworfen und sich selbst dabei schwere Verbrennungen zugezogen, aber der Junge hatte weitergebrannt, bis er total verkohlt war. In einer Geschichte war ein junges Mädchen verbrannt, als sie dem Priester im Beichtstuhl ihre Sünden beichtete. Charlie wußte gut über die katholische Beichte Bescheid, denn ihre Freundin Deenie hatte ihr davon erzählt. Deenie sagte, man müßte alle die schlimmen Dinge, die man während der Woche getan hatte, dem Priester erzählen. Deenie ging noch nicht zur Beichte, denn sie hatte ihre heilige Kommunion noch nicht empfangen, aber ihr Bruder Carl tat es. Er ging in die vierte Klasse und mußte alles erzählen, selbst, daß er in Mutters Zimmer geschlichen war und von ihrer Geburtstagsschokolade genommen hatte. Denn wenn man es nicht dem Priester erzählte, konnte man nicht mit CHRISTI BLUT gewaschen werden und kam an DEN HEISSEN ORT.

Charlie hatte sehr wohl verstanden, worum es in all diesen Geschichten ging. Als sie die mit dem Mädchen im Beichtstuhl gehört hatte, war sie so erschrocken gewesen, daß sie in Tränen ausbrach. »Werde ich mich denn verbrennen?« fragte sie schluchzend. »Wie damals, als ich klein war und mein Haar Feuer fing? Werde ich ganz aufbrennen?«

Und Mami und Daddy waren ganz bestürzt gewesen. Mami war blaß und biß sich auf die Lippen, aber Daddy hatte den Arm um Charlie gelegt und gesagt: »Nein, mein Kleines. Nicht, wenn du immer vorsichtig bist und nicht an diese ... Sache denkst. Diese Sache, die dir manchmal passiert, wenn du aufgeregt bist oder Angst hast.«

»Was ist das?« hatte Charlie weinend gefragt. »Was ist das, sagt mir, was das ist, ich weiß es nicht einmal. Ich will es auch nie wieder tun, das *verspreche* ich!«

Mami hatte gesagt: »Soweit wir wissen, Schatz, nennt man

es Pyrokinese. Es bedeutet, daß man Feuer verursachen kann, indem man einfach nur an Feuer denkt. Es passiert meistens, wenn die Leute sich aufregen. Einige Leute haben offenbar diese ... diese Fähigkeit ihr ganzes Leben lang, ohne es überhaupt zu wissen. Und andere Leute ... nun, sie verlieren plötzlich die Kontrolle über diese Fähigkeit und dann ...« Sie konnte nicht weitersprechen.

»Dann verbrennen sie«, hatte Daddy gesagt. »Wie es bei dir war, als dein Haar Feuer fing. Aber du kannst lernen, es zu kontrollieren, Charlie. Du *mußt* es lernen. Und Gott weiß, daß es nicht deine Schuld ist.« Als er das sagte, hatten sich seine und Mamis Blicke kurz getroffen, und es schien etwas zwischen ihnen vorzugehen.

Wieder hatte er ihr den Arm um die Schultern gelegt und gesagt: »Ich weiß, daß du manchmal nichts dafür kannst. Es ist ein Mißgeschick, wie damals, als du noch klein warst und nicht daran dachtest, zur Toilette zu gehen, weil du spieltest, und als du dir dann die Hosen naß machtest. Wir nannten es damals ein Mißgeschick – weißt du das noch?«

»Ich tu das nie mehr.«

»Nein, natürlich nicht. Und bald wirst du auch diese andere Sache unter Kontrolle haben. Aber vorläufig, Charlie, mußt du uns versprechen, daß du dich *nie, nie, nie* wieder so aufregen wirst, wenn du es irgend schaffst. Denn sonst zündest du Feuer an. Und wenn du es tust, wenn du es nicht verhindern kannst, dann versuch, es von dir wegzuschieben. Versuch, ins Freie zu laufen. Versuch, es ins Wasser zu lenken, wenn Wasser in der Nähe ist.«

»Aber richte es niemals gegen einen Menschen«, hatte Mami gesagt, und ihr Gesicht war ganz ruhig und blaß und sehr ernst. »Das wäre sehr gefährlich, Charlie. Du wärest ein sehr böses Mädchen. Du könntest nämlich« – sie rang nach Worten –, »du könntest einen Menschen töten.«

Und dann hatte Charlie hysterisch geweint; es waren Tränen des Entsetzens und der Reue, denn Mami hatte beide Hände verbunden, und Charlie wußte, warum Daddy ihr diese schrecklichen Geschichten vorgelesen hatte. Denn am Vortag, als Mami ihr verboten hatte, Deenie zu besuchen, weil sie ihr Zimmer nicht aufgeräumt hatte, war Charlie *sehr* böse geworden, und dann war plötzlich aus dem Nichts dieses schreckliche Feuerding gekommen, wie ein böser, nickender und grinsender Kastenteufel, und sie war so wütend gewesen, daß es aus ihr herausgefahren war und Mami getroffen hatte, und dann hatten Mamis Hände gebrannt. Und es hätte schlimmer kommen können,

(Es hätte viel schlimmer kommen können, hätte ihr Gesicht treffen können.)

denn, weil das Becken voll Seifenwasser für den Abwasch gewesen war, wurde es nicht *ganz* so schlimm, aber trotzdem war es SEHR SCHLIMM gewesen, und sie hatte versprochen, daß sie es *nie, nie, nie wieder* –

Das warme Wasser prasselte ihr über Gesicht, Brust und Schultern und hüllte sie so warm ein, daß ihre bösen Erinnerungen und ihre Besorgnisse schwanden. Daddy hatte *gesagt*, daß es in Ordnung war. Und wenn Daddy etwas sagte, stimmte es. Er war der klügste Mann der Welt.

Dann richtete sie ihre Gedanken auf die Gegenwart, und sie dachte über die Männer nach, von denen sie verfolgt wurden. Sie waren von der Regierung, hatte Daddy gesagt, aber von einem bösen Teil der Regierung. Sie arbeiteten für einen Teil der Regierung, den man »die Firma« nannte. Von diesen Männern wurden sie ständig verfolgt. Wo sie auch hinkamen, tauchten wenig später die Männer von der Firma auf.

Wie es ihnen wohl gefallen würde, wenn ich sie in Brand stecke? fragte etwas in ihr kalt, und schuldbewußt und entsetzt schloß sie ganz fest die Augen. Es war häßlich, so etwas zu denken. Es war böse.

Wenn man böse Gedanken hatte, mußte man dafür büßen.

Das hatte Deenie ihr gesagt.

2

Nur ganz allmählich wurde Andy wach, und nur vage nahm er das Plätschern der Dusche wahr. Zuerst war es Teil eines Traums: er war acht Jahre alt und mit seinem Großvater auf den Tashmore-See hinausgefahren. Er versuchte, einen zappelnden Regenwurm auf den Haken zu bekommen, ohne sich den

Haken in den Daumen zu bohren. Der Traum war unglaublich deutlich. Im Bug des Bootes sah er den zersplitterten Weidenkorb für die Fische, er sah die roten Gummiflicken an Großvater McGees alten grünen Stiefeln, er sah die abgewetzten alten Baseballhandschuhe an seinen Händen, und dabei fiel ihm ein, daß die zweite Mannschaft morgen in Roosevelt Field Training hatte. Aber jetzt war erst heute abend, und über ihnen hielten sich das letzte Tageslicht und die heraufziehende Dunkelheit in einem perfekten Zwielicht die Waage, und der See lag so ruhig, daß man die kleinen Wolken von Mücken und anderen Insekten über die Wasseroberfläche huschen sah, die die Farbe von Chrom hatte. Hin und wieder wetterleuchtete es . . . oder vielleicht waren es richtige Blitze, denn es regnete. Große Tropfen fielen auf Großvaters Kahn und färbten die verwitterten Planken dunkel. Dann hörte man die Tropfen auf das Wasser klatschen, ein seltsames zischendes Geräusch, wie – wie das Geräusch einer –

– *Dusche, Charlie duscht.*

Er öffnete die Augen und starrte gegen eine ihm gar nicht vertraute Balkendecke. *Wo sind wir?*

Stück für Stück kam die Erinnerung zurück, aber es gab einen Augenblick, da er ins Bodenlose zu stürzen glaubte. Entsetzen überfiel ihn. Er war im letzten Jahr zu oft an immer wieder anderen Orten gewesen, zu oft nur mit knapper Not seinen Verfolgern entkommen, und zu sehr hatte er ständig unter Druck gestanden. Sehnsüchtig wünschte er sich in seinen Traum und zu Großvater McGee zurück, der nun schon seit zwanzig Jahren tot war.

Hastings Glen. Er war in Hastings Glen. *Sie* waren in Hastings Glen.

Was war mit seinem Kopf? Er schmerzte, aber es war nicht mehr so schlimm wie gestern abend, als der bärtige Bursche sie abgesetzt hatte. Der Schmerz hatte sich in ein unangenehmes dumpfes Pochen verwandelt. Wenn es so war wie sonst, würde er heute abend nur noch einen leichten Druck spüren und morgen schmerzfrei sein.

Die Dusche war jetzt abgestellt.

Er richtete sich im Bett auf und sah auf die Uhr. Es war viertel vor elf. »Charlie?«

Sie kam ins Zimmer zurück und rieb sich dabei kräftig mit einem Handtuch ab.

»Guten Morgen, Daddy.«

»Guten Morgen. Wie fühlst du dich?«

»Ich habe Hunger«, sagte sie. Dann trat sie an den Stuhl, auf dem ihre Kleidung lag, nahm die grüne Bluse auf und roch daran. Sie verzog das Gesicht. »Ich brauche sauberes Zeug.«

»Dies muß noch eine Weile reichen, Kleines. Wir werden dir später ein paar Sachen besorgen.«

»Hoffentlich können wir wenigstens bald etwas essen.«

»Wir halten einen Wagen an«, sagte er, »und lassen uns vor dem nächsten Restaurant absetzen.«

»Daddy, als ich in die Schule kam, hast du mir gesagt, daß ich nie mit Fremden mitfahren darf.« Sie war schon in ihre Unterwäsche und die grüne Bluse geschlüpft und sah ihn fragend an.

Andy stand aus dem Bett auf, ging zu ihr und legte ihr die Hände auf die Schultern. »Der unbekannte Teufel ist manchmal besser als der bekannte«, sagte er. »Weißt du, was das bedeutet?«

Sie dachte angestrengt darüber nach. Der Teufel, den sie kannten, waren diese Männer von der Firma, sagte sie sich. Die Männer, von denen sie gestern in New York durch die Straßen gejagt worden waren. »Ich glaube, es bedeutet, daß die meisten Menschen, die im Auto vorbeifahren, nicht für diese Firma arbeiten.«

Er lächelte sie an. »Du hast es begriffen. Und was ich dir früher gesagt habe, stimmt immer noch, Charlie: aber wenn man in einer bösen Schwierigkeit steckt, muß man manchmal Dinge tun, die man unter normalen Umständen nie tun würde.«

Charlie lächelte nicht mehr. Ernst und aufmerksam sah sie ihren Vater an. »Zum Beispiel Geld aus den Münzapparaten holen?«

»Ja«, sagte er.

»Und das war nicht schlimm?«

»Nein. Wenn man unsere Lage bedenkt, war es nicht schlimm.«

»Denn wenn man in einer bösen Schwierigkeit steckt, muß man alles tun, um wieder herauszukommen.«
»Nicht alles. Es gibt Ausnahmen.«
»Welche Ausnahmen?«
Er fuhr ihr mit der Hand durch das Haar. »Lassen wir das. Mach ein freundliches Gesicht.«
Aber sie blieb ernst. »Ich wollte dem Mann die Schuhe doch gar nicht in Brand stecken. Ich habe es nicht absichtlich getan.«
»Nein, natürlich nicht.«
Endlich lächelte sie. Ihr Lächeln war so strahlend, wie er es von Vicky kannte. »Was macht dein Kopf heute morgen, Daddy?«
»Es ist schon viel besser, danke.«
»Gott sei Dank.« Sie sah ihn aufmerksam an. »Dein Auge sieht so komisch aus.«
»Welches?«
Sie deutete auf sein linkes. »Das da.«
»So?« Er ging ins Bad und wischte über den beschlagenen Spiegel.
Er sah sich lange sein Auge an, und seine gute Stimmung war weg. Sein rechtes Auge sah aus wie immer, graugrün – wie die Farbe des Meeres unter verhangenem Himmel an einem Frühlingstag. Sein linkes Auge war auch graugrün, aber das Weiße war blutunterlaufen, und die Pupille sah kleiner aus als die rechte. Und das Lid fiel eigenartig herab, etwas, das er an sich noch nie beobachtet hatte.
Plötzlich drang Vickys Stimme in seine Gedanken. Er hörte sie so deutlich, als ob sie neben ihm stünde. *Diese Kopfschmerzen machen mir Angst, Andy. Wenn du diese Fähigkeit, andere psychisch zu beeinflussen, oder wie immer du es nennst, anwendest, fügst du nicht nur anderen, sondern auch dir selbst etwas zu.*
Nach diesem Gedanken hatte er die Vorstellung, als würde ein Ballon aufgeblasen . . . er wurde immer größer . . . größer . . . und größer, um endlich mit einem lauten Knall zu zerplatzen.
Sorgfältig betrachtete er seine linke Gesichtshälfte, betastete sie überall mit den Fingerspitzen seiner rechten Hand. Er sah aus wie ein Mann in einem Werbe-Spot, der seine vollendete Rasur bewunderte. Er fand drei Stellen – eine unter dem linken

Auge, eine am linken Jochbein und eine dicht unter der linken Schläfe – an denen er nicht das geringste Gefühl hatte. Angst legte sich auf ihn, so wie sich in der Abenddämmerung der Nebel auf das Land senkt. Er hatte weniger Angst um sich selbst als um Charlie, denn was würde mit ihr geschehen, wenn er sie allein zurücklassen müßte?

Als ob er sie gerufen hätte, sah er sie jetzt im Spiegel.

»Daddy?« Es klang ein wenig ängstlich. »Ist alles in Ordnung?«

»Alles in Ordnung«, sagte er. Seine Stimme klang normal. Kein Zittern; aber auch keine übermäßige Zuversicht, kein falscher Ton. »Mir fällt nur ein, daß ich mich dringend rasieren müßte.«

Sie hielt sich den Mund zu und kicherte. »Kratzig wie eine Topfbürste. Iiiih!«

Er rannte ihr ins Zimmer nach und rieb seine kratzige Wange an ihrer glatten. Charlie kicherte und strampelte.

3

In dem Augenblick, als Andy seine Tochter mit seinem Stoppelbart kitzelte, stiegen Orville Jamieson, alias OJ, alias The Juice und ein weiterer Agent der Firma vor dem einzigen Speiselokal in Hastings Glen aus einem hellblauen Chevrolet.

OJ blieb einen Augenblick stehen und schaute die Hauptstraße entlang. Er sah den Eisenwarenladen, den Lebensmittelladen, die beiden Tankstellen, die Drogerie und das aus Holz gebaute öffentliche Gebäude, an dem eine Tafel angebracht war, die auf irgendein historisches Ereignis hinwies, für das sich niemand im mindesten interessierte. Die Hauptstraße war gleichzeitig die Route 40, und die McGees waren keine vier Meilen von der Stelle entfernt, an der OJ und Bruce Cook gerade standen.

»Guck dir dieses Kaff an«, sagte OJ angewidert. »Ich bin hier in der Nähe aufgewachsen. Die Stadt heißt Lowville. Hast du schon jemals was von Lowville im Staat New York gehört?«

Bruce Cook schüttelte den Kopf.

»Es liegt auch in der Nähe von Utica. Dort wird das Utica-

Club-Bier gebraut. Ich war noch nie in meinem Leben so glücklich wie an dem Tag, als ich von Lowville abhauen konnte.« OJ griff unter seine Jacke und rückte seinen Revolver zurecht.

»Da sind ja Tom und Steve«, sagte Bruce. Auf der anderen Straßenseite war ein hellbrauner Pacer gerade in eine Parklücke gefahren, die ein landwirtschaftliches Fahrzeug soeben freigemacht hatte. Zwei Männer in dunklen Anzügen stiegen aus dem Pacer. Sie sahen aus wie Bankiers. Weiter unten auf der Straße bei den Warnlichtern unterhielten sich zwei andere Leute von der Firma mit der alten Tante, die mittags aufpassen mußte, daß die Schulkinder heil über die Straße kamen. Sie zeigten ihr das Bild, und sie schüttelte den Kopf. Insgesamt hielten sich in Hastings Glen jetzt zehn Agenten der Firma auf, die alle mit Norville Bates in Verbindung standen, der noch in Albany war und auf Caps persönlichen Abgesandten Al Steinowitz wartete.

»Ach, ja, Lowville«, seufzte OJ. »Hoffentlich erwischen wir die Narren bis zum Mittag. Und hoffentlich ist mein nächster Job in Karachi. Oder Island. Oder sonstwo, wenn es nur weit genug von New York und Umgebung ist. Mit stinkt die ganze Gegend hier und besonders Lowville.«

»Glaubst du denn, daß wir sie bis zum Mittag haben?« fragte Bruce.

O zuckte die Achseln. »Wenn nicht, dann spätestens vor Sonnenuntergang. Du kannst dich darauf verlassen.«

Sie betraten das Speiselokal, setzten sich an die Theke und bestellten Kaffee. Eine junge Serviererin mit einer sehr guten Figur bediente sie.

»Wie lange sind Sie heute schon im Dienst, Schwester?« fragte OJ sie.

»Wenn Sie eine Schwester haben, tut sie mir leid«, sagte die Serviererin. »Jedenfalls, wenn sie Ihnen ähnlich sieht.«

»Nun mal langsam, Schwester«, sagte OJ und zeigte ihr seinen Ausweis. Sie betrachtete ihn lange. Hinter ihr drückte ein alternder jugendlicher Krimineller in einer Motorradjacke die Knöpfe einer Music-Box.

»Ich bin seit sieben hier«, sagte sie. »Wie jeden Morgen. Sie wollen sicher Mike sprechen. Er ist der Inhaber.« Sie wollte sich abwenden, aber OJ packte sie mit hartem Griff am Handgelenk. Er mochte keine Frauen, die sich über sein Aussehen lustig machten. Die meisten Weiber waren ohnehin Schlampen, darin wenigstens hatte seine Mutter recht gehabt, wenn sie sich auch sonst meistens geirrt hatte. Seine Mutter hätte bestimmt gewußt, was von dieser dummen Nutte mit den dicken Titten zu halten war.

»Habe ich gesagt, daß ich mit dem Inhaber sprechen will, Schwester?«

Sie bekam es langsam mit der Angst zu tun, und das konnte OJ nur recht sein. »N-nein.«

»So ist es. Ich wollte mit Ihnen sprechen und nicht mit einem Kerl, der den ganzen Morgen in der Küche Rühreier und Hamburger gemacht hat.« Er nahm die Bilder von Andy und Charlie aus der Tasche und reichte sie ihr, ohne ihren Arm loszulassen. »Erkennen Sie die beiden, Schwester? Haben Sie ihnen heute morgen vielleicht Frühstück serviert?«

»Lassen Sie mich los. Sie tun mir *weh*.« Abgesehen von der Hurenschminke, mit der sie sich bemalt hatte, war alle Farbe aus ihrem Gesicht gewichen. Wahrscheinlich war sie in der Schule Vorturnerin gewesen. Der Typ von Mädchen, die Orville Jamieson auslachten, wenn er mit ihnen ausgehen wollte, weil er Präsident des Schachklubs war statt Linksaußen in einer Fußballmannschaft. Genau wie die billigen Misthuren damals in Lowville. Mein Gott, wie haßte er New York. Selbst New York City lag noch zu sehr in der Nähe.

»Sagen Sie mir, ob Sie sie bedient haben oder nicht. Dann lasse ich Sie los, *Schwester*.«

Sie sah sich kurz das Bild an. »Nein! Habe ich nicht. Und nun lassen Sie –«

»Sie haben sie sich nicht lange genug angesehen, Schwester. Schauen Sie lieber noch mal hin.«

Sie tat es. »Nein! Nein!« sagte sie laut. »Ich habe sie noch nie gesehen! Nun lassen Sie mich doch endlich los!«

Der ältliche jugendliche Kriminelle in der Schlußverkaufsjacke aus dem Ramschladen schlenderte herüber. Seine Reißverschlüsse klingelten, und die Daumen hatte er in die Hosentaschen gehakt.

»Sie belästigen die Dame«, sagte er.

Bruce Cook bekam ganz große Augen und starrte den anderen mit unverhohlener Verachtung an. »Paß auf, daß wir dich nicht als nächsten belästigen, Teiggesicht«, sagte er.

»Oh«, sagte der alte Jüngling in der Lederjacke, und seine Stimme war plötzlich ganz klein. Rasch machte er sich davon. Ihm war offenbar eingefallen, daß er draußen Wichtiges zu erledigen hatte.

Von einer Nische her beobachteten zwei alte Damen nervös die kleine Szene an der Theke. Ein großer Kerl in einem einigermaßen sauberen Kochkittel – vermutlich Mike, der Inhaber – stand im Kücheneingang und schaute ebenfalls herüber. Er hielt ein Schlachtermesser in der Hand, wirkte aber nicht sehr entschlossen.

»Was wollt ihr, Leute?« fragte er.

»Es sind Bundesbeamte«, sagte die Serviererin nervös. Sie –«

»Sind Sie ganz sicher, daß Sie die beiden nicht bedient haben?« fragte OJ. *Schwester?*«

»Ganz sicher«, sagte sie. Sie war den Tränen nahe.

»Hoffentlich. Ein Fehler kann Sie fünf Jahre Knast kosten, *Schwester.*«

»Ich weiß«, flüsterte sie, und ein paar Tränen lösten sich und flossen ihr über die Wange. »Bitte, lassen Sie mich doch los. Tun Sie mir doch nicht mehr weh.«

Einen Augenblick noch verstärkte OJ den Druck und genoß es, wie ihre schmalen Knochen sich unter seinem Griff bewegten. Er genoß es, zu wissen, daß er noch härter zupacken und sie brechen konnte ... dann ließ er los. Es herrschte jetzt Schweigen im Lokal, und nur Stevie Wonders Stimme klang aus der Music-Box herüber und versicherte dem verängstigten Personal, daß sie »es in jeder Faser spürten«. Die beiden alten Damen standen eilig auf und gingen.

OJ nahm seine Kaffeetasse, lehnte sich über die Theke, schüttete den Inhalt auf den Fußboden und ließ die Tasse fallen. Porzellansplitter spritzten nach allen Seiten. Und jetzt fing die Serviererin wirklich an zu weinen.

»Scheißbrühe«, sagte OJ.

Der Inhaber machte eine halbherzige Geste mit dem Messer, und OJs Gesicht schien sich aufzuhellen.

»Los, Mann«, sagte er. »Los. Versuch's.«

Mike legte das Messer neben den Toaster und brüllte plötzlich voll Scham und Wut: »Ich habe in Vietnam gekämpft! Mein Bruder hat in Vietnam gekämpft! Ich werde mich an meinen Kongreßabgeordneten wenden. Sie werden schon sehen!«

OJ sah ihn nur an. Nach einiger Zeit schlug Mike die Augen nieder. Er hatte Angst.

Die beiden gingen.

Die Serviererin bückte sich, um die Scherben aufzusammeln. Sie schluchzte.

Draußen sagte Bruce:

»Wie viele Motels?«

»Drei Motels, und an sechs Stellen gibt es Ferienhäuser für Touristen«, sagte OJ und schaute zur flackernden Leuchtreklame hinüber. Sie faszinierte ihn. Im Lowville seiner Jugend hatte es ein Speiselokal gegeben, in dem über den Heizplatten ein Plakat angebracht war: WENN IHNEN UNSERE STADT NICHT GEFÄLLT, MÜSSEN SIE SICH EINEN FAHRPLAN KAUFEN. Wie oft hätte er dieses Plakat abreißen mögen, um es irgend jemandem ins Maul zu stopfen.

»Irgendwer sieht sie, wenn sie ein Motel verlassen. Sie müssen doch am Empfang vorbei«, sagte er, als sie zu ihrem von der Regierung zur Verfügung gestellten und vom Steuerzahler finanzierten hellblauen Chevrolet zurückgingen. »Wir werden bald mehr wissen.«

4

Der Agent, mit dem John Mayo zusammen war, hieß Ray Knowles. Sie befanden sich auf Route 40 und fuhren in Richtung Slumberland-Motel. Sie fuhren einen hellblauen Ford, neueres Modell, und als sie den letzten Hügel hinauffuhren, platzte ein Reifen.

»Verdammte *Scheiße*«, sagte John, als der Wagen auf und ab hüpfte und nach rechts ausbrechen wollte. »Diese verdammten Regierungsfahrzeuge. Alle Reifen runderneuert. Beschissen!« Er lenkte den Wagen von der Straße und schaltete die Warnlichter ein. »Du gehst weiter«, sagte er. »Ich wechsle den verdammten Reifen.«

»Laß mich helfen«, sagte Ray. »Es dauert doch keine fünf Minuten.«

»Nein. Geh schon voraus. Es müßte gleich hinter dem nächsten Hügel liegen.«

»Bist du sicher?«

»Ja. Du kannst dann wieder einsteigen. Wenn der Ersatzreifen nicht ebenfalls platt ist. Überraschen würde es mich nicht.«

Der Lastwagen eines Farmers rumpelte an ihnen vorbei. Es war der Wagen, der gerade aus der Stadt fuhr, als OJ und Bruce Cook in Hastings Glen vor dem Speiselokal eine Parklücke suchten.

Ray grinste. »Hoffentlich nicht. Dann müßtest du eine Anforderung in vierfacher Ausfertigung einreichen, um einen neuen zu bekommen.«

John blieb ernst. »Als ob ich das nicht wüßte«, sagte er mürrisch.

Sie gingen an den Kofferraum, und Ray schloß auf. Der Ersatzreifen war in einwandfreiem Zustand.

»Okay«, sagte John. »Geh schon.«

»Es dauert tatsächlich keine fünf Minuten, das Ding aufzuziehen.«

»Natürlich nicht, und die beiden sind auch nicht im Motel. Aber wir müssen so tun, als ob sie es wären. Irgendwo müssen sie schließlich sein.«

»Meinetwegen.«

John nahm Wagenheber und Ersatzreifen aus dem Kofferraum. Ray Knowles sah ihm einen Augenblick zu und ging dann auf dem Bankett entlang weiter in Richtung Slumberland-Motel.

5

Nicht weit vom Motel entfernt standen Andy und Charlie McGee auf dem Bankett der Autostraße 40. Andys Sorge, daß jemand merken könnte, daß er keinen Wagen hatte, erwies sich als unbegründet; die Frau im Büro war nur an dem kleinen Hitachi-Fernsehgerät auf dem Regal interessiert. Auf dem winzigen Bildschirm lief eine Show mit Phil Donahue, und sie sah sie sich hingerissen an. Den Schlüssel, den Andy ihr reichte, fegte sie mit der Hand in ein Brieffach, ohne den Blick vom Schirm abzuwenden.

»Hoffentlich hatten Sie einen angenehmen Aufenthalt«, sagte sie. Sie beschäftigte sich mit mit einer Schachtel Schokoladenkekse.

»Oh, ja«, sagte Andy und ging.

Charlie wartete draußen auf ihn. Die Frau hatte ihm eine Kopie der Rechnung gegeben, die er in die Seitentasche seiner Cordjacke schob, als er die Stufen hinunterging, wobei das Geld aus den Münztelefonen in Albany leise in seinen Taschen klingelte.

»In Ordnung, Daddy?« fragte sie, als sie zur Straße hinübergingen.

»Sieht ganz gut aus«, sagte er und legte ihr einen Arm um die Schultern.

Hinter dem Hügel zu ihrer Rechten behoben Ray Knowles und John Mayo gerade ihre Reifenpanne.

»Wohin gehen wir, Daddy?« fragte Charlie.

»Ich weiß es nicht«, antwortete er.

»Mir gefällt es nicht. Ich bin ganz nervös.«

»Ich denke, wir haben noch einen guten Vorsprung«, sagte er. »Mach dir keine Sorgen. Wahrscheinlich suchen sie immer noch den Taxifahrer, der uns nach Albany gebracht hat.«

Aber er pfiff in der Dunkelheit auf dem Friedhof; das wußte er, und wahrscheinlich wußte Charlie es auch. Als er da so an der Straße stand, kam er sich so auffällig vor wie die Karikatur eines Strafgefangenen im gestreiften Anzug. Schluß damit, sagte er sich. Denn sonst würde er sie bald überall vermuten – einen hinter jedem Baum und hinter dem nächsten Hügel gleich eine ganze Gruppe. Hatte nicht einmal jemand gesagt, daß vollkommene Geistesgestörtheit nichts anderes ist als vollkommene Wahrnehmungsfähigkeit?

»Charlie –«

Sie unterbrach ihn. »Laß uns zu Großvater gehen«, sagte sie.

Er sah sie erschrocken an. Sein Traum überwältigte ihn, der Traum vom Angeln im Regen, in dem Regen, der sich dann in das Rauschen von Charlies Dusche verwandelt hatte. »Wie kommst du denn darauf?« fragte er. Großvater war viele Jahre vor Charlies Geburt gestorben. Er hatte sein ganzes Leben in Tashmore in Vermont, etwas westlich der Grenze nach New Hampshire, verbracht. Als Großvater starb, ging sein Anwesen am See auf Andys Mutter über, und als sie starb, bekam Andy es. Die Stadtverwaltung hätte es schon lange wegen rückständiger Steuern eingezogen, hätte Großvater nicht eine kleine Summe hinterlassen, von der sie abgedeckt wurden.

Bis Charlie geboren wurde, waren Andy und Vicky einmal im Jahr während der Sommerferien hingefahren. Der Ort lag zwanzig Meilen von der nächsten zweispurigen Straße entfernt in einer waldreichen, fast unbewohnten Gegend. Am jenseitigen Ufer des Tashmore-Sees lag die kleine Stadt Bradford, New Hampshire. Aber um diese Jahreszeit würden die wenigen Sommerhäuser leerstehen. Andy bezweifelte, ob man im Winter überhaupt die Straße schneefrei hielt.

»Ich weiß nicht«, sagte Charlie. »Es . . . fiel mir nur so ein. Gerade eben.« Jenseits des Hügels war John Mayo damit beschäftigt, den Kofferraum zu öffnen und den Reservereifen zu inspizieren.

»Ich habe heute morgen von Großvater geträumt«, sagte Andy langsam. »Wahrscheinlich war es das erste Mal seit einem Jahr, daß ich an ihn gedacht habe. Also könnte man sagen, daß er auch mir einfach so einfiel.«

»War es ein schöner Traum, Daddy?«

»Ja«, sagte er und lächelte ein wenig. »Das war es.«

»Nun, was hältst du davon?«

»Ich finde es eine ausgezeichnete Idee«, sagte Andy. »Wir könnten hingehen und eine Weile bleiben und uns überlegen, was wir tun sollen. Wir müßten eine Zeitung finden, die unsere Geschichte druckt, so daß viele Leute sie erfahren. Dann müßten unsere Verfolger aufgeben.«

Der alte Lastwagen eines Farmers ratterte heran, und Andy hob den Daumen. Auf der anderen Seite des Hügels ging Ray Knowles auf dem Bankett die Straße hinauf.

Der Lastwagen fuhr rechts heran und stoppte. Ein Mann mit einer Baseballmütze der New York Metropolitans lehnte sich aus dem Fenster.

»Was haben wir denn da für eine hübsche junge Dame?« sagte er lächelnd. »Wie heißt du denn, kleines Fräulein?«

»Roberta«, sagte Charlie rasch. Roberta war ihr zweiter Vorname.

»Nun, Roberta, wo soll's heute morgen denn hingehen?«

»Wir wollen nach Vermont«, sagte Andy. »St. Johnsbury. Meine Frau besucht dort ihre Schwester, und dann hatte sie ein kleines Problem.«

»Was Sie nicht sagen«, antwortete der Farmer nur, aber mehr sagte er nicht. Er sah Andy nur kurz scharf an.

»Wehen«, sagte Andy und brachte ein breites Lächeln zustande. »Dies Mädchen hat einen kleinen Bruder bekommen. Heute morgen um ein Uhr einundvierzig.«

»Er soll Andy heißen«, sagte Charlie. »Ist das nicht ein schöner Name?«

»Ich finde ihn wunderbar«, sagte der Farmer. »Steigt ein. Auf jeden Fall bringe ich euch zehn Meilen weiter in Richtung St. Johnsbury.«

Sie stiegen ein, und der Lastwagen ratterte und rumpelte auf die Straße zurück und fuhr der strahlenden Morgensonne entgegen.

In diesem Augenblick hatte Ray Knowles den Hügelkamm erreicht. Er sah die leere Straße, die zum Motel hinabführte, und weit hinter dem Hotel beobachtete er den Lastwagen, der an ihnen vorbeigefahren war und der jetzt gerade am Horizont verschwand.

Er sah keinen Grund, sich zu beeilen.

6

Der Farmer hieß Manders – Irv Manders. Er hatte gerade eine Ladung Kürbisse in die Stadt gefahren und bei der Firma A&P einen guten Preis erzielt. Früher, so erzählte er, habe er an die First National verkauft, aber die Leute dort verstanden nichts von Kürbissen und wollten ihn ständig im Preis drücken. Der Manager von A&P dagegen sei ein Pfundskerl. Andy und Charlie erfuhren auch, daß Irvs Frau im Sommer einen Laden für Touristen betrieb, während er an der Straße einen Obst- und Gemüsestand hatte. Mit beidem kämen die beiden ganz gut zurecht.

»Hoffentlich nehmen Sie es mir nicht übel, wenn ich mich um Ihre Angelegenheiten kümmere«, sagte Irv Manders zu Andy, »aber Sie und Ihre kleine Tochter sollten nicht per Anhalter fahren. Nicht bei dem Pack, das heutzutage auf den Straßen unterwegs ist. Bei der Drogerie in Hastings Glen ist eine Haltestelle der Greyhound-Busgesellschaft. Das wäre das Richtige.«

»Nun –« sagte Andy. Er war ein wenig verlegen, aber Charlie sprang sofort in die Bresche.

»Daddy ist arbeitslos«, sagte sie fröhlich. »Darum mußte Mammy zu Tante Em fahren, um dort das Baby zu bekommen. Tante Em mag Daddy nicht. Deshalb blieben wir zu Hause. Aber jetzt wollen wir Mammy besuchen, nicht wahr, Daddy?«

»Das sind doch alles Privatangelegenheiten«, sagte Andy und fühlte sich dabei sehr unbehaglich. Dazu hatte er auch allen Grund, denn Charlies Geschichte klang alles andere als plausibel.

»Kein Wort weiter«, sagte Irv. »Ich weiß, was Ärger mit der Familie bedeutet. Es kann manchmal sehr unangenehm sein. Und ich weiß auch, wie es ist, wenn man in Not ist. Das ist keine Schande.«

Andy räusperte sich, aber er sagte nichts. Ihm fiel auch keine Antwort ein. Eine Weile fuhren sie schweigend weiter.

»Sagen Sie, warum kommen Sie nicht zum Essen zu mir und meiner Frau?« fragte Irv plötzlich.

»Oh, nein, das können wir doch nicht –«

»Oh, ja, gern«, sagte Charlie. »Nicht wahr, Daddy?«

Er wußte, daß Charlies Einfälle meistens gut waren, und er fühlte sich geistig und körperlich zu schwach, um ihr zu widersprechen. Sie war ein selbstbewußtes und aggressives kleines Mädchen, und mehr als einmal hatte Andy sich überlegt, wer nun eigentlich das Sagen hatte.

»Wird es denn auch reichen –«

»Es ist immer genug da«, sagte Irv und schaltete in den dritten Gang zurück. Sie ratterten an herbsthellen Bäumen vorbei: Ahorn, Ulmen und Pappeln. »Wir würden uns freuen.«

»Recht vielen Dank«, sagte Charlie.

»Es ist mir ein Vergnügen, Kleine«, sagte Irv. »Und meiner Frau bestimmt auch, wenn sie dich sieht.«

Charlie lächelte.

Andy rieb sich die Schläfen. Unter den Fingern seiner linken Hand lag eine der Stellen, an denen die Nerven abgestorben zu sein schienen.

Irgendwie gefiel ihm das alles nicht. Und außerdem hatte er immer noch sehr deutlich das Gefühl, daß ihre Verfolger ihnen dicht auf den Fersen waren.

7

Die Frau, der Andy vor kaum zwanzig Minuten im Slumberland-Motel die Schlüssel zurückgegeben hatte, wurde nervös. Sie hatte Phil Donahue und seine Show ganz vergessen.

»Sind Sie sicher, daß dies der Mann war?« fragte Ray Knowles zum drittenmal. Sie mochte diesen kleinen, adretten, irgendwie verbissen wirkenden Mann nicht. Er arbeitete vielleicht für die Regierung, aber das tröstete Lena Cunningham wenig. Sie mochte sein schmales Gesicht nicht, sie mochte die Falten um seine kalten blauen Augen nicht, und am allerwenigsten mochte sie die Art, wie er ihr immer wieder das Bild unter die Nase hielt.

»Ja, das war er«, sagte sie noch einmal. »Aber er hatte kein kleines Mädchen bei sich. Ehrlich, Mister, mein Mann wird Ihnen dasselbe erzählen. Er macht den Nachtdienst. Es ist inzwischen so, daß wir uns außer beim Abendessen kaum noch sehen. Er wird Ihnen –«

Der andere Mann kam wieder herein, und mit steigendem Entsetzen sah Lena, daß er in der einen Hand ein Walkie-Talkie und in der anderen Hand einen großen Revolver hielt.

»Das waren sie«, sagte John Mayo. Er war fast hysterisch vor Wut und Enttäuschung. »In dem Bett haben zwei Leute geschlafen. Blonde Haare auf einem Kissen, schwarze auf dem anderen. Diese verdammte Reifenpanne! Zur Hölle mit dieser verdammten Scheiße! Im Bad hängen nasse Handtücher! Sogar die Dusche tropfte noch! Wir haben sie um vielleicht fünf Minuten verpaßt, Ray!«

Er schob seine Waffe ins Schulterhalfter zurück.

»Ich hole meinen Mann«, sagte Lena schwach.

»Nicht mehr nötig«, sagte Ray. Er nahm Johns Arm und ging mit ihm nach draußen. John fluchte immer noch über den platten Reifen. »Vergiß den Reifen, John. Hast du mit OJ drüben in der Stadt gesprochen?«

»Ich habe mit ihm gesprochen und er mit Norville. Norville ist auf dem

Weg von Albany nach hier, und er hat Al Steinowitz bei sich. Er ist vor knapp zehn Minuten gelandet.«

»Das ist nicht schlecht. Hör zu. Denk einen Augenblick nach. Sie müssen per Anhalter gefahren sein.«

»Das glaube ich auch. Wenn sie kein Auto geklaut haben.«

»Der Kerl ist Englischlehrer. Der könnte nicht einmal Bonbons aus einem Stand in einem Blindenheim klauen. Sie sind auf jeden Fall per Anhalter gefahren. Gestern nacht sind sie von Albany mitgenommen worden. Heute morgen von hier. Ich wette ein Jahresgehalt, daß sie dort an der Straße standen und die Daumen hochhielten, als ich den Hügel raufkroch.«

»Wenn nur dieser verdammte Reifen –« Unglücklich schauten Johns Augen durch die Gläser seiner Nickelbrille. Mit langsamen, trägen Lidschlägen sah er seine nächste Beförderung davonfliegen.

»Zum Teufel mit dem Reifen!« sagte Ray. »Was ist an uns vorbeigefahren? Nachdem wir die Panne hatten – was ist an uns vorbeigefahren?«

John dachte darüber nach, während er sich das Walkie-Talkie wieder an den Gürtel hängte. »Der Lastwagen«, sagte er.

»An den erinnere ich mich auch«, sagte Ray. Er drehte sich um und sah Lena Cunninghams großes Mondgesicht im Fenster des Motelbüros auftauchen. Sie merkte, daß er sie sah, und ließ die Gardine fallen.

»Ziemlicher Klapperkasten«, sagte Ray. »Wenn sie nicht von der Hauptstraße abbiegen, sollten wir sie einholen können.«

»Dann los«, sagte John. »Wir können mit Al und Norville über OJ per Walkie-Talkie in Verbindung bleiben.«

Sie trabten zum Wagen zurück und stiegen ein. Einen Augenblick später schoß der hellbraune Ford mit aufheulendem Motor vom Parkplatz und schleuderte mit den Hinterrädern eine Kiesfontäne durch die Gegend. Lena Cunningham sah ihnen erleichtert nach. Ein Motel zu betreiben, war auch nicht mehr das, was es mal gewesen war.

Sie trat vom Fenster zurück, um ihren Mann zu wecken.

8

Während der Ford mit Ray Knowles am Steuer und John Mayo auf dem Beifahrersitz mit fast hundertzwanzig Stundenkilometern die Route 40 entlangjagte (und während eine Karawane von zehn oder elf ähnlich unauffälligen Wagen, sämtlich neuere Modelle, von den Suchgebieten in der Umgebung nach Hastings Glen fuhren), gab Irv Manders ein Handzeichen nach links und bog von der Hauptstraße in eine schlecht geteerte Nebenstraße ab, die ungefähr nach Nordosten führte. Der Lastwagen ratterte und rumpelte die Straße entlang. Auf Irvs Drängen hatte Charlie das meiste aus ihrem Repertoire von neun Liedern vorgesungen, einschließlich solch unverwüstlicher Hits wie »Happy Birthday to You«, »This Old Man«, »Jesus Loves Me« und »Camptown Races«. Das letzte sangen Irv und Andy mit.

Die Straße schlängelte und wand sich durch immer stärker bewaldetes Hügelgelände und führte dann abwärts durch flacheres Land, das bebaut und schon abgeerntet war. Einmal flog ein Rebhuhn aus einem Gebüsch an der linken Straßenseite auf, und Irv rief: »Fang ihn, Mädchen!« und Charlie zielte mit ausgestrecktem Arm, schrie: »Peng-peng-PENG!« und lachte dann unbändig.

Ein paar Minuten später bog Irv in einen Feldweg ein, und eine Meile weiter erreichten sie einen verbeulten rotweißblauen Briefkasten, auf dem an der einen Seite der Name MANDERS stand. Irv bog in eine holprige Zufahrt ein, die fast eine halbe Meile lang war.

»Es muß ein Heidengeld kosten, hier im Winter den Schnee wegpflügen zu lassen«, meinte Andy.

»Das mache ich selbst«, sagte Irv.

Dann lag ein großes, aus Holz erbautes weißes Farmhaus vor ihnen. Das Gebäude war drei Stockwerke hoch, und die Fenster waren in leuchtendem Grün abgesetzt. Andy kam es vor wie eines jener Häuser, die anfangs ganz normal gebaut werden, im Laufe der Jahre aber ein bizarres Aussehen erlangen. Hinten lagen zwei Schuppen. An der Südseite hatte man ein Gewächshaus angebaut, und an der Nordseite ragte eine breite, mit Sonnenblenden versehene Veranda hervor.

Hinter dem Haus stand eine rot gestrichene Scheune, die schon bessere Tage gesehen hatte, und zwischen Scheune und Haus lag ein Vorhof, eine Sandfläche, auf der ein paar Dutzend Hühner gackernd einherstolzierten. Als der Wagen auf sie zufuhr, stoben sie laut schimpfend und mit ihren nutzlosen Flügeln schlagend davon. Zurück blieb ein Hauklotz mit einer tief eingeschlagenen Axt.

Irv fuhr den Lastwagen in die Scheune, in der es angenehm nach Heu roch. Andy erinnerte sich an den Geruch aus seinen vielen Sommern in Vermont. Als Irv den Motor abstellte, war von irgendwo aus dem dunklen Inneren der Scheune ein tiefes, melodisches Muhen zu hören.

»Sie haben eine *Kuh*«, sagte Charlie, und etwas wie Verzückung lag in ihrem Gesicht. »Ich *höre* sie.«

»Wir haben drei«, sagte Irv. »Die du jetzt hörst, ist Bossy – ein sehr origineller Name, findest du nicht auch, Kleine? Sie glaubt, sie müßte dreimal am Tage gemolken werden. Du kannnst sie dir später ansehen, wenn dein Daddy es dir erlaubt.«

»Darf ich, Daddy?«

»Ich denke schon«, sagte Andy, der im Geiste schon kapitulierte. Sie hatten sich an die Straße gestellt, um eine Mitfahrgelegenheit zu finden, und statt dessen waren sie entführt worden.

»Kommen Sie herein und lernen Sie meine Frau kennen.«

Sie schlenderten über den Vorhof und warteten auf Charlie, die sich nicht von den Hühnern trennen konnte. Die hintere Tür öffnete sich, und eine etwa fünfundvierzigjährige Frau trat auf die Stufen hinaus. Gegen die Sonne legte sie die Hand über die Augen und rief: »Ach, du bist es, Irv. Wen hast du denn mitgebracht?«

Irv lächelte. »Nun, die Kleine hier ist Roberta, und dieser Bursche ist ihr Daddy. Ich habe den Namen nicht ganz verstanden. Deshalb weiß ich nicht, ob wir verwandt sind.«

Andy trat vor und sagte: »Ich heiße Frank Burton, Madam. Ihr Mann hat meine Kleine und mich zum Essen eingeladen, wenn es keine Mühe macht. Wir freuen uns, Sie kennenzulernen.«

»Ich auch«, sagte Charlie, die an den Hühnern mehr interessiert war als an der Frau – wenigstens im Augenblick.

»Ich bin Norma Manders«, sagte die Frau. »Treten Sie näher. Sie sind willkommen.«

Aber Andy bemerkte den erstaunten Blick, den sie ihrem Mann zuwarf.

Dann betraten sie das Haus durch einen Eingang, in dem bis in Kopfhöhe Brennholz aufgestapelt war, und erreichten eine riesige Küche, in der ein großer Holzofen und ein langer, mit einem rot-weiß karierten Wachstuch bedeckter Tisch besonders ins Auge fielen. In der Luft lag ein Geruch von Obst und Paraffin. Es riecht nach Einmachen, dachte Andy.

»Frank hier und seine kleine Tochter sind auf dem Weg nach Vermont«, sagte Irv. »Ich dachte, es würde ihnen nicht schaden, wenn sie unterwegs einmal eine gute, warme Mahlzeit bekämen.«

»Natürlich nicht«, pflichtete die Frau ihrem Mann bei. »Aber wo haben Sie denn Ihren Wagen, Mr. Burton?«

»Nun –« druckste Andy und schaute zu Charlie hinüber, aber sie würde ihm nicht helfen können; sie ging mit ihren kleinen Schritten in der Küche auf und ab, und mit der unverstellten Neugier eines Kindes schaute sie sich alles an.

»Frank hatte ein paar Schwierigkeiten«, sagte Irv und sah seine Frau direkt an. »Aber darüber müssen wir nicht unbedingt reden. Nicht jetzt.«

»Wie du meinst«, sagte Norma. Sie hatte ein angenehmes, offenes Gesicht – eine hübsche Frau, die es gewöhnt war, hart zu arbeiten. Ihre Hände waren rot und rissig. »Ich habe Hühnerfleisch und könnte einen schönen Salat zusammenstellen. Und dann ist da noch reichlich Milch. Magst du gern Milch, Roberta?«

Charlie drehte sich nicht um. Sie fühlt sich mit dem Namen nicht angesprochen, dachte Andy. Mein Gott, dies wird immer schöner.

»Kleines!« sagte er laut.

Sie drehte sich jetzt um und lächelte ein wenig zu breit. »Oh, ja, ich trinke sehr gern Milch.«

Andy sah den warnenden Blick, den Irv seiner Frau zuwarf: *Keine Fragen, jetzt nicht.* Andy war ganz verzweifelt. Was immer von ihrer Geschichte noch übriggeblieben war . . . jetzt war alles ein einziges Durcheinander. Aber es blieb ihm nichts übrig, als sich zum Essen an den Tisch zu setzen und abzuwarten, was Irv Manders im Sinn hatte.

9

»Wie weit sind wir vom Motel entfernt?« fragte John Mayo.

Ray sah auf den Tachometer. »Siebzehn Meilen«, sagte er und fuhr rechts ran. »Das ist weit genug.«

»Aber vielleicht –«

»Nein, wir hätten sie schon längst einholen müssen. Wir werden zurückfahren und uns mit den anderen treffen.«

John schlug mit dem Handballen auf das Armaturenbrett. Diese verdammte Reifenpanne! »Bei diesem Job haben wir von Anfang an Pech gehabt, Ray. Ein Intelligenzler und ein kleines Mädchen. Und dennoch verfehlen wir sie ständig.«

»Nein, ich glaube, wir haben sie«, sagte Ray und griff nach seinem Walkie-Talkie. Er zog die Antenne heraus und hielt sie aus dem Fenster. »In einer halben Stunde haben wir die ganze Gegend abgeriegelt. Und ich wette, bevor wir ein Dutzend Häuser überprüft haben, erkennt jemand diesen Lastwagen. Modell aus den späten Siebzigern, dunkelgrüner International Harvester, Vorrichtung zum Anbringen eines Schneepflugs, hölzerne Seitenstäbe an der Ladefläche, um hohe Ladung aufzunehmen. Ich glaube immer noch, daß wir sie vor Einbruch der Dunkelheit haben.«

Wenig später sprach er mit Al Steinowitz, der sich gerade dem Slumberland-Motel näherte. Al verständigte seine Agenten entsprechend. Bruce Cook erinnerte sich daran, den Wagen in der Stadt gesehen zu haben. OJ ebenfalls. Er hatte vor dem A&P-Laden geparkt.

Al schickte sie in die Stadt zurück, und eine halbe Stunde später wußten sie alle, daß der Lastwagen, der die Flüchtigen mit an Sicherheit grenzender Wahrscheinlichkeit mitgenommen hatte, Irving Manders, RFD No. 5, Baillings Road, Hastings Glen, New York, gehörte.

Es war kurz nach zwölf Uhr dreißig.

10

Das Essen war sehr gut. Charlie aß wie ein Pferd – drei Portionen Hühnerbraten mit Soße, eines von Norma Manders' heißen Brötchen, eine Schüssel Salat und drei von ihren selbst eingelegten Dillgurken. Sie schlossen die Mahlzeit mit einigen Scheiben heißem Apfelkuchen sowie ein paar Ecken Cheddarkäse ab – wozu Irv seine Meinung beisteuerte: »Apfelkuchen ohne Käse ist wie ein Kuß ohne Umarmung.« Das trug ihm einen liebevollen Rippenstoß von seiner Frau ein. Irv rollte mit den Augen, und Charlie lachte. Andy war über seinen eigenen Appetit erstaunt. Charlie rülpste und nahm schuldbewußt die Hand vor den Mund.

Irv lächelte sie an. »Draußen ist mehr Platz als drinnen, Kleine.«

»Wenn ich noch mehr esse, platze ich«, antwortete Charlie. »Das sagte meine Mutter früher . . . ich meine, das sagt meine Mutter immer.«

Andy lächelte müde.

»Norma«, sagte Irv und stand auf, »warum gehst du mit der Kleinen nicht raus und fütterst die Hühner?«

»Ich muß das Geschirr spülen«, sagte Norma.

»Das erledige ich schon«, sagte Irv. »Ich möchte mich ein wenig mit Frank unterhalten.«

»Möchtest du gern die Hühner füttern?« fragte Norma.

»Oh, ja.« Charlies Augen strahlten.

»Nun, dann komm. Hast du eine Jacke? Es ist kühl geworden.«

»Hmm . . .« Charlie sah Andy an.

»Du kannst einen Pullover von mir anziehen«, sagte Norma. Wieder diese Blicke zwischen ihr und Irv. »Roll die Ärmel ein wenig hoch, dann geht's schon.«

»Okay.«

Norma holte eine alte Wolljacke und einen zerschlissenen weißen Pullover, in dem Charlie fast ertrank, obwohl sie die Ärmel viermal aufgerollt hatte.

»Hacken sie?« fragte Charlie, ein wenig nervös.

»Nur nach ihrem Futter, Honey.«

Sie gingen hinaus und schlossen hinter sich die Tür. Man hörte Charlie immer noch plappern. Andy schaute Irv Manders an, und Irv hielt seinen Blicken gelassen stand.

»Möchten Sie ein Bier, Frank?«

»Ich heiße nicht Frank«, sagte Andy. »Ich vermute, daß Sie das wissen.«

»Das stimmt. Und wie lautet nun Ihr Titel?«

Andy sagte: »Je weniger Sie wissen, um so besser für Sie.«

»Also gut«, sagte Irv, »ich nenne Sie einfach Frank.« Schwach hörten sie von draußen Charlies entzücktes Quietschen. Norma sagte etwas, und Charlie stimmte ihr offenbar zu.

»Ich könnte schon ein Bier vertragen«, sagte Andy.

»Okay.«

Irv holte zwei Dosen Utica Club aus dem Kühlschrank, öffnete sie, stellte Andys Dose auf den Tisch und seine auf die Anrichte. Dann nahm er eine Schürze vom Haken neben der Spüle und band sie um. Die Schürze war rot und gelb, und der Saum hatte Rüschen, aber irgendwie gelang es ihm, nicht lächerlich auszusehen.

»Kann ich Ihnen helfen?« fragte Andy.

»Nein. Ich weiß, wo alles hingehört«, sagte Irv. »Fast alles wenigstens. Von Woche zu Woche räumt sie allerdings um. Keine Frau hat es gern, wenn ihr Mann sich in ihrer Küche auskennt. Sie wollen zwar, daß man ihnen hilft, aber sie lassen sich lieber fragen, wo der Kochtopf hingehört oder der Lappen seinen Platz hat.«

Andy, der sich an seine Tage als Vickys Küchenlehrling erinnerte, lächelte und nickte.

»Es ist nicht gerade meine Stärke, mich um anderer Leute Angelegenheiten zu kümmern«, sagte Irv, während er Wasser einlaufen ließ und ein Spülmittel hinzufügte. »Ich bin Farmer, und, wie ich Ihnen schon sagte, hat meine Frau an der Ecke Baillings Road und Albany High Street ein kleines Souvenirgeschäft. Wir leben hier schon fast zwanzig Jahre.«

Er drehte sich zu Andy um.

»Aber als ich Sie beide dort hinten an der Straße stehen sah, wußte ich sofort, daß etwas nicht stimmte. Ein erwachsener Mann und ein kleines Mädchen sieht man selten als Anhalter. Verstehen Sie, was ich meine?«

Andy nickte und trank einen Schluck von seinem Bier.

»Außerdem sah es so aus, als seien Sie gerade aus dem Slumberland gekommen, aber sie hatten kein Reisegepäck, noch nicht einmal ein Köfferchen. Da beschloß ich weiterzufahren. Dann hielt ich an. Weil . . . nun, sich um anderer Leute Angelegenheit zu kümmern, ist eine Sache, etwas Bedürftiges zu sehen und einfach wegzuschauen, eine andere.«

»Den Eindruck hatten Sie also? Sahen wir so schlimm aus?«

»Zuerst«, sagte Irv, »jetzt nicht mehr.« Er spülte sorgfältig das bunt zusammengewürfelte alte Geschirr und stellte es zum Ablaufen in einen Drahtkorb. »Jetzt weiß ich einfach nicht, wie ich Sie beide einschätzen soll. Mein erster Gedanke war, daß Sie es sein müssen, hinter denen die Polizisten her sind.« Er sah, wie Andys Gesichtsausdruck sich veränderte und ruckartig das Bier absetzte. »Ich vermute, daß Sie es sind«, sagte er leise. »Ich hoffte, daß es nicht der Fall ist.«

»Welche Polizisten?« fragte Andy heiser.

»Sie haben um Albany herum alle Ausfallstraßen abgeriegelt«, sagte Irv. »Wenn wir auf Route 40 noch sechs Meilen weitergefahren wären, hätte man uns an der Sperre bei der Kreuzung mit Route neun gestoppt.«

»Und warum sind Sie dann nicht einfach weitergefahren?« fragte Andy. »Dann wäre die Sache für Sie erledigt gewesen. Sie hätten nichts mehr damit zu tun.«

Irv machte sich nun über die Töpfe her. Dann wühlte er im Wandschrank über der Spüle herum. »Was habe ich gesagt? Ich kann den berühmten Topfschrubber nicht finden . . . Moment, hier ist er . . . Warum ich nicht einfach weitergefahren bin? Vielleicht wollte ich meine natürliche Neugier befriedigen.«

»Sie wollen also ein paar Fragen beantwortet haben?«

»Jede Menge«, sagte Irv. »Ein erwachsener Mann und ein kleines Mädchen, die ein Auto anhalten wollen. Das kleine Mädchen hat nicht mal eine Tasche, und die Polizei ist hinter den beiden her. Also habe ich eine Idee. Gar nicht mal so weit hergeholt. Ich denke also, hier ist vielleicht ein Daddy, der seine kleine Tochter haben wollte, obwohl sie ihm nicht zugesprochen wurde. Also hat er sie entführt.«

»Das hört sich für mich aber sehr weit hergeholt an.«

»Das passiert doch jeden Tag, Frank. Und ich denke, das hat der Mami nicht gefallen, und sie hat Daddy angezeigt. Dann gab es einen Haftbefehl, und nun wird Daddy gesucht. Das würde diese Straßensperren erklären. Eine Fahndung von solchem Umfang gibt es nur bei Kapitalverbrechen ... oder Entführung.«

»Sie ist meine Tochter, aber ihre Mutter hat uns nicht die Polizei auf den Hals gehetzt. Ihre Mutter ist seit einem Jahr tot.«

»Na ja, ich hatte die Idee inzwischen selbst schon auf den Misthaufen geworfen«, sagte Irv. »Man braucht kein Detektiv zu sein, um zu erkennen, daß ihr beiden euch recht gut versteht. Ganz gleich, was sonst noch im Spiel sein mag, es sieht nicht so aus, als hätten Sie das Mädchen gegen seinen Willen bei sich.«

Andy sagte nichts.

»Hier sind wir also bei meinem Problem angelangt«, sagte Irv. »Ich habe euch beide mitgenommen, weil ich dachte, daß man dem kleinen Mädchen helfen müßte. Nun weiß ich nicht, woran ich bin. Sie sind nicht der Typ eines Gesetzesbrechers. Trotzdem, Sie und Ihre Tochter verwenden falsche Namen und erzählen eine Geschichte, die so dünn ist wie Klosettpapier. Und Sie sehen krank aus, Frank. Sie sehen so krank aus, wie ein Mann nur aussehen kann, wenn er noch auf den Füßen steht. Soweit meine Fragen. Es wäre gut, wenn Sie ein paar davon beantworten könnten.«

»Wir kamen von New York nach Albany und fuhren heute morgen von dort per Anhalter nach Hastings Glen«, sagte Andy. »Es ist schlimm, daß sie schon hier sind, aber ich habe es geahnt. Charlie wohl auch.« Er hatte Charlies Namen erwähnt, und das war ein Fehler. In dieser Lage spielte das allerdings kaum noch eine Rolle.

»Warum werden Sie gesucht, Frank?«

Andy dachte lange nach, dann schaute er in Irvs ehrliche graue. Augen. Er sagte: »Sie kamen doch aus der Stadt. Haben

Sie Fremde gesehen? Stadttypen? Leute mit Anzügen von der Stange, die man vergißt, sobald die Leute, die sie tragen, außer Sicht sind? Die ziemlich neue Wagen fahren, ungefähr ebenso unauffällig wie ihre Anzüge?«

Nun mußte Irv nachdenken. »Zwei solche Kerle waren im A&P. Sie sprachen mit Helga. Sie arbeitet dort im Wareneingang. Es sah so aus, als zeigten sie ihr etwas.«

»Wahrscheinlich unsere Bilder«, sagte Andy. »Es sind Agenten der Regierung. Sie arbeiten mit der Polizei zusammen, Irv. Genauer gesagt: die Polizei arbeitet für sie. Die Polizisten wissen nicht, warum wir gesucht werden.«

»Von welcher Regierungsbehörde reden wir? FBI?«

»Nein. Von der Firma.«

»Was? Ist das die CIA?« Irv sah ihn an, als ob er kein Wort glaubte.

»Sie haben nichts mit der CIA zu tun«, sagte Andy. »Die Firma heißt eigentlich DSI – eine Art wissenschaftlicher Geheimdienst. Vor drei Jahren las ich in einem Artikel, daß irgendein Schlaukopf ihm Anfang der Sechziger den Spitznamen ›die Firma‹ gab, und zwar nach einem Science-Fiction-Roman mit dem Titel ›Die Waffenhändler von Isher‹. Den hat, glaube ich, ein gewisser van Vogt geschrieben, aber das ist unwichtig. Sie befassen sich mit nationalen wissenschaftlichen Projekten, die jetzt oder in Zukunft für Angelegenheiten der nationalen Sicherheit von Bedeutung sind oder sein werden. Diese Definition stammt aus ihren eigenen Statuten. In der Öffentlichkeit sind sie eher bekannt für die aus ihren Mitteln betriebene und von ihnen überwachte Energieforschung – elektromagnetisches Zeug und Fusionsenergie. In Wirklichkeit gehen ihre Aktivitäten viel weiter. Charlie und ich sind Teil eines Experiments, das schon vor langer Zeit stattfand. Charlie war damals noch nicht einmal geboren. Auch meine Frau nahm an diesem Experiment teil. Sie wurde ermordet. Dafür war die Firma verantwortlich.«

Irv schwieg eine Weile. Er ließ das Spülwasser ablaufen, trocknete sich die Hände und kam an den Tisch, um das Wachstuch abzuwischen. Andy griff nach seiner Dose Bier.

»Ich will nicht direkt sagen, daß ich Ihnen nicht glaube«, sagte Irv endlich. »Zumal sich in diesem Land so viele merkwürdige Dinge ohne Wissen der Öffentlichkeit ereignet haben, die dann erst später herauskamen. Die Kerle vom CIA sollen gewissen Leuten Getränke mit einem Schuß LSD gegeben haben. Ein FBI-Agent wurde beschuldigt, während der Bürgerrechtsdemonstrationen Menschen umgebracht zu haben. Dann die vielen Schmiergeldaffären. Ich behaupte deshalb nicht ohne weiteres, daß ich Ihnen nicht glaube. Sagen wir lieber, Sie haben mich noch nicht überzeugt.«

»Ich glaube nicht einmal, daß sie an mir noch interessiert sind«, sagte Andy. »Früher vielleicht. Aber jetzt haben sie ein anderes Ziel. Sie wollen Charlie.«

»Soll das heißen, daß sie aus Gründen nationaler Sicherheit hinter einem Kind her sind?«

»Charlie ist kein gewöhnliches Kind«, sagte Andy. »Man hat ihrer Mutter und mir eine Droge mit der Geheimbezeichnung Lot Sechs injiziert. Ihre Zusammensetzung kenne ich bis heute nicht. Ich vermute aber, daß es sich um irgendein synthetisches Drüsensekret handelt. Es hat bei mir und dem Mädchen, das ich später heiratete, eine Veränderung der Chromosomen bewirkt. Diese veränderten Chromosomen haben wir an Charlie weitergegeben, und bei ihr haben sie sich auf völlig andere Weise vermischt. Wenn sie sie an ihre Kinder weitergeben könnte, würde man sie wahrscheinlich einen Mutanten nennen. Wenn sie es aus irgendeinem Grund nicht kann, oder wenn die Veränderung bei ihr Sterilität verursacht hat, wäre sie als Spielart oder Maultier zu bezeichnen. Wie auch immer, sie suchen sie. Sie wollen sie untersuchen, um festzustellen, was sie in die Lage versetzt, die Dinge zu tun, die sie tun kann. Und mehr noch, sie benötigen sie als Beweisstück. Man will sie vorführen, um zu erreichen, daß das Lot-Sechs-Programm wiederaufgenommen wird.«

»Was kann sie denn tun?« fragte Irv.

Durch das Küchenfenster sahen sie Norma und Charlie aus der Scheune kommen.

Der weiße Pullover flatterte ihr um den Leib, er reichte ihr bis an die Waden. Ihre Wangen waren gerötet, und sie unterhielt sich mit Norma, die lächelnd nickte.

Andy sagte leise: »Sie kann Feuer anzünden.«

»Wer kann das nicht?« sagte Irv und sah Andy merkwürdig

vorsichtig an. Etwa so, wie man Leute ansieht, die man für verrückt hält.

»Sie kann es, indem sie einfach nur daran denkt«, sagte Andy. »Der wissenschaftliche Ausdruck dafür heißt Pyrokinese. Es ist eine Psi-Begabung, wie Telepathie, Telekinese, oder die Fähigkeit, die Zukunft vorauszusehen – davon versteht sie übrigens auch ein bißchen –, aber Pyrokinese ist sehr viel seltener . . . und sehr viel gefährlicher. Sie hat Angst davor, und das mit Recht. Sie kann es nicht immer kontrollieren. Sie könnte Ihr Haus oder Ihre Scheune in Brand stecken, oder Ihren Vorgarten, wenn sie es wollte. Sie könnte Ihnen auch die Pfeife anzünden.« Andy lächelte müde.

»Aber während sie Ihnen die Pfeife anzündet, könnten zufällig auch gleich Ihr Haus, Ihre Scheune und Ihr Vorgarten in Flammen aufgehen.«

Irv trank sein Bier aus und sagte: »Ich finde, Sie sollten die Polizei anrufen und sich stellen, Frank. Sie brauchen Hilfe.«

»Das hört sich alles ziemlich verrückt an, nicht wahr?«

»Ja«, sagte Irv sehr ernst. »Etwas Verrückteres habe ich noch nie gehört.« Er saß locker, dennoch leicht angespannt auf seinem Stuhl, und Andy dachte, *er glaubt, daß ich bei nächster Gelegenheit tatsächlich irgend etwas Verrücktes tue.*

»Ich nehme an, das ist nicht mehr so wichtig«, sagte Andy. »Sie werden sowieso bald hier sein. Die Polizei wäre allerdings wahrscheinlich besser. Die halten einen wenigstens nicht gleich für eine Unperson, wenn sie einen gegriffen haben.«

Irv wollte gerade antworten, als die Tür aufging. Norma und Charlie kamen herein. Das Mädchen strahlte über das ganze Gesicht, und seine Augen leuchteten. »Daddy, ich hab' die Hühner und die Kühe ge . . .«

Sie verstummte. Ihr Gesicht sah jetzt viel blasser aus, und sie schaute kurz Irv Manders an, dann ihren Vater, dann wieder Irv. Sie war plötzlich nicht mehr fröhlich. Sie wirkte ganz elend. Es war, als ob etwas sie völlig verstörte. *Genauso sah sie gestern abend aus*, dachte Andy. *Genauso sah sie aus, als ich sie gestern aus der Schule holte. Es geht immer so weiter. Wie soll das für sie nur enden?*

»Du hast es verraten«, sagte sie. »Oh, Daddy, warum hast du es verraten?«

Norma trat vor und legte schützend den Arm um Charlie. »Irv, was geht hier vor?«

»Ich weiß es nicht«, sagte Irv. »Was soll er verraten haben, Roberta?«

»So heiße ich nicht«, sagte sie. Die Tränen begannen zu fließen. »Sie wissen genau, daß ich nicht so heiße.«

»Charlie«, sagte Andy. »Mr. Manders wußte, daß etwas nicht stimmte. Ich habe es ihm gesagt, aber er glaubt mir nicht. Wenn du darüber nachdenkst, wirst du auch wissen, warum.«

»Ich weiß überhaupt ni . . .« sagte Charlie, und es war ein Kreischen. Dann schwieg sie. Sie legte den Kopf schief, als ob sie lauschte, obwohl, soweit es die anderen beurteilen konnten, gar nichts zu hören war. Alle sahen jetzt Charlie an, und ihr Gesicht verlor jede Farbe.

»Was ist denn los, Honey?« fragte Norma und warf einen besorgten Blick zu Irv hinüber.

»Sie kommen, Daddy«, flüsterte Charlie. Ihre Augen waren angstgeweitet. »Sie wollen uns holen.«

11

Sie hatten sich auf der Route 40 genau an der Stelle getroffen, wo die nicht beschilderte Straße, in die Irv eingebogen war, von der Hauptstraße abzweigte – auf dem Stadtplan von Hastings Glen war sie als Old Baillings Road verzeichnet. Al Steinowitz hatte endlich all seine Leute versammelt und übernahm schnell und entschlossen das Kommando. Sie waren sechzehn Mann in fünf Wagen. Als sie sich auf den Weg zur Mandersfarm machten, wirkte das Ganze wie ein, wenn auch schnellerer, Leichenzug.

Norville Bates hatte die Leitung der Operation – und damit auch die Verantwortung – an Al abgegeben und war sehr erleichtert. Er stellte noch eine Frage im Zusammenhang mit der örtlichen und der Staatspolizei, die bei der Aktion hinzugezogen worden waren.

»Wir sagen den Leuten vorläufig noch nichts«, sagte Al. »Wenn wir sie kriegen, können sie ihre Straßensperren einpacken. Wenn nicht, sollen sie sich auf das Zentrum des abgesperrten Gebiets zubewegen. Aber, unter uns, wenn wir sie mit sechzehn Mann nicht schaffen, schaffen wir sie überhaupt nicht, Norv.«

Norv spürte den leisen Vorwurf und schwieg. Er wußte, daß es besser wäre, die beiden ohne fremde Einmischung zu greifen, denn Andy McGee sollte einen bedauerlichen Unfall erleiden. Einen tödlichen Unfall. Wenn keine Blaukittel herumlungerten, konnte das um so diskreter über die Bühne gehen.

Vor ihm und Al ließ OJ die Bremslichter seines Wagens kurz aufleuchten und bog in den Feldweg ein. Die anderen folgten.

12

»Mir ist das alles schleierhaft«, sagte Norma. »Roberta . . . Charlie. Nun beruhige dich doch.«

»Sie verstehen es nicht«, sagte Charlie. Ihre Stimme klang schrill und doch wie erstickt. Es machte Irv ganz nervös, sie anzusehen. Sie machte ein Gesicht wie ein Kaninchen in der Schlinge. Sie riß sich von Normas Arm los und rannte zu ihrem Vater hinüber, der ihr die Hände auf die Schultern legte.

»Ich glaube, sie wollen dich töten, Daddy.«

»Was?«

»Dich töten«, wiederholte sie. In panischer Angst starrte sie ihn an. Ihre Lippen zuckten. »Wir müssen weg, wir müssen –«
Heiß. Zu heiß hier drinnen.

Er schaute nach links. An der Wand zwischen Ofen und Spüle hing ein Zimmerthermometer, wie man es bei jedem Versandhaus kaufen kann. Es hatte unten einen roten Plastikteufel mit einer Forke, der grinste und sich die Stirn wischte. Unter seinen gespaltenen Hufen stand: HEISS GENUG FÜR EUCH? Das Quecksilber im Thermometer stieg langsam an, ein drohend erhobener roter Finger.

»Ja, genau das wollen sie tun«, sagte Charlie. »Dich töten, dich töten, wie sie es mit Mami getan haben. Bring mich weg, ich will nicht, ich will nicht, daß es wieder passiert. *Ich will nicht . . .*«

Sie wurde immer lauter. Und unablässig stieg die Quecksilbersäule.

»*Charlie?* Paß auf!«

Ihre Augen flackerten nicht mehr so sehr. Norma lehnte sich ganz eng an ihren Mann.

»Irv . . . was –?«

Aber Irv war Andys Blick zum Thermometer nicht entgangen, und plötzlich wußte er, daß Andys Geschichte stimmte. Im Raum war es wärmer geworden. So warm, daß man schwitzte. Das Quecksilber im Thermomoter stand bei über dreißig Grad.

»Heiliger Himmel«, sagte Irv heiser. »Hat sie das getan, Frank?«

Andy ignorierte ihn. Seine Hände lagen noch auf Charlies Schultern. Er sah ihr in die Augen. »Charlie, glaubst du, es ist zu spät? Was sagt dir dein Gefühl?«

»Ja«, sagte sie, und ihr Gesicht war leichenblaß. »Sie sind schon auf dem Feldweg. Oh, Daddy, ich habe Angst.«

»Du könntest sie aufhalten«, sagte er ruhig.

Sie sah ihn an.

»Ja«, sagte er.

»Aber – Daddy –, es ist etwas Böses. Ich weiß es. Ich könnte sie töten.«

»Ja«, sagte er.

»Jetzt ist wahrscheinlich die Frage, ob man tötet oder getötet wird. Soweit ist es wohl gekommen.«

»Ist es dann nichts Böses?« Ihre Stimme war kaum zu hören.

»Doch«, sagte Andy. »Es ist böse. Mach dir nur nichts vor. Und tu's nicht, wenn du es noch kontrollieren kannst. Nicht einmal für mich.«

Sie schauten einander in die Augen. Andys Augen müde, blutunterlaufen und erschrocken. Charlies Augen weit aufgerissen, wie hypnotisiert.

Sie sagte: »Wenn nun doch . . . etwas passiert . . . hast du mich dann noch lieb?«

Träge stand die Frage zwischen ihnen im Raum.

»Charlie«, sagte er, »ich werde dich immer liebhaben. Ganz gleich, was geschieht.«

Irv war ans Fenster getreten und kam jetzt wieder zu den anderen. »Ich glaube, ich habe mich zu entschuldigen«, sagte er. »Da kommt eine ganze Wagenkolonne den Weg herauf.

Wenn Sie wollen, helfe ich Ihnen. Ich habe mein Jagdgewehr.«
Aber er sah ängstlich aus, fast krank.

Charlie sagte: »Sie brauchen Ihr Gewehr nicht.«

Sie entzog sich den Händen ihres Vaters und trat an den Ausgang. In Normas weißem Strickpullover sah sie noch kleiner aus. Sie ging nach draußen.

Nach kurzem Zögern folgte Andy ihr. Sein Magen fühlte sich wie gefroren an, als hätte er einen ganzen Eisblock verschluckt. Das Ehepaar Manders blieb in der Küche zurück. Andy drehte sich noch kurz um und sah das erstaunte und verschreckte Gesicht des Mannes. Flüchtig schoß ihm ein Gedanke – *das wird dich lehren, Anhalter mitzunehmen* – durch den Kopf.

Dann standen Charlie und er auf der Veranda und sahen den ersten Wagen in die Zufahrt einbiegen. Die Hühner rannten gackernd und flügelschlagend davon. In der Scheune muhte Bossy; sie wollte wohl gemolken werden. Eine fahle Oktobersonne hing über den bewaldeten Hügeln und herbstbraunen Feldern dieser abgelegenen kleinen Stadt im Staate New York. Fast ein Jahr waren sie auf der Flucht, und Andy war erstaunt darüber, daß ein seltsames Gefühl der Erleichterung sein grauenhaftes Entsetzen überlagerte. In äußerster Not, so hatte er gehört, würde sogar ein Kaninchen, in instinktiver Erinnerung an eine frühere, weniger sanftmütige Entwicklungsphase seiner Art, sich den Hunden stellen, um dann zerrissen zu werden.

Jedenfalls war es gut, nicht mehr laufen zu müssen. Er stand neben Charlie, und ihr Blondhaar glänzte in der Sonne.

»Oh, Daddy«, stöhnte sie. »Ich kann es kaum noch ertragen.«

Er legte den Arm um ihre Schultern und zog sie ganz fest an sich. Der erste Wagen hielt, wo der Vorgarten anfing, und zwei Männer stiegen aus.

13

»Hallo, Andy«, sagte Al Steinowitz und lächelte. »Hallo, Charlie.« Er hatte nichts in den Händen, aber seine Jacke war aufgeknöpft. Hinter ihm, am Wagen, stand wachsam der andere Mann. Er ließ locker die Arme hängen. Der zweite Wagen hielt hinter dem ersten, und vier Männer stiegen aus. Alle Wagen hielten, und aus allen sprangen Männer ins Freie. Andy zählte ein Dutzend, dann gab er es auf.

»Geht weg«, sagte Charlie. Dünn und hell klang ihre Stimme durch die Kühle des frühen Nachmittags.

»Sie haben uns ganz schön an der Nase herumgeführt«, sagte Al zu Andy. Er sah Charlie an. »Honey, du mußt doch nicht so . . .«

»Geht weg«, kreischte sie.

Al zuckte die Achseln und setzte ein entwaffnendes Lächeln auf. »Das können wir leider nicht, Honey. Ich habe meine Befehle. Niemand will dir oder deinem Daddy etwas tun.«

»Sie lügen! Sie sollen ihn töten! Ich weiß es!«

Andy mischte sich ein und war selbst erstaunt, daß seine Stimme so gelassen klang. »Ich rate Ihnen zu tun, was meine Tochter sagt. Sie sind gewiß genügend informiert, um zu wissen, warum meine Tochter gesucht wird. Sie wissen doch, was mit dem Soldaten auf dem Flughafen geschah.«

OJ und Norville warfen sich plötzlich besorgte Blicke zu.

»Steigen Sie doch einfach zu uns in den Wagen. Dann können wir über alles reden«, sagte Al. »Es ist doch weiter nichts außer –« »Wir wissen, was los ist.«

Die Männer aus den hinteren Wagen hatten sich verteilt und gingen jetzt langsam aus allen Richtungen auf die Veranda zu.

»Bitte«, sagte Charlie zu dem Mann mit dem seltsam gelben Gesicht. »Zwingen Sie mich nicht dazu, es zu tun.«

»Es hat keinen Zweck«, sagte Andy.

Irv Manders trat auf die Veranda heraus. »Sie haben hier keine Befugnis«, sagte er. »Sie werden, verdammt noch mal, mein Grundstück verlassen.«

Drei von den Männern waren die ersten Stufen zur Veranda hochgestiegen und standen jetzt links von Andy und Charlie. Sie waren kaum acht Meter entfernt. Charlie warf ihnen einen warnenden, verzweifelten Blick zu, und sie blieben stehen – vorläufig.

»Wir sind Regierungsbeauftragte«, sagte Al Steinowitz leise und höflich zu Irv. »Diese Leute werden gesucht, weil sie verhört werden sollen. Weiter nichts.«

»Und wenn sie wegen Ermordung des Präsidenten gesucht werden«, sagte Irv mit hoher, überschnappender Stimme. »Sie zeigen mir den Haftbefehl oder, bei Gott, Sie verschwinden von meinem Grundstück.«

»Wir brauchen keinen Haftbefehl«, sagte Al. Seine Stimme war jetzt von metallischer Kälte.

»Sie brauchen einen, außer ich wäre heute morgen in Rußland aufgewacht«, sagte Irv. »Ich sage Ihnen, Sie verschwinden jetzt, und das ein bißchen plötzlich. Das ist mein letztes Wort.«

»Irv, komm rein!« sagte Norma.

Andy fühlte, wie sich etwas in der Luft aufbaute, um Charlie herum aufbaute wie eine elektrische Ladung. Die Haare an seinen Armen bewegten sich plötzlich wie Seetang in einer unsichtbaren Dünung. Er sah zu ihr hinunter. Ihr kleines Gesicht sah jetzt ganz seltsam aus.

Sie tut es, dachte er hilflos. *Oh, mein Gott, sie tut es wirklich.*

»Verschwinden Sie!« brüllte er Al an. »Kapieren Sie denn nicht, was sie jetzt gleich tut. Spüren Sie es denn nicht? Seien Sie kein Narr, Mann!«

»Bitte«, sagte Al. Er sah zu den Männern auf der anderen Seite der Veranda und nickte ihnen kaum merklich zu. Dann sah er wieder Andy an. »Wenn wir dies nur diskutieren könnten –«

Die drei Männer auf der anderen Seite der Veranda sprangen plötzlich auf sie zu und zogen im Laufen ihre Waffen. »Halt, stehenbleiben!« brüllte einer von ihnen. »Keine Bewegung! Nehmen Sie die Hände –«

Charlie drehte sich zu ihnen um, und gleichzeitig rannten ein halbes Dutzend Männer, unter ihnen John Mayo und Ray Knowles, mit gezogenen Revolvern zum hinteren Ende der Veranda.

Charlies Augen weiteten sich, und Andy spürte einen heißen Lufthauch.

Die drei Männer vorn auf der Veranda hatten sie halb erreicht, als ihre Haare Feuer fingen.

Der betäubende Knall eines Revolvers, und ein zwanzig Zentimeter langer Holzsplitter fetzte von einem der Stützpfosten der Veranda. Norma Manders kreischte laut, und Andy zuckte zusammen. Aber Charlie schien es nicht zu bemerken.

Ihr Gesicht war verträumt und nachdenklich, und ein Lächeln wie das der Mona Lisa spielte um ihre Mundwinkel.

Es macht ihr Spaß, dachte Andy mit einigem Entsetzen. *Hat sie deshalb solche Angst davor, weil es ihr Spaß macht?*

Charlie wandte sich wieder Al Steinowitz zu. Die drei Männer, die er auf Andy und Charlie gehetzt hatte, dachten nicht mehr im geringsten an ihre Pflicht gegenüber Gott, Firma und Vaterland. Brüllend bedeckten sie mit den Händen ihre Köpfe, um die Flammen zu ersticken. Der beißende Geruch von brennendem Haar erfüllte die Luft.

Wieder löste sich ein Schuß. Ein Fenster zersplitterte.

»Nicht das Mädchen!« schrie Al Steinowitz. »*Nicht das Mädchen!*«

Brutal wurde Andy festgehalten. Auf der Veranda herrschte ein wirres Durcheinander von Männern. Andy wurde durch das Chaos gegen das Geländer gezerrt. Dann versuchte jemand, ihn in eine andere Richtung zu ziehen. Andy kam sich wie eine Schiffstrosse vor.

»Laßt ihn los!« brüllte Irv Manders laut wie ein Stier. »Laßt ihn –«

Noch ein Schuß fiel, und plötzlich kreischte Norma laut auf. Immer wieder schrie sie den Namen ihres Mannes.

Charlie schaute zu Al Steinowitz hinüber, und plötzlich war der kalte, selbstsichere Ausdruck aus seinem Gesicht verschwunden. In Als Zügen lag Entsetzen. Seine gelbe Haut verfärbte sich käsig.

»Nein, tu's nicht«, sagte er, und seine Stimme klang nicht viel anders, als führte er eine normale Unterhaltung. »Tu's nicht –«

Es war unmöglich zu erkennen, wo das Feuer anfing. Plötzlich standen seine Hosen und sein Sportsakko in Flammen. Sein Haar war ein brennender Busch. Schreiend fuhr er zurück und stieß gegen den Wagen. Mit ausgestreckten Armen drehte er sich halb zu Norville Bates um.

Wieder spürte Andy diesen heißen Luftzug. Es war, als ob ein heißes Geschoß an ihm vorbeizischte.

Al Steinowitz' Gesicht fing an zu brennen.

Einen Augenblick lang war er noch ganz da, schrie stumm unter einer durchsichtigen Flammenhülle, und dann liefen seine Züge ineinander, verloren jede Form, zerschmolzen wie Talg. Schaudernd wandte sich Norville von ihm ab. Al Steinowitz war eine brennende Vogelscheuche. Blind taumelte er davon, wedelte mit den Armen und brach neben dem dritten Wagen zusammen. Er lag auf dem Gesicht und sah gar nicht mehr wie ein Mensch aus; er sah aus wie ein brennendes Bündel Lumpen.

Die Leute auf der Veranda standen wie erstarrt und betrachteten fassungslos das unerwartete Feuerwerk. Den drei Männern, deren Haar Charlie in Brand gesetzt hatte, war es gelungen, die Flammen zu löschen. Sie hatten sich für die Zukunft – wie lange sie auch dauern mochte – ein entschieden seltsames Aussehen eingehandelt. Ihr nach Vorschrift schon kurzes Haar war nur noch schwarzes, verbranntes Gestrüpp.

»Raus hier«, sagte Andy heiser. »Schnell raus hier. Das hat sie noch nie getan, *und ich weiß nicht, ob sie aufhören kann.*«

»Es ist schon in Ordnung, Daddy«, sagte Charlie. Ihre Stimme klang ruhig und gefaßt und merkwürdig gleichgültig. »Es ist alles okay.«

Und dann explodierten die Wagen.

Einer nach dem andern ging hoch, und bei allen explodierte der hinten gelegene Benzintank. Als Andy später noch einmal über den Zwischenfall auf der Mandersfarm nachdachte, war er davon überzeugt, daß bei allen der Benzintank explodierte.

Zuerst flog Als hellgrüner Plymouth in die Luft. Es gab einen dumpfen Knall, und hinten aus dem Plymouth schoß ein Feuerball hoch, der die Augen blendete. Das Heckfenster platzte. Kaum zwei Sekunden später war der Ford, in dem John und Ray gekommen waren, an der Reihe. Zerfetztes Metall schoß durch die Luft und landete klatschend auf dem Dach.

»Charlie!« brüllte Andy. »*Charlie, hör auf!*«

Mit ruhiger Stimme sagte sie: »Das kann ich nicht.«

Der dritte Wagen ging hoch.

Jemand rannte. Ein zweiter folgte ihm. Die Männer auf der Veranda wichen zurück. Jemand wollte Andy mitzerren. Er leistete Widerstand, und plötzlich faßte ihn niemand mehr an. Und plötzlich rannten alle, mit weißen Gesichtern und in wilder Panik. Einer der Männer, deren Haar verkohlt war, wollte sich über das Geländer schwingen, blieb mit dem Fuß hängen und stürzte kopfüber in den kleinen Garten, in dem Norma im Frühjahr Stangenbohnen angebaut hatte. Die Stangen waren noch dort, und eine bohrte sich mit einem häßlichen Geräusch in die Kehle des Mannes und trat hinten wieder aus. Er zappelte im Garten wie ein Fisch auf dem Trockenen, und die Spitze der Stange ragte wie ein Pfeil aus seinem Hals heraus. Blut spritzte ihm vorn auf das Hemd, während er schwache, gurgelnde Laute von sich gab.

Mit ohrenbetäubendem Krachen explodierten die restlichen Wagen wie eine Kette nacheinander gezündeter Feuerwerkskörper.

Zwei der Flüchtenden wurden durch den Druck wie Stoffpuppen zur Seite geschleudert.

Der eine brannte von der Hüfte abwärts, der andere war mit Glassplittern gespickt.

Schwarzer, öliger Qualm stieg in die Luft. Die fernen Hügel und Felder jenseits der Zufahrt schienen sich im Hitzeflimmern zu bewegen, als ob sie sich entsetzt abwandten. Wie wild liefen laut gackernd die Hühner durcheinander. Plötzlich gingen drei von ihnen schlagartig in Flammen auf. Sie rannten noch ein Stück, um dann weiter hinten liegenzubleiben.

»*Charlie, hör sofort auf! Hör auf!*«

Eine Feuerschlange raste quer über den Vorhof, selbst der Sand schien in einer einzigen geraden Linie zu brennen, als hätte man eine Pulverspur gelegt. Die Flammen erreichten den Hauklotz, in dem Irvs Axt steckte, und zügelten um ihn herum, bis sie aus ihrem Kreis nach innen schlugen und der Klotz zu brennen anfing.

»CHARLIE, UM GOTTES WILLEN!«

Die Pistole eines Agenten der Firma lag auf dem Grasstreifen zwischen der Veranda und der brennenden Wagenschlange. Plötzlich explodierten die Patronen eine nach der anderen. Es gab jedesmal einen scharfen Knall. Bizarr tanzte und hüpfte die Waffe auf dem Rasen.

Andy schlug sie, so hart er konnte.

Ihr Kopf fuhr zurück, die blauen Augen blicklos. Dann sah sie ihn an, überrascht, gekränkt und wie betäubt, und er fühlte sich plötzlich wie in einen Hitzeschleier eingehüllt, in dem die Temperatur rasch anstieg. Es fiel ihm schwer, die heiße Luft zu atmen, und die Härchen in seiner Nase fühlten sich an, als würden sie geröstet.

Spontane Verbrennung, dachte er. *Ich werde durch spontane Verbrennung in Flammen aufgehen.*

Dann war es weg.

Charlie stand taumelnd auf und schlug die Hände vors Gesicht. Und dann kam durch ihre Hände hindurch ein schriller, immer lauter werdender Schrei solchen Entsetzens und solcher Angst, daß Andy fürchtete, sie hätte den Verstand verloren.

Er riß sie in seine Arme und drückte sie.

»Schsch«, sagte er. »Oh, Charlie, Liebling, schsch.«

Der Schrei verstummte, und sie lag schlaff in seinen Armen. Charlie war ohnmächtig geworden.

14

Andy hob sie auf, und ihr Kopf sank gegen seine Brust. Die Luft war heiß, und es stank nach brennendem Benzin. Die Flammen waren schon über den Rasen gehuscht und hatten den Efeu am Haus erreicht. Rasch züngelten die Flammen am Spalier hoch, schneller als der geübteste Fassadenkletterer. Das Haus war nicht mehr zu retten.

Irv Manders lehnte an der Küchentür. Er hatte sich den Fuß verrenkt. Norma kniete neben ihm. Er hatte oberhalb des Ellbogens einen Treffer abbekommen, und sein Hemdärmel war rot von Blut. Norma hatte einen langen Stoffstreifen von ihrem Kleid gerissen und versuchte nun, ihrem Mann vorsichtig die Ärmel aufzurollen, um ihn zu verbinden. Irvs Augen waren weit aufgerissen, sein Gesicht schimmerte fahlgrau. Seine Lippen waren blau angelaufen, und sein Atem ging schnell.

Andy ging auf die beiden zu, und Norma zuckte zurück. Sie warf sich über ihren Mann und sah Andy mit blitzenden Augen an.

»Verschwinden Sie«, zischte sie. »Nehmen Sie ihr Monstrum mit und verschwinden Sie.«

15

OJ rannte.

Der Revolver unter seinem Arm schnellte auf und ab, während er lief. Er stürzte, stand auf und rannte weiter. Er knickte mit dem Fuß in einem Erdloch um und, als er wieder stürzte, stieß er einen verzweifelten Schrei aus. Er rappelte sich auf und rannte weiter. Manchmal schien es, als renne er allein, dann wieder kam es ihm vor, als liefe jemand mit. Es spielte keine Rolle. Wichtig war nur, daß er wegkam, weg von diesem brennenden Bündel Lumpen, das vor Minuten Al Steinowitz gewesen war, weg von der brennenden Wagenschlange, weg von Bruce Cook, der mit einem spitzen Stück Holz durch den Hals in dem kleinen Garten lag. Weg, weg, nur weg. Der Revolver glitt aus dem Halfter und traf ihn schmerzhaft am Knie. Die Waffe fiel ins Gras, aber OJ achtete nicht darauf. Er rannte durch ein Waldstück und stolperte über einen umgefallenen Baum. Der Länge lang lag er da und spürte heftige Stiche. Er hielt sich die Seite. Sein Atem ging pfeifend. Er weinte vor Angst und Entsetzen. *Nie wieder New York*, dachte er. *Nie wieder. In New York soll arbeiten wer will. Ich werde den Staat nicht mehr betreten, und wenn ich zweihundert Jahre alt werde.*

Nach einer Weile stand OJ auf und humpelte zur Straße hinüber.

16

»Wir müssen ihn von der Veranda wegschaffen«, sagte Andy. Er hatte Charlie draußen auf den Rasen gelegt. Die eine Seite des Hauses brannte schon, und wie große Glühwürmchen senkten sich Funken auf die Veranda herab.

»Verschwinden Sie«, sagte Norma rauh. »Rühren Sie ihn nicht an.«

»Das Haus brennt«, sagte Andy. »Lassen Sie mich Ihnen helfen.«

»Verschwinden Sie! Sie haben genug angerichtet!«

»Schluß jetzt, Norma.« Irv sah sie an. »Dieser Mann ist nicht schuld an dem, was hier passiert ist. Halt also deinen Mund.«

Sie sah ihn an, als ob sie eine Menge zu sagen wüßte, aber sie schwieg.

»Helfen Sie mir auf«, sagte Irv. »Meine Beine sind wie Gummi. Ich glaube, ich habe mir in die Hose gepißt. Sollte mich nicht wundern. Eins von den Schweinen hat mich angeschossen. Ich weiß nicht welcher. Helfen Sie mir, Frank.«

»Ich heiße Andy«, sagte er und legte Irv einen Arm um den Rücken. Ganz langsam stand Irv auf. Andy sagte: »Ich mache Ihrer Frau keinen Vorwurf. Sie hätten heute morgen an uns vorbeifahren sollen.«

»Wenn ich es noch einmal tun müßte, würde ich genauso handeln«, sagte Irv. »Die verdammten Hunde! Mit Kanonen auf mein Grundstück zu kommen. Diese verfluchten Hurensöhne und . . . aauuau. *Verdammt!*«

»Irv?« rief Norma.

»Ruhig, Frau. Es geht schon. Kommen Sie, Frank oder Andy oder wie immer Sie heißen. Es wird heiß hier.«

Es wurde wirklich heiß. Der Wind blies einen Funkenregen auf die Veranda, als Andy Irv die Stufen hinabhalf und vom Haus wegzog. Der Hauklotz auf dem Vorhof war ein schwarzgebrannter Stumpf. Von den Hühnern, die Charlie in Brand gesetzt hatte, waren nur ein paar verkohlte Knochen und ein wenig Asche – wahrscheinlich von den Federn – übrig. Die Tiere waren nicht gebraten, sie waren vollständig verbrannt.

»Setzen Sie mich bei der Scheune ab«, keuchte Irv. »Ich will mit Ihnen reden.«

»Sie brauchen einen Arzt«, sagte Andy.

»Ich werde meinen Arzt schon holen lassen. Was ist mit Ihrer Tochter?«

»Sie ist ohnmächtig.« Er lehnte Irv mit dem Rücken gegen das Scheunentor. Irv sah zu ihm auf. Sein Gesicht hatte wieder ein wenig Farbe, und seine Lippen waren nicht mehr so blau. Er schwitzte. Hinter ihnen ging das große weiße Farmhaus, das seit 1868 an der Baillings Road gestanden hatte, in Flammen auf.

»Solche Fähigkeiten wie sie dürfte kein Mensch haben«, sagte Irv.

»Das mag sein«, sagte Andy und schaute von Irv weg in Normas versteinertes, unversöhnliches Gesicht. »Aber dann dürfte auch kein Mensch Querschnittslähmung haben oder Muskelschwund oder Leukämie. Aber diese Dinge gibt es. Es gibt sie sogar bei Kindern.«

Irv nickte. »Sie wurde nicht gefragt.«

Andy sah immer noch Norma an. »Sie ist genausowenig ein Monstrum wie ein Kind in einer eisernen Lunge oder in einem Heim für geistig behinderte Kinder«, sagte er.

»Es tut mir leid, daß ich das gesagt habe«, erwiderte Norma und schlug die Augen nieder. »Ich habe mit ihr nur die Hühner gefüttert. Ich habe zugeschaut, wie sie die Kuh streichelte. Aber Mister, mein Haus brennt nieder, und es hat Tote gegeben.«

»Es tut mir leid.«

»Das Haus ist versichert, Norma«, sagte Irv und streckte die gesunde Hand nach ihr aus.

»Das ändert nichts daran, daß Mutters Geschirr verloren ist, das sie von ihrer eigenen Mutter geerbt hat«, sagte Norma. »Und mein schöner Schreibtisch. Und die Bilder, die wir im letzten Juli in Schenectady auf der Kunstausstellung gekauft haben.« Eine Träne lief ihr über die Wange, und sie wischte sie mit dem Ärmel weg. »Und all die Briefe, die du mir geschrieben hast, als du in der Armee warst.«

»Ist Ihrer Kleinen auch nichts passiert?« fragte Irv.

»Ich weiß es nicht.«

»Dann hören Sie zu. Wir können nicht viel für Sie tun, aber hinter der Scheune steht ein alter Willys Jeep –«

»Irv, nein! Du darfst nicht noch tiefer in diese Sache hineingeraten!«

Er wandte sich ihr zu und sah sie an. Sein faltiges, immer noch graues Gesicht glänzte von Schweiß. Hinter ihnen brannte ihr gemeinsames Heim. Das Knallen der zerplatzenden Schindeln hörte sich an, als würden Roßkastanien in ein Feuer geworfen.

»Diese Männer sind ohne Haftbefehl gekommen und wollten die beiden von unserem Grundstück entführen«, sagte er. »Leute, die ich eingeladen hatte, wie es in einem zivilisierten Land mit vernünftigen Gesetzen der Brauch ist. Einer von ihnen hat mich angeschossen, und einer wollte Andy erschießen. Er hat ihn nur um Zentimeter verfehlt.« Andy dachte an den ersten, betäubenden Knall und an den Holzsplitter, der vom Stützpfosten der Veranda sprang. Es lief ihm eiskalt über den Rücken. »All das haben sie getan. Was verlangst du von mir, Norma? Soll ich hier sitzen und ihn der Geheimpolizei ausliefern, sobald die Leute Verstärkung geholt haben und zurückkommen? Soll ich mich wie ein Feigling verhalten?«

»Nein«, sagte sie heiser. »Nein, sicherlich nicht.«

»Sie dürfen aber nicht –« fing Andy an.

»Doch«, sagte Irv. »Und wenn sie zurückkommen . . . sie werden doch zurückkommen, nicht wahr, Andy?«

»O ja, sie werden zurückkommen. Mit noch mehr Leuten.«

Irv lachte. Es war ein pfeifendes, atemloses Lachen. »Das geht in Ordnung. Wenn sie wieder auftauchen, weiß ich nur, daß Sie den Willys genommen haben. Mehr weiß ich nicht. Ich wünsche Ihnen viel Glück.«

»Danke«, sagte Andy leise.

»Wir müssen uns beeilen«, sagte Irv. »Bis zur Stadt zurück ist es weit, aber man hat bestimmt schon den Rauch gesehen. Die Feuerwehr wird kommen. Sie sagten, Sie und die Kleine wollten nach Vermont. War das denn wenigstens richtig?«

»Ja«, sagte Andy.

Zur linken hörten sie ein Stöhnen. »Daddy –«

Charlie richtete sich auf. Die rote Hose und die grüne Bluse waren mit Dreck beschmiert. Sie sah blaß aus und blickte die anderen völlig verwirrt an. »Daddy, was brennt denn? Ich rieche es. War ich das? *Was brennt?*«

Andy ging zu ihr und nahm sie auf den Arm. »Es ist alles in Ordnung«, sagte er und fragte sich, warum man Kindern so etwas sagt, obwohl sie, genausogut wie man selbst, wissen, daß es nicht stimmt. »Es ist alles in Ordnung. Wie fühlst du dich, Honey?«

Sie schaute über seine Schulter zu der brennenden Wagenkolonne hinüber. Sie sah die zusammengekrümmte Leiche im Garten und das brennende Haus der Manders'. Auch die Veranda war jetzt von Flammen eingehüllt. Der Wind trug den Rauch und die Hitze von ihnen weg, aber der Geruch von brennendem Benzin und Holz war dennoch penetrant.

»Das war ich«, sagte Charlie so leise, daß man es kaum hörte. Wieder begann ihr Gesicht zu zucken.

»Nicht doch!« sagte Irv streng.

Sie sah ihn an und durch ihn hindurch. »Ich«, stöhnte sie.

»Lassen Sie sie runter«, sagte Irv. »Ich will mit ihr reden.«

Andy trug sie zu Irv hinüber, der immer noch gegen das Scheunentor gelehnt auf dem Boden saß, und setzte sie ab.

»Jetzt hör einmal zu, Kleine«, sagte Irv. »Diese Männer wollten deinen Daddy töten. Du wußtest es vor mir, vielleicht auch bevor er es wußte, wenn ich auch verdammt nicht weiß, wie. Habe ich recht?«

»Ja«, sagte Charlie. Ihre Augen verrieten immer noch ihr ganzes Elend. »Aber Sie verstehen es nicht. Es war wie bei dem Soldaten, nur schlimmer. Ich konnte . . . ich konnte es nicht aufhalten. Es ging überallhin. Ich habe ein paar von Ihren Hühnern verbrannt . . . und ich hätte fast meinen Vater verbrannt.« Die Tränen liefen ihr aus den Augen, und sie fing hilflos an zu schluchzen.

»Deinem Daddy ist nichts passiert«, sagte Irv. Andy sagte nichts. Er erinnerte sich an das plötzlich erstickende Gefühl, von einer Hitzehülle umschlossen zu sein.

»Ich will es nie wieder tun«, sagte sie. »*Nie.*«

»Schon gut«, sagte Andy und legte ihr die Hand auf die Schulter.

»*Nie*«, wiederholte sie mit Nachdruck.

»Das darfst du nicht sagen, Kleine«, sagte Irv. »Du darfst dich nicht so blockieren. Du wirst tun, was du tun mußt. Du wirst dir Mühe geben. Mehr kannst du nicht tun. Wenn es etwas auf der Welt gibt, das Gott nicht liebt, dann sind es Leute, die ›nie‹ sagen. Verstehst du mich?«

»Nein«, flüsterte Charlie.

»Ich denke, du wirst es eines Tages verstehen«, sagte Irv und schaute Charlie mit so tiefem Mitgefühl an, daß Angst und Kummer Andy in die Kehle stiegen. Dann sah Irv seine Frau an. »Gib mir den Stock, der neben deinem Fuß liegt, Norma.«

Norma brachte den Stock, reichte ihn Irv und bat ihn, sich nicht zu übernehmen, sondern sich lieber auszuruhen. Deshalb hörte nur Andy, wie Charlie noch einmal ganz leise »Nie« sagte. Es war wie ein heimlicher Schwur.

17

»Schauen Sie her, Andy«, sagte Irv und zeichnete eine gerade Linie in den Sand. »Dies ist der Feldweg, den wir heraufkamen. Die Baillings Road. Wenn Sie eine Viertelmeile nach Norden fahren, kommen Sie an einen Waldweg, der rechts abgeht. Mit einem normalen Wagen kann man den Weg nicht befahren, aber der Willys sollte es schaffen, wenn Sie vernünftig Gas geben und richtig mit der Kupplung umgehen. Ein paarmal wird es so aussehen, als ob der Weg nicht weiterführt. Fahren Sie einfach weiter, Sie finden ihn dann schon wieder. Er ist auf keiner Karte verzeichnet. Verstehen Sie? Auf keiner Karte.«

Andy nickte und schaute zu, wie Irv mit dem Stock den Waldweg zeichnete. »Der Weg führt zwölf Meilen nach Osten und, wenn Sie sich nicht festfahren oder verirren, erreichen Sie in der Nähe von Hoag Corners die Route hundertzweiundfünfzig. Dort biegen Sie links ab – nach Norden – und etwa eine Meile weiter kommen Sie wieder an einen Waldweg. Flaches Gelände. Viel Schlamm und Morast. Der Willys könnte es schaffen. Oder auch nicht. Ich habe den Weg wahrscheinlich seit fünf Jahren nicht mehr befahren. Er ist der einzige, der nach Osten in Richtung Vermont führt, und er wird nicht gesperrt sein. Dieser zweite Weg trifft nördlich von Cherry Plain und südlich der Grenze nach Vermont auf die Route zweiundzwanzig. Bis dahin sind Sie wohl aus dem Gröbsten heraus – obwohl ich annehme, daß Ihr Name und Ihre Beschreibung schon über den Draht gegangen sind. Aber wir wünschen euch alles Gute. Nicht wahr, Norma?«

»Ja«, sagte Norma, und das Wort klang fast wie ein Seufzer. Sie sah Charlie an. »Du hast deinem Vater das Leben gerettet. Daran muß man auch denken.«

»Muß man das?« sagte Charlie, und ihre Stimme klang so völlig tonlos, daß Norma sie verwirrt und ein wenig ängstlich anschaute. Dann versuchte Charlie ein zögerndes Lächeln, und erleichtert lächelte Norma zurück.

»Die Schlüssel stecken im Willys.« Irv legte den Kopf schief. »Hört ihr?«

Es war das auf- und abschwellende Geräusch von Sirenen, schwach zwar, aber es kam rasch näher.

»Die Feuerwehr. Beeilt euch, wenn ihr es noch schaffen wollt.«

»Komm, Charlie«, sagte Andy. Mit rotgeweinten Augen ging sie zu ihm. Das kleine Lächeln war verschwunden wie die Sonne hinter einer Wolkenbank, aber Andy war schon froh, daß sie überhaupt gelächelt hatte. Ihr Gesicht war wie das einer Überlebenden, von Angst und Qual gezeichnet. In diesem Augenblick wünschte Andy, daß er ihre Fähigkeit besäße; er würde sie anwenden, und er wußte auch gegen wen.

Er sagte: »Danke, Irv.«

»Es tut mir so leid«, sagte Charlie leise. »Das mit Ihrem Haus und Ihren Hühnern . . . und alles andere.«

»Es war ja nicht deine Schuld. Sie haben es sich selbst eingebrockt. Paß gut auf deinen Daddy auf.«

»Okay«, sagte sie.

Andy nahm sie bei der Hand und führte sie hinter die Scheune, wo der Willys unter einem Schutzdach parkte.

Die Feuerwehrsirenen waren schon sehr nahe, als er den Motor gestartet hatte und über den Rasen auf den Feldweg gefahren war. Das Haus war ein einziges Inferno. Charlie vermied es, sich umzuschauen. Im Rückspiegel sah Andy noch einmal Irv und Norma Manders. Irv saß immer noch gegen die Scheune gelehnt, und der weiße Kleiderfetzen um seinen verletzten Arm hatte sich rot gefärbt. Norma saß neben ihm. Mit dem gesunden Arm hielt er sie umfaßt. Andy winkte, und Irv hob seinen verbundenen Arm. Norma winkte nicht zurück. Sie dachte vielleicht an das Porzellan ihrer Mutter, ihren Schreibtisch und die Liebesbriefe – Dinge, die keine Versicherung der Welt ihr wiedergeben konnte.

18

Genau an der von Manders bezeichneten Stelle trafen sie auf den Waldweg. Andy schaltete auf Vierradantrieb und bog ab.

»Halt dich fest, Charlie, wir werden gleich durchgerüttelt.«

Charlie hielt sich fest. Ihr Gesicht war blaß und teilnahmslos, und es machte Andy nervös, sie anzusehen. *Die Hütte*, dachte er. *Großvater McGees Hütte am Tashmore-See. Wenn wir sie nur erreichen könnten, um auszuruhen. Dann wird es ihr wieder besser gehen, und wir werden über unsere nächsten Schritte nachdenken. Wir werden morgen darüber nachdenken. Wie heißt es noch? Morgen ist auch ein Tag.*

Mit heulendem Motor quälte sich der Wagen den Weg hinauf, der praktisch nur aus zwei ausgefahrenen Spuren bestand, zwischen denen Büsche und sogar vereinzelte Krüppelkiefern wuchsen. Diese Schneise war vor vielleicht zehn Jahren in den Wald geschlagen worden, und Andy bezweifelte, daß sie, außer von einem gelegentlichen Jäger, seitdem als Weg benutzt worden war. Nach sechs Meilen schien der Weg tatsächlich zu Ende zu sein, und zweimal mußte Andy anhalten, weil umgestürzte Bäume wegzuräumen waren. Als er beim zweiten Mal mit Herzklopfen und Kopfschmerzen von seiner Arbeit aufschaute, stand eine große Hirschkuh am Weg und sah ihn nachdenklich an. Sie blieb einen Augenblick stehen und verschwand dann im Wald. Andy schaute zu Charlie hinüber und sah, daß sie voller Staunen das Tier beobachtete . . . das war ein gutes Zeichen. Wenig später fanden sie die Wagenspuren wieder, und gegen drei Uhr erreichten sie eine zweispurige Asphaltstraße: die Route 152.

19

Orville Jamieson war zerkratzt und verdreckt und konnte mit seinem verletzten Knöchel kaum gehen. Er saß etwa eine halbe Meile von der Mandersfarm entfernt an der Baillings Road und sprach in sein Walkie-Talkie. Seine Botschaft ging an einen provisorischen Kommandoposten, der in einem in der Hauptstraße von Hastings Glen geparkten Lieferwagen eingerichtet worden war. Der Wagen hatte eine Funkausrüstung mit eingebautem Zerhacker und einem starken Sender. OJs Bericht wurde zerhackt, verstärkt und nach New York City gesendet, von wo er über eine Relaisstation nach Longmont, Virginia, weitergegeben wurde. Dort saß Cap in seinem Büro und hörte ihn sich an.

Caps Gesicht war nicht mehr so lustig und heiter wie am Vormittag, als er mit dem Fahrrad zur Arbeit gefahren war. OJs

Bericht war fast unglaublich: sie hatten gewußt, daß das Mädchen *gewisse* Fähigkeiten hatte, aber die Geschichte von diesem plötzlichen Gemetzel und der völligen Umkehrung der Situation kam (wenigstens für Cap) wie ein Blitz aus heiterem Himmel. Vier bis sechs Männer tot. Ein halbes Dutzend Wagen in Flammen. Ein Haus bis auf die Grundmauern niedergebrannt, ein Zivilist verwundet, der jetzt jedem, der es hören will, erzählen wird, daß eine Horde von Neonazis ohne Haftbefehl auf sein Grundstück gekommen sei und versucht habe, einen Mann und ein kleines Mädchen zu entführen, die er zum Essen eingeladen hatte.

Als OJ seinen Bericht beendet hatte (in Wirklichkeit beendete er ihn überhaupt nicht, sondern wiederholte sich ständig in einer Art Hysterie), legte Cap auf, setzte sich in seinen bequemen Drehstuhl und versuchte nachzudenken. Soviel er wußte, war seit der Landung in der Schweinebucht keine Geheimaktion auf so spektakuläre Weise fehlgeschlagen – und diese hatte sich auf amerikanischem Boden ereignet.

Jetzt, da die Sonne an der anderen Seite des Gebäudes stand, war es im Büro dunkel, und lange Schatten hatten sich über den Raum gelegt, aber Cap schaltete nicht das Licht ein. Rachel hatte ihn über die Sprechanlage gerufen, und er hatte ihr kurz gesagt, daß er mit niemandem, aber auch niemandem sprechen wolle.

Er fühlte sich alt.

Er hörte Wanless sagen: *Ich rede vom Zerstörungspotential.* Nun, das war wohl keine Frage des Potentials mehr. *Aber wir werden sie kriegen,* dachte er und starrte dumpf die Wand an. *O ja, wir werden sie kriegen.*

Er drückte die Taste, um mit Rachel zu sprechen.

»Sobald er eingeflogen werden kann, will ich mit Orville Jamieson sprechen«, sagte er. »Und ich will mit General Brackman in Washington sprechen. Höchste Dringlichkeitsstufe. Wir haben eine möglicherweise sehr unangenehme Situation im Staat New York, und ich will, daß Sie ihm das ohne Umschweife sagen.«

»Jawohl, Sir«, sagte Rachel voller Respekt.

»Um neunzehn Uhr möchte ich alle sechs stellvertretenden Direktoren hier sehen. Dann will ich mit dem Chef der Staatspolizei oben in New York sprechen.« Sie waren an der Suchaktion beteiligt gewesen, und Cap wollte sie darauf noch einmal hinweisen. Wenn Dreck geworfen werden sollte, wollte er einen großen Kübel voll für sie reservieren. Aber er wollte sie auch darauf hinweisen, daß man aus dieser Geschichte vielleicht einigermaßen ungeschoren herauskommen könnte, wenn man eine gemeinsame Front bildete.

Er zögerte und sagte dann: »Und wenn John Rainbird kommt, sagen Sie ihm, daß ich mit ihm reden will. Ich habe wieder Arbeit für ihn.«

Cap ließ den Kippschalter der Sprechanlage los. Er lehnte sich im Stuhl zurück und blickte in die aufziehende Dunkelheit.

»Nichts ist passiert, das man nicht in den Griff bekommen könnte«, sagte er zu den Schatten im Zimmer. Das war immer sein Motto gewesen – nicht aufgestickt und nicht in Kupfer geprägt als Tischschild: er hatte dieses Motto im Kopf.

Nichts, das man nicht in den Griff bekommen könnte. Bis OJs Bericht kam, hatte er daran geglaubt. Diese Philosophie hatte den Sohn eines armen Minenarbeiters aus Pennsylvania recht weit gebracht. Und er glaubte immer noch daran, wenn dieser Glaube auch ein wenig wankend geworden war. Manders und seine Frau hatten wahrscheinlich von Neu-England bis Kalifornien verstreut Verwandte, und von allen mußte man annehmen, daß sie über die Vorfälle reden würden. Es gab genug Geheimdossiers hier in Longmont, um sicherzustellen, daß bei einer Anhörung im Kongreß in Angelegenheiten der Firma . . . nun, mancher vielleicht ein wenig schwerhörig sein würde. Die Wagen und selbst die Agenten waren nur Material, obwohl es einige Zeit dauern würde, sich an den Gedanken zu gewöhnen, daß Al Steinowitz nicht mehr da war. Wer könnte Al schon ersetzen? Das kleine Mädchen und ihr Vater würden für das, was sie mit Al gemacht hatten, büßen müssen, wenn schon für nichts anderes. Dafür würde er sorgen.

Aber das Mädchen. Konnte man das Mädchen in den Griff bekommen?

Es gab Mittel und Wege. Es gab Methoden der Eindämmung.

Die McGee-Akten waren noch in seinem Büro. Er stand auf und blätterte hastig in ihnen herum. Er hätte gern gewußt, wo Rainbird sich jetzt aufhielt.

Washington D. C.

1

In dem Augenblick, als Cap Hollister kurz an ihn dachte, saß John Rainbird in seinem Zimmer im Mayflower Hotel und sah sich eine Fernseh-Show an. Er war nackt. Er saß im Sessel, die bloßen Füße genau nebeneinandergestellt, und verfolgte die Sendung. Er wartete darauf, daß es dunkel wurde. Wenn es dunkel war, würde er darauf warten, daß es spät wurde. Wenn es spät war, würde er darauf warten, daß es früh wurde. Wenn es früh wurde, würde er aufhören zu warten, ins Zimmer 1217 hinaufgehen und Dr. Wanless töten. Dann würde er wieder nach unten gehen und über das nachdenken, was Dr. Wanless ihm vor seinem Tod gesagt haben würde, und irgendwann nach Sonnenaufgang würde er noch ein wenig schlafen.

John Rainbird war mit sich im reinen. Er war mit fast allem im reinen – mit Cap, der Firma und den Vereinigten Staaten. Er war im reinen mit Gott, Satan und dem Universum. Wenn er mit sich selbst noch nicht völlig im reinen war, dann nur, weil seine Reise noch nicht zu Ende war. Er hatte viele ehrenvolle Narben davongetragen. Es war nicht wichtig, daß die Leute sich vor Angst und Ekel von ihm abwandten. Es war nicht wichtig, daß er in Vietnam ein Auge verloren hatte. Wieviel man ihm zahlte, war nicht wichtig. Er nahm es, und das meiste davon gab er für Schuhe aus. Er liebte Schuhe außerordentlich. Er besaß ein Haus in Flagstaff, und, obwohl er selbst sich dort selten aufhielt, ließ er sich all seine Schuhe dorthin schicken. Wenn er einmal Gelegenheit fand, sein Haus aufzusuchen, bewunderte er seine Schuhe – Gucci, Bally, Bass, Adidas, Van Donen. Schuhe. Sein Haus war ein seltsamer Wald; in jedem Zimmer wuchsen Schuhbäume, und er ging dann von Raum zu Raum, um die Schuhfrüchte zu bewundern, die an ihnen wuchsen. Aber wenn er allein war, ging er barfuß. Sein Vater, ein reinrassiger Irokese, war barfuß beerdigt worden. Jemand hatte seine Mokassins gestohlen.

Außer an Schuhen war Rainbird nur an zwei Dingen interessiert. Das eine war der Tod. Natürlich sein eigener Tod. Auf dieses Unvermeidliche hatte er sich schon seit zwanzig Jahren vorbereitet. Anderen den Tod zu geben, war immer sein Beruf gewesen, das einzige Metier, das er meisterhaft beherrschte. Als er älter wurde, begann er, sich immer mehr für den Tod zu interessieren, wie Maler sich immer mehr auf Licht und Schatten konzentrieren, wie Schriftsteller nach immer neuen Sprachnuancen tasten, ähnlich Blinden, die Braille lesen. Was ihn am meisten interessierte, war der *Augenblick* des Todes . . . der Augenblick, da man seinen Geist aushaucht . . . der Übergang aus dem Körper und dem, was die Menschen als Leben kennen, in etwas anderes. Welche Empfindungen hatte man bei diesem Hinweggleiten? Glaubte man, es sei ein Traum, aus dem man erwachen würde? Gab es den Christenteufel mit seiner Gabel, bereit, mit ihr die kreischende arme Seele aufzuspießen wie Fleisch auf einen Bratspieß, und mit ihr zur Hölle zu fahren? Ob es ein Glücksgefühl sein würde? Wußte man, daß man starb? Was sehen die Augen eines Sterbenden?

Rainbird hoffte, daß er es eines Tages selbst feststellen würde. In seinem Gewerbe kam der Tod oft rasch und unerwartet innerhalb von Sekundenbruchteilen. Er hoffte, daß er, wenn sein eigener Tod ihn ereilte, Zeit haben würde, sich darauf vorzubereiten und alles bewußt zu erleben. In letzter Zeit war er immer mehr dazu übergegangen, die Gesichter der Menschen, die er tötete, genau zu beobachten. Er versuchte, das Geheimnis in ihren Augen zu lesen.

Der Tod interessierte ihn.

Was ihn außerdem noch interessierte, war das kleine Mädchen, um das sie sich alle solche Sorgen machten. Diese Charlene McGee. Cap war überzeugt, daß Rainbird über die McGees kaum etwas wußte und von Lot Sechs noch nie gehört hatte. In Wirklichkeit wußte Rainbird fast so viel wie Cap selbst – was, das extreme Zwangsmaßnahmen gegen ihn gerechtfertigt hätte, wenn es Cap zu Ohren gekommen wäre. Man vermutete bei dem Mädchen große Fähigkeiten – vielleicht eine ganze

Reihe von Fähigkeiten. Er, Rainbird, hätte das Mädchen gern kennengelernt, um sich über diese Fähigkeiten zu informieren. Er wußte auch, daß Andy McGee ein Mann war, der, wie Cap es nannte, »potentiell die Fähigkeit hatte, andere geistig zu beherrschen«. Das allerdings kümmerte John Rainbird wenig. Er hatte noch nie einen Mann kennengelernt, der ihn beherrschen konnte.

Die Fersehsendung war zu Ende, und es folgten die Nachrichten. Eine gute war nicht darunter. Rainbird blieb sitzen. Er aß nicht, trank nicht und rauchte nicht. Sauber und nüchtern saß er da und wartete auf die Zeit des Tötens.

2

Am Vormittag dieses Tages hatte Cap noch mit einem Gefühl des Unbehagens daran gedacht, wie lautlos Rainbird sich bewegte. Wanless hörte ihn nicht. Er erwachte aus tiefem Schlaf. Er erwachte, weil ein Finger ihn unter der Nase kitzelte. Er erwachte und sah ein Ungeheuer aus einem Alptraum, dessen große Gestalt sich mächtig über sein Bett lehnte. Das eine Auge schimmerte schwach im Licht aus dem Bad, das Wanless immer brennen ließ, wenn er auswärts schlief. Wo das andere Auge hätte sein müssen, war nur ein leerer Krater.

Wanless riß den Mund zu einem Schrei auf, und John Rainbird kniff ihm mit den Fingern einer Hand die Nasenlöcher zu. Die andere legte er ihm auf den Mund. Wanless schlug um sich.

»Schscht«, sagte Rainbird. Er sprach mit der freundlichen Nachsicht einer Mutter, die ihr Kind wickelt.

Wanless wehrte sich noch wütender.

»Liegen Sie still, wenn Sie am Leben bleiben wollen, und keinen Laut!«

Wanless schaute zu ihm auf, versuchte noch einmal, Luft zu holen, und lag dann still.

»Werden Sie jetzt ruhig sein?« fragte Rainbird.

Wanless nickte. Sein Gesicht war stark gerötet.

Rainbird nahm die Hände weg, und Wanless keuchte heiser. Ein wenig Blut rann aus einem Nasenloch.

»Wer . . . sind Sie . . . hat Cap . . . Sie geschickt?«
»Rainbird«, sagte er feierlich. »Ja, Cap schickte mich.«
In der Dunkelheit wirkten Wanless' Augen riesig. Seine Zunge fuhr heraus, und er leckte sich die Lippen. Wie er da im Bett lag, die knochigen Füße freigestrampelt, sah er aus wie das älteste Kind der Welt.

»Ich habe Geld.« Es war fast ein Flüstern. »Schweizer Konto. Viel Geld. Es gehört Ihnen. Ich werde nicht reden. Ich schwöre es bei Gott.«

»Ich will nicht Ihr Geld, Dr. Wanless«, sagte Rainbird.

Wanless starrte ihn an, und seine linke Mundhälfte grinste irr. Sein linkes Lid hing herunter und zitterte.

»Wenn Sie bei Sonnenaufgang noch leben wollen, werden Sie zu mir sprechen, Dr. Wanless. Sie werden eine Vorlesung halten. Ich bin ein Einmannseminar. Ich werde sehr aufmerksam sein, ein guter Schüler. Dafür werde ich Sie leben lassen, und dieses Leben werden Sie sehr weit von Cap und der Firma entfernt verbringen. Verstanden?«

»Ja«, sagte Wanless heiser.

»Sind Sie einverstanden?«

»Ja . . . aber was –«

Rainbird legte zwei Finger an die Lippen, und sofort verstummte Wanless. Rasch hob und senkte sich seine dürre Brust.

»Ich sage zwei Worte«, sagte Rainbird, »und dann beginnt Ihr Vortrag. Sie werden alles sagen, was Sie wissen, alles, was Sie vermuten und alles, was Sie an Theorien haben. Wollen Sie diese zwei Worte hören?«

»Ja«, sagte Dr. Wanless.

»Charlene McGee«, sagte Rainbird, und Dr. Wanless begann zu sprechen. Zuerst kamen seine Worte langsam, und dann redete er schneller. Er erzählte. Er gab Rainbird einen kompletten Bericht über die Geschichte der Experimente mit Lot Sechs, insbesondere des entscheidenden Experiments. Viel von dem, was er sagte, wußte Rainbird schon, aber Wanless konnte dennoch einige Lücken ausfüllen. Der Professor wiederholte den ganzen Sermon, den Cap sich schon am Vormittag hatte anhören müssen, aber hier traf er nicht auf taube Ohren. Rainbird hörte aufmerksam zu. Manchmal runzelte er die Stirn.

Als Wanless das Beispiel mit dem Baby brachte, das zur Sauberkeit erzogen werden sollte, klatschte Rainbird leise in die Hände und kicherte. Aber als Wanless anfing, sich zu wiederholen, wie es alte Männer gern tun, hielt Rainbird ihm wieder Nase und Mund zu.

»Tut mir leid«, sagte Rainbird.

Wanless sträubte sich und zappelte unter Rainbirds Gewicht. Rainbird verstärkte seinen Griff und, als Wanless' Widerstand schwächer wurde, ließ er plötzlich dessen Nase los. Der pfeifende Atem des guten Doktors hörte sich an, als ob aus einem Reifen, in dem ein großer Nagel steckte, zischend die Luft entwich. Wild rollten seine Augen in den Höhlen, wie die eines Pferdes in Todesangst ... aber sie waren nicht deutlich zu sehen.

Rainbird packte Dr. Wanless am Pyjamakragen und zerrte ihn an die Bettkante, so daß das kalte weiße Licht aus dem Bad ihm direkt ins Gesicht fiel.

Und wieder kniff er dem Doktor die Nase zu.

Ein Mann, dem man die Luftzufuhr abschneidet, kann, wenn er sich völlig ruhig verhält, manchmal länger als neun Minuten ohne bleibenden Gehirnschaden überleben. Eine Frau mit etwas größerer Lungenkapazität und einem etwas effizienteren System der Kohlendioxydausscheidung schafft zehn oder zwölf Minuten.

Vierzig Sekunden lang wehrte sich Dr. Wanless heftig. Dann erlahmten seine Versuche, sich zu retten. Schwach schlug er mit den Händen gegen Rainbirds granitenes Gesicht. Seine Hacken trommelten dumpf auf den Teppich, aber das Trommeln wurde rasch schwächer. Das Ende war nah. Sein Speichel troff in Rainbirds schwielige Handfläche.

Dies war der Augenblick.

Rainbird beugte sich vor und studierte mit kindlichem Eifer Wanless' Augen.

Aber es war dasselbe, immer dasselbe. Der angstvolle Blick veränderte sich zu einem Ausdruck großer Bestürzung. Es war kein Erstaunen, kein dämmerndes Begreifen, aber auch keine Furcht. Für einen Augenblick hing dieser Blick an Rainbirds einzigem Auge, und Rainbird wußte, daß der andere ihn sehen konnte. Vielleicht unklar und immer verschwommener, in dem

Maße, wie den Doktor das Leben verließ, aber er konnte ihn *sehen*. Dann trübten sich die Augen. Dr. Wanless befand sich nicht mehr im Mayflower Hotel; Rainbird saß mit einer lebensgroßen Puppe auf diesem Bett. Mit einer Hand auf dem Mund der Puppe blieb er ruhig sitzen. Mit der anderen kniff er der Puppe die Nase zu. Er wollte sichergehen. Er würde noch zehn Minuten lang so sitzenbleiben.

Er dachte über das nach, was Wanless ihm im Zusammenhang mit Charlene McGee erzählt hatte. Konnte ein kleines Kind solche Kräfte besitzen? Er hielt es für denkbar. In Kalkutta hatte er einmal gesehen, daß ein Mann sich Messer in den Körper stieß – in Beine, Bauch, Brust und Hals – und sie dann herauszog, ohne daß Wunden zurückblieben. Es war denkbar, und es war bestimmt . . . interessant.

Er dachte über diese Dinge nach, und dann ertappte er sich dabei, daß er überlegte, wie es wohl wäre, ein Kind zu töten. Wissentlich hatte er so etwas noch nie getan (obwohl er einmal eine Bombe an Bord eines Flugzeugs versteckt hatte, und die Bombe war explodiert, und alle siebenundsechzig Passagiere waren getötet worden. Unter ihnen mochten sich Kinder befunden haben, aber das war nicht dasselbe; es war unpersönlich). In seinem Gewerbe war der Tod von Kindern selten erforderlich. Schließlich waren sie keine terroristische Organisation wie die IRA oder die PLO, wenn auch manche Leute – zum Beispiel einige dieser verdammten Bastarde im Kongreß – es gern glaubten.

Sie waren schließlich eine der Wissenschaft verpflichtete Organisation.

Vielleicht wäre bei einem Kind das Ergebnis anders. Vielleicht fand er, wenn der Tod eintrat, in den Augen eines Kindes einen anderen Ausdruck als nur diese Bestürzung, die ihm so fade erschien und ihn – ja, das stimmte – so traurig machte.

Bei einem Kind wie Charlene McGee.

»Mein Leben ist wie ein gerader Pfad durch die Wüste«, sagte Rainbird leise. Gebannt schaute er in die trüben, blauen Murmeln, die einst die Augen des Dr. Wanless waren. »Aber dein Leben ist überhaupt kein Pfad, mein Freund . . . mein guter Freund.«

Er küßte Wanless, erst auf eine Wange, dann auf die andere.

Dann zog er ihn auf das Bett zurück und warf das Laken über ihn. Ganz langsam, wie ein Fallschirm, fiel es, und Wanless' vorspringende Nase hob sich unter dem Laken ab wie aus einem weißen Rasen. Zeitlos.

Rainbird verließ das Zimmer.

In dieser Nacht dachte er an das Mädchen, von dem man annahm, sie könnte Feuer anzünden. Er dachte die ganze Zeit an sie. Er hätte gern gewußt, wo sie war, was sie dachte, wovon sie träumte. Er hatte ein zärtliches Gefühl für sie. Er fühlte sich sehr als ihr Beschützer.

Als er endlich einschlief, war es schon kurz nach sechs. Er wußte genau: das Mädchen würde ihm nicht entkommen.

Tashmore, Vermont

1

Zwei Tage nach dem Brand auf der Mandersfarm erreichten Andy und Charlie McGee die Hütte am Tashmore-See. Der Willys war von Anfang an in schlechtem Zustand gewesen, und die Schlammfahrt über die Waldwege, die Irv ihnen beschrieben hatte, konnte diesen Zustand kaum gebessert haben.

Als nach einem endlosen Tag, der in Hastings Glen begonnen hatte, die Dämmerung herabsank, hatten sie die Route 22 erreicht und hielten in einiger Entfernung an. Die Straße lag, hinter dichtem Buschbestand verborgen, unter ihnen, und sie konnten sie nicht sehen. Sie hörten aber gelegentlich das Zischen und Jaulen vorbeifahrender Fahrzeuge. In dieser Nacht schliefen sie im Willys, wobei sie sich gegen die Kälte eng aneinanderkuschelten. Am nächsten Morgen – gestern morgen – brachen sie auf. Es war kurz nach fünf, und das Tageslicht war erst ein heller Strich am östlichen Horizont.

Charlie sah blaß aus und wirkte teilnahmslos und erschöpft. Sie hatte Andy nicht gefragt, was aus ihnen werden würde, wenn die Straßensperren nach Osten verlegt worden wären. Aber das war auch gleichgültig, denn wenn die Sperren verlegt worden wären, würde man sie schnappen. Mehr war dazu nicht zu sagen. Sie konnten den Willys auch nicht einfach stehenlassen, denn Charlies Verfassung ließ weite Märsche nicht zu, und ihm selbst ging es nicht anders.

Deshalb war Andy zuerst auf die Hauptstraße gefahren, und dann hatten sie sich diesen ganzen Oktobertag auf Nebenstraßen durchrütteln lassen, immer bei verhangenem Himmel, der Regen ankündigte, ohne diese Ankündigung wahrzumachen. Charlie schlief sehr viel, und darüber machte Andy sich Sorgen

– er machte sich Sorgen, weil sie sich vor den jüngsten Ereignissen auf ungesunde Weise in den Schlaf flüchtete, anstatt sie aufzuarbeiten.

Zweimal hielt er an Imbißständen an. Beim zweiten Mal mußte er die Fünfdollarnote angreifen, die Jim Paulson, der Lieferwagenfahrer, ihm aufgedrängt hatte. Fast das ganze restliche Geld aus den Münztelefonen war weg. Er mußte es während des Durcheinanders auf der Mandersfarm aus den Taschen verloren haben, aber er erinnerte sich nicht daran. Noch etwas war verschwunden: diese beängstigenden gefühllosen Stellen im Gesicht waren heute morgen nicht mehr da. Dieser Verlust konnte ihm allerdings nur lieb sein.

Charlie hatte ihr Essen kaum angerührt.

Gestern abend war er eine Stunde nach Einbruch der Dunkelheit auf einen Rastplatz gefahren. Der Platz lag verlassen da. Es war Herbst, und die Zeit des Ausflugsverkehrs war vorläufig vorbei. Auf einem verwitterten Holzschild stand: CAMPING UND FEUERANZÜNDEN VERBOTEN HUNDE ANLEINEN 500 DOLLAR STRAFE FÜR VERUNREINIGUNG!

»Scheinen nette Leute zu sein«, murmelte Andy und fuhr den Willys am hinteren Rand des Platzes einen Abhang hinunter zwischen die Büsche. Sie hielten an einem schmalen Wasserlauf, der leise glucksend dahinfloß. Er und Charlie stiegen aus und gingen wortlos zum Wasser hinunter.

Die Bewölkung hielt sich, aber es war nicht kalt. Kein einziger Stern war zu sehen, und die Nacht schien ungewöhnlich dunkel. Sie setzten sich einen Augenblick und lauschten dem Geplätscher des Baches. Er nahm Charlies Hand, und eben jetzt fing sie an zu weinen – ein lautes, herzzerreißendes Schluchzen.

Er nahm sie in die Arme und wiegte sie. »Charlie«, murmelte er. »Charlie, Charlie, nein. Du darfst nicht mehr weinen.«

»Bitte, Daddy, laß es mich nie wieder tun«, schluchzte sie. »Denn wenn du es mir sagst, tu ich es, und dann würde ich mich wahrscheinlich umbringen. Bitte . . . bitte . . . nie . . .«

»Ich hab' dich doch so lieb«, sagte er. »Sei ruhig und sprich nicht mehr davon, daß du dich umbringen würdest. Das ist verrücktes Gerede.«

»Nein«, sagte sie.

»Das ist es nicht. Versprich es mir, Daddy.«

Er dachte lange nach und sagte dann langsam: »Ich weiß nicht, ob ich das kann, Charlie. Aber ich will es versuchen. Das verspreche ich dir. Bist du damit zufrieden?«

Ihr trauriges Schweigen war Antwort genug.

»Auch ich habe Angst«, sagte er leise. »Auch Daddys können Angst bekommen. Das darfst du mir ruhig glauben.«

Auch diese Nacht verbrachten sie im Willys. Um sechs Uhr morgens waren sie wieder unterwegs. Die Wolken waren aufgerissen, und gegen zehn Uhr war es ein herrlicher Frühherbsttag. Kurz nachdem sie die Grenze nach Vermont überquert hatten, sahen sie Männer auf Leitern in den Apfelbäumen, und überall in den Obstplantagen standen Lastwagen, mit Apfelkisten voll beladen.

Um halb zwölf bogen sie von der Route 34 in einen ausgefahrenen Feldweg ein, den ein Schild als PRIVATGRUNDSTÜCK bezeichnete, und Andy fiel ein Stein vom Herzen. Sie hatten es geschafft. Sie hatten Großvater McGees Grundstück erreicht.

Langsam fuhren sie auf den See zu, der etwa anderthalb Meilen entfernt lag. Rot und golden wirbelten Oktoberblätter vor der platten Nase des Jeeps. Sie sahen hier und da schon das Wasser durch die Bäume schimmern, als sich der Weg gabelte. Eine schwere Stahlkette versperrte die schmalere Abzweigung, und an dieser Kette hing ein angerostetes gelbes Schild: BETRETEN VERBOTEN. DIE ÖRTLICHE POLIZEIBEHÖRDE. Die Rostflecken hatten sich um sechs oder acht Dellen im Metall gebildet, und Andy nahm an, daß irgendein Besucher aus Langeweile das Schild mit seinem Kleinkalibergewehr bepflastert hatte. Aber das war vor Jahren gewesen.

Er stieg aus dem Willys und nahm sein Schlüsselbund aus der Tasche. Es trug einen Lederanhänger mit seinen Initialen. AMcG, die Buchstaben waren kaum noch zu erkennen. Vicky hatte ihm den Anhänger einmal zu Weihnachten geschenkt – Weihnachten zuvor war Charlie geboren worden.

Er stand einen Augenblick vor der Kette und betrachtete erst den Lederanhänger, dann die Schlüssel. Es waren fast zwei Dutzend. Schlüssel sind seltsame Gegenstände. An den Schlüsseln, die sich an seinem Bund angesammelt hatten, konnte er sein ganzes Leben ablesen. Wahrscheinlich warfen Leute mit mehr Organisationstalent als er einfach ihre alten Schlüssel weg, genauso wie diese Typen etwa alle sechs Monate ihre Brieftaschen ausmisteten. Andy hatte beides nie getan.

Da war der Schlüssel zum Ostflügel der Prince Hall in Harrison, wo er sein Büro gehabt hatte. Da der Schlüssel zum Büro selbst. Zum Büro der Abteilung für Englisch. Da war der Schlüssel zum Haus in Harrison, das er zum letzten Mal am Tag der Ermordung seiner Frau und der Entführung Charlies durch die Leute von der Firma gesehen hatte. Zwei oder drei andere konnte er nicht mehr identifizieren. Schlüssel waren schon seltsame Gegenstände.

Seine Vorstellungen verschwammen. Plötzlich vermißte er Vicky, und sie fehlte ihm so sehr, wie sie ihm seit jenen ersten entsetzlichen Tagen der Flucht mit Charlie nicht mehr gefehlt hatte. Er war müde, er hatte Angst, und er empfand eine grauenhafte Wut. Wenn in diesem Augenblick die Männer von der Firma auf Großvaters Weg vor ihm gestanden hätten, und jemand hätte ihm eine Thompson-Maschinenpistole gereicht . . .

»Daddy?« Es war Charlies besorgte Stimme. »Kannst du den Schlüssel nicht finden?«

»Ich habe ihn schon«, sagte er. Es war ein kleiner Yaleschlüssel, in den er mit dem Taschenmesser die Buchstaben T P – Tashmore Pond – geritzt hatte. Sie waren zuletzt in Charlies Geburtsjahr hiergewesen, und Andy mußte den Schlüssel einige Male hin und her bewegen, bis sich die Verriegelung bewegen ließ. Dann sprang das Schloß auf.

Er fuhr mit dem Willys durch, hielt an und schloß die Kette wieder.

Der Weg war in schlechtem Zustand, und das beruhigte Andy. Wenn sie regelmäßig jeden Sommer herkamen, blieben sie drei oder vier Wochen, und Andy fand immer ein paar Tage Zeit, sich um den Weg zu kümmern – aus Sam Moores Kiesgrube eine Ladung Kies zu holen, um die schlimmsten Löcher zuzuschütten, das Gebüsch zurückzuschneiden und Sam zu bitten, selbst herzukommen, um den Weg mit seiner alten Planierraupe ein wenig einzuebnen.

Die andere, breitere Abzweigung führte zu fast zwei Dutzend Wochenendhäusern und Hütten am Seeufer, und diese

Leute hatten ihre eigene Wegeverwaltung, zahlten jährliche
Gebühren und hielten im August eine Versammlung ab
(obwohl diese Versammlung eigentlich nur ein Vorwand war,
sich gründlich zu besaufen, bevor der Tag der Arbeit im September einem weiteren Sommer ein Ende setzte). Großvaters
Anwesen war hier unten jedoch das einzige, weil Großvater
während der Depressionszeit das ganze umliegende Land für
einen Spottpreis selbst gekauft hatte.

Früher hatten sie hier ein Fahrzeug gehabt, einen alten Ford-Kombi. Es war aber zweifelhaft, ob der alte Schlitten es hier
noch geschafft hätte, denn selbst der Willys mit seinen hochgelegenen Achsen war ein paarmal mit der Wanne aufgeschlagen.
Andy war das nur recht. Es bedeutete nämlich, daß in der
Zwischenzeit niemand hiergewesen war.

»Gibt es dort Elektrizität, Daddy?« fragte Charlie.

»Nein«, sagte er, »und auch kein Telefon. Wir dürfen den
Strom nicht einschalten, Kleines. Dann könnten wir ebensogut
ein Plakat anbringen: HIER SIND WIR. Aber da sind Kerosinlampen und zwei Fässer Öl. Wenn das Zeug nicht inzwischen
geklaut wurde.« Seit sie das letzte Mal hier waren, hatte es
derartige Ölpreiserhöhungen gegeben, daß ein solcher Diebstahl sich vermutlich gelohnt hätte.

»Gibt es da auch –« Charlie wollte etwas fragen.

»Verdammte Scheiße«, sagte Andy.

Er ging voll in die Bremse. Ein Baum war quer über den
Weg gestürzt, eine große alte Birke, die wohl ein Wintersturm abgeknickt hatte. »Ab hier müssen wir zu Fuß gehen.
Es ist nur noch eine Meile. Das schaffen wir.« Später würde
er mit Großvaters Gerät zurückkommen und den Baum zersägen. Er wollte Irvs Willys hier nicht stehenlassen. Das war zu
auffällig.

Er fuhr sich durchs Haar. »Komm.«

Sie stiegen aus dem Willys, und Charlene schlüpfte mühelos
unter dem Stamm hindurch, während Andy vorsichtig über ihn
hinwegstieg und darauf achtete, sich nicht zu verletzen. Das
Laub raschelte unter ihren Füßen, als sie weitergingen, und der
Wald roch nach Herbst. Ein Eichhörnchen schaute aus einem
Baum auf sie herab und beobachtete sie aufmerksam. Blau
schimmerte nun wieder das Wasser zwischen den Bäumen.

»Was wolltest du sagen, als wir bei dem Baum waren?« fragte Andy sie.

»Ich wollte wissen, ob wir auch genug Öl haben. Falls wir den Winter über bleiben.«

»Nein, aber für den Anfang reicht's. Ich werde eine Menge Holz schlagen. Und du kannst eine Menge sammeln.«

Zehn Minuten später mündete der Weg in eine Lichtung am Ufer des Tashmore-Sees, und sie waren da. Einen Augenblick blieben sie schweigend stehen. Andy wußte nicht, was Charlie empfand, aber er selbst wurde so total von seinen Erinnerungen überwältigt, daß ein so milder Ausdruck wie Nostalgie nicht angebracht war. In die Erinnerungen wob sich sein Traum von vor drei Tagen – der Kahn, der zappelnde Regenwurm, sogar die Gummiflicken an Großvaters Stiefeln.

Die Hütte war aus Holz auf einem Felssteinfundament errichtet und hatte fünf Räume. Zum See hin lag eine Art Veranda, und eine kleine Steinmole führte ins Wasser hinaus.

Abgesehen von dem zusammengewehten Laub und den in drei Wintern abgefallenen dürren Ästen, hatte sich hier nicht das geringste verändert. Fast erwartete er, Großvater in einem seiner grünschwarz karierten Hemden herauskommen zu sehen, um ihm zuzuwinken und ihn mit seiner dröhnenden Stimme zu begrüßen. Ihn zu fragen, ob er seinen Angelschein erneuert habe, da die Forellen in der Dämmerung noch immer gut bissen.

Wie gut und sicher hatte man sich hier immer gefühlt. Weit hinten, jenseits des Tashmore-Sees, schimmerten die Tannen graugrün in der Sonne. *Dumme Bäume*, hatte Großvater einmal gesagt, *sie kennen nicht einmal den Unterschied zwischen Sommer und Winter.* Das einzige Anzeichen von Zivilisation am gegenüberliegenden Ufer war die Anlegestelle der kleinen Stadt Bradford. Niemand hatte ein Einkaufszentrum oder einen Vergnügungspark gebaut. Hier raunte noch der Wind in den Bäumen. Hier gab es noch moosbedeckte Schindeln aus Holz, und die Tannennadeln wurden in jeden Dachwinkel und in die Auffangschale der Holztraufe geweht.

Hier war er Knabe gewesen, und Großvater hatte ihm gezeigt, wie man den Köder am Haken anbringt. Hier hatte er sein eigenes, ahorngetäfeltes Schlafzimmer gehabt und in dem schmalen Bett seine Knabenträume geträumt. Aber hier war er auch Mann gewesen und hatte in Großvaters und Großmutters Ehebett seine eigene Frau geliebt – Großmutter, diese schweigsame und irgendwie unangenehme Frau, die Mitglied der Amerikanischen Atheistengesellschaft war und einem auf Befragen die dreißig größten Unvereinbarkeiten in der Bibel zu erklären pflegte, oder, wenn man es vorzog, den lächerlichen Trugschluß der Uhrfedertheorie in bezug auf das Universum, und das alles mit der schlagenden, unumstößlichen Logik des fanatischen Missionars.

»Dir fehlt Mami, nicht wahr?« sagte Charlie ganz verloren.

»Ja«, sagte er. »Ich vermisse sie sehr.«

»Ich auch«, sagte Charlie. »Ihr habt es schön hier gehabt, nicht wahr?«

»Ja«, sagte er. »Jetzt komm, Charlie.«

Sie zögerte und sah ihn an.

»Daddy, wird es für uns je wieder besser werden? Werde ich wieder zur Schule gehen können und so was?«

Er suchte nach einer Lüge, aber eine Lüge wäre eine erbärmliche Antwort. »Ich weiß es nicht«, sagte er. Er versuchte zu lächeln, aber es gelang nicht; er konnte die Lippen nicht überzeugend bewegen. »Ich weiß es nicht, Charlie.«

2

Großvaters Werkzeuge lagen immer noch geordnet auf den Regalen im Werkzeugschuppen des Bootshauses, und Andy fand ein Geschenk, das er erhofft, aber kaum ernsthaft erwartet hatte: fast acht Kubikmeter Holz, sauber gespalten und abgelagert, aufgestapelt in dem Verschlag unterhalb des Bootshauses. Das meiste hatte er noch selbst gehackt, und es lag immer noch unter der schmutzigen alten Plane, die er selbst darübergeworfen hatte. Acht Kubikmeter würden nicht für den ganzen Winter reichen, aber wenn er erst die herabgefallenen Äste und die Birke drüben auf dem Weg zersägt hatte, würden sie gut versorgt sein.

Er nahm die Steifsäge und ging zu dem gestürzten Baum zurück. Er sägte so viel ab, daß er mit dem Willys durchkam.

Inzwischen war es fast dunkel geworden, und er war müde und hungrig. Niemand hatte sich die Mühe gemacht, die gut sortierte Vorratskammer zu plündern. Wenn während der letzten sechs Winter Einbrecher oder Diebe auf Schneemobilen gekommen waren, hatten sie sich auf das dichter besiedelte Südufer des Sees beschränkt. Auf den fünf Regalen türmten sich Suppen von Campell, Sardinen von Wyman und Rindfleisch von Dinty Moore. Außerdem standen dort alle möglichen Arten von Dosengemüse. Zuletzt fand er noch einen halben Karton Hundefutter in Dosen – für Großvaters guten alten Hund Bimbo bestimmt – aber Andy glaubte nicht, daß es soweit kommen würde.

Während Charlie sich die Bücher auf den Regalen im großen Wohnzimmer ansah, stieg Andy in den kleinen Keller hinab, der von der Küche aus zu erreichen war. Er riß an einem der Balken ein Streichholz an und steckte den Finger in das Astloch eines der Bretter, mit denen der verdreckte kleine Raum ausgeschlagen war, und zog. Das Brett löste sich, und Andy schaute hinein. Dann grinste er. In dem spinnwebverhangenen kleinen Versteck standen vier mit einer klaren, ein wenig öligen Flüssigkeit gefüllte Krüge, die aus hundertprozentig reinem ›weißen Blitz‹ bestand – Großvater nannte das Getränk »Vaters Eselstritt«.

Andy verbrannte sich an dem Streichholz die Finger. Er blies es aus und zündete ein zweites an. Wie die strengen alten Prediger in Neu-England (sie stammte selbst direkt von einem ab) mißbilligte Hulda McGee die einfachen und oft ein wenig dümmlichen Vergnügen der Männer, die sie weder verstand noch tolerierte. Sie war eine puritanische Atheistin gewesen, und Großvater hatte dies kleine Geheimnis vor ihr gehabt. Im Jahr vor seinem Tod hatte er es mit Andy geteilt. Neben dem weißen Blitz stand dort ein Kästchen für Poker-Chips. Er nahm es heraus und griff hinein. Er hörte ein knisterndes Geräusch und zog ein dünnes Bündel Banknoten hervor – ein paar Zehner und Fünfer und einige Eindollarnoten. Insgesamt achtzig Dollar. Kartenspielen war Großvaters Schwäche gewesen, und dieses Geld nannte er seine »letzte Reserve«.

Andy verbrannte sich auch am zweiten Streichholz die Finger und trat es aus. Im Dunklen legte er die Chips und das Geld wieder in den Kasten und stellte ihn zurück. Es war gut zu wissen, daß es da war. Er schob das Brett wieder vor und ging durch die Küche ins Wohnzimmer.

»Möchtest du Tomatensuppe?« fragte er Charlie. Wunder über Wunder, sie hatte auf einem der Regale Märchenbücher gefunden und befand sich gerade mit ihren Märchenfiguren mitten im Märchenwald.

»Ja, gern«, sagte sie, ohne aufzuschauen.

Er machte einen großen Topf Tomatensuppe und öffnete für jeden eine Dose Sardinen. Nachdem er sorgfältig die Vorhänge zugezogen hatte, zündete er eine der Kerosinlampen an und stellte sie mitten auf den Eßtisch. Sie setzten sich und aßen, ohne viel zu sprechen. Anschließend rauchte er eine Zigarette, die er an der Lampe anzündete. Charlie entdeckte das Kartenfach in Großmutters Frisierkommode; es lagen acht oder neun Kartenspiele darin, und aus jedem fehlte die eine oder andere Karte. Charlie verbrachte den Rest des Abends damit, die Karten zu ordnen und mit ihnen zu spielen, während Andy das Haus durchstreifte.

Als er sie später ins Bett brachte und zudeckte, fragte er sie, wie sie sich fühle.

»Sicher«, antwortete sie, ohne auch nur eine Sekunde zu zögern. »Gute Nacht, Daddy.«

Wenn es gut genug für Charlie war, war es gut genug für ihn. Er blieb noch eine Weile bei ihr sitzen, aber sie schlief schnell und mühelos ein. Er ließ die Tür halb offen, damit er merkte, falls sie während der Nacht unruhig werden sollte.

3

Bevor er ins Bett ging, suchte Andy noch rasch den Keller auf, nahm einen der Krüge mit »weißem Blitz« heraus und goß sich einen Schluck in ein Saftglas. Dann ging er durch die Schiebetür auf die Veranda hinaus und setzte sich in einen der Segeltuchstühle (sie rochen muffig, und er überlegte kurz, ob man dem abhelfen könne) und schaute auf die dunkle, sich sanft bewegende Fläche des Sees hinaus. Es war ein wenig kühl, aber ein paar kleine Schlucke von Großvaters »Eselstritt« erledigten das. Zum ersten Mal seit jener schrecklichen Jagd die Third Avenue hinauf fühlte auch er sich sicher und beruhigt.

Er rauchte und schaute auf den Tashmore-See.

Sicherheit und Ruhe, aber nicht zum ersten Mal seit New York City. Zum ersten Mal, seit an jenem fürchterlichen Augusttag vor vierzehn Monaten die Firma wieder in ihr Leben eingegriffen hatte. Seitdem waren sie entweder auf der Flucht gewesen oder hatten in irgendeinem Versteck gehockt, und weder das eine noch das andere hatte ihnen auch nur einen Augenblick der Ruhe gelassen.

Er erinnerte sich an sein Telefongespräch mit Quincey, als er noch den Geruch des verbrannten Teppichs in der Nase hatte. Er in Ohio, Quincey unten in Kalifornien, das er in seinen spärlichen Briefen immer das Zauberland der Erdbeben nannte.

Ja, das ist eine gute Sache, hatte Quincey gesagt. *Sonst hätte man sie in zwei kleine Räume gesperrt, wo sie die ganze Zeit arbeiten mußten, damit zweihundertzwanzig Millionen Amerikaner in Freiheit und Sicherheit leben können . . . wahrscheinlich wollen sie das Mädchen holen und in einen kleinen Raum sperren, um festzustellen, ob sie dazu beitragen kann, die Welt für die Demokratie zu retten. Und ich denke, mehr werde ich nicht sagen, alter Junge, außer . . . laß dich nicht erwischen.*

Damals hatte er gelernt, was Angst ist. Was Angst ist, hatte er vorher nicht gewußt. Es bedeutete Angst, nach Hause zu kommen und seine Frau mit herausgerissenen Fingernägeln tot aufzufinden. Sie hatten ihr die Fingernägel herausgerissen, um zu erfahren, wo Charlie sich aufhielt. Charlie hatte zwei Tage und zwei Nächte im Haus ihrer Freundin Terri Dugan verbracht. Einen Monat später hätten sie Terri auch für zwei Tage zu sich einladen wollen. Vicky hatte das den großen Tausch von 1980 genannt.

Als er jetzt auf der Veranda saß und rauchte, konnte Andy rekonstruieren, was geschehen war, obwohl er damals in einem Wust von Kummer, panischem Schrecken und Wut gelebt hatte: es war unwahrscheinliches Glück gewesen (oder vielleicht ein wenig mehr als Glück), das ihn in die Lage versetzt hatte, sie überhaupt wieder einzuholen.

Sie hatten unter Bewachung gestanden. Die ganze Familie. Das mußte schon einige Zeit so gewesen sein. Und als Charlie an jenem Mittwochnachmittag von einem Sommerausflug nicht nach Hause gekommen war und auch am Donnerstagabend nicht auftauchte, mußten die Überwacher angenommen haben, daß Andy und Vicky die Überwachung aufgefallen war. Statt festzustellen, daß Charlie sich keine zwei Meilen entfernt im Haus einer Freundin aufhielt, mußten die Kerle geglaubt haben, daß die Eltern mitsamt ihrer Tochter untergetaucht waren.

Es war ein alberner und dummer Fehler, aber es war nicht der erste, der auf das Konto der Firma ging – nach einem Artikel, den Andy in *Rolling Stone* gelesen hatte, hatte die Firma bei der Verhinderung einer Flugzeugentführung durch rote Terroristen die Hände im Spiel gehabt und wesentlich zu einem Blutbad beigetragen (die Entführung war zwar vereitelt worden, aber es hatte sechzig Tote gegeben). Außerdem sollte die Firma im Austausch gegen größtenteils unwichtige Informationen über kubanisch-amerikanische Gruppen in Miami einer gewissen Organisation Heroin verschafft haben. Weiter wurde der Firma die kommunistische Machtergreifung auf einer Insel in der Karibik angelastet, die sonst nur für ihre teuren Strandhotels und ihre voodoo-gläubige Bevölkerung bekannt war.

Angesichts dieser Serie katastrophaler Fehlleistungen der Firma verstand man schon eher, wieso die zur Überwachung der McGees abgestellten Agenten den zweitägigen Aufenthalt eines Kindes bei seiner Freundin für eine überstürzte Flucht halten konnten.

Aber schlimme Fehler hatte es auf beiden Seiten gegeben, überlegte Andy – und wenn die Verbitterung bei diesem Gedanken im Laufe der Zeit auch ein wenig schwächer und unschärfer geworden war, so hatte sie ihn doch zuerst bis aufs Blut gepeinigt, eine Verbitterung mit vielen Pfeilen, und jede Pfeilspitze in das Curare der Schuld getaucht. Die Dinge, die Quincey an dem Tag, als Charlie stolperte und die Treppe hinabstürzte, am Telefon andeutete, hatten Andy erschreckt, aber anscheinend hatten sie ihn nicht genügend erschreckt. Wenn das der Fall gewesen wäre, hätte er sich wahrscheinlich *tatsächlich* entschlossen unterzutauchen.

Er hatte zu spät gemerkt, daß der menschliche Verstand wie hypnotisiert reagieren kann, wenn ein Leben oder das Leben einer Familie sich von den normalen Abläufen entfernt und sich einer Welt der Phantasie überläßt, die man sonst nur eine Stunde lang im Fernsehen oder hundertzehn Minuten lang im nächsten Kino erlebt.

Als Folge seiner Unterhaltung mit Quincey hatte ihn allmählich ein seltsames Gefühl beschlichen: es schien fast so, als stünde er ständig unter Drogen. Das Telefon überwacht? Leute, die sie beobachteten? Die Möglichkeit, daß man sie alle einfing und in die Kellerräume irgendeines Regierungsgebäudes einsperrte? Es gab eine Tendenz, albern zu lächeln und untätig zuzuschauen, wie die Dinge immer bedrohlicher wurden, eine Tendenz, sich ganz einfach wie ein zivilisierter Mensch zu verhalten und seinen Instinkten nicht zu trauen...

Draußen auf dem Tashmore-See war plötzlich Bewegung. Ein Schwarm Enten flatterte auf und flog nach Westen davon. Die Mondsichel legte einen matten Silberglanz auf die Flügel des davonziehenden Schwarms. Andy zündete sich noch eine Zigarette an. Er rauchte zuviel, aber damit war ohnehin bald Schluß; er hatte nur noch vier oder fünf.

Ja, er hatte geargwöhnt, daß man sein Telefon überwachte. Manchmal gab es ein eigenartiges Knacken in der Leitung, wenn er aufgenommen und sich gemeldet hatte. Ein- oder zweimal hatte er mit einem Studenten gesprochen, der sich wegen einer Arbeit erkundigen wollte, und plötzlich war die Verbindung auf unerklärliche Weise abgebrochen. Das war auch bei Gesprächen mit Kollegen passiert. Er hatte vermutet, daß in seinem Haus Wanzen sein könnten, aber er hatte nicht die Wohnung auseinandergenommen, um sie zu suchen (vielleicht, weil er fürchtete, sie zu finden). Und manchmal hatte er den Verdacht gehabt – nein, er war fast sicher gewesen –, daß sie beobachtet wurden.

Sie hatten im Lakeland-Distrikt von Harrison gewohnt, und Lakeland war eine typische Vorstadt. Nach einer durchzechten Nacht konnte man stundenlang um sechs oder acht Blocks herumlaufen, nur um sein Haus zu suchen. Die Leute in ihrer Nachbarschaft arbeiteten im IBM-Werk außerhalb der Stadt oder bei Ohio Semi-Conductor, einer Fabrik für elektronische Bauteile, in der Stadt selbst, oder sie waren Dozenten am College. Auf einer Liste der durchschnittlichen Einkommen hätte man mit dem Lineal zwei Striche ziehen können, den unteren bei achtzehneinhalbtausend, den oberen bei etwa dreißigtausend, und fast jeder in Lakeland hätte irgendwo dazwischen gelegen.

Man lernte Leute kennen. Auf der Straße nickte man Mrs. Bacon zu, die ihren Mann verloren hatte und seitdem mit dem Wodka verheiratet war – und so sah sie auch aus; die Flitterwochen mit diesem Herrn spielten ihrem Gesicht und ihrer Figur übel mit.

Man grüßte die beiden Mädchen mit dem Jaguar, die das Haus Ecke Jasmin Street und Lakeland Avenue gemietet hatten – und überlegte, wie es wohl wäre, mit den beiden eine Nacht zu verbringen. Mit Mr. Hammond in der Laurel Lane, der ständig seine Hecke beschnitt und der bei IBM arbeitete, unterhielt man sich unter dem unablässigen Surren der elektrischen Heckenschere über Baseball. Er stammte aus Atlanta und war fanatischer Anhänger der Atlanta Braves. Er haßte die Big Red Machine von Cincinnati, was ihn in der Nachbarschaft nicht gerade beliebt machte. Aber das kümmerte Hammond nicht. Ihn interessierte eher seine nächste Gehaltsaufbesserung bei IBM.

Aber es ging nicht um Mr. Hammond. Es ging nicht um Mrs Bacon, und es ging auch nicht um die beiden Puppen in ihrem weißen Jaguar mit der roten Grundierung um die Scheinwerfer. Es ging einfach darum, daß das Gehirn sich im Unterbewußtsein seine eigene Vorstellung bildete: Leute, die nach Lakeland gehören.

Aber in den Monaten, bevor Vicky getötet und Charlie aus dem Haus der Dugans entführt wurde, waren Leute dort gewesen, die dieser Vorstellung nicht entsprachen. Aber dann hatte Andy nicht mehr an sie gedacht. Er sagte sich, daß es albern wäre, Vicky zu beunruhigen, bloß weil er sich von dem Gespräch mit Quincey hatte verrückt machen lassen.

Die Leute in dem hellgrauen Lieferwagen. Der Rothaarige, den er eines Abends hinter dem Steuer eines AMC Matador hatte hocken sehen und an einem anderen Abend, etwa zwei Wochen später, hinter dem Steuer eines Plymouth Arrow, und zehn Tage danach auf dem Beifahrersitz des grauen Lieferwagens. Zu viele Handelsvertreter kamen an die Tür. Es hatte

Abende gegeben, an denen sie von einem Ausflug zurückgekommen waren oder von einem Kinobesuch mit Charlie, um das jüngste Disney-Epos zu sehen, da er das Gefühl hatte, daß jemand in der Wohnung gewesen war, daß nicht alles genau an seinem Platz lag.

Das Gefühl, beobachtet zu werden.

Aber er hatte geglaubt, daß sie es beim Beobachten belassen würden. Das war *sein* alberner Fehler gewesen. Er war immer noch nicht ganz davon überzeugt, daß es sich bei ihnen um Panik gehandelt hatte. Vielleicht hatten sie Charlie und ihn erwischen und Vicky töten wollen, da sie relativ nutzlos war – wer brauchte denn schon eine Telepathin minderer Qualität, deren großer Trick darin bestand, vom anderen Ende des Zimmers aus den Kühlschrank zu schließen? Dennoch ließ ihr brutales und überstürztes Vorgehen ihn vermuten, daß Charlies überraschendes Verschwinden sie dazu veranlaßt hatte, schneller als geplant zu handeln. Wäre Andy untergetaucht, hätten sie vielleicht noch stillgehalten. Aber es war Charlie gewesen, und Charlie war es auch, an der sie eigentlich interessiert waren. Davon war Andy jetzt überzeugt.

Er stand auf, reckte sich und hörte dabei seine Gelenke knacken. Zeit, ins Bett zu gehen. Zeit, nicht mehr diese alten, schmerzlichen Erinnerungen zu wälzen. Er wollte sich nicht für den Rest seines Lebens wegen Vickys Tod Vorwürfe machen. Er war schließlich nur Mitwisser. Und so lange mochte der Rest seines Lebens nun auch wieder nicht dauern. Die Vorgänge auf der Veranda der Mandersfarm hatte Andy gut begriffen. Sie hatten ihn umbringen wollen. Jetzt wollten sie nur noch Charlie.

Er ging ins Bett, und nach einer Weile schlief er ein. Er hatte keine schönen Träume. Immer wieder sah er die Flammen über den festgetretenen Boden des Vorhofs rasen, sah sie sich teilen und einen Zauberring um den Hauklotz herum bilden, sah die Hühner in Flammen aufgehen wie lebende Brandsätze. Im Traum spürte er die Hitzehülle um sich, die immer heißer wurde.

Sie hatte gesagt, sie wollte kein Feuer mehr anzünden.

Und das war vielleicht auch besser.

4

Manchmal hatte Andy McGee Gefühle – Vorahnungen von ungewöhnlicher Intensität. Seit dem Experiment im Jason-Gearneigh-Gebäude. Er wußte nicht, ob es sich um eine schwach ausgeprägte Fähigkeit handelte, die Zukunft vorauszusehen, aber er hatte gelernt, sich auf seine Vorahnungen zu verlassen, wenn sie sich einstellten.

Am Mittag jenes Augusttages 1980 hatte er eine böse Vorahnung.

Es begann während des Mittagessens in der Fakultätskantine im obersten Stock des Unionsgebäudes. Er hatte mit Ev O'Brian, Bill Wallace und Dan Grabowski Brathuhn mit Sahnesoße und Reis gegessen. Alle drei in der Abteilung für Englisch. Alle gute Freunde. Und wie gewöhnlich hatte jemand einen Polenwitz für Don mitgebracht, der solche Witze sammelte. Ev hatte ihn erzählt, und es ging um den Unterschied zwischen einer polnischen und einer normalen Leiter: die polnische Leiter hatte an der obersten Sprosse ein Stopschild. Alle lachten, als sich in Andy eine leise, sehr ruhige Stimme meldete.

(Zu Hause stimmt etwas nicht)

Das war alles. Es war genug. Es verstärkte sich auf ähnliche Weise wie seine Kopfschmerzen, wenn er seine Fähigkeit, andere psychisch zu beeinflussen, übertrieben eingesetzt hatte und umkippte. Aber dies hatte nichts mit dem Kopf zu tun; all seine Emotionen schienen sich ineinander zu verwirren, fast träge, als ob sie Fäden wären und eine bösartige Katze auf seine Nervenbahnen losgelassen worden wäre, um mit ihnen zu spielen und sie durcheinanderzubringen. Er fühlte sich nicht mehr wohl.

Das Huhn in Sahnesoße verlor jeden, wenn auch ohnehin faden Reiz. Sein Magen flatterte, und sein Herz schlug so schnell, als ob er gerade einen schlimmen Schreck bekommen hätte. Und dann fing es in den Fingern seiner rechten Hand plötzlich an zu klopfen, als hätte er sie sich an einer Tür geklemmt.

Abrupt stand er auf. Ihm brach der kalte Schweiß aus.

»Hört mal, ich fühle mich nicht wohl«, sagte er. »Kannst du meine Ein-Uhr-Vorlesung übernehmen, Bill?«

»Ach, diese Möchtegernpoeten? Aber ja. Kein Problem. Was hast du denn?«

»Ich weiß nicht. Vielleicht etwas Falsches gegessen.«

»Du siehst ein bißchen blaß aus«, sagte Don Grabowski. »Du solltest mal zur Krankenabteilung rübergehen, Andy.«

»Das sollte ich vielleicht«, sagte Andy.

Er ging, aber er hatte durchaus nicht die Absicht, die Krankenabteilung aufzusuchen.

Es war Viertel nach zwölf. An diesem Spätsommertag lag der Campus recht schläfrig da. Zudem war es die letzte Vorlesungswoche des Semesters. Als er hinauseilte, winkte er Ev, Bill und Don noch kurz zu. Seit jenem Tage hatte er keinen von ihnen wiedergesehen.

Im Erdgeschoß des Unionsgebäudes ging er in eine Telefonzelle und rief zu Hause an. Niemand nahm ab. Warum auch? Charlie war bei den Dugans, und Vicky konnte einkaufen gegangen sein. Oder zum Friseur ... Vielleicht hatte sie auch Tammy Upmore besucht, und möglicherweise hatte sogar Eileen Bacon sie zum Essen eingeladen. Dennoch, seine Nerven strafften sich um eine ganze Drehung. Fast kreischten sie schon.

Er verließ das Unionsgebäude, und halb ging, halb rannte er zu seinem Kombiwagen, den er vor der Prince Hall geparkt hatte. Er fuhr quer durch die Stadt nach Lakeland. Er fuhr verkrampft und riskant. Er ignorierte Rotlicht, schnitt andere Wagen und hätte fast einen Hippie von seinem Fahrrad geholt. Der Hippie zeigte ihm einen Vogel. Andy bemerkte es kaum. Sein Herz schlug jetzt wie ein Schmiedehammer. Er fühlte sich, als hätte er ein Aufputschmittel genommen.

Sie wohnten am Conifer Place – in Lakeland waren, wie in so vielen Vorortsiedlungen der fünfziger Jahre, die meisten Straßen nach Bäumen oder Buschpflanzen benannt. In der Mittagshitze dieses Augusttages lag die Straße seltsam verlassen da. Das verstärkte noch sein Gefühl, daß etwas Schlimmes geschehen war. Weil so wenige Wagen am Bordstein parkten, wirkte die Straße viel breiter.

Auch die paar Kinder, die hier und da spielten, konnten dieses seltsame Gefühl der Verlassenheit nicht vertreiben; die meisten aßen gerade zu Mittag oder waren drüben auf dem

Spielplatz. Mrs. Flynn aus der Laurel Lane zog mit einem Einkaufswagen voll Lebensmitteln vorbei, und unter ihren avocadofarbenen Stretchhosen hob sich rund und stramm wie ein Fußball ihr fetter Wanst ab. Die ganze Straße entlang drehten sich träge die Rasensprenger und sprühten Wasser ins Gras und zauberten Regenbogen in die Luft.

Andy fuhr auf den Bordstein und stieg so hart auf die Bremse, daß sein Sitzgurt blockierte und der Wagen sich nach vorn neigte. Als er den Motor abstellte, ließ er den Schalthebel in Fahrtstellung, etwas, was er nie tat, und ging dann über den bröckelnden Betonweg zum Haus. Er hatte ihn immer schon ausbessern wollen, war aber nie dazu gekommen. Selbst das Geräusch seiner Schritte klang verfremdet. Er bemerkte, daß die Jalousie vor dem großen Panoramafenster des Wohnzimmers (*Ein Fenster wie ein Wandgemälde*, hatte es der Makler genannt, der ihnen das Haus verkauft hatte) heruntergelassen war, was dem Haus ein unbewohntes und geheimnisvolles Aussehen gab, das ihm gar nicht gefiel. Ließ sie gewöhnlich die Jalousie herunter? Vielleicht, um die Sommerhitze nicht eindringen zu lassen? Er wußte es nicht. Er erkannte plötzlich, wie wenig er über ihr Leben während seiner Abwesenheit wußte.

Er griff nach dem Türknopf, aber er ließ sich nicht drehen; er glitt ihm nur durch die Finger. Schloß sie immer die Tür ab, wenn sie fortging? Das glaubte er nicht. Das sah Vicky nicht ähnlich. Seine Unruhe – nein, es war jetzt Entsetzen – wurde größer. Und doch gab es einen Augenblick (er würde es sich später nie eingestehen), einen winzigen Augenblick, da er nichts empfand als den Impuls, sich von der verschlossenen Tür abzuwenden. Einfach wegzurennen. Vicky hin, Charlie her, und ganz gleich, wie schwach später die Rechtfertigung ausfallen würde.

Einfach rennen.

Statt dessen griff er in die Tasche nach seinen Schlüsseln.

In seiner Nervosität ließ er sie fallen und mußte sich nach ihnen bücken – die Wagenschlüssel, der Schlüssel zum Ostflügel der Prince Hall, der schwärzliche Schlüssel, mit dem er nach jedem Sommeraufenthalt die Kette vor Großvaters Zufahrt anschloß. Komisch, wie Schlüssel sich ansammelten.

Er suchte den Haustürschlüssel aus dem Bund und schloß

auf. Er trat ein und zog die Tür hinter sich zu. Das Licht im Wohnzimmer war ein gedämpftes, häßliches Gelb. Es war heiß. Und still. O Gott, es war so still.

»Vicky?«

Keine Antwort. Und keine Antwort bedeutete, daß sie nicht hier war. Sie hatte ihre Boogie-Schuhe angezogen, wie sie sie gern nannte, und war einkaufen gegangen. Oder jemanden besuchen. Außer, daß keins von beidem der Fall war. Davon war er überzeugt. Und seine Hand, seine rechte Hand . . . warum klopfte es so in den Fingern?

»Vicky!«

Er ging in die Küche. Dort stand ein kleiner Tisch mit drei Stühlen. Er, Vicky und Charlie frühstückten meistens in der Küche. Einer der Stühle war umgefallen und lag jetzt auf der Seite wie ein toter Hund. Das Salzfaß war umgestoßen worden, und Salz lag auf dem Tisch verstreut. Ohne daß ihm sein Tun bewußt wurde, nahm er etwas davon zwischen Daumen und Zeigefinger der linken Hand und warf es über die Schulter nach hinten. »Salz, Salz, Malz, Malz, Unglück bleib draußen«, murmelte er leise, wie es sein Vater und sein Großvater vor ihm getan hatten.

Auf der Heizplatte stand ein Topf mit Suppe. Sie war kalt. Die leere Suppendose stand auf der Anrichte. Essen für eine Person. Aber wo war sie?

»Vicky!« brüllte er die Treppe hinunter. Es war dunkel unten. Dort lagen der Wäscheraum und ein weiteres großes Zimmer, die sich zusammen über die ganze Front des Hauses erstreckten.

Keine Antwort.

Noch einmal sah er sich in der Küche um. Ordentlich und aufgeräumt. Zwei Zeichnungen von Charlie, die sie im Juli während der Ferien in der Bibelschule gemacht hatte, waren mit kleinen Plastikscheiben, auf denen Gemüse abgebildet war, am Kühlschrank befestigt. Auf einem Spieß steckten Strom- und Telefonrechnung. Am Sockel stand das Motto DIESE ZULETZT BEZAHLEN. Alles an seinem Platz und für alles einen Platz.

Außer daß der Stuhl umgefallen war. Außer daß Salz verschüttet war.

Er hatte keinen Speichel im Mund, gar keinen. Sein Mund war so trocken wie Chrom in der Sommersonne.

Andy ging nach oben, schaute in Charlies Zimmer, ging ins Schlafzimmer, ins Gästezimmer. Nichts. Er ging in die Küche zurück, schaltete das Treppenlicht an und ging nach unten. Ihre Waschmaschine der Marke Maytag war geöffnet. Die Trockenschleuder starrte ihn mit ihrem gläsernen Bullauge an. Zwischen beiden hing ein Sticktuch an der Wand, das Vicky irgendwo gekauft hatte; es trug die Aufschrift LIEBLING, SICH WASCHEN MACHT SPASS.

Er ging in das große Zimmer und tastete nach dem Lichtschalter, strich mit den Fingern über die Wand und hatte die verrückte Gewißheit, daß sich jeden Augenblick fremde, kalte Finger auf seine legen und sie an den Schalter heranführen würden. Endlich fand er den Schalter, und die Leuchtstoffröhren an der Decke erwachten zum Leben.

Ihm gefiel dieses Zimmer. Hier hatte er sich oft aufgehalten, um irgendwelche Sachen zu reparieren, und dabei hatte er oft lächeln müssen, denn er war all das geworden, was jeder Universitätsabsolvent niemals werden will. Sie waren oft hier unten gewesen. Es fehlte weder ein in der Wand eingebautes Fernsehgerät noch ein Ping-Pong Tisch und ein übergroßes Brett für Backgammon. Weitere Brettspiele lehnten an der Wand, und einige sehr große Bücher waren an einem niedrigen Tisch, den Vicky selbst gebaut hatte, aufgereiht. Eine Wand war ganz mit Taschenbüchern dekoriert, und an den übrigen Wänden hingen, teils gerahmt, einige von Vicky gestrickte, kleinere Wandbehänge in afghanischem Stil. Sie witzelte manchmal, daß sie eine starke Begabung für die kleine Form, aber einfach nicht die Ausdauer habe, eine ganze verdammte Decke zu stricken. In einem Kinderschrank bewahrte Charlie ihre Bücher auf, in exakter alphabetischer Reihenfolge, was Andy ihr zwei Jahre vorher an einem kalten, schneereichen Winterabend beigebracht hatte. Sie war heute noch davon fasziniert.

Ein schönes Zimmer.

Ein leeres Zimmer.

Er redete sich ein, erleichtert zu sein. Das Vorgefühl, die Vorahnung, oder wie man es auch nennen wollte, war Einbildung gewesen. Vicky war ganz einfach nicht zu Hause. Er schaltete das Licht aus und ging in den Wäscheraum zurück.

Die Waschmaschine, ein Modell, das von vorn gefüllt wurde, und das sie für sechzig Dollar auf einer Versteigerung erworben hatten, stand noch immer offen. Ohne nachzudenken, ähnlich wie er eine Prise des verstreuten Salzes hinter sich geworfen hatte, schloß er die Klappe. Am Glasfenster des Geräts klebte Blut. Nicht viel. Nur drei oder vier Tropfen. Aber es war Blut.

Andy starrte darauf. Hier unten war es kühler. Zu kühl. Hier unten war es wie im Leichenschauhaus. Jetzt sah er, daß auch auf dem Fußboden Blut war. Es war noch nicht einmal getrocknet. Ein kleines Geräusch, ein leises und doch schreiendes Flüstern drang ihm aus der Kehle.

Er durchforschte den Wäscheraum, der nicht viel mehr war als eine weißgetünchte Nische. Er öffnete den Wäschekorb. Nur eine einzelne Socke lag darin. Er schaute in das kleine Fach unter der Spüle. Nichts außer Waschpulver und Weichspüler und anderen Reinigungsmitteln. Er sah unter der Treppe nach. Nichts als Spinnweben und das Plastikbein einer von Charlies älteren Puppen – dieses abgerissene Glied, das Gott weiß wie lange hier unten gelegen und darauf gewartet hatte, wiedergefunden zu werden.

Er öffnete die Tür zwischen der Waschmaschine und der Trockenschleuder, und krachend fiel das große Bügelbrett auf den Fußboden, und dort, mit hochgebundenen Beinen, so daß ihre Knie dicht unter dem Kinn lagen, mit geöffneten, blicklosen Augen und tot, hockte Vicky Tomlinson McGee, mit einem Putzlappen geknebelt. Der dicke, widerliche Geruch von Möbelpolitur lag in der Luft.

Andy gab ein dumpfes, ersticktes Geräusch von sich und stolperte zurück. Er fuchtelte mit den Händen, als wolle er diese schreckliche Vision vertreiben, und mit einer traf er die Schaltleiste der Schleuder, die sich heulend in Bewegung setzte. Die Wäsche im Gerät wurde mit einem klickenden Geräusch umgewälzt. Andy kreischte. Und dann rannte er. Er rannte die Treppen hoch in die Küche, wo er stolperte und mit dem Kopf aufschlug. Schweratmend richtete er sich wieder auf.

Das Bild kam zurück. Es wurde in Zeitlupe wiederholt wie eine Torszene bei einer Fußballübertragung. Es sollte ihn später noch oft bis in seine Träume verfolgen. Die Tür, die sich öffnete, das Bügelbrett, das krachend auf den Fußboden schlug, mit einem Geräusch, das ihn irgendwie an eine Guillotine erinnerte, und dann seine zusammengekauerte Frau mit einem Lappen im Mund, der zum Polieren der Möbel gebraucht worden war. Es kam in einer Art totaler Erinnerung zurück, und er wußte, daß er wieder schreien würde, und schlug sich mit dem Unterarm gegen den Mund, biß hinein, und sein Schrei war nur als ersticktes Winseln zu hören. Zweimal tat er es, und etwas fuhr aus ihm heraus, und er war wieder ruhig. Es war die trügerische Ruhe eines schweren Schocks, aber sie war nützlich. Die dumpfe Angst und das allgemeine Entsetzen fielen ab. Das Pochen in seiner rechten Hand war weg, und der Gedanke, der sich jetzt in seinen Kopf schlich, war so kalt wie die Ruhe, die sich über ihn gelegt hatte, so kalt wie der Schock, und dieser Gedanke hieß CHARLIE.

Er stand auf und ging ans Telefon. Dann wandte er sich wieder der Treppe zu. Er blieb einen Augenblick oben stehen und biß sich auf die Lippen. Dann gab er sich einen Ruck und stieg nach unten. Die Schleuder lief und lief. Es waren nur ein paar Jeans darin, und es war der große Messingknopf am Verschluß, der dieses klickende Geräusch verursachte, während das Wäschestück herumwirbelte. Andy schaltete das Gerät ab, ging an den Wandschrank, in dem das Bügelbrett gestanden hatte, und schaute genauer hin.

»Vicky«, sagte er leise.

Sie starrte ihn aus toten Augen an. Seine Frau. Er war mit ihr gewandert, hatte ihre Hand gehalten, war im Dunkel der Nacht in ihren Leib eingedrungen. Er erinnerte sich an den Abend, als sie auf einer Fakultätsparty zuviel getrunken hatte und er ihr, als sie sich erbrach, den Kopf gehalten hatte. Und dann kam die Erinnerung an den Tag, als er den Kombiwagen gewaschen hatte und in die Garage gegangen war, um ein Pflegemittel zu holen. Sie hatte den Schlauch genommen, war hinterhergerannt und hatte ihm den Schlauch hinten in die Hose gesteckt. Er erinnerte sich an den Tag ihrer Eheschließung, als er sie vor allen Leuten geküßt hatte. Wie hatte er diesen Kuß genossen, wie hatte er ihren Mund genossen und ihre vollen, weichen Lippen.

»Vicky«, sagte er noch einmal und stieß einen langen, zitternden Seufzer aus. Er zog sie aus dem Schrank und entfernte den Lappen aus ihrem Mund. Der Kopf sank ihr schlaff auf die Schultern. Er sah, daß das Blut von ihrer rechten Hand stammte, an der einige Fingernägel ausgerissen waren. Ein wenig Blut war ihr aus der Nase getröpfelt. Sonst sah er kein Blut. Sie hatten ihr mit einem einzigen harten Schlag das Genick gebrochen.
»Vicky«, flüsterte er.
Charlie, flüsterte es zu ihm.
In der völlig ruhigen Gemütsverfassung, in der er sich jetzt befand, begriff er, daß Charlie wichtig geworden war. Sie war das einzig Wichtige. Alles andere blieb der Zukunft überlassen.
Er ging in das große Zimmer zurück, ohne das Licht anzuschalten. Hinten im Zimmer, neben dem Ping-Pong-Tisch, stand eine Couch, auf der eine Decke lag. Er nahm sie, ging in den Wäscheraum zurück und deckte Vicky mit ihr zu. Irgendwie war der Anblick der reglosen Gestalt unter der Decke noch schlimmer. Er stand wie hypnotisiert. Würde sie sich nie wieder bewegen? Konnte das sein?
Er deckte ihr Gesicht auf und küßte ihre Lippen. Sie waren kalt.
Sie haben ihr die Nägel ausgerissen. Sein Verstand konnte es nicht fassen. *Mein Gott, sie haben ihr die Nägel ausgerissen.*
Und er wußte warum. Sie wollten wissen, wo Charlie war. Als sie zu Terri Dugans Haus ging, anstatt nach dem Ausflug nach Hause zu gehen, mußten sie irgendwie ihre Spur verloren haben. Sie gerieten in Panik, und jetzt war die Zeit der Überwachung vorüber. Vicky war tot – entweder nach Plan, oder einer der Agenten der Firma hatte die Nerven verloren. Andy kniete sich neben Vicky und hielt es für möglich, daß sie, von Angst getrieben, etwas viel Spektakuläreres getan hatte, als von weitem eine Kühlschranktür zu schließen. Vielleicht hatte sie durch Telekinese einen von ihnen weggeschoben, einen anderen vielleicht von den Füßen geholt. Schade, daß sie nicht genügend psychische Kraft gehabt hatte, sie mit einer Geschwindigkeit von fünfzig Meilen in der Stunde gegen die Wand zu schmettern, dachte er.
Er nahm an, daß sie gerade genug wußten, um nervös zu

werden. Vielleicht hatten sie sogar spezifische Anweisungen bekommen: *Die Frau könnte äußerst gefährlich sein. Wenn sie etwas unternimmt – irgend etwas –, das den Erfolg der Aktion gefährden könnte, erledigt sie. Schnell.*

Vielleicht wollten sie auch nur keine Zeugen zurücklassen. Für sie stand schließlich mehr auf dem Spiel, als die Steuern der Staatsbürger auszugeben.

Aber das Blut. Er mußte an das Blut denken, das noch nicht trocken gewesen war, als er es fand, nur klebrig. Sie konnten noch nicht lange weg sein.

Drängender sagte seine innere Stimme: *Charlie!*

Noch einmal küßte er seine Frau und sagte: »Vicky, ich komme zurück.«

Aber er hatte auch Vicky nie wiedergesehen.

Er war nach oben zum Telefon gegangen und hatte die Nummer der Dugans in Vickys Telefonverzeichnis gefunden. Er wählte die Nummer, und Joan Dugan war am Apparat.

»Hallo, Joan«, sagte er, und nun half ihm der Schock: Seine Stimme war völlig ruhig, eine ganz normale Stimme. »Könnte ich Charlie kurz sprechen?«

»Charlie?« Mrs. Dugans Stimme klang unsicher. »Aber die wurde doch von Ihren beiden Freunden abgeholt. Von diesen Lehrern. Ist . . . war das denn nicht in Ordnung?«

Etwas in ihm explodierte und kam dann wieder zur Ruhe. Sein Herz vielleicht. Aber es hatte keinen Zweck, diese nette Frau in Panik zu versetzen, die er höchstens vier- oder fünfmal auf Partys getroffen hatte. Es würde ihm nicht nützen und Charlie schon gar nicht.

»Verdammt«, sagte er. »Ich hatte gehofft, sie dort noch anzutreffen. Wann ist sie gegangen?«

Mrs. Dugans Stimme wurde ein wenig schwächer. »Terri, wann ist Charlie gegangen?«

Eine Kinderstimme piepste etwas. Er verstand es nicht. Zwischen den Knöcheln brach ihm der Schweiß aus.

»Sie sagt, vor ungefähr fünfzehn Minuten.« In ihrer Stimme lag Bedauern. »Ich war gerade mit der Wäsche beschäftigt, und ich habe keine Uhr. Einer kam zu mir runter und sprach mit mir. Es *war* doch in Ordnung, Mr. McGee, oder? Er sah ganz sympathisch aus . . .«

Ein irrer Impuls überkam ihn, einfach zu lachen und zu sagen *Sie haben also gewaschen? Meine Frau auch. Ich fand sie tot unter dem Bügelbrett. Sie haben heute Glück gehabt, Joan.*

Er sagte: »Schön. Wollten sie gleich herkommen?«

Die Frage wurde an Terri weitergegeben, die es nicht wußte. Wunderbar, dachte Andy. Das Leben meiner Tochter liegt in den Händen einer anderen Sechsjährigen.

Er griff nach einem Strohhalm. »Ich muß noch zum Markt an der Ecke«, sagte er zu Mrs. Dugan. »Würden Sie bitte Terri fragen, ob sie den Kombi oder den Lieferwagen hatten? Falls ich sie sehe.«

Diesmal verstand er, was Terri sagte. »Es war der Lieferwagen. Sie sind in einem grauen Lieferwagen weggefahren, wie der, den David Pasiocos Vater hat.«

»Danke«, sagte er, und Mrs. Dugan meinte, es sei gern geschehen. Wieder kam der Impuls. Diesmal aber hätte er am liebsten durch den Draht geschrien. *Meine Frau ist tot. Und warum haben Sie Wäsche gewaschen, während meine Tochter mit ein paar fremden Männern in einen grauen Lieferwagen stieg?*

Aber statt zu schreien oder sonst etwas zu tun, legte er auf und ging nach draußen. Die Hitze traf ihn wie ein Schlag auf den Kopf, und er schwankte ein wenig. War es genauso heiß gewesen, als er herkam? Es schien jetzt viel heißer zu sein. Die Post war gekommen. Ein Werbeprospekt der Firma Woolco steckte halb im Briefkasten. Der war vorher noch nicht da gewesen. Der Zusteller war gekommen, während er im Keller war und seine tote Frau im Arm hielt. Seine arme tote Vicky: sie hatten ihr die Fingernägel ausgerissen, und es war komisch – wirklich viel komischer als die Art und Weise, wie sich Schlüssel ansammeln –, wie die Tatsache des Todes einen von verschiedenen Seiten und aus verschiedenen Ecken überfiel. Man drehte und wendete sich, man versuchte, einen Schutzwall aufzurichten, aber seine schreckliche Wahrheit bohrte sich von der anderen Seite in einen hinein. Der Tod ist wie ein Fußballspieler, dachte er. Kaum hat man den Ball, läßt er einen auf den Arsch fallen.

Beweg dich, dachte er. Die Spur ist noch heiß. Es sei denn, Terri Dugan kennt nicht den Unterschied zwischen fünfzehn Minuten und zwei Stunden. Wie dem auch sei, beeil dich.

Und er beeilte sich. Er ging zu seinem Kombiwagen zurück, der halb auf dem Fußweg, halb auf der Fahrbahn parkte. Er riß die Tür zum Fahrersitz auf und gönnte dem schmucken Vorstadthaus, dessen Hypotheken schon zur Hälfte abgetragen waren, noch einen letzten Blick. Wenn es nötig war, gewährte einem die Bank für zwei Monate im Jahr eine »Zahlpause«. Andy hatte eine solche Pause noch nie benötigt. Er sah zum Haus hinüber, das in der Sonne zu schlafen schien, und wieder fiel sein entsetzter Blick auf den rotleuchtenden Werbeprospekt von Woolco, und wieder wurde ihm die Tatsache dieses Todes so erschreckend klar, daß ihm alles vor den Augen verschwamm und er mit aller Gewalt die Zähne zusammenbiß.

Er stieg ein und fuhr los. Er wollte zu der Straße, in der Terri Dugan wohnte. Nicht, weil er ernsthaft und logisch glaubte, die Spur aufnehmen zu können, sondern aus einer blinden Hoffnung heraus. Seitdem hatte er sein Haus am Conifer Place nicht mehr wiedergesehen.

Er fuhr jetzt besser. Nun, da er das Schlimmste wußte, fuhr er sogar sehr viel besser. Er stellte das Radio an. Bob Seger sang gerade »Still the Same«.

Er fuhr quer durch Lakeland und fuhr so schnell, wie er es noch gerade wagen konnte. Einen entsetzlichen Augenblick lang fiel ihm der Name der Straße nicht ein, aber dann wußte er ihn wieder. Die Adresse der Dugans war Blassmore Place. Vicky und er hatten darüber ihre Witze gemacht: die Häuser am Blassmore Place hatte ein gewisser Bill Blass entworfen. Er mußte bei dieser Erinnerung lächeln, und wieder traf ihn die Tatsache ihres Todes wie ein Faustschlag, und er zuckte zusammen. In zehn Minuten war er da. Blassmore Place war eine kurze Sackgasse. Hinten gab es keine Ausfahrt, denn ein durchgehender Zaun markierte dort die Begrenzung des Geländes der John-Glenn-Junior-Oberschule.

Andy parkte den Kombiwagen, wo der Blassmore Place auf die Ridge Street stieß. An der Ecke stand ein hellgrün gestrichenes Haus. Ein Rasensprenger drehte sich, und vorn spielten zwei Kinder von etwa zehn Jahren, ein Mädchen und ein Junge. Sie lösten einander auf einem Skateboard ab. Das Mädchen trug Shorts, und sie hatte an beiden Knien Schürfwunden.

Er stieg aus dem Wagen und ging auf die beiden zu. Sie schauten auf und musterten ihn argwöhnisch.

»Hallo«, sagte er. »Ich suche meine Tochter. Sie ist hier vor ungefähr einer halben Stunde in einem grauen Lieferwagen vorbeigefahren. Zusammen mit . . . nun, mit einigen Freunden von mir. Hast du einen grauen Lieferwagen vorbeifahren sehen?«

Der Junge zuckte vage die Achseln.

Das Mädchen sagte: »Machen Sie sich Sorgen um sie, Mister?«

»Du hast den Lieferwagen gesehen, nicht wahr?« fragte Andy freundlich und stieß ganz leicht zu. Mit zu massiver psychischer Beeinflussung hätte er eine gegenteilige Wirkung erzielt. Sie hätte den Lieferwagen in jede von ihm gewünschte Richtung fahren sehen, einschließlich himmelwärts.

»Ja, ich habe den Lieferwagen gesehen«, sagte sie. Sie stellte sich auf das Skateboard, rollte zu einem Hydranten an der Ecke und stieg ab. »Sie sind dort raufgefahren.« Sie deutete mit der Hand die Richtung an. Zwei oder drei Kreuzungen weiter in der Richtung lag die Carlisle Avenue, eine der Hauptdurchgangsstraßen von Harrison. Andy hatte schon vermutet, daß sie diesen Weg nehmen würden, aber man mußte sich vergewissern.

»Danke«, sagte er und stieg wieder in den Wagen.

»Machen Sie sich Sorgen um sie?« wiederholte sie.

»Ja, ein bißchen schon«, sagte Andy.

Er wendete und fuhr drei Blocks weiter bis zur Carlisle Avenue. Es war hoffnungslos, völlig hoffnungslos. Er spürte, wie Panik in ihm aufkam, ein Anflug nur, aber so fing es an. Er unterdrückte das Gefühl gewaltsam und konzentrierte sich darauf, ihnen so dicht wie möglich auf den Fersen zu bleiben. Wenn er seine psychischen Fähigkeiten einsetzen mußte, würde er es tun. Wenn er nicht übertrieb, konnte er hier und da ein bißchen zustoßen, ohne krank zu werden. Er dankte Gott, daß er das Talent – oder den Fluch, wenn man es so betrachten wollte – den ganzen Sommer über nicht eingesetzt hatte. Er war voll aufgeladen, was immer es ihm nützen mochte.

Die Carlisle Avenue war vierspurig, der Verkehr wurde hier durch Blinklicht geregelt. Rechts lag eine Wagenwaschanlage und links ein aufgegebenes Speiselokal. Auf der gegenüberliegenden Seite sah er eine Exxon-Station und Mikes Foto-Laden.

Wenn sie links abgebogen waren, mußten sie auf dem Weg in die Stadt hinein sein. Rechts ging es zum Flughafen und zur Interstate 80.

Andy bog in die Waschanlage ein. Ein junger Bursche, dem eine unglaubliche Mähne von drahtartigem rotem Haar über den Kragen seines grünen Overalls herabfiel, tänzelte herbei. Er aß ein Eis am Stiel.

»Geht leider nicht, Mann«, sagte er, bevor Andy überhaupt den Mund aufbekam. »Vor ungefähr einer Stunde ist uns die Spülanlage verreckt. Wir haben geschlossen.«

»Ich will nicht waschen lassen«, sagte Andy. »Ich suche einen grauen Lieferwagen, der vor vielleicht einer halben Stunde hier über die Kreuzung gefahren ist. Meine Tochter sitzt drin, und ich mache mir ein wenig Sorgen um sie.«

»Glauben Sie, daß jemand sie entführt hat?« Der junge Mann aß weiter sein Eis.

»Nein, das nicht«, sagte Andy. »Haben Sie den grauen Lieferwagen gesehen?«

»Grauer Lieferwagen? He, Mann, haben Sie eine Ahnung, wie viele Wagen hier in einer Stunde vorbeifahren? Oder in einer halben? In der Carlisle ist viel Verkehr. Sehr viel Verkehr.«

Andy zeigte mit dem Daumen über die Schulter. »Er kam vom Blassmore Place. Dort ist es ruhiger.« Er machte sich bereit, dem Jungen einen kleinen Anstoß zu geben, aber das brauchte er nicht. Die Augen des Burschen leuchteten plötzlich auf. Er brach sein Eis in zwei Teile, und mit einem einzigen unwahrscheinlichen Schlürfen lutschte er das ganze purpurfarbene Eis von einem der Stiele.

»Ja, okay, richtig«, sagte er. »Ich habe ihn gesehen. Wissen Sie auch warum? Der Kerl fuhr über unser Grundstück, um nicht an der Ampel halten zu müssen. Mir ist es egal, aber der Boß schreit Scheiße, wenn er so was sieht. Nicht, daß es heute was ausmacht, wo doch die Spülanlage im Arsch ist. Aber der ärgert sich über Gott und die Welt.«

»Der Lieferwagen ist also in Richtung Flughafen gefahren.«

Der Junge nickte, warf den Stiel weg und machte sich an das

restliche Eis. »Hoffentlich finden Sie Ihr Mädchen, alter Junge. Ich kann Ihnen gratis einen guten Rat geben. Wenn Sie sich wirklich Sorgen machen, rufen Sie doch die Bullen.«

»Ich glaube, das würde nicht viel nützen«, sagte Andy. »Unter diesen Umständen.«

Er stieg wieder in den Wagen, fuhr selbst über das Gelände und bog in die Carlisle Avenue ein. Er fuhr nun in westlicher Richtung.

In der Gegend wimmelte es von Tankstellen, Wagenwaschanlagen, Imbißbuden, Gebrauchtwagenhändlern. Ein Drive-in-Kino pries zwei Filme in einer Vorstellung an: DIE LEICHENSCHÄNDER und BLUTIGER TOD. Andy schaute unter das Schutzdach und hörte das Bügelbrett wie eine Guillotine rasselnd hinabsausen. Ihm drehte sich der Magen um.

Er fuhr unter einem Schild durch, auf dem zu lesen stand, daß man anderthalb Meilen weiter westlich auf die Interstate 80 fahren konnte. Weiter hinten stand ein kleineres Schild, auf dem ein Flugzeug abgebildet war. Okay, so weit war er gekommen. Was nun?

Plötzlich rollte er auf den Parkplatz eines Pizza-Restaurants. Es hatte keinen Sinn, sich hier in der Gegend noch einmal zu erkundigen. Wie der Wagenwäscher ihm schon gesagt hatte, herrschte in der Carlisle Avenue ständig starker Verkehr. Er konnte die Leute psychisch beeinflussen, bis ihm das Gehirn tropfte; es würde ihm höchstens gelingen, sich selbst durcheinanderzubringen. Es war entweder die Interstate oder der Flughafen. Soviel stand für ihn fest.

Er hatte sich nie im Leben um Vorahnungen *bemüht*. Wenn er sie tatsächlich hatte, betrachtete er sie einfach als eine Art Geschenk, und meistens richtete er sich nach ihnen. Er ließ sich noch tiefer in den Fahrersitz sinken, berührte die Schläfen leicht mit den Fingerspitzen und hoffte, daß etwas kam. Der Motor lief im Leerlauf, das Radio war noch eingeschaltet. Dance, little sister, dance.

Charlie, dachte er. Als sie zu Terri ging, hatte sie ihre Kleider in den Rucksack gestopft, den sie fast immer bei sich hatte. Das hatte wahrscheinlich dazu beigetragen, die Leute von der Firma irrezuführen. Als er sie zuletzt sah, trug sie Jeans und eine lachsfarbene Bluse. Wie fast immer, war ihr Haar zu Zöpfen geflochten. Ein lässiges Good-bye, Daddy, und ein Kuß und, heiliger Himmel, wo bist du jetzt, Charlie?

Nichts kam.

Macht nichts.

Einfach ein wenig länger sitzen bleiben. Die Stones hören. Das Pizza-Restaurant. Sie können wählen, dünne Kruste oder ganz knusprig. Ihr zahlt euer Geld und habt die Wahl, wie Großvater McGee immer sagte. Die Stones ermahnen die kleine Schwester zu tanzen, zu tanzen, zu tanzen. Quincey sagt, sie werden sie wahrscheinlich in einen Raum sperren, damit zweihundertzwanzig Millionen Amerikaner in Sicherheit und Freiheit leben können. Vicky. Er und Vicky hatten anfangs, was die sexuelle Seite ihrer Ehe betraf, große Schwierigkeiten gehabt. Sie hatte sich zu Tode geängstigt. Nenn mich doch einfach das Mädchen aus Eis, hatte sie nach diesem elenden, verpfuschten ersten Mal unter Tränen gesagt. Kein Sex, bitte, wir sind britisch. Aber irgendwie hatte das Experiment Lot Sechs dabei geholfen – die Gesamtsumme dessen, was sie gemeinsam erlebt hatten, war in gewisser Weise schon eine Art Paarung. Dennoch war es schwierig gewesen. Schritt für Schritt. Zärtlichkeit. Tränen. Vicky fing an, auf ihn einzugehen. Dann wieder die Verkrampfung. Der Aufschrei *tu's nicht, es wird weh tun, tu's nicht, Andy, hör auf!* Und irgendwie war es das Experiment mit Lot Sechs, diese gemeinsame Erfahrung, die ihn in die Lage versetzt hatte, es immer wieder zu versuchen, wie ein Geldschrankknacker, der weiß, daß es eine Möglichkeit gibt, daß es immer eine Möglichkeit gibt. Und es hatte eine Nacht gegeben, in der es klappte. Später kam eine Nacht, in der es gut war. Dann plötzlich eine Nacht, in der es wunderschön war. Er war bei ihr gewesen, als Charlie geboren wurde. Eine schnelle und leichte Geburt.

Nichts kam. Die Spur erkaltete, und er hatte nichts. Flughafen oder Interstate?

Die Stones waren verstummt. Es folgten die Doobie Brothers, die wissen wollten, wo man ohne Liebe jetzt wohl sei. Andy wußte es nicht. Die Sonne brannte vom Himmel. Die Streifen auf dem Parkplatz des Restaurants waren frisch gestrichen worden. Sie hoben sich sehr weiß und sehr deutlich von der Asphaltdecke ab. Der Platz war zu mehr als drei Vierteln besetzt. Es war Essenszeit. Hatte Charlie ihr Essen bekommen? Würden sie ihr etwas geben? Vielleicht.

(Vielleicht halten sie irgendwo an der Straße an, um zu tanken und etwas zu essen – sie können schließlich nicht immer nur fahren und fahren und fahren)

Wohin? Wohin können sie nicht fahren?

(Sie können nicht bis Virginia fahren, ohne eine Rast einzulegen, nicht wahr? Ein kleines Mädchen muß doch einfach manchmal anhalten, weil sie mal muß, nicht wahr?)

Er richtete sich auf und empfand ein ungeheures Gefühl der Dankbarkeit. Es war gekommen, einfach nur so. Nicht der Flughafen, was seine erste Vermutung gewesen wäre, wenn er nur spekuliert hätte. Nicht der Flughafen, sondern die Interstate. Er war nicht völlig sicher, ob seine Vorahnung sich bewahrheiten würde, aber er war ziemlich sicher. Auf jeden Fall war es besser, als ganz im dunkeln zu tappen.

Er ließ den Kombi über den frisch gemalten Pfeil rollen, der auf den Ausgang zur Straße zeigte, und bog wieder in die Carlisle ein. Zehn Minuten später hatte er den Schlagbaum vor der Interstate passiert, und die Gebührenquittung steckte in einer abgegriffenen und mit Anmerkungen versehenen Ausgabe von *Das verlorene Paradies*, die neben ihm auf dem Sitz lag. Weitere zehn Minuten später lag Harrison, Ohio, hinter ihm. Vierzehn Monate später sollte er dann die Reise antreten, die ihn nach Tashmore, Vermont, führen würde.

Seine Ruhe hielt an. Er stellte das Radio lauter und fühlte sich besser. Ein Song folgte dem anderen, und er kannte nur die älteren, denn er hatte vor drei oder vier Jahren aufgehört, Popmusik zu hören. Aus keinem besonderen Grund; eher zufällig.

Sie hatten ihm gegenüber immer noch einen Vorsprung, aber seine innere Ruhe hatte ihre eigene kalte Logik. Sie sagte ihm, daß der Vorsprung so gewaltig nicht sein konnte – und daß er Ärger bekommen würde, wenn er jetzt einfach mit hundertzwanzig Stundenkilometern die Überholspur entlangrauschte.

Er hielt den Tacho stur auf knapp unter hundert, weil er sich ausrechnete, daß die Männer, die Charlie entführt hatten, die Geschwindigkeitsbegrenzung von knapp neunzig nicht gern überschreiten würden. Gewiß, wenn eine Streife sie deshalb anhielt, konnten sie ihre Ausweise zücken, aber sie dürften trotzdem einige Schwierigkeiten haben, die Anwesenheit eines schreienden sechsjährigen Kindes zu erklären. Es würde sie aufhalten und ihnen ganz sicher bei den Leuten Ärger eintragen, die hier die Drähte zogen, wer immer die sein mochten.

Sie konnten sie unter Drogen gesetzt und versteckt haben, flüsterte sein Verstand. Wenn sie dann gestoppt werden, weil sie mit hundertzwanzig oder hundertdreißig Stundenkilometern durch die Gegend jagten, brauchten sie nur ihre Ausweise zu zeigen und konnten gleich weiterfahren. Wird ein Beamter der Ohio State Police einen Wagen beschlagnahmen, der der Firma gehört?

Während Andy mit diesen Problemen kämpfte, floß der östliche Ohio vorbei. Erstens könnten sie Bedenken haben, Charlie Drogen zu geben. Ein Kind ruhigzustellen, war eine heikle Sache, wenn man kein Experte war ... und vielleicht wußten sie auch nicht, welchen Einfluß eine solche Behandlung auf die Fähigkeiten haben würde, die sie untersuchen sollten. Zweitens könnte ein Beamter der State Police sehr wohl den Lieferwagen beschlagnahmen, zumindest konnte er sie auf die Standspur dirigieren und sie dort festhalten, bis er die Gültigkeit ihrer Ausweise hatte prüfen lassen. Drittens, warum sollten sie sich denn ein Bein ausreißen? Sie hatten keine Ahnung, daß sie verfolgt wurden. Es war noch nicht ein Uhr. Andy hatte bis zwei Uhr im College zu tun. Die Leute von der Firma kannten seine Dienststunden und mußten annehmen, daß er frühestens um halb drei zu Hause sein konnte. Wahrscheinlich rechneten sie damit, daß es dann noch eine halbe bis zwei Stunden dauern konnte, bis der Alarm ausgelöst wurde.

Warum sollten sie sich nicht Zeit lassen? Andy fuhr schneller.

Vierzig Minuten vergingen, fünfzig. Es erschien ihm länger. Er fing an, ein wenig zu schwitzen; Sorge durchnagte das künstliche Eis der Ruhe, des Schocks. War der Lieferwagen wirklich irgendwo vor ihm, oder war das Ganze nur Wunschdenken gewesen?

Der Verkehr bot ein ständig wechselndes Bild. Er sah zwei graue Lieferwagen. Keiner von beiden sah so aus wie der, den er gelegentlich durch Lakeland hatte fahren sehen. Den einen fuhr ein älterer Mann mit wehenden weißen Haaren. Der andere war vollgestopft mit Freaks, die verhascht aussahen. Der Fahrer sah Andys prüfenden Blick und winkte ihm zu. Das Mädchen neben ihm hob den Mittelfinger, küßte ihn sanft und hielt ihn in Andys Richtung. Dann hatte er sie hinter sich gelassen.

Sein Kopf begann zu schmerzen. Es herrschte dichter Verkehr, und die Sonne strahlte hell. Jeder Wagen hatte reichlich Chrom, und jedes Stück Chrom reflektierte die Sonne schmerzhaft in seine Augen. Er sah ein Schild: RASTPLATZ 1 MEILE.

Er war auf der Überholspur gefahren. Jetzt blinkte er rechts und fädelte sich in die rechte Spur ein. Er ging auf siebzig zurück, dann auf fünfundsechzig. Ein kleiner Sportwagen überholte ihn und hupte irritiert, als er vorbeizog.

RASTPLATZ stand auf dem Zeichen. Hier gab es weder Restauration noch Tankstelle, nur eine Parkfläche, einen Trinkwasserspender und Waschräume. Er sah vier oder fünf Wagen. Und einen grauen Lieferwagen. *Den* grauen Lieferwagen. Er mußte es sein. Sein Herz schlug gegen die Rippen. Hart riß er das Steuer herum, und die Räder jaulten.

Langsam fuhr er die Zufahrt entlang und auf den Lieferwagen zu. Dabei schaute er sich um und versuchte, mit einem Blick alle Einzelheiten wahrzunehmen. Zwei Picknicktische waren mit je einer Familie besetzt. Eine Gruppe räumte gerade ab und machte sich reisefertig. Die Mutter packte die Reste in eine orangerote Tragetasche, während der Vater und die zwei Kinder sich des Abfalls annahmen und ihn in die vorgesehenen Behälter warfen. Am anderen Tisch aß ein junges Paar Sandwiches und Kartoffelsalat. Zwischen ihnen schlief ein Baby in einem Kindersitz. Das Baby trug einen Cordjumper mit lauter tanzenden Elefanten darauf. Zwischen zwei herrlichen großen Ulmen lagen zwei etwa zwanzigjährige Mädchen im Gras, die ebenfalls aßen. Charlie war nirgends zu sehen. Er sah auch keine zwei Männer, die jung und robust genug aussahen, daß sie zur Firma gehören könnten.

Andy würgte den Motor ab. Andy spürte seinen Herzschlag jetzt bis in die Augen. Der Lieferwagen schien leer zu sein. Andy stieg aus.

Eine alte Frau, die am Stock ging, kam aus dem Waschraum für Damen und ging langsam zu einem burgundfarbenen Biscayne hinüber. Ein Herr etwa ihres Alters, der am Steuer gesessen hatte, stieg jetzt aus, ging um den Kühler herum, öffnete die Tür und half ihr hinein. Dann setzte er sich wieder ans Steuer und ließ den Motor an. Eine dichte Wolke öligen, blauen Qualms kam aus dem Auspuff, als er zurücksetzte.

Die Tür des Waschraums für Männer öffnete sich, und Charlie kam heraus. Zwei etwa dreißigjährige Männer in Sportsakkoos, offenen Hemden und dunklen Hosen hatten sie in die Mitte genommen. Charlies Gesicht war ausdruckslos. Sie schaute von einem der Männer zum anderen, dann wieder zum ersten. Andy krampfte sich der Magen zusammen. Sie trug ihren Rucksack. Sie gingen auf den Lieferwagen zu. Charlie sagte etwas zu dem einen, und der schüttelte den Kopf. Sie wandte sich an anderen. Dieser zuckte die Achseln und sprach über Charlies Kopf hinweg mit seinem Partner. Der andere nickte. Sie drehten sich um und traten an den Trinkwasserspender.

Andys Herz schlug schneller als je zuvor. Er spürte intensiv den Adrenalinausstoß in seinem Körper. Er hatte Angst, große Angst, aber etwas anderes kam in ihm hoch, und das war Wut, unsägliche Wut. Die Wut war noch besser als die innere Ruhe. Fast war es ein angenehmes Gefühl. Diese beiden Männer da drüben hatten seine Frau getötet und seine Tochter entführt, und wenn sie sich nicht gut mit Jesus standen, konnten sie ihm nur leid tun.

Als sie mit Charlie zum Wasserspender gingen, hatten sie ihm den Rücken zugewandt. Andy sprang aus seinem Kombi und trat rasch hinter den Lieferwagen.

Die vierköpfige Familie, die gerade ihre Mahlzeit beendet hatte, ging zu einem Mittelklasse-Ford hinüber, stieg ein und setzte zurück. Ohne jede Neugier schaute die Mutter zu Andy herüber, so wie es Leute eben tun, die sich auf einer weiten Reise nur langsam von Raststätte zu Raststätte entlang den Schnellstraßen fortbewegten. Sie fuhren weg, und er sah ihr Kennzeichen. Sie waren aus Michigan. Jetzt standen noch drei Fahrzeuge, der graue Lieferwagen und Andys Kombi auf dem Rastplatz. Eins der Fahrzeuge gehörte den Mädchen. Zwei weitere Leute gingen auf dem Platz auf und ab, und ein Mann saß in dem kleinen Informationsstand und studierte die Karte der Gegend im Umfeld der Interstate 80, die Hände in den hinteren Taschen seiner Jeans.

Andy hatte keine Ahnung, was er jetzt tun wollte.

Charlie hatte Wasser getrunken. Einer der Männer beugte sich vor und nahm auch einen Schluck. Dann gingen sie auf ihren Lieferwagen zu. Von der linken hinteren Seite des Wagens beobachtete Andy sie. Charlie schien Angst zu haben, richtige Angst. Sie hatte geweint. Andy prüfte die Hintertür, ohne zu wissen warum, aber es war ohnehin zwecklos; die Tür war verschlossen.

Dann trat er abrupt hinter dem Wagen hervor und zeigte sich.

Sie waren sehr schnell. Andy sah an ihren Augen, daß sie ihn schon erkannten, bevor noch Charlies Gesicht aufleuchtete.

»Daddy!« rief sie so schrill, daß die jungen Leute mit dem Baby erstaunt aufschauten. Eins der Mädchen unter der Ulme schirmte ihre Augen mit der Hand gegen die Sonne ab, um zu sehen, was los war.

Charlie wollte zu ihm laufen, aber einer der Männer packte sie an der Schulter und hielt sie fest, wobei er ihr den Rucksack halb vom Rücken riß. Eine Sekunde später hielt er eine Waffe in der Hand. Er hatte sie irgendwo unter seinem Sakko so rasch hervorgeholt, daß man an den üblen Trick eines Zauberers glauben mochte. Er hielt den Lauf an Charlies Schläfe.

Der andere Mann löste sich von Charlie und seinem Partner und schlenderte lässig auf Andy zu. Er hatte die Hand unter der Jacke, aber seine Zauberei funktionierte nicht so gut wie die seines Partners; er hatte ein wenig Mühe, seine Waffe zu ziehen.

»Weg vom Wagen, wenn Sie nicht wollen, daß Ihrer Tochter etwas passiert«, sagte der Mann mit dem Revolver.

»Daddy!« schrie Charlie wieder.

Andy bewegte sich langsam vom Lieferwagen weg. Auch der andere Kerl, der vorzeitig kahl geworden war, hatte jetzt einen Revolver in der Hand. Er richtete ihn auf Andy. Er stand keine fünf Meter entfernt. »Ich rate Ihnen dringend, sich nicht zu bewegen«, sagte er leise. »Dies ist ein fünfundvierziger Colt, und er macht *riesige* Löcher.«

Der junge Mann mit Frau und Baby stand auf. Streng blickten

seine Augen durch die randlose Brille. »Was geht hier eigentlich vor?« fragte er im getragenen, kultivierten Tonfall des College-Lehrers.

Der Agent bei Charlie wandte sich ihm halb zu und nahm den Lauf seiner Kanone von Charlies Schläfe, damit der junge Mann sie sehen konnte. »Regierungsangelegenheit«, sagte er. »Bleiben Sie, wo Sie sind; es hat alles seine Ordnung.«

Die Frau griff den Arm ihres Mannes und zog ihn auf den Stuhl zurück.

Andy sah den Agenten mit der beginnenden Glatze an und sagte mit leiser, freundlicher Stimme: »Das Ding ist viel zu heiß, um es in der Hand zu halten.«

Der Kahlkopf sah ihn erstaunt an. Dann, ganz plötzlich, kreischte er auf und ließ den Revolver fallen. Er schlug auf den Boden, und ein Schuß löste sich. Eines der Mädchen unter den Ulmen stieß einen entsetzten Schrei aus. Der Kahlkopf hielt sich die Hand und hüpfte vor Schmerz. In seiner Handfläche erschienen weiße Blasen, die aufgingen wie Brotteig.

Der Mann bei Charlie starrte seinen Partner an, und einen Augenblick lang war die Waffe nicht mehr auf ihr Köpfchen gerichtet.

»Sie sind blind«, sagte Andy zu ihm und stieß zu, so hart er konnte. Eine grauenhafte Welle von Schmerz raste durch seinen Kopf.

Der Mann schrie plötzlich gellend auf, ließ Charlie los und fuhr sich mit der Hand an die Augen.

»Charlie«, sagte Andy ganz leise, und seine Tochter rannte auf ihn zu und umklammerte zitternd seine Beine. Der Mann im Informationsstand stürzte nach draußen, um zu sehen, was hier los war.

Der Kahlkopf hielt sich noch immer die verbrannte Hand und rannte zu Andy und Charlie hinüber. Sein Gesicht war verzerrt.

»Geh schlafen«, sagte Andy kurz und stieß wieder zu. Der Kahlkopf stürzte wie von der Axt gefällt zu Boden und schlug mit der Stirn auf das Pflaster. Die junge Frau des strengen Lehrers stöhnte auf.

Andy hatte jetzt üble Kopfschmerzen, und halb unbewußt war er froh, daß Sommer war und er seit Mai seine Fähigkeit nicht mehr eingesetzt hatte, nicht einmal, um einem Studenten einen kleinen Anstoß zu geben, der ohne guten Grund seine Zwischenprüfung sausen lassen wollte. Er war also aufgeladen – aber aufgeladen oder nicht, Gott wußte, daß er für das würde büßen müssen, was er an diesem Sommernachmittag tat.

Der Blinde taumelte über das Gras, hielt sich die Hände vors Gesicht und schrie. Er stolperte gegen eine grüne Tonne mit der Aufschrift ABFÄLLE und stürzte in ein wildes Durcheinander von Sandwichtüten, Bierdosen, Zigarettenkippen und leeren Sodaflaschen.

»Oh, Daddy, hatte ich eine Angst«, sagte Charlie und fing an zu weinen.

»Der Wagen steht gleich da drüben. Siehst du ihn?« hörte Andy sich sagen. »Steig ein, ich komme gleich nach.«

»Ist Mami hier?«

»Nein. Aber steig jetzt ein, Charlie.« Damit konnte er sich jetzt nicht befassen. Jetzt mußte er sich irgendwie mit den Zeugen befassen.

»Was, zum Teufel, ist hier los?« rief der Mann vom Informationsstand entsetzt.

»Meine Augen«, schrie der Mann, der Charlie den Revolver an die Schläfe gehalten hatte. »Meine *Augen*, meine *Augen*. Was hast du mit meinen Augen gemacht, du Hurensohn?« Er stand auf. An einer Hand klebte Sandwichpapier. Er wankte davon, auf den Informationsstand zu, und der Mann in Bluejeans rannte wieder in seine Bude.

»Geh jetzt, Charlie.«

»Kommst du nicht auch, Daddy?«

»Ja, in einer Sekunde. Und nun geh.«

Andy ging an dem schlafenden Agenten vorbei, dachte kurz an dessen Revolver und beschloß, ihn liegenzulassen. Er ging zu dem jungen Paar am Picknicktisch hinüber. Nur nicht übertreiben, sagte er sich. Nur ganz leicht. Nur anticken. Bloß kein Echo hervorrufen. Es geht darum, diesen Leuten nicht zu schaden.

Grob riß die junge Frau ihr Baby aus dem Kindersitz, so daß es aufwachte. Es fing an zu weinen. »Bleiben Sie mir vom Leibe, Sie Wahnsinniger!« sagte sie.

Andy sah den Mann und seine Frau an.

»Das ist alles nicht so schlimm«, sagte er und stieß zu. Erneuter Schmerz legte sich wie eine riesige Spinne auf seinen Hinterkopf . . . und drang tief ein.

Der junge Mann schien erleichtert. »Na, Gott sei Dank.«

Seine Frau brachte nur ein kleines Lächeln zustande. Bei ihr hatte es nicht so sehr gewirkt; ihr mütterliches Empfinden war geweckt worden.

»Ein hübsches Kind haben Sie da«, sagte Andy. »Ein kleiner Junge, nicht wahr?«

Der Blinde stolperte und knallte mit dem Kopf gegen den Türpfosten des roten Pinto, der wahrscheinlich den beiden Mädchen gehörte. Er heulte auf. Von seiner Schläfe floß Blut. »*Ich bin blind!*« schrie er wieder.

Das vorsichtige Lächeln der jungen Frau war jetzt strahlend. »Ja, ein Junge«, sagte sie. »Er heißt Michael.«

»Hallo, Mike«, sagte Andy. Er strich dem Baby über den fast kahlen Kopf.

»Ich weiß überhaupt nicht, warum er schreit«, sagte die junge Frau. »Bis eben hat er noch so schön geschlafen. Er hat gewiß Hunger.«

»Das wird's sein«, sagte ihr Mann.

»Entschuldigen Sie mich.« Andy ging zum Informationsstand. Er hatte keine Zeit zu verlieren. Jeden Augenblick konnten weitere Leute dieses Tollhaus an der Landstraße aufsuchen.

»Was ist los, Mann?« fragte der Bursche in den Bluejeans. »Ein Überfall?«

»Es ist nichts passiert«, sagte Andy und stieß noch einmal leicht zu. Es machte ihn langsam krank. In seinem Kopf dröhnte und hämmerte es.

»Oh«, sagte der andere. »Ich wollte gerade nachsehen, wie man von hier nach Chagrin Falls kommt. Entschuldigen Sie mich.« Und er schlenderte an seinen Platz zurück.

Die beiden Mädchen hatten sich bis an den Sicherheitszaun zurückgezogen, der den Rastplatz von dem dahinterliegenden Farmland trennte. Sie starrten ihn mit aufgerissenen Augen an. Der Blinde schlurfte mit ausgestreckten Armen im Kreis herum. Er fluchte und weinte.

Langsam ging Andy auf die Mädchen zu und zeigte ihnen dabei, daß er nichts in der Hand hatte. Er sprach mit ihnen. Die eine fragte ihn etwas, und er antwortete. Bald darauf fingen sie beide an zu lächeln und nickten ihm zu. Andy winkte ihnen zu, und sie winkten zurück. Dann ging er rasch über das Gras zu seinem Kombiwagen. Kalter Schweiß stand ihm auf der Stirn, und sein Magen schien zu rotieren. Er konnte nur beten, daß niemand auf den Rastplatz fahren würde, bevor er und Charlie verschwunden waren. Es war nichts mehr übrig. Er hatte sich völlig verausgabt. Er glitt hinter das Steuer und ließ den Motor an.

»Daddy«, sagte Charlie und umarmte ihn. Ihr Kopf lag an seiner Brust. Er drückte sie kurz und setzte den Wagen zurück. Den Kopf zu drehen, war eine Qual. Das schwarze Pferd. Dieser Gedanke war es, der ihm anschließend immer kam. Irgendwo in der dunklen Scheune seines Unterbewußtseins hatte er das schwarze Pferd aus dem Stall gelassen, und jetzt würde es wieder in seinem Gehirn hin und her rennen. Er mußte irgendwohin, wo er sich ausruhen konnte. Schnell. Er würde nicht mehr lange fahren können.

»Das schwarze Pferd«, sagte er mit belegter Stimme. Es kam. Nein . . . nein. Es kam nicht; es war schon da. *Es stampfte . . . und stampfte . . . und stampfte.* Ja, es war da. Es war losgelassen.

»*Daddy, paß auf!*« schrie Charlie.

Der Blinde war ihnen direkt vor den Wagen getaumelt: Andy bremste. Der Blinde trommelte auf die Kühlerhaube und schrie um Hilfe. Zu ihrer Rechten gab die junge Frau dem Baby die Brust. Ihr Mann las in einem Taschenbuch. Der Mann vom Informationsstand war zu den Mädchen mit dem roten Pinto hinübergegangen – vielleicht hoffte er, von ihnen eine Schilderung des Vorfalls zu bekommen, die interessant genug war, daß er sie einer Zeitung verkaufen konnte. Der Kahlkopf lag immer noch da und schlief.

Immer wieder schlug der Agent mit den Fäusten auf die Kühlerhaube »Helft mir!« schrie er. »Ich bin blind! Das verdammte Schwein hat was mit meinen Augen gemacht! *Ich bin blind!!*«

»Daddy«, stöhnte Charlie.

Einem verrückten Impuls folgend, hätte er fast das Gaspedal durchgetreten. In seinem schmerzenden Kopf hörte er das Geräusch, das die Räder machen würden, fühlte das dumpfe

Stoßen der Räder, wenn sie über den Körper hinwegrollten. Der Mann hatte Charlie entführt und ihr den Lauf eines Revolvers an den Kopf gehalten. Vielleicht war er es gewesen, der Vicky den Lappen in den Mund gestopft hatte, damit sie nicht schreien konnte, als sie ihr die Fingernägel ausrissen. Es wäre so gut, ihn zu töten ... aber was würde ihn dann noch von diesen Leuten unterscheiden?

Statt dessen hupte er. Der Schmerz durchbohrte ihn wie ein glühender Speer. Wie von der Tarantel gestochen, sprang der Blinde zur Seite. Andy riß das Steuer herum und fuhr an ihm vorbei. Zuletzt sah er im Rückspiegel den Blinden auf dem Pflaster sitzen, das Gesicht entstellt vor Wut und Entsetzen ... und die junge Mutter, die ruhig ihr Baby Michael im Arm hielt. Dann hatte Andy die Straße erreicht.

Ohne auf den fließenden Verkehr auf der Interstate zu achten, fuhr er weiter. Eine Hupe dröhnte; Reifen quietschten. Ein schwerer Lincoln mußte dem Kombi ausweichen, und der Fahrer ballte drohend die Faust.

»Daddy, ist alles in Ordnung mit dir?«

»Es wird schon besser werden«, sagte er. Seine Stimme schien von weit her zu kommen.

»Charlie, sieh mal auf der Gebührenquittung nach, wo die nächste Abfahrt ist.«

Der Verkehr verschwamm vor seinen Augen. Er sah ihn doppelt, dann dreifach, und dann war alles wieder eins, um dann wieder auseinanderzulaufen wie die Fragmente eines Prismas. Überall brachen sich die Strahlen der Sonne in hellem Chrom.

»Und leg dir den Gurt an, Charlie.«

Die nächste Abfahrt war Hammersmith, zwanzig Meilen weiter. Irgendwie schaffte er es. Später dachte er, daß es nur das Bewußtsein war, Charlie neben sich sitzen zu haben, das ihn durchhalten ließ, denn sie war von ihm abhängig. Genauso wie Charlie ihm in all den Schwierigkeiten geholfen hatte, die später kamen – das Wissen, daß Charlie ihn brauchte. Charlie McGee, deren Eltern einmal dringend zweihundert Dollar nötig gehabt hatten.

An der Abfahrt nach Hammersmith lag ein Motel, in dem Andy und Charlie abstiegen, und es gelang ihm, einen hinten gelegenen Raum zu bekommen. Er nannte einen falschen Namen.

»Sie werden uns verfolgen, Charlie«, sagte er. »Ich muß schlafen. Aber nur bis es dunkel ist. Mehr Zeit haben wir nicht . . . dürfen wir uns nicht nehmen. Weck mich, wenn es dunkel ist.«

Sie sagte noch etwas, aber er war schon aufs Bett gefallen. Die Welt verschwamm zu einem grauen Punkt, und dann war selbst dieser Punkt verschwunden, und alles war Dunkelheit, in die der Schmerz nicht eindringen konnte. Es gab keinen Schmerz, und es gab keine Träume. Als Charlie ihn an diesem heißen Augustabend um Viertel nach sieben wachrüttelte, war es im Zimmer erstickend heiß, und seine Kleidung war von Schweiß durchnäßt. Sie hatte versucht, die Klimaanlage anzustellen, war aber mit den Schaltern nicht zurechtgekommen.

»Alles okay«, sagte er. Mit einem Schwung hatte er die Füße auf dem Fußboden und legte die Hände an die Schläfen. Er preßte den Kopf zusammen, damit er nicht explodierte.

»Ist es besser, Daddy?« fragte sie besorgt.

»Ein wenig«, sagte er. Und das stimmte . . . aber nur ein wenig. »Wir werden bald anhalten und was zu essen besorgen. Dann wird's noch besser.«

»Wohin fahren wir?«

Er bewegte den Kopf langsam hin und her. Er hatte nur das Geld, mit dem er am Morgen das Haus verlassen hatte – ungefähr siebzehn Dollar. Er hatte seine Kreditkarten, aber das Zimmer hatte er mit den beiden Zwanzigern bezahlt, die er immer hinten in der Brieftasche hatte (*für den Notfall, hatte er manchmal im Scherz zu Vicky gesagt, aber als grausam wahr hatte sich das herausgestellt*), anstatt eine der Karten zu benutzen. Hätte er eine der Karten benutzt, hätte er genausogut ein Schild aufstellen können: HIER GEHT ES ZUM FLÜCHTIGEN COLLEGE-LEHRER UND SEINER TOCHTER. Von den siebzehn Dollar konnten sie Essen kaufen und den Tank auffüllen lassen. Dann waren sie völlig abgebrannt.

»Ich weiß nicht, Charlie«, sagte er. »Nur weg.«

»Wann holen wir Mami?«

Andy sah sie an, und seine Kopfschmerzen wurden wieder schlimmer. Er dachte an die Blutstropfen auf dem Fußboden und am Fenster der Waschmaschine. Er dachte an den Geruch nach Möbelpolitur.

»Charlie –« sagte er, und mehr konnte er nicht sagen. Es war auch nicht mehr nötig.

Sie sah ihn an, und ihre Augen wurden langsam größer. Sie hob die Hand zum Mund. Ihre Lippen zitterten.

»O nein, Daddy . . . bitte, sag, daß es nicht wahr ist.«
»Charlie –«
Sie kreischte auf. »*Oh, bitte, sag, daß es nicht wahr ist!*«
»Charlie, diese Männer, die –«
»Bitte, sag, daß sie *lebt*, sag, daß sie *lebt*, sag, daß sie *lebt*.«

Das Zimmer . . . das Zimmer war so heiß, die Klimaanlage war abgeschaltet, das war alles, aber es war so *heiß*, sein Kopf schmerzte, der Schweiß lief ihm über das Gesicht, nicht kalter Schweiß, diesmal war er heiß wie Öl, *heiß* –

»Nein«, sagte Charlie. »Nein, nein, nein, nein, nein.« Sie schüttelte den Kopf. Ihre Zöpfe flogen, und es war absurd: er mußte an den Tag denken, als er und Vicky sie zum ersten Mal in den Vergnügungspark mitgenommen hatten. Das Karussell . . .

Es lag nicht an der Klimaanlage.

»Charlie!« brüllte er. »Charlie, die Badewanne! *Das Wasser!*«

Sie schrie. Sie drehte den Kopf zur geöffneten Badezimmertür um, und plötzlich flammte ein blauer Blitz auf, als ob eine Glühbirne ausbrannte. Das Endstück der Dusche löste sich aus der Aufhängung und fiel scheppernd in die Wanne, geschwärzt und verbogen. Mehrere der blauen Wandfliesen gingen in Trümmer.

Er konnte sie gerade noch auffangen, als sie schluchzend zu Boden sank.

»Daddy, es tut mir leid, es tut mir so leid –«

»Es ist ja schon gut«, sagte er mit zitternder Stimme und umarmte sie.

Vom Bad her trieb Rauch aus der zusammengeschmolzenen Badewanne herüber. Alle Keramikflächen zeigten Sprünge. Es sah aus, als sei das ganze Badezimmer in einem leistungsfähigen aber defekten Brennofen gewesen. Die Handtücher schwelten.

»Es ist ja schon gut«, wiederholte er und hielt sie im Arm.

»Charlie, es wird alles wieder gut, irgendwann wird es wieder gut, das verspreche ich dir.«

»Ich will Mami«, schluchzte sie.

Er nickte. Er wollte sie auch. Er drückte Charlie fest an sich und roch Ozon und Keramik und geröstete Motelhandtücher. Fast hätte sie sich selbst und ihn gleich mit verbrannt.

»Es wird wieder gut«, versicherte er ihr und wiegte sie in den Armen, wenn er es auch selbst nicht glaubte, aber es war die Litanei, es war der Psalter, die Stimme des Erwachsenen, die in den dunklen Brunnen der Jahre hinunterruft, in das Elendsloch einer gequälten Kindheit; es war das, was man eben sagte, wenn etwas schiefging; es war das Licht in der Nacht, das zwar das Ungeheuer nicht bannen, aber eine Weile in Schach halten konnte; es war die Stimme ohne Kraft, die dennoch sprechen mußte.

»Es wird wieder gut«, tröstete er sie, obwohl er es selbst nicht glaubte, obwohl er, wie jeder Erwachsene, wußte, daß nichts auf der Welt jemals wirklich gut ist. »Es wird wieder gut.«

Er weinte. Er konnte nicht anders. Seine Tränen strömten nur so, und er drückte Charlie ganz fest an die Brust.

»Charlie, ich schwöre es dir, irgendwie wird alles wieder gut.«

5

Das einzige, was sie ihm nicht hatten anhängen können – wie gern sie es auch getan hätten –, war der Mord an Vicky. Statt dessen hatten sie es vorgezogen, was im Wäscheraum geschehen war, einfach zu löschen. Manchmal – nicht oft – überlegte Andy, was die Nachbarn in Lakeland wohl gedacht haben mochten. Geldeintreiber? Eheprobleme? Vielleicht Drogenprobleme oder ein Fall von Kindesmißhandlung? Sie hatten niemanden am Conifer Place gut genug gekannt, als daß die Angelegenheit mehr hergegeben hätte als Stoff für eitles Geschwätz am Abendbrottisch, das vergessen sein würde, sobald die Bank, bei der sie die Hypothek aufgenommen hatten, das Haus versteigerte.

Während er hier auf der Veranda saß, dachte Andy, daß ihm

damals wohl gar nicht klargewesen war, wieviel Glück er an jenem Tag gehabt hatte. Er war zu spät gekommen, um Vicky zu retten, aber er war schon weg gewesen, als die Leute kamen, die die Leiche beseitigen sollten.

Es hatte niemals etwas darüber in der Zeitung gestanden, nicht einmal eine winzige Bemerkung, wie – komische Sache – ein Collegelehrer für Englisch namens Andrew McGee und seine Familie so einfach verschwinden konnten. Vielleicht hatte die Firma auch das unterdrückt. Bestimmt hatte man nach seinem Verschwinden eine Vermißtenanzeige aufgegeben; von den Kollegen, mit denen er zu Mittag gegessen hatte, hätte es mindestens einer, wenn nicht gar alle drei getan. Aber keine Zeitung war informiert worden, und Geldeintreiber inserieren natürlich nicht.

»Sie hätten es mir angehängt, wenn sie gekonnt hätten«, sagte Andy und wußte gar nicht, daß er laut gesprochen hatte.

Aber das wäre ihnen kaum möglich gewesen. Die Gerichtsmediziner hätten den Zeitpunkt des Todes feststellen können, und Andy, der den ganzen Tag von unparteiischen Zeugen (und während seiner Vorlesung über Style und die Novelle von zehn Uhr bis elf Uhr dreißig sogar von fünfundzwanzig unparteiischen Zeugen) gesehen worden war, konnte man nichts anlasten. Selbst wenn er nicht in der Lage gewesen wäre, jeden seiner Schritte während der kritischen Zeit konkret nachzuweisen: er hatte kein Motiv.

Die beiden hatten also Vicky getötet und dann die Jagd auf Charlie aufgenommen – nicht ohne Leute damit zu beauftragen, die Leiche fortzuschaffen (Andy stellte sich unter diesen Leuten glattgesichtige junge Männer in weißen Kitteln vor). Und irgendwann, vielleicht nur fünf Minuten, ganz bestimmt aber nicht mehr als eine Stunde, nachdem *er* die Jagd auf Charlie aufgenommen hatte, mußten diese Leute bei seinem Haus vorgefahren sein. Während Conifer Place den Nachmittag verträumte, war Vicky fortgeschafft worden.

Vielleicht hatten sie sich – richtig – überlegt, daß eine vermißte Frau für Andy ein größeres Problem darstellen würde als eine nachweislich tote. Ohne Leiche wußte man nicht, wann der Tod eingetreten war, und wenn man das nicht wußte, gab es kein Alibi. Man würde ihn beobachten, ihn sogar hätscheln und äußerst höflich seine Bewegungsfreiheit einschränken. Natürlich wäre Charlies Beschreibung schon weitergegeben worden – und Vickys selbstverständlich auch –, aber Andy wäre daran gehindert worden, auf eigene Faust etwas zu unternehmen. Sie war also fortgeschafft worden, und jetzt wußte er nicht einmal, wo sie begraben war. Oder vielleicht war sie auch eingeäschert worden. Oder –

Verdammte Scheiße, warum quäle ich mich so?

Er stand abrupt auf und goß den Rest von Großvaters Eselstritt über das Geländer. Das war alles Vergangenheit; man konnte nichts daran ändern; es war Zeit, daß er nicht mehr daran dachte.

Hervorragender Trick, wenn er es nur schaffte.

Er schaute zu den dunklen Schatten der Bäume auf, und fester schloß er die rechte Hand um das Glas, und wieder kam ihm der Gedanke:

Charlie, ich schwöre es dir, es wird alles gut werden.

6

In diesem Winter in Tashmore, so lange nach diesem elenden Erwachen in einem Motel in Ohio, schien es, als hätte sich seine verzweifelte Voraussage endlich bewahrheitet.

Sie verbrachten einen nicht gerade idyllischen Winter. Kurz nach Weihnachten erkältete Charlie sich und schniefte und hustete sich durch die Monate, bis sie Anfang April endlich wieder ganz gesund war. Eine Zeitlang hatte sie Fieber. Andy gab ihr halbe Aspirintabletten und sagte sich, daß, wenn das Fieber innerhalb von drei Tagen nicht sinken würde, er sie ohne Rücksicht auf die Konsequenzen zum Arzt nach Bradford jenseits des Sees würde schaffen müssen. Aber dann ging das Fieber doch zurück, und für den Rest des Winters war Charlies Erkältung für sie nicht mehr als eine ständige Belästigung.

Andy brachte es zu einem denkwürdigen Anlaß im März fertig, sich eine geringfügige Erfrierung zuzuziehen, und in einer klirrenden Frostnacht im Februar hätte er es fast geschafft, sie beide zu verbrennen, weil er den Holzofen überheizt hatte. Ironischerweise war es Charlie, die mitten in der

Nacht aufwachte und feststellte, daß es in der Hütte viel zu heiß war.

Am 14. Dezember feierten sie seinen Geburtstag und am 24. März Charlies. Sie wurde acht, und manchmal betrachtete Andy sie mit Erstaunen, wie jemanden, den man zum ersten Mal sieht. Sie war kein so kleines Mädchen mehr; sie reichte ihm schon bis über die Ellbogen. Ihr Haar war länger, und sie flocht es zu Zöpfen, um es nicht immer im Gesicht zu haben. Sie würde eine schöne Frau werden. Sie war es schon, trotz ihrer roten Nase.

Sie waren ohne Wagen. Irv Manders' Willys war im Januar eingefroren, und Andy vermutete, daß der Zylinderblock gerissen war. Er hatte jeden Tag den Motor gestartet, mehr aus Verantwortungsgefühl als aus einem anderen Grund, denn selbst ein Vierradantrieb hätte sie nach Neujahr nicht von Großvaters Grundstück weggebracht. Der Schnee, makellos, abgesehen von den Spuren von Eichhörnchen und Hirschen und denen eines aufdringlichen Waschbären, der herkam, um erwartungsvoll an der Abfalltonne zu schnüffeln, lag bis dahin über einen halben Meter hoch.

In dem kleinen Schuppen hinter der Hütte standen altmodische Langlaufskier – sechs Paar, aber keines, das Charlie gepaßt hätte. Das war auch gut so. Andy wollte sie möglichst in der Hütte lassen. Mit ihrer Erkältung konnte man leben, aber Andy wollte kein erneutes Fieber riskieren.

Er fand ein Paar von Großvaters Skistiefeln. Sie waren verstaubt und rissig und steckten in einem Pappkarton unter der Werkbank, an der der alte Mann früher Fensterläden gehobelt und Türen gezimmert hatte. Er fettete sie ein, um sie geschmeidiger zu machen, und stellte fest, daß sie immer noch zu groß waren, wenn er kein Zeitungspapier hineinstopfte. Das Ganze hatte etwas Komisches, aber es war auch ein wenig unheimlich. Während dieses langen Winters mußte er oft an Großvater denken. Wie hätte er ihre heikle Lage wohl beurteilt?

Im Laufe des Winters schnallte er sich ein halbes Dutzend Mal die Langlaufskier unter (sie hatten keine modernen Bindungen, sondern ein verwirrendes und irritierendes Durcheinander von Riemen, Schnallen und Ringen) und machte sich auf den Weg über die weite, gefrorene Fläche des Tashmore-Sees zur Anlegestelle von Bradford. Von dort führte ein schmaler Weg in vielen Windungen zu dem zwei Meilen östlich des Sees zwischen den Hügeln versteckten Dorf.

Er brach immer schon vor dem Morgengrauen auf, Großvaters Rucksack auf dem Rücken, und kam nie vor drei Uhr nachmittags zurück. Einmal entging er nur knapp einem heulenden Schneesturm, der ihm jede Orientierung genommen hätte und ihn blind auf dem Eis hätte umherirren lassen. Als er endlich kam, weinte Charlie vor Erleichterung – und bekam dann einen beängstigenden Hustenanfall.

Er unternahm diese Ausflüge nach Bradford, um Vorräte und Kleidung für sich und Charlie zu kaufen. Zuerst bezahlte er mit Großvaters ›letzter Reserve‹, und später brach er in drei der größeren Häuser am entfernten Ufer des Sees ein und stahl Geld. Er war nicht stolz darauf, aber für ihn war es eine Frage des Überlebens. Die Häuser, die er wählte, hätten auf dem Immobilienmarkt vielleicht achtzigtausend Dollar eingebracht, und er nahm an, daß die Eigentümer ihre dreißig oder vierzig Dollar Kleingeld verschmerzen konnten. Das einzige, was er in diesem Winter sonst noch stahl, war Öl aus dem großen Faß hinter einem modernen Bungalow mit dem sonderbaren Namen HAUS WIRRWARR. Er zapfte etwa vierzig Gallonen ab.

Er ging ungern nach Bradford. Er wußte genau, und das mißfiel ihm, daß die alten Kerle, die bei der Registrierkasse um den großen bauchigen Ofen herumsaßen, über den Fremden redeten, der jenseits des Sees in einer der Hütten wohnte. Geschichten machten sich manchmal selbständig, und manchmal kamen sie in die falschen Ohren. Ein geflüstertes Wort genügte – und schon stellte die Firma unvermeidlich die Verbindung zwischen Andy, seinem Großvater und der Hütte seines Großvaters in Tashmore, Vermont, her. Aber er wußte einfach nicht, was er sonst tun sollte. Sie mußten essen und konnten nicht den ganzen Winter von Sardinenkonserven leben. Er brauchte frisches Obst für Charlie und Vitamintabletten und Kleidung. Charlie war mit einer dreckigen Bluse, ihrer roten Hose und einer Garnitur Unterwäsche hergekommen. Im Haus war kein Hustensaft, dem er traute, es gab kein frisches Gemüse und, verrückt genug, kaum Streichhölzer. Jedes Haus, in das er einbrach, hatte eine Feuerstelle, aber er fand nur eine einzige Schachtel Streichhölzer. Er hätte es weiter entfernt versuchen können – es gab noch mehr Hütten –, aber dort drüben war das Gelände zum großen Teil voll erschlossen, und die Bezirkspolizei fuhr gelegentlich Streife. Außerdem wohnten manche Leute das ganze Jahr dort.

In der kleinen Gemischtwarenhandlung in Bradford konnte er alles kaufen, was er brauchte, dazu drei derbe Hosen und drei Wollhemden, die ungefähr Charlies Größe hatten. Unterwäsche für Mädchen gab es nicht, und sie mußte sich mit Knabenunterwäsche Größe acht begnügen. Das ärgerte und amüsierte sie zugleich. Der Sechsmeilen-Ausflug nach Bradford auf Großvaters Skiern war Andy lästig, aber gleichzeitig machte er ihm Spaß. Er ließ Charlie ungern allein, nicht, weil er ihr nicht traute, sondern weil er ständig mit der Angst lebte, sie bei der Rückkehr nicht mehr vorzufinden . . . oder tot. Von den alten Stiefeln bekam er Blasen, ganz gleich, wie viele Socken er anzog. Wenn er sich zu schnell bewegte, bekam er Kopfschmerzen, und dann erinnerte er sich an die abgestorbenen Stellen an seinem Gesicht, und er stellte sich sein Gehirn als alten, abgefahrenen Reifen vor, der durch langen, rücksichtslosen Gebrauch schon bis auf die Leinwand abgewetzt war. Wenn er mitten auf diesem verdammten See einen Schlaganfall bekäme und erfrieren würde, was sollte dann aus Charlie werden?

Aber auf diesen Ausflügen konnte er am besten denken. Der Tashmore-See war nicht sehr breit – der Weg von einem Ufer zum anderen maß knapp eine Meile –, aber er war sehr lang. Als der Schnee im Februar über einen Meter hoch das Eis bedeckte, machte Andy manchmal auf halber Strecke eine Pause und schaute nach rechts und links über den See. Der See erschien dann wie ein langer, mit blendendweißen Fliesen ausgelegter Korridor, der sich ohne Unterbrechung nach beiden Seiten hin erstreckte und sich fern am Horizont verlor. Zuckerbestäubte Tannen säumten seine Ufer. Und oben das kalte, strahlende, unbarmherzige Blau des Winterhimmels oder das tiefhängende, gestaltlose Weiß bevorstehenden Schnees. Vielleicht hörte man den fernen Schrei einer Krähe oder ein dumpfes Knarren, wenn das Eis arbeitete, sonst keinen Laut. Die

Anstrengung kräftigte seinen Körper. Zwischen Haut und Kleidung bildete sich eine warme Schweißschicht, und es war ein gutes Gefühl, in Schweiß zu geraten und ihn sich dann von der Stirn zu wischen. Als er noch Yeats und Williams lehrte und Examenshefte korrigierte, war ihm dieses Gefühl fast abhanden gekommen.

In dieser Stille und durch die volle Anspannung seiner Körperkräfte kamen ihm klare Gedanken, und er konnte über das Problem nachdenken. Etwas mußte geschehen – hätte schon lange geschehen müssen, aber das war Vergangenheit. Sie waren zu Großvaters Haus gekommen, um hier den Winter zu verbringen, aber sie waren immer noch auf der Flucht. Die Sorgen, die er sich wegen der alten Männer machte, die mit ihren Pfeifen und ihren neugierigen Blicken um den Ofen herumsaßen, führte ihm das überdeutlich vor Augen. Er und Charlie waren in die Enge getrieben, und es mußte einen Ausweg geben.

Und immer noch war er wütend, denn *es war unrecht*. Sie *hatten* kein Recht, ihn zu verfolgen. Er und seine Familie waren amerikanische Bürger und lebten in einer angeblich offenen Gesellschaft, aber seine Frau war ermordet, seine Tochter entführt worden, und jetzt wurden sie gejagt wie Kaninchen auf dem Feld.

Wieder überlegte er, daß, wenn er seine Geschichte jemandem – oder mehreren Leuten – erzählen könnte, die ganze Sache wahrscheinlich auffliegen würde. Er hatte es vorher nie versucht, weil diese seltsame Hypnose – die gleiche Hypnose, die zu Vickys Tod geführt hatte – noch wirksam gewesen war, wenigstens in gewissem Ausmaß. Er hatte seine Tochter nicht wie eine zur Schau gestellte Mißgeburt auf der Kirmes aufwachsen lassen wollen. Er hatte sie nicht zur Institution werden lassen wollen – weder zum Besten des Landes noch zu ihrem eigenen Besten. Selbst nachdem er seine Frau mit diesem Lappen im Mund in den Schrank gezwängt vorgefunden hatte, hatte er sich noch belogen und sich eingeredet, daß man sie früher oder später in Ruhe lassen würde. *Wir spielen nur aus Spaß*, hatten sie als Kinder gesagt. *Am Ende gibt jeder das Geld zurück.*

Aber sie waren keine Kinder, die aus Spaß spielten, und

niemand würde ihm oder Charlie etwas zurückgeben, wenn das Spiel zu Ende war. Bei diesem Spiel war alles ernst.

In dieser lautlosen Stille begriff er einige harte Wahrheiten. In gewisser Weise *war* Charlie eine Mißgeburt, nicht sehr verschieden von den contergan-geschädigten Kindern aus den Sechzigern oder den Töchtern der Mütter, die DES genommen hatten; die Ärzte hatten einfach nicht gewußt, daß diese Mädchen in abnormer Häufigkeit schon im Alter von vierzehn oder sechzehn Jahren Vaginaltumore entwickeln würden. Es war nicht Charlies Schuld, aber das änderte nichts an der Tatsache. Nur, das Seltsame, das Abnorme an ihr war nicht äußerlich sichtbar. Was sie auf der Mandersfarm getan hatte, war entsetzlich, wirklich entsetzlich, und seitdem hatte Andy sich oft gefragt, wie weit ihre Fähigkeiten eigentlich reichten, wie weit sie reichen *könnten*. Er hatte eine Menge Literatur über Parapsychologie durchgearbeitet, seit sie sich versteckt hielten, genug um zu wissen, daß sowohl Pyrokinese als auch Telekinese vermutlich mit der Fehlfunktion gewisser Drüsen zusammenhing, über die man wenig wußte. Seine Lektüre hatte ihm auch gezeigt, daß beide Fähigkeiten eng verwandt waren und daß die meisten beschriebenen Fälle Mädchen betrafen, die nicht sehr viel älter waren als Charlie jetzt.

Im Alter von sieben Jahren war sie in der Lage gewesen, die Zerstörungen auf der Mandersfarm herbeizuführen. Jetzt war sie fast acht. Was könnte geschehen, wenn sie zwölf wurde und das Jungmädchenalter erreichte? Vielleicht nichts. Vielleicht sehr viel. Sie hatte versprochen, von ihrer Fähigkeit keinen Gebrauch mehr zu machen, aber wenn sie dazu gezwungen wurde? Was wäre, wenn es spontan geschah? Was, wenn sie im Schlaf Feuer anzündete, als Teil ihrer eigenen seltsamen Pubertät, ein feuriges Gegenstück zu den nächtlichen Samenergüssen, die fast alle Knaben in der Pubertät erlebten? Was, wenn die Firma sich am Ende entschloß, ihre Hunde zurückzupfeifen . . . und Charlie von einer fremden Macht gekidnappt wurde?

Fragen über Fragen.

Auf seinen Skiwanderungen über den See versuchte Andy, sich mit ihnen auseinanderzusetzen, und widerwillig kam er zu der Überzeugung, daß Charlie sich wahrscheinlich mit irgendeiner Art lebenslänglicher Verwahrung würde abfinden müssen, und wenn auch nur zu ihrem eigenen Schutz. Es könnte für sie so nötig sein wie die grausamen Beinschienen für die Opfer von Muskelschwund oder die seltsamen Prothesen für contergan-geschädigte Babys.

Dann war da noch die Frage seiner eigenen Zukunft. Er erinnerte sich an die tauben Stellen, an das blutunterlaufene Auge. Kein Mensch glaubt gern, daß sein Todesurteil datiert und unterschrieben ist, und Andy glaubte es auch noch nicht ganz, aber er war sich darüber klar, daß es ihn umbringen könnte, wenn er sich noch einige Male so völlig verausgabte, und er vermutete, daß seine normale Lebenserwartung schon jetzt erheblich verkürzt war. Falls das geschah, mußte für Charlie Vorsorge getroffen sein.

Aber nicht so, wie es sich die Firma vorstellte.

Sie würde nicht in jenen kleinen Raum gesperrt werden. Das wollte er um jeden Preis verhindern.

Er dachte darüber nach und kam zu einer schmerzlichen Entscheidung.

7

Andy schrieb sechs Briefe. Sie waren fast gleichlautend. Zwei waren an die beiden Senatoren von Ohio gerichtet. Einer an die Frau, die den Bezirk, zu dem Harrison gehörte, im Repräsentantenhaus der Vereinigten Staaten vertrat. Einer ging an die New York *Times*. Einer an die Chicago *Tribune*. Der letzte schließlich war an die Toledo *Blade* adressiert. Alle sechs Briefe erzählten die ganze Geschichte, vom Experiment im Jason-Gearneigh-Gebäude bis zu seiner und Charlies erzwungener Isolierung am Tashmore-See.

Als er fertig war, gab er Charlie einen der Briefe zu lesen. Sie tat es langsam und sorgfältig und brauchte fast eine Stunde. Es war das erste Mal, daß sie die ganze Geschichte erfuhr.

»Willst du sie abschicken?« fragte sie, als sie fertig war.

»Ja«, sagte er. »Morgen. Morgen wird es wohl das letzte Mal sein, daß ich mich über den See wagen kann.« Es war etwas wärmer geworden. Zwar war das Eis noch fest, aber es knarrte ständig, und er wußte nicht, wie lange es noch halten würde.

»Und was geschieht dann, Daddy?«

Er schüttelte den Kopf. »Genau weiß ich es nicht. Ich kann nur hoffen, daß die Leute, die uns jagen, aufgeben werden, wenn die Geschichte erst bekannt ist.«

Charlie nickte ernst. »Das hättest du früher tun sollen.«

»Ja«, sagte er und wußte, daß sie an den Zwischenfall auf der Mandersfarm im Oktober dachte, der fast zur Katastrophe geworden wäre. »Vielleicht hast du recht. Aber ich hatte keine Gelegenheit, viel nachzudenken, Charlie. Ich konnte nur daran denken, wie wir weiterkommen. Wie kann man viel nachdenken, wenn man auf der Flucht ist . . . meistens sind es dumme Gedanken. Ich habe immer gehofft, daß sie aufgeben und uns in Ruhe lassen würden. Das war ein schrecklicher Fehler.«

»Sie werden mich doch nicht zwingen wegzugehen?« fragte Charlie. »Von dir, meine ich. Wir können doch zusammenbleiben, nicht wahr, Daddy?«

»Ja«, sagte er, denn er wollte ihr nicht erzählen, daß er wahrscheinlich genausowenig wie sie wußte, was geschehen würde, wenn die Briefe ihre Empfänger erreicht hatten. Man mußte abwarten.

»Dann ist mir alles andere egal. Und ich werde auch kein Feuer mehr anzünden.«

»Schon gut«, sagte er und strich ihr übers Haar, und er konnte kaum weitersprechen, weil ihn plötzlich wieder die Angst befiel vor dem, was kommen konnte, und plötzlich dachte er an etwas, das hier in der Nähe geschehen war und an das er seit Jahren nicht mehr gedacht hatte. Er war mit seinem Vater und seinem Großvater draußen gewesen, und Großvater hatte ihm sein zweiundzwanziger Gewehr, das er seine Diebsflinte nannte, gegeben, als Andy darum gebettelt hatte. Andy hatte ein Eichhörnchen gesehen, das er schießen wollte. Sein Vater hatte protestieren wollen, doch Großvater hatte ihn mit einem eigenartigen Lächeln zum Schweigen gebracht.

Andy hatte gezielt, wie Großvater es ihm gezeigt hatte; er suchte den Druckpunkt, anstatt ruckartig abzudrücken (was Großvater ihm ebenfalls beigebracht hatte), und er schoß das Eichhörnchen. Es purzelte von seinem Ast herab wie eine ausgestopfte Puppe. Andy reichte Großvater das Gewehr und rannte aufgeregt hin. Dann stand er sprachlos vor dem, was er angerichtet hatte. Aus der Nähe war das Eichhörnchen keine ausgestopfte Puppe. Es war nicht tot. Er hatte es hinten getroffen, und nun lag es sterbend in seinem hellroten Blut. Seine schwarzen Augen waren wach und lebendig, und man sah in ihnen, wie schrecklich das Tier litt. Seine Flöhe, die die Wahrheit schon kannten, verließen eilig den kleinen Körper.

Er hatte trocken geschluckt, und mit seinen neun Jahren erlebte er zum ersten Mal ganz deutlich das Gefühl des Ekels vor sich selbst. Wie betäubt starrte er auf sein blutendes Opfer, und er wußte, daß sein Vater und sein Großvater hinter ihm standen, daß ihre Schatten über ihm lagen – drei Generationen McGee standen über einem ermordeten Eichhörnchen irgendwo in den Wäldern von Vermont. Und hinter ihm sagte Großvater leise: *Du hast es getan, Andy. Wie gefällt es dir?* Und dann waren plötzlich die Tränen gekommen, hatten ihn überwältigt, heiße Tränen des Entsetzens und der Erkenntnis – der Erkenntnis, daß einmal Geschehenes nicht ungeschehen gemacht werden kann. In diesem Augenblick schwor er, daß er nie wieder mit dem Gewehr etwas töten würde. Er schwor es vor Gott. *Ich werde keine Feuer mehr anzünden*, hatte Charlie gesagt, und in Gedanken hörte Andy Großvaters Antwort an dem Tag, als er das Eichhörnchen geschossen hatte. *Das darfst du nie sagen, Andy. Gott läßt die Menschen gern ihre Schwüre brechen. Dann betrachten sie ihren Standort in der Welt und ihre Fähigkeit zur Selbstbeherrschung mit der gebotenen Demut.* Ähnlich hatte Irv Manders zu Charlie gesprochen.

Charlie hatte auf dem Dachboden ein paar Bücher über Bomba, den Dschungelboy, gefunden, die sie langsam, aber genau durchlas. Andy saß in dem alten schwarzen Schaukelstuhl in der Sonne, in deren Strahlen der Staub tanzte, und schaute zu ihr hinüber. In diesem Stuhl hatte Großmutter immer gesessen, meistens mit ihrem Flickkorb zwischen den Füßen. Er kämpfte mit dem Impuls, Charlie zu bitten, den Schwur zurückzunehmen, ihn zurückzunehmen, solange es noch möglich war, ihr zu sagen, daß sie von der schrecklichen Versuchung keine Ahnung hatte: wenn ein Gewehr lange genug irgendwo liegt, wird man es früher oder später aufnehmen. *Gott läßt die Menschen gern ihre Schwüre brechen.*

8

Niemand sah Andy seine Briefe einstecken außer Charles Payson, der Mann, der im November nach Bradford gezogen war und der seitdem versucht hatte, den alten Laden von Bradford wieder in Gang zu bringen. Payson war ein kleiner Mann mit einem traurigen Gesicht, der schon mal versucht hatte, Andy bei einem seiner Stadtbesuche einen Drink auszugeben. In der Stadt selbst erwartete man, falls Payson es im Sommer nicht schaffte, spätestens am 15. September ein Schild im Schaufenster des Ladens zu finden: ZU VERKAUFEN ODER ZU VERMIETEN. Er war ein netter Kerl, aber er tat sich schwer. Bradford war nicht mehr die Stadt, die es einmal gewesen war.

Andy ging die Straße hinauf – er hatte seine Skier am Ende des Weges, der zu der Anlegestelle von Bradford hinabführte, in den Schnee gesteckt – und näherte sich der kleinen Gemischtwarenhandlung. Die alten Männer beobachteten ihn mit mäßigem Interesse. Man hatte während des Winters allerhand über Andy geredet. Man war sich darüber einig, daß der Mann vor irgend etwas auf der Flucht war – ein Konkurs vielleicht oder eine Ehegeschichte. Vielleicht eine wütende Ehefrau, die er um das Sorgerecht für das Kind betrügen wollte: es war nicht verborgen geblieben, daß Andy Kinderkleidung gekauft hatte. Man war sich auch darüber einig, daß er und das Kind vielleicht in eine der Hütten am anderen Seeufer eingebrochen waren und dort den Winter verbrachten. Niemand deutete diese Möglichkeiten dem Ortspolizisten von Bradford an, einem Neuling, der erst zwölf Jahre hier wohnte und schon glaubte, daß ihm die Stadt gehörte. Der Mann dort kam von jenseits des Sees, aus Tashmore in Vermont. Keiner der Alten, die in Jack Rowleys Laden um den Ofen herumsaßen, hatte viel für Vermont übrig. Die mit ihrer Einkommensteuer und ihren übertriebenen Alkoholgesetzen, und dann dieser verdammte Russe, der in seinem Haus lebte wie der Zar persönlich und Bücher schrieb, die niemand verstand. Sollten doch die Vermonter ihre Probleme selbst lösen, war die einhellige, wenn auch unausgesprochene Meinung. »Er wird nicht mehr sehr oft rüberkommen«, sagte einer von ihnen. Er biß von seinem Milky-Way-Riegel ab und fing an zu kauen.

»Nicht, wenn er keinen Schwimmgürtel hat«, sagte ein anderer, und alle kicherten.

»Wir werden ihn nicht mehr lange sehen«, meinte Jake selbstgefällig, als Andy sich dem Laden näherte. Er trug Großvaters alten Mantel und hatte sich ein breites wollenes Band über die Ohren gezogen, und irgendeine Erinnerung – vielleicht eine Familienähnlichkeit, die auf Großvater deutete – ging Jake flüchtig durch den Sinn und war dann wieder weg. »Wenn das Eis taut, sitzt er auf dem Trocknen und muß abhauen. Er und wer sonst noch bei ihm ist.«

Andy war draußen stehengeblieben und nahm gerade seinen Rucksack von der Schulter, aus dem er dann einige Briefe hervorzog. Die im Laden versammelten Männer betrachteten ihre Fingernägel, schauten auf die Uhr oder betrachteten den alten, bauchigen Ofen. Einer holte ein riesiges Taschentuch aus der Tasche und schneuzte sich gewaltig.

Andy schaute sich um. »Guten Morgen, meine Herren.«

»Guten Morgen«, sagte Jake Rowley. »Was darf es sein?«

»Sie haben doch auch Briefmarken, nicht wahr?«

»O ja, so weit traut mir die Regierung.«

»Ich hätte gern sechs zu fünfzehn, bitte.«

Jake holte die Marken und trennte die gewünschte Anzahl säuberlich von einem Bogen in seiner alten, schwarzen Postmappe. »Haben Sie sonst noch Wünsche?«

Andy überlegte. Dann lächelte er. Heute war der zehnte März. Ohne Jake zu antworten, ging er an den Ständer neben der Kaffeemühle und suchte eine große Schmuckkarte zum Geburtstag aus. DIR, MEINE TOCHTER, ZU DEINEM EHRENTAG stand darauf. Er brachte sie zum Ladentisch und bezahlte.

»Vielen Dank«, sagte Jake und ließ die Kasse klingeln.

»Bitte, bitte«, erwiderte Andy und verließ den Laden. Sie beobachteten ihn, als er sein Wollband anlegte und die Briefe frankierte. Sein Atem dampfte. Sie sahen ihn um das Gebäude herumgehen, wo der Briefkasten stand, aber keiner der hier Anwesenden hätte vor Gericht bezeugen können, ob er die Briefe eingesteckt hatte oder nicht. Als er wieder in Sicht kam, schulterte er gerade seinen Rucksack.

»Jetzt haut er ab«, sagte einer der Alten.

»Höflicher Bursche«, sagte Jake, und damit war das Thema beendet. Man unterhielt sich über andere Dinge.

Charles Payson stand im Eingang seines Ladens, der den ganzen Winter keine dreihundert Dollar Umsatz gebracht hatte, und sah Andy gehen. Payson hätte bezeugen können, daß die Briefe abgeschickt worden waren; er hatte hier gestanden und gesehen, wie Andy das Bündel durch den Schlitz schob.

Als Andy außer Sicht war, ging Payson wieder in den Laden zurück und trat hinter den Ladentisch, an dem er Bonbons und Bubble Gum verkaufte. Dann verschwand er in seinen dahinter gelegenen Privaträumen. Sein Telefon war mit einem Zerhacker ausgerüstet. Payson rief Virginia an. Er brauchte Anweisungen.

9

Es gab und gibt kein Postamt in Bradford, New Hampshire (übrigens auch nicht in Tashmore, Vermont); beide Ansiedlungen waren zu klein. Das Bradford am nächsten gelegene Postamt befand sich in Teller, New Hampshire. Um ein Uhr fünfzehn nachmittags an diesem zehnten März hielt das kleine Postauto aus Teller vor der Gemischtwarenhandlung, und der Briefträger leerte den Kasten neben dem Haus, wo Jake bis 1970 noch eine kleine Zapfanlage für Benzin betrieben hatte. Die eingesteckte Post bestand aus Andys sechs Briefen und einer Postkarte von Miss Shirley Devine, einer fünfzig Jahre alten ledigen Dame an ihre Schwester in Tampa, Florida. Auf der anderen Seite des Sees schlief Andy McGee gerade, und Charlie McGee baute einen Schneemann.

Robert Everett, der Briefträger, stopfte die Post in einen Sack und warf diesen in seinen blauweißen Wagen. Dann fuhr er weiter nach Williams, einer anderen kleinen Stadt in Tellers Zustellbezirk. Dann wendete er mitten auf der Straße, die von den Einwohnern höhnisch Hauptstraße genannt wurde, und fuhr nach Teller zurück, wo man die Post sortieren und um drei Uhr weiterbefördern würde. Fünf Meilen außerhalb der Stadt parkte ein beigefarbener Chevrolet Caprice quer, so daß er beide Spuren blockierte. Everett parkte neben einer Schneeverwehung und stieg aus, um zu sehen, ob er helfen konnte.

Zwei Männer kamen vom Wagen her auf ihn zu. Sie zeigten ihm ihre Ausweise und erklärten ihm ihren Wunsch.

»Nein!« sagte Everett. Er lachte, und es hörte sich so ungläubig an, als hätte ihm jemand erzählt, am Tashmore-Strand werde noch heute nachmittag die Badesaison eröffnet.

»Wenn Sie Zweifel haben, ob wir diejenigen sind, für die wir uns ausgeben —« fing einer von ihnen an. Es war Orville Jamieson, gelegentlich als OJ, gelegentlich auch als The Juice bekannt. Es machte ihm nichts aus, sich mit diesem Trottel von Briefträger abzugeben; es gab überhaupt nichts, das ihm etwas ausmachte, solange seine Anweisungen ihn nur mindestens drei Meilen von diesem höllischen kleinen Mädchen entfernt hielten.

»Nein, darum geht es nicht; darum geht es überhaupt nicht«, sagte Robert Everett. Er hatte Angst, die Angst, die vielleicht jeder hat, wenn er direkt mit der Staatsmacht konfrontiert ist, wenn die Bürokratie, die sonst alles anonym erzwingt, plötzlich ein richtiges Gesicht annimmt, wie etwas, das aus einer Kristallkugel hervorsteigt und erbarmungslos Gestalt annimmt. Dennoch war er entschlossen. »Aber, was ich hier habe, ist die Post. Die Post der *Vereinigten Staaten*. Das müssen Sie verstehen.«

»Diese Angelegenheit berührt die nationale Sicherheit«, sagte OJ. Nach dem Fiasko in Hastings Glen war eine Schutzabsperrung um die Mandersfarm gelegt worden. Das Grundstück und die Reste des Hauses waren genau abgesucht worden. Deshalb hatte er auch seinen Revolver wiederbekommen, der jetzt bequem in seinem Schulterhalfter steckte.

»Das sagen Sie, aber das genügt mir nicht«, sagte Everett.

OJ knöpfte seinen Carol-Reed-Parka auf, so daß Robert Everett den Revolver sah. Everetts Augen weiteten sich, und OJ lächelte freundlich. »Sie wollen doch nicht, daß ich das Ding heraushole?«

Everett konnte das Ganze nicht glauben. Er versuchte es ein letztes Mal. »Kennen Sie die Strafe für Raub von Post der Vereinigten Staaten? Dafür gehen Sie nach Leavenworth, Kansas.«

»Das können Sie mit Ihrem Postmeister klären, wenn Sie wieder in Teller sind«, sagte der andere Mann, der sich zum ersten Mal einmischte. »Und jetzt Schluß mit dem verdammten Unsinn. Geben Sie uns den Sack mit der Landpost.«

Everett gab ihm den kleinen Sack mit der Post aus Bradford und Williams. Sie öffneten ihn gleich auf der Straße und sortierten ungerührt den Inhalt. Robert Everett empfand Wut und eine Art Scham. Was sie taten, war unrecht, selbst wenn er die Geheimnisse der Atombombe in seinem Postsack hatte. Am Straßenrand die Post der Vereinigten Staaten zu öffnen, war unrecht. Merkwürdigerweise fühlte er sich ungefähr so, wie er sich gefühlt hätte, wenn ein fremder Mann in sein Haus eingedrungen wäre und seine Frau ausgezogen hätte.

»Davon werden Sie noch hören«, sagte er mit erstickter und ängstlicher Stimme. »Sie werden schon sehen.«

»Hier sind sie«, sagte der andere zu OJ. Er gab ihm sechs Briefe, die alle in derselben sauberen Handschrift adressiert waren. Robert Everett erkannte sie sofort. Sie stammten aus dem Kasten neben der Gemischtwarenhandlung in Bradford. OJ steckte die Briefe ein und ließ den offenen Postsack an der Straße stehen. Dann gingen die beiden Männer zu ihrem Caprice zurück.

»Davon werden Sie noch hören«, sagte Everett mit zitternder Stimme

Ohne sich umzudrehen, sagte OJ: »Sprechen Sie mit Ihrem Postmeister, bevor Sie mit anderen darüber reden. Das heißt, wenn Sie jemals von der Post eine Pension haben wollen.«

Sie fuhren weg. Voll Wut und Angst und mit einem häßlichen Gefühl im Magen sah Everett sie verschwinden. Endlich nahm er den Postsack auf und warf ihn in den Wagen zurück.

»Beraubt«, sagte er und war selbst überrascht, daß er den Tränen nahe war. »Beraubt, sie haben mich beraubt, oh, verdammt, sie haben mich beraubt.«

So schnell die aufgeweichten Straßen es zuließen, fuhr er nach Teller zurück. Er sprach mit dem Postmeister, wie die Männer es ihm geraten hatten. Der Postmeister von Teller hieß Bill Cobham, und Everett blieb länger als eine Stunde in seinem Büro. Gelegentlich waren ihre lauten, wütenden Stimmen durch die Tür zu hören.

Cobham war sechsundfünfzig. Er war schon fünfunddreißig Jahre im Postdienst, und er hatte fürchterliche Angst. Am Ende gelang es ihm, diese Angst auch auf Robert Everett zu übertragen. Und Everett ließ über den Tag, an dem er auf der Straße zwischen Bradford und Williams beraubt worden war, kein Wort verlauten, nicht einmal seiner Frau gegenüber. Aber er vergaß den Vorfall nie, und nie verließ ihn dieses Gefühl der Wut und der Scham . . . und völliger Desillusionierung.

10

Um zwei Uhr dreißig hatte Charlie ihren Schneemann fertig, und Andy war, von seinem kurzen Schlaf ein wenig erfrischt, aufgestanden. Orville Jamieson und sein neuer Partner George Sedaka saßen im Flugzeug. Vier Stunden später, als Andy sich nach dem Abwasch mit Charlie zu einem Rommé-Spiel hingesetzt hatte, lagen die Briefe auf Cap Hollisters Schreibtisch.

Cap und Rainbird

1

Am 24. März, Charlie McGees Geburtstag, saß Cap Hollister mit einem Gefühl starken, aber schwer zu beschreibenden Unbehagens hinter seinem Schreibtisch. Der *Grund* für dieses Unbehagen war nicht schwer zu beschreiben; in nicht ganz einer Stunde erwartete er John Rainbird, und das war fast so, als hätte man ein Rendezvous mit dem Teufel.

Und der Teufel hielt sich jedenfalls an eine Abmachung, wenn sie einmal getroffen war und man seinen Presseverlautbarungen glauben durfte. In John Rainbirds Persönlichkeit jedoch, und das hatte Cap schon immer empfunden, lag etwas grundsätzlich nicht zu Beherrschendes. Alles in allem war er nicht mehr als ein Killer, und Killer zerstören sich früher oder später selbst. Cap hatte das Empfinden, daß, wenn Rainbird einmal abtrat, es mit einem spektakulären Knall geschehen würde. Wieviel wußte er eigentlich über das Unternehmen McGee? Sicherlich nicht mehr, als er sollte, aber . . . es machte ihm Sorgen. Nicht zum ersten Mal überlegte er, ob man, wenn diese McGee-Affäre vorüber war, nicht besser für den langen Indianer einen Unfall arrangieren sollte. In den bedenkenswerten Worten seines, Caps, Vaters war Rainbird so verrückt wie ein Mann, der Rattenscheiße frißt und sie Kaviar nennt.

Er seufzte. Draußen trieb ein heftiger Wind kalten Regen gegen die Scheiben. Sein Büro, im Sommer so hell und angenehm, war jetzt von grauen, wechselnden Schatten erfüllt. Sie behandelten ihn unfreundlich, als er hier so saß, die McGee-Akte immer noch auf dem Aktenkarren zu seiner Linken. Der Winter hatte ihn altern lassen; er war nicht mehr der unbeschwerte Mann der mit dem Rad an der Eingangstür vorgefahren war, damals im Oktober, als die McGees wieder entkommen waren und dabei einen Feuersturm hinterließen. Die damals kaum sichtbaren Falten in seinem Gesicht hatten sich zu Furchen vertieft. Er hatte seitdem die Demütigung erlebt, Zweistärkengläser tragen zu müssen – Altmännerbrille nannte er das –, und sich an sie zu gewöhnen, hatte bei ihm während der ersten sechs Wochen Übelkeit erregt. Das waren die kleinen Dinge, die äußeren Zeichen für das wahnsinnige Mißlingen aller Aktionen, die mit den McGees zusammenhingen. Er machte sich die schwersten Vorwürfe, denn seine ganze Ausbildung, seine ganze Erziehung hatten ihn darauf ausgerichtet, solche ernsten Angelegenheiten, die noch dazu so dicht unter der Oberfläche lagen, nicht zu verpfuschen.

Als ob dies verdammte kleine Mädchen ihm persönlich Unglück brachte, waren die beiden einzigen Frauen, die er seit dem Tod seiner Mutter sehr gern gehabt hatte, in diesem Winter an Krebs gestorben – seine Frau Georgia drei Tage nach Weihnachten, seine persönliche Sekretärin Rachel erst vor einem Monat.

Er hatte gewußt, daß Georgia ernsthaft krank war; eine Mastektomie vierzehn Monate vor ihrem Tod hatte das Fortschreiten der Krankheit verlangsamen, aber nicht aufhalten können. Rachels Tod war eine grausame Überraschung gewesen. Er erinnerte sich (wie unversöhnlich scheinen wir manchmal, wenn wir zurückblicken), daß er kurz vor dem Ende noch scherzhaft gesagt hatte, sie müsse aber dicker werden, und auch sie hatte noch gescherzt.

Nun war ihm nur noch die Firma geblieben – und auch die hatte er vielleicht nicht mehr lange. Cap war selbst von einem heimtückischen Krebs befallen. Wie würde man diesen Krebs nennen? Ein Krebs, der seine Zuversicht zerstörte? So ähnlich. Auf höherer Ebene war diese Art Krankheit fast immer tödlich. Nixon, Lance, Helms . . . alles Opfer eines Krebses an ihrer Glaubwürdigkeit.

Er öffnete die Akte McGee und nahm das neu Hinzugekommene heraus – die sechs Briefe, die Andy vor knapp einer Woche abgeschickt hatte. Er ging sie flüchtig durch, ohne sie zu lesen. Im wesentlichen waren sie gleichlautend, und er kannte ihren Inhalt fast auswendig. Unter ihnen lagen Glanzfotos, einige von Payson, einige von anderen Agenten auf der Tashmore-Seite des Sees aufgenommen. Da waren Fotos, die Andy zeigten, als er Bradfords Hauptstraße entlangging. Fotos von Andy beim Einkaufen in der Gemischtwarenhandlung. Fotos von Andy und Charlie, die am Bootshaus neben der Hütte standen, mit dem Willys als schneebedecktem Haufen im Hintergrund. Auf einem Foto schlitterte Charlie auf einem großen Stück Pappe einen vereisten, glitzernden Schneehang hinunter, und ihre Haare wehten unter einer Strickmütze hervor, die für sie viel zu groß war. Auf diesem Bild stand ihr Vater mit in die Hüften gestemmten behandschuhten Fäusten und zurückgeworfenem Kopf laut lachend hinter ihr. Dieses Foto hatte Cap sehr oft betrachtet, und er war manchmal überrascht, daß seine Hände zitterten, wenn er es weglegte. Wenn er die beiden doch nur hätte. Er stand auf und trat einen Augenblick ans Fenster. Kein Rich McKeon mähte heute Gras. Nackt und wie Skelette standen die Erlen. Der Ententeich zwischen den beiden Gebäuden sah wie eine kahle Schieferplatte aus. Die Firma hatte in diesem beginnenden Frühjahr eine Menge pikanter Fälle, aber Cap hatte nur Appetit auf einen – Andy McGee und Tochter Charlene.

Das Fiasko auf der Mandersfarm hatte viel Schaden angerichtet. Die Firma hatte das überstanden und er auch, aber es hatte kritische Erregung ausgelöst, die schon bald Konsequenzen zeitigen konnte. Hauptursache dieser Erregung war die Art und Weise, wie man, seit Victoria McGee tot und das Mädchen vorübergehend entführt war, das Problem McGee behandelt hatte. Insbesondere richtete sich die Kritik auf die Tatsache, daß ein College-Lehrer, der noch nicht einmal in der Armee gedient hatte, imstande war, zwei ausgebildeten Agenten der Firma seine Tochter wieder abzunehmen, von denen einer verrückt wurde, während der andere in ein Koma fiel, das sechs Monate dauerte. Auch der letztere würde nie wieder zu etwas zu gebrauchen sein; wenn irgend jemand in seiner Gegenwart das Wort »schlafen« aussprach, sank er schlaff zu Boden und blieb mindestens vier Stunden, manchmal auch einen ganzen Tag, so liegen. Auf bizarre Weise war das sogar komisch.

Weiter erstreckte sich die Kritik auf die Tatsache, daß es den McGees gelungen war, so lange immer einen Schritt voraus zu sein. Das ließ die Firma schlecht aussehen. Das ließ sie alle dumm dastehen.

Aber die schärfste Kritik blieb dem Zwischenfall auf der Mandersfarm vorbehalten, denn das hätte fast die ganze Firma auffliegen lassen. Cap wußte, daß schon geflüstert wurde. Das Flüstern, die Notizen, vielleicht sogar die Aussagen vor einem ultrageheimen Kongreßausschuß. *Wir wollen nicht, daß er so lange an seinem Sessel klebt wie Hoover. Die Geschichte mit Kuba ging völlig über Bord, weil er seine Nase nicht aus dieser verdammten McGee-Akte nehmen konnte. Seine Frau ist kürzlich gestorben, wissen Sie. Ein Jammer. Hat ihn schwer getroffen. Die ganze McGee-Affäre ist nichts als ein Katalog der Unfähigkeit. Vielleicht sollte ein jüngerer Mann . . .*

Aber keiner von ihnen begriff, um was es ging. Sie glaubten, daß sie es begriffen, aber das war nicht der Fall. Immer wieder hatte er es erlebt, daß man die simple Tatsache, daß das kleine Mädchen eine Pyrokinetikerin war – ein Feuerkind –, einfach nicht glauben wollte. Dutzende von Berichten kamen zu dem Schluß, daß das Feuer durch verschüttetes Benzin entstanden sei oder daß die Frau eine Kerosinlampe haben fallen lassen oder durch Selbstentzündung und ähnlichen Unsinn. Einige dieser Berichte stammten von Leute, die dabeigewesen waren.

Als er am Fenster stand, wünschte er sich auf perverse Weise Wanless her. Wanless hatte begriffen. Mit Wanless hätte er über diese . . . diese gefährliche Blindheit reden können.

Er ging an seinen Schreibtisch zurück. Es hatte keinen Zweck, sich etwas vorzumachen; wenn der Prozeß des Unterminierens einmal anfing, war er nicht mehr aufzuhalten. Es war wie Krebs. Man konnte sein Fortschreiten verzögern, indem man eigene Verdienste ausspielte (und im letzten Winter hatte Cap schon die Verdienste von zehn Jahren eingesetzt, nur um sich im Sattel zu halten); man konnte ihn vielleicht sogar zum Stillstand bringen. Aber früher oder später war man erledigt. Er hatte das Gefühl, daß ihm noch bis Juli Zeit blieb, wenn er die Spielregeln einhielt, vielleicht noch bis November, wenn er sich dazu entschloß, mit aller Härte einzusteigen. Das allerdings konnte bedeuten, den Laden auffliegen zu lassen, und das wollte er nicht. Er wollte nichts zerstören, in das er sein halbes Leben investiert hatte. Wenn man ihn dazu zwang, würde er es allerdings tun: Den Fall McGee wollte er bis zum Ende durchstehen.

Der Hauptgrund dafür, daß er noch im Amt war, lag in der Geschwindigkeit, mit der sie den neuen Aufenthaltsort der McGees ermittelt hatten. Cap war froh, daß man es ihm zuschrieb, denn das festigte seine Position, aber eigentlich war das lediglich Computerarbeit gewesen.

Sie hatten lange genug mit dieser Sache zu tun gehabt, um das McGee-Feld gründlich zu beackern. Im Computer waren Fakten über mehr als zweihundert Verwandte und vierhundert Freunde im Umfeld der Familien McGee und Tomlinson gespeichert. Bei den Freundschaften war man sogar so weit zurückgegangen, daß auch Vickys beste Freundin aus der ersten Klasse, Kathi Smith, registriert war, die heute Mrs. Frank Worthy hieß, in Cabral, Kalifornien, lebte und vermutlich seit mehr als zwanzig Jahren keinen einzigen Gedanken an Vicky Tomlinson verschwendet hatte.

Man gab dem Computer ein, wann und wo die beiden zuletzt gesehen wurden, und prompt spuckte er eine Liste von Wahrscheinlichkeiten aus. Ganz oben auf der Liste rangierte der Name von Andys verstorbenem Großvater, der ein Anwesen am Tashmore-See in Vermont besessen hatte; der Besitz war inzwischen auf Andy übergegangen. Die McGees hatten dort regelmäßig ihren Urlaub verbracht, und das Grundstück war von der Mandersfarm aus über Nebenstraßen einigermaßen schnell zu erreichen. Der Computer war der Ansicht, daß, wenn Andy und Charlie irgendeinen »bekannten Ort« aufgesucht hatten, es dieser sein würde.

Weniger als eine Woche nach ihrer Ankunft in Großvaters Hütte wußte Cap, daß sie sich dort aufhielten. Um das Grundstück herum wurden in loser Anordnung Agenten postiert. Der Kauf des Ladens in Bradford wurde veranlaßt, da man von der Wahrscheinlichkeit ausging, daß McGee seine Einkäufe in Bradford erledigen würde.

Passive Überwachung, weiter nichts. Alle Fotos waren aus geeigneten Verstecken mit Teleobjektiven aufgenommen worden. Cap hatte nicht die Absicht, einen zweiten Feuersturm zu riskieren.

Sie hätten Andy leicht auf einem seiner Ausflüge über den

See greifen können. Sie hätten beide genauso leicht erschießen können, wie sie die Aufnahme gemacht hatten, die Charlie zeigte, als sie auf dem Stück Pappe den Hang hinunterschlitterte. Aber Cap brauchte das Mädchen, und inzwischen war er davon überzeugt, daß sie auch den Vater brauchten, wenn sie Kontrolle über das Mädchen erlangen wollten.

Nachdem man sie wieder geortet hatte, war es das Wichtigste gewesen, dafür zu sorgen, daß sie sich ruhig verhielten. Cap brauchte keinen Computer, um zu wissen, daß in dem Maße, in dem Andys Angst wuchs, die Chancen stiegen, daß er sich um Hilfe von außen bemühen würde. Vor der Manders-Affäre hätte man es verkraften können, wenn Informationen an die Presse durchgesickert wären. Danach aber war eine etwaige Einmischung der Presse völlig anders zu bewerten. Wenn Cap daran dachte, was geschehen würde, wenn die New York *Times* Kenntnis von der Angelegenheit erhielt, bekam er Alpträume.

Während der allgemeinen Verwirrung nach dem Feuersturm hätte Andy seine Briefe abschicken können. Aber anscheinend hatten die McGees mit ihrer eigenen Verwirrung genug zu tun gehabt. Sie ließen die goldene Gelegenheit, ihre Briefe loszuwerden oder ein paar Telefongespräche zu führen ungenutzt ... und möglicherweise hätte sich daraus auch gar nichts ergeben. Die Wälder wimmelten heutzutage von Verrückten, und die Presseleute waren so zynisch wie alle anderen. Ihr Beruf war zu einem Glamour-Beruf geworden. Sie waren mehr an dem interessiert, was Margaux und Bo und Suzanne und Cheryl gerade taten. Das war ungefährlicher.

Nun hatte man die beiden im Kasten. Cap hatte den ganzen Winter Zeit gehabt, sich die weiteren Schritte zu überlegen. Allmählich hatte er sich zu einem Aktionsplan entschlossen, und jetzt war er soweit, daß er diesen Plan in die Wirklichkeit umsetzen konnte. Payson, ihr Mann in Bradford, sagte, daß das Eis auf dem Tashmore-See in Bewegung geriet. Und McGee hatte endlich seine Briefe abgeschickt. Wahrscheinlich wartete er schon ungeduldig darauf, daß etwas geschah – und vielleicht begann er zu vermuten, daß seine Briefe ihre Adressaten nie erreicht hatten. Möglicherweise bereiteten sie sich darauf vor, ihre Flucht fortzusetzen, und Cap wollte sie genau da haben, wo sie jetzt waren.

Unter den Fotos lag ein umfangreicher maschinegeschriebener Bericht – mehr als dreihundert Seiten – in einem blauen TOP-SECRET-Einband. Elf Ärzte und Physiologen hatten diesen umfassenden Bericht unter Leitung von Dr. Hockstetter, einem klinischen Psychologen und Psychotherapeuten, zusammengestellt. Dr. Hockstetter war nach Caps Ansicht einer der zehn oder zwölf besten Köpfe, die der Firma zur Verfügung standen. Bei den achthunderttausend Dollar, die dieser Bericht den Steuerzahler gekostet hatte, mußte er das wohl auch sein. Als Cap den Bericht wieder einmal durchblätterte, überlegte er, was wohl Wanless, diese alte Unke, davon gehalten hätte.

Der Bericht bestätigte seine eigene Auffassung, daß man Andy lebend in die Hände bekommen müsse. Die Voraussetzung, auf der die Hockstetter-Mannschaft ihre Logik gründete, war der Gedanke, daß die Fähigkeiten, an denen sie interessiert waren, freiwillig angewandt wurden . . . *Wille* war das Schlüsselwort.

Die Fähigkeiten des Mädchens, zu denen Pyrokinese nur die Grundlage bildete, konnten außer Kontrolle geraten, die Schranken ihres Willens überspringen, aber diese Studie, in der jede verfügbare Information ausgewertet war, zeigte auf, daß das Mädchen es selbst bestimmte, ob sie die Dinge in Bewegung setzen wollte oder nicht – wie sie es auf der Mandersfarm getan hatte, als sie merkte, daß die Agenten der Firma ihren Vater töten wollten.

Cap durchblätterte die Seiten mit der Zusammenfassung des ursprünglichen Experiments mit Lot Sechs. Alle Diagramme und Computerausdrucke bestätigten: Der Wille war der Auslöser.

Indem sie den Willen als Basis für alles andere ansahen, hatten Hockstetter und seine Kollegen einen erstaunlichen Drogenkatalog geprüft, bevor sie sich bei Andy für Thorazin, bei dem Mädchen für eine neue, Orasin genannte Droge, entschieden. Siebzig Seiten in dem Bericht besagten nichts anderes, als daß die Drogen die beiden in einen angenehmen traumähnlichen Rauschzustand versetzen würden. Keiner von ihnen würde dann genug Willenskraft aufbringen, zwischen Kakao und Milch zu wählen, geschweige denn, Feuer anzuzünden oder Leute davon zu überzeugen, daß sie blind oder was auch immer waren.

Andy McGee könnten sie ständig unter Drogen halten. Für ihn hatten sie eigentlich keine Verwendung; sowohl der Bericht als auch Caps eigene Intuition sagten ihm, daß bei McGee nichts herauszuholen war. Er war ein erledigter Fall. Nur das Mädchen war für sie interessant. Gebt mir sechs Monate, dachte Cap, und wir wissen genug. Nur lange genug, um in diesem erstaunlichen kleinen Kopf das Terrain zu sondieren. Kein Unterausschuß des Senats oder des Repräsentatenhauses würde der Aussicht auf chemisch bewirkte Psi-Kräfte mit ihren enormen Auswirkungen auf das Wettrüsten widerstehen können, wenn das Mädchen auch nur halb das war, was Wanless vermutet hatte.

Und es gab weitere Möglichkeiten. Sie waren in dem blauen Einband nicht enthalten, denn sie waren selbst für etwas, das unter TOP SECRET lief, zu explosiv. Hockstetter, dessen Interesse fortschreitend wuchs, als das Bild vor seinen Augen und denen der Experten seines Komitees Gestalt annahm, hatte erst vor einer Woche eine dieser Möglichkeiten Cap gegenüber erwähnt.

»Dieser Z-Faktor«, sagte Hockstetter. »Haben Sie die Folgen bedacht, wenn es sich herausstellt, daß das Mädchen keine Spielart, sondern eine echte Mutation ist?«

Das hatte Cap getan, wenn er es Hockstetter auch nicht auf die Nase band. Es warf die interessante Frage der Eugenik auf . . . die potentiell explosive Frage der Eugenik mit allen ihr innewohnenden Assoziationen hinsichtlich der Nazis und der von ihnen angestrebten Superrasse – Dinge, für deren Verhinderung die Amerikaner im Zweiten Weltkrieg gekämpft hatten. Aber es war eine Sache, einen philosophischen Brunnen zu graben und aus ihm einen Schwall von Unfug über das Sichanmaßen göttlicher Allmacht aufsteigen zu lassen, eine andere, im Labor die Beweise dafür zu erbringen, daß die Nachkommen von Lot-Sechs-Eltern menschliche Fackeln, Tele- oder Telepathen sein könnten, oder auch Leute, die imstande sind, Gegenstände schweben zu lassen, oder Gott weiß was sonst noch. Ideale waren leicht zu vertreten, solange sie nicht durch solide Argumente über den Haufen geworfen werden konnten. War das aber der Fall, was dann? Menschliche Zuchtfarmen? So verrückt es auch klang, Cap konnte es sich vorstellen. Es könnte der Schlüssel zu allem anderen sein. Weltfrieden oder Beherrschung der Welt, und wenn man sich der Trickspiegel der Rhetorik und des Schwulstes entledigte, bezeichneten die beiden Begriffe nicht eigentlich ein und dieselbe Sache?

Es war eine ganze Dose voll Würmer. Die Möglichkeiten wiesen weit in die Zukunft. Cap wußte, daß ihm selbst allenfalls noch sechs Monate blieben, aber vielleicht reichte die Zeit, die Ziele abzustecken – das Land zu vermessen, durch das die Strecke gebaut werden würde, auf der der Zug fahren sollte. Das wäre sein Vermächtnis an das Land und an die Welt. Daran gemessen, bedeutete das Leben eines College-Lehrers und seiner lumpigen Tochter weniger als Staub im Wind.

Das Mädchen konnte nicht mit der Hoffnung auf ein gültiges Resultat getestet und beobachtet werden, wenn sie ständig unter Drogen stand, aber ihr Vater würde als Geisel für das Gelingen dienen. Und für die wenigen Tests, die man mit ihm vorhatte, würde das Gegenteil gelten. Es war ein simples Hebelsystem. Und, wie Archimedes bemerkt hatte, würde ein Hebel, der lang genug war, die Welt bewegen.

Die Sprechanlage summte.

»John Rainbird ist hier«, sagte die neue Sekretärin. Ihre sonst freundliche Stimme klang wie abgerissen und ließ deutlich ihre Angst erkennen.

Das kann ich dir nicht verdenken, dachte Cap.

»Schicken Sie ihn bitte herein.«

2

Es war derselbe alte Rainbird.

Er betrat ganz langsam das Büro. Er trug eine schäbige braune Lederjacke über einem verblichenen Wollhemd. Zu seinen alten Jeans hatte er ein paar abgewetzte alte Lederstiefel angezogen. Sein großer Kopf schien fast die Decke zu streifen. Die blutrote Ruine seiner leeren Augenhöhle ließ Cap innerlich schaudern. »Cap«, sagte er und setzte sich. »Ich bin zu lange in der Wüste gewesen.«

»Ich habe von Ihrem Haus in Flagstaff gehört«, sagte Cap.
»Und von Ihrer Schuhsammlung.«

Rainbird sah ihn mit dem gesunden Auge nur starr an.

»Wie kommt es, daß ich Sie immer nur in diesen alten Tretern sehe?«

Rainbird lächelte dünn und sagte nichts. Cap empfand wieder das alte Unbehagen, und wieder überlegte er, wieviel Rainbird wohl wußte, und warum er sich deswegen so viele Sorgen machte.

»Ich habe einen Job für Sie.«

»Gut. Ist es der, den ich haben will?«

Cap sah ihn überrascht an, dachte eine Weile nach und sagte dann: »Ich denke schon.«

»Dann erzählen Sie, Cap.«

Cap entwickelte den Plan, mit dem er Andy und Charlie McGee nach Longmont schaffen wollte. Es dauerte nicht lange.

»Können Sie mit dem Gewehr umgehen?« fragte er, als er fertig war.

»Ich kann mit jedem Gewehr umgehen. Und Ihr Plan ist gut. Er wird gelingen.«

»Wie nett von Ihnen, daß Sie ihn billigen«, sagte Cap. Er hatte das leicht ironisch sagen wollen, aber ihm gelang nur ein gereizter Ton. Wie dem auch sei, zur Hölle mit dem Kerl.

»Und ich werde das Gewehr abfeuern«, sagte Rainbird. »Unter einer Bedingung.«

Cap stand auf, pflanzte seine Hände auf den Tisch, auf dem der Inhalt der McGee-Akte verstreut lag, und beugte sich zu Rainbird hinüber.

»Nein«, sagte er. »Sie stellen mir keine Bedingungen.«

»Diesmal doch«, sagte Rainbird. »Aber ich glaube, es wird Ihnen leichtfallen, sie zu erfüllen.«

»Nein«, wiederholte Cap. Plötzlich fing sein Herz an zu hämmern, und er wußte nicht, ob aus Angst oder aus Wut. »Sie verstehen mich falsch. Ich bin in diesem Laden der Boß. Ich bin Ihr Vorgesetzter. Sie waren lange genug in der Armee, um zu wissen, was ein vorgesetzter Offizier ist.«

»Ja«, sagte Rainbird lächelnd. »Ich habe einen oder zwei von ihnen umgelegt. Einmal direkt auf Anweisung der Firma. *Ihre* Anweisung.«

»Ist das eine Drohung?« brüllte Cap. Er war sich seiner Überreaktion bewußt, aber er konnte nicht an sich halten. »Verdammt noch mal, ist das eine Drohung? Wenn ja, müssen Sie völlig verrückt geworden sein! Wenn ich nicht will, daß Sie das Gebäude verlassen, brauche ich nur auf einen Knopf zu drücken! Wir haben dreißig Mann, die das Gewehr abfeuern können –«

»Aber keinen, der so genau trifft wie dieser einäugige rote Nigger«, sagte Rainbird. Sein sanfter Tonfall hatte sich nicht geändert. »Sie glauben, daß Sie die McGees haben, Cap, aber sie sind wie Irrlichter. Vielleicht wollen irgendwelche Götter nicht, daß Sie sie bekommen. Vielleicht wollen sie nicht, daß Sie sie in Ihren Räumen der Niedertracht und der Leere festhalten. Sie haben schon einmal geglaubt, daß Sie sie hätten.« Er zeigte auf das Aktenmaterial und auf die blaue Mappe. »Ich habe die Akten gelesen. Und ich habe auch Dr. Hockstetters Bericht gelesen.«

»Den Teufel haben Sie!« rief Cap aus, aber er las die Wahrheit in Rainbirds Gesicht. Er hatte. Irgendwie hatte er es gelesen. Wer hatte es ihm gegeben? Er raste. Wer?

»O ja«, sagte Rainbird. »Ich bekomme, was ich will, wenn ich will. Die Leute geben es mir. Ich glaube ... das muß an meinem hübschen Gesicht liegen.« Sein Lächeln wurde breiter. Ein schändliches Lächeln. Sein gesundes Auge rollte in seiner Höhle.

»Was sagen Sie da?« fragte Cap. Er brauchte dringend ein Glas Wasser.

»Nur, daß ich in Arizona viel Zeit gehabt habe, spazierenzugehen und die Winde zu riechen, die dort wehen ... und für Sie, Cap, riechen die Winde bitter, als trügen sie Alkali. Ich hatte Zeit, viel zu lesen und nachzudenken. Und ich denke, ich bin vielleicht der einzige Mann auf der ganzen Welt, der die beiden mit Sicherheit herbringen kann. Und es kann sein, daß ich der einzige Mann auf der ganzen Welt bin, der mit dem kleinen Mädchen etwas anfangen kann, wenn es hier ist. Ihr dicker Bericht, Ihr Thorazin und Ihr Orasin – hier mag es sich um mehr handeln, als man mit Drogen bewältigen kann. Hier mögen mehr Gefahren lauern, als Sie begreifen.«

Rainbird hörte sich an wie der Geist des Dr. Wanless, und

Cap war von solcher Angst und Wut gepackt, daß er nicht sprechen konnte.

»Ich werde das alles tun«, sagte Rainbird freundlich. »Ich werde sie herschaffen, und Sie können all Ihre Tests durchführen.« Er war wie ein Vater, der seinem Kind erlaubte, mit dem neuen Spielzeug zu spielen. »Unter der Bedingung, daß Sie mir das Mädchen überlassen, wenn Sie es nicht mehr brauchen.«

»Sie sind verrückt«, flüsterte Cap.

»Wie recht Sie haben«, sagte Rainbird und lachte. »Aber Sie sind es auch. Sie sind total übergeschnappt. Sie sitzen hier und machen Pläne, wie Sie Kräfte unter Kontrolle bringen können, die Ihre Vorstellungen weit übersteigen. Kräfte, die nur den Göttern gehören . . . und diesem kleinen Mädchen.«

»Und was könnte mich davon abhalten, Sie zu erledigen? Gleich hier und jetzt?«

»Ich gebe Ihnen mein Wort«, sagte Rainbird, »daß, wenn ich verschwinde, innerhalb von einem Monat eine solche Welle der Empörung durch das Land rasen wird, daß Watergate sich dagegen ausmachen wird, als hätte jemand ein paar Bonbons geklaut. Sie haben mein Wort, daß, wenn ich verschwinde, die Firma innerhalb von sechs Wochen nicht mehr existiert, und daß Sie innerhalb von sechs Monaten wegen so schwerwiegender Verbrechen vor Gericht stehen werden, daß man Sie für den Rest Ihres Lebens hinter Gitter stecken wird.« Wieder lächelte er und zeigte seine schiefen Zähne, die wie Grabsteine aussahen. »Sie brauchen meine Worte nicht zu bezweifeln, Cap. Ich habe lange Tage in diesem stinkenden, verfaulten Weinberg zugebracht, und die Lese würde in der Tat sehr bitter sein.«

Cap versuchte zu lachen. Er brachte nur ein ersticktes Knurren hervor.

»Seit über zehn Jahren habe ich meine Vorräte für den Winter gesammelt«, sagte Rainbird heiter, »wie jedes Tier, das den Winter kennt und sich an ihn erinnert. Ich habe eine ganze Sammlung, Cap – Fotos, Bänder, Xerox-Kopien von Dokumenten. Die Öffentlichkeit würde vor Schreck erstarren.«

»Das ist unmöglich«, sagte Cap, aber er wußte, daß Rainbird nicht bluffte, und er hatte das Gefühl, daß eine kalte, unsichtbare Hand auf seine Brust drückte.

»Oh, es ist sehr gut möglich«, sagte Rainbird. »Während der letzten drei Jahre litt ich nie an Informationsmangel, denn während der letzten drei Jahre war ich, wann immer ich es wollte, in der Lage, Ihren Computer anzuzapfen. Natürlich auf einer Time-Sharing-Basis, was die Sache verteuerte, aber ich konnte zahlen. Mein Einkommen war nie schlecht und wurde immer gut investiert. Ich stehe vor Ihnen, Cap – oder sitze, was der Wahrheit entspricht aber nicht so poetisch klingt –, als triumphales Beispiel für amerikanischen Unternehmergeist.«

»Nein«, sagte Cap.

»Ja«, erwiderte Rainbird. »Ich bin John Rainbird, aber ich bin gleichzeitig das US-Büro für Geologische Forschung. Sie können es nachprüfen. Mein Computer-Code ist AXON. Prüfen Sie die Time-Sharing-Codes an Ihrem Hauptterminal. Nehmen Sie den Lift. Ich warte.« Rainbird schlug die Beine übereinander. Sein rechtes Hosenbein schob sich hoch, und an der Naht des Stiefels waren ein Riß und eine Wulst zu erkennen. Er sah aus wie ein Mann, der ein ganzes Zeitalter abwarten konnte, wenn es nötig werden sollte.

Caps Verstand war völlig durcheinandergewirbelt. »Zugang zum Computer auf Time-Sharing-Basis vielleicht. Aber damit zapfen Sie noch immer nicht –«

»Sprechen Sie doch mit Dr. Noftzieger«, sagte Rainbird freundlich. »Fragen Sie ihn, wie viele Möglichkeiten es gibt, einen Computer anzuzapfen, wenn man Zugang auf Time-Sharing-Basis hat. Vor zwei Jahren hat ein gescheiter Zwölfjähriger den USC-Computer angezapft. Im übrigen kenne ich *Ihren* Code für den Zugang. In diesem Jahr lautet er AUGENBRAUE. Im vorigen Jahr war es REIBEISEN. Das hielt ich für sehr viel passender.«

Cap saß da und starrte Rainbird an. Sein Verstand hatte sich dreigeteilt. Ein Teil wunderte sich, denn Rainbird hatte noch nie so viel auf einmal gesagt. Ein Teil versuchte, sich damit auseinanderzusetzen, daß dieser Verrückte alle Geheimnisse der Firma kannte. Ein dritter Teil erinnerte sich an einen chinesischen Fluch, einen Fluch, der so trügerisch höflich klang. *Mögest du interessante Zeiten erleben.* Während der letzten anderthalb Jahre hatte er äußerst interessante Zeiten erlebt. Er hatte das Gefühl, daß auch nur eine einzige weitere interessante Sache ihn vollends in den Wahnsinn treiben würde.

Und dann dachte er wieder an Wanless – mit ganz langsam in ihm aufsteigendem Entsetzen. Er hatte fast das Gefühl, als ob . . . als ob . . . er sich in Wanless verwandelte. Auf allen Seiten von Dämonen bedrängt, aber unfähig, sich gegen sie zu wehren, ja, selbst Hilfe herbeizurufen.

»Was wollen Sie, Rainbird?«

»Ich habe es Ihnen schon gesagt, Cap. Ich will nur Ihr Wort, daß meine Beschäftigung mit diesem Mädchen Charlene McGee nicht mit dem Gewehr endet, sondern dort erst beginnt. Ich will –« Rainbirds Augen verdunkelten sich, wurden nachdenklich, schwermütig, nach innen gerichtet –, »ich will sie intim kennenlernen.«

Cap sah ihn entsetzt an.

Rainbird verstand plötzlich und schüttelte verächtlich den Kopf. »So intim nun wieder nicht. Nicht im biblischen Sinn. Aber ich werde sie kennenlernen. Charlene und ich werden Freunde sein, Cap. Und wenn sie wirklich die Kräfte hat, auf die alles hinzuweisen scheint, werden wir sehr gute Freunde sein.«

Cap versuchte zu lachen, aber es war eigentlich kein Lachen; eher ein spitzes Kichern.

Der verächtliche Ausdruck wich nicht aus Rainbirds Gesicht. »Nein, Sie denken natürlich, daß das nicht möglich ist. Sie betrachten mein Gesicht, und Sie sehen ein Ungeheuer. Sie betrachten meine Hände, und Sie sehen an ihnen das Blut, das ich in Ihrem Auftrag vergießen mußte. Aber ich sage Ihnen, Cap, es wird so sein. Das Mädchen hat seit fast zwei Jahren keine Freundin und keinen Freund gehabt. Da war immer nur ihr Vater. Sie sehen sie genauso, wie Sie mich sehen. Sie betrachten sie, und Sie sehen ein Ungeheuer. Nur, daß Sie in ihr ein nützliches Ungeheuer sehen. Das ist vielleicht so, weil Sie ein weißer Mann sind. Weiße Männer sehen überall Ungeheuer. Weiße betrachten ihre eigenen Schwänze und sehen Ungeheuer.« Rainbird lachte wieder.

Cap hatte sich endlich beruhigt und konnte wieder vernünftig denken. »Warum sollte ich es gestatten, selbst wenn alles, was Sie sagen, stimmt? Ihre Tage sind gezählt, und wir wissen es beide. Sie sind zwanzig Jahre lang Ihrem eigenen Tod nachgejagt. Alles andere war beiläufig, allenfalls ein Hobby. Sie werden Ihren Tod früh genug finden. Und einmal ist es für uns alle zu Ende. Warum sollte ich Ihnen also das Vergnügen gönnen, zu bekommen, was Sie haben wollen?«

»Vielleicht ist es so, wie Sie sagen. Vielleicht bin ich meinem eigenen Tod nachgejagt – ein farbigerer Satz, als ich Ihnen zugetraut hätte, Cap. Vielleicht sollte man Ihnen öfter die Furcht vor Gott nahebringen.«

»Sie entsprechen nicht meinen Vorstellungen von Gott«, sagte Cap.

Rainbird grinste. »Gewiß eher denen des christlichen Teufels. Aber ich sage Ihnen eins – wenn ich wirklich meinem eigenen Tod nachgejagt wäre, hätte ich ihn wohl schon lange gefunden. Vielleicht habe ich mich zur Probe an ihn herangepirscht. Aber ich habe keine Lust, Sie in Schwierigkeiten zu bringen, Cap, und auch nicht die Firma oder die Geheimdienste der Vereinigten Staaten. Ich bin kein Idealist. Ich will nur das kleine Mädchen. Und Sie werden vielleicht merken, daß Sie mich brauchen. Sie werden vielleicht merken, daß ich etwas bewerkstelligen kann, was alle Drogen aus Dr. Hockstetters Gruselkabinett nicht schaffen.«

»Und die Gegenleistung?«

»Wenn die Affäre McGee erledigt ist, wird auch das US-Büro für Geologische Forschung aufhören zu existieren. Ihr Computer-Chef kann seine sämtlichen Codes ändern. Und Sie, Cap, werden privat mit mir zusammen nach Arizona fliegen. Wir werden in meinem Lieblingsrestaurant in Flagstaff ausgezeichnet essen, und dann werden wir mein Haus aufsuchen, und hinter dem Haus werden wir in der Wüste unser eigenes Feuer anzünden und eine Menge Papiere und Bänder und Filme rösten. Wenn Sie wollen, zeige ich Ihnen sogar meine Schuhsammlung.«

Cap dachte darüber nach. Rainbird ließ ihm Zeit. Er blieb ruhig sitzen.

Endlich sagte Cap: »Hockstetter und seine Kollegen meinen, daß es zwei Jahre dauern könnte, bis wir das Mädchen völlig erschlossen haben. Es hängt davon ab, wie tief ihre Schutzhemmungen eingeprägt sind.«

»Und Sie werden in vier bis sechs Monaten weg sein.«

Cap zuckte die Achseln.

Rainbird faßte sich mit dem Zeigefinger seitlich an die Nase und legte den Kopf schief – eine groteske Geste, wie aus einem Schauermärchen. »Ich denke, wir können Sie viel länger im Sattel halten, Cap. Unter uns, wir wissen, wo Hunderte von Leichen begraben liegen – im wörtlichen und im übertragenen Sinn. Und ich bezweifle, daß es Jahre dauern wird. Am Ende werden wir beide bekommen, was wir wollen. Was meinen Sie?«

Cap überlegte. Er fühlte sich alt und müde und den Schwierigkeiten kaum noch gewachsen. »Ich schätze«, sagte er, »Sie haben gewonnen.«

»Fein«, sagte Rainbird schnell. »Ich denke, ich werde ihr Stubenmädchen spielen. Ich werde nicht Teil des allgemeinen Plans sein. Ich werde nicht dazugehören. Das wird für sie wichtig sein. Und sie wird natürlich nie erfahren, daß ich es war, der das Gewehr abfeuerte. Das wäre ein gefährliches Wissen, nicht wahr? Ein sehr gefährliches.«

»Warum?« sagte Cap endlich. »Warum sind Sie denn so wahnsinnig versessen darauf?«

»Wieso wahnsinnig?« fragte Rainbird leichthin. Er stand auf und nahm eins der Bilder von Caps Schreibtisch. Es war das Foto, auf dem Charlie auf dem Stück Pappe den verharschten Schneehang hinunterschlitterte und dabei lachte. »In diesem Gewerbe, Cap, legen wir alle unsere Wintervorräte an. Hoover hat es getan und unzählige CIA-Direktoren. Und Sie haben es auch getan, denn sonst wären Sie heute schon lange pensioniert. Als ich anfing, war Charlene McGee noch nicht einmal geboren, und ich habe mir nur den eigenen Arsch warm gehalten.«

»Aber warum das Mädchen?«

Rainbird antwortete lange nicht. Er studierte ausführlich das Foto, fast zärtlich. Er berührte es.

»Sie ist sehr schön«, sagte er. »Und sehr jung. Und doch trägt sie ihren Z-Faktor in sich. Die Macht der Götter. Sie und ich werden einander nahe sein.« Sein Auge bekam etwas Verträumtes. »Ja, wir werden einander sehr nahe sein.«

Im Kasten

1

Am 27. März entschied Andy McGee abrupt, daß sie nicht länger in Tashmore bleiben konnten. Es war mehr als zwei Wochen her, daß er seine Briefe abgeschickt hatte, und wenn daraufhin irgend etwas geschehen sollte, wäre es schon geschehen. Es war gerade die Tatsache, daß es um Großvaters Grundstück herum so ruhig blieb, die ihm Sorgen machte. Es konnte ja sein, daß sie ihn einfach als Verrückten aufgegeben hatten, der ihnen nichts nützen konnte, aber er glaubte es nicht.

Was er glaubte, was seine Intuition ihm zuflüsterte, war, daß die Briefe abgefangen worden waren. Und das würde bedeuten, daß sie wußten, wo er und Charlie sich aufhielten.

»Wir müssen hier weg«, sagte er zu Charlie. »Laß uns unsere Sachen packen.«

Sie sah ihn nur vorsichtig an und auch ein wenig ängstlich, aber sie sagte nichts. Sie fragte nicht, wohin sie denn gehen wollten oder was sie nun tun würden. Und auch das machte ihn nervös. In einem der Schränke hatte er zwei alte Handkoffer gefunden, die mit Aufklebern bepflastert waren – Grand Rapids, Niagara Falls, Miami Beach –, und sie sortierten zusammen aus, was sie mitnehmen und was sie hierlassen wollten.

Blendend helles Sonnenlicht fiel durch die Fenster an der Ostseite der Hütte. In der Traufe tropfte und gurgelte das Wasser. Er hatte nachts wenig geschlafen; das Eis war gebrochen, und er hatte wachgelegen und auf die Geräusche gelauscht – ein hohes, leichtes und doch unheimliches Geräusch vom Splittern des alten gelben Eises, das sich langsam auf die Landenge am Ende des Sees zubewegte, wo der Great Hancock River ostwärts durch New Hampshire und Maine floß und auf seinem Weg immer mehr stank und verschmutze, bevor er ekelhaft und tot in den Atlantik kotzte. Das Geräusch war wie ein ständiges Klirren von Kristall, oder wie das eines Bogens, der endlos über eine hohe Violinsaite streicht, ein andauerndes flötendes Singen, das über den Nervenenden schwebte und sie mitfühlend vibrieren ließ. Er war noch nie hiergewesen, wenn das Eis brach, und er war auch nicht sicher, ob er dazu je wieder Lust haben würde. Es war etwas Schreckliches und Unirdisches an diesem Geräusch, das zwischen den schweigenden, immergrünen Seiten dieses flachen, ausgewaschenen Tals zwischen den Hügeln vibrierte.

Er spürte, daß sie wieder so nah waren wie das schemenhafte Ungeheuer in einem immer wiederkehrenden Alptraum. Am Tag nach Charlies Geburtstag hatte er noch einmal einen Ausflug über den See gemacht, die Langlaufskier unter die Füße geschnallt, und war dabei auf eine Spur von Schneeschuhen gestoßen, die zu einer hohen Rottanne führte. Er fand Einkerbungen in der Schneekruste, als wären die Schneeschuhe abgeschnallt und in den Schnee gesteckt worden. Es war auch deutlich im Schnee zu erkennen, wo der Unbekannte sich die Schneeschuhe wieder untergeschnallt hatte (Schlammboote hatte Großvater sie immer genannt, der diese Geräte aus irgendeinem Grund verachtete). Unter dem Baum hatte Andy sechs Zigarettenkippen der Marke Vantage und eine zerknüllte gelbe Packung eines Kodak-Tri-X-Films gefunden. Besorgter als je zuvor hatte er die Skier abgeschnallt und war auf den Baum geklettert. Von halber Höhe aus hatte man einen guten Ausblick auf Großvaters eine Meile entfernte Hütte. Sie war klein und wirkte unbewohnt. Aber mit einem Teleobjektiv . . .

Er hatte seine Entdeckung Charlie gegenüber nicht erwähnt.

Die Koffer waren gepackt. Charlies beharrliches Schweigen zwang ihn zu nervösem Sprechen, als ob sie ihn durch ihr Schweigen anklagte. »Wir werden per Anhalter nach Berlin fahren«, sagte er, »und mit einem Greyhound-Bus nach New York City. Dann fahren wir ins Büro der New York *Times* –«

»Aber Daddy, denen hast du doch einen Brief geschrieben.«

»Honey, den haben sie vielleicht nicht erhalten.«

Einen Augenblick sah sie ihn schweigend an. Dann sagte sie: »Glaubst du, *sie* haben ihn genommen?«

»Natürlich ni . . .« Er schüttelte den Kopf und sprach weiter.

»Charlie, ich weiß es einfach nicht.«
Charlie antwortete nicht. Sie kniete sich hin, schloß einen der Koffer und mühte sich erfolglos mit den Verschlüssen ab.
»Laß mich dir helfen, Honey.«
»*Das kann ich selbst!*« schrie sie ihn an und fing an zu weinen.
»Nicht weinen, Charlie«, sagte er. »Bitte, bald ist alles vorbei.«
»Nein«, sagte sie und weinte lauter. »Es wird nie vorbei sein.«

2

Ein gutes Dutzend Agenten waren um Großvaters Hütte verteilt. Sie hatten in der Nacht zuvor ihre Positionen bezogen. Sie trugen weiß und grün gesprenkelte Tarnkleidung. Keiner von ihnen war bei der Mandersfarm dabeigewesen, und außer Rainbird, der das Gewehr hatte, und Don Jules, der eine Pistole Kaliber zweiundzwanzig trug, war keiner von ihnen bewaffnet.

»Ich will nicht riskieren, daß jemand wegen der Ereignisse in New York State in Panik gerät«, hatte Rainbird zu Cap gesagt. »Dieser Jamieson sieht immer noch aus, als ob ihm die Eier bis zu den Knien hängen.«

Ebenso bestand er darauf, daß die Agenten keine Waffen mitführten. Es könnte einiges außer Kontrolle geraten, und er wollte von dieser Mission nicht mit zwei Leichen zurückkommen. Es waren alles ausgesuchte Männer, und der Mann, den er dazu bestimmt hatte, sich Andys anzunehmen, war Don Jules. Jules war klein, um die Dreißig, schweigsam und mürrisch. Jules verstand sein Gewerbe. Das wußte Rainbird, denn er war der einzige, mit dem er bisher zweimal zusammengearbeitet hatte. Er war schnell und entschlossen und stand in kritischen Augenblicken nicht im Weg herum.

»Irgendwann heute wird McGee herauskommen«, hatte Rainbird bei der Einsatzbesprechung zu ihnen gesagt. »Das Mädchen kommt meistens heraus, McGee immer. Wenn der Mann allein herauskommt, übernehme ich ihn, und Jules schafft ihn sofort unauffällig außer Sicht. Sollte das Mädchen allein rauskommen, gilt dasselbe. Wenn sie gleichzeitig rauskommen, übernehme ich das Mädchen, und Jules kümmert sich um McGee. Ihr anderen seid nur für den Notfall da –

kapiert?« Er sah jeden einzelnen durchdringend an. »Ihr seid hier für den Fall, daß etwas drastisch schiefgeht, das ist alles. *Wenn* etwas drastisch schiefgeht, werden die meisten von euch ohnehin mit brennenden Hosen in den See rennen. Natürlich versteht es sich von selbst, daß ihr gleichzeitig als Beobachter und Zeugen hier seid, für den Fall, daß ich Scheiße baue.«

Das brachte ihm ein dünnes und nervöses Lachen der Männer ein. Rainbird hob einen Finger. »Wenn einer von euch nicht spurt, so daß sie Verdacht schöpfen, werde ich persönlich dafür sorgen, daß er im lausigsten Dschungeltal Südamerikas endet, das ich finden kann – und zwar mit aufgerissenem Arsch. Das dürfen Sie mir glauben, Gentlemen. Sie sind in meiner Show nur Statisten. Vergessen Sie das nicht.«

Später, in ihrer »Operationsbasis« – einem verlassenen Motel in St. Johnsbury –, hatte er Don Jules beiseite genommen.

»Sie haben die Akten über diesen Mann gelesen«, sagte Rainbird.

Jules rauchte eine Camel. »Ja.«

»Sie wissen, was geistige Beherrschung anderer bedeutet?«

»Ja.«

»Sie wissen, was mit den beiden Männern in Ohio passiert ist? Die versuchten, seine Tochter zu entführen?«

»Ich habe mit Waring gearbeitet«, sagte Jules gleichmütig. »Der Kerl konnte Wasser verbrennen, wenn er Tee machte.«

»In der Familie dieses Mannes ist das nichts Ungewöhnliches. Das müssen wir uns einhämmern. Sie müssen verdammt schnell sein.«

»Ja, okay.«

»Der Kerl hat sich den ganzen Winter über ausgeruht. Wenn er Zeit hat, Ihnen ein Ding zu verpassen, können Sie damit rechnen, die nächsten drei Jahre Ihres Lebens in einer gepolsterten Zelle zu verbringen, und dabei denken Sie dann, Sie sind ein Vogel oder eine Steckrübe oder etwas Ähnliches.«

»In Ordnung.«

»Was ist in Ordnung?«

»Ich werde schnell sein. Geben Sie endlich Ruhe, John.«

»Wahrscheinlich werden sie zusammen rauskommen«, sagte Rainbird. »Sie stehen hinter der Ecke an der Veranda, so daß man Sie von der Tür aus nicht sieht. Sie warten, bis ich das

Mädchen habe. Ihr Vater wird zu ihr gehen. Sie sind dann hinter ihm. Sie müssen ihn im Nacken erwischen.«

»Geht in Ordnung.«

»Machen Sie keine Scheiße, Don.«

Jules lächelte kurz und rauchte weiter. »Nein«, sagte er.

3

Die Koffer waren gepackt. Charlie hatte ihren Mantel und ihre Schneehosen angezogen. Andy schlüpfte in seine Jacke, zog den Reißverschluß zu und nahm die Koffer auf. Er fühlte sich nicht wohl. Er fühlte sich ganz und gar nicht wohl. Er war nervös. Eine seiner Vorahnungen.

»Du spürst es auch, nicht wahr?« fragte Charlie. Ihr kleines Gesicht war blaß und ausdruckslos.

Andy nickte widerstrebend. »Was sollen wir tun?«

»Wir wollen hoffen, daß es ein voreiliges Gefühl ist«, sagte er, obwohl er davon nicht überzeugt war. »Was bleibt uns anderes übrig?«

»Was bleibt uns anderes übrig?« kam ihr Echo.

Dann kam sie zu ihm und hob die Arme, damit er sie aufnahm, etwas, das sie schon lange nicht mehr getan hatte – zuletzt vielleicht vor zwei Jahren. Es war erstaunlich, wie die Zeit verging, wie schnell ein Kind sich verändern konnte, während man zuschaute, und das mit einer Unaufdringlichkeit, die fast schrecklich war.

Er setzte die Koffer ab, nahm sie auf den Arm und drückte sie. Sie küßte ihn auf die Wange und umarmte ihn ganz fest.

»Bist du fertig?« fragte er und setzte sie wieder ab.

»Ich glaube ja«, sagte Charlie. Sie war wieder den Tränen nahe. »Daddy . . . ich werde kein Feuer mehr machen. Auch nicht, wenn sie kommen, bevor wir weg sind.«

»Ja«, sagte er. »Das ist gut, Charlie. Ich kann es verstehen.«

»Ich hab' dich lieb, Daddy.«

Er nickte. »Ich hab' dich auch lieb, mein Kleines.«

Andy ging an die Tür und zog sie auf. Für einen Augenblick war die Sonne so hell, daß er überhaupt nichts sehen konnte. Dann verengten sich seine Pupillen, und klar lag der Tag vor seinen Augen, hell vom schmelzenden Schnee. Zu seiner Rechten lag der Tashmore-See. Strahlend blau und gezackt sah man an verschiedenen Stellen die Wasseroberfläche zwischen den treibenden Eisschollen. Direkt vor ihnen lag Tannenwald. Zwischen den Bäumen konnten sie gerade noch die endlich vom Schnee befreiten grünen Dachschindeln der Nachbarhütte erkennen.

Der Wald lag schweigend da, und das beunruhigte Andy zusätzlich. Wo war das Zwitschern der Vögel, das sie seit dem Ansteigen der Temperaturen morgens immer begrüßt hatte? Heute war es nicht zu hören ... man hörte nur das Tropfen des schmelzenden Schnees. Er wünschte sich verzweifelt, daß Großvater ein Telefon hätte legen lassen. Er mußte den Impuls niederkämpfen, so laut er konnte zu schreien: *Wer ist da?* Das hätte Charlie nur noch mehr erschreckt.

»Es sieht nicht schlecht aus«, sagte er. »Ich denke, wir sind noch weit vor ihnen ... wenn sie überhaupt kommen.«

»Das ist gut«, sagte sie matt.

»Komm, wir machen uns aus dem Staub, Kleines«, sagte Andy und dachte wie hundertmal vorher, *was sollen wir auch sonst tun?* Und er dachte auch, wie sehr er seine Verfolger haßte.

Quer durch den Raum, vorbei an dem Geschirr, das sie morgens nach dem Frühstück gespült hatten, ging Charlie zu ihrem Vater. Sie hinterließen die Hütte, wie sie sie vorgefunden hatten: blitzsauber. Großvater hätte sich gefreut.

Andy legte einen Arm um Charlies Schulter und drückte das Mädchen noch einmal an sich. Dann nahm er die Koffer auf, und zusammen traten sie in den strahlenden Sonnenschein des beginnenden Frühlings hinaus.

4

John Rainbird hatte in hundertfünfzig Metern Entfernung in einer großen Rottanne Posten bezogen. Er trug Steigeisen an den Füßen, und ein Gürtel, wie ihn Telegrafenarbeiter benutzen, gab ihm am Stamm des Baumes sicheren Halt. Als sich die Tür der Hütte öffnete, riß er das Gewehr hoch und brachte es in Anschlag. Ruhe legte sich über ihn wie ein schützender Mantel.

Sein gesundes Auge sah alles überraschend klar. Durch den Verlust des anderen Auges war sein räumliches Sehvermögen beeinträchtigt, aber in Augenblicken extremer Konzentration stellte sich seine alte Sehkraft wieder ein; es war, als ob sein zerstörtes Auge sich für kurze Zeit regenerieren konnte.

Die Entfernung war nicht groß, und wenn es eine Kugel gewesen wäre, die er dem Mädchen durch den Hals schießen wollte, hätte er sich keine Sekunde lang Sorgen gemacht – aber hier hatte er es mit etwas weit Schwierigerem zu tun, ein Risiko, das zehnmal größer war als normal. Im Lauf dieser eigens modifizierten Waffe steckte nämlich ein Pfeil mit einer Ampulle Orasin, und bei dieser Entfernung bestand immer die Gefahr, daß dieses Geschoß sich überschlagen oder abdriften konnte. Glücklicherweise war es an diesem Tag fast windstill.

Wenn es der Wille des großen Geistes und meiner Ahnen ist, betete Rainbird stumm, *dann mögen meine Hände und mein Auge geführt werden, damit der Schuß trifft.*

Das Mädchen kam heraus, an ihrer Seite der Vater – Jules war also dabei. Durch das Zielfernrohr sah das Mädchen so groß wie ein Scheunentor aus. Ihr Parka hob sich wie eine grelle blaue Flamme gegen das verwitterte Holz der Hütte ab. Rainbird sah die beiden Koffer, die McGee trug, und wußte, daß sie gerade noch rechtzeitig gekommen waren. Das Mädchen hatte die Kapuze nicht über den Kopf gezogen, und ihr Reißverschluß war nicht ganz geschlossen, so daß ihre Jacke am Hals offen war. Es war ein warmer Tag, und auch das war für ihn günstig.

Er nahm Druckpunkt und zielte auf ihren Halsansatz.

Wenn es der Wille des großen Geistes –

Er drückte ab. Es gab keine Explosion, nur ein hohles *Plopp!*, und aus dem Schloß der Waffe stieg ein wenig Rauch auf.

5

Sie hatten die untere Stufe erreicht, als Charlie plötzlich stehenblieb und ein ersticktes gurgelndes Geräusch von sich gab. Andy ließ sofort die Koffer fallen. Er hatte nichts gehört, aber auf schreckliche Weise stimmte etwas nicht. Etwas an Charlie hatte sich verändert.

»Charlie? *Charlie?*«

Er starrte sie an. Sie stand unbewegt wie eine Statue, unbeschreiblich schön gegen die helle Schneefläche. Unglaublich klein. Und plötzlich wußte er, worin die Veränderung bestand. Sie war so grundlegend und so furchtbar, daß er es zuerst gar nicht hatte fassen können.

Etwas, das wie eine lange Nadel aussah, steckte unterhalb des Kehlkopfes in Charlies Hals. Ihre behandschuhte Hand griff nach dem Gegenstand, fand ihn und bog ihn zu einem grotesken Winkel nach oben. Ein wenig Blut tröpfelte aus der Wunde und lief an ihrem Hals herab. Eine Blume aus Blut, klein und zart, benetzte ihren Hemdkragen und berührte den Pelzbesatz ihrer Jacke.

»*Charlie!*« schrie er. Er sprang vor und ergriff sie am Arm, als sie die Augen verdrehte und zur Seite fiel. Er legte sie auf die Veranda und rief immer wieder ihren Namen. Der Pfeil in ihrer Kehle glänzte hell in der Sonne. Ihr Körper fühlte sich so schlaff an wie etwas Totes. Er hielt sie im Arm und schaute zum sonnenbeschienenen Wald hinüber, der so leer schien – und in dem keine Vögel sangen.

»*Wer hat das getan?*« brüllte er. »*Wer hat das getan? Kommt heraus, daß ich euch sehen kann!*«

Don Jules trat hinter der Ecke der Veranda hervor. Er trug Tennisschuhe von Adidas. In einer Hand hielt er die Zweiundzwanziger.

»*Wer hat meine Tochter erschossen?*« schrie Andy. Der laute Schrei ließ etwas in seiner Kehle schmerzhaft vibrieren. Er preßte Charlie an sich, und sie lag so schrecklich schlaff in ihrem warmen blauen Parka. Seine Finger packten den Pfeil und zogen ihn aus der Wunde.

Sie muß in die Hütte, dachte er. *Ich muß sie in die Hütte schaffen.*

Jules trat hinter ihn und schoß ihm in den Nacken, fast so wie der Schauspieler Booth einst einen Präsidenten erschossen hatte. Andy fuhr ruckartig hoch und drückte Charlie nur noch fester an sich. Dann brach er über ihr zusammen. Jules sah ihn sich genau an und winkte dann die Männer aus dem Wald herbei. »Kleinigkeit«, sagte er zu sich selbst, als Rainbird durch den klebrigen, schmelzenden Schnee zur Hütte watete. »Kleinigkeit. Wozu die ganze Aufregung?«

Stromausfall

1

Die Kette der Ereignisse, die in solcher Zerstörung und dem Verlust so vieler Leben enden sollte, begann mit einem Sommergewitter und dem Ausfall zweier Generatoren.

Das Gewitter kam am 19. August, fast fünf Monate, nachdem Andy und Charlie bei Großvaters Hütte in Vermont gefaßt wurden. Das Wetter war zehn Tage lang schwül und ruhig gewesen. An jenem Augusttag begannen sich kurz nach Mittag die Gewitterwolken zusammenzuballen, aber niemand, der auf dem Gelände der beiden idyllischen, durch einen sanft gewellten Rasen und gepflegte Blumenbeete getrennten Landsitze arbeitete, glaubte, daß die Wolken die Wahrheit sagten – die Gartenarbeiter auf ihren Rasenmähern nicht, die Frau nicht, die für die Computer-Unterabteilungen A-E (und für die Kaffeeköchin im Computerraum) verantwortlich war und die während ihrer Mittagspause eins der Pferde genommen hatte und jetzt den gepflegten Reitweg entlanggaloppierte, und ganz gewiß nicht Cap, der in seinem klimatisierten Büro ein Sandwich aß und ohne Rücksicht auf die Feuchtigkeit und die Hitze, die draußen herrschten, am Budget für das kommende Jahr arbeitete.

Vielleicht die einzige Person auf dem Gelände der Firma in Longmont, die glaubte, daß es wirklich regnen würde, war Rainbird, der Mann, der nach dem Regen benannt worden war. Der lange Indianer fuhr um zwölf Uhr dreißig vor, um dann gegen ein Uhr den Kontrollcomputer zu passieren. Seine Knochen und das zerfaserte Loch, wo früher das linke Auge gewesen war, schmerzten wie immer, wenn Regen bevorstand.

Er fuhr einen sehr alten und völlig verrosteten Thunderbird mit einem Parkaufkleber der Kategorie D an der Windschutz scheibe. Er trug weiße Wärterkleidung. Bevor er aus dem Wagen stieg, legte er eine bestickte Augenklappe an. Er trug sie nur während der Dienstzeit, und zwar mit Rücksicht auf das Mädchen, aber auch nur dann. Die Augenklappe störte ihn. Sie ließ ihn an sein verlorenes Auge denken.

Auf dem Gelände der Firma gab es vier Parkplätze. Rainbirds Privatwagen, ein neuer gelber Cadillac-Diesel, trug einen *A*-Aufkleber. *A* war der Parkplatz für die VIPs und lag unter dem weiter nach Süden gelegenen Gebäude. Von dort aus konnte man durch einen unterirdischen Tunnel und ein Fahrstuhlsystem den Computer-Raum, die Räume für Lagebesprechungen, die große Bibliothek, die Räume für Nachrichtenübermittlung und, natürlich, den Besuchertrakt erreichen – eine nichtssagende Bezeichnung für die Labors und die in ihrer Nähe gelegenen Wohnquartiere, in denen man Charlie McGee und ihren Vater festhielt.

Der *B*-Parkplatz war für die Leute von der zweiten Ebene; er lag weiter weg. Der *C*-Parkplatz war den Sekretärinnen, Monteuren, Elektrikern und ähnlichen Leuten vorbehalten; er lag noch weiter entfernt. Der *D*-Parkplatz schließlich war für die ungelernten Angestellten – die Statisten, wie Rainbird sie nannte. Er lag fast eine halbe Meile von allen Gebäuden entfernt, und auf ihm stand immer eine traurige und bunt gemischte Kollektion von Schrott aus Detroit, die alle Anwärter auf den wöchentlichen Auto-Crash in Jackson Plains waren.

Die bürokratische Hackordnung, dachte Rainbird, schloß sein Wrack von einem Thunderbird ab und hob den Kopf, um nach den Gewitterwolken zu sehen. Der Sturm braute sich zusammen. Etwa um vier Uhr würde es losgehen, schätzte Rainbird.

Er machte sich auf den Weg zu der idyllisch in einem kleinen Zuckerkiefernbestand gelegenen Hütte, in der die Eingangskontrolle für die kleinen Angestellten der Klassen V und VI durchgeführt wurde. Seine weiße Kleidung flatterte beim Gehen. Auf einem der etwa ein Dutzend motorgetriebenen Rasenmäher der Abteilung für Grundstückspflege tuckerte ein Gärtner an ihm vorbei. Über dem Sitz war ein grellbuntes Sonnendach angebracht. Der Gärtner nahm von Rainbird keine Notiz; auch das gehörte zur bürokratischen Hackordnung.

Wenn man der Klasse IV angehörte, wurde jemand, der zur Klasse V zählte, praktisch unsichtbar. Nicht einmal Rainbirds zerstörtes Gesicht erregte viel Aufsehen. Wie jede andere Regierungsbehörde, beschäftigte die Firma genügend Veteranen, um ihr Soll an Patriotismus zu erfüllen und damit gut auszusehen. Max Factor konnte der US-Regierung wenig über gute Kosmetik beibringen. Und es war klar, daß ein Veteran mit irgendeiner sichtbaren Behinderung – einer Armprothese, einem Rollstuhl mit Elektromotor, einem zerhackten Gesicht – drei, die »normal« aussahen, aufwog. Rainbird kannte Leute, deren Verstand während der vietnamesischen Landpartie genausoviel Schaden zugefügt worden war wie seinem Gesicht, Männer, die froh gewesen wären, überhaupt irgendwo einen Job zu finden. Aber sie waren nicht optisch verschandelt. Nicht, daß sie Rainbird leid taten. Er fand die ganze Sache sogar eher komisch.

Auch von den Leuten, mit denen er jetzt zusammenarbeitete, erkannte ihn keiner als früheren Agenten der Firma; darauf wäre er jede Wette eingegangen. Bis vor siebzehn Wochen war er für sie nur ein Schatten hinter der getönten Windschutzscheibe seines gelben Cadillac gewesen, einfach noch jemand mit einer A-Klassifizierung.

»Glauben Sie nicht, daß Sie das Ganze ein wenig übertreiben?« hatte Cap gefragt. »Das Mädchen hat weder Verbindung mit den Gärtnern noch mit den Angestellten aus dem Schreibzimmer. Sie sind mit ihr ganz allein auf der Bühne.«

Rainbird schüttelte den Kopf. »Man braucht nur einen einzigen Fehler zu machen. Es muß nur jemand beiläufig erwähnen, daß der freundliche Wärter mit dem kaputten Gesicht seinen Wagen auf dem Parkplatz der VIPs abstellt und sich im Waschraum für die leitenden Angestellten seine weißen Klamotten anzieht. Ich versuche, ihr Vertrauen zu gewinnen, ein Vertrauen, das sich auf der Tatsache aufbaut, daß wir beide Außenseiter sind – Freaks, wenn Sie so wollen –, die im tiefsten Inneren der amerikanischen Filiale des KGB begraben sind.«

Das gefiel Cap überhaupt nicht. Er mochte es nicht, wenn jemand über die Methoden der Firma billige Witze riß, besonders in diesem Fall, in dem die Methoden zugegebenermaßen extrem gewesen waren.

»Auf jeden Fall haben Sie einen höllischen Job«, hatte Cap gesagt.

Und darauf gab es keine befriedigende Antwort, denn es *war* gar kein höllischer Job. Während der ganzen Zeit ihres Aufenthalts hatte die Kleine noch nicht einmal ein Streichholz angezündet. Und dasselbe konnte man von ihrem Vater sagen, der nicht das geringste Anzeichen irgendeiner Fähigkeit der geistigen Beherrschung anderer zu erkennen gegeben hatte, falls er diese Fähigkeiten überhaupt noch besaß. Man bezweifelte immer stärker, daß das der Fall war.

Das Mädchen faszinierte Rainbird. Während seines ersten Jahres bei der Firma hatte er an einer Reihe von Lehrgängen teilgenommen, die in keinem College-Lehrplan zu finden waren – Anzapfen von Leitungen, Autodiebstahl, unauffällige Ermittlungen, ein Dutzend weitere. Der einzige Lehrgang, den Rainbird mit wirklichem Interesse besucht hatte, war der im Geldschrankknacken, der von einem alternden Einbrecher namens G. M. Rammaden veranstaltet wurde. Rammaden war von einer gewissen Institution in Atlanta, dem Zuchthaus, eigens zu dem Zweck beurlaubt worden, neuen Agenten der Firma diese Kunst beizubringen. Er galt als der beste seiner Zunft, und Rainbird bezweifelte das nicht, obwohl er glaubte, daß er Rammaden inzwischen fast ebenbürtig war.

Rammaden, der vor drei Jahren gestorben war (Rainbird hatte zu seiner Beerdigung Blumen geschickt – was für eine Komödie konnte das Leben manchmal sein!), hatte sie über Skidmore-Schlösser informiert, über Tresore mit quadratischen Türen, über Sekundärvorrichtungen, mit denen die Verriegelung eines Safes unverrückbar festgehalten wird, wenn man die Kombinationsscheibe mit Hammer und Meißel abschlägt; er hatte über Zylindertresore und Negerköpfe und Schneidschlüssel berichtet; die vielen Verwendungsmöglichkeiten von Graphit; er hatte ihnen gezeigt, wie man mit einem Topfreiniger einen Schlüsselabdruck nimmt und in der Badewanne Nitroglyzerin herstellt. Er hatte auch erklärt, wie man einen Tresor von hinten Schicht um Schicht aufschält.

Rainbird hatte auf Rammaden immer mit kalter und zynischer Faszination reagiert. Rammaden hatte einmal gesagt, daß Tresore wie Frauen seien. Mit dem richtigen Werkzeug und ein wenig Zeit konnte man sie alle knacken. Einige seien schwer zu knacken und einige leicht, aber widerstehen könne auf Dauer keiner.

Das Mädchen war schwer zu knacken.

Zuerst hatten sie Charlie intravenös ernähren müssen, um sie daran zu hindern, sich zu Tode zu hungern. Nach einiger Zeit begriff sie, daß die Verweigerung der Nahrungsaufnahme ihr nur Blutergüsse an den Innenseiten der Ellbogen eintrug, und sie fing an zu essen, nicht mit Begeisterung, sondern ganz einfach, weil es weniger schmerzhaft war, den Mund zu benutzen.

Sie las einige der Bücher, die man ihr gegeben hatte – blätterte sie wenigstens durch –, und manchmal schaltete sie das Farbfernsehgerät in ihrem Zimmer ein, um es nach wenigen Minuten wieder auszuschalten. Im Juni hatte sie eine Fernsehserie mit dem Titel *Schwarze Schönheit* durchgestanden, und ein oder zweimal hatte sie sich *Disneys wunderbare Welt* angesehen. Das war alles. In den wöchentlichen Berichten über sie erschien immer öfter die Bezeichnung »Sporadische Aphasie«.

Rainbird schlug den Begriff in einem medizinischen Wörterbuch nach und verstand ihn sofort – aufgrund seiner eigenen Erfahrungen als Indianer und Krieger verstand er ihn vielleicht besser als die Ärzte selbst. Manchmal fand das Mädchen keine Worte. Ohne sonderliche Erregung stand sie dann einfach da und bewegte stumm die Lippen. Und manchmal gebrauchte sie ein Wort, das nicht in den Zusammenhang paßte, anscheinend, ohne es selbst zu merken. »Ich mag dieses Kleid nicht, ich möchte lieber das in Heu.« Manchmal korrigierte sie sich dann zerstreut – »ich meine das in *Grün*« –, aber meistens fiel es ihr nicht auf.

Laut Wörterbuch bedeutete Aphasie Vergeßlichkeit infolge einer Fehlfunktion des Gehirns. Die Ärzte hatten sofort angefangen, mit Medikamenten an ihr herumzupfuschen. Das Orasin wurde durch Valium ersetzt, ohne daß sich ihr Zustand merklich besserte. Dann probierte man Orasin zusammen mit Valium, aber eine unvorhergesehene Wechselwirkung zwischen beiden führte dazu, daß sie ständig und monoton weinte, bis die Wirkung der Drogen abgeklungen war. Dann probierte man eine ganz neue Droge, ein mit einem Beruhigungsmittel kombiniertes Halluzinogenikum, das zuerst zu helfen schien. Aber dann hatte sie angefangen zu stottern, und ein leichter Ausschlag hatte sich auf ihrer Haut gebildet. Man setzte sie wieder auf Orasin, aber sie wurde sorgfältig überwacht für den Fall, daß sich die Aphasie verschlimmern sollte.

Eine Menge war über ihren schwachen psychischen Zustand geschrieben worden und über das, was diese Trottel ihren »im Grunde angelegten Feuerkonflikt« nannten, einen überspannten Ausdruck dafür, daß ihr Vater gesagt hatte, sie dürfe nicht, während die Leute von der Firma sie dazu ermutigten. Dieser Konflikt wurde noch durch ihr Schuldgefühl wegen des Zwischenfalls auf der Mandersfarm kompliziert.

Nichts von alledem konnte man Rainbird verkaufen. Es lag nicht an den Drogen, es lag nicht daran, daß sie eingesperrt war und ständig überwacht wurde. Es lag auch nicht daran, daß sie von ihrem Vater getrennt war.

Sie war ganz einfach schwer zu knacken. Damit hatte es sich.

Sie hatte sich irgendwie dazu entschlossen, nicht mitzumachen, ganz gleich, was geschah. Ende. Schluß. Aus. Die Psychiater konnten ihr Tintenkleckse zeigen, bis der Mond sich blau färbte, die Ärzte konnten mit ihren Medikamenten herumspielen und in den Bart murmeln, wie schwer es doch sei, ein achtjähriges Mädchen erfolgreich mit Drogen zu behandeln, die Papiere konnten sich türmen, und Cap konnte vor Wut rasen.

Und Charlie McGee würde ganz einfach durchhalten.

Das spürte Rainbird so deutlich, wie er spürte, daß es heute nachmittag regnen würde. Und dafür bewunderte er sie. Sie ließ die ganze Bande wie Blinde herumtappen, und wenn man es ihnen überließ, würden sie auch noch wie Blinde herumtappen, wenn das Erntedankfest und Weihnachten schon lange vorbei waren. Aber sie würden nicht ewig wie Blinde herumtappen, und das machte Rainbird mehr Sorgen als alles andere.

Rammaden, der Geldschrankknacker, hatte eine amüsante Geschichte von zwei Dieben erzählt, die an einem Freitagabend in einen Supermarkt eingebrochen waren, weil sie wußten, daß der Wells-Fargo-Transporter, der die satten Wochenendeinnahmen zur Bank schaffen sollte, durch einen Schneesturm aufgehalten worden war. Es handelte sich um einen zylindrischen Tresor. Sie versuchten erfolglos, die Kombinationsscheibe herauszubohren. Sie versuchten, das Ding von hinten aufzuschälen, aber es gelang ihnen nicht, auch nur eine Ecke aufzubiegen, um einen Ansatz zu haben. Endlich hatten sie ihn gesprengt. Es war ein totaler Erfolg. Sie hatten den Zylinder weit aufgesprengt, so weit, daß alles Geld vernichtet war. Was übrigblieb, waren nur noch Fetzen.

»Worum es geht«, hatte Rammaden in seinem trockenen Tonfall und mit seiner ein wenig keuchenden Stimme gesagt, »ist, daß diese Diebe den Tresor nicht geschafft haben. Es geht aber darum, den Tresor zu schaffen. Man hat einen Tresor nicht geschafft, wenn man den Inhalt nicht in gutem Zustand mitnehmen kann. Verstehen Sie, was ich meine? Sie haben zuviel Sprengstoff eingesetzt und das Geld ruiniert. Sie waren Arschlöcher, und der Tresor hat *sie* geschafft.«

Rainbird hatte kapiert. Mindestens sechzig Leute mit Universitätsausbildung waren mit diesem Fall befaßt, aber dennoch war es nichts anderes als Geldschrankknacken. Sie hatten versucht, die Kombination des Mädchens mit ihren Drogen herauszubohren; die Idioten waren zahlreich genug, eine ganze Softballmannschaft zu stellen, und all diese Attrappen bemühten sich, den »im Grunde angelegten Feuerkonflikt« zu lösen, und diese ganze Scheiße bedeutete doch nichts anderes, als daß sie versuchten, das Mädchen von hinten aufzuschälen.

Rainbird betrat die kleine Hütte, nahm seine Zeitkarte aus dem Fach und stempelte. T. B. Norton, der Schichtführer, sah von dem Taschenbuch auf, das er gerade las.

»Für zu frühes Stempeln gibt's keine Überstunden, Rothaut.«

»Ja?« sagte Rainbird.

»Ja.« Norton starrte ihn herausfordernd an und legte die wütende, fast feierliche Selbstsicherheit an den Tag, die ein Mann mit geringer Machtbefugnis gern zeigt.

Rainbird schlug die Augen nieder und trat ans Schwarze Brett. Das Bowling Team der Wärter hatte gestern abend gewonnen. Jemand wollte »zwei gute, gebrauchte Waschmaschinen verkaufen«. Eine offizielle Mitteilung besagte, daß alle Arbeiter W1 bis W6 sich vor Verlassen des Büros die Hände waschen müssen.

»Sieht nach Regen aus«, sagte er über die Schulter zu Norton.
»Das glaubst du doch selbst nicht, Rothaut«, sagte Norton. »Warum haust du nicht ab. Du stinkst mir die Bude voll.«
»Gleich, Boß«, sagte Rainbird. »Ich hab' doch nur gestempelt.«
»In Zukunft stempelst du erst, wenn du anfängst.«
»Ja, Boß«, sagte Rainbird beim Hinausgehen und sah gerade noch Nortons rosigen Hals von der Seite, sah die weiche Stelle dicht unterhalb des Kieferknochens. Würdest du noch Zeit haben zu schreien, Boß? Würdest du noch Zeit haben zu schreien, wenn ich dir den Finger an der Stelle durch die Kehle stieße? Genau wie einen Fleischspieß durch ein Steak . . . Boß.
Er trat in die schwüle Hitze hinaus. Die Gewitterwolken waren schon näher gekommen. Sie bewegten sich langsam und regenschwer. In der Ferne grollte der Donner. Es würde ein heftiges Gewitter geben. Das Haus war nicht mehr weit. Er würde den Seiteneingang benutzen, wo früher die Küche war, und dann mit Fahrstuhl C vier Stockwerke nach unten fahren. Heute sollte er die Fußböden im Quartier des Mädchens schrubben und bohnern; das würde ihm eine gute Chance geben. Nicht, daß sie es ablehnte, mit ihm zu sprechen; das war es nicht. Aber sie war so verdammt distanziert. Er versuchte, den Tresor auf seine Weise zu knacken, und wenn er sie zum Lachen bringen könnte, nur einmal zum Lachen bringen, wenn sie über einen Witz auf Kosten der Firma gemeinsam lachen könnten, dann hätte er schon eine Ecke aufgebogen, an der er den Meißel ansetzen könnte. Nur ein Lachen. Das würde zwischen ihnen eine Gemeinsamkeit begründen, sie wären wie ein Komitee in geheimer Sitzung. Zwei gegen das Haus.
Aber bisher hatte er ihr dieses Lachen noch nicht entlockt, und gerade darum bewunderte Rainbird sie mehr, als er in Worten hätte ausdrücken können.

2

Rainbird schob seine Ausweiskarte in den dafür bestimmten Schlitz und ging in den Aufenthaltsraum für die Wärter, um noch eine Tasse Kaffee zu trinken, bevor er anfing. Er wollte eigentlich keinen Kaffee, aber es war noch früh. Er konnte es sich nicht leisten, seinen Eifer auch noch zu zeigen. Es war schon schlimm genug, daß Norton ihn bemerkt und dazu einen Kommentar abgegeben hatte.

Er ging an die Heizplatte und schenkte sich ein wenig von der schwarzen Brühe ein. Dann setzte er sich. Wenigstens war noch keiner von den anderen Dummköpfen da. Er saß auf dem zerschlissenen grauen Sofa mit den ausgeleierten Sprungfedern und trank seinen Kaffee. Sein verunstaltetes Gesicht (für das Charlie nur sehr flüchtiges Interesse gezeigt hatte) war unbewegt und ließ kein Gefühl erkennen. Er dachte über die gegenwärtige Situation nach und versuchte, sie zu analysieren.

Die Leute, die mit dieser Sache zu tun hatten, waren wie Rammadens grüne Jungs, die den Tresor im Supermarkt knacken wollten. Vorläufig faßten sie das Kind noch mit Samthandschuhen an, und das taten sie nicht aus Liebe zu dem Mädchen. Früher oder später würden sie erkennen, daß sie mit Samthandschuhen nichts erreichten, und wenn Sie alle »weichen« Möglichkeiten durchgespielt hatten, würden sie sich dazu entschließen, den Tresor zu sprengen. Wenn sie das taten, und davon war Rainbird überzeugt, würden sie den Inhalt vernichten, wie Rammaden ihnen klargemacht hatte.

In zwei oder drei Berichten der Ärzte hatte er schon den Ausdruck »leichte Schockbehandlung« gelesen – und einer dieser Ärzte war Pynchot gewesen, auf den Hockstetter hörte. Rainbird hatte einen Bericht über eventuelle Maßnahmen gelesen, der in einem so albernen Jargon abgefaßt war, daß es fast wie eine andere Sprache klang. Übersetzt lief die Empfehlung auf Gewaltanwendung hinaus. Wenn das Kind Zeuge wäre, wie man seinem Vater erhebliche Schmerzen zufügte, würde es seinen Widerstand aufgeben.

Rainbird dachte darüber ganz anders. Wenn das Kind seinen Vater an eine Delco-Batterie angeschlossen sah und Zeuge war, wie er mit gesträubten Haaren eine schnelle Polka tanzte, würde es möglicherweise ruhig auf sein Zimmer gehen, ein Wasserglas zerbrechen und die Scherben essen.

Aber das konnte man ihnen nicht erzählen. Geld vernichten hatte bei der Firma, genau wie beim FBI und CIA Tradition. Wenn sie jemanden ohne fremde Hilfe nicht schafften, gingen sie einfach mit ein paar Thompson-Maschinenpistolen und mit etwas Sprengstoff selbst hin und erledigten ihn. Man praktiziert einfach etwas Zyanidgas in Castros Zigarre. Das war verrückt, aber das konnte man ihnen nicht erzählen. Sie sahen nur ERGEBNISSE, Ergebnisse, die strahlten und blinkten wie ein Jackpot in Las Vegas. Also vernichteten sie das Geld und standen da mit ein paar grünen Fetzen in den Händen und wußten nicht, wie, zum Teufel, das geschehen war.

Jetzt trafen weitere Wärter ein. Sie scherzten, schlugen einander auf die Schultern und berichteten von ihren Erlebnissen. Sie erzählten, welche Ersatzteile sie bei ihren Autos ausgewechselt hatten, sie sprachen über Weiber und Sauftouren, dann wieder über Autos. Derselbe Mist, immer wieder und immer wieder bis zum Ende der Welt, halleluja, Amen. Sie gingen Rainbird aus dem Weg. Keiner von ihnen mochte Rainbird. Er bowlte nicht, und er wollte sich nicht über sein Auto unterhalten, und er sah aus, als sei er einem Frankensteinfilm entsprungen. Er machte sie nervös. Wenn einer von ihnen Rainbird auf die Schulter geklopft hätte, hätte Rainbird ihn aufs Kreuz gelegt.

Er holte einen Beutel Red Man und ein Blättchen aus der Tasche und drehte sich rasch eine Zigarette. Er blieb auf dem Sofa sitzen und rauchte, bis es Zeit war, in das Quartier des Mädchens hinunterzugehen.

Alles in allem fühlte er sich so gut und so lebendig wie schon seit langem nicht mehr. Er spürte es deutlich und war dem Mädchen dafür dankbar. Sie würde nie erfahren, wie sie ihm für eine Weile das Leben zurückgegeben hatte – das Leben eines Mannes, der ein feines Empfinden für die Dinge hat und der große Hoffnungen hegt; das heißt, eines Mannes mit einem vitalen Anliegen. Es war gut, daß sie so schwierig war. Am Ende würde er sie bezwingen (einige sind schwer zu knacken, andere leicht, aber keiner ist unmöglich zu knacken); er würde sie für die anderen tanzen lassen, welchen Wert es auch immer haben mochte; und wenn der Tanz zu Ende war, würde er sie töten und ihr in die Augen schauen, in der Hoffnung, einen Funken des Begreifens zu erkennen, eine Botschaft zu erhalten aus diesem Übergang in etwas anderes, was immer es sein mochte.

Bis dahin aber würde er leben.

Er drückte seine Zigarette aus und stand auf, zur Arbeit bereit.

3

Die Gewitterwolken ballten sich immer dichter zusammen. Um drei Uhr hing der Himmel tief und schwarz über dem Komplex von Longmont. Der Donner grollte schon vernehmlicher, machte sich immer deutlicher bemerkbar, und die Leute unten glaubten es jetzt auch. Die Gartenarbeiter stellten ihre Rasenmäher ab. Die Tische wurden von den Innenhöfen der beiden Häuser hineingenommen. In den Ställen versuchten zwei Pferdeknechte, die nervösen Tiere zu beruhigen, die sich bei jedem Donnern unruhig bewegten.

Um drei Uhr dreißig brach der Sturm los; er kam so plötzlich, wie ein Revolvermann die Waffe zieht, und dann ging es gleich mit aller Gewalt los. Was als Regen begann, verwandelte sich rasch in Hagel. Der Wind kam von Westen und drehte sich dann plötzlich, so daß er aus der entgegengesetzten Richtung heranfegte. Blauweiß zuckten die Blitze und hinterließen einen leichten Ozongeruch. Dann wirbelten die Winde gegen den Uhrzeigersinn, und abends in den Wettermeldungen wurden in einem Film die Zerstörungen gezeigt, die ein Tornado angerichtet hatte, der das Longmont-Zentrum eben noch gestreift hatte.

Die Firma überstand den Sturm einigermaßen. Der Hagel hatte zwei Fenster zerschlagen, und eine Sturmbö den Zaun um das eigenartige kleine Sommerhaus jenseits des Ententeichs herausgerissen und fünfzig Meter fortgefegt, aber das war schon der ganze Schaden (von abgebrochenen Zweigen und einigen zerstörten Blumenbeeten abgesehen – lediglich Arbeit für die Gärtner). Während des Unwetters rannten die Wachhunde zwischen dem äußeren und dem inneren Zaun wie verrückt hin und her, aber sie beruhigten sich schnell, als sich der Sturm legte.

Der eigentliche Schaden entstand durch das Gewitter, das dem Hagel, dem Regen und dem Sturm folgte. Bis Mitternacht waren Teile des östlichen Virginia ohne Strom, denn die Kraftwerke von Rowantree und Briska waren durch Blitzschlag lahmgelegt. Das Hauptquartier der Firma gehörte zu dem Gebiet, das vom Kraftwerk in Briska versorgt wurde.

In seinem Büro schaute Cap Hollister verärgert auf, als die Lichter ausgingen und das ruhige, unaufdringliche Summen der Klimaanlage verstummte. Der Stromausfall und die Gewitterwolken ließen für Sekunden ein schattiges Halbdunkel entstehen – Cap hatte gerade noch Zeit, »Verdammt!« zu flüstern und sich zu fragen, was, zum Teufel, mit den Notstromaggregaten los war.

Er schaute aus dem Fenster und sah fast ununterbrochen die Blitze zucken. Am Abend würde einer der Posten im Wachgebäude seiner Frau berichten können, er habe eine Feuerkugel so groß wie zwei Bratenplatten gesehen, die vom schwächer aufgeladenen äußeren Zaun an den stärker aufgeladenen inneren Zaun und wieder zurück gesprungen sei.

Cap griff nach dem Hörer, um sich wegen des Stromausfalls zu erkundigen – und dann gingen die Lichter wieder an. Die Klimaanlage nahm ihr Summen wieder auf, und statt nach dem Telefon zu greifen, griff Cap nach seinem Bleistift.

Dann gingen die Lichter wieder aus.

»Scheiße«, sagte Cap. Er warf den Bleistift hin und nahm nun doch den Hörer auf. Die Lichter sollten verdammt ausbleiben, bis er die Gelegenheit hatte, irgend jemanden zusammenzustauchen. Die Lichter nahmen die Herausforderung nicht an.

Die beiden hübschen Landhäuser, durch den sanft gewellten Rasen voneinander getrennt, und der ganze unterirdische Komplex der Firma, wurden von der Energiebehörde für das östliche Virginia mit Strom versorgt, aber es gab zwei von Dieselgeneratoren gespeiste Hilfsaggregate. Das eine versorgte die »lebenswichtigen Funktionen« – den Elektrozaun, die Computer (ein Stromausfall kann Unsummen an Computer-Zeit kosten) und die kleine Krankenstation. Das andere stellte die untergeordneten Funktionen des Komplexes sicher – Beleuchtung, Klimaanlage, Fahrstühle und dergleichen. Das Sekundärsystem war so konstruiert, daß es sich bei Überlastung des Primärsystems einschaltete, aber das Primärsystem schaltete sich bei Überlastung des Sekundärsystems nicht ein. An jenem

19. August waren beide Systeme überlastet. Das Sekundärsystem schaltete sich ein, als das Primärsystem Überlastung zeigte, genau wie es die Konstrukteure des Systems geplant hatten (obwohl von Anfang an zu keiner Sekunde vorgesehen war, daß das Primärsystem überhaupt jemals überlastet sein könnte), und deshalb funktionierte das Primärsystem volle siebzig Sekunden länger als das Sekundärsystem. Dann brannten die Generatoren für beide Systeme einer nach dem anderen durch wie ein paar Feuerwerkskörper. Nur, daß diese Feuerwerkskörper achtzigtausend Dollar das Stück gekostet hatten.

Eine spätere Routineuntersuchung führte zu der gnädigen Beurteilung »technisches Versagen«, obwohl das Urteil genauer »Habgier und Bestechlichkeit« hätte lauten müssen. Als die Hilfsaggregate 1971 installiert werden sollten, hatte ein Senator, der die Zahlen des niedrigsten Angebots kannte, seinem Schwager einen Tip gegeben. Dieser war Beratender Ingenieur der Elektrotechnik und hatte sich ausgerechnet, daß er das niedrigste Angebot bequem noch unterbieten konnte, wenn er es hier und da nicht so genau nahm.

Es war nur eine Gefälligkeit auf einem Gebiet, das von Gefälligkeiten und Informationen unter der Hand lebt, und nur deshalb bemerkenswert, weil es das erste Glied in der Kette war, die zu so viel Zerstörung und zu so vielen Todesfällen führen sollte. In all den Jahren seit ihrer Installierung waren die Hilfsaggregate nur sporadisch benutzt worden. Bei ihrer ersten größeren Bewährungsprobe während des Gewitters, das das Kraftwerk in Briska lahmlegte, versagten sie vollkommen. Inzwischen hatte der genannte Ingenieur natürlich Karriere gemacht. Zur Zeit war er gerade in Coki Beach auf St. Thomas am Bau eines Ferienzentrums für viele Millionen Dollar beteiligt.

Die Firma hatte erst wieder Strom, als das Kraftwerk in Briska wieder produzierte . . . das heißt zu einem Zeitpunkt, als auch die übrigen Teile des östlichen Virginia wieder Saft bekamen – gegen Mitternacht.

Bis dahin war schon das nächste Glied der Kette geschmiedet worden. Als Folge des Stromausfalls und des Gewitters war sowohl Andy als auch Charlie McGee etwas Schreckliches passiert, obwohl keiner der beiden auch nur die geringste Ahnung hatte, was dem anderen zugestoßen war.

Nach fünf Monaten des Stillstands waren die Dinge wieder ins Rollen gekommen.

4

Als der Strom ausfiel, sah Andy McGee gerade den *PDH-Club* im Fernsehen. PDH hieß »Preiset den Herrn«. Ein Sender in Virginia strahlte den *PDH-Club* anscheinend jeden Tag vierundzwanzig Stunden lang aus. Das war wohl nicht der Fall, aber Andys Zeitgefühl war so durcheinandergeraten, daß er völlig die Orientierung verloren hatte.

Er hatte zugenommen. Manchmal – meistens wenn er nicht unter Drogen stand – betrachtete er sich im Spiegel und dachte dabei an Elvis Presley, der gegen Ende seines Lebens aufgegangen war wie ein Hefekuchen. Dann wieder dachte er an kastrierte Kater, die ebenfalls manchmal fett und faul wurden.

Noch war er nicht fett, aber die Anzeichen waren da. In Hastings Glen hatte er sich im Slumberland-Motel auf der Badezimmerwaage gewogen und einundachtzig Kilo abgelesen. Jetzt blieb der Zeiger bei fünfundneunzig Kilo stehen. Sein Gesicht war voller geworden, und er hatte die Andeutung eines Doppelkinns und dessen, was sein alter Sportlehrer an der Oberschule (voller Verachtung) »Männertitten« genannt hatte. Und bei seinem Bauch konnte man von Andeutung schon nicht mehr reden. Er hatte wenig Bewegung – und wenn der Thorazinrausch ihn im Griff hatte, verspürte er auch kaum das Bedürfnis, sich zu bewegen –, und das Essen war ausgezeichnet.

Wenn er high war, machte er sich um sein Gesicht keine Sorgen, und high war er fast immer. Wenn sie wieder einmal einen ihrer nutzlosen Tests machen wollten, nahmen sie ihn manchmal achtzehn Stunden lang in die Mangel, ein Arzt kontrollierte seine physischen Reaktionen, ein Elektroenzephalogramm wurde gemacht, um festzustellen, ob die Gehirnströme normal waren, und dann schaffte man ihn in die Testkabine, einen kleinen weißen, mit Korkeiche getäfelten Raum.

Schon im April hatten sie unter Zuhilfenahme von freiwilligen Probanden mit den Tests begonnen. Sie sagten ihm, was er tun sollte, und warnten ihn vor Überreaktionen – etwa jemanden erblinden zu lassen –, da man ihn sonst bestrafen würde, und er wäre nicht der einzige, so der drohende Unterton, der dann leiden müßte. Das betrachtete Andy als leere Drohung; er glaubte nicht, daß sie Charlie wirklich etwas antun würden. Sie war schließlich ihr Paradestück, während er selbst nur eine Nebenrolle spielte.

Der Arzt, der die Tests mit ihm leitete, war ein Mann namens Herman Pynchot. Er war Ende Dreißig und ein völlig unauffälliger Mann, außer daß er zuviel grinste. Manchmal machte das ewige Gegrinse Andy ganz nervös. Gelegentlich schaute ein älterer Arzt herein, der Hockstetter hieß, aber meistens war es Pynchot.

Als sie den ersten Test in Angriff nahmen, erzählte ihm Pynchot, daß man einen Tisch in die kleine Testkabine gestellt habe. Auf dem Tisch stünden eine Flasche Traubensaft mit der Aufschrift TINTE, eine Schreibgarnitur mit Füllfederhalter und Notizblock, ein Krug Wasser und zwei Gläser. Der Proband würde keine Ahnung haben, daß sich in der Tintenflasche etwas anderes als Tinte befand. Pynchot bat Andy, den Probanden so zu beeinflussen, daß er sich Tinte einschenkte und austrank.

»Sehr ordentlich«, sagte Andy. Aber er selbst fühlte sich ganz und gar nicht ordentlich. Er vermißte sein Thorazin und die Ruhe, die es vermittelte.

»Sehr ordentlich«, sagte Pynchot. »Werden Sie es tun?«

»Warum sollte ich?«

»Sie werden etwas dafür bekommen. Etwas Schönes.«

»Sei eine gute Ratte, und du bekommst deinen Käse«, sagte Andy. »Nicht wahr?«

Pynchot zuckte die Achseln und grinste. Sein Kittel wirkte himmelschreiend elegant. Er hätte von Brooks Brothers geschneidert sein können.

»Gut«, sagte Andy. »Ich gebe auf. Und was bekomme ich dafür, daß ich dieses arme Schwein Tinte trinken lasse?«

»Nun, erstens dürfen Sie Ihre Pillen wieder nehmen.«

Das war ein starkes Stück, und Andy fragte sich, ob man

nach Thorazin süchtig wurde, und wenn ja, ob diese Sucht psychisch oder physiologisch bedingt war. »Sagen Sie mir, Pynchot«, sagte er. »Wie fühlt man sich als Drogendealer? Ist das im hippokratischen Eid enthalten?«

Pynchot zuckte die Achseln und grinste. »Sie dürfen dann auch eine Weile nach draußen«, sagte er. »Hatten Sie nicht danach gefragt?«

Das hatte Andy getan. Sein Wohnquartier war gut ausgestattet – so gut, daß man manchmal fast vergaß, daß es nichts anderes war als eine gepolsterte Gefängniszelle. Drei Zimmer und Bad. Es gab ein Farbfernseh- und Videogerät mit Münzeinwurf, das wöchentlich drei neuere Filme anbot. Einer der Ärzte – möglicherweise war es Pynchot gewesen – mußte darauf hingewiesen haben, daß es sinnlos wäre, ihm seinen Gürtel wegzunehmen und ihm nur Buntstifte zum Schreiben und Plastiklöffel zum Essen zu geben. Wenn er sich das Leben nehmen wollte, gab es keine Möglichkeit, ihn davon abzuhalten. Er brauchte nur hart und lange genug zuzustoßen, und ihm würde das Gehirn platzen wie ein alter Reifen.

Die Wohnung bot also alle Annehmlichkeiten; in der Kochnische stand sogar ein Mikrowellenherd. Die Räume waren in hellen Farben gestrichen, und im Wohnzimmer lag ein dicker, flauschiger Teppich. Als Raumschmuck hingen Kunstdrucke an den Wänden. Aber trotz alledem, glasierte Hundescheiße ist kein Hochzeitskuchen; und dies war ganz einfach glasierte Hundescheiße, und keine der Türen, die aus diesem geschmackvoll eingerichteten Apartement nach draußen führten, hatte einen Türknauf. Hier und da, in den Räumen verteilt, waren verglaste Gucklöcher angebracht, wie man sie bei Hoteltüren antrifft. Sogar im Bad war eins, und Andy hatte ausgerechnet, daß man mit ihrer Hilfe jeden Winkel der Wohnung einsehen konnte. Andy vermutete eingebaute Fernsehkameras, die wahrscheinlich mit Infrarot arbeiteten, so daß nicht einmal im Dunkeln eine gewisse Privatsphäre gewahrt blieb.

Er neigte nicht zu Platzangst, aber es gefiel ihm nicht, längere Zeit eingesperrt zu sein. Trotz der Drogen machte ihn das nervös. Es war eine häßliche Nervosität, die sich gewöhnlich durch langgezogene Seufzer und Perioden völliger Apathie bemerkbar machte. Er hatte tatsächlich darum gebeten, ins

Freie gehen zu dürfen. Er wollte wieder einmal die Sonne und grünes Gras sehen.

»Ja«, sagte er leise zu Pynchot. »Ich hatte Interesse daran geäußert, nach draußen zu gehen.«

Aber daraus sollte nichts werden.

Der freiwillige Proband war anfangs nervös; zweifellos vermutete er, daß Andy ihn veranlassen würde, auf dem Kopf zu stehen oder wie eine Henne zu glucken oder etwas ähnlich Lächerliches zu tun. Er war Fußballfan. Andy bekam den Mann, der Dick Albright hieß, dazu, ihm über die letzte Saison zu berichten – wer es bis zum Endspiel geschafft hatte, wie das Spiel ausgegangen war, wer den Supercup gewonnen hatte.

Albright taute auf. Er verbrachte die nächsten zwanzig Minuten damit, den Verlauf der gesamten Saison zu schildern, und verlor dabei allmählich seine Nervosität. Er beschwerte sich gerade über die miserable Schiedsrichterleistung beim Spiel der Pats gegen die Dolphins, wodurch die ersteren gewonnen hatten, als Andy sagte: »Möchten Sie nicht ein Glas Wasser? Sie müssen doch durstig sein.«

Albright sah ihn an. »Ja, ich habe ein wenig Durst. Sagen Sie . . . rede ich zuviel? Meinen Sie, daß dadurch die Tests versaut werden?«

»Nein, das glaube ich nicht«, sagte Andy. Er schaute zu, wie Albright sich ein Glas Wasser einschenkte.

»Wollen Sie auch etwas?« fragte Albright.

»Nein, jetzt nicht«, sagte Andy und stieß plötzlich hart zu. »Warum tun Sie sich nicht etwas Tinte rein?«

Albright sah ihn an und griff nach der Flasche mit »Tinte«. Er nahm sie hoch, betrachtete sie und stellte sie wieder hin. »Tinte? Sie müssen verrückt sein.«

Pynchot grinste jetzt genauso wie vor dem Test, aber er war nicht sehr erfreut. Im Gegenteil. Auch Andy war nicht sehr glücklich. Als er versucht hatte, Albright zu beeinflussen, hatte es nicht dieses Gefühl des Weggleitens gegeben . . . dieses merkwürdige Gefühl einer *Verdoppelung* seiner Kräfte, das normalerweise mit einem solchen Versuch verbunden war. Und er hatte keine Kopfschmerzen. Er hatte seine ganze Willenskraft darauf konzentriert, Albright zu suggerieren, daß es völlig vernünftig sei, Tinte in das Wasser zu schütten, und Albright hatte völlig vernünftig geantwortet: daß Andy verrückt sei. Trotz aller Schmerzen, die es ihm verursacht hatte, empfand er eine gelinde Panik bei dem Gedanken, daß seine Fähigkeit ihn verlassen haben könnte.

»Warum wollen Sie es uns nicht demonstrieren?« fragte Pynchot ihn. Er zündete sich eine Chesterfield an und grinste. »Ich verstehe Sie nicht, Andy. Welchen *Vorteil* haben Sie denn davon?«

»Zum zehnten Mal«, erwiderte Andy. »Ich habe mich nicht zurückgehalten. Ich habe nicht so getan als ob. Ich habe so hart zugestoßen, wie ich konnte. Aber nichts passierte. Das ist alles.« Er brauchte dringend seine Pille. Er fühlte sich nervös und deprimiert. Alle Farben schienen zu grell, das Licht zu stark, die Stimmen zu laut. Mit den Pillen konnte er seine sinnlose Wut über das, was geschehen war, seine Sehnsucht nach Charlie und seine Sorge darüber, was man ihr vielleicht antat, besser ertragen – diese Dinge verblaßten dann und waren leichter zu kontrollieren.

»Es tut mir leid, aber das glaube ich Ihnen nicht«, sagte Pynchot und grinste. »Überdenken Sie es noch einmal, Andy. Wir verlangen von Ihnen ja nicht, daß Sie jemanden veranlassen, sich von einer Klippe zu stürzen oder sich eine Kugel in den Kopf zu schießen. Ich glaube, Sie legen auf einen Ausgang nicht so viel Wert, wie Sie dachten.«

Er stand auf, als ob er gehen wollte.

»Hören Sie zu«, sagte Andy, und es gelang ihm nicht ganz, die Verzweiflung aus seiner Stimme herauszuhalten. »Ich hätte gern eine von diesen Pillen.«

»Tatsächlich?« sagte Pynchot. »Nun, es dürfte Sie interessieren, daß ich Ihre Dosis verringern werde . . . für den Fall, daß das Thorazin Ihre Fähigkeit ungünstig beeinflußt.« Wieder erblühte sein Grinsen. »Allerdings, wenn sich Ihre Fähigkeit plötzlich wieder einstellt . . .«

»Es gibt einige Dinge, die Sie wissen sollten«, sagte Andy zu ihm. »Erstens war der Kerl nervös, erwartete etwas. Zweitens war er nicht gerade sehr gescheit. Es ist viel schwerer, alte Leute oder solche mit einem geringen oder höchstens durchschnittlichen IQ zu beeinflussen. Bei intelligenten Leuten ist es leichter.«

»Stimmt das?« fragte Pynchot.

»Ja.«

»Warum veranlassen Sie mich dann nicht auf der Stelle dazu, Ihnen Ihre Pille zu geben? Mein ermittelter IQ beträgt hundertfünfundfünfzig.«

Andy hatte es versucht – ohne jeden Erfolg.

Am Ende hatte er dann doch seinen Ausgang bekommen, und man hatte seine Dosis wieder heraufgesetzt – nachdem man überzeugt war, daß er nichts vortäuschte, sondern tatsächlich verzweifelt und erfolglos versuchte, psychische Beeinflussung auszuüben. Unabhängig voneinander fragten sich Andy und Dr. Pynchot, ob er sich auf der wilden Flucht, die ihn und Charlie von New York über Albany nach Hastings Glen geführt hatte, nicht völlig übernommen, seine Fähigkeit ganz einfach verbraucht hatte. Und beide überlegten, ob es sich nicht um eine Art psychischer Sperre handeln konnte. Andy selbst glaubte, daß er seine Fähigkeit entweder verloren hatte, oder daß es sich um einen Schutzmechanismus handelte: sein Verstand weigerte sich ganz einfach, die Fähigkeit anzuwenden, weil er wußte, daß es ihn töten könnte. Er hatte die gefühllosen Stellen an Wange und Hals und das blutunterlaufene Auge nicht vergessen.

Wie dem auch sei, es lief auf dasselbe hinaus – eine totale Pleite. Pynchots Träume vom Ruhm, den es ihm eintragen würde, daß er als erster beweisbare empirische Daten über psychische mentale Beherrschung anderer vorlegen konnte, war verflogen, und er ließ sich immer seltener bei Andy blicken.

Die Tests waren den ganzen Mai und den ganzen Juni hindurch fortgesetzt worden – zuerst mit weiteren Freiwilligen, dann mit völlig ahnungslosen Testpersonen. Sich der letzteren zu bedienen, war nicht sehr moralisch, wie Pynchot als erster zugab, aber die ersten Tests mit LSD waren auch nicht gerade moralisch gewesen. Andy staunte darüber, wie Pynchot das eine Unrecht zusammen mit dem anderen in eine Gleichung einbrachte, deren Lösung ergab, daß alles seine Ordnung habe. Es spielte ohnehin keine Rolle, denn Andy versagte bei allen Probanden.

Vor einem Monat, gleich nach dem Unabhängigkeitstag,

hatte man angefangen, ihn an Tieren zu testen. Andy protestierte und gab zu bedenken, daß es noch schwerer war, ein Tier zu beeinflussen als einen dummen Menschen, aber seine Proteste verfingen bei Pynchot und seinem Team nicht, die in Wirklichkeit nur noch eine wissenschaftliche Untersuchung routinemäßig zu Ende führten. Und so sah sich Andy einmal wöchentlich mit einem Hund, einer Katze oder einem Affen zusammen in einem Raum und kam sich vor wie eine Figur aus einem absurden Roman. Er erinnerte sich an den Taxifahrer, der eine Dollarnote betrachtete und fünfhundert gesehen hatte. Er erinnerte sich an die gehemmten leitenden Angestellten, denen er Zuversicht und Selbstsicherheit vermittelt hatte. Vorher, in Port City, Pennsylvania, waren es die Schlankheitskurse gewesen, deren Klassen meist von einsamen, fetten Hausfrauen besucht wurden, die einen Hang zu Kuchen, Pepsi-Cola und allem hatten, was man zwischen zwei Schnitten Brot unterbringen konnte. Mit diesen Dingen füllten sie die erbärmliche Leere ihres Lebens aus. Sie hatte er nur ein wenig anzutikken brauchen, denn die meisten von ihnen wollten wirklich schlank werden. Er hatte ihnen dabei geholfen. Er dachte auch daran, was aus den beiden Agenten der Firma geworden war, die Charlie entführt hatten.

Er *hatte* diese Fähigkeit gehabt, jetzt hatte er sie nicht mehr. Also saß er hier in einem Raum mit Hunden, die ihm die Hand leckten, Katzen, die schnurrten, und Affen, die sich mürrisch den Hintern kratzten und manchmal das Maul zu einem Grinsen voller Fangzähne öffneten, das auf obszöne Weise Pynchots Grinsen ähnelte. Und natürlich tat keines dieser Tiere irgend etwas Ungewöhnliches. Danach brachte man Andy dann in seine Wohnung ohne Türknöpfe zurück, in einem weißen Napf in der Kochnische lag eine blaue Pille, und wenn er sie genommen hatte, fühlte er sich nicht mehr nervös und deprimiert, sondern wieder ganz gut. Und dann sah er sich einen Film an – etwas mit Clint Eastwood, wenn es im Programm war – oder vielleicht den *PDH-Club*. Daß er seine Fähigkeit verloren hatte und überflüssig geworden war, störte ihn kaum noch.

5

Als das Unwetter kam, saß er vor dem Fernseher und sah sich den *PDH-Club* an. Eine Frau mit einer Frisur wie ein Bienenkorb erzählte dem Gastgeber, daß die Macht Gottes sie von der Brightschen Krankheit geheilt hätte. Andy war von ihr fasziniert. Ihr Haar glänzte unter der Studiobeleuchtung wie ein poliertes Tischbein. Sie sah aus wie eine Zeitreisende aus dem Jahr 1963. Das war, zusammen mit der schamlosen, im Namen Gottes veranstalteten Bettelei um Geld, eines der Dinge, die ihn am *PHD-Club* faszinierten. Andy hörte sich diese von jungen Männern mit harten Gesichtern und in teuren Anzügen vorgetragenen Betteleien an und dachte verwirrt daran, wie Christus die Geldwechsler aus dem Tempel vertrieben hatte. Und *alle* Leute in *PDH* sahen aus wie Zeitreisende aus dem Jahre 1963.

Die Frau beendete ihre Geschichte darüber, wie Gott sie davor bewahrt hatte, sich zu Tode zu schütteln. Vorher hatte ein Schauspieler, der in den fünfziger Jahren berühmt gewesen war, erzählt, wie Gott ihn vor der Flasche gerettet hatte. Nun fing die Frau mit der Bienenkorbfrisur an zu weinen, und der einst berühmte Schauspieler umarmte sie. Die Kamera zeigte die Szene in Großaufnahme. Im Hintergrund fingen die PDH-Sänger an zu summen. Andy rutschte auf seinem Stuhl hin und her. Es wurde langsam Zeit für seine Pille.

Er empfand dumpf, daß die medikamentöse Behandlung nur zum Teil für die merkwürdigen Veränderungen verantwortlich war, die sich während der letzten fünf Monate bei ihm eingestellt hatten, Veränderungen, für die seine Gewichtszunahme nur ein äußeres Zeichen war. Als die Firma ihm Charlie genommen hatte, war der letzte solide Halt aus seinem Leben gerissen worden. Nun, da Charlie weg war – oh, sie war zweifellos irgendwo in der Nähe, aber sie hätte genausogut auf dem Mond sein können –, schien es keinen Grund mehr zu geben, sich im Griff zu behalten.

Darüber hinaus hatte die ständige Flucht eine Art Neurose verursacht. Er hatte den Drahtseilakt so lange durchgehalten, daß sein Absturz völlige Lethargie zur Folge hatte. Ja, er glaubte sogar, einen – wenn auch wenig spektakulären – Nervenzusammenbruch erlitten zu haben. Und *falls* er mit Charlie zusammentraf, war er nicht einmal sicher, daß sie ihn wiedererkennen würde, und das stimmte ihn traurig.

Er hatte sich nie die Mühe gemacht, Pynchot zu täuschen oder bei den Tests zu betrügen. Er glaubte eigentlich nicht, daß es sich ungünstig auf Charlie ausgewirkt hätte, aber was das betraf, wollte er nicht das geringste Risiko eingehen. Und es war leichter, einfach zu tun, was sie verlangten. Er war passiv geworden. Seine letzte Wut hatte er auf Großvaters Veranda hinausgeschrien, als er seine Tochter im Arm hielt, der ein Pfeil im Hals steckte. In ihm war keine Wut mehr geblieben. Er hatte sein Pulver verschossen.

Das war Andy McGees seelische Verfassung, als er an jenem 19. August vor dem Fernsehgerät saß, während sich draußen über den Hügeln der Sturm zusammenbraute. Der Gastgeber in *PDH* bettelte um Spenden und sagte dann ein Gospel-Trio an. Das Trio fing an zu singen, und plötzlich gingen die Lichter aus.

Auch das Gerät ging aus, und das Bild schrumpfte zu einem hellen Fleck, um dann zu verlöschen. Andy blieb reglos auf seinem Stuhl sitzen und wußte nicht, was passiert war. Er konnte gerade noch die beängstigende, vollkommene Dunkelheit registrieren, als die Lichter wieder angingen. Das Gospel-Trio erschien wieder auf der Mattscheibe und sang vom Himmel und Jesus. Andy seufzte erleichtert, und dann gingen die Lichter wieder aus.

Er saß da und umklammerte die Stuhllehnen, als fürchtete er davonzufliegen, wenn er losließe. Verzweifelt starrte er auf den hellen Fleck auf dem Bildschirm, selbst als er wußte, daß er verschwunden war und er nur noch das Nachflimmern sah ... vielleicht war es Wunschdenken.

Die Lichter werden in ein paar Sekunden wieder brennen, sagte er sich. *Es muß irgendwo Reserve-Aggregate geben. In einem solchen Laden verläßt man sich nicht allein auf das öffentliche Stromnetz.*

Dennoch, er hatte Angst. Er mußte plötzlich an die Abenteuergeschichten denken, die er in seiner Kindheit gelesen hatte. In den meisten gab es immer irgendeinen Zwischenfall in einer Höhle, bei dem Lampen oder Kerzen ausgeblasen wurden, und immer gab sich der Autor große Mühe, die Dunkelheit als »mit

Händen zu greifen« oder »völlig« oder »total« zu beschreiben. Manchmal wurde sie sogar »die lebende Dunkelheit« genannt wie in dem Beispiel: »Lebende Dunkelheit umfing Tom und seine Freunde.« Wenn all dies den neunjährigen Andy McGee hatte beeindrucken sollen, dann war das nicht gelungen. Was ihn betraf, so brauchte er sich nur in seinen Schrank zu hocken und die Ritzen mit einer Wolldecke abzudichten, wenn er wollte, daß ihn »lebende Dunkelheit umfing«. Dunkelheit war schließlich Dunkelheit.

Jetzt aber wußte er, daß er sich darin geirrt hatte; es war nicht das einzige, worin er sich als Kind geirrt hatte, aber diesen Irrtum hatte er vielleicht als letzten entdeckt. Dunkelheit *war* nicht Dunkelheit. Eine Dunkelheit wie diese hatte er in seinem ganzen Leben noch nicht kennengelernt. Abgesehen von dem Gefühl des Stuhls, auf dem er saß und den er mit den Händen berührte, hätte er in einem lichtlosen Abgrund zwischen den Sternen schweben können. Er hob eine Hand und bewegte sie vor seinen Augen. Und obwohl er spürte, daß die Handfläche leicht seine Nase berührte, sah er die Hand nicht.

Er nahm die Hand vom Gesicht und umklammerte wieder die Stuhllehne. Rasch und ängstlich klopfte ihm das Herz in der Brust. Draußen rief jemand heiser: »Ritchie! Wo bist du, verdammt noch mal?« und Andy duckte sich auf seinem Stuhl, als bedrohte man ihn. Er leckte sich die Lippen.

Es wird in ein paar Sekunden wieder angehen, dachte er, aber ein ängstlicher Teil seines Verstands wollte sich durch Vernunftgründe nicht trösten lassen. *Wie lange dauern ein paar Sekunden? Wie lange dauern ein paar Minuten in dieser totalen Dunkelheit? Wie kann man bei totaler Dunkelheit die Zeit messen?*

Draußen, weiter von seiner »Wohnung« entfernt, hörte er etwas fallen, und jemand schrie vor Schmerz und Überraschung auf. Wieder duckte Andy sich und stöhnte und zitterte. Dies gefiel ihm überhaupt nicht. Es war gar nicht gut.

Nun, wenn es länger als ein paar Minuten dauert, bis sie es repariert haben – vielleicht die Kontakte neu einstellen –, werden sie kommen und mich rauslassen. Das müssen sie.

Selbst der ängstliche Teil seines Verstands – der Teil, der schon nahe daran war, nur noch Unsinn zu denken – konnte sich dieser Logik nicht verschließen, und Andy beruhigte sich ein wenig. Schließlich war es nur die Dunkelheit; weiter nichts – nur die Abwesenheit von Licht. Es war ja nicht so, daß in der Dunkelheit *Ungeheuer* oder ähnliches lauerten.

Er hatte ziemlichen Durst und überlegte, ob er es wohl wagen durfte, aufzustehen und sich eine Flasche Ginger Ale aus dem Kühlschrank zu holen. Er müßte es schaffen, wenn er vorsichtig war. Er stand auf, tat ein paar schlurfende Schritte und stieß sich prompt das Schienbein an dem niedrigen Kaffeetisch. Er bückte sich und rieb sich das Bein. Vor Schmerz tränten ihm die Augen.

Auch dies war wie in der Kindheit. Sie hatten »Blinde Kuh« gespielt; das taten wohl alle Kinder. Mit einer Binde vor den Augen mußte man von einem Ende der Wohnung das andere erreichen. Und alle hielten es für furchtbar lustig, wenn man über ein Sitzkissen fiel oder an der Schwelle zwischen Eßzimmer und Küche stolperte. Das Spiel konnte einem eine schmerzhafte Lektion darüber erteilen, wie wenig man sich an die Raumaufteilung in dem doch vertrauten Haus erinnerte und wieviel mehr man sich auf seine Augen als auf sein Gedächtnis verließ. Und bei dem Spiel überlegte man sich manchmal, wie, zum Teufel, man wohl als Blinder leben würde.

Es wird schon gehen, dachte Andy. *Ich schaffe es, wenn ich mich langsam und vorsichtig bewege.*

Er bewegte sich um den Beistelltisch herum und schlurfte langsam über die freie Fläche des Wohnzimmers, die Hände vor sich ausgestreckt. Es war komisch, wie bedrohlich in der Dunkelheit ein freier Raum wirken konnte. *Wahrscheinlich wird das Licht gleich wieder angehen, und ich kann nur noch über mich lachen. Ganz einfach la* . . .

»Au!«

Er war mit den ausgestreckten Fingern gegen die Wand gestoßen. Etwas fiel – es mußte das im Stil von Wyeth gemalte Bild der Scheune und der gemähten Wiese sein, das neben der Küchentür hing. Es hörte sich an, als sauste eine Schwertklinge an ihm vorbei. Dann prallte es scheppernd auf den Boden auf. Das Geräusch war erschreckend laut. Andy blieb stehen und rieb sich die schmerzenden Finger. In seinem lädierten Schienbein pochte es. Sein Mund fühlte sich vor Angst wie Watte an.

»He!« brüllte er. »He, vergeßt mich hier nicht, Jungs!«

Er wartete und lauschte. Keine Antwort. Er hörte noch Geräusche und Stimmen, aber sie waren weiter entfernt. Wenn sie sich noch weiter entfernten, würde es hier totenstill sein.

Sie haben mich ganz vergessen, dachte er, und seine Angst wuchs.

Sein Herz raste. Er spürte den Schweiß an Stirn und Armen, und er dachte an das eine Mal am Tashmore-See, als er zu weit hinausgeschwommen und müde geworden war. Er hatte wie wild angefangen zu strampeln und zu schreien, weil er glaubte, daß er ertrinken würde ... aber als er die Füße ausstreckte, berührte er den Grund, und das Wasser reichte ihm nur bis an die Brust. Wo war hier der Grund? Er wollte sich mit der Zunge die trockenen Lippen anfeuchten, aber auch seine Zunge war trocken.

»He!« schrie er, was die Lungen hergaben, und der Klang des Entsetzens in seiner Stimme ängstigte ihn nur noch mehr. Er mußte sich zusammenreißen, denn er war der Panik nahe. Er stand hier wie ein hirnloser Ochse und schrie sich die Lunge aus dem Hals, und das alles nur, weil eine Sicherung durchgebrannt war.

Ach, zur Hölle mit allem. Warum mußte es ausgerechnet jetzt passieren, wo es Zeit für meine Pille war? Wenn ich die Pille hätte, wäre alles in Ordnung. O Gott, ich habe das Gefühl, als hätte ich lauter Glassplitter im Kopf –

Schwer atmend blieb er stehen. Er hatte sich in Richtung Küchentür bewegt, hatte sie verfehlt und war gegen die Wand gerannt. Jetzt hatte er jede Orientierung verloren und wußte nicht einmal mehr, ob das dämliche Scheunenbild rechts oder links von der Tür gehangen hatte. In seiner Not wünschte er, er wäre auf seinem Stuhl sitzen geblieben.

»Reiß dich zusammen«, murmelte er laut. »Reiß dich zusammen.«

Er erkannte, daß es nicht *nur* Panik war. Es war die jetzt überfällige Pille, die Pille, von der er abhängig geworden war. Es war einfach nicht fair, daß es gerade passieren mußte, als er die Pille nehmen wollte.

»Reiß dich zusammen«, murmelte er noch einmal.

Ginger Ale. Er war aufgestanden, um Ginger Ale zu holen, und, bei Gott, er würde es bekommen. Er mußte sich auf etwas konzentrieren. Darauf lief es hinaus, und Ginger Ale war so gut wie alles andere.

Er bewegte sich weiter, diesmal nach links, und stolperte über das Bild, das von der Wand gefallen war.

Schreiend ging Andy zu Boden. Seine Arme wirbelten wie Windmühlenflügel, aber er konnte die Balance nicht halten. Hart schlug er mit dem Kopf auf, und wieder schrie er laut.

Er hatte jetzt schreckliche Angst. Helft mir, dachte er. Jemand muß mir doch helfen, bringt mir eine Kerze, um Gottes willen, irgend etwas. Ich habe Angst –

Er fing an zu weinen. Seine tastenden Finger fühlten klebrige Nässe seitlich an seinem Kopf – Blut –, und starr vor Schreck überlegte er, wie schlimm es wohl war.

»*Wo seid ihr, Leute?*« brüllte er. Keine Antwort. Er hörte aus weiter Ferne einen einzelnen Schrei – oder glaubte, ihn zu hören. Dann herrschte wieder Stille. Seine Hände fanden das Bild, über das er gestolpert war, und aus Wut darüber, daß er sich an ihm verletzt hatte, schleuderte er es quer durchs Zimmer. Er traf den Tisch neben der Couch, und die jetzt nutzlose Lampe, die dort stand, fiel um. Die Glühbirne zerbarst mit hohlem Klang, und wieder schrie Andy auf. Er betastete seinen Kopf und fand mehr Blut. Es floß ihm in dünnen Rinnsalen über die Wange.

Keuchend kroch er weiter, wobei er mit der Hand an der Wand entlangstrich. Als er plötzlich ins Leere griff, zog er scharf den Atem ein, und seine Hand fuhr zurück, als fürchtete er, etwas Garstiges würde aus der Finsternis hervorkriechen und ihn packen. Zwischen seinen Lippen entstand ein zischendes Geräusch. Für ein paar Sekunden fühlte er sich total in seine Kindheit zurückversetzt, und er konnte das Flüstern der Kobolde hören, die sich um ihn drängten.

»Verdammt, es ist doch nur die Küchentür«, murmelte er rauh. »Das ist alles.«

Er kroch hindurch. Der Kühlschrank stand rechts, und er hielt darauf zu. Er kroch langsam und atmete hastig. Seine Hände spürten die Kälte der Fliesen.

Über ihm im nächsten Stockwerk stürzte etwas um und verursachte einen gewaltigen Lärm. Andy fuhr auf den Knien hoch. Er war völlig mit den Nerven am Ende und wußte nicht mehr, was er tat. Er fing an zu schreien: »*Hilfe! Hilfe! Hilfe!*« Er schrie es immer wieder, bis er heiser war. Er hatte anschließend keine Ahnung, wie lange er dort auf Händen und Knien in der schwarzen Dunkelheit der Küche geschrien hatte.

Endlich hörte er auf und versuchte, sich neu zu orientieren. Seine Hände und Arme zitterten hilflos. Sein Kopf schmerzte vom Aufprall auf den Fußboden, aber die Wunde schien nicht mehr zu bluten. Seine Kehle fühlte sich vom Schreien heiß und wund an, und ihm fiel das Ginger Ale wieder ein. Er kroch weiter und fand den Kühlschrank ohne Schwierigkeit. Er öffnete ihn (wobei er lächerlicherweise erwartete, daß das Licht mit seinem vertrauten frostigen Glanz aufleuchten würde) und fummelte in der Kälte herum, bis er eine Dose fand, die oben einen Ringverschluß hatte. Andy schloß die Kühlschranktür und lehnte sich dagegen. Er riß die Dose auf und trank ihren halben Inhalt in einem Zug. Seine Kehle war ihm dankbar.

Dann kam ihm ein Gedanke, der ihm die Kehle zuschnürte. *Das Gebäude brennt*, sagte ihm sein Verstand mit trügerischer Ruhe. *Deshalb ist niemand gekommen, um dich herauszuholen. Sie räumen. Du bist . . . du bist völlig entbehrlich.*

Dieser Gedanke brachte ein extremes Gefühl des Eingeschlossenseins mit sich, dessen Entsetzen jede Panik überstieg. Er sank einfach gegen den Kühlschrank, und seine Lippen gaben die Zähne frei, so daß sein Gesicht nur noch eine Fratze war. Aus seinen Beinen wich jede Kraft. Einen Augenblick glaubte er, Rauch zu riechen, und Hitze schien über ihn hereinzustürzen. Die Dose entglitt seiner Hand und versprudelte ihren restlichen Inhalt auf die Fliesen und über seine Hose.

Stöhnend blieb Andy in der Nässe sitzen.

6

John Rainbird meinte später, daß die Dinge nicht besser hätten laufen können, wenn man sie geplant hätte . . . und wenn diese komischen Psychologen auch nur einen Pfifferling wert gewesen wären, *hätten* sie die Dinge geplant. Aber nach Lage der Dinge war es nur der glückliche Zufall, daß der Stromausfall in eben diesem Moment eintrat, der es ihm gestattete, seinen Meißel endlich unter einer Ecke des psychologischen Stahls anzusetzen, mit dem Charlie McGee gepanzert war. Nicht zuletzt half ihm auch seine eigene Intuition.

Um drei Uhr dreißig, als draußen gerade der Sturm losbrach, betrat er Charlies Quartier. Er schob einen Karren vor sich her, der sich nicht von denen unterschied, die in den Hotels und Motels die Hausmädchen von Zimmer zu Zimmer schieben. Auf dem Karren hatte er saubere Bettwäsche, Möbelpolitur, ein Fleckenmittel für den Teppich, einen Eimer und einen Wischlappen. An einem Ende war ein Staubsauger festgeklemmt.

Charlie saß vor der Couch auf dem Fußboden und trug nur einen hellblauen Kittel. Ihre langen Beine hatte sie im Lotussitz verschränkt. So saß sie oft. Ein unbefangener Betrachter hätte meinen können, daß sie unter dem Einfluß von Drogen stand, aber Rainbird wußte es besser. Sie wurde noch leicht medikamentös behandelt, aber die Dosierung war wenig mehr als ein Placebo. Enttäuscht waren sich alle Psychologen darüber einig, daß es ihr ernst war, wenn sie versprochen hatte, nie wieder Feuer anzuzünden. Die Drogen waren ursprünglich dazu bestimmt gewesen, sie daran zu hindern, sich den Weg freizubrennen, aber jetzt schien es sicher, daß sie das nicht tun würde . . . und auch sonst nichts.

»Hallo, Kleine«, sagte Rainbird. Er löste den Staubsauger vom Karren.

Sie schaute zu ihm herüber, zeigte aber keine weitere Reaktion. Er schloß den Staubsauger an und, als er ihn in Betrieb setzte, stand sie leichtfüßig auf, verschwand im Bad und schloß die Tür hinter sich.

Rainbird saugte den Teppich. Er hatte keinen besonderen Plan. Es ging darum, kleine Zeichen und Signale zu erkennen, sie aufzunehmen und zu versuchen, einen Kontakt herzustellen. Seine Bewunderung für das Mädchen war ungetrübt. Ihr Vater war im Begriff, sich in einen fetten Pudding zu verwandeln; die Psychologen hatten dafür ihre eigenen Ausdrücke – »Abhängigkeitsschock«, »Identitätsverlust«, »leichtes Mißverhältnis zur Realität« –, aber das alles bedeutete nichts weiter, als daß er aufgegeben hatte und nun aus der Gleichung ausgeklammert werden konnte. Ganz anders das Mädchen. Sie hatte sich einfach versteckt. Und Rainbird hatte sich noch nie so sehr als Indianer gefühlt wie in Charlie McGees Nähe.

Er saugte weiter und wartete darauf, daß sie wieder herauskam – vielleicht. Er hatte das Gefühl, daß sie in letzter Zeit etwas häufiger aus dem Bad kam. Am Anfang hatte sie sich immer versteckt, bis er wieder gegangen war. Jetzt kam sie manchmal heraus und schaute ihm zu. Vielleicht tat sie es auch heute. Vielleicht auch nicht. Er hatte Zeit. Und er würde auf Zeichen warten.

7

Charlie saß im Bad. Sie hätte sich eingeschlossen, wenn sie gekonnt hätte. Bevor der Wärter kam, hatte sie einige Übungen gemacht, die sie in einem Buch gefunden hatte. Der Wärter kam zum Saubermachen. Der Toilettensitz unter ihr fühlte sich kalt an. Das weiße Licht der Neonleuchten, die den Spiegel umgaben, ließen alles kalt und zu hell erscheinen.

Zuerst hatte man ihr eine »Wohngefährtin« gegeben, eine Frau von etwa fünfundvierzig. Sie hatte eine Art »Mutterstelle« einnehmen sollen, aber die »mütterliche Wohngefährtin« hatte harte grüne Augen mit kleinen Flecken darin. Die Flecken waren wie Eis. Dies waren die Leute, die ihre richtige Mutter getötet hatten, und nun sollte sie mit dieser »mütterlichen Wohngefährtin« zusammenleben. Charlie sagte ihnen, daß sie keine »mütterliche Wohngefährtin« wolle. Aber sie lächelten nur. Und dann hörte Charlie auf zu reden, und sie sagte kein Wort mehr, bis die »Frau« ging und ihre eiskalten grünen Augen mit ihr. Charlie hatte mit diesem Hockstetter ein Abkommen getroffen: sie würde seine Fragen beantworten, und nur seine, wenn er die »mütterliche Wohngefährtin« fortschaffte. Die einzige Gesellschaft, die sie wolle, sei die ihres Vaters, und wenn sie die nicht bekommen könne, wolle sie allein bleiben.

In mancher Hinsicht waren die letzten fünf Monate (man hatte ihr gesagt, daß es fünf gewesen seien; sie selbst hatte es nicht empfunden) wie ein Traum gewesen. Es gab keine Möglichkeit, die Zeit zu registrieren. Die Gesichter kamen und gingen, ohne daß sich Erinnerungen mit ihnen verknüpften, sie waren entkörperlicht wie Ballons, und auch das Essen hatte nie einen charakteristischen Geschmack. Manchmal kam sie sich selbst wie ein Ballon vor. Sie glaubte zu schweben. Aber irgendwie, das sagte ihr deutlich ihr eigener Verstand, verdiente sie ihr Schicksal. Sie war eine Mörderin. Sie hatte das wichtigste der Zehn Gebote gebrochen und war gewiß zur Hölle verdammt.

Nachts, wenn so wenig Licht eingeschaltet war, daß ihr der Raum selbst wie ein Traum erschien, dachte sie darüber nach. Sie sah alles vor sich. Die Männer auf der Veranda, die Flammenkronen trugen. Die explodierenden Autos. Die Hühner, die anfingen zu brennen. Und der Brandgeruch war immer wie der Geruch der glimmenden Füllung ihres Teddybärs.

(Und es hatte ihr gefallen)

Das war es; das war das Problem. Je öfter sie es getan hatte, um so mehr hatte es ihr gefallen; je öfter sie es getan hatte, um so mehr hatte sie ihre Macht empfunden, etwas, das in ihr lebte und immer stärker wurde. Es war wie eine Pyramide, die auf dem Kopf stand, und je öfter man es tat, um so schwerer fiel es einem, es aufzuhalten. Es aufzuhalten, *tat weh*,

(Und es machte Spaß)

aber sie wollte es trotzdem nie wieder tun. Sie würde eher hier drinnen sterben als es noch einmal tun. Manchmal wollte sie sogar hier sterben. Die Vorstellung, in einem Traum zu sterben, hatte überhaupt nichts Beängstigendes.

Die einzigen Gesichter, die ihr nicht völlig verfremdet erschienen, waren die von Hockstetter und dem Wärter, der jeden Tag kam, um bei ihr sauberzumachen. Charlie hatte ihn einmal gefragt, warum er denn jeden Tag kommen müsse, da sie ja nichts schmutzig mache.

John – so hieß er – hatte einen zerknautschten alten Schreibblock aus der Gesäßtasche und einen billigen Kugelschreiber aus der Brusttasche hervorgeholt. »Das ist nun mal mein Job, Kleine«, sagte er. Und auf das Papier schrieb er: *Weil sie nur Scheiße im Kopf haben, warum sonst?*

Fast hätte sie losgelacht, aber sie dachte gerade noch rechtzeitig an Männer mit Feuerkronen, Männer, die rochen wie verbrannte Teddybären. Lachen wäre gefährlich gewesen. So tat sie einfach, als hätte sie die Notiz nicht gesehen oder nicht verstanden. Das Gesicht des Wärters war arg zugerichtet. Er trug eine Augenklappe und tat ihr leid. Einmal hätte sie ihn fast gefragt, wie das denn passiert sei – ob er vielleicht einen Autounfall gehabt habe –, aber das wäre noch gefährlicher gewesen, als über seine Notiz zu lachen. Sie wußte nicht warum, aber sie spürte es in jeder Faser.

Sein Gesicht bot einen schrecklichen Anblick, aber sonst schien er ganz nett zu sein, und sein Gesicht sah auch nicht schlimmer aus als das des kleinen Chuckie Eberhardt in Harrison. Als Chucky drei Jahre alt war, hatte seine Mutter Kartoffeln gebraten, und Chucky hatte die Pfanne mit heißem Fett vom Herd gerissen, so daß sich der Inhalt über ihn ergoß, und er wäre fast gestorben. Später hatten die Kinder ihn manchmal Chucky Hamburger oder Chucky Frankenstein genannt, und dann weinte Chucky immer. Das war gemein. Die anderen Kinder schienen nicht zu begreifen, daß so etwas jedem Kind passieren konnte. Aber mit drei Jahren war man nun mal noch nicht so gescheit.

Johns Gesicht war ganz zerfetzt, aber es erschreckte sie nicht. Was sie erschreckte, war Hockstetters Gesicht, und sein Gesicht war – abgesehen von den Augen – so normal wie das jedes anderen. Seine Augen waren sogar noch widerlicher als die der »mütterlichen Wohngefährtin«. Und dann sah er einen immer so neugierig an. Hockstetter wollte, daß sie Feuer anzündete. Er bat sie immer wieder darum. Er führte sie in einen Raum, in dem manchmal zusammengeknülltes Zeitungspapier lag, manchmal kleine Glasgefäße mit Öl standen, manchmal auch andere Dinge. Aber trotz all seiner Fragen, trotz aller geheuchelten Freundlichkeit, lief es immer wieder auf dasselbe hinaus: Charlie, zünde dies an.

Hockstetter machte ihr Angst. Sie hatte das Gefühl, daß er alle möglichen...

(Dinge)

hatte, mit denen er sie dazu zwingen konnte, Feuer zu machen. Aber sie wollte nicht. Dennoch hatte sie Angst, daß sie es eines Tages doch tun würde. Er handelte nicht anständig, und eines Nachts hatte sie einen Traum gehabt, und in diesem Traum hatte sie Hockstetter in Brand gesteckt, und als sie aufwachte, hatte sie sich alle Finger in den Mund gesteckt, um nicht laut zu schreien.

Eines Tages hatte sie, um sein unvermeidbares Drängen noch aufzuhalten, gefragt, wann sie ihren Vater sehen dürfe. Sie hatte oft daran gedacht aber nie gefragt, weil sie die Antwort schon kannte. Aber an diesem Tag war sie besonders müde und niedergeschlagen, und es war ihr einfach so herausgefahren.

»Charlie, ich denke, die Antwort darauf kennst du«, hatte Hockstetter gesagt. Er zeigte auf den Tisch in dem kleinen Raum. Dort stand eine mit Sägespänen gefüllte flache Metallschale. »Wenn du das anzündest, bringe ich dich sofort zu deinem Vater. Du kannst in zwei Minuten bei ihm sein.« Unter seinen kalten, lauernden Blicken öffnete sich Hockstetters Mund zu einem plumpvertraulichen Grinsen. »Nun, was meinst du?«

»Geben Sie mir ein Streichholz«, hatte Charlie gesagt und dabei die Tränen aufsteigen gefühlt. »Ich werde es anzünden.«

»Du kannst es anzünden, indem du einfach nur daran denkst. Das weißt du.«

»Nein, das kann ich nicht. Und selbst wenn ich es könnte, würde ich es nicht tun. Es ist etwas Böses.«

Hockstetter sah sie traurig an, und sein plumpvertrauliches Grinsen verschwand. »Charlie, warum schadest du dir denn selbst? Willst du deinen Vater denn nicht sehen? Er will dich sehen, und ich soll dir von ihm sagen, daß du es tun darfst.«

Und nun weinte sie *wirklich*. Sie weinte lange und heftig, denn sie hätte so gern ihren Vater gesehen, denn es verging keine Minute, ohne daß sie ihn vermißte, ohne daß sie sich in seine schützenden Arme wünschte. Hockstetter sah sie weinen, und sein Gesicht zeigte kein Mitgefühl, keine Besorgnis und keine Freundlichkeit, sondern nur kalte Berechnung. Oh, wie sie ihn haßte.

Das war vor drei Wochen gewesen. Seitdem hatte sie es hartnäckig vermieden, ihren Vater zu erwähnen, obwohl Hockstetter ihn ständig ins Spiel brachte und ihr erzählte, wie traurig ihr Vater sei, daß er ihr ausdrücklich erlaubte, Feuer anzuzünden, und – das war das Schlimmste – daß er Hockstetter gesagt hätte, er glaube, daß Charlie ihn nicht mehr liebhabe.

Sie betrachtete ihr blasses Gesicht im Badezimmerspiegel und lauschte auf das monotone Heulen des Staubsaugers, den John betätigte. Wenn er damit fertig war, würde er ihr Bettzeug wechseln. Dann würde er Staub wischen. Und dann würde er verschwinden. Plötzlich wünschte sie, daß er noch bliebe. Sie wollte ihn sprechen hören.

Zuerst war sie immer ins Bad gegangen, wenn er kam, und dort geblieben, bis er wieder ging, und einmal hatte er den Staubsauger ausgeschaltet und an die Badezimmertür geklopft und besorgt gefragt: »Ist alles in Ordnung, Kleine? Du bist doch nicht krank?«

Seine Stimme klang so freundlich – und Freundlichkeit, einfache Freundlichkeit, gab es hier so selten –, daß sie Mühe hatte, ruhig und gelassen zu antworten, denn sie war wieder den Tränen nahe. »Nein . . . mir fehlt nichts.«

Sie wartete und überlegte, ob er das Gespräch fortsetzen wollte, ob er, wie die anderen, versuchen würde, in sie zu dringen, aber er war einfach weggegangen und hatte den Staubsauger wieder eingeschaltet. Irgendwie war sie enttäuscht.

Bei anderer Gelegenheit hatte er den Fußboden aufgewischt, und als sie aus dem Bad kam, hatte er, ohne aufzublicken, gesagt: »Paß auf, daß du nicht fällst und dir die Arme brichst, Kleine. Der Fußboden ist naß.« Das war alles, aber auch diesmal hatte sie vor Überraschung fast geweint – seine Besorgnis war so echt und direkt, daß sie nicht gespielt sein konnte.

In letzter Zeit war sie dann immer öfter aus dem Bad gekommen, um ihm zuzuschauen. Ihm zuzuschauen . . . und zuzuhören. Manchmal fragte er etwas, aber nie klang es drohend. Dennoch antwortete sie meist nicht. Einfach aus Prinzip. John machte es nichts aus. Er sprach trotzdem zu ihr. Er berichtete, wie er beim Bowling abgeschnitten hatte, erzählte von seinem Hund und davon, daß sein Fernsehgerät kaputt sei und er es erst in ein paar Wochen würde reparieren lassen können, weil diese kleinen Röhren so teuer waren.

Sie hielt ihn für einsam. Bei seinem Gesicht hatte er wahrscheinlich keine Frau. Sie hörte ihm gern zu, denn das war wie eine geheime Verbindung nach draußen. Er hatte eine tiefe, angenehm klingende Stimme, die sich manchmal ein wenig verlor. Nie klang sie scharf oder bohrend wie die Hockstetters. Anscheinend verlangte er keine Antwort von ihr.

Sie stand vom Toilettensitz auf und trat an die Tür, und in diesem Augenblick gingen die Lichter aus. Erschrocken stand sie da, eine Hand am Türknauf, den Kopf schiefgelegt. Sofort fiel ihr ein, daß dies irgendein Trick sein könnte. Sie hörte, wie das Heulen des Staubsaugers erstarb. Dann sagte John: »Was, zum Teufel, ist das?«

Dann gingen die Lichter wieder an. Aber Charlie blieb noch im Bad. Der Staubsauger heulte wieder auf. Schritte näherten sich der Tür, und John fragte: »Ist das Licht dort drinnen eben kurz ausgegangen?«

»Ja.«

»Das kommt wohl vom Sturm.«

»Von welchem Sturm?«

»Es sah nach Sturm aus, als ich zur Arbeit kam. Dichte Gewitterwolken.«

Es sah nach Sturm aus.

Draußen. Wenn sie doch nur hinausgehen und die dichten Gewitterwolken sehen könnte. Die Luft atmen, die vor einem Sommergewitter immer so anders roch. So naß und so nach Regen. Alles sah dann so –

Wieder gingen die Lichter aus.

Und wieder erstarb das Heulen des Staubsaugers. Die Dunkelheit war total. Ihre einzige Verbindung zur Welt war der Türknauf aus Chrom. Nachdenklich spielte sie mit der Zunge an der Oberlippe.

»Kleine?«

Sie antwortete nicht. Ein Trick? Sturm, hatte er gesagt. Und sie glaubte ihm. Es war überraschend und beängstigend, daß sie nach all dieser Zeit wieder etwas glaubte, das ihr jemand erzählte.

»Kleine?« Das war er wieder. Und diesmal klang es . . . ängstlich.

Ihre eigene Furcht vor der Dunkelheit, die sie jetzt beschlich, verband sich mit seiner.

»Was ist los, John?« Sie öffnete die Tür und streckte eine tastende Hand in die Dunkelheit aus. Sie verließ noch nicht das Bad, denn sie wollte nicht über den Staubsauger stolpern.

»Was ist los?« Nackte Panik lag in seiner Stimme. Das machte ihr Angst. »Was ist mit dem Licht?«

»Es ist aus«, sagte sie. »Sie sagten doch . . . der Sturm . . .«

»Ich kann die Dunkelheit nicht ertragen«, sagte er. Aus seiner Stimme hörte sie Entsetzen und den grotesken Versuch einer Enschuldigung. »Das kannst du nicht verstehen. Ich kann nicht . . . ich muß hier raus . . .« Sie hörte ihn verzweifelt durchs Zimmer eilen, und dann stolperte er über etwas und stürzte mit lautem, schrecklichem Gepolter zu Boden – wahrscheinlich war es der Beistelltisch.

Er schrie gequält auf, und das erschreckte sie noch mehr.

»John? John! Ist etwas passiert?«

»Ich muß hier raus. Sag ihnen, sie sollen mich rauslassen, Kleine!«

»Was ist denn nur los?« Lange antwortete er nicht. Dann hörte sie tiefe und erstickende Laute und wußte, daß er weinte.

»Hilf mir«, sagte er dann, und Charlie stand in der Badezimmertür und versuchte, zu einem Entschluß zu kommen. Ein Teil ihrer Angst war schon in Mitgefühl umgeschlagen, der Rest war noch hellwach und mißtrauisch.

»Hilf mir, oh, jemand muß mir doch helfen«, sagte er leise, so leise, als glaubte er nicht, daß jemand ihm zuhörte oder sich um seine Worte überhaupt kümmerte. Und das gab den Ausschlag. Langsam tastete sie sich mit ausgestreckten Armen durch das Zimmer zu ihm hinüber.

8

Rainbird hörte sie kommen und konnte sich in der Dunkelheit ein Grinsen nicht verbeißen – ein hartes, humorloses Grinsen. Für den Fall, daß das Licht unvermutet wieder angehen sollte, hielt er vorsichtshalber die Hand vors Gesicht.

»John?«

Trotz seines Grinsens sprach er angestrengt, als empfände er Schmerzen. »Es tut mir leid, Kleine. Es ist nur . . . es ist die Dunkelheit. Ich kann die Dunkelheit nicht ertragen. Es ist wie damals, als sie mich gefangennahmen und in dieses Loch sperrten.«

»Wer hat das getan?«
»Die Vietcong.«
Sie kam näher. Das Grinsen verschwand aus seinem Gesicht, und er dachte sich in seine Rolle hinein.

Angst. Du hast Angst, weil die Vietcong dich in ein unterirdisches Loch eingeschlossen haben, nachdem eine ihrer Minen dir das halbe Gesicht weggerissen hatte . . . und da warst du sehr lange . . . und jetzt brauchst du einen Freund.

Irgendwie war die Rolle lebensecht. Er mußte sie nur davon überzeugen, daß seine freudige Erregung über diese unvermutete Chance nichts anderes war als extreme Angst. Und natürlich *hatte* er Angst – Angst davor, alles zu verderben. Verglichen damit erschien das Abschießen der Orazinampulle aus dem Baum wie ein Kinderspiel. Ihre Intuition war unheimlich scharf. Vor Nervosität floß ihm der Schweiß in Strömen.

»Wer sind die Vietcong?« fragte sie ganz aus der Nähe. Ihre Hand huschte leicht an seinem Gesicht vorbei, und er packte sie. Sie zuckte nervös zusammen.

»He, hab keine Angst«, sagte er. »Es ist doch nur, daß –«
»Sie . . . das tut weh. Sie tun mir weh.«

Das war genau der richtige Ton. Auch sie hatte Angst, Angst vor der Dunkelheit und Angst vor ihm . . . aber sie machte sich auch Sorgen um ihn. Sie sollte das Gefühl haben, daß ein Ertrinkender nach ihr griff.

»Sei nicht böse, Kleine.« Er lockerte seinen Griff, ließ aber nicht los. »Es ist ja nur . . . kannst du nicht neben mir sitzen?«

»Natürlich.« Mit einem leisen Plumpsen ließ sie sich neben ihm auf den Boden fallen. Draußen, ganz in der Ferne, schrie jemand.

»Laßt uns raus!« brüllte Rainbird sofort. »Laßt uns raus! He, laßt uns raus! Hier sind Leute eingeschlossen!«

»Hören Sie doch auf«, sagte Charlie erschrocken. »Uns ist doch nichts passiert . . . nicht wahr?«

Sein Verstand, diese hochgezüchtete Maschine, lief auf vollen Touren, schrieb das Drehbuch, schrieb immer ein paar Zeilen voraus, genug, um keinen Fehler zu machen, aber nicht genug, um jede Spontaneität zu verlieren.

Rasch überlegte er sich, wieviel Zeit ihm noch blieb, ehe die Lichter wieder angingen. Er warnte sich vor allzu großen

Erwartungen. Er hatte seinen Meißel an einer Ecke des Tresors angesetzt. Alles Weitere war Glückssache.

»Ja, du hast recht«, sagte er. »Es ist nur die verdammte Dunkelheit. Ich habe nicht einmal ein Scheißstreichholz oder – oh, Verzeihung, Kleine. Das fuhr mir so raus.«

»Macht nichts«, sagte Charlie. »Das sagt mein Vater auch manchmal. Einmal machte er in der Garage meinen Puppenwagen heil und schlug sich dabei mit dem Hammer auf die Hand. Da hat er es ein paarmal gesagt. Auch noch was anderes.« Das war bei weitem der längste Satz, den sie jemals in Rainbirds Gegenwart gesprochen hatte. »Ob sie bald kommen und uns herausholen?«

»Das können sie erst, wenn der Strom wieder da ist«, sagte er kläglich, wenn ihm auch alles andere als kläglich zumute war. »Diese Türen haben alle elektrische Schlösser. Sie sind so konstruiert, daß sie bei Stromausfall fest schließen. Sie halten dich in einer Scheiß . . . sie halten dich in einer Zelle, Kleine. Es sieht aus wie eine hübsche kleine Wohnung, aber es ist nichts anderes als ein Gefängnis.«

»Ich weiß«, sagte sie ruhig. Er hielt immer noch ihre Hand fest, aber es schien ihr nicht mehr so viel auszumachen. »Sie sollten so etwas aber nicht sagen. Ich glaube, sie belauschen uns.«

Sie, dachte Rainbird triumphierend. Seit zehn Jahren hatte er keine solche Erregung empfunden. *Sie! Sie nennt die Leute von der Firma »sie«!*

Er spürte, daß sein Meißel den Tresor ein wenig weiter geöffnet hatte, den Tresor, der Charlie McGee hieß, und unfreiwillig packte er ihre Hand fester.

»Au!«

»Verzeihung, Kleine«, sagte er und lockerte seinen Griff. »Ich weiß verdammt gut, daß sie uns belauschen. Aber ohne Strom geht das nicht. Oh, Kleine, das gefällt mir überhaupt nicht. Ich muß hier raus!« Er fing an zu zittern.

»Wer sind die Vietcong?«

»Das weißt du nicht? . . . Nein, du bist noch zu jung. Es war der Krieg, Kleine. Der Krieg in Vietnam. Die Vietcong waren die Bösen. Sie hatten schwarze Pyjamas an. Im Dschungel. Du hast doch schon vom Vietnamkrieg gehört, nicht wahr?«

Sie hatte davon gehört . . . aber nur vage.

»Wir waren auf Patrouille und gerieten in einen Hinterhalt«, sagte er. Das stimmte, aber an dieser Stelle verabschiedete sich John Rainbird von der Wahrheit. Wozu sie verwirren? Er hätte ihr erzählen können, daß sie alle mit Drogen vollgepumpt gewesen waren. Die meisten der Jungs hatten jede Menge roten Kambodschaner geraucht, genauso wie ihr Leutnant aus West Point, der so viele Mescalintabletten schluckte, daß er ständig eine Gratwanderung zwischen Normalität und Wahnsinn vollführte. Rainbird war Zeuge gewesen, als dieses Schwein mit seinem halbautomatischen Gewehr einmal eine schwangere Frau erschoß, hatte gesehen, wie die Kugeln ihr den sechs Monate alten Fötus aus dem Leib rissen; später hatte der Kerl das ihnen gegenüber als Abtreibung à 'l West Point bezeichnet. Sie waren auf dem Weg zu ihrer eigenen Stellung und waren auch tatsächlich in einen Hinterhalt geraten, aber das waren ihre eigenen Leute gewesen, die noch schlimmer unter Drogen standen als sie selbst, und vier der Jungs waren gleich tot. Rainbird sah keine Veranlassung, das Charlie zu erzählen, und auch nicht, daß die Mine, die sein halbes Gesicht zerfetzt hatte, in einer Munitionsfabrik in Maryland hergestellt worden war.

»Nur sechs von uns überlebten. Wir rannten. Wir rannten durch den Dschungel, wahrscheinlich in die falsche Richtung. In die falsche Richtung? Das konnte man nie wissen. In diesem verrückten Krieg gab es ja keine festen Fronten. Ich verlor die anderen aus den Augen. Ich versuchte immer noch, mich zu orientieren, als ich auf eine Mine trat. So geschah das mit meinem Gesicht.«

»Es tut mir so leid«, sagte Charlie.

»Als ich aufwachte hatten *sie* mich geschnappt«, sagte Rainbird, und das war nun wirklich erdichtet. In Wirklichkeit war er mit einem Tropf am Arm in einem Lazarett in Saigon aufgewacht. »Sie wollten mich nicht behandeln lassen, bevor ich ihre Fragen beantwortet hatte.«

Er mußte vorsichtig sein. Alles mußte überzeugend klingen. Vorläufig hatte er das Gefühl, daß sie ihm glaubte.

Er hob die Stimme und legte seine ganze Verbitterung hinein. »Fragen, immer wieder Fragen. Sie wollten etwas über

Truppenbewegungen erfahren ... Nachschub ... wo die leichte Infanterie stand ... alles. Sie ließen mir keine Ruhe. Immer wieder setzten sie mir zu.«

»Ja«, sagte Charlie ganz aufgeregt, und er freute sich.

»Ich sagte ihnen immer wieder, daß ich nichts wüßte, daß ich ihnen nichts erzählen könnte, daß ich nur ein gewöhnlicher Soldat sei, nur eine Nummer mit Feldgepäck auf dem Rücken. Sie glaubten mir nicht. Mein Gesicht ... der Schmerz ... ich fiel vor ihnen auf die Knie und bettelte um Morphium ... sie sagten, wenn ... wenn ich reden würde, könnte ich Morphium bekommen und würde in einem guten Krankenhaus behandelt werden ... aber erst müßte ich reden.«

Jetzt war es Charlie, die seine Hand fester packte. Sie dachte an Hockstetters kalte graue Augen, daran, wie er auf die Metallschale mit den Holzspänen gezeigt hatte. *Die Antwort darauf kennst du. Wenn du das anzündest, bringe ich dich sofort zu deinem Vater. Du kannst in zwei Minuten bei ihm sein.* Sie empfand Mitgefühl für diesen Mann mit dem so schwer verletzten Gesicht, mit diesem erwachsenen Mann, der sich im Dunkeln fürchtete. Sie meinte zu verstehen, was er durchgemacht hatte. Sie kannte seinen Schmerz. Und in der Dunkelheit fing sie stumm an, um ihn zu weinen, und auch um sich selbst ... all die ungeweinten Tränen der letzten fünf Monate. Es waren Tränen des Schmerzes und der Wut, Tränen für John Rainbird, ihren Vater, ihre Mutter und ihr eigenes Schicksal. Brennende, qualvolle Tränen.

Sie weinte nicht so stumm, als daß Rainbirds Radarohren es nicht registriert hätten.

Er hatte Mühe, ein weiteres Lächeln zu unterdrücken. O ja, er hatte den Meißel gut angesetzt. Einige waren schwer zu knacken, andere leicht, aber keiner war unmöglich zu knacken.

»Sie glauben mir einfach nicht. Zuletzt warfen sie mich in ein Loch unter der Erde, und dort war es immer dunkel. Es war ein kleiner ... Raum, würdest du es wohl nennen, mit Wänden aus Erde, aus denen Wurzeln herausragten ... und manchmal konnte ich acht Meter höher ein wenig Tageslicht sehen. Manchmal kam jemand – wahrscheinlich der Befehlshabende – und fragte, ob ich bereit sei zu reden. Er sagte, ich würde dort unten so weiß werden wie ein Fisch. Mein Gesicht würde sich entzünden, und ich würde Wundbrand im Gesicht bekommen, wovon mein Gehirn verfaulen würde. Zuerst würde ich verrückt werden und dann sterben. Er fragte, ob ich nicht gern aus der Dunkelheit herauswollte, um wieder die Sonne zu sehen. Ich bat und winselte ... ich schwor bei meiner Mutter, daß es nichts gab, was ich ihnen mitteilen könnte. Und dann lachten sie und legten die Bretter wieder über das Loch und schütteten Erde darauf. Ich war wie lebendig begraben. Die Dunkelheit ... wie hier ...«

Ein ersticktes Geräusch kam aus seiner Kehle, und Charlie drückte seine Hand fester, um ihn ihre Anwesenheit spüren zu lassen.

»Von diesem Raum ging ein kleiner, etwa fünf Meter langer Tunnel ab. Ich mußte bis zum Ende des Tunnels kriechen, wenn ich ... du weißt schon. Und die Luft war schlecht, und ich glaubte, da unten in der Dunkelheit ersticken zu müssen, ersticken am Gestank meiner eigenen Schei ...« Er stöhnte. »Es tut mir leid. Das sollte man einem Kind nicht erzählen.«

»Warum nicht? Wenn Sie sich dann besser fühlen, ist es schon in Ordnung.«

Er überlegte eine Weile und beschloß, noch ein wenig weiterzugehen.

»Fünf Monate lang war ich dort unten, bis ich ausgetauscht wurde.«

»Was bekamen Sie denn zu essen?«

»Sie warfen verfaulten Reis herunter. Und manchmal Spinnen. Lebende Spinnen. Ganz große – wahrscheinlich Baumspinnen. Ich fing sie in der Dunkelheit, tötete und aß sie.«

»Oh, wie *entsetzlich*!«

»Sie machten mich zum Tier«, sagte er und schwieg einen Augenblick. Er atmete schwer. »Du hast es besser als ich damals, Kleine, aber es läuft so ziemlich auf dasselbe hinaus. Eine Ratte in der Falle. Glaubst du, daß das Licht bald wieder angeht?«

Sie sagte längere Zeit nichts, und ihn fror bei dem Gedanken, daß er vielleicht ihr Mißtrauen geweckt hatte. Dann sagte Charlie: »Das macht nichts. Wir sind doch zu zweit.«

»Du hast recht«, sagte er und fügte dann hastig hinzu: »Du wirst doch nichts erzählen? Wenn sie wüßten, was ich gesagt habe, würden sie mich feuern. Ich brauche diesen Job. Wenn man so aussieht wie ich, braucht man einen guten Job.«

»Nein, ich werde nichts sagen.«

Er spürte, daß der Meißel weiter eindrang. Sie hatten jetzt ein gemeinsames Geheimnis.

Er hatte sie in der Hand.

In der Dunkelheit dachte er darüber nach, wie es sein würde, wenn er ihr die Hände um den Hals legte. Das war natürlich das eigentliche Ziel – nicht ihre albernen Tests, nicht ihre kindlichen Spiele. Er würde sie töten . . . und dann vielleicht sich selbst. Er mochte sie, er mochte sie wirklich. Vielleicht fing er sogar an, sich in sie zu verlieben. Die Zeit würde kommen, da er sie in die Jagdgründe schicken würde, und dabei würde er ihr die ganze Zeit aufmerksam in die Augen schauen. Und dann, wenn ihre Augen ihm das Signal gaben, nach dem er schon so lange suchte, würde er ihr vielleicht folgen. Ja. Vielleicht würden sie gemeinsam in die wahre Dunkelheit hinübergehen.

Draußen, außerhalb der verriegelten Türen, gab es noch immer einigen Wirbel, manchmal näher, manchmal etwas weiter weg.

Im Geist spuckte Rainbird sich in die Hände und machte sich wieder daran, das Mädchen zu bearbeiten.

9

Andy hatte keine Ahnung, daß sie ihn deshalb nicht herausgeholt hatten, weil sich bei Stromausfall automatisch die Türen verriegelten. Halb betäubt vor Panik blieb er noch eine ganze Zeit sitzen, war davon überzeugt, daß das Gebäude brannte, und bildete sich ein, den Rauch riechen zu können. Draußen hatte sich das Gewitter verzogen, und die Sonne des späten Nachmittags schien schräg gegen die Dämmerung an.

Ganz plötzlich fiel ihm Charlie ein, und er sah ihr Gesicht so deutlich, als ob sie vor ihm gestanden hätte.

(Sie ist in Gefahr, Charlie ist in Gefahr)

Es war eine seiner Vorahnungen, die erste seit jenem letzten Tag in Tashmore. Er dachte, er hätte diese Fähigkeit zusammen mit der psychischen Beeinflussung verloren, aber das war offensichtlich nicht der Fall, denn eine so klare Vorahnung wie diese hatte er noch nie gehabt – nicht einmal an dem Tag, an dem Vicky ermordet wurde.

Konnte das bedeuten, daß er auch jene andere Fähigkeit noch besaß? War sie gar nicht weg? Hielt sie sich nur verborgen?

(Charlie ist in Gefahr!)
In was für einer Gefahr?
Er wußte es nicht. Aber der Gedanke an sie und die Angst ließen ihr Gesicht ganz deutlich vor ihm erscheinen. Jede Einzelheit sah er in der Dunkelheit vor sich, und das Bild ihres Gesichts, ihre großen blauen Augen, ihr seidiges Blondhaar ließen ein Schuldgefühl in ihm aufkommen ... aber Schuld war ein viel zu milder Ausdruck für seine Empfindungen; er empfand eher Entsetzen. Seit die Lichter ausgegangen waren, hatte er sich in dieser verrückten Panik befunden und dabei nur an sich gedacht. Zu keiner Sekunde war ihm eingefallen, daß auch Charlie im Dunkeln hocken mußte.

Nein, sie werden kommen, um sie herauszuholen. Wahrscheinlich haben sie es schon lange getan. Nur Charlie ist ihnen wichtig. Nur an Charlie ist ihnen gelegen. Das klang ganz vernünftig, aber dennoch empfand er diese quälende Gewißheit, daß sie in irgendeiner schrecklichen Gefahr schwebte.

Seine Angst um sie bewirkte, daß seine Panik nachließ, oder er sie doch wenigstens besser beherrschen konnte. Jetzt konnte er die Dinge wieder objektiv wahrnehmen. Als erstes fiel ihm auf, daß er in einer Pfütze Ginger Ale saß. Seine Hosen waren naß und klebrig, und er stöhnte angewidert.

Bewegung. Bewegung war das Mittel gegen die Angst.

Er kniete sich hin, suchte die umgefallene Dose Canada Dry und schleuderte sie weg. Scheppernd rollte sie über die Fußbodenfliesen. Er nahm eine zweite Dose aus dem Kühlschrank; sein Mund war immer noch trocken. Er zog den Ringverschluß auf, ließ ihn in die Dose fallen und trank. Plötzlich hatte er den Verschluß im Mund und spuckte ihn gleichgültig in die Dose zurück. Er machte sich keinen Augenblick Gedanken darüber, daß so etwas vorhin noch ausgereicht hätte, bei ihm eine Viertelstunde Angst und Zittern auszulösen.

Er suchte tastend den Weg aus der Küche, wobei er die freie Hand an der Wand entlanggleiten ließ. Im Gebäude herrschte wieder völlige Ruhe. Nur gelegentlich hörte man in der Ferne jemanden rufen, aber der Tonfall verriet keine Anzeichen irgendwelcher Aufregung oder gar Panik. Den Qualmgestank hatte er sich eingebildet. Die Luft war nur ein wenig verbraucht, da mit dem Strom auch die Konvektoren ausgefallen waren, aber das war alles.

Anstatt das Wohnzimmer zu durchqueren, wandte sich Andy nach links und kroch in sein Schlafzimmer. Vorsichtig ertasteten seine Hände den Weg zum Bett. Er stellte seine Dose Ginger Ale auf den Nachtschrank und zog sich aus. Zehn Minuten später hatte er sich frische Wäsche und einen anderen Anzug angezogen und fühlte sich viel besser. Er war selbst erstaunt, daß das Ganze ihm gar keine Schwierigkeiten gemacht hatte. Vorher, als er durch sein Wohnzimmer gekrochen war, hatte er noch das Gefühl gehabt, ein Minenfeld überqueren zu müssen.

(Charlie – was ist mit Charlie passiert?)

Aber es war eigentlich nicht das Gefühl, daß ihr etwas zugestoßen sein könnte. Es war das Gefühl, daß sie bedroht war. Er ahnte eine Gefahr für sie. Wenn er bei ihr wäre, könnte er sie fragen, was –

Er lachte voller Bitterkeit. Ja, richtig. Und die Schweine werden pfeifen und Bettler zu Pferd sitzen.

Da könnte ich mir genausogut den Mond in einem Einmachglas wünschen. Da könnte ich genausogut –

Eine Weile dachte er an gar nichts, aber dann fing er wieder an zu überlegen – jetzt aber ruhiger und ohne Verbitterung.

Genausogut könnte ich mir wünschen, Geschäftsleuten zu mehr Selbstvertrauen zu verhelfen.

Ich könnte mir wünschen, dicke Damen in bildschöne Schlankheit hineinzudenken.

Ich könnte mir wünschen, einen der Kerle, die Charlie entführt hatten, erblinden zu lassen.

Ich könnte mir wünschen, daß meine Fähigkeit zurückkehrt.

Seine Hände beschäftigten sich mit dem Bettlaken, zogen daran, zerknüllten es, glitten darüber hin – es war sein fast unbewußtes geistiges Bedürfnis, ständig Sinnesempfindungen aufzunehmen. Er konnte nicht hoffen, daß seine Fähigkeit, andere psychisch zu beeinflussen, zurückkehren würde. Diese Fähigkeit war einfach weg. Durch diese Fähigkeit konnte er sich den Weg zu Charlie nicht freimachen. Sie war weg.

(Wirklich?)

Plötzlich war er sich dessen gar nicht mehr sicher. Etwas in ihm – ganz tief in ihm – hintertrieb vielleicht ganz einfach seine bewußte Entscheidung, den Weg des geringsten Widerstands zu gehen und den Leuten von der Firma entgegenzukommen. Dieses Etwas ganz tief in ihm hatte vielleicht beschlossen, nicht aufzugeben.

Er blieb noch sitzen, betastete das Laken und ließ immer wieder die Hände darüber hinweggleiten.

Stimmte das, oder war es nur ein durch diese plötzliche Vorahnung ausgelöstes Wunschdenken? Würde sich diese Vorahnung bewahrheiten, oder war sie so unecht wie der vermeintliche Brandgeruch und nur durch seine Angst entstanden? Sie war in keiner Weise nachprüfbar, und ganz gewiß war niemand in der Nähe, den er psychisch hätte beeinflussen können.

Er trank sein Ginger Ale.

Wenn seine Fähigkeit nun *wirklich* zurückgekehrt war. Das wäre natürlich kein Allheilmittel; das wußte er selbst am besten. Er konnte seine Fähigkeit viele Male einsetzen, wenn er von ihr vorsichtigen Gebrauch machte, und einige Male konnte er gewaltig zustoßen, bevor er wieder völlig ausgelaugt war. Vielleicht schaffte er es, Charlie zu erreichen, aber er hatte nicht den Schatten einer Chance, mit ihr von hier zu entkommen. Vielleicht würde er sich bei seinen Anstrengungen ganz einfach eine tödliche Gehirnblutung zuziehen (und bei diesem Gedanken fuhren seine Hände automatisch an die Stellen in seinem Gesicht, an denen er keine Empfindung gehabt hatte).

Dann gab es noch das Problem mit dem Thorazin, das sie ihm ständig gegeben hatten. Die Tatsache, daß seine Dosis überfällig war, als die Lichter ausgingen, hatte, das wußte er, seine Panik mitverursacht. Selbst jetzt, da er sich besser in der Gewalt hatte, *brauchte* er sein Thorazin, *brauchte* er das Gefühl der Ausgeglichenheit und Ruhe, das es ihm vermittelte. Am Anfang hatte man ihm das Thorazin vor den Tests zwei Tage lang entzogen. Das Resultat war beständige Nervosität und eine tiefe Depression gewesen, wie dichte Wolken, die nie zu weichen schienen . . . aber damals war sein Zustand nie so schlimm gewesen wie jetzt.

»Mach dir nichts vor, du bist drogensüchtig«, flüsterte er.

Er wußte nicht, ob es wirklich stimmte. Er wußte, daß es körperliche Abhängigkeit, wie die von Nikotin oder Heroin, gab, die physiologische Veränderungen im Zentralnervensystem verursachte. Und es gab seelisch bedingte Abhängigkeit. Bill Wallace, ein Kollege von ihm, wurde immer sehr nervös, wenn er nicht seine zwei bis drei Flaschen Cola am Tag trank, und sein alter Studienfreund Quincey war ganz wild auf Kartoffel-Chips – aber es mußte eine bestimmte, ziemlich unbekannte Marke aus Neu England sein, die Humpty Dumpty hieß; nur diese befriedigte ihn, wie er behauptete. Dabei, so vermutete Andy, handelte es sich um psychologische Süchte. Er wußte nicht, ob sein Verlangen nach der Droge physiologisch oder psychologisch war; er wußte nur, daß er sie brauchte, und das *dringend*. Allein dadurch, daß er hier saß und an die blaue Pille in dem weißen Napf dachte, hatte er wieder einen wattigen Geschmack im Mund. Sie entzogen ihm die Droge nicht mehr vor den Tests, aber ob es deshalb war, weil sie fürchteten, er könne üble Entzugserscheinungen bekommen, oder ob es ganz einfach zur Testroutine gehörte, wußte er nicht.

Das Ergebnis war ein auf grausame Weise unlösbares Problem: er konnte seine Fähigkeit nicht ausüben, wenn er mit Thorazin vollgepumpt war, und doch brachte er einfach nicht den Willen auf, die Droge nicht mehr zu nehmen (und wenn sie *merkten*, daß er sie nicht mehr nahm, würde er sich natürlich gewaltigen Ärger einhandeln). Wenn sie ihm nach diesem Stromausfall wieder die Pille brachten, würde er sie nehmen, und ganz allmählich würde er wieder den Zustand apathischer Ruhe erreichen, in dem er sich befunden hatte, bevor das Licht ausging. Dann wäre dies alles nur ein gespenstischer kleiner Ausflug gewesen. Er würde sich wieder vor sein Fernsehgerät setzen und *PDH-Club* und Clint Eastwood sehen und dabei zuviel aus dem Kühlschrank naschen, der immer gut gefüllt war. Er würde weitere Pfunde ansetzen.

(Charlie, Charlie ist in Gefahr, Charlie hat alle möglichen Schwierigkeiten, auf sie wartet eine Welt von Ungemach.)
Und wenn es so kam, konnte er nichts daran ändern.

Und selbst wenn er etwas daran ändern könnte, selbst wenn er sich genügend zusammenreißen könnte, daß ihm und Charlie die Flucht gelang – warum, zum Teufel, sollten die Schweine *nicht* pfeifen und die Bettler *nicht* zu Pferd sitzen? –, läge eine endgültige Lösung für Charlies Zukunft nach wie vor in weiter Ferne.

Er legte sich flach ausgestreckt auf das Bett zurück, und der Teil seiner Gedanken, der sich jetzt ausschließlich mit Thorazin beschäftigte, hörte nicht auf, danach zu verlangen.

Hier und jetzt gab es keine Lösung, und die Vergangenheit stand vor ihm auf. Er sah Charlie und sich wie in einem in Zeitlupe ablaufenden Alptraum die Third Avenue hochlaufen, einen Mann in abgewetzter Cordjacke und ein kleines Mädchen in Rot und Grün. Er sah Charlies verzerrtes, blasses und tränenüberströmtes Gesicht, nachdem sie auf dem Flugplatz das Kleingeld aus den Münzfernsprechern geholt hatte ... das Kleingeld hatte sie bekommen und einem Soldaten die Schuhe in Brand gesteckt.

Seine Gedanken schweiften noch weiter zurück, und er dachte an seinen Laden in Port City, Pennsylvanien, und an Mrs. Gurney. Betrübt war die fette Mrs. Gurney in sein Büro gekommen und hatte auf den sorgfältig gemalten Slogan gedeutet, der eigentlich Charlies Idee gewesen war. *Sie werden abnehmen, oder wir bezahlen Ihre Lebensmittel für die nächsten sechs Monate.*

Mrs. Gurney hatte ihrem Mann, einem Expedienten, zwischen 1950 und 1957 vier Kinder geboren, und nun waren die Kinder groß und von ihrer Mutter angewidert, und auch ihr Mann war von ihr angewidert und hatte eine andere, und das konnte sie gut verstehen, denn er war mit fünfundfünfzig immer noch ein gutaussehender vitaler und kräftiger Mann, und sie hatte im Laufe der Jahre um hundertfünfzig Pfund zugenommen. Seit ihrer Eheschließung, als sie hundertzwanzig wog, war ihr Gewicht auf satte zweihundertsiebzig Pfund geklettert. Prall und monströs und verzweifelt war sie in ihrem grünen Hosenanzug hereingekommen, und ihr Hintern war fast so breit wie der Schreibtisch eines Bankpräsidenten. Als sie sich hinabbeugte, um ihr Scheckheft aus der Handtasche zu holen, verwandelte sich ihr Dreifachkinn in ein sechsfaches.

Er hatte sie zusammen mit drei anderen fetten Frauen in einen Kursus gesteckt. Er machte mit ihnen Leibesübungen und verordnete eine leichte Diät. Über beides hatte Andy in der Öffentlichen Bücherei nachgelesen; dann gab es aufmunternde Gespräche, die er »Beratung« nannte, und hin und wieder gab er ihnen psychische Anstöße von mittlerer Intensität.

Mrs. Gurney hatte von zweihundertsiebzig auf zweihundertfünfzig, dann auf zweihundertdreißig abgenommen und mit einer Mischung aus Angst und Entzücken gestanden, daß sie beim Essen seit einiger Zeit auf die zweite Portion verzichtete. Sie schien ihr einfach nicht mehr zu schmecken. Vorher hatte sie immer schüsselweise Naschwerk im Kühlschrank stehen gehabt (und Schmalzgebackenes im Brotkasten und zwei oder drei Käsekuchen im Gefrierfach), um für den Fernsehabend gerüstet zu sein, aber in letzter Zeit . . . es hörte sich verrückt an . . . *vergaß* sie die Sachen einfach. Dabei hatte man ihr immer gesagt, daß man während einer Schlankheitskur an gar nichts anderes als an süße Sachen denken *kann*. Als sie es einmal bei den Weight Watchers versucht hatte, sei es ganz anders gewesen als jetzt.

Die anderen drei Frauen hatten ähnlich günstig auf die Beeinflussung reagiert. Andy wartete nur ab und verfolgte die Entwicklung und hegte seinen Klientinnen gegenüber auf absurde Weise väterliche Gefühle. Alle vier waren erstaunt und erfreut über ihre gemeinsamen guten Erfahrungen. Die körperlichen Übungen, die ihnen sonst immer so langweilig und anstrengend vorgekommen waren, erschienen ihnen jetzt fast als Vergnügen. Und dann dieser ständige Drang *spazierenzugehen*. Sie waren sich alle darüber einig, daß sie sich erst richtig wohl fühlten, wenn sie im Laufe des Tages eine beachtliche Strecke zu Fuß zurückgelegt hatten. Mrs. Gurney erzählte, daß sie es sich angewöhnt habe, jeden Tag zu Fuß in die Stadt und zurück zu gehen, und das, obwohl die Gesamtstrecke länger als zwei Meilen war. Früher hatte sie immer den Bus genommen, was auch eigentlich vernünftig war, denn die Haltestelle befand sich direkt vor ihrem Haus. Als sie eines Tages doch wieder mit dem Bus gefahren war – weil ihr die Muskeln an den Schenkeln so sehr weh taten –, hatte sie ein so dummes und unruhiges Gefühl gehabt, daß sie an der zweiten Haltestelle wieder ausgestiegen war. Die anderen stimmten ihr zu, und sie priesen Andy McGee trotz aller Muskelschmerzen in höchsten Tönen.

Beim dritten Wiegen hatte Mrs. Gurney ihr Gewicht auf zweihundertzehn Pfund gedrückt, und als ihr Sechswochenkursus zu Ende war, wog sie weit unter zweihundert Pfund. Ihr Mann, so berichtete sie, hätte es kaum glauben können, da sie doch schon so viele Diätprogramme ohne Erfolg ausprobiert hatte. Aus Angst, sie könnte Krebs haben, hatte er sie gebeten, einen Arzt aufzusuchen. Er hatte es für unmöglich gehalten, in nur sechs Wochen auf natürliche Weise über siebzig Pfund an Gewicht zu verlieren. Sie zeigte ihm ihre vom Nähen roten und schwieligen Finger, denn sie hatte mit Nadel und Faden all ihre Kleider enger machen müssen. Und dann schlang sie ihm die Arme um den Hals (wobei sie ihm fast das Genick brach) und weinte sich an seiner Schulter aus.

Genau wie einige seiner Kollegen besuchten ihn manchmal seine erfolgreicheren Studenten, einige, um sich zu bedanken, andere, um ihm gegenüber ihren Erfolg zu demonstrieren – nach dem Muster: Sehen Sie, der Student ist mehr geworden als der Lehrer ... etwas, das kaum so ungewöhnlich war, wie sie zu glauben schienen.

Aber Mrs. Gurney hatte zur ersten Kategorie gehört. Nur etwa zehn Tage bevor Andy anfing, sich in Port City bespitzelt zu fühlen, war sie in sein Büro gekommen, um sich zu bedanken. Noch vor Ende jenes Monats waren sie nach New York City gegangen.

Mrs. Gurney war immer noch eine stattliche Frau, aber wenn man sie von früher kannte, sah man den enormen Unterschied – wie bei den Anzeigen mit den Vorher- Nachher-Fotos. Als sie jenes letzte Mal hereinschaute, wog sie noch hundertachtzig Pfund. Aber es ging natürlich gar nicht um ihr genaues Gewicht. Wichtig war, daß sie auch weiterhin sechs Pfund plus minus dreißig Prozent wöchentlich abnehmen würde. In der Folgezeit würde sie mit verringerter Geschwindigkeit abnehmen, um dann schließlich ihr ursprüngliches Gewicht zu erreichen. Dabei würde es keine explosive Gewichtsminderung geben, und auch keine Nachwirkungen wie Abscheu vor dem Essen, was gelegentlich zu nervöser Anorexie führt. Andy wollte ein wenig Geld verdienen, aber niemanden dabei umbringen.

»Für das, was Sie getan haben, sollte man Sie zum nationalen Wundertäter erklären«, hatte Mrs. Gurney gesagt, nachdem sie berichtet hatte, daß sie sich mit ihren Kindern versöhnt habe, und daß das Verhältnis zu ihrem Mann jetzt besser sei. Andy hatte sich lächelnd bei ihr bedankt, aber jetzt, da er auf seinem Bett lag und allmählich müde wurde, überlegte er, daß genau dies ihm und Charlie passiert war: Man wollte aus ihnen nationale Wundertäter machen.

Dennoch, es war keine schlechte Fähigkeit. Nicht, wenn man damit einer Mrs. Gurney helfen konnte.

Er lächelte ein wenig. Und lächelnd schlief er ein.

10

An die Einzelheiten des Traums konnte er sich später nicht mehr erinnern. Er hatte etwas gesucht. Er hatte sich in einem labyrinthartigen, von trüben roten Lampen erhellten Gewirr von Korridoren befunden. Er öffnete Türen zu leeren Zimmern und schloß sie wieder. In einigen Räumen lag eine Menge zusammengeknülltes Papier, in einem eine umgestürzte Tischlampe und ein von der Wand gefallenes Bild im Stil von Wyeth. Andy hatte das Gefühl, sich in einer Anlage zu befinden, die geschlossen und in aller Eile geräumt worden war.

Und dennoch hatte er zuletzt gefunden, was er suchte. Es war . . . was? Eine Kiste? Eine Truhe? Was immer es war, es hatte ein entsetzliches Gewicht, und auf den Gegenstand war mit einer Schablone ein Totenkopf mit gekreuzten Knochen gemalt, wie man ihn auf einer Dose Rattengift findet, die man auf einem hohen Regal im Keller aufbewahrt. Trotz seines Gewichts (er mußte mindestens so viel wiegen wie Mrs. Gurney) konnte er den Gegenstand hochheben. Er spürte alle Muskeln und Sehnen straff und hart werden, aber er empfand keinen Schmerz.

Natürlich nicht, sagte er sich. *Ich empfinde keinen Schmerz, weil es ein Traum ist. Später werde ich dafür büßen. Der Schmerz wird sich später einstellen.*

Er trug die Kiste aus dem Raum, in dem er sie gefunden hatte. Es gab einen Ort, an den er sie schaffen mußte, aber er wußte nicht, wo er lag und um was es sich dabei handelte –

Ich werde es wissen, wenn ich ihn sehe, flüsterte sein Verstand.

Also trug er die Kiste über endlose Korridore auf und ab, und das Gewicht zerrte schmerzlos an seinen Muskeln, und sein Nacken wurde steif; und obwohl ihm die Muskeln nicht weh taten, zeigten sich Anzeichen von Kopfschmerzen.

Das Gehirn ist ein Muskel, dozierte sein Verstand, und diese Aussage wurde zu einem Kinderlied, zu einem fröhlichen Vers, wie ihn kleine Mädchen beim Hüpfen singen: *Das Gehirn ist ein Muskel, der die Welt bewegen kann. Das Gehirn ist ein Muskel, der die Welt –*

Jetzt sahen die Türen alle wie U-Bahn-Türen aus, leicht nach außen gewölbt und mit großen Fenstern; alle diese Fenster hatten abgerundete Ecken. Durch diese Türen (wenn es Türen waren) erkannte Andy eine verwirrende Vielfalt von Szenen. In einem Raum spielte Dr. Wanless auf einem riesigen Akkordeon. Vor sich hatte er ein Blechgefäß voller Bleistifte stehen, und um den Hals trug er ein Schild mit der Aufschrift: NIEMAND IST SO BLIND WIE DIEJENIGEN, DIE NICHT SEHEN WOLLEN. Durch ein anderes Fenster sah Andy ein Mädchen in einem weißen Gewand, das kreischend durch die Luft sauste und immer wieder von den Wänden abprallte. Von diesem Fenster rannte Andy rasch weg.

Durch ein weiteres Fenster erkannte er Charlie, und er war überzeugt, daß dies eine Art Piratentraum war – der vergrabene Schatz, Jo-ho-ho-Geschrei und dergleichen –, denn Charlie unterhielt sich offenbar mit Long John Silver. Dieser Mann hatte einen Papagei auf der Schulter sitzen und trug eine Augenklappe über dem einen Auge. Er grinste Charlie mit einer kriecherischen, falschen Freundlichkeit an, die Andy ganz nervös machte. Wie zur Bestätigung legte der einäugige Pirat den Arm um Charlies Schultern und rief heiser: »Die werden wir schon noch überlisten, Kleine!«

Andy wollte stehenbleiben und an das Fenster klopfen,

damit Charlie auf ihn aufmerksam würde – wie hypnotisiert starrte sie den Piraten an. Andy wollte sie dazu bringen, den Fremden zu durchschauen, wollte ihr begreiflich machen, daß er nicht der war, der er schien.

Aber er konnte nicht stehenbleiben. Er mußte diese verdammte
(Kiste? Truhe?)
fortschaffen.
(???)
Was mußte er? Was, zum Teufel, sollte er mit ihr machen?
Aber er würde es wissen, wenn die Zeit gekommen war.

Er ging an Dutzenden von weiteren Räumen vorbei – er konnte sich nicht mehr an alles, was er gesehen hatte, erinnern – und dann befand er sich plötzlich in einem langen, leeren Korridor, der an einer leeren Wand endete. Aber sie war nicht ganz leer; genau in der Mitte war etwas angebracht, ein großes, stählernes Rechteck, das aussah wie ein Briefkastenschlitz.

Dann sah er das in erhabenen Buchstaben aufgeprägte Wort. BESEITIGUNG, las er. Und plötzlich stand Mrs. Gurney neben ihm; eine schlanke und hübsche Mrs. Gurney mit einer wohlgeformten Figur und schlanken Beinen, die dafür gemacht schienen, die ganze Nacht durchzutanzen, auf einer Terrasse zu tanzen, bis die Sterne am Himmel verblaßten und sich im Osten wie einschmeichelnde Musik die Dämmerung erhob. Man würde nie glauben, dachte er benommen, daß ihre Kleidung einst von Omar, dem Zeltmacher, gefertigt wurde.

Andy versuchte, die Kiste anzuheben, aber es gelang ihm nicht. Plötzlich war sie zu schwer. Seine Kopfschmerzen waren schlimmer geworden. Sie waren wieder wie das schwarze Pferd, das reiterlose schwarze Pferd mit den roten Augen, und mit wachsendem Entsetzen erkannte er, daß es frei war, daß es sich irgendwo in dieser verlassenen Anlage befand, ihn suchte und sich ihm mit stampfenden Hufen näherte –

»Ich werde Ihnen helfen«, sagte Mrs. Gurney. »Sie haben mir geholfen, und jetzt helfe ich Ihnen. Schließlich sind sie der nationale Wundertäter, nicht ich.«

»Sie sehen so gut aus«, sagte er. Durch den immer wilderen Schmerz in seinem Kopf schien seine Stimme von weit her zu kommen.

»Ich fühle mich, als hätte man mich aus einem Gefängnis herausgelassen«, antwortete Mrs. Gurney. »Lassen Sie mich Ihnen helfen.«

»Es ist nur, daß mir der Kopf weh tut.«

»Natürlich tut er das. Schließlich ist das Gehirn ein Muskel.«

Half sie ihm, oder tat er es selbst? Daran konnte er sich nicht erinnern. Aber er konnte sich daran erinnern, daß er glaubte, den Traum jetzt verstanden zu haben. Es war die Fähigkeit, andere psychisch zu beeinflussen, die er jetzt endgültig loswurde. Er wußte noch, daß er die Kiste gegen den Schlitz lehnte, auf dem BESEITIGUNG stand, daß er sie hochkantete und sich überlegte, wie es wohl aussehen würde, wenn es herauskam, dieses Ding, das seit seiner Studentenzeit in seinem Gehirn gesteckt hatte. Aber es kam etwas anderes heraus; er empfand Überraschung und Angst, als sich der Deckel öffnete. Was in den Schlitz hineinrauschte, war eine Flut von blauen Pillen, *seine* Pillen, und er hatte große Angst; er hatte, in den Worten Großvater McGees, genug Angst, um Fünfcentstücke zu scheißen.

»Nein!« brüllte er.

»Doch«, sagte Mrs. Gurney mit fester Stimme. »Das Gehirn ist ein Muskel, der die Welt bewegen kann.«

Und dann begriff er, was sie meinte.

Je mehr er ausschüttete, um so mehr schien ihn der Kopf zu schmerzen, und je schlimmer er schmerzte, um so dunkler wurde es, bis es gar kein Licht mehr gab, bis die Dunkelheit total war, eine lebende Dunkelheit, jemand hatte irgendwo alle Sicherungen durchbrennen lassen, und es gab kein Licht, keine Kiste und keinen Traum, nur seine Kopfschmerzen und das reiterlose Pferd mit den roten Augen, das immer näher kam.

Mit stampfenden Hufen . . .

11

Er mußte lange wach gewesen sein, bevor es ihm bewußt wurde. Das völlig fehlende Licht machte es schwer, eine genaue Trennlinie zu ziehen. Vor ein paar Jahren hatte er von einem Experiment gelesen, bei dem eine Anzahl Affen in eine

Umgebung gebracht wurden, die so eingerichtet war, daß sie all ihre sinnlichen Wahrnehmungen dämpfte. Die Affen waren alle verrückt geworden. Er wußte warum. Er hatte keine Ahnung, wie lange er geschlafen hatte. Er hatte keine konkrete sinnliche Wahrnehmung gehabt außer –

»Oh, mein Gott!«

Als er sich aufrichtete, fuhr ihm wie mit gräßlichen Speeren der Schmerz durch den Kopf. Er griff sich mit den Händen an den Kopf und schüttelte ihn hin und her. Langsam ließen die Schmerzen ein wenig nach oder wurden doch einigermaßen erträglich.

Es gab keine konkreten sinnlichen Wahrnehmungen außer diesen verdammten Kopfschmerzen. Ich muß falsch gelegen haben, dachte er. Ich muß –

Nein. O nein. Er kannte seine Kopfschmerzen, kannte sie gut. Solche Kopfschmerzen hatte er bekommen, wenn er mit mittlerer Intensität zugestoßen hatte ... härter als bei den fetten Weibern oder den verzagten Managern, aber nicht so hart wie bei den Kerlen auf dem Rastplatz an der Autobahn.

Wieder fuhr sich Andy mit den Händen ans Gesicht, tastete es von oben bis unten ab. Er fand keine Stellen, an denen er kein Gefühl mehr hatte. Wenn er lächelte, hoben sich die Mundwinkel wie immer. Wie sehnte er sich nach irgendeinem Licht, damit er im Badezimmerspiegel seine Augen betrachten könnte, um zu sehen, ob es in einem von ihnen wieder diesen verräterischen roten Schimmer gab ...

Zustoßen?

Das war lächerlich. Gegen wen hätte er zustoßen sollen?

Gegen wen außer –

Ihm stockte plötzlich der Atem. Er hatte schon daran gedacht, es aber nie versucht. Man durfte einen Schaltkreis nicht überladen, indem man ständig neue Energie hineinschickte. Er hatte sich einfach nicht getraut.

Meine Pille, dachte er. *Meine Pille ist überfällig, und ich brauche sie, ich brauche sie dringend, wirklich dringend. Mit der Pille wird alles wieder gut.*

Es war nur ein Gedanke. Ein Verlangen stellte sich dabei nicht ein. Die Vorstellung, Thorazin zu nehmen, brachte einen ähnlichen Anstieg von Emotionen, als hätte er gesagt: *Würden*

Sie mir bitte die Butter reichen. Tatsache war, daß er sich, von diesen verdammten Kopfschmerzen abgesehen, ganz wohl fühlte. Und Tatsache war auch, daß er schon viel schlimmere Kopfschmerzen gehabt hatte – die auf dem Flughafen von Albany zum Beispiel. Dagegen waren diese eine Bagatelle.

Ich habe mich selbst psychisch beeinflußt, dachte er erstaunt. Zum ersten Mal konnte er sich wirklich in Charlies Lage hineinversetzen, denn zum ersten Mal hatte er Angst vor seinem eigenen Psi-Talent. Zum ersten Mal begriff er, wie wenig er diese Fähigkeiten in seinen Möglichkeiten und Auswirkungen einschätzen konnte. Warum waren sie plötzlich nicht mehr vorhanden gewesen? Andy wußte es nicht. Warum hatte sich diese Fähigkeit wieder eingestellt? Auch das wußte er nicht. Hatte es etwas mit seiner grauenhaften Angst in der Dunkelheit zu tun? Mit seinem plötzlichen Gefühl, daß Charlie in Gefahr schwebte (gespenstisch kam ihm die Erinnerung an den einäugigen Piraten und war sofort wieder weg) und seinem elenden Selbsthaß dafür, daß er gar nicht mehr an sie gedacht hatte? Hatte es vielleicht sogar etwas mit der Kopfverletzung zu tun, die er sich bei seinem Sturz zugezogen hatte?

Er wußte es nicht; er wußte nur, daß er sich selbst psychisch beeinflußt hatte.

Das Gehirn ist ein Muskel, der die Welt bewegen kann.

Plötzlich fiel ihm ein, daß er, anstatt kleinen Angestellten oder fetten Weibern Anstöße zu geben, ein Ein-Mann-Rehabilitationszentrum für Drogensüchtige hätte werden können, und diese aufkeimende Vermutung versetzte ihn in zitternde Ekstase. Er war mit dem Gedanken eingeschlafen, daß eine Fähigkeit, mit der der armen fetten Mrs. Gurney zu helfen war, so schlecht nicht sein konnte. Wie wäre es mit einer Fähigkeit, die jeden armen Teufel in New York City, der Drogen nahm, von seiner Sucht befreien konnte? Wie wäre es *damit*, Sportsfreunde?

»Mein Gott«, flüsterte er. »Bin ich wirklich clean?«

Das Verlangen war weg. Thorazin, das Bild der blauen Pille in dem weißen Napf – dieser Gedanke war jetzt unmißverständlich neutral.

»Ich bin clean«, beantwortete er seine eigene Frage.

Die nächste Frage: konnte er clean bleiben?

Aber kaum hatte er sich diese Frage gestellt, als schon weitere Fragen auftauchten. Konnte er genau feststellen, was mit Charlie geschah? Im Schlaf hatte er seine Fähigkeit wie eine Art Autohypnose gegen sich selbst eingesetzt. Konnte er sie im Wachzustand gegen andere einsetzen? Gegen Pynchot zum Beispiel mit seinem ewigen widerlichen Grinsen? Pynchot wußte bestimmt, was man mit Charlie vorhatte. Konnte er ihn zum Reden veranlassen? Konnte er sie vielleicht trotz allem hier herausholen?

Gab es diese Möglichkeit? Und wenn sie es schafften, was dann? Ständige Flucht kam nicht mehr in Frage. Sie mußten ein festes Ziel haben.

Zum ersten Mal seit Monaten war er aufgeregt, schöpfte er wieder Hoffnung. Bruchstückhaft überlegte er einen Plan, hieß ihn gut, verwarf ihn wieder und stellte sich weitere Fragen. Zum ersten Mal seit Monaten fühlte er sich in seinem eigenen Kopf wieder zu Hause, regte sich Leben in ihm, war er wieder in der Lage zu handeln. Und vor allem dies: wenn es ihm gelang, sie zwei Dinge glauben zu machen – daß er noch unter Drogen stand und daß er die Fähigkeit, andere psychisch zu beeinflussen, verloren hatte, gab es für ihn vielleicht die Chance, *irgend etwas* zu unternehmen.

Während er noch unruhig grübelte, ging das Licht wieder an. Im Nebenraum plärrte das Fernsehen wieder die religiös verbrämte Bettelei des *PDH-Clubs*.

Die Augen, die elektronischen Augen! Sie beobachten mich wieder oder werden bald damit anfangen . . . Das darf ich nicht vergessen!

Einen Augenblick lang stand ihm alles klar vor Augen – die Tage und Wochen der Verstellung, die vor ihm lagen, wenn er auch nur die geringste Chance haben wollte, dazu die fast sichere Gewißheit, daß er an irgendeinem Punkt auffliegen würde. Mutlosigkeit erfaßte ihn . . . aber das Verlangen nach der Pille blieb aus, und das half ihm, sich sofort wieder zu fangen.

Der Gedanke an Charlie war eine weitere Hilfe.

Langsam stand er vom Bett auf und ging ins Wohnzimmer hinüber. »Was war denn los?« rief er laut. »Ich hatte Angst! Wo ist mein Medikament? Ich muß sofort mein Medikament haben!«

Mit stumpfem, schlaffem Gesicht setzte er sich vor das Fernsehgerät.

Und hinter seinen ausdruckslosen Zügen arbeitete sein Gehirn – jener Muskel, der die Welt bewegen kann – immer schneller.

12

Wie es ihrem Vater mit seinem Traum ergangen war, konnte auch Charlie McGee sich nicht an die Einzelheiten ihres langen Gesprächs mit Rainbird erinnern. Sie wußte nur das Wichtigste. Ihr war nicht ganz klar, warum sie ihm überhaupt ihre Geschichte erzählt hatte, warum sie von ihrer Sehnsucht nach ihrem Vater gesprochen hatte und von ihrer grauenhaften Angst davor, daß man sie mit Tricks dazu veranlassen könnte, ihre pyrokinetischen Fähigkeiten anzuwenden.

Teils lag es natürlich am Stromausfall und an dem Wissen, daß *sie* nicht zuhörten. Teils lag es auch an John, der so viel durchgemacht hatte und sich so entsetzlich vor der Dunkelheit fürchtete und den damit verbundenen Erinnerungen an das gräßliche Loch, in das die Vietcong ihn geworfen hatten. Er hatte sie fast teilnahmslos gefragt, warum man sie denn eingesperrt habe, und sie hatte angefangen zu reden, um ihn abzulenken. Aber es war rasch mehr geworden. Immer schneller hatte sie alles ausgesprochen, was sich in ihr aufgestaut hatte, bis die Worte nur so hervorsprudelten. Ein oder zwei Mal hatte sie geweint, und er hatte ungeschickt versucht, sie zu trösten. Er war ein netter Mann . . . in mancher Hinsicht erinnerte er sie an ihren Vater.

»Wenn sie erfahren, daß Sie das alles wissen, werden Sie wahrscheinlich auch eingesperrt«, sagte sie. »Ich hätte Ihnen nichts erzählen sollen.«

»Sie würden mich bestimmt einsperren«, sagte John heiter. »ich bin in der Sicherheitskategorie D, Kleine. Das gibt mir höchstens die Berechtigung, eine Dose Bohnerwachs aufzumachen.« Er lachte. »Wenn du aber nicht verrätst, daß du mir alles erzählt hast, kann uns nichts passieren.«

»Das tue ich bestimmt nicht«, sagte sie eifrig. Sie war selbst ein wenig beunruhigt gewesen. Wenn John etwas verraten hätte, wäre er von ihnen vielleicht als Druckmittel gegen sie verwendet worden. »Ich habe schrecklichen Durst. Im Kühlschrank steht Eiswasser. Wollen Sie auch etwas?«

»Laß mich nicht allein«, sagte er sofort.

»Wir gehen zusammen. Wir können uns ja die Hände reichen.«

Er schien darüber nachzudenken. »Gut«, sagte er.

Sie hielten sich ganz fest an den Händen und schlurften gemeinsam zur Küche hinüber.

»Du darfst auch bestimmt nichts verraten, Kleine. Besonders nicht, daß ein riesengroßer Indianer sich vor der Dunkelheit fürchtet. Die Kerle würden sich über mich totlachen.«

»Sie würden nicht lachen, wenn sie wüßten –«

»Wer weiß.« Er lachte leise. »Aber lieber sollen sie es nicht erfahren. Wie bin ich froh, daß du hier warst, Kleine.«

Sie war so gerührt, daß sich ihre Augen wieder mit Tränen füllten. Sie nahm sich zusammen, und dann erreichten sie den Kühlschrank. Sie tastete nach dem Krug mit dem Eiswasser. Es war nicht mehr eiskalt, aber es löschte den Durst. Wieder überlegte sie voller Unruhe, wie lange sie wohl gesprochen hatte, aber sie wußte es nicht. Sie wußte nur, daß sie alles erzählt hatte.

Selbst was sie eigentlich verschweigen wollte, nämlich die Ereignisse auf der Mandersfarm. Leute wie Hockstetter wußten das natürlich alles, aber sie waren ihr gleichgültig. John aber war ihr nicht gleichgültig . . . und auch nicht seine Meinung über sie.

Aber sie hatte geredet. Er war mit ein paar Fragen gleich auf das Wesentliche zu sprechen gekommen . . . und sie hatte geredet, oft unter Tränen. Aber, statt weitere Fragen zu stellen oder sie mißtrauisch zu verhören, hatte er sich alles nur ruhig angehört, und sie empfand deutlich sein Mitgefühl. Er schien zu wissen, durch welche Hölle sie gegangen war, vielleicht, weil er selbst die Hölle erlebt hatte.

»Hier ist das Wasser«, sagte sie.

»Danke.« Sie hörte ihn trinken, und dann gab er ihr den Krug zurück. »Vielen Dank.«

Sie stellte das Gefäß weg.

»Komm, wir gehen ins Zimmer zurück«, sagte er. »Ich möchte wissen, ob das Licht überhaupt je wieder angeht.« Er schätzte, daß sie bisher etwa sieben Stunden im Dunkeln gesessen hatten, und er wurde langsam ungeduldig. Er mußte hier raus und über alles nachdenken. Nicht über das, was sie ihm erzählt hatte – das hatte er alles schon gewußt –, sondern darüber, wie er jetzt vorgehen sollte.

»Ich denke, das Licht wird bald wieder angehen«, sagte Charlie.

Sie tasteten sich zum Sofa vor und setzten sich.

»Haben sie dir denn überhaupt nichts über deinen Vater gesagt?«

»Nur, daß es ihm gutgeht«, sagte sie.

»Ich wette, ich könnte ihn mal besuchen«, sagte Rainbird, als sei ihm dieser Gedanke eben gerade gekommen.

»Wirklich? Glauben Sie, daß Sie das schaffen?«

»Ich könnte an irgendeinem Tag mit Herbie tauschen. Ihn besuchen. Ihm sagen, daß es dir gutgeht. Nein, nicht sagen, sondern ihm einen Zettel von dir zustecken oder so.«

»Wäre das nicht gefährlich?«

»Nur, wenn wir es zur Gewohnheit machen. Aber ich schulde dir eine Gefälligkeit. Ich werde hingehen und feststellen, wie es ihm geht.«

Sie fiel ihm in der Dunkelheit um den Hals und küßte ihn. Rainbird drückte sie zärtlich an sich. Auf seine Weise liebte er sie. Jetzt mehr als je zuvor. Sie gehörte ihm und er ihr wohl auch. Vorläufig.

Eine Weile blieben sie schweigend nebeneinander sitzen, und Charlie war kurz vor dem Einschlafen. Dann sagte er etwas, das sie so plötzlich weckte, als hätte man ihr kaltes Wasser ins Gesicht geschüttet.

»Scheiße, du solltest ihnen ihre verdammten Feuer anzünden, wenn du kannst.«

Charlie zog scharf die Luft ein. Sie war so schockiert, als hätte er sie geschlagen.

»Ich habe es Ihnen doch *gesagt*«, antwortete sie. »Es ist, als ob . . . man ein wildes Tier aus dem Käfig läßt. Ich habe mir geschworen, es nie wieder zu tun. Dieser Soldat am Flughafen . . . und die Männer auf der Farm . . . ich habe sie umgebracht

... ich habe sie *verbrannt!*« Ihr Gesicht war heiß und gerötet, und sie wäre fast wieder in Tränen ausgebrochen.

»So, wie du es geschildert hast, klang es eher nach Notwehr.«

»Ja, aber das ist doch keine Entschuldigung –«

»Und es klang so, als hättest du deinem Vater das Leben gerettet.«

Charlie schwieg. Aber er spürte ihre Qual, ihre Verwirrung und ihr ganzes Elend. Er sprach rasch weiter, denn sie sollte sich nicht erst daran erinnern, daß sie auch ihren Vater fast umgebracht hätte.

»Was diesen Hockstetter anbetrifft, solche Leute kenne ich schon aus dem Krieg. Allesamt Wunderknaben. Wenn er es so nicht schafft, wendet er eben härtere Methoden an.«

»Davor habe ich ja am meisten Angst«, gab sie leise zu.

»Der Kerl ist zu allem fähig.«

Charlie erschrak. Dann sagte sie: »Trotzdem, ich zünde keine Feuer mehr an. Das habe ich mir geschworen. Es ist etwas Böses, und deshalb tue ich es nicht.«

Das reichte. Es war Zeit aufzuhören. Er hatte zwar das Gefühl, daß er weitermachen, einfach seiner Intuition folgen könnte. Aber dieses Gefühl mochte trügen. Außerdem war er müde. Das Mädchen zu bearbeiten, war mindestens so anstrengend gewesen wie Rammadens Tresore zu knacken. Wenn er jetzt nicht aufhörte, könnte ihm ein Fehler unterlaufen, der nicht gutzumachen wäre.

»Ja, ja, ich denke, du hast recht.«

»Werden Sie wirklich zu Daddy gehen?«

»Ich will's versuchen, Kleine.«

»Es tut mir so leid, daß Sie hier bei mir eingesperrt waren, John. Aber ich bin auch sehr froh.«

»Ja, ja.«

Sie sprachen noch über belanglose Dinge, und sie legte den Kopf gegen seinen Arm. Er merkte, daß sie wieder einschlafen wollte – es war schon sehr spät –, und als das Licht vierzig Minuten später wieder anging, schlief sie ganz fest. Das Licht fiel ihr ins Gesicht, und sie bewegte sich und wandte den Kopf, so daß er im Schatten lag. Nachdenklich schaute er auf sie hinab, sah ihren schlanken Hals, ihren kleinen Kopf. Solche Kräfte in dieser zerbrechlichen kleinen Hülle. Konnte das überhaupt stimmen? Sein Verstand wollte es nicht wahrhaben, aber sein Gefühl sagte das Gegenteil. Es war ein merkwürdiges und irgendwie schönes Gefühl, mit sich selbst so uneins zu sein. Sein Gefühl sagte ihm, daß sie wirklich diese Kräfte besaß, und zwar in einem Ausmaß, das die anderen nie glauben würden, vielleicht sogar in einem solchen Ausmaß, wie es der verrückte Wanless angedeutet hatte.

Er nahm sie hoch, trug sie zu ihrem Bett und deckte sie zu. Sie wurde halb wach.

Impulsiv beugte er sich vor und küßte sie. »Gute Nacht, Kleine.«

»Gute Nacht, Daddy«, sagte sie schläfrig, rollte sich auf die Seite und lag still.

Er betrachtete sie noch ein paar Minuten und ging dann in das Wohnzimmer zurück. Zehn Minuten später stürzte Hockstetter herein.

»Stromausfall«, sagte er. »Vom Sturm. Diese verdammten elektronischen Schlösser sind alle verriegelt. Ist sie –«

»Es ist alles in Ordnung, wenn Sie nicht so verdammt laut sprechen«, sagte Rainbird. Seine großen Hände packten Hockstetter an den Aufschlägen seines weißen Laborkittels, und er riß ihn zu sich heran, so daß Hockstetters plötzlich angsterfülltes Gesicht nur ein paar Zentimeter von seinem eigenen entfernt war. »Und wenn Sie hier noch einmal so tun, als ob Sie mich kennen, als sei ich etwas anderes als ein Wärter der Kategorie D, bringe ich Sie um, schneide Sie in kleine Stücke und verarbeite Sie zu Katzenfutter.«

Hockstetter stotterte hilflos. Der Speichel floß ihm aus den Mundwinkeln.

»Haben Sie verstanden? Ich werde Sie umbringen.« Der Indianer schüttelte Hockstetter.

»I-i-ich habe ver-ver-standen.«

»Dann raus hier«, sagte Rainbird und stieß Hockstetter auf den Korridor hinaus.

Der Indianer schaute sich noch einmal um, schob seinen Karren hinaus und ließ die Tür mit ihrer automatischen Verriegelung hinter sich ins Schloß fallen. In ihrem Bett schlief Charlie so friedlich wie seit Monaten, vielleicht seit Jahren nicht mehr.

Kleine Feuer, Großer Bruder

1

Der heftige Sturm verging. Auch die Zeit verging – drei Wochen. Noch herrschte ein feuchter, drückender Sommer über dem östlichen Virginia, aber die Schule hatte wieder angefangen, und die gelben Schulbusse rollten über die gepflegten Landstraßen im Gebiet von Longmont. Im nahen Washington, D.C. fing das neue Gesetzgebungsjahr mit seinen Gerüchten und Andeutungen an, mit dem üblichen, durch das Fernsehen noch verstärkten Zirkusrummel, mit gezielten Indiskretionen und einem alles beherrschenden Whiskeydunst.

In den nüchternen, klimatisierten Räumen und den unterirdischen Anlagen des Komplexes machte das alles wenig Eindruck, wenn man davon absah, daß auch Charlie jetzt in die Schule ging. Es war Hockstetters Idee gewesen, sie unterrichten zu lassen, und Charlie hatte sich geweigert, aber Rainbird hatte sie überredet.

»Das könnte dir wirklich nicht schaden«, sagte er. »Warum sollte ein so gescheites kleines Mädchen wie du so weit zurückfallen? Scheiße – entschuldige bitte, Charlie –, aber ich wäre heilfroh, wenn ich länger als acht Jahre zur Schule gegangen wäre. Dann würde ich heute keine Fußböden aufwischen – darauf kannst du dich verlassen. Außerdem vergeht die Zeit dann schneller.«

Sie hatte zugestimmt – John zuliebe. Die Lehrer kamen: der junge Mann, der ihr Englischunterricht gab, die ältere Frau für Mathematikunterricht, die jüngere Frau mit der starken Brille, die ihr Französisch beibrachte, und der Mann im Rollstuhl, der die naturwissenschaftlichen Fächer lehrte. Sie paßte auf und lernte auch eifrig, aber eigentlich hatte sie es für John getan.

Dreimal hatte John schon seinen Job riskiert, um ihrem Vater

Zettel zuzustecken, und aus ihrem Schuldgefühl heraus war sie um so eher bereit, ihm gefällig zu sein. Er hatte auch über ihren Vater berichtet – daß es ihm gutginge, daß er sich gefreut hätte, von Charlie zu hören, und daß er sich für Tests zur Verfügung stellte. Das hatte sie ein wenig betrübt, aber sie war jetzt alt genug zu begreifen – wenigstens annähernd –, daß was für sie gut war, nicht unbedingt für ihren Vater gut sein mußte. Und seit einiger Zeit hatte sie sich immer häufiger gefragt, ob John nicht am besten wußte, was gut für sie war. Auf seine ernste und gleichzeitig lustige Art (er fluchte immer und entschuldigte sich dann dafür, worüber sie lachen mußte) klang das, was er sagte, immer sehr überzeugend.

Nach dem Stromausfall hatte er zehn Tage lang nicht mehr über das Feueranzünden gesprochen. Wenn sie über diese Dinge sprachen, taten sie das immer in der Küche, wo es, wie er sagte, keine »Wanzen« gab, und sie sprachen immer sehr leise.

An dem Tag hatte er gesagt: »Hast du schon mal wieder über das Feueranzünden nachgedacht, Charlie?« Er sagte nicht mehr »Kleine« zu ihr, sondern nannte sie jetzt Charlie. Sie hatte ihn darum gebeten.

Sie fing an zu zittern. Seit den Vorfällen auf der Mandersfarm hatte der bloße Gedanke an das Feueranzünden diese Wirkung auf sie. Sie wurde dann immer ganz kalt und starr und zittrig. In Hockstetters Berichten hieß das »eine leichte phobische Reaktion«.

»Ich sagte Ihnen doch«, antwortete sie. »Ich kann es nicht tun, und ich will es auch nicht.«

»Nicht können und nicht wollen ist nicht dasselbe«, sagte John. Er wischte den Fußboden auf, aber ganz langsam, um mit ihr sprechen zu können. Er bewegte beim Sprechen kaum die Lippen, wie ein Strafgefangener, der nicht will, daß seine Bewacher ihn verstehen.

Charlie antwortete nicht.

»Ich habe mir darüber ein paar Gedanken gemacht«, sagte er. »Aber wenn du sie nicht hören willst – wenn du wirklich fest entschlossen bist –, dann halte ich eben einfach das Maul.«

»Nein, das ist schon in Ordnung«, sagte Charlie höflich, aber in Wirklichkeit wäre sie froh gewesen, wenn er tatsächlich den

Mund gehalten hätte, nicht darüber geredet, ja, nicht einmal daran gedacht hätte, denn ihr wurde dabei ganz schlecht. Andererseits hatte John ihr so sehr geholfen ... und sie wollte ihn wirklich nicht verärgern oder kränken. Sie brauchte einen Freund.

»Ich habe mir gerade überlegt, daß sie wissen, wie es auf der Farm außer Kontrolle geriet«, sagte er. »Sie werden wahrscheinlich sehr vorsichtig sein. Ich glaube nicht, daß sie dich in einen Raum voller Papierfetzen und Öllappen sperren werden, oder du vielleicht?«

»Nein, aber –«

Er hob die Hand. »Laß mich doch ausreden.«

»Okay.«

»Und sie wissen bestimmt auch, daß du damals zum ersten Mal – wie soll man es nennen? – ein Großfeuer verursacht hast. Kleine Feuer, Charlie. Darum geht es. Kleine Feuer. Und wenn doch etwas passieren sollte – was ich bezweifle, denn ich glaube, daß du dich besser unter Kontrolle hast, als du denkst –, wenn *doch* etwas passiert, wen wollen sie dann verantwortlich machen? Dich etwa? Nachdem die Arschlöcher dir ein halbes Jahr lang den Arm umgedreht haben, damit du es endlich tust? Verdammt, das glaubst du doch selbst nicht.«

Was er sagte, machte ihr Angst. Trotzdem legte sie die Hände an den Mund und lachte über seinen todtraurigen Gesichtsausdruck. Auch John mußte lächeln. Dann zuckte er die Achseln. »Und dann habe ich mir noch überlegt, daß du nie lernen wirst, es zu kontrollieren, wenn du nicht ständig übst.«

»Es ist mir gleich, ob ich es je kontrollieren kann, weil ich es einfach nicht tun werde.«

»Vielleicht, vielleicht auch nicht«, sagte John beharrlich und wrang seinen Lappen aus. Dann goß er das Seifenwasser in die Spüle und ließ neues Wasser einlaufen. »Sie könnten dich durch eine List dazu bringen.«

»Nein, das glaube ich nicht.«

»Oder du wirst irgendwann krank. Grippe oder Diphtherie oder irgendeine andere Infektionskrankheit.« Das war eine der erfolgversprechenden Möglichkeiten, die Hockstetter angedeutet hatte. »Hat man dir schon den Blinddarm herausgenommen, Charlie?«

»Nn-ein . . .«

John machte sich wieder über den Fußboden her.

»Meinem Bruder mußte er herausgenommen werden, aber das Ding platzte vorher, und er wäre fast gestorben. Wir waren ja nur Indianer in einem Reservat, und den Leuten war es scheiß . . ., den Leuten war es gleichgültig, ob wir starben oder am Leben blieben. Er bekam hohes Fieber, ich glaube einundvierzig Grad, und er phantasierte wie wild, fluchte entsetzlich und sprach mit Leuten, die gar nicht da waren. Weißt du, er glaubte sogar, unser Vater sei der Todesengel und gekommen, ihn zu holen. Er versuchte, ihn mit einem Messer zu erstechen, das er neben seinem Bett liegen hatte. Habe ich dir die Geschichte nicht schon einmal erzählt?«

»Nein«, sagte Charlie flüsternd. Sie flüsterte jetzt nicht aus Angst vor Lauschern, sondern aus entsetzter Faszination. »Wirklich?«

»Wirklich«, bestätigte John. Wieder wrang er seinen Lappen aus. »Es war nicht seine Schuld. Es lag am Fieber. Im Fieberwahn sind Menschen zu allem fähig. Zu *allem*.«

Charlie verstand, was er meinte, und empfand bedrückende Angst. An so etwas hatte sie überhaupt noch nicht gedacht.

»Aber wenn du diese Pyro – wie immer das heißt – kontrollieren könntest . . .«

»Wie kann ich es kontrollieren, wenn ich im Fieberwahn wäre?«

»Weil du es ganz einfach *kannst*.« Rainbird dachte an das Beispiel, das Wanless Cap gegenüber angeführt hatte und das dieser so ekelhaft fand. »Es ist wie bei einem Kind, das man zur Sauberkeit erzieht. Kann es erst einmal Darm und Blase kontrollieren, dann kann es das für immer. Leute im Fieberwahn machen das Bett vielleicht mit ihrem Schweiß naß, hineinpissen tun sie selten.« Hockstetter hatte aufgezeigt, daß das nicht immer stimmen müsse, aber das würde Charlie nicht wissen.

»Was ich sagen will: Wenn du diese Fähigkeit erst *kontrollieren* kannst, brauchtest du dir darüber keine Sorgen mehr zu machen. Du hättest sie dann endgültig im Griff. Aber um diese Kontrolle zu lernen, mußt du immer wieder üben. Genauso wie du es gelernt hast, dir die Schuhe zuzubinden oder in der Vorschule Buchstaben zu schreiben.«

»Ich . . . ich will einfach keine Feuer machen! Und ich tu's auch nicht! Ich *will* nicht!«

»Jetzt habe ich dich wieder aufgeregt«, sagte John traurig. »Das wollte ich nicht. Es tut mir leid, Charlie. Ich sag' nichts mehr. Ich mit meinem großen Maul.«

Aber beim nächsten Mal fing sie selbst davon an.

Es war drei oder vier Tage später, und sie hatte sich das, was er gesagt hatte, sorgfältig überlegt . . . und, wie sie glaubte, eine schwache Stelle gefunden. »Es wird nie ein Ende nehmen«, sagte sie. »Sie werden mehr und mehr von mir verlangen. Wenn Sie nur wüßten, wie sie uns *gejagt* haben. Sie geben *niemals* auf. Wenn ich erst anfange, werden sie größere Feuer verlangen, dann noch größere, und dann . . . ich weiß es nicht . . . aber ich habe Angst.«

Wieder bewunderte er sie. Ihre Intuition und ihr Verstand waren unglaublich. Was wohl Hockstetter sagen würde, wenn er, Rainbird, ihn darauf hinwies, daß Charlie McGee eine recht genaue Vorstellung von ihrem streng geheimen Aktionsplan hatte. In allen Berichten stellten sie die Theorie auf, daß Charlies Pyrokinese nur das Herzstück verschiedener anderer psionischer Talente sei, und Rainbird glaubte, daß ihre Intuition dazugehörte. Ihr Vater hatte ihnen gegenüber immer wieder beteuert, daß Charlie schon vor dem Eintreffen Al Steinowitz' und der anderen *gewußt* hatte, daß sie auf dem Weg zur Mandersfarm waren. Ein besorgniserregender Gedanke, fand Rainbird. Wenn sie über *seine* Echtheit je eine ihrer merkwürdigen Ahnungen haben sollte . . . hieß es nicht, schlimmer als alle Schrecken der Hölle sei ein gekränktes Weib? Und wenn auch nur die Hälfte seiner Vorstellungen über Charlie stimmte, war sie durchaus in der Lage, die Hölle erstehen zu lassen, oder doch wenigstens ein getreues Abbild. Es könnte ihm passieren, daß er sich plötzlich wie auf dem Bratrost vorkam. Das gab den Dingen ein wenig Würze . . . eine Würze, die ihm schon lange gefehlt hatte.

»Charlie, ich habe ja nicht gesagt, daß du diese Dinge *umsonst* tun sollst.«

Sie sah ihn erstaunt an.

John seufzte. »Ich weiß nicht recht, wie ich es dir sagen soll«, sagte er. »Ich glaube, ich hab' dich sehr gern. Du bist wie die

Tochter, die ich nie hatte. Und wie man dich hier einsperrt. Du darfst deinen Daddy nicht besuchen, du darfst hier nie raus, du hast nichts, was alle anderen kleinen Mädchen haben . . . das macht mich *krank*.«

Jetzt blitzte er sie mit seinem gesunden Auge an und machte ihr ein wenig Angst.

»Du könntest alles mögliche für dich erreichen, indem du ihnen gefällig bist . . . daran müßtest du natürlich ein paar Bedingungen knüpfen.«

»Bedingungen?« fragte Charlie, die nicht wußte, was er meinte.

»Ja! Ich wette, du köntest sie dazu veranlassen, dir Ausgang zu geben. Du könntest in die Sonne, vielleicht ließen sie dich sogar nach Longmont zum Einkaufen. Du kämst aus diesem verdammten Zwinger raus und könntest in einem richtigen Haus wohnen. Mit anderen Kindern zusammensein. Und –«

»Meinen Vater besuchen?«

»Auch das.« Aber genau das würde nie geschehen, denn wenn die beiden ihre Informationen austauschten, würden sie ganz schnell merken, daß John, der freundliche Wärter, einfach zu gut war, um wahr zu sein. Rainbird hatte Andy McGee keine einzige Botschaft seiner Tochter ausgehändigt. Hockstetter hatte das für ein unnötiges Risiko gehalten, und Rainbird, der Hockstetter im übrigen für ein gigantisches Arschloch hielt, war seiner Meinung.

Es war eine Sache, einer Achtjährigen das Märchen zu erzählen, daß es in der Küche keine Wanzen gab und man nur leise sprechen müsse, eine andere, diese Geschichte dem Vater des Mädchens aufzutischen, wenn sie ihn auch unter Rauschgift gesetzt hatten. Vielleicht erkannte McGee trotz seiner Drogenabhängigkeit die Tatsache, daß sie mit Charlie den guten Mann und den bösen Mann spielten, eine Technik, die von der Polizei seit Jahrhunderten angewandt wird, um verstockte Kriminelle zu knacken.

So erhielt er auch weiterhin die Fiktion aufrecht, daß er ihrem Vater Botschaften aushändigte, wie er auch so manche andere Fiktion aufrechterhielt. Es stimmte, daß er Andy oft sah, aber er sah ihn nur über die TV-Monitore. Es stimmte, daß Andy sich für Tests zur Verfügung stellte, aber Tatsache war auch, daß er umgekippt war. Er konnte nicht einmal mehr ein Kind dazu veranlassen, ein Bonbon zu essen. Er hatte sich in eine dicke, fette Null verwandelt, die nur noch in die Röhre glotzte und auf die nächste Pille wartete. Er bat auch nicht mehr darum, seine Tochter besuchen zu dürfen. Wenn sie ihren Vater zu Gesicht bekam und sah, was man aus ihm gemacht hatte, würde sie erneut Widerstand leisten, und er war nahe daran, sie zu überzeugen; sie *wollte* jetzt überzeugt werden. Nein, man konnte über alles verhandeln, nur über dies eine nicht: daß Charlie McGee ihren Vater wiedersah. Rainbird rechnete damit, daß Cap ihn schon bald mit einem Flugzeug der Firma nach Maui schaffen lassen würde. Aber das mußte das Mädchen nicht unbedingt erfahren.

»Glauben Sie wirklich, daß man mir erlaubt, ihn zu besuchen?«

»Keine Frage«, sagte er leichthin. »Natürlich nicht gleich, denn sie wissen, daß er ihre einzige Trumpfkarte dir gegenüber ist. Aber wenn du bis zu einem gewissen Punkt mitmachst und ihnen dann sagst, daß du aufhörst, wenn du deinen Vater nicht besuchen darfst –« Er sprach den Satz nicht zu Ende. Der Köder war ausgeworfen, ein schöner, fetter Köder trieb im Wasser. Er war voller Haken und ohnehin ungenießbar, aber das konnte diese hartnäckige kleine Göre nicht wissen.

Sie sah ihn nachdenklich an. Mehr wurde darüber nicht gesprochen. An diesem Tag nicht.

Jetzt, etwa eine Woche später, dachte Rainbird um. Er tat es nicht aus einem besonderen Grund, sondern nur, weil seine eigene Eingebung ihm sagte, daß es keinen Zweck mehr hatte, angeblich ihr Bestes zu wollen. So kam er nicht weiter. Jetzt mußte er betteln. Wie das Kaninchen, das Bruder Fuchs gebeten hatte, es nicht in die Dornenhecke zu schmeißen.

»Weißt du noch, worüber wir gesprochen haben?« eröffnete er die Konversation. Er bohnerte gerade den Küchenfußboden. Sie tat so, als prüfe sie, was sie sich gerade zum Essen aus dem Kühlschrank geholt hatte. Mit ihrem sauberen rechten Fuß rieb sie sich die linke Wade, so daß er die Sohle sehen konnte – eine Pose, die Kinder in ihrem Alter wohl gern einnehmen. Sie erschien ihm präerotisch, fast mystisch. Wieder entdeckte er sein Herz für sie. Mißtrauisch sah sie ihn über die Schulter an, über die ihr zu einem Pferdeschwanz gebundenes Haar fiel.

»Ja«, sagte sie. »Das weiß ich noch.«

»Ich habe darüber nachgedacht und mich gefragt, wieso ich eigentlich der Mann bin, der dir Ratschläge gibt. Ich könnte nicht mal ein Tausenddollardarlehen bei der Bank flottmachen, wenn ich mir ein Auto kaufen wollte.«

»Oh, John, das hat doch nichts zu bedeuten –«

»Natürlich hat es was zu bedeuten. Wenn ich mehr wüßte, wäre ich einer wie Hockstetter. Ich hätte eine Universitätsausbildung.«

Sie antwortete voller Verachtung: »Daddy sagt, daß sich jeder Idiot irgendwo eine Universitätsausbildung kaufen kann.«

Rainbird war begeistert.

2

Drei Tage später hatte der Fisch den Köder geschluckt.

Charlie sagte ihm, daß sie sich entschlossen habe, die Tests vornehmen zu lassen. Sie würde vorsichtig sein und auch die anderen zur Vorsicht veranlassen, wenn sie nicht selbst wüßten, wie sie sich verhalten müßten. Dabei war ihr Gesicht ganz schmal und blaß.

»Tu's nicht«, sagte John, »bevor du dir alles genau überlegt hast.«

»Das habe ich versucht«, flüsterte sie.

»Tust du es ihnen zu Gefallen?«

»*Nein!*«

»Gut! Du tust es also für dich selbst?«

»Ja. Für mich selbst. Und für meinen Vater.«

»In Ordnung«, sagte er. »Und Charlie – achte darauf, daß sie sich so verhalten, wie du es willst. Du hast ihnen gezeigt, wie hartnäckig du sein kannst. Du darfst ihnen jetzt keine Schwäche zeigen. Die würden sie nur ausnutzen. Laß dir nichts gefallen. Verstehst du, was ich meine?«

»Ich . . . glaube ja.«

»Sie bekommen etwas, du bekommst etwas. Jedes Mal. Keine Gratisvorstellungen.« Er ließ die Schultern hängen, und aller Glanz wich aus seinen Augen. Sie haßte es, ihn so deprimiert und niedergeschlagen zu sehen. »Laß dich nicht so behandeln, wie man mich behandelt hat. Ich habe vier Jahre meines Lebens und ein Auge für mein Land hingegeben. Ein Jahr habe ich in einem Erdloch verbracht. Ich mußte Ungeziefer essen, hatte Fieber und mußte die ganze Zeit meine eigene Scheiße riechen und Läuse knacken. Und als ich rauskam, bekam ich nur ein Dankeschön, und man drückte mir einen Waschlappen in die Hand. Sie haben mich bestohlen, Charlie. Verstehst du? Paß auf, daß man das nicht mit dir macht.«

»Ja, ich weiß, was Sie meinen«, sagte sie feierlich.

Seine Miene hellte sich ein wenig auf. Er lächelte. »Wann ist denn nun der große Tag?«

»Morgen kommt Dr. Hockstetter. Ich werde ihm sagen, daß ich mich entschlossen habe mitzumachen . . . ein bißchen. Und ich werde . . . ich werde ihm sagen, was *meine* Wünsche sind.«

»Gut, aber verlang am Anfang nicht zuviel. Denk an den goldenen Mittelweg. Ein paar Funken mußt du ihnen schon bieten, bevor du ihre Belohnung nimmst. Zeig ihnen, wer der Boß ist.«

»Ja.«

Sein Lächeln wurde breiter. »Braves Mädchen!« sagte er.

3

Hockstetter war wütend.

»Was, zum Teufel, wird hier gespielt?« schrie er Rainbird an. Sie waren in Caps Büro. Er wagt zu schreien, dachte Rainbird, weil Cap hier ist und den Schiedsrichter spielen kann. Dann schaute er Hockstetter ein zweites Mal an, sah seine funkelnden blauen Augen, sein rot angelaufenes Gesicht und die weiß hervorgetretenen Knöchel und mußte zugeben, daß er sich wahrscheinlich irrte. Rainbird hatte es gewagt, in die heiligsten Reservate Hockstetterscher Privilegien einzudringen. Daß er ihn nach dem Stromausfall durchgeschüttelt hatte, war eine Sache. Hockstetter hatte einen schweren Fehler gemacht und es eingesehen. Dies aber war etwas völlig anderes.

Rainbird sah Hockstetter nur an.

»Sie haben sie mit etwas Unmöglichem geködert. Sie wissen verdammt gut, daß sie ihren Vater nicht treffen wird! ›Sie bekommen etwas, du bekommst etwas‹«, ahmte Hockstetter wütend nach. »Sie Narr!«

Rainbird wandte den Blick nicht von Hockstetter. »Nennen Sie mich nicht noch einmal einen Narren«, sagte er in völlig neutralem Tonfall. Hockstetter zuckte zusammen . . . kaum merklich.

»Bitte, meine Herren«, sagte Cap müde. »Bitte.«

Auf seinem Tisch stand ein Tonbandgerät. Sie hatten sich gerade das Gespräch angehört, das Rainbird am Morgen mit Charlie geführt hatte.

»Anscheinend ist es Dr. Hockstetter ganz entgangen, daß er und sein Team endlich wenigstens *etwas* bekommen«, sagte Rainbird. »Das wird ihren Vorrat an praktischem Wissen um hundert Prozent vermehren, wenn meine Berechnung stimmt.«

»Als Ergebnis eines völlig unvorhersehbaren Zwischenfalls.«

»Eines Zwischenfalls, den von sich aus herbeizuführen, Sie und Ihre Leute zu kurzsichtig waren«, konterte Rainbird. »Vielleicht waren Sie zu sehr damit beschäftigt, mit Ihren Ratten zu spielen.«

»Meine Herren, das reicht«, sagte Cap. »Wir sind nicht hier, um gegenseitige Anschuldigungen vorzubringen. Das ist nicht der Zweck dieser Besprechung.« Er schaute Hockstetter an. »Sie bekommen Ihr Spielzeug doch jetzt«, sagte er. »Ich muß sagen, daß Sie bemerkenswert wenig Dankbarkeit zeigen.«

Hockstetter murmelte etwas vor sich hin.

Cap schaute zu Rainbird hinüber. »Wie dem auch sei, ich bin ebenfalls der Ansicht, daß Sie ihre Rolle als Freund in der Not am Ende ein wenig übertrieben haben.«

»So? Dann haben Sie immer noch nicht begriffen.« Rainbird sah Cap an, dann Hockstetter, dann wieder Cap. »Ich finde, Sie haben beide einen fast lähmenden Mangel an Einsicht an den Tag gelegt. Ihnen stehen zwei Kinderpsychiater zur Verfügung, und wenn diese repräsentativ für das Kaliber der übrigen sind, gibt es draußen eine Menge gestörter Kinder, die mir leid tun können.«

»Sie haben gut reden«, sagte Hockstetter. »Dies –«

»Sie begreifen einfach nicht, wie *intelligent* sie ist«, fuhr ihm Rainbird über den Mund. »Sie begreifen nicht, mit welcher . . . mit welcher Klarheit sie Ursache und Wirkung unterscheiden kann. Ich habe ihr die Sache mit Zuckerbrot und Peitsche erzählt, weil sie selbst darauf gekommen wäre. Indem ich für sie daran gedacht habe, gelang es mir, ihr Vertrauen zu mir zu verstärken . . . ich habe in Wirklichkeit einen Nachteil in einen Vorteil verwandelt.«

Hockstetter öffnete den Mund. Cap hob die Hand und wandte sich wieder an Rainbird. Er sprach in einem leisen, besänftigenden Ton, den er anderen gegenüber nicht gebrauchte . . . aber andere waren eben nicht Rainbird. »Das ändert nichts an der Tatsache, daß Sie Hockstetter und seinen Leuten ihre Aktivitäten beschnitten haben. Früher oder später wird sie erkennen, daß ihr wichtigster Wunsch – ihren Vater wiederzusehen – nicht erfüllt wird. Wir sind uns doch alle darüber einig, daß das nicht geht. Denn dann wäre ihr Nutzen für uns gleich Null.«

»Genau«, sagte Hockstetter.

»Und wenn sie so gescheit ist, wie Sie behaupten«, sagte Cap, »wird sie diesen unerfüllbaren Wunsch eher früher als später äußern.«

»Das wird sie tun«, stimmte Rainbird zu. »Und damit wäre die Sache gelaufen. Sobald sie ihren Vater sieht, weiß sie ganz genau, daß ich sie über seinen Zustand die ganze Zeit belogen habe. Daraus wird sie auch sofort schließen, daß ich die ganze Zeit für euch den Schlepper gemacht habe. Die Frage ist also nur, wie lange man sie bei der Stange halten kann.« Rainbird beugte sich vor. »Ein paar Punkte. Zunächst müssen Sie beide sich daran gewöhnen, daß sie ganz einfach keine Lust hat, bis in alle Ewigkeit für euch Feuer anzuzünden. Sie ist nur ein Mensch. Ein kleines Mädchen, das den Vater wiedersehen will. Sie ist keine Laborratte.«

»Wir haben doch schon –« sagte Hockstetter ungeduldig.

»Nein, nein, Sie haben überhaupt nicht. Ganz grundsätzlich geht es hier um die Belohnung bei einem Experiment. Zuckerbrot und Peitsche. Charlie denkt, daß sie Ihnen das Zuckerbrot anbietet, indem sie Feuer anzündet, und daß es ihr am Ende gelingt, ihren Vater wiederzusehen. Wir wissen es besser. In

Wirklichkeit ist ihr Vater das Zuckerbrot, das sie nie bekommen wird. Ein Maultier würde ganze Äcker pflügen, um die Karotte zu bekommen, die man ihm vor die Nase hält, denn ein Maultier ist dumm. *Aber dieses kleine Mädchen ist nicht dumm.«*

Er sah Cap und Hockstetter an.

»Ich sage es immer wieder. Es ist, als ob man einen Nagel in Eichenholz schlägt. Sie wissen genau, wie schwierig das ist, aber Sie scheinen es immer wieder zu vergessen. Früher oder später wird sie Ihnen auf die Schliche kommen und Sie abfahren lassen. Denn sie ist kein Maultier. Und auch keine weiße Laborratte.«

Und du willst, daß sie mit den Tests aufhört, dachte Cap mit langsam aufsteigendem Ekel. Du willst, daß sie aufhört, damit du sie töten kannst.

»Von dieser grundsätzlichen Tatsache müssen Sie zunächst ausgehen«, fuhr Rainbird fort. »Dann überlegen Sie, wie Sie sich ihrer Mitarbeit möglichst lange versichern können. Wenn nichts mehr geht, schreiben Sie Ihren Bericht. Wenn man Ihre Daten für ausreichend hält, werden Ihnen weitere erhebliche Geldmittel zugewiesen. Sie fressen also die Karotte. Und dann können Sie wieder damit anfangen, ein paar unwissenden Idioten Ihre Hexenbrühe zu injizieren.«

»Sie werden beleidigend«, sagte Hockstetter mit zitternder Stimme.

»Und Ihre Dummheit kennt keine Grenzen«, antwortete Rainbird.

»Und wie könnte man sie, Ihrer Meinung nach, für eine weitere Mitarbeit gewinnen?« fragte Cap.

»Sie holen noch allerhand aus ihr heraus, wenn Sie ihr kleine Vorteile gewähren«, sagte Rainbird. »Ein Spaziergang auf dem Rasen. Oder . . . kleine Mädchen mögen Pferde. Lassen Sie sie doch von einem Stallknecht auf einem dieser Klepper mal über die Reitwege führen. Ich wette, dafür zündet sie Ihnen ein halbes Dutzend Feuer an. Das sollte ausreichen, ein Dutzend Federfuchser vom Schlage Hockstetters fünf Jahre lang auf Trab zu halten.«

Hockstetter stieß seinen Stuhl zurück. »Ich habe es nicht nötig, mir so etwas anzuhören.«

»Setzen Sie sich und halten Sie den Mund«, sagte Cap.

Hockstetters Gesicht wurde krebsrot, und es sah aus, als ob er zuschlagen wollte. Aber seine Erregung verging so schnell, wie sie gekommen war, und jetzt sah es aus, als würde er jeden Augenblick in Tränen ausbrechen. Er setzte sich wieder.

»Lassen Sie sie doch einmal in der Stadt einkaufen«, sagte Rainbird. »Arrangieren Sie für sie mal einen Ausflug nach Seven Flags in Georgia. Da kann sie mit der Berg- und Talbahn fahren. Vielleicht sogar zusammen mit ihrem guten Freund, dem Wärter John.«

»Glauben Sie denn ernsthaft, daß allein diese Dinge –« fing Cap an.

»Nein, das glaube ich nicht. Jedenfalls wird es nicht lange funktionieren. Früher oder später wird ihr Vater wieder in den Vordergrund rücken. Aber sie ist schließlich nur ein Mensch. Sie will auch für sich selbst etwas. Sie wird eine Zeitlang mitmachen, weil sie weiß, daß sie was bieten muß, um zu kassieren. Aber am Ende geht es dann nur noch um den guten alten Daddy. Die kriegen Sie nicht zu Schleuderpreisen. Die ist zäh.«

»Und das wäre das Ende der Straßenbahnfahrt«, sagte Cap nachdenklich. »Alles aussteigen. Das Projekt endet hier. Jedenfalls diese Phase.« In mancher Hinsicht war die Hoffnung auf ein mögliches Ende des Projekts für ihn eine gewaltige Erleichterung.

»Noch nicht«, sagte Rainbird und lächelte sein freudloses Lächeln. »Wir haben noch eine Karte im Ärmel. Noch eine sehr dicke Karotte, wenn die anderen abgenagt sind. Nicht ihr Vater – nicht der ganz große Preis –, aber etwas, das sie noch eine Weile bei der Stange halten wird.«

»Und das wäre?« fragte Hockstetter.

»Das müssen Sie schon selbst herausfinden«, sagte Rainbird, immer noch lächelnd, und schwieg dann. Cap dürfte es trotz seiner Auflösungserscheinungen während des letzten halben Jahres wohl herausbekommen. Er hatte bei halber Kraft mehr Witz als die meisten seiner Angestellten (und alle Anwärter auf seinen Sessel), wenn sie sich scharf ins Zeug legten. Hockstetter jedoch würde es nie begreifen. Er war mehrere Stockwerke über die Ebene seiner Fähigkeiten aufgestiegen. Hockstetter hätte alle Mühe, mit der Nase einen Haufen Scheiße zu finden.

Aber es spielte keine Rolle, ob sie herausbekamen, um was es sich bei der letzten Karotte in diesem kleinen Wettbewerb handelte; das Resultat wäre gleich. So oder so, Rainbird würde jetzt das Steuer übernehmen. Er hätte sie fragen können: *Was glauben Sie, wer ihren Vater jetzt vertritt, wo er nicht da ist?*

Sollten sie es doch selbst herausbekommen. Wenn sie konnten.

Rainbird lächelte immer noch.

4

Andy McGee saß vor seinem Fernsehgerät. Die kleine gelbe Lampe über dem Geldeinwurf leuchtete bernsteinfarben. Auf der Mattscheibe versuchte Richard Dreyfuss, mit seiner Darstellungskunst Andys Wohnzimmer zu beleben. Andy verfolgte die Sendung mit ruhigem, gelassenem Vergnügen. Innerlich kochte er vor Nervosität. Heute war der Tag.

Für Andy waren die drei Wochen seit dem Stromausfall eine Zeit fast unerträglicher Spannung gewesen. Aber in den seelischen Druck hatten sich helle Fäden schuldbewußter Heiterkeit eingewoben. Er verstand jetzt, wieso der russische KGB solchen Terror verbreiten konnte und wie sehr George Orwells Winston Smith die kurze Periode seiner verrückten, heimlichen Rebellion genossen haben mußte. Er hatte wieder ein Geheimnis. Es machte ihm schwer zu schaffen, wie es bei jedem der Fall ist, der ein bedeutsames Geheimnis zu wahren hat, aber gleichzeitig fühlte er sich wieder intakt und stark.

Er führte sie an der Nase herum.

Wie lange er das noch konnte, und ob es überhaupt etwas nützen würde, mochte Gott wissen, aber im Augenblick *tat* er es.

Es war fast zehn Uhr morgens, und Pynchot, der Mann mit dem ewigen Grinsen, kam um zehn. Sie würden ein wenig im Garten spazierengehen und »seine Fortschritte diskutieren«. Andy hatte sich vorgenommen, ihn geistig zu beeinflussen . . . oder es wenigstens zu versuchen. Er hätte den Versuch schon vorher unternommen, wenn die Fernsehkameras und die vielen Wanzen nicht gewesen wären. Und die Wartezeit hatte ihm

Gelegenheit gegeben, sein Vorgehen genau zu überdenken und es immer wieder auf schwache Stellen zu untersuchen. Er hatte Teile des ganzen Drehbuchs im Geiste immer wieder neu geschrieben.

Nachts, wenn er in der Dunkelheit im Bett lag, hatte er immer wieder an eines gedacht: *Der Große Bruder sieht dich. Sag dir das immer wieder. Du mußt jeden Augenblick daran denken. Der Große Bruder vergißt dich nicht eine Sekunde lang, und wenn du Charlie wirklich helfen willst, mußt du sie alle weiter zum Narren halten.* So wenig wie jetzt hatte er in seinem ganzen Leben nicht geschlafen, hauptsächlich weil ihn der Gedanke entsetzte, daß er im Schlaf reden könnte. Manche Nacht lag er stundenlang wach und wagte nicht, sich umzudrehen, weil sie sich dann vielleicht fragten, wieso ein Mann, der unter Drogen stand, so unruhig schlief. Und wenn er wirklich schlief, war es ein leichter Schlaf, in den sich Träume drängten (oft kam in ihnen die Gestalt des einäugigen Piraten John Silver mit dem Holzbein vor), aus denen er schnell wieder erwachte.

Die Pillen verschwinden zu lassen, war das geringste Problem, denn sie glaubten ja, daß er sie dringend brauchte. Er bekam sie jetzt viermal täglich, und seit dem Stromausfall hatte es keine Tests mehr gegeben. Er vermutete, daß sie aufgegeben hatten und daß Pynchot ihm das heute während ihres Spaziergangs mitteilen wollte.

Manchmal spuckte er die Pillen in die vorgehaltene Hand und versteckte sie in Essenresten, die er dann in den Müllschlucker warf. Andere gingen in die Toilette, und manchmal gab er vor, sie mit Ginger Ale zu nehmen. Er spuckte die Pillen in das halb leere Glas und ließ es stehen, bis sie sich auflösten. Später goß er sie in das Spülbecken.

In diesen Dingen war er weiß Gott kein Profi. Das waren eher die Leute, die ihn überwachten. Aber er glaubte nicht, daß sie ihn noch sehr intensiv überwachten. Und wenn, dann würden sie ihn eben erwischen. Das war alles.

Dreyfuss und die Frau, deren Sohn die Leute von der fliegenden Untertasse mitgenommen hatten, bestiegen gerade den Teufelsberg, als er kurz den Summer hörte, der den Stromkreis unterbrach, damit die Tür geöffnet werden konnte. Andy dachte nicht daran aufzuspringen.

Man muß sie täuschen, sagte er sich wieder.

Herman Pynchot trat ein. Er war kleiner als Andy, aber sehr schlank; er hatte etwas Weibisches an sich, das war Andy schon immer aufgefallen, aber man konnte es nicht genau definieren. Heute sah er sehr adrett aus in seinem dünnen grauen Rollkragenpullover und dem leichten Jackett. Und natürlich grinste er.

»Guten Morgen, Andy«, sagte er.

»Oh«, sagte Andy und schwieg, als dächte er nach. »Hallo, Dr. Pynchot.«

»Macht es Ihnen etwas aus, wenn ich das Ding abstelle? Wir sollten einen kleinen Spaziergang machen.«

»Oh.« Andy zog nachdenklich die Stirn kraus. »Natürlich. Ich habe den Film schon drei- oder viermal gesehen. Aber mir gefällt das Ende. Wunderbar. Die Ufos entführen ihn. Zu den Sternen.«

»Wirklich?« sagte Pynchot und schaltete das Gerät aus. »Gehen wir?«

»Wohin?« fragte Andy.

»Unser Spaziergang«, sagte Pynchot geduldig. »Wissen Sie das nicht mehr?«

»Oh«, sagte Andy. »Natürlich.« Er stand auf.

5

Der Korridor vor Andys Wohnung war breit und mit Fliesen ausgelegt. Die Beleuchtung war gedämpft und indirekt. Irgendwo mußte sich ein Computerzentrum befinden; Leute mit Lochkarten gingen irgendwo hinein, andere kamen mit Stößen von Ausdrucken wieder heraus, und das Summen von Maschinen war zu hören.

Ein junger Mann mit einem Anzug von der Stange – der Inbegriff eines Regierungsagenten – lungerte vor der Tür herum. Der Agent gehörte zur Routine, aber während Andy und Pynchot umherschlenderten, würde er zurückbleiben und sie aus der Distanz und außer Hörweite betrachten. Andy sah in ihm kein Problem.

Der Agent folgte ihnen, als er und Pynchot zum Fahrstuhl gingen. Andys Herz schlug jetzt so wild, als wolle es seinen

Brustkorb zertrümmern. Trotzdem beobachtete er alles sehr genau, wenn er es sich auch nicht anmerken ließ. Es gab vielleicht ein Dutzend Türen ohne Aufschrift. Bei anderen Ausgängen hatte er die eine oder andere offenstehen sehen – eine kleine Bibliothek, offenbar spezialisiert; in einem anderen Raum ein Photokopiergerät –, aber er hatte keine Ahnung, was sich in den anderen befand. Vielleicht war Charlie jetzt hinter einer dieser Türen . . . aber möglicherweise hielt sie sich in einem anderen Teil der Anlage auf.

Sie betraten den geräumigen Fahrstuhl. Pynchot zog einen Schlüssel aus der Tasche und drehte ihn im Schloß. Dann drückte er einen der unbeschrifteten Knöpfe. Die Tür verriegelte sich, und der Fahrstuhl setzte sich nach oben in Bewegung. Der Agent stand hinten in der Kabine. Andy hatte die Hände in den Taschen seiner Lee Jeans und lächelte gelangweilt.

Der Fahrstuhl hielt, und sie betraten einen Raum, der früher ein Tanzsaal gewesen war. Der Fußboden bestand aus poliertem Eichenparkett. Am anderen Ende des weiten Raumes führte eine elegante Wendeltreppe zu den oberen Stockwerken. Nach links führten Balkontüren auf die sonnenbeschienene Terrasse und den dahinterliegenden Steingarten hinaus. Von rechts hörte man hinter den halb geöffneten schweren Eichentüren das Klappern der Maschinen im Schreibsaal.

Überall duftete es nach frischen Blumen.

Pynchot ging durch den im hellen Sonnenlicht liegenden Tanzsaal voran, und Andy äußerte sich wieder über den Parkettfußboden, als hätte er ihn vorher noch nie bemerkt. Sie gingen durch die Balkontüren nach draußen, und ihr Schatten folgte ihnen. Es war sehr warm und sehr feucht. Bienen summten träge durch die Luft. Hinter dem Steingarten wuchsen Hydrangen, Forsythien und Rhododendronbüsche. Man hörte das Rattern der unablässig ihre Runden drehenden Rasenmäher. Andy hob das Gesicht in die Sonne, und seine Dankbarkeit war echt.

»Wie fühlen Sie sich, Andy?« fragte Pynchot.

»Gut. Gut.«

»Wissen Sie, daß Sie schon fast ein halbes Jahr hier sind?« fragte Pynchot, als wundere er sich selbst darüber. Sie wandten sich nach rechts und gingen auf den Kiespfad hinaus. Der Duft von Geißblatt und Sassafrasblüten hing in der Luft. Jenseits des Ententeichs in der Nähe des anderen Gebäudes bewegten sich zwei Pferde in leichtem Galopp.

»So lange«, sagte Andy.

»Ja, das ist eine lange Zeit«, sagte Pynchot grinsend. »Und wir sind zu dem Schluß gekommen, daß Ihre Fähigkeit . . . sich verringert hat, Andy. Wir hatten in der Tat überhaupt keine merkbaren Resultate zu verzeichnen.«

»Nun, Sie haben mich ja auch ständig unter Drogen gehalten«, sagte Andy vorwurfsvoll. »Wie kann ich denn etwas leisten, wenn ich dauernd high bin?«

Pynchot räusperte sich, aber er wies Andy nicht darauf hin, daß er während der ersten drei Testserien völlig sauber gewesen war und alle drei nichts erbracht hatten.

»Ich meine, ich habe doch getan, was ich konnte, Dr. Pynchot. Ich habe es *versucht*.«

»Ja, ja. Natürlich haben Sie das. Und wir glauben – das heißt, *ich* glaube, daß Sie eine Ruhepause verdient haben. Die Firma hat eine kleine Niederlassung auf Maui, das zur Inselkette von Hawaii gehört, Andy. Und ich muß sehr bald meinen Bericht über die letzten sechs Monate schreiben. Was halten Sie davon« – sein Grinsen war jetzt geradezu lüstern, und er redete im Tonfall eines Mannes, der einem Kind etwas unglaublich Schönes verspricht –, »was halten Sie davon, wenn ich vorschlage, daß man Sie für die nächste Zukunft dort unterbringt?«

Die nächste Zukunft könnte zwei Jahre bedeuten, dachte Andy. Vielleicht fünf. Sie würden ihn scharf überwachen für den Fall, daß er seine Fähigkeit, andere geistig zu beeinflussen, wiedererlangte. Und vielleicht brauchten sie ihn auch als Trumpfkarte, wenn sich im Zusammenhang mit Charlie Schwierigkeiten ergaben. Aber er zweifelte nicht daran, daß es am Ende einen Unfall oder eine Überdosis oder einen »Selbstmord« geben würde. In Orwells Sprache würde er zur Unperson werden.

»Würde ich dort auch meine Drogen bekommen?« fragte Andy.

»Aber natürlich«, sagte Pynchot.

»Hawaii . . .« sagte Andy verträumt. Dann sah er Pynchot

mit einem Gesichtsausdruck an, der ziemlich dumm und verschlagen wirken sollte. »Wahrscheinlich wird Dr. Hockstetter mich nicht gehen lassen. Dr. Hockstetter mag mich nicht. Das weiß ich genau.«

»Oh, er mag Sie«, beruhigte ihn Pynchot. »Er mag Sie wirklich, Andy. Und im übrigen sind Sie mein Baby, nicht Dr. Hockstetters. Ich versichere Ihnen, er wird meinen Vorschlägen folgen.«

»Aber Sie haben über dieses Thema noch keine Mitteilung geschrieben«, sagte Andy.

»Nein, ich wollte vorher mit Ihnen reden. Aber Hockstetters Zustimmung ist wirklich nur eine Formsache.«

»Eine weitere Testserie wäre ratsam«, meinte Andy und konzentrierte sich auf Pynchot. Er stieß nur leicht zu. »Sicherheitshalber.«

Eine seltsame Nervosität lag plötzlich in Pynchots Blicken. Sein Grinsen wurde schwächer, wirkte erstaunt und war dann verschwunden.

Nun war es Pynchot, der so aussah, als stünde er unter Drogen, und der Gedanke verschaffte Andy eine boshafte Befriedigung. Die Bienen summten in den Blüten. Der schwere Geruch von frisch gemähtem Gras lag in der Luft.

»Schlagen Sie in Ihrem Bericht doch eine weitere Testserie vor«, wiederholte Andy.

Pynchots Augen wurden wieder klar, und auch sein Grinsen kam zurück. »Natürlich muß die Sache mit Hawaii vorläufig unter uns bleiben«, sagte er. »In meinem Bericht werde ich eine weitere Testserie vorschlagen. Das dürfte ratsam sein. Sicherheitshalber, wissen Sie.«

»Aber anschließend könnte ich nach Hawaii gehen?«

»Ja«, sagte Pynchot. »Anschließend.«

»Und eine weitere Testserie könnte etwa drei Monate in Anspruch nehmen?«

»Ja, etwa drei Monate.« Pynchot strahlte Andy an wie ein Musterschüler.

Sie näherten sich jetzt dem Teich. Enten segelten gemächlich über die spiegelglatte Fläche. Der junge Mann hinter ihnen beobachtete einen Mann in mittleren Jahren und eine Frau, die jenseits des Teiches nebeneinander ritten. Ihre Spiegelbilder im

Wasser wurden nur durch das langsame Dahingleiten der weißen Enten gestört.

Andy fand, daß das Paar auf schaurige Weise wie die Versicherungswerbung wirkte, die einem morgens aus dem Sonntagsblatt auf den Schoß fällt – oder in den Kaffee.

Er hatte leichte Kopfschmerzen. Durchaus erträglich. Aber in seiner Nervosität hätte er bei Pynchot fast härter als nötig zugestoßen, und dem Agenten hätten die Auswirkungen auffallen können. Er schien sie nicht zu beobachten, aber Andy ließ sich nicht täuschen.

»Erzählen Sie mir doch ein wenig über die Umgebung und die Straßen«, sagte er leise zu Pynchot und stieß wieder leicht zu. Er wußte aus verschiedenen hingeworfenen Bemerkungen, daß sie nicht sehr weit von Washington D. C. entfernt waren, wenn auch längst nicht so nahe wie die Operationsbasis der CIA in Langley. Darüber hinaus wußte er nichts.

»Sehr schön hier«, sagte Pynchot verträumt, »seit die Löcher zugeschüttet wurden.«

»Ja, sehr hübsch«, sagte Andy und verfiel in Schweigen. Manchmal löste die geistige Beeinflussung in dem »Opfer« fast hypnotische Erinnerungsspuren aus – gewöhnlich durch irgendwelche verschwommenen Assoziationen –, und dann war es unklug zu unterbrechen. Das konnte einen Echo-Effekt zur Folge haben, und das Echo konnte querschlagen, und diese Querschläger führten dann zu . . . sie konnten zu allem Möglichen führen. Es war ihm einmal bei einem der Geschäftsleute passiert, die er beruflich weiterbringen wollte. Andy hatte eine Heidenangst gehabt. Am Ende war es okay gewesen, aber wenn Pynchot plötzlich Schreikämpfe bekäme, wäre das alles andere als okay.

»Meine Frau liebt das Ding«, sagte Pynchot mit derselben verträumten Stimme.

»Was?« fragte Andy. »Was liebt sie?«

»Ihren neuen Müllschlucker. Er ist sehr . . .« Seine Stimme verlor sich.

»Sehr schön«, half ihm Andy. Ihr Schatten war näher gekommen, und Andy spürte leichten Schweiß an seiner Oberlippe.

»Sehr schön«, stimmte Pynchot zu und schaute zum Teich.

Der Agent der Firma war noch näher gekommen. Andy

glaubte, noch einen kleinen Anstoß geben zu müssen . . . nur ganz leicht. Pynchot stand neben ihm wie ein Fernsehgerät mit einer kaputten Röhre.

Der Schatten sammelte ein kleines Stück Holz auf und warf es ins Wasser.

Es schlug leicht auf, und an der glatten Wasseroberfläche bildeten sich Ringe. Pynchots Augen bewegten sich nervös.

»Die Gegend hier ist sehr schön«, sagte Pynchot. »Ziemlich hügelig. Hier kann man gut reiten. Meine Frau und ich reiten hier einmal die Woche, wenn wir Zeit haben. Ich denke, in westlicher Richtung ist Dawn die nächste Stadt . . . vielmehr südwestlich. Kleines Nest. Dawn liegt an der Drei-null-eins. Gether ist der nächste Ort nach Osten hin.«

»Liegt Gether an einer Bundesstraße?«

»Nein. An einer kleinen Nebenstraße.«

»Wohin führt die Drei-null-eins? Außer nach Dawn?«

»Nach Norden ganz bis D.C. Nach Süden fast bis Richmond.«

Andy wollte sich jetzt nach Charlie erkundigen, das war sein Plan gewesen, aber Pynchots Reaktion gefiel ihm ganz und gar nicht. Seine Assoziationen *Ehefrau, Löcher, schön* und – sehr merkwürdig! – *Müllschlucker* waren recht seltsam und irgendwie beunruhigend. Pynchot war zwar zugänglich, aber vielleicht dennoch kein geeignetes Objekt. Vielleicht hatte er eine gestörte Persönlichkeit, die nur in ein Korsett äußerlicher Normalität eingeschnürt war, während unter der Oberfläche Gott weiß welche Kräfte entgegenwirkten. Leute gedanklich zu beeinflussen, die seelisch nicht stabil waren, konnte zu allen möglichen unvorhersehbaren Ergebnissen führen. Wenn ihr Bewacher nicht gewesen wäre, hätte Andy es vielleicht trotzdem versucht (nach allem, was man ihm zugefügt hatte, verursachte es ihm verdammt wenige Gewissensbisse, Herman Pynchots Kopf durcheinanderzubringen), aber hatte er Angst davor.

Ein Psychiater, der Andys Fähigkeit hatte, mochte ein Segen für die Menschheit sein . . . aber Andy McGee war kein Psychiater.

Vielleicht war es albern, Pynchots Reaktion so wichtig zu nehmen; Andy hatte schon bei vielen Leuten ähnliche Reaktionen erlebt, und nur sehr wenige hatten sich extrem verhalten. Aber er traute Pynchot nicht. Pynchot lächelte zu oft.

Tief aus seinem Unbewußten sprach plötzlich eine kalte, mörderische Stimme: *Sag ihm, er soll nach Hause gehen und Selbstmord verüben. Und dann stoß zu. Hart.*

Entsetzt verscheuchte er den Gedanken. Ihm war ganz übel.

»Nun«, sagte Pynchot und sah ihn grinsend an. »Gehen wir zurück?«

»Gern«, sagte Andy.

Er hatte den Versuch gemacht. Aber über Charlie schwebte er immer noch völlig im dunkeln.

6

Interne Mitteilung
Von   Herman Pynchot
An   Patrick Hockstetter
Datum   12. September
Betr.   Andy McGee

Ich habe mir in den letzten drei Tagen meine sämtlichen Notizen und die meisten Bänder noch einmal vorgenommen und mit McGee gesprochen. Die Situation hat sich nicht entscheidend verändert, seit wir sie am 5. Mai diskutierten, aber dennoch möchte ich, wenn keine erheblichen Bedenken bestehen, die Sache mit Hawaii vorläufig auf Eis legen (wie Captain Hollister selbst sagt, »geht es ja nur um Geld«!).

Tatsache ist nämlich, Pat, daß ich eine abschließende Testserie für angezeigt halte – sicherheitshalber. Anschließend können wir ihn nach Maui schicken. Die Testserie dürfte etwa drei Monate in dauern.

Bevor ich mit der Schreibarbeit beginne, bitte ich um Ihre Stellungnahme.

Herm

7

Interne Mitteilung
Von   P. H.
An   Herman Pynchot
Datum 13. September
Betr.   Andy McGee

Ich begreife das nicht. Als wir das letzte Mal alle zusammen waren, waren wir uns darüber einig – Sie genau wie wir –, daß McGee so tot ist wie eine durchgebrannte Sicherung. Wieso plötzlich diese Sinneswandlung?

Wenn Sie eine weitere Testserie wünschen – eine verkürzte Serie, bitte sehr. Wir fangen nächste Woche mit dem Mädchen an, aber, dank ungeschickter Einmischung von gewisser Seite, wird sie vielleicht nicht lange zu einer Zusammenarbeit mit uns bereit sein. Während das aber noch der Fall ist, wäre es vielleicht keine schlechte Idee, ihren Vater in der Nähe zu haben . . . als Feuerlöscher???

O ja, es mag sich »nur um Geld« handeln, aber es ist das Geld des Steuerzahlers, und Leichtsinn auf diesem Gebiet sieht man nicht gern, Herm. *Besonders* Captain Hollister nicht. Bedenken Sie das bitte.

Richten Sie sich auf eine Testzeit von höchstens sechs bis acht Wochen ein, es sei denn, Sie erzielten Resultate . . . und wenn das der Fall ist, verspeise ich persönlich Ihre Hush Puppies.

                                                               Pat

8

»Dieser verdammte Hurensohn«, sagte Herm Pynchot laut, als er die Mitteilung gelesen hatte. Er las den dritten Absatz noch einmal: typisch Hockstetter, derselbe Hockstetter, der einen komplett überholten 1958er Thunderbird besaß, machte ausgerechnet *ihm* wegen des Geldes Vorwürfe. Er zerknüllte den Zettel und warf ihn in den Papierkorb. Dann lehnte er sich auf seinem Drehstuhl zurück. Höchstens zwei Monate! Drei hätten sich besser angehört. Er hatte wirklich das Gefühl, daß –

Seltsamerweise und ohne es zu wollen, mußte er wieder an den Müllschlucker denken, den er zu Hause hatte installieren lassen. Auch das gefiel ihm nicht. Ständig hatte er in letzter Zeit diesen verdammten Müllschlucker im Kopf und schien den Gedanken daran gar nicht loswerden zu können. Besonders wenn er sich mit Andy McGee beschäftigte, trat dieser Gedanke in den Vordergrund. Das dunkle Loch in dem Ding war mit einer Gummimanschette versehen . . . irgendwie vaginal . . .

Er lehnte sich noch weiter zurück und hing seinen Gedanken nach. Als er aus seinen Träumen fuhr, stellte er entsetzt fest, daß inzwischen zwanzig Minuten vergangen waren. Er nahm ein Formular und schrieb eine Notiz an diesen dreckigen Hockstetter, in der er sich für den Satz »es geht ja nur um Geld« entschuldigte. Mit Mühe verzichtete er darauf, seine Bitte um drei Monate noch einmal vorzutragen (und wieder stand ihm das Bild des glatten, dunklen Lochs im Müllschlucker vor Augen). Wenn Hockstetter zwei sagte, dann blieb es eben dabei. Aber wenn er bei McGee Resultate erzielte, würden fünfzehn Minuten später Hush Puppies Größe neun auf Hockstetters Schreibtisch stehen, und Messer und Gabel würde er gleich dazulegen.

Die Notiz war fertig. Er schrieb *Herm* darunter, lehnte sich zurück und rieb sich die Schläfen. Er hatte Kopfschmerzen.

In der Oberschule und am College war Herm Pynchot ein heimlicher Transvestit gewesen. Er liebte es, sich wie eine Frau zu kleiden, denn das ließ ihn . . . nun, schön aussehen. Als junger Student und Mitglied der Verbindung Delta Tau Delta hatten ihn zwei seiner Verbindungsbrüder einmal dabei überrascht. Der Preis für ihr Schweigen war eine rituelle Demütigung, die sich nicht sehr von den Schikanen unterschied, die man, sehr zu Pynchots Belustigung, auch anderen zugefügt hatte.

Um zwei Uhr morgens hatten die beiden in der Küche von einem Ende zum anderen Unrat und Abfälle vertreut und Pynchot gezwungen, nur mit einem Damenslip, Strumpfgürtel, Strümpfen und einem mit Toilettenpapier ausgestopften BH bekleidet, alles wieder zu säubern und anschließend den Fußboden aufzuwischen, und dabei hatte ständig die Gefahr einer erneuten Entdeckung bestanden: es hätte nur ein weiterer

Verbindungsbruder kommen müssen, der sich vielleicht einen Morgenimbiß aus der Küche holen wollte.

Anschließend hatten sie gemeinsam onaniert, und darüber hätte Pynchot noch froh sein können, denn das war vermutlich der einzige Grund, warum sie ihr Versprechen auch tatsächlich hielten. Aber er war, entsetzt und von sich selbst angewidert, aus der Verbindung ausgetreten – hauptsächlich, weil der ganze Vorfall ihn irgendwie erregt hatte. Seitdem hatte er sich nie wieder »verkleidet«. Er war nicht schwul. Er hatte eine gutaussehende Frau und zwei nette Kinder, und das bewies, daß er nicht schwul war. Er hatte schon seit Jahren nicht mehr an diesen demütigenden Zwischenfall gedacht. Und doch –.

Das Bild des glatten, dunklen Lochs im Müllschlucker blieb. Und seine Kopfschmerzen waren schlimmer geworden.

Das Echo, das Andy mit seiner Beeinflussung ausgelöst hatte, hatte sich eingestellt. Noch war es langsam; das Bild des Müllschluckers, mit dem Begriff schön gekoppelt, kam nur zeitweilig. Aber es würde sich beschleunigen. Es würde anfangen, von allen Seiten her auf ihn einzudringen. Bis es unerträglich wurde.

9

»Nein«, sagte Charlie. »Das ist falsch.« Sie drehte sich um und verließ den kleinen Raum wieder. Ihr Gesicht war blaß und übermüdet.

»He, einen Augenblick«, sagte Hockstetter und breitete die Arme aus. Er lachte kurz auf. »Was ist denn falsch, Charlie?«

»Alles«, sagte sie. »Alles ist falsch.«

Hockstetter sah sich im Raum um. In einer Ecke war eine Sony-TV-Kamera aufgestellt. Ihre Kabel führten durch die mit Preßkork beschichtete Wand zu einem Gerät im angrenzenden Beobachtungsraum. Auf einem Tisch in der Mitte des Zimmers stand ein Stahltablett voller Holzspäne. Links stand ein Elektroencephalograph mit Anschlußdrähten. Ein junger Mann in weißem Kittel bewachte das Gerät.

»Das ist nicht sehr hilfreich«, sagte Hockstetter. Er lächelte immer noch väterlich, aber er war wütend. Um das zu erkennen, brauchte man kein Gedankenleser zu sein; man brauchte ihm nur in die Augen zu sehen.

»Sie hören nicht zu«, rief sie schrill. »Keiner von Ihnen hört zu, außer –«

(außer John, aber das darfst du nicht sagen)

»Dann sag uns, was wir ändern sollen«, sagte Hockstetter.

Sie ließ sich nicht beruhigen. »Wenn Sie *zugehört* hätten, würden Sie es selbst wissen. Das Stahltablett mit den Holzspänen, *das* ist in Ordnung, aber das ist auch das einzige. Der Tisch ist aus Holz, das Zeug an der Wand brennt leicht . . . auch die Kleidung des Mannes da.« Sie zeigte auf den Techniker, der leicht zusammenzuckte.

»Charlie –«

»Auch die Kamera.«

»Charlie, diese Kamera ist –«

»Sie ist aus Plastik, und wenn sie heiß genug ist, explodiert sie, und die Stücke fliegen durch die Gegend. Und hier ist kein Wasser! Ich sagte Ihnen doch, daß ich Wasser brauche, wenn es erst einmal anfängt. Mein Vater und meine Mutter haben mir das gesagt. Ich kann nur Feuer anzünden, wenn Wasser zum Löschen da ist. Oder . . . oder . . .«

Sie brach in Tränen aus. Sie brauchte jetzt John. Und ihren Vater. Sie wollte hier weg. Sie hatte die letzte Nacht nicht geschlafen.

Hockstetter sah sie nachdenklich an. Die Tränen, ihre Erregung . . . das alles schien darauf hinzudeuten, daß sie weitermachen wollte. »In Ordnung, Charlie. Sag uns, was wir tun sollen, und wir tun es.«

»Gut«, sagte sie. »Oder Sie bekommen nichts.«

Hockstetter dachte: *Wir werden eine Menge bekommen*, du Rotzgör.

Wie sich herausstellen sollte, hatte er damit absolut recht.

10

Am späten Nachmittag zeigte man ihr einen anderen Raum. Als man sie vorher in ihr Quartier zurückbrachte, war sie vor dem Fernsehgerät gleich eingeschlafen – ihr Körper war noch jung genug, um trotz ihrer Sorge und Verwirrung sein Recht zu fordern – und erst nach fast sechs Stunden wieder aufgewacht. Nachdem sie dann noch ein wenig gegessen hatte, fühlte sie sich wieder ganz gut und hatte sich auch besser in der Gewalt. Sie sah sich lange und sorgfältig im Raum um.

Das Tablett mit den Holzspänen stand auf einem Metalltisch. Die Wände bestanden aus grauem Stahlblech.

Hockstetter sagte: »Der Techniker trägt einen Asbestanzug und Asbestschuhe.« Während er mit ihr sprach, lächelte er wieder sein väterliches Lächeln.

Der Mann am EEG schwitzte und schien sich nicht sehr wohl zu fühlen. Er trug eine weiße Tuchmaske, um keine Asbestfasern einzuatmen. Hockstetter zeigte auf einen breiten Spiegel an der gegenüberliegenden Wand. »Das ist ein Einwegspiegel. Dahinter steht unsere Kamera. Und dort drüben siehst du die Wanne.«

Charlie ging hinüber. Es war eine altmodische Wanne mit Klauenfüßen, und sie paßte ganz und gar nicht in diese sachliche Umgebung. Sie war voll Wasser. Charlie fand, daß es ausreichte.

»In Ordnung«, sagte sie.

Hockstetters Grinsen wurde noch breiter. »Fein.«

»Aber Sie müssen in den anderen Raum gehen. Ich will Sie nicht ansehen müssen, wenn ich es tue.« Charlie starrte Hockstetter rätselhaft an. »Es könnte etwas passieren.«

Hockstetters väterliches Lächeln wurde ein wenig verkniffen.

11

»Sie hat recht«, sagte Rainbird. »Wenn Sie auf sie gehört hätten, wäre alles schon beim ersten Mal in Ordnung gewesen.«

Hockstetter sah ihn an und schnaufte.

»Aber Sie glauben es immer noch nicht, oder doch?«

Hockstetter, Rainbird und Cap standen hinter dem Einwegspiegel. Hinter ihnen stand die Kamera. Sie war auf den Raum gerichtet, und summte fast unhörbar. Das Glas war leicht polarisiert, und im Testraum sah alles leicht blau aus wie eine

Landschaft, die man von einem Greyhound-Bus aus durchs Fenster erblickt. Der Techniker schloß Charlie an das Gerät an. Ein TV-Monitor im Nebenzimmer zeichnete ihre Gehirnströme auf.

»Sehen Sie sich die Alphawerte an«, murmelte einer der Techniker. »Sie ist ziemlich aufgeregt.«

»Angst«, sagte Rainbird. »Sie hat wirklich Angst.«

»Jetzt glauben Sie es, nicht wahr?« fragte Cap plötzlich. »Zuerst wollten Sie es nicht glauben, aber jetzt.«

»Ja«, sagte Rainbird. »Ich glaube es.«

Im anderen Raum trat der Techniker von Charlie zurück. »Hier sind wir fertig.«

Hockstetter legte einen Kippschalter um. »Du kannst anfangen, Charlie.«

Charlie hatte ihr Gesicht dem Einwegspiegel zugewandt, und einen schaurigen Augenblick lang schien sie Rainbird direkt in sein verbliebenes Auge zu schauen.

Er schaute sie an und lächelte schwach.

12

Charlie McGee schaute in den Einwegspiegel und sah nichts als ihr eigenes Bild, aber das Gefühl, beobachtet zu werden, war sehr intensiv. Sie wünschte sich, John könnte dabeisein; dann hätte sie sich besser gefühlt. Aber sie hatte nicht das Empfinden, daß er in der Nähe war.

Sie sah zu dem Tablett mit den Holzspänen hinüber.

Es war kein Zustoßen; eher ein Schieben. Sie dachte daran, und war entsetzt und hatte Angst, als sie merkte, daß sie es tun *wollte*. Sie dachte daran wie jemand, der erhitzt und hungrig vor einem Schokoladeneisbecher sitzt und seinen Inhalt verschlingen möchte. Das war okay, aber man brauchte einen Augenblick, um es zu ... genießen.

Sie schämte sich dafür, daß sie es wollte, aber dann schüttelte sie fast wütend den Kopf. *Warum sollte ich es nicht wollen? Wenn Leute etwas gut können, wollen sie es auch tun. Wie Mami mit ihrem doppelten Kreuzstich und Mr. Douray in Port City, etwas weiter unten in der Straße, der so gern Brot backte. Wenn er genug im*

Haus hatte, backte er es für andere. Wenn man etwas gut kann, will man es auch tun ...

Holzspäne, dachte sie ein wenig verächtlich. *Sie hätten mir etwas Schweres geben sollen.*

13

Der Techniker spürte es zuerst. Er fühlte sich heiß und ungemütlich und verschwitzt in seiner Asbestkleidung, und zuerst dachte er, das sei auch alles. Dann sah er, daß die Alphawellen des Kindes jetzt in diesem hohen, spitzen Rhythmus verliefen, der ein untrügliches Zeichen äußerster Konzentration ist und auf rege Tätigkeit der Phantasie hinweist.

Sein Gefühl, daß es heißer wurde, steigerte sich und schlug plötzlich in Angst um.

14

»Irgend etwas geht dort drüben vor«, sagte einer der Techniker im Beobachtungsraum mit heller, aufgeregter Stimme. »Die Temperatur ist eben um zwölf Grad gestiegen. Ihr Alpha-Muster sieht aus wie die verdammten Anden —«

»Es geht los!« rief Cap. »*Es geht los!*« Seine Stimme vibrierte und klang durchdringend wie der Triumphschrei eines Mannes, der jahrelang auf diesen Augenblick gewartet hatte.

15

Sie richtete ihre Energie gegen das Tablett mit den Holzspänen. Sie gingen nicht in Flammen auf. Sie explodierten. Sekundenbruchteile später drehte sich das Tablett ein paarmal um die eigenen Achse, wobei es brennendes Holz versprühte, und knallte so hart gegen die Wand, daß im Stahlblech eine Delle zurückblieb.

Der Techniker, der das EEG überwacht hatte, schrie vor Angst auf und stürzte plötzlich zur Tür. Der Klang seines

Schreis versetzte Charlie auf den Flughafen von Albany zurück. Es war der Schrei Eddi Delgardos, der mit seinen brennenden Armeestiefeln in die Damentoilette rannte.

In plötzlichem Entsetzen, aber auch mit Stolz, dachte Charlie: *Mein Gott, es ist viel* stärker *geworden!*

Die Stahlwand hatte sich eigenartig gewellt, und der Raum hatte sich explosiv erhitzt. Im Nebenraum war das Digitalthermometer anfangs von 21 auf 27 Grad gestiegen und dort stehengeblieben. Jetzt aber kletterte es rasch auf über 35 Grad.

Charlie konzentrierte sich jetzt auf die Wanne. Sie war einer Panik nahe. Im Wasser zeigten sich Strudel, die dann zu Blasen aufsprangen. Innerhalb von fünf Sekunden war aus dem kalten Inhalt der Wanne sprudelndes, dampfend kochendes Wasser geworden.

Der Techniker war verschwunden und hatte die Tür zum Versuchsraum offengelassen. Im Beobachtungsraum entstand plötzlich ein aufgeregtes Durcheinander. Cap stand mit offenem Mund an der Glasscheibe und starrte auf das kochende Wasser in der Wanne. Dampfwolken stiegen auf, und das Einwegglas fing an zu beschlagen. Nur Rainbird war ganz ruhig und stand mit auf dem Rücken verschränkten Händen lächelnd da. Er wirkte wie ein Lehrer, dessen bester Schüler soeben eine besondere schwierige Aufgabe gelöst hat.

(Zurück!)
Sie schrie in Gedanken.
(Zurück! Zurück! ZURÜCK!)

Und plötzlich war es weg. Irgend etwas klinkte aus, bewegte sich noch eine oder zwei Sekunden im Leerlauf und hielt dann einfach an. Ihre Konzentration wandte sich vom Feuer ab. Sie konnte das Zimmer wieder erkennen und merkte, daß sie durch die Hitze, die sie verursacht hatte, ins Schwitzen geraten war. Im Beobachtungsraum blieb das Thermometer bei 36 Grad stehen und sank dann um ein Grad. Die wild kochende Flüssigkeit beruhigte sich – aber mindestens der halbe Inhalt war verkocht. Trotz der geöffneten Tür war der kleine Raum so feucht und heiß wie eine Sauna.

16

Hockstetter prüfte fieberhaft seine Instrumente. Sein Haar, sonst so ordentlich und straff zurückgekämmt, war jetzt zerzaust und stand hinten hoch. Er sah ein wenig aus wie Alfalfa aus *Die kleinen Schelme*.

»Wir haben es!« keuchte er. »Wir haben es, wir haben alles . . . es ist auf Band . . . der Temperaturanstieg . . . haben Sie gesehen, wie das Wasser in der Wanne kochte? . . . mein Gott . . . haben wir das Audio . . . ja? . . . mein Gott, habt ihr gesehen, was sie gemacht hat?«

Er ging an einem seiner Techniker vorbei, fuhr herum und packte ihn vorn am Kittel. »Würden Sie behaupten, daß irgendein Zweifel bestehen kann, daß *sie* es verursacht hat?«

Der Techniker, fast so aufgeregt wie Hockstetter, schüttelte den Kopf. »Nicht im geringsten, Chef. Da gibt es keinen Zweifel.«

»Heiliger Gott«, rief Hockstetter und wirbelte herum. Er war völlig konfus. »Ich hätte gedacht . . . etwas . . . ja, irgend etwas . . . aber das Tablett . . . es ist einfach *weggeflogen* . . .«

Er sah Rainbird, der noch immer, die Hände auf dem Rücken verschränkt, vor dem Einwegspiegel stand, ein freundliches, nichtssagendes Lächeln im Gesicht. Für Hockstetter war die alte Feindschaft vergessen. Er rannte zu dem großen Indianer hinüber, ergriff dessen Hand und schüttelte sie.

»Wir haben es«, sagte er zu Rainbird, und in seiner Stimme schwang wilde Befriedigung. »Wir haben es alles, wir könnten sogar damit vor Gericht gehen! *Notfalls bis zum Obersten Gerichtshof, verdammt noch mal!*«

»Ja, Sie haben es«, sagte Rainbird freundlich. »Jetzt sollten Sie aber jemanden schicken, damit Sie auch das *Mädchen* haben.«

»Was?« Hockstetter schaute ihn verständnislos an.

»Nun«, sagte Rainbird, immer noch äußerst freundlich, »der Kerl, der bei ihr im Raum war, hatte vielleicht eine dringende Verabredung vergessen, denn er hatte es verdammt eilig wegzukommen. Er ließ die Tür auf, und Ihr Feuerkind ist gerade davonspaziert.«

Hockstetter starrte duch die Scheibe. Die Wirkung des

Dampfes hatte sich noch verstärkt, aber zweifellos war der Raum leer. Er sah dort nur noch die Wanne, das EED-Gerät, das Stahltablett und die noch glimmenden Reste der Holzspäne.

»Einer von den Männern soll sie holen!« rief Hockstetter und wandte sich um. Die fünf oder sechs Männer standen bei ihren Instrumenten und rührten sich nicht. Offenbar hatte außer Rainbird niemand bemerkt, daß Cap im gleichen Augenblick verschwunden war wie das Mädchen.

Rainbird grinste Hockstetter an und machte mit dem Auge eine Bewegung, die die anderen einschloß, die Männer, deren Gesichter plötzlich so weiß waren wie ihre Laborkittel.

»Aber natürlich«, sagte er leise. »Wer von den Herren möchte das kleine Mädchen holen?«

Niemand bewegte sich. Es war wirklich lustig; so würden die Politiker aussehen, dachte Rainbird, wenn sie feststellten, daß es passiert war, daß die Raketen schon in der Luft waren, es Bomben regnete und die Wälder und Städte brannten. Es war so lustig, daß er lachen mußte. Er lachte ... und lachte ... und lachte.

17

»Sie sind so schön«, sagte Charlie leise. »Es ist alles so schön.«

Sie standen am Ententeich, nicht weit von der Stelle, an der noch vor ein paar Tagen ihr Vater und Pynchot gestanden hatten. Heute war es allerdings kühler als vor ein paar Tagen, und ein paar Bätter waren schon ein wenig gelb. Ein leichter Wind, eine Brise konnte man ihn nicht mehr nennen, bewegte die Wasseroberfläche.

Charlie wandte ihr Gesicht der Sonne zu und schloß lächelnd die Augen. John Rainbird, der neben ihr stand, hatte in Camp Stewart in Arizona ein halbes Jahr Wachdienst gemacht, bevor er nach Übersee ging, und er kannte diesen Gesichtsausdruck. Er hatte ihn bei Männern gesehen, die lange eingesperrt gewesen waren.

»Möchtest du mal zu den Ställen hinübergehen und dir die Pferde ansehen?«

»O ja, gern«, sagte sie sofort und sah ihn dann schüchtern an. »Das heißt, wenn es Ihnen nichts ausmacht.«

»Ausmacht? Ich bin selbst froh, einmal draußen zu sein. Dies ist für mich die reinste Erholung.«

»Sind Sie dazu bestimmt worden?«

»Nein, ich habe mich freiwillig gemeldet.« Sie gingen am Teich entlang zu den auf der anderen Seite gelegenen Ställen. »Nach dem, was gestern passiert ist, bekommen sie kaum noch Freiwillige.«

»Habe ich ihnen Angst gemacht?« fragte Charlie eine Nuance zu liebenswürdig.

»Das will ich meinen«, sagte Rainbird, und er sprach die reine Wahrheit. Cap hatte Charlie noch im Flur eingeholt und sie in ihr Quartier gebracht. Der junge Mann, der seinen Posten verlassen hatte, war nach Danama City strafversetzt worden. Dann hatte eine verrückte Besprechung unter Anwesenheit aller Beteiligten stattgefunden. Die Wissenschaftler hatten einerseits hundert Ideen gehabt und sich andererseits darüber Sorgen gemacht – ein wenig spät –, wie man das Mädchen unter Kontrolle behalten konnte.

Es wurde vorgeschlagen, ihr Quartier feuersicher zu machen, sie rund um die Uhr zu bewachen und sie wieder unter Drogen zu setzen. Rainbird hatte sich so viel davon angehört, wie er gerade noch ertragen konnte, und dann mit der Einfassung seines schweren Türkisrings hart auf den Konferenztisch geklopft. Er klopfte, bis auch der letzte aufmerksam wurde. Weil Hockstetter ihn nicht mochte (vielleicht wäre »hassen« in diesem Zusammenhang kein übertriebener Ausdruck), mochten ihn auch die übrigen Wissenschaftler nicht, aber dennoch war Rainbirds Stern gestiegen. Schließlich hatte er einen guten Teil jedes Tages mit dieser menschlichen Lötlampe zugebracht.

»Ich schlage vor«, sagte er und erhob sich, um aus seinem zerstörten Gesicht gütig in die Runde zu schauen, »daß wir so weitermachen wie heute. Bisher sind Sie von der Voraussetzung ausgegangen, daß das Mädchen die Fähigkeit gar nicht hat, obwohl sie in zwei Dutzend Vorfällen dokumentiert ist, und daß es sich, falls sie sie hat, nur um eine unbedeutende Fähigkeit handelt. Oder daß sie diese Fähigkeit nie wieder einsetzen würde. Jetzt wissen Sie es besser, und schon wollen Sie wieder anfangen, sie in Aufregung zu versetzen.«

»Das stimmt nicht«, sagte Hockstetter verärgert. »Das ist einfach –«

»*Es stimmt!*« brüllte Rainbird ihn an, und Hockstetter schrumpfte in seinem Stuhl zusammen. Wieder lächelte Rainbird in die Runde. »Jetzt ißt das Mädchen wenigstens wieder. Sie hat zehn Pfund zugenommen und ist nicht mehr ein dürrer Schatten ihrer selbst. Sie liest, erzählt und malt nach Vorlage; sie möchte ein Puppenhaus haben, und ihr Freund, der Wärter John, hat versprochen, ihr eins zu besorgen. Kurz gesagt, sie befindet sich in einer besseren Verfassung als bei ihrer Einlieferung. Meine Herren, wir wollen uns doch eine so günstige Ausgangslage nicht wieder verderben, oder?«

Der Mann, der die Video-Anlage bedient hatte, sagte zögernd: »Und wenn sie nun ihre kleine Wohnung in Brand steckt?«

»Wenn sie das wollte«, sagte Rainbird ruhig, »hätte sie es schon getan.« Darauf antwortete der Mann nicht.

Jetzt, als er und Charlie den Teich hinter sich ließen und auf die dunkelroten Stallungen mit ihren frisch in Weiß gestrichenen Balken zugingen, mußte Rainbird laut lachen. »Ich denke, du hast ihnen tatsächlich Angst gemacht, Charlie.«

»Hatten Sie denn keine Angst?«

»Warum sollte ich Angst haben?« sagte Rainbird und fuhr ihr durchs Haar. »Ich benehme mich nur wie ein Baby, wenn es dunkel ist und ich nicht rauskann.«

»O, John, deswegen brauchen Sie sich doch nicht zu schämen.«

»Wenn du mich anzünden wolltest«, wiederholte er seinen Kommentar vom Vorabend, »hättest du es schon getan.«

Sie zuckte zusammen. »Ich wünschte, Sie würden ... würden solche Dinge nicht sagen.«

»Charlie, es tut mir leid. Manchmal rede ich schneller, als ich denke.«

Sie betraten die dunklen Stallungen mit ihrem typischen Geruch. Trübes Sonnenlicht fiel ein und zeichnete Streifen und Muster, und träge schwebten Häckselteilchen in der Luft.

Ein Stallknecht striegelte die Mähne eines schwarzen Wallachs, der eine Stirnblesse hatte. Charlie blieb stehen und schaute mit verzücktem Erstaunen das Pferd an. Der Knecht sah sie und grinste. »Du mußt die junge Dame sein. Man hat dich schon angekündigt.«

»Wie *schön* sie ist«, flüsterte Charlie. Ihre Hände konnten es kaum erwarten, das seidige Fell zu streicheln. Ein Blick in die sanften, dunklen Augen des Pferdes, und sie hatte sich in das Tier verliebt.

»Nun, eigentlich ist es ein Junge«, sagte der Stallknecht und zwinkerte Rainbird zu, den er noch nie gesehen hatte. »Aber nur eigentlich.«

»Wie heißt er?«

»Necromancer«, sagte der Stallknecht. »Willst du ihn streicheln?«

Zögernd trat Charlie näher heran. Das Pferd senkte den Kopf, und sie streichelte es; dann sprach sie mit ihm. Ihr kam nicht in den Sinn, daß sie ein halbes Dutzend Feuer anzünden würde, um einmal, mit John an ihrer Seite, auf diesem Pferd zu reiten zu dürfen ... aber Rainbird erkannte es in ihren Augen, und er lächelte.

Sie sah ihn an und bemerkte, daß er lächelte, und sie ließ die Hand sinken, mit der sie das Tier gestreichelt hatte. In seinem Lächeln lag etwas, das ihr nicht gefiel. Dabei hatte sie gedacht, daß sie alles an John mochte. Sie beurteilte die meisten Leute nach ihrem Gefühl und machte sich darüber gewöhnlich kaum Gedanken; es gehörte zu ihr wie ihre blauen Augen und die Tatsache, daß ihr Daumen zwei Gelenke hatte. Sie mochte Hockstetter nicht, weil sie das Gefühl hatte, daß sie ihm so gleichgültig war wie ein Reagenzglas. Für ihn war sie nur ein Objekt.

Aber bei John basierte ihre Zuneigung auf seiner Freundlichkeit ihr gegenüber; und vielleicht gehörte dazu auch sein entstelltes Gesicht. Sie empfand Mitgefühl, konnte sich mit ihm identifizieren. War nicht auch sie hier, weil etwas mit ihr nicht stimmte? Aber darüber hinaus war er einer der wenigen Menschen – wie Mr. Raucher, der in New York ein Delikatessengeschäft hatte und früher öfter mit ihrem Daddy Schach spielte –, die ihr aus irgendeinem Grund völlig verschlossen blieben. Mr. Raucher war alt und trug ein Hörgerät, und an seinem Unterarm war eine blaßblaue Nummer eintätowiert. Charlie hatte ihren Vater gefragt, was diese Nummer bedeutete, und ihr Daddy hatte gesagt – nachdem er sie ermahnt hatte, nicht mit Mr. Raucher darüber zu sprechen –, daß er es später erklären würde. Aber das hatte er nie getan.

Und jetzt, als sie Johns irgendwie beunruhigendes Lächeln sah, überlegte sie zum ersten Mal: *Was denkst du?*

Dann fegte ihre Bewunderung für das Pferd solche unwichtigen Gedanken hinweg. »John«, sagte sie, »was bedeutet ›Necromancer‹?«

»Ach«, sagte er, »soviel wie ›Hexenmeister‹ oder ›Zauberer‹.«

»Hexenmeister. Zauberer«, sagte sie leise und genoß den Klang ihrer Worte, während sie das dunkle, glatte Fell streichelte.

18

Als er mit ihr zurückging, sagte Rainbird: »Du solltest Hockstetter fragen, ob er dich mal auf dem Pferd reiten läßt, wenn es dir so gut gefällt.«

»Nein . . . das könnte ich nicht«, sagte sie und sah ihn aus großen Augen erschrocken an.

»Natürlich könntest du das«, sagte er und tat absichtlich so, als hätte er sie mißverstanden. »Ich verstehe nicht viel von Wallachen, aber sie sollen sanftmütig sein. Er sieht zwar sehr groß aus, aber ich glaube nicht, daß er mit dir wegrennt, Charlie.«

»Nein, das meine ich nicht. Er würde es mir nicht erlauben.«

Er blieb stehen und legte ihr die Hände auf die Schultern. »Charlie McGee, manchmal bist du wirklich dumm«, sagte er. »Als das Licht ausging, hast du mir geholfen, Charlie, und es für dich behalten. Und jetzt werde ich dir helfen. Du willst doch deinen Vater wiedersehen?«

Sie nickte rasch.

»Dann zeig ihnen, daß du es ernst meinst. Es ist wie beim Pokern, Charlie. Du mußt tun, als hättest du verdammt gute Karten . . . aber du tust überhaupt nichts. Jedesmal wenn du ihnen für ihre Tests ein Feuer anzündest, mußt du von ihnen etwas verlangen.« Er schüttelte sie leicht. »Das sagt dir dein alter Onkel John. Hörst du, was ich sage?«

»Glauben Sie, daß sie es erlauben? Wenn ich sie darum bitte?«

»Wenn du sie darum *bittest*? Dann vielleicht nicht. Du mußt es von ihnen *verlangen*. Ich höre manchmal, was sie miteinander sprechen. Man geht rein und leert die Papierkörbe und Aschenbecher, und sie denken, man ist nur ein Möbelstück. Dieser Hockstetter macht sich fast in die Hosen.«

»Wirklich?« Sie lächelte ein wenig.

»Wirklich.« Sie gingen weiter. »Und was ist mit dir, Charlie? Ich weiß, welche Angst du davor hattest. Wie fühlst du dich denn jetzt?«

Sie antwortete nicht gleich. Und als sie dann antwortete, tat sie es in einem so nachdenklichen und irgendwie erwachsenen Ton, wie Rainbird sie noch nie hatte sprechen hören. »Jetzt ist es anders«, sagte sie. »Es ist viel stärker geworden. Aber . . . ich habe es besser unter Kontrolle gehabt als je zuvor. Damals auf der Farm« – sie zitterte ein wenig und ließ die Stimme sinken – »konnte ich es einfach . . . nicht beeinflussen. Es . . . es war plötzlich überall.« Ihre Augen wurden ganz dunkel. Sie dachte an die Hühner, die wie lebendes Feuerwerk explodiert waren. »Aber gestern, als ich wollte, daß es aufhörte, da hörte es auch auf. Ich sagte mir, daß es nur ein kleines Feuer werden sollte, und es wurde nur ein kleines Feuer. Es verlief nur in einer geraden Linie.«

»Und dann hast du es wieder in dich selbst zurückgeholt?«

»Mein Gott, nein«, sagte sie und sah ihn an. »Ich habe es in das Wasser gelenkt. Wenn ich es in mich selbst zurückgeholt hätte . . . ich glaube, dann wäre ich verbrannt.«

Sie gingen eine Weile schweigend nebeneinander her.

»Beim nächsten Mal brauche ich mehr Wasser.«

»Aber du hast keine Angst mehr?«

»Nicht so viel wie sonst«, sagte sie einschränkend. »Wann darf ich wohl meinen Vater sehen?«

Ein wenig grob, wie unter guten Freunden, legte er ihr den Arm um die Schulter. »Du mußt ihnen schon ein bißchen Zeit lassen, Charlie.«

19

Am Nachmittag bewölkte sich der Himmel, und abends setzte ein kalter Herbstregen ein. In einem Haus in einem kleinen und sehr exklusiven Vorort – er hieß Longmont Hills und lag ganz in der Nähe – baute Patrick Hockstetter in seiner Werkstatt an einem Schiffsmodell (die Schiffe und sein generalüberholter Thunderbird waren seine einzigen Hobbys, und im Haus standen Dutzende von Walfängern, Fregatten und Postdampfern herum) und dachte an Charlie McGee. Er hatte äußerst gute Laune. Er hatte das Gefühl, daß seine Zukunft gesichert war, wenn er Charlie noch zu einem Dutzend weiterer Tests veranlassen konnte – vielleicht genügten auch zehn. Er konnte dann den Rest seines Lebens daran verwenden, die Eigenschaften von Lot Sechs zu untersuchen . . . und natürlich hatte er eine beträchtliche Gehaltsaufbesserung zu erwarten. Sorgfältig leimte er den Besanmast fest und fing an zu pfeifen.

In einem anderen Haus in Longmont Hills zog sich Herman Pynchot einen Slip seiner Frau über seine gewaltige Erektion. Seine Frau war auf einer Party. Eins seiner wohlgeratenen Kinder war zu einem Pfadfindertreffen gegangen, und das andere wohlgeratene Kind nahm in seiner Schule an einem Schachturnier teil. Pynchot legte sorgfältig den BH seiner Frau an und hakte ihn am Rücken fest. Schlaff hing er vor seiner schmalen Brust. Er betrachtete sich im Spiegel und fand . . . daß er schön aussah. Ohne sich um die nicht verhängten Fenster zu kümmern, ging er in die Küche. Er stellte sich neben die Spüle und schaute in den neu installierten Müllschlucker. Nach langem Nachdenken schaltete er ihn ein. Und beim Geräusch der herumwirbelnden Stahlzähne des Zerkleinerers legte er Hand an sich und onanierte. Als der Orgasmus gekommen und wieder gegangen war, fuhr er zusammen und schaute sich um. Nacktes Entsetzen stand in seinen Augen, es waren die Augen eines Mannes, der aus einem Alptraum erwacht. Er stellte den Müllschlucker ab und rannte ins Schlafzimmer, wobei er sich duckte, als er die Fensterfront passierte. Ihm dröhnte der Kopf. Was in Gottes Namen war nur mit ihm los?

In einem dritten Haus in Longmont Hills – ein Haus am Berghang, das sich Leute wie Hockstetter und Pynchot nie im

Leben erlauben konnten – saßen Cap Hollister und Rainbird und tranken Brandy. Sie saßen im Wohnzimmer, und aus Caps Stereo-Anlage erklang Musik von Vivaldi. Vivaldi war einer der Lieblingskomponisten seiner Frau gewesen. Arme Georgia.

»Ich bin Ihrer Meinung«, sagte Cap langsam und wunderte sich zum wiederholten Mal, warum er diesen Mann, den er haßte und fürchtete, zu sich nach Hause eingeladen hatte. Die Fähigkeiten dieses Mädchens waren außergewöhnlich, und außergewöhnliche Fähigkeiten begründeten gelegentlich seltsame Kumpanei. »Die Tatsache, daß sie so beiläufig vom ›nächsten Mal‹ gesprochen hat, ist von größter Bedeutung.«

»Ja«, sagte Rainbird. »Wir scheinen gute Karten zu haben.«

»Aber das wird nicht ewig dauern.« Cap ließ den Brandy in seinem Schwenker kreisen und zwang sich dazu, Rainbird in dessen einziges Auge zu schauen. »Ich glaube, ich weiß, wie Sie unsere Glückssträhne verlängern wollen, auch wenn Hockstetter es nicht kapiert.«

»Wirklich?«

»Ja«, sagte Cap und ließ eine Pause eintreten. Dann fügte er hinzu: »Es ist gefährlich für Sie.«

Rainbird lächelte.

»Wenn sie merkt, auf welcher Seite Sie wirklich stehen«, sagte Cap, »haben Sie eine gute Chance festzustellen, wie sich ein Steak in einem Mikrowellenherd fühlt.«

Rainbirds Lächeln verwandelte sich in ein unfrohes Haifischgrinsen. »Und würden Sie darüber auch nur eine einzige Träne vergießen, Captain Hollister?«

»Nein«, sagte Cap. »Warum sollte ich lügen? Aber seit einiger Zeit – schon bevor sie es wirklich tat – habe ich das Gefühl, daß der Geist des alten Dr. Wanless hier herumschwebt. Manchmal hockt er mir direkt auf der Schulter.« Über den Rand seiner Brille sah er Rainbird an. »Glauben Sie an Geister, Rainbird?«

»Ja.«

»Dann wissen Sie, was ich meine. Während meiner letzten Unterredung mit ihm hat er versucht, mich zu warnen. Er gebrachte eine Metapher – warten Sie – John Milton, der mit sieben Jahren versucht, in leserlichen Buchstaben seinen Namen zu schreiben, und der als Erwachsener dann *Das Verlo-*

rene Paradies schrieb. Er sprach über ihr . . . ihr Zerstörungspotential.«

»Ja«, sagte Rainbird, und sein Auge leuchtete.

»Er fragte mich, was wir tun würden, wenn wir feststellten, daß dieses kleine Mädchen, das jetzt nur Feuer anzünden kann, eines Tages in der Lage sein wird, nukleare Explosionen zu verursachen, die diesen Planeten in zwei Hälften spalten können. Ich fand das witzig, ein wenig irritierend, und ganz gewiß hielt ich es für eine verrückte Idee.«

»Und nun glauben Sie, daß er vielleicht recht hatte.«

»Sagen wir lieber, ich mache mir manchmal gegen drei Uhr morgens Gedanken darüber. Sie nicht auch?«

»Cap, als die mit dem Manhattan-Projekt befaßten Wissenschaftler ihre erste Atombombe zündeten, wußte niemand genau, was geschehen würde. Manche waren der Ansicht, daß die Kettenreaktion nicht mehr aufzuhalten sein würde – daß draußen in der Wüste bis zum Ende der Welt eine Miniatursonne glühen würde.«

Cap nickte langsam.

»Auch die Nazis waren schrecklich«, sagte Rainbird. »Die Japse waren schrecklich. Heute sind die Deutschen und die Japaner nette Leute, und die Russen sind schrecklich. Die Moslems sind schrecklich. Wer weiß, wer morgen schrecklich sein wird?«

»Sie ist gefährlich«, sagte Cap unruhig. »Da hat Wanless recht gehabt.«

»Vielleicht.«

»Hockstetter sagt, daß die Stelle, an der das Tablett die Wand traf, sich gewellt hat. Sie bestand aus Stahlblech, aber sie hat sich durch die Hitze gewellt. Das Tablett selbst wurde völlig verbogen. Sie hat es geschmolzen. Das kleine Mädchen hat wahrscheinlich für Sekundenbruchteile eine Temperatur von über 1800 Grad verursacht.« Er schaute Rainbird an, aber der sah sich nur gelangweilt im Zimmer um, als hätte er jedes Interesse verloren. »Was ich damit sagen will – Ihr Plan ist gefährlich. Nicht nur für Sie, sondern für uns alle.«

»O ja«, sagte Rainbird selbstzufrieden. »Die Sache ist nicht ohne Risiko. Aber vielleicht bleibt es uns erspart. Vielleicht hat Hockstetter, was er braucht, bevor wir . . . äh, den Plan B durchführen.«

»Hockstetter ist ein komischer Typ«, sagte Cap kurz. »Er ist süchtig nach Informationen. Er wird nie genug bekommen. Er könnte sie zwei Jahre lang testen und würde immer noch schreien, daß es voreilig ist, wenn wir . . . wenn wir sie fortschaffen. Sie wissen es, und ich weiß es. Warum sollten wir um den Brei herumreden?«

»Wir werden wissen, wann es Zeit ist«, sagte Rainbird. »Ich werde es wissen.«

»Und was geschieht dann?«

»Dann kommt John, der freundliche Wärter, ins Bild«, sagte Rainbird und lächelte. »Er wird sie begrüßen und mit ihr reden und sie zum Lachen bringen. John, der freundliche Wärter, wird es schaffen, daß sie sich glücklich fühlt, denn er ist der einzige, der das kann. Und wenn John das Gefühl hat, daß ihr Glücksgefühl den Höhepunkt erreicht hat, wird er sie auf das Nasenbein schlagen, daß ihr die Knochensplitter ins Gehirn dringen. Es wird schnell gehen . . . und wenn es geschieht, werde ich ihr in die Augen sehen.«

Er lächelte – und diesmal erinnerte sein Lächeln nicht an das eines Hais. Es war sanft und freundlich . . . und *väterlich*. Cap trank seinen Brandy aus. Er brauchte ihn jetzt. Er hoffte nur, daß Rainbird tatsächlich den richtigen Zeitpunkt erkennen würde, oder sie würden alle feststellen, wie sich ein Steak in einem Mikrowellenherd fühlt.

»Sie sind verrückt«, sagte Cap. Er hätte das Wort gern ungesprochen gelassen, aber Rainbird schien keinen Anstoß zu nehmen.

»O ja«, sagte er und trank ebenfalls seinen Brandy aus. Er lächelte immer noch.

20

Der Große Bruder. Der Große Bruder war das Problem.

Andy ging aus dem Wohnzimmer seiner Unterkunft in die Küche. Er zwang sich dazu, langsam zu gehen und zu lächeln – er wollte wirken wie ein Mann, der sich angenehm high fühlt.

Bisher war es ihm lediglich gelungen, hier in Charlies Nähe zu bleiben und festzustellen, daß die nächste Straße die Bundesstraße 301 war und daß es sich um eine ziemlich ländliche Gegend handelte. Das war vor einer Woche gewesen. Der Stromausfall lag jetzt einen Monat zurück, und er wußte immer noch nicht mehr über diese Anlage, als er bei seinen Spaziergängen mit Pynchot hatte beobachten können.

Hier unten in seinem Quartier wollte er niemanden gedanklich beeinflussen, denn der Große Bruder lag ständig auf der Lauer und hörte zu. Und auch gegen Pynchot wollte er nicht wieder zustoßen, denn Pynchot war im Begriff, den Verstand zu verlieren – davon war Andy überzeugt. Seit ihrem gemeinsamen Spaziergang zum Ententeich hatte Pynchot an Körpergewicht verloren. Er hatte dunkle Ringe unter den Augen, als ob er zu wenig Schlaf bekäme. Manchmal fing er an zu sprechen und verstummte dann, als ob er den Faden verloren hätte . . . oder unterbrochen worden sei.

Das alles brachte Andy in eine um so gefährlichere Lage.

Wie lange würde es dauern, bis Pynchots Kollegen merkten, was mit ihm vorging? Zuerst hielten sie es vielleicht für nervöse Störungen. Was aber, wenn sie es mit Andy in Verbindung brachten? Das wäre das Ende jeder noch so geringen Chance, zusammen mit Charlie hier rauszukommen. Und er hatte immer stärker das Gefühl, daß Charlie sich in großer Gefahr befand.

Aber wie in aller Welt konnte er dem Großen Bruder beikommen? Er holte sich eine Grapefruit aus dem Kühlschrank, ging ins Wohnzimmer zurück und setzte sich vor das Fersehgerät, ohne es überhaupt zu sehen. Sein Verstand suchte rastlos nach einem Ausweg. Aber als dieser Ausweg kam, kam er (wie der Stromausfall) völlig überraschend. In gewisser Weise war es Herman Pynchot, der ihm die Tür öffnete: er tat es durch seinen Tod.

21

Zwei Männer kamen, um ihn zu holen. Er kannte einen von ihnen von der Mandersfarm.

»Kommen Sie, alter Junge«, sagte der. »Kleiner Spaziergang.«

Andy lächelte albern, aber innerlich fing für ihn das Entsetzen an. Etwas war geschehen. Etwas Schlimmes war geschehen; sie schickten nicht solche Leute, wenn es sich um etwas Gutes handelte. Vielleicht war man ihm auf die Schliche gekommen. »Wohin?«

»Einfach nur mitkommen.«

Sie führten ihn zum Fahrstuhl, aber als sie im Tanzsaal ausstiegen, gingen sie nicht nach draußen, sondern weiter ins Gebäude hinein. Sie gingen am Sekretärinnenbüro vorbei und betraten einen kleineren Raum, in dem eine Sekretärin an einer IBM-Schreibmaschine Korrespondenz erledigte.

»Sie können gleich hineingehen«, sagte sie.

Sie gingen rechts an ihr vorbei und durch eine Tür in ein kleines Büro mit einem Panoramafenster, das durch ein Erlengestrüpp hindurch den Blick auf den Ententeich freigab. Hinter einem altmodischen Rollschreibtisch saß ein älterer Mann mit einem scharfgeschnittenen intelligenten Gesicht; seine Wangen waren gerötet, aber eher von Sonne und Wind als von Alkohol, wie Andy erkannte.

Er schaute zu Andy auf und nickte den Männern zu, die ihn hergebracht hatten. »Sie können draußen warten.«

Sie verschwanden.

Der Mann hinter dem Schreibtisch sah Andy aufmerksam an, und dieser gab den Blick freundlich zurück und lächelte leise. Er hoffte nur, daß er nicht übertrieb. »Hallo, wer sind Sie?« fragte er.

»Mein Name ist Captain Hollister, Andy. Sie können mich Cap nennen. Man erzählt mir, daß ich diese Wildwest-Show leite.«

»Freut mich, Sie kennenzulernen«, sagte Andy und lächelte ein wenig breiter, aber innerlich wuchs seine Spannung.

»Ich habe eine traurige Nachricht für Sie, Andy.«

O Gott, nein, es geht um Charlie. Etwas ist mit Charlie passiert!)

Cap beobachtete ihn mit seinen kleinen klugen Augen, die so tief zwischen Faltengewirr begraben waren, daß man kaum merkte, wie kalt und aufmerksam sie blickten.

»So?«

»Ja«, sagte Cap und schwieg einen Augenblick. Das Schweigen zog sich quälend in die Länge.

Cap betrachtete inzwischen seine Hände, die er vor sich auf der Schreibunterlage gefaltet hatte. Andy mußte sich bis aufs äußerste beherrschen, um nicht über den Schreibtisch zu springen und den Mann zu erwürgen.

Cap schaute vom Tisch auf.

»Dr. Pynchot ist tot, Andy. Er hat sich gestern abend umgebracht.«

Andys Unterkiefer fiel herab. Ein ungeheures Gefühl der Erleichterung überkam ihn, aber ebensosehr empfand er Entsetzen. Und über allem, wie ein tobender Himmel über der aufgewühlten See, das Wissen, daß dies alles veränderte ... aber wie? Wie?

Cap beobachtete ihn. *Er ist mißtrauisch. Er hat einen Verdacht. Aber hat er einen ernsthaften Verdacht, oder gehört Mißtrauen einfach nur zu seinem Job?*

Hundert Fragen. Viele hundert Fragen. Er brauchte Zeit, darüber nachzudenken, aber er hatte keine Zeit. Er mußte seine Denkarbeit im Stehen erledigen.

»Das überrascht Sie?« fragte Cap.

»Er war mein Freund«, sagte Andy nur und schloß den Mund, um nicht noch mehr zu sagen. Dieser Mann würde ihm geduldig zuhören; nach jeder Bemerkung würde er eine lange Pause machen (wie auch jetzt), um abzuwarten, ob Andy weiterplaudern, gedankenlos daherreden würde. Die Standardtechnik bei einem Verhör. Andy spürte förmlich die Fallen. Es war natürlich ein Echo gewesen. Er hatte Pynchot den Anstoß gegeben und ein Echo ausgelöst, das den Mann zerstört hatte. Andy konnte darüber beim besten Willen kein Bedauern empfinden. Er war entsetzt ... und der Höhlenmensch in ihm sprang herum und freute sich.

»Sind Sie sicher ... ich meine, manchmal sieht ein Unfall wie –«

»Ich fürchte, es war kein Unfall.«

»Hat er eine Nachricht hinterlassen?«

(und mich erwähnt?)

»Er hat sich die Unterwäsche seiner Frau angezogen, ist in die Küche gegangen, hat den Müllzerkleinerer eingeschaltet und den Arm hineingesteckt.«

»Oh ... mein ... *Gott.*« Andy ließ sich schwer auf den Stuhl fallen. Er hatte plötzlich keine Kraft mehr in den Beinen. Er starrte Cap Hollister angewidert und entsetzt an.

»Sie haben doch nichts damit zu tun, Andy?« fragte Cap. »Sie haben ihm doch nicht etwa den Anstoß dazu gegeben?«

»Nein«, sagte Andy. »Selbst wenn ich es noch könnte, warum sollte ich so etwas tun?«

»Vielleicht, weil Sie nicht nach Hawaii geschickt werden wollten«, sagte Cap. »Vielleicht wollten Sie nicht nach Maui, weil Ihre Tochter noch hier ist. Vielleicht haben Sie uns die ganze Zeit zum Narren gehalten, Andy.«

Und obwohl Cap Hollister gar nicht so weit von der Wahrheit entfernt war, fühlte Andy sich erleichtert. Wenn Cap wirklich davon überzeugt war, daß Andy Pynchot dazu veranlaßt hatte, hätte er dieses Interview nicht unter vier Augen mit ihm geführt. Nein, er hielt sich nur an die Routine. Wahrscheinlich hatten sie in Pynchots Lebenslauf genügend Gründe gefunden, die einen Selbstmord rechtfertigen konnten, und hatten es nicht nötig, wegen undurchsichtiger Mordmethoden zu ermitteln. Hieß es nicht, daß Psychiater unter allen Berufen die höchste Selbstmordrate aufwiesen?

»Nein, das stimmt nicht«, sagte Andy. Seine Stimme klang ängstlich und verwirrt. Fast schluchzte er. »Ich *wollte* nach Hawaii. Das habe ich ihm auch gesagt. Deshalb wollte er wohl auch noch einige Tests machen. Irgendwie mochte er mich wohl nicht. Aber ich habe nichts zu tun mit . . . mit dem, was ihm passiert ist.«

Cap sah ihn nachdenklich an. Ihre Blicke trafen sich kurz, und Andy schlug die Augen nieder.

»Ich glaube Ihnen, Andy«, sagte Cap. »Herm Pynchot hat seit einiger Zeit unter ziemlichem Druck gestanden. Das gehört wohl zu unserem Leben. Bedauerlich. Zu allem Überfluß noch dieses heimliche Transvestitentum. Seine Frau kann einem leid tun. Aber wir müssen uns um unsere eigenen Angelegenheiten kümmern, Andy.« Andy fühlte, wie die Augen des Mannes ihn durchbohrten. »Wir kümmern uns immer um unsere eigenen Angelegenheiten. Das ist das Wichtigste.«

»Gewiß«, sagte Andy dumpf.

Dann trat ein längeres Schweigen ein. Nach einer Weile schaute Andy auf, aber Cap sah ihn nicht an. Er starrte auf den hinteren Rasen und die Erlen, und sein Gesicht sah schlaff und alt aus, das Gesicht eines Mannes, der an die alte, vielleicht gute Zeit dachte. Er merkte, daß Andy ihn ansah, und ganz kurz zeigte sein Gesicht einen Anflug von Ekel. Plötzlich flakkerte wütender Haß in Andy auf. Warum sollte Hollister nicht Widerwillen zeigen? Er sah einen fetten Drogensüchtigen vor sich sitzen – jedenfalls glaubte er das. Aber wer gab hier die Befehle? Und was hast du Ungeheuer mit meiner Tochter vor?

»Nun«, sagte Cap. »Ich freue mich, Ihnen mitteilen zu können, daß Sie ohnehin nach Maui gehen, Andy – es ist ein übler Wind, der nicht irgendwem auch etwas Gutes zubläst, heißt es nicht so ähnlich? Ich habe schon die entsprechenden Formulare ausgefüllt.«

»Aber . . . hören Sie, Sie glauben doch nicht wirklich, daß ich mit dem, was Dr. Pynchot passiert ist, etwas zu tun habe?«

»Nein, natürlich nicht.« Wieder der Anflug von Ekel in seinem Gesicht. Und diesmal empfand Andy diese unschöne Befriedigung, die, wie er sich vorstellte, ein Schwarzer empfinden mußte, der einen unsympathischen Weißen aufs Kreuz gelegt hat. Aber vorherrschend war sein Erschrecken über den Satz *Ich habe die entsprechenden Formulare schon ausgefüllt.*

»Das ist ja sehr schön. Der arme Dr. Pynchot.« Es gelang ihm, einen Augenblick niedergeschlagen zu wirken, und dann sagte er eifrig: »Wann fliege ich?«

»So bald wie möglich, spätestens Ende nächster Woche.«

Höchstens noch neun Tage also! Es war, als hätte man ihm einen harten Gegenstand in den Magen gerammt.

»Es war mir ein Vergnügen, mich mit Ihnen zu unterhalten, Andy. Ich bedaure nur, daß wir uns unter so traurigen und unangenehmen Umständen kennengelernt haben.«

Er griff nach dem Schalter der Sprechanlage, und Andy wußte plötzlich, daß er das nicht zulassen durfte. In seinem eigenen Quartier mit seinen Kameras und Abhörgeräten konnte er nichts unternehmen. Aber wenn dieser Kerl wirklich der große Boß war, dann mußte sein Büro absolut tot sein: er würde es regelmäßig auf Wanzen untersuchen lassen. Natürlich könnte er eine eigene Abhöranlage haben, aber –

»Legen Sie die Hand auf den Tisch«, sagte Andy und stieß zu.

355

Cap zögerte. Er zog die Hand zurück und legte sie neben die andere auf die Schreibunterlage. Wieder schaute er wie abwesend auf den Rasen hinaus.

»Zeichnen Sie die Gespräche auf, die Sie hier führen?«

»Nein«, sagte Cap gleichmütig. »Ich hatte lange Zeit ein Uher-fünftausend, das sich einschaltete, sobald jemand anfing zu sprechen – wie das Gerät, das Nixon in Schwierigkeiten brachte –, aber ich habe es vor vierzehn Wochen ausbauen lassen.«

»Warum?«

»Weil es so aussah, als sollte ich meinen Job verlieren.«

»Warum glaubten Sie, daß Sie Ihren Job verlieren könnten?«

Sehr schnell, es klang wie eine Art Litanei, sagte Cap: »Nichts Produktives. Nichts Produktives. Finanzielle Mittel müssen durch Erfolge gerechtfertigt sein. Löst den Mann an der Spitze ab. Keine Bandaufzeichnungen. Kein Skandal.«

Andy versuchte, die Lage zu überdenken. Brachte dies ihn auf den Weg, den er gehen wollte? Er wußte es nicht, und er hatte wenig Zeit. Er kam sich vor wie das dümmste und langsamste Kind bei der Ostereiersuche. Er beschloß, diese Spur noch ein wenig zu verfolgen.

»Warum haben Sie nichts produziert?«

»McGee hat nicht mehr die Fähigkeit, andere geistig zu beherrschen. Für immer ausgebrannt. Das Mädchen wollte keine Feuer anzünden. Unter keinen Umständen, hat sie gesagt. Die Leute sagen, ich sei auf Lot Sechs fixiert. Hätte mein Pulver verschossen.« Er grinste. »Und jetzt ist alles okay. Das sagt selbst Rainbird.«

Andy stieß verstärkt zu, und leises, schmerzhaftes Pochen begann hinter seiner Stirn. »Wieso ist alles okay?«

»Drei Tests bisher. Hockstetter ist begeistert. Gestern hat sie ein Stück Stahlblech geschmolzen. Vier Sekunden lang eine konzentrierte Temperatur von elftausend Grad, sagt Hockstetter.«

Der Schock machte die Kopfschmerzen schlimmer, erschwerte es ihm, seine wirren Gedanken zu ordnen. Charlie zündete Feuer an? Was hatten sie mit ihr gemacht? Was, um Gottes willen?

Er wollte gerade etwas sagen, als die Sprechanlage summte.

Er gab sich einen Ruck und stieß viel härter zu als nötig. Cap zuckte zusammen, als hätte man ihn mit einem elektrischen Treibstock berührt. Er stieß ein leises, gurgelndes Geräusch aus, und sein Gesicht hatte alle Farbe verloren. Andys Kopfschmerzen vollführten einen Quantensprung, und er mahnte sich selbst zur Vorsicht. Wenn er in diesem Büro einen Schlag erlitte, wäre Charlie wenig geholfen.

»Lassen Sie das«, wimmerte Cap. »Es tut weh –«

»Sagen Sie den Leuten: keine Anrufe in den nächsten zehn Minuten«, sagte Andy. Irgendwo trat das schwarze Pferd gegen die Stalltür, wollte herausgelassen werden, wollte frei laufen. Öliger Schweiß lief ihm über das Gesicht.

Wieder summte die Sprechanlage. Cap beugte sich vor und stieß den Kippschalter nach unten. Sein Gesicht war um fünfzehn Jahre gealtert.

»Cap, Senator Thompsons Sekretär ist hier. Er hat die Zahlen für das Projekt –«

»Keine Anrufe in den nächsten zehn Minuten«, sagte Cap und schaltete ab.

Andy saß schweißüberströmt da. Würde sie das eine Weile zurückhalten? Oder würden sie den Braten riechen? Willy Loman hatte immer gesagt, der Wald brennt. Verdammt, wieso dachte er jetzt an Willy Loman? Er war verrückt. Bald würde das schwarze Pferd frei sein, und er konnte davonreiten. Fast hätte er gekichert.

»Charlie hat Feuer angezündet?«

»Ja.«

»Wie haben Sie sie dazu gebracht?«

»Zuckerbrot und Peitsche. Rainbirds Idee. Für die ersten beiden Feuer belohnten wir sie mit Spaziergängen im Freien. Jetzt darf sie das Pferd reiten. Rainbird glaubt, daß wir sie damit für die nächsten paar Wochen im Griff haben.« Und er wiederholte: »Hockstetter ist begeistert.«

»Wer ist dieser Rainbird?« fragte Andy und hatte keine Ahnung, daß er damit die Hunderttausenddollarfrage gestellt hatte.

Cap redete fünf Minuten lang in kurzen Ausbrüchen. Er erzählte Andy, daß Rainbird einer der Killer der Firma sei, der in Vietnam durch eine furchtbare Verwundung ein Auge verloren hatte (der einäugige Pirat in meinem Traum, dachte Andy benommen). Cap berichtete, daß es Rainbird gewesen war, der Andy und seine Tochter am Tashmore-See festgenommen hatte. Er berichtete von dem Stromausfall und Rainbirds geschickter Methode, Charlie zu veranlassen, Feuer anzuzünden. Endlich erzählte er Andy, daß Rainbirds hauptsächliches Interesse darin bestand, Charlie umzubringen, sobald die Täuschungen bei ihr nicht mehr verfingen. Er sprach ohne jede Erregung, aber dennoch schien es ihn zu seiner Aussage zu drängen. Dann schwieg er.

Andy hatte mit steigender Wut und wachsendem Entsetzen zugehört. Er zitterte am ganzen Körper, als Cap seinen Bericht beendet hatte. Charlie, dachte er. O Charlie, Charlie.

Die zehn Minuten waren fast vorüber, und es gab noch so vieles, was er wissen mußte. Sie saßen einander noch eine Weile schweigend gegenüber, und ein Beobachter hätte meinen können, daß hier zwei alte Freunde zusammensaßen, die sich auch ohne Worte verstanden. In Andys Kopf raste es.

»Captain Hollister«, sagte er.

»Ja?«

»Wann ist Pynchots Beerdigung?«

»Übermorgen«, sagte Cap ruhig.

»Wir nehmen daran teil. Sie und ich. Haben Sie verstanden?«

»Ja, ich verstehe. Wir gehen zu Pynchots Beerdigung.«

»Ich habe darum gebeten. Ich bin zusammengebrochen und habe geweint, als ich davon erfuhr.«

»Ja, Sie sind zusammengebrochen und haben geweint.«

»Ich war sehr aufgeregt.«

»Ja, das waren Sie.«

»Wir fahren in Ihrem Privatwagen. Nur wir beide. Von mir aus können Leute von der Firma vor und hinter uns fahren, meinetwegen Motorräder zu beiden Seiten, wenn das die Standardroutine ist. *Aber wir fahren allein.* Haben Sie verstanden?«

»O ja. Das ist vollkommen klar. Nur wir beide.«

»Und wir werden uns ausführlich unterhalten. Kapiert?«

»Ja, eine ausführliche Unterhaltung.«

»Sind Wanzen in Ihrem Wagen?«

»Keine.«

Wieder stieß Andy zu. Es war nur eine Serie von ganz

leichten Anstößen. Jedesmal zuckte Cap ein wenig zusammen, und Andy wußte, daß er auch hier vielleicht ein gefährliches Echo auslöste, aber es mußte getan werden.

»Wir werden uns darüber unterhalten, wo Charlie festgehalten wird. Wir werden uns darüber unterhalten, wie wir diesen ganzen Laden in Verwirrung stürzen können, ohne daß, wie beim Stromausfall, die Türen verriegelt sind. Und wir werden uns darüber unterhalten, wie Charlie und ich hier rauskommen.«

»Sie dürfen nicht fliehen«, sagte Cap mit wütender Kinderstimme. »Das steht nicht im Drehbuch.«

»Jetzt aber«, sagte Andy und stieß wieder zu.

»Auuu!« winselte Cap.

»Haben Sie verstanden?«

»Ja, ich habe verstanden, aber lassen Sie das doch, es tut weh!«

»Dieser Hockstetter – wird er sich darüber wundern, daß ich an der Beerdigung teilnehmen will?«

»Hockstetter hat nur das kleine Mädchen im Kopf. Er denkt an nichts anderes mehr.«

»Gut.« Es war überhaupt nicht gut. Es war Verzweiflung. »Eins noch, Captain Hollister. Sie werden dieses kleine Gespräch vergessen.«

»Ja, ich werde es vergessen.«

Das schwarze Pferd war los. Es fing an zu galoppieren. *Bringt mich hier raus*, dachte Andy verschwommen. *Bringt mich hier raus; das schwarze Pferd ist los, und die Wälder brennen.* Die Kopfschmerzen kamen in häßlichen klopfenden Schüben.

»Alles was ich Ihnen gesagt habe, werden Sie natürlich als Ihre eigene Idee betrachten.«

»Ja.«

Andy sah sich auf Caps Schreibtisch um und entdeckte eine Packung Kleenex. Er nahm ein Tuch und tupfte sich damit die Augen. Er weinte nicht, aber die Kopfschmerzen ließen seine Augen tränen.

»Ich möchte jetzt gehen«, sagte er zu Cap.

Andy nahm seine Beeinflussung zurück. Cap schaute nachdenklich zu den Erlen hinaus. Allmählich kam wieder Leben in sein Gesicht, und er wandte sich Andy zu, der sich die Augen wischte und noch ein wenig schniefte. Er brauchte es nun nicht mehr zu übertreiben.

»Wie fühlen Sie sich jetzt, Andy?«

»Ein wenig besser«, sagte Andy. »Aber . . . wissen Sie . . . wenn man das so aus heiterem Himmel erfährt . . .«

»Ja, Sie haben sich sehr aufgeregt. Möchten Sie eine Tasse Kaffee oder sonst etwas?«

»Nein, danke. Ich möchte in meine Wohnung zurück, bitte.«
»Natürlich. Ich bringe Sie hinaus.«
»Danke.«

22

Die beiden Männer, die ihn hergebracht hatten, sahen ihn mißtrauisch an – das Kleenex-Tuch, die tränenden Augen und der Arm, den Cap ihm tröstend um die Schulter gelegt hatte. Denselben Gesichtsausdruck sah er bei Caps Sekretärin.

»Er ist zusammengebrochen und hat geweint, als er hörte, daß Pynchot tot ist«, sagte Cap ruhig. »Er hat sich sehr aufgeregt. Ich werde veranlassen, daß er mit mir zusammen an Hermans Beerdigung teilnehmen kann. Das möchten Sie doch gern, nicht wahr, Andy?«

»Ja«, sagte Andy. »Bitte. Der arme Dr. Pynchot.«

Und plötzlich brach er wirklich in Tränen aus. Die beiden Männer führten ihn an Senator Thompsons Sekretär vorbei, der mit einigen blauen Aktendeckeln in der Hand ein wenig verlegen dastand. Sie führten Andy hinaus, der immer noch weinte. Der Ausdruck von Ekel in ihren Gesichtern ähnelte dem Caps – dieser fette Drogensüchtige, der die Kontrolle über seine Emotionen und jeden Sinn für Perspektive verloren hatte und der um seinen Kerkermeister Tränen vergoß, widerte sie an.

Andys Tränen waren echt . . . aber er weinte um Charlie.

23

John war zwar immer dabei, wenn sie ausritt, aber in ihren Träumen ritt Charlie allein. Der Oberstallknecht Peter Drabbe hatte ihr einen kleinen englischen Sattel besorgt, aber in ihren

Träumen saß sie ohne Sattel auf dem Rücken des Pferdes. Sie und John ritten auf den Reitwegen, die sich kreuz und quer durch das Gelände der Firma zogen, in die Spielzeugwälder von Zuckerkiefern hineinführten und wieder heraus und auch um den Ententeich herumliefen.

Meist ritten sie langsam, fielen höchstens gelegentlich in leichten Trab, aber in ihren Träumen galoppierte sie auf Necromancer schneller und immer schneller durch einen richtigen Wald; sie schossen auf wilden Pfaden daher, und grün fiel das Licht von oben durch die dichten Zweige, und ihre Haare flatterten im Wind.

Sie fühlte Necromancers Muskeln unter dem seidigen Fell spielen, hielt sich an seiner Mähne fest und flüsterte ihm ins Ohr, daß er schneller laufen sollte, schneller . . . schneller.

Necromancer gehorchte. Seine Hufe donnerten. Der Weg durch dieses verschlungene Grün war wie ein Tunnel, und von hinten irgendwo kam ein leises, prasselndes Geräusch und

(Die Wälder brennen)

der Geruch von Rauch. Es war ein Feuer, ein Feuer, das sie angezündet hatte, aber sie hatte kein Schuldgefühl – sie empfand nur Freude. Sie waren schneller als das Feuer. Necromancer konnte alles. Sie würden aus dem Waldtunnel entkommen. Sie ahnte vor sich schon das Licht.

»Schneller. Schneller.«

Wie glücklich sie sich fühlte. Das war die Freiheit! Sie wußte nicht mehr, wo ihre Schenkel endeten und Necromancers Flanken begannen. Sie waren eins, zusammengeschweißt wie die Metallstücke, die sie bei den Tests durch ihre Kraft zusammenschweißen konnte. Vor ihnen lag ein riesiger Haufen Windbruch, herabgewehte Äste, weißes Holz, wie eine aus Skeletten errichtete Pyramide. In wilder Freude stieß sie Necromancer leicht die nackten Füße in die Weichen und spürte, wie sich seine Muskeln anspannten.

Sie sprangen und schwebten einen Augenblick lang durch die Luft. Sie hatte den Kopf zurückgeworfen, hielt sich an Pferdehaaren fest und schrie – nicht aus Angst. Sie schrie, weil sie sonst explodiert wäre. *Frei, frei, frei . . . Necromancer, ich liebe dich.*

Leicht übersprangen sie das Hindernis, aber der Brandgeruch war schärfer und klarer – hinter sich hörten sie ein knackendes Geräusch, und erst als ein Funke herabfiel und ihr wie eine Nessel ins Fleisch stach, merkte sie, daß sie nackt war. Nackt,

(Aber die Wälder brennen)

frei und ihrer Fesseln ledig raste sie auf Necromancer dem Licht entgegen.

»Schneller«, flüsterte sie. »Schneller, o bitte.«

Irgendwie wurde der schwarze Wallach sogar noch schneller. Der Wind hörte sich in Charlies Ohren wie Donner an. Sie brauchte nicht zu atmen; durch ihren halb geöffneten Mund strömte die Luft ihr von selbst durch die Kehle. In dunstigen Streifen schien die Sonne zwischen den alten Bäumen hindurch. Und vor ihnen wurde es hell – der Wald war zu Ende, und offenes Land breitete sich aus, über das sie mit Necromancer für immer dahinrasen konnte. Das Feuer lag hinter ihnen, der verhaßte Rauchgeruch, das Gefühl der Angst. Die Sonne lag vor ihnen, und Charlie würde auf Necromancer bis an das Meer reiten, wo sie vielleicht ihren Vater finden würde, und sie würden dann beide Netze voll glatter, silberner Fische einholen und davon leben.

»Schneller!« rief sie triumphierend. »Oh, Necromancer, lauf schneller, lauf schneller, lauf –«

Und in diesem Augenblick trat eine Silhouette vor sie in das sich verbreiternde Licht und versperrte den Weg ins Freie. Zuerst, wie immer in diesem Traum, dachte sie, es sei ihr Vater, war dann *sicher*, daß es ihr Vater war, und ihre Freude war so groß, daß es fast schmerzte ... bis sich ihre Freude plötzlich in äußerstes Entsetzen verwandelte.

Sie hatte gerade noch Zeit zu registrieren, daß der Mann zu groß und zu breit war – aber dennoch seltsam vertraut, schrecklich vertraut, selbst als Silhouette – als Necromancer sich schreiend aufbäumte.

Können Pferde schreien? Ich wußte nicht, daß sie schreien können –

Sie versuchte, sich festzuhalten, und ihre Schenkel glitten am Rücken des Pferdes entlang, als seine Hufe die Luft traten, und der Wallach schrie nicht, er wieherte, aber es war ein *Schrei*, und hinter sich hörte sie noch mehr schreiendes Wiehern. *Oh, mein Gott*, dachte sie, *da hinten sind Pferde, und die Wälder brennen –*

Vorn stand immer noch die Silhouette, diese schreckliche Gestalt im Licht. Jetzt kam sie ihr entgegen; sie war auf den Weg gestürzt, und Necromancer berührte mit dem Maul leicht ihren nackten Bauch.

»Tun Sie meinem Pferd nichts!« schrie sie die Silhouette an, ihren Traumvater, der nicht ihr Vater war. »Tun Sie den Pferden nichts. Oh, bitte, tun Sie den Pferden nichts!«

Aber die Gestalt kam näher und zog einen Revolver, und das war immer der Augenblick, da Charlie aufwachte, manchmal mit einem Schrei und manchmal schweißgebadet, und dann wußte sie, daß sie schlecht geträumt hatte, und sie konnte sich an nichts erinnern als an den beglückenden Ritt durch den Wald und den Brandgeruch . . . und an das ekelhafte Gefühl, daß man sie verraten hatte.

Und irgendwann während des Tages streichelte sie dann Necromancer oder legte vielleicht ihre Wange an seine warme Schulter und spürte eine Angst, für die sie keinen Namen hatte.

Endspiel

1

Es war ein größerer Raum.

Bis vor einer Woche hatte er als konfessionsneutrale Kapelle der Firma gedient. Das Tempo, in dem jetzt alles ablief, hätte durch die Leichtigkeit symbolisiert werden können, mit der es Cap gelungen war, Hockstetters Wünsche durchzusetzen. Eine neue Kapelle – nicht etwa nur ein zusätzlicher Raum, sondern eine richtige Kapelle – sollte an der Ostseite des Grundstücks errichtet werden. Inzwischen wollte man die restlichen Tests mit Charlie McGee hier durchführen.

Die unechte Holztäfelung und das Gestühl hatte man herausgerissen. Fußboden und Wände waren mit einer Asbestschicht isoliert worden, die wie Stahlwolle aussah. Alles war mit gehärtetem Stahlblech ausgekleidet. Die Stelle, an der sich Altar und Schiff befunden hatten, war abgeteilt worden. Hockstetter hatte seine Kontrollinstrumente und einen Computer-Terminal installieren lassen. Die Arbeiten hatten nur eine Woche gedauert und waren vier Tage vor Herman Pynchots gräßlichem Tod begonnen worden.

Jetzt, an einem frühen Oktobertag um zwei Uhr nachmittags, stand in der Mitte des großen Raumes eine dicke Mauer aus Schlacke. Links davon hatte man einen riesigen flachen Wassertank aufgestellt. In diesem Tank, der etwa zwei Meter tief war, lagen über 1000 Kilogramm Eis. Und daneben stand Charlie McGee. Sie sah klein und niedlich aus in ihrem blauen Drellanzug und den rot-schwarz gestreiften Rugbysocken. Ihre blonden Zöpfe waren mit kleinen schwarzen Samtschleifen gebunden und fielen ihr über die Schultern.

»Okay, Charlie«, sagte Hockstetter über das Intercom. Wie alles andere war auch das Intercom in aller Eile installiert worden, und die Wiedergabe war dünn und blechern. »Sobald du willst, können wir anfangen.«

Die Kamera nahm alles in Farbe auf. Auf diesem Film neigt das Mädchen leicht den Kopf, und einige Sekunden lang geschieht überhaupt nichts. Am linken unteren Filmrand wird digital die Temperatur angezeigt. Plötzlich steigt sie von einundzwanzig auf siebenundzwanzig und dann auf fünfunddreißig. Danach steigen die Werte so rasch, daß man nur noch ein rötliches Flimmern erkennt. Die elektronische Temperatursonde ist mitten in der Schlackenmauer angebracht.

Jetzt läuft der Film in Zeitlupe ab; nur so läßt sich der ganze Vorgang beobachten. Für die Männer, die vom Kontrollraum aus durch die bleiverglasten Luken zuschauen, geschah es mit der Geschwindigkeit eines Gewehrschusses.

In extremer Zeitlupe fängt die Schlackenmauer an zu qualmen; kleine Mörtel- und Betonteilchen springen langsam hoch wie Popcorn. Dann sieht man, wie der Mörtel, der die einzelnen Schlackenblöcke zusammenhält, wie heißer Sirup zerfließt. Dann fängt die Schlacke an zu zerbröckeln, von innen her auseinanderzufallen. Ein Regen von Teilchen, dann steigen ganze Wolken auf, als die Blöcke in der Hitze explodieren.

Die Temperaturanzeige bleibt bei etwa viertausend Grad stehen. Sie bleibt nicht stehen, weil die Temperatur nicht mehr steigt, sondern weil die Sensoren zerstört sind.

Um den Testraum herum, der früher eine Kapelle war, sind acht riesige Kelvinator-Klima-Anlagen aufgestellt, die auf volle Leistung geschaltet sind und eiskalte Luft in den Testraum blasen.

Sie schalten sich simultan ein, als die Gesamttemperatur im Testraum fünfunddreißig Grad erreicht hatte. Charlie hatte mittlerweile gelernt, den Hitzestrom genau zu lenken, der bei ihr von einem Punkt auszugehen schien, aber, wie jeder weiß, der sich schon einmal am Stiel einer Bratpfanne die Hand verbrannt hat, leiten auch sogenannte nichtleitende Flächen die Hitze – wenn es genügend Hitze zu leiten gibt.

Die acht Kühlaggregate hätten die Temperatur im Testraum auf etwa zehn Grad halten müssen. Statt dessen wurde ein Temperaturanstieg auf über siebenunddreißig, dann vierzig und endlich auf zweiundvierzig Grad verzeichnet. Aber der

Schweiß, der den Beobachtern über die Gesichter lief, war nicht nur auf die Hitze zurückzuführen.

Nun gibt nicht einmal die extreme Zeitlupe ein klares Bild des Geschehens wieder, aber eines ist klar: da die Schlackenblöcke weiter explodieren, ist nicht zu bezweifeln, daß sie brennen; diese Blöcke brennen so rasch wie Zeitungspapier in einem Ofen.

Natürlich steht in jedem Schulbuch für die achte Klasse, daß *alles* brennt, wenn es nur heiß genug wird. Aber es ist eine Sache, so etwas zu lesen, eine andere ist es, zu sehen, wie diese Schlackenblöcke mit blauen und gelben Flammen tatsächlich brennen.

Und dann gab es einen wütenden Rückstoß desintegrierender Teilchen, als die ganze Wand verdampfte. Das kleine Mädchen vollführt in Zeitlupe eine halbe Drehung, und einen Augenblick später brodelt die glatte Oberfläche des Eiswassers im Tank in wilden Wirbeln.

Und die Hitze im Raum, die fünfundvierzig Grad erreicht hat, geht zurück (obwohl alle acht Kühlaggregate auf vollen Touren laufen, ist es trotzdem noch so heiß wie im Tal des Todes um die Mittagszeit).

Der Rest ist für den Reinigungsdienst.

2

Interne Mitteilung
Von   Bradford Hyuck
An   Patrick Hockstetter
Datum 2. Oktober
Betrifft Telemetrie, letzter Test C. McGee (Nr. 4)

Pat – ich habe mir die Filme jetzt viermal angesehen und bin immer noch nicht ganz sicher, ob es sich nicht um einen Trick mit Special Effects handelt. Hier ein ungebetener Rat: Wenn Sie vor den Senatsausschuß gehen, der mit der Bereitstellung weiterer Mittel für Lot Sechs und der Genehmigung weiterer Vorhaben befaßt ist, sollten Sie sich gründlich absichern – mehr noch, legen Sie sich Panzerplatten an! Wie die menschliche

Natur nun einmal ist – die Leute werden sich die Filme ansehen und die größten Schwierigkeiten haben zu glauben, daß es sich nicht um kompletten Unsinn handelt.

Zur Sache:

Die Ausdrucke schicken wir durch Boten. Sie werden Ihnen zwei bis drei Stunden später als diese Mitteilung vorliegen. Sie können sie selbst lesen, aber ich möchte unsere Ergebnisse kurz zusammenfassen.

Unsere Schlußfolgerung läßt sich mit drei Worten umschreiben:

Wir sind fassungslos.

Sie war mit Drähten gespickt wie ein Astronaut bei einem Raumflug.

Beachten Sie:

1.) Der Blutdruck liegt innerhalb der für achtjährige Kinder charakteristischen Unter- und Obergrenzen, und als die Wand wie die Hiroshima-Bombe hochgeht, tritt kaum eine Veränderung ein.

2.) Abnorm hohe Werte bei den Alphawellen; was wir Steuerung der Vorstellungskraft nennen, ist gut entwickelt. Sie mögen mit Clapper und mir darin einiggehen, daß die Kurve recht gleichmäßig verläuft, was eine gewisse Geschicklichkeit in der »Handhabung der imaginativen Kontrolle« andeutet (ich zitiere Clappers etwas übertriebene Bezeichnung). Es könnte heißen, daß sie jetzt ihre Fähigkeit unter Kontrolle hat und sie mit größerer Präzision anwenden kann. Übung macht den Meister, wie man so sagt. Es mag aber auch ohne jede Bedeutung sein.

3.) Alle durch Fernmessung erlangten veränderlichen Werte entsprechen den charakteristischen Konstanten. Als ob sie gerade ein gutes Buch las oder einen Schulaufsatz schrieb. Anstatt Temperaturen von über 4000 Grad zu erzeugen. Was mich am meisten fasziniert (und frustriert!), ist der CAT-Test nach Beal-Searles. *Nahezu kein Kalorienverbrauch!* Falls Sie Ihre Physik vergessen haben – bei euch Psychiatern ein Berufsrisiko –, eine Kalorie ist nichts weiter als eine Wärmeeinheit; genauer gesagt: die Wärme, die nötig ist, ein Gramm Wasser um ein Grad Celsius zu erwärmen.

Sie hat während ihrer kleinen Vorführung vielleicht 25 Kalorien verbraucht, und das tun wir schon, wenn wir uns zehnmal aus liegender Stellung aufrichten oder zweimal um den Block gehen. Aber Kalorien sind die Maßeinheit für *Wärme*, verdammt noch mal, und was sie produziert, ist doch Wärme ... oder etwa nicht?

Kommt diese Wärme nun *aus* ihr, oder geht sie nur durch sie hindurch?

Wenn das letztere der Fall ist, woher kommt sie dann?

Bekommen Sie das heraus, und Sie haben den Nobelpreis in der Tasche!

Ich sage Ihnen eins:

Wenn wir unsere Tests nur in so begrenztem Umfang durchführen dürfen, wie Sie es sagen, werden wir es nie herausfinden.

Ein letztes Wort noch:

Sind Sie sicher, daß Sie die Tests überhaupt fortsetzen *wollen*? In der letzten Zeit werde ich schon unruhig, wenn ich nur an das Kind *denke*.

Ich denke dann an Dinge wie Pulsare, Neutrinos, schwarze Löcher und Gott weiß was.

In diesem Universum wirken Kräfte, die wir nicht einmal kennen, und einige können wir nur in einer Entfernung von Millionen von Lichtjahren registrieren ... worüber wir verdammt froh sein können.

Als ich mir das letzte Mal den Film ansah, fing ich an, das Mädchen für einen Riß – einen Sprung, wenn Sie so wollen – im innersten Kern der Schöpfung zu halten.

Ich weiß, wie sich das anhört, aber es wäre ein Versäumnis, es Ihnen nicht zu sagen.

Gott möge mir vergeben, und ich habe selbst zwei kleine Töchter, aber mir würde ein Stein vom Herzen fallen, wenn sie erst neutralisiert wäre.

Wenn sie, ohne sich anzustrengen, Temperaturen von 4000 Grad erzeugen kann, was könnte passieren, wenn sie sich wirklich Mühe gibt?

Brad

3

»Ich will meinen Vater sehen«, sagte Charlie, als Hockstetter eintrat. Sie sah blaß und müde aus. Statt des Anzugs trug sie ein altes Nachthemd, und das Haar fiel ihr lose über die Schultern.

»Charlie –« begann er, aber was er sagen wollte, war plötzlich weg. Brad Hyucks Mitteilung hatte ihn zutiefst beunruhigt, insbesondere die Ausdrucke der Meßergebnisse. Die Tatsache, daß Brad die letzten beiden Absätze überhaupt dem Papier anvertraut hatte, besagte sehr viel und ließ noch mehr vermuten.

Hockstetter hatte selbst Angst. Cap hatte die Aufstellung weiterer Kühlaggregate um Charlies Quartier herum genehmigt – nicht acht sondern zwanzig. Bisher hatte man erst sechs installiert, aber nach dem vierten Test war es Hockstetter gleichgültig, ob man überhaupt noch welche installierte. Nach seiner Meinung konnte man hundert von den verdammten Dingern aufstellen, ohne ihre Fähigkeiten auch nur im geringsten zu beeinträchtigen.

Es ging nicht mehr darum, ob sie sich selbst umbringen konnte; die Frage war: Konnte sie, wenn sie wollte, nicht vielleicht die gesamten Anlagen der Firma zerstören – und das gesamte östliche Virginia obendrein? Hockstetter war mittlerweile davon überzeugt, daß ihr das gelingen würde, wenn sie sich darauf versteifte. Und wenn er diesem Gedankengang folgte, sah er nur eine Möglichkeit, sie aufzuhalten, und die war noch erschreckender: Rainbird war der einzige, der sie zu diesem Zeitpunkt wirksam beeinflussen konnte.

Und Rainbird war verrückt.

»Ich will meinen Vater sehen«, wiederholte sie.

Ihr Vater nahm gerade an Herman Pynchots Beerdigung teil. Zusammen mit Cap und auf dessen Veranlassung. Selbst Pynchots Tod, wenn er auch mit den Vorgängen hier nicht das geringste zu tun hatte, warf seinen eigenen unheimlichen Schatten über Hockstetters Gedanken.

»Nun, ich denke, das können wir arrangieren«, sagte Hockstetter vorsichtig, »wenn du uns ein wenig mehr zeigen –«

»Ich habe Ihnen genug gezeigt«, sagte sie. »Ich will meinen

Daddy sehen.« Ihre Unterlippe zitterte, und in ihren Augen schimmerten Tränen.

»Dein Wärter«, sagte Hockstetter, »dieser Indianer, sagt, daß du heute morgen nach dem Test nicht auf deinem Pferd reiten wolltest. Er scheint sich Sorgen um dich zu machen.«

»Es ist nicht mein Pferd«, sagte Charlie. Ihre Stimme klang heiser. »Nichts hier gehört mir. Nichts außer meinem Daddy, und ich . . . will . . . *ihn sehen!*«

»Reg dich nicht auf, Charlie«, sagte Hockstetter, und ihn ergriff nackte Angst. Wurde es im Raum plötzlich heißer? Oder war das nur Einbildung? »Bitte . . . reg dich nicht auf.«

Rainbird. Verdammt noch mal, dies war Rainbirds Job.

»Hör zu, Charlie«, sagte Hockstetter und setzte ein breites, freundliches Lächeln auf. »Hättest du nicht Lust, nach Six Flags drüben in Georgia zu fahren? Das ist der schönste Vergnügungspark im ganzen Süden, Disney World vielleicht ausgenommen. Eigens für dich würden wir den ganzen Park für einen Tag mieten. Du könntest mit dem Riesenrad fahren, in das Geisterhaus gehen, oder mit dem Karussell –«

»Ich will nicht in den Vergnügungspark. Ich will nur meinen Daddy sehen. Und das werde ich auch. Hoffentlich haben Sie das gehört. Ich *werde* ihn sehen!«

Es *war* heißer geworden.

»Sie schwitzen ja«, sagte Charlie.

Er dachte an die Mauer aus Schlacke, die so schnell explodiert war, daß man die Flammen nur in Zeitlupe beobachten konnte. Er dachte an das Stahltablett, das funkensprühend durch den Raum gewirbelt war. Wenn sie diese Kräfte gegen ihn richtete, wäre er ein Haufen Asche und geschrumpfter Knochen, bevor er wußte, was geschah.

O Gott, bitte –

»Charlie, auf mich wütend zu sein, hilft dir gar ni. . .«

»O doch«, sagte sie, und das entsprach voll und ganz der Wahrheit. »Es wird mir helfen. Und ich bin wütend auf Sie, Dr. Hockstetter. Ich bin wirklich wütend auf Sie.«

»Charlie, bitte –«

»Ich will ihn sehen« wiederholte sie. »Und jetzt gehen Sie. Sagen Sie den Leuten, daß ich ihn sehen will, und dann können sie weitere Tests mit mir machen, wenn sie wollen. Mir ist es gleich. Aber wenn ich meinen Vater nicht sehen darf, passiert etwas. Sagen Sie den Leuten das.«

Er ging. Er hätte gern noch etwas gesagt – um sein Gesicht zu wahren und die Angst zu überspielen,

(*»Sie schwitzen ja«*)

die sie in seinem Gesicht gelesen hatte – aber er brachte kein Wort heraus. Er ging, und nicht einmal die Stahltür, die jetzt zwischen ihnen lag, konnte ihm die Angst völlig nehmen . . . oder seine Wut auf Rainbird mildern. Denn John Rainbird hatte dies vorausgesehen und nichts gesagt. Und wenn er sich bei Rainbird darüber beklagte, würde der nur eiskalt lächeln und fragen, wer denn hier der Psychiater sei.

Die Tests hatten ihren Komplex hinsichtlich des Feuers so weit abgebaut, daß er nur noch einem an vielen Stellen geborstenen Erdwall glich. Die Tests hatten ihr die Praxis vermittelt, die nötig war, um aus einem groben Schmiedehammer ein Instrument zu machen, das sie mit tödlicher Präzision handhaben konnte wie ein Messerwerfer seine Messer.

Und die Tests waren für sie ein perfekter Unterricht gewesen. Sie hatten ihr ohne den Hauch eines Zweifels gezeigt, wer hier das Sagen hatte.

Sie.

4

Als Hockstetter gegangen war, ließ sich Charlie auf die Couch fallen, schlug die Hände vors Gesicht und schluchzte. Eine Welle widerstreitender Emotionen überschwemmte sie – Schuldgefühle und Entsetzen, Empörung, sogar eine Art böses Vergnügen. Aber Angst überwog. Die Situation hatte sich verändert, seit sie den Tests zugestimmt hatte, und sie fürchtete, daß sie sich endgültig verändert hatte. Und jetzt *wollte* sie nicht nur ihren Vater sehen; sie *brauchte* ihn. Sie brauchte ihn, damit er ihr sagte, was sie jetzt tun sollte.

Anfangs hatte es Belohnungen gegeben – Spaziergänge im Freien mit John, sie hatte Necromancer striegeln und später reiten dürfen. Sie mochte John, und sie mochte Necromancer . . . wenn dieser dumme Mensch nur wüßte, wie sehr er sie gekränkt hatte, als er sagte, daß Necromancer ihr Pferd sei, wo Charlie doch genau wußte, daß es nie der Fall sein würde. Nur in ihren unruhigen Träumen, an die sie sich kaum erinnerte, gehörte der große Wallach ihr. Aber jetzt ... jetzt ... waren die Tests selbst die Chance, ihre Fähigkeiten anzuwenden und zu spüren, wie sie wuchsen ... war *das* mehr oder mehr die eigentliche Belohnung. Es war zu einem schrecklichen, aber zwanghaften Spiel geworden. Und sie hatte das Gefühl, noch kaum die Oberfläche angekratzt zu haben. Sie war wie ein Baby, das gehen lernte.

Sie brauchte ihren Vater. Er mußte ihr sagen, was richtig und was falsch war, ob sie weitermachen oder endgültig aufhören sollte. Wenn –

»Wenn ich überhaupt noch aufhören *kann*«, flüsterte sie.

Sie fing wieder an zu weinen. Sie hatte sich noch nie so entsetzlich einsam gefühlt.

5

Die Beerdigung war schlimm.

Andy hatte gedacht, daß alles gut verlaufen würde; er hatte keine Kopfschmerzen mehr, und schließlich war die Beerdigung für ihn nur ein Vorwand. Er wollte nur eine Zeitlang mit Cap allein sein. Er hatte Pynchot nicht gemocht, obwohl Pynchot einfach zu unbedeutend war, um ihn hassen zu können. Seine kaum verhüllte Arroganz und sein unverhohlenes Vergnügen daran, sich einem Mitmenschen gegenüber in einer überlegenen Position zu befinden – all diese Dinge und Andys große Sorge um Charlie ließen bei ihm kaum Bedauern darüber aufkommen, daß er in Pynchot das Echo ausgelöst hatte, das den Mann schließlich umgebracht hatte.

Diese Echowirkung hatte er schon früher erlebt, aber es hatte immer eine Möglichkeit gegeben, die Dinge wieder zurechtzurücken. Zu der Zeit, als er New York City fluchtartig verlassen mußte, hatte er darin schon eine gewisse Fertigkeit entwickelt. Tief in jedem menschlichen Gehirn schienen Minen gelegt zu sein, tief eingewurzelte Ängste und Schuldgefühle, schizophrene und paranoide Impulse – sogar mörderische. Geistige

Manipulation konnte extreme Beeinflußbarkeit verursachen, und wenn der äußere Anstoß auf einen jener dunklen Pfade stieß, konnte er zerstörerische Wirkung haben. Eine der Hausfrauen, die an seinem Schlankheitskursus teilnahm, hatte beängstigende katatonische Schübe erlitten. Einer der Geschäftsleute hatte über einen krankhaften Drang berichtet, seinen Dienstrevolver aus dem Schrank zu holen und damit russisches Roulett zu spielen. Dieser Drang stand in seinen Gedanken irgendwie mit einer Erzählung von Edgar Allan Poe, »William Wilson«, in Verbindung, die er schon als Schüler gelesen hatte. In beiden Fällen war es Andy gelungen, das Echo zu stoppen, bevor es sich beschleunigen und schließlich tödlich auswirken konnte. Bei dem Geschäftsmann, einem drittklassigen, bescheidenen Bankbeamten mit aschblondem Haar, hatte es genügt, noch einmal zuzustoßen und ihm zu suggerieren, daß er die Geschichte von Poe überhaupt nicht gelesen hatte. Die Verbindung – worin sie auch bestanden haben mochte – war abgerissen. Eine Chance, das Echo auszuschalten, hatte er bei Pynchot nie gehabt.

Während sie durch einen kalten Herbstregen zum Begräbnis fuhren, sprach Cap unablässig über den Selbstmord des Mannes; er versuchte offenbar, den Vorfall innerlich zu verarbeiten. Er sagte, er habe es nicht für möglich gehalten, daß ein Mann einfach . . . seinen Arm hineinhalten konnte, wenn die Messer herumwirbelten. Aber Pynchot hatte es getan. Irgendwie hatte Pynchot das fertiggebracht. In diesem Augenblick war die Beerdigung für Andy nur noch unangenehm.

Die beiden nahmen nur an der Zeremonie am Grab teil und standen ein wenig abseits von der kleinen Gruppe von Freunden und Familienangehörigen, die sich unter schwarzen Regenschirmen zusammendrängten. Andy fand, daß es eine Sache war, sich an Pynchots Arroganz zu erinnern, an die caesarenhaften Allüren eines kleinen Mannes, der keine wirkliche Macht besaß; sich an sein ständiges nervöses Lächeln zu erinnern. Eine ganz andere Sache war es, seine bleiche, verhärmte Frau in ihrem schwarzen Kostüm und mit ihrem verschleierten Gesicht, die beiden Kinder an der Hand, vor sich zu sehen (das jüngste war etwa in Charlies Alter, und sie wirkten beide wie betäubt). Und sicherlich war ihr klar, daß alle

Freunde und Verwandten wußten, wie man ihn gefunden hatte: mit ihrer Unterwäsche bekleidet, der rechte Arm bis zum Ellbogen verstümmelt, angespitzt wie ein lebendiger Bleistift, sein Blut überall verspritzt und Fetzen seines Fleisches –

Andy wurde übel. Er kämpfte dagegen an. Die Stimme des Pfarrers hob und senkte sich ohne erkennbaren Sinn.

»Ich will gehen«, sagte Andy. »Können wir gehen?«

»Ja, natürlich«, sagte Cap. Er sah selbst blaß und alt aus und schien sich nicht besonders wohl zu fühlen. »Ich habe in diesem Jahr schon an so vielen Beerdigungen teilgenommen, daß ich froh wäre . . .«

Sie verließen die Gruppe, die um das unechte Ziergras und die Blumen herumstand, die unter dem starken Regen schon die Köpfe hängen ließen und ihre Blütenblätter verloren, und ließen auch den Sarg hinter sich, der auf Brettern über der Grube stand. Seite an Seite gingen sie über den gewundenen Kiesweg zu Caps Mittelklasse-Chevrolet, der weit hinten in der Autoschlange parkte. Sie liefen unter Weiden her, von denen es tropfte und die geheimnisvoll rauschten. Drei oder vier Männer bewegten sich unauffällig in ihrer Nähe. Andy glaubte jetzt zu wissen, wie man sich als Präsident der Vereinigten Staaten fühlte.

»Schlimm für die Witwe und ihre kleinen Söhne«, sagte Cap. »Der Skandal, wissen Sie.«

»Wird sie . . . äh, ist sie denn versorgt?«

»Was das Geld betrifft, sehr anständig«, sagte Cap fast tonlos. Sie näherten sich jetzt der Straße, und Andy sah Caps orangefarbenen Vega. Zwei Männer stiegen wortlos in den Biscayne, den sie vor Caps Wagen geparkt hatten. Zwei weitere stiegen in einen Plymouth, der dahinter stand. »Aber niemand wird den beiden kleinen Jungen helfen können. Haben Sie ihre Gesichter gesehen?«

Andy sagte nichts. Jetzt fühlte er sich schuldig; es war, als ob scharfe Sägezähne sich in seine Eingeweide fraßen. Er sagte sich zwar, daß seine eigene Situation verzweifelt gewesen war, aber nicht einmal das half. Ihm blieb nichts anderes übrig, als an Charlie zu denken . . . an Charlie und an eine dunkle, unheimliche Gestalt hinter ihr, einen einäugigen Piraten namens John Rainbird, der sich in ihr Vertrauen geschlichen hatte, um noch schneller den Tag herbeiführen zu können, an dem er –

Sie stiegen in den Vega, und Cap ließ den Motor an. Der Biscayne war schon davongezogen, und Cap folgte ihm. Der Plymouth schloß sich ihnen an.

Andy hatte plötzlich das unangenehme Gefühl, daß seine Fähigkeit ihn wieder verlassen hatte – daß nichts geschehen würde, wenn er es jetzt versuchte. Als ob er für den Gesichtsausdruck der beiden Jungen büßen sollte.

Aber ihm blieb nichts anderes übrig, als es zu versuchen.

»Wir werden uns ein wenig unterhalten«, sagte er zu Cap und stieß zu. Der Anstoß war da, und auch die Kopfschmerzen stellten sich sofort wieder ein – der Preis dafür, daß er seine Fähigkeit nach einer so kurzen Pause schon wieder anwandte. »Es wird Sie beim Fahren nicht stören.«

Cap schien es sich in seinem Sitz bequem zu machen. Seine linke Hand, die den Blinker betätigen wollte, zögerte und bewegte sich dann weiter. Gemächlich folgte der Vega dem voranfahrenden Wagen zwischen den Steinpfeilern hindurch auf die Hauptstraße.

»Nein, ich glaube nicht, daß unsere kleine Unterhaltung mich beim Fahren stören wird«, sagte Cap.

Sie waren zwanzig Meilen vom Gelände der Firma entfernt; Andy hatte vor Beginn und nach Ende der Fahrt den Kilometerstand geprüft. Sie benutzten fast die ganze Zeit die Straße, von der Pynchot ihm erzählt hatte, die 301. Eine Schnellstraße. Er hatte höchstens fünfundzwanzig Minuten Zeit, alles zu erledigen. Er hatte während der letzten zwei Tage kaum an irgend etwas anderes gedacht und glaubte, nichts vergessen zu haben, aber es gab noch etwas, das er unbedingt wissen mußte.

»Wie lange wird Charlie mit Ihnen und Rainbird noch zusammenarbeiten, Captain Hollister?«

»Nicht mehr sehr lange«, sagte Cap. »Rainbird hat alles sehr geschickt arrangiert. Während Ihrer Abwesenheit ist er der einzige, der sie wirklich unter Kontrolle hat. Der Vaterersatz.« Mit leiser, fast singender Stimme sagte er: »Rainbird ist ihr Vater, wenn der richtige Vater nicht da ist.«

»Und wenn sie aufhört, wird sie getötet?«

»Nicht gleich. Rainbird kann sie noch eine Weile länger

halten.« Cap bog auf die 301 ab. »Er wird so tun, als hätten wir alles herausbekommen, herausbekommen, daß sie miteinander gesprochen haben, daß er ihr Ratschläge gegeben hat, wie sie ihr . . . ihr Problem bewältigen kann, herausgefunden, daß er Ihnen Zettel von ihr zugesteckt hat.«

Er schwieg, aber Andy reichte es. Er fühlte sich elend. Ob die beiden sich wohl gegenseitig zu der Leichtigkeit gratuliert hatten, mit der es ihnen gelungen war, ein kleines Kind zu täuschen? Durch Charlies Einsamkeit hatten sie ihre Zuneigung gewonnen und, als sie ihr Vertrauen hatten, sie für ihre Zwecke ausgenutzt. Und wenn nichts anderes mehr funktionierte, brauchten sie ihr nur zu sagen, daß ihr einziger Freund, John der Wärter, seinen Job verlieren und vielleicht wegen Geheimnisverrats vor Gericht gestellt werden würde, weil er die Unverschämtheit besessen hatte, sich mit ihr anzufreunden. Den Rest würde Charlie schon erledigen. Sie würde mit ihnen verhandeln. Und sie würde sich für weitere Tests zur Verfügung stellen.

Ich hoffe, daß ich diesen Kerl einmal treffe. Das hoffe ich wirklich.

Aber jetzt hatte er keine Zeit, an so etwas zu denken . . . und wenn alles klappte, würde er Rainbird nie kennenlernen müssen.

»Es ist vorgesehen, daß ich heute in einer Woche nach Hawaii gehe.«

»Ja, das ist richtig.«

»Wie?«

»Mit einer Transportmaschine der Armee.«

»Und mit wem haben Sie das arrangiert?«

»Puck«, sagte Cap sofort.

»Wer ist Puck, Captain Hollister?«

»Major Victor Puckeridge«, sagte Cap. »In Andrews.«

»Andrews Air Force Base?«

»Ja, natürlich.«

»Ein Freund von Ihnen?«

»Wir spielen Golf.« Cap lächelte vage. »Er schneidet die Bälle immer.«

»Äußerst interessant«, dachte Andy. Sein Kopf pochte wie ein verrotteter Zahn.

»Und wenn Sie ihn heute nachmittag anrufen und ihm

sagen, daß Sie den Flug um drei Tage vorverlegen wollen?«
»Ja«, sagte Cap ein wenig unsicher.
»Wäre das denn ein Problem? Viel Schreibarbeit?«
»O nein, Puck würde sich vor der Schreibarbeit drücken.« Er lächelte wieder, wenn auch ein wenig seltsam und nicht sehr glücklich.

Der Wagen rauschte mit völlig legalen fünfundachtzig Stundenkilometern die Straße entlang. Aus dem Regen war Nebel geworden. Die Scheibenwischer fuhren mit leisem Klicken hin und her.

»Rufen Sie ihn heute noch an, Cap. Sobald wir zurück sind.«
»Ich werde Puck anrufen. Ja, das sollte ich tun.«
»Sagen Sie ihm, daß ich nicht erst am Samstag, sondern schon am Mittwoch fliegen werde.«

Vier Tage waren keine lange Erholungszeit – drei Wochen wären besser gewesen –, aber die Dinge bewegten sich rasch auf den kritischen Punkt zu. Das Endspiel hatte begonnen. Andy hatte es mit Tatsachen zu tun, die er nicht ignorieren konnte. Er durfte Charlie auf keinen Fall länger als unbedingt nötig in den Fängen dieses Rainbird lassen.

»Mittwoch statt Samstag.«
»Ja. Und Sie können Puck auch gleich sagen, daß Sie selbst mitkommen.«
»Mitkommen? Ich kann nicht –«

Wieder stieß Andy zu. Es tat weh, aber er stieß hart zu. Cap fuhr in seinem Sitz hoch, und der Wagen geriet ein wenig aus der Spur. Andy war sich klar darüber, daß er jetzt fast mit Sicherheit im Kopf dieses Mannes ein Echo auslöste.

»Ich komme mit, ja. Ich komme mit.«
»So ist's recht«, sagte Andy böse. »Und – welche Sicherheitsmaßnahmen haben Sie veranlaßt?«
»Keine besonderen Sicherheitsmaßnahmen«, sagte Cap. »Sie sind durch das Thorazin ziemlich ausgeschaltet. Außerdem sind Sie umgekippt. Sie können Ihre Fähigkeit, andere geistig zu beeinflussen, nicht mehr anwenden. Sie ruht.«
»Ach ja«, sagte Andy und faßte sich mit zitternder Hand an die Stirn. »Heißt das, daß ich allein fliege?«
»Nein«, sagte Cap schnell, »ich denke, ich werde selbst mitkommen.«

»Ja, aber außer uns beiden?«

»Zwei Männer von der Firma werden Sie begleiten, teils als Stewards und teils, um Sie zu bewachen. Standardroutine, Sie verstehen? Wir müssen unsere Investitionen schützen.«

»Nur zwei Agenten sind vorgesehen? Sind Sie sicher?«

»Ja.«

»Und natürlich die Besatzung.«

»Ja.«

Andy schaute aus dem Fenster. Sie hatten die Hälfte der Strecke zurückgelegt. Dies war der entscheidende Teil, und er hatte so entsetzliche Kopfschmerzen, daß er fürchtete, er würde etwas vergessen. Wenn das geschah, würde das ganze Kartenhaus zusammenfallen.

Charlie, dachte er und riß sich zusammen.

»Hawaii ist sehr weit von Virginia entfernt, Captain Hollister. Wird die Maschine zum Auftanken zwischenlanden?«

»Ja.«

»Wissen Sie wo?«

»Nein«, sagte Cap fröhlich, und Andy hätte ihm aufs Auge schlagen können.

»Wenn Sie das Gespräch mit . . .« Wie hieß der Mann noch? Er dachte fieberhaft nach. Er war müde und zerschlagen, aber er erinnerte sich. »Wenn Sie mit Puck sprechen, fragen Sie ihn, wo die Maschine zwischenlandet.«

»Ja, okay.«

»Flechten Sie es ganz beiläufig in die Unterhaltung ein.«

»Ja, ich werde feststellen, wo die Maschine zwischenlandet. Ich werde es ganz beiläufig in die Unterhaltung einflechten.«

Nachdenklich und mit abwesendem Blick sah er Andy an, und Andy überlegte, ob dies der Mann war, der den Befehl zu Vickys Ermordung gegeben hatte.

Er verspürte den plötzlichen Impuls, ihm zu befehlen, das Gaspedal durchzutreten und gegen den Brückenpfeiler zu fahren, der vor ihnen auftauchte. Wenn Charlie nicht gewesen wäre. Charlie! rief sein Verstand. Es geht um Charlie!

»Sagte ich Ihnen schon, daß Puck die Bälle schneidet?« sagte Cap freundlich.

»Das sagten Sie schon.« Nachdenken! Nachdenken, verdammt! Entweder Chicago oder Los Angeles. Aber nicht auf einem Zivilflughafen wie O'Hare oder L. A. International. Die Maschine würde auf einem Militärflughafen zwischenlanden. Das war für die Durchführung seines Plans nicht problematisch – was man von anderen Dingen nicht sagen konnte –, wenn er nur vorher erfuhr, wo die Zwischenlandung stattfinden würde.

»Wir werden um drei Uhr nachmittags starten«, sagte er zu Cap.

»Drei.«

»Sie werden dafür sorgen, daß Rainbird sich woanders aufhält.«

»Ihn wegschicken?« fragte Cap voll Hoffnung, und Andy überlief ein kalter Schauer, als er merkte, daß Cap vor Rainbird Angst hatte – große Angst.

»Ja. Ganz gleich, wohin.«

»San Diego?«

»In Ordnung.«

Jetzt die letzte Hürde. Er würde es gerade noch schaffen; vor ihnen zeigte ein reflektierendes Schild die Abfahrt nach Longmont an. Andy griff in die Hosentasche und holte ein zusammengefaltetes Stück Papier heraus. Vorerst hielt er es zwischen Daumen und Zeigefinger auf dem Schoß.

»Sie werden den Jungs von der Firma, die mit uns nach Hawaii fliegen, sagen, daß sie uns erst in Andrews treffen sollen. Wir werden allein hinfahren. Wie heute.«

»Ja.« Andy atmete tief ein. »Aber meine Tochter wird uns begleiten.«

»Sie?« Cap zeigte zum ersten Mal Erregung. *Sie?* Sie ist gefährlich! Sie kann nicht – Wir können nicht –«

»Sie war nicht gefährlich, bevor Sie und Ihre Leute mit ihr herumgespielt haben«, sagte Andy grob. »Sie kommt mit uns, und Sie haben mir gefälligst nicht zu widersprechen. *Ist das klar?*«

Diesmal geriet der Wagen noch weiter aus der Spur, und Cap stöhnte. »Sie kommt mit uns«, sagte Cap. »Ich werde Ihnen nicht mehr widersprechen. Verdammt. Das tut weh.«

Nicht halb so sehr wie mir.

Jetzt schien Andys Stimme von weit her zu kommen, und ein blutgetränktes Netz von Schmerzen zog sich immer fester um sein Gehirn. »Sie werden ihr dies geben«, sagte er und reichte

Cap den gefalteten Zettel. »Heute noch, aber seien Sie vorsichtig, damit niemand Verdacht schöpft.«

Cap steckte den Zettel in die Brusttasche. Jetzt näherten sie sich dem Gelände der Firma; links begann schon der elektrisch geladene Doppelzaun, und alle fünfzig Meter blitzten Warnleuchten auf.

»Wiederholen Sie die wichtigsten Punkte«, sagte Andy.

Cap sprach schnell und faßte sich kurz – der Vortrag eines Mannes, der schon auf der Militärakademie gelernt hatte, Texte aus dem Gedächtnis wiederzugeben.

»Ich werde veranlassen, daß Sie am Mittwoch statt am Samstag mit einer Transportmaschine der Armee nach Hawaii fliegen. Ich werde mitkommen; auch Ihre Tochter wird uns begleiten. Die beiden Agenten werden erst in Andrews zu uns stoßen. Ich werde Puck fragen, wo die Maschine zum Auftanken zwischenlandet. Das werde ich beiläufig in die Unterhaltung einflechten, wenn ich den neuen Abflugtermin durchgebe. Ich werde den Zettel Ihrer Tochter geben, nachdem ich mit Puck gesprochen habe. Und ich werde streng darauf achten, daß niemand Verdacht schöpft. Außerdem werde ich veranlassen, daß John Rainbird für den kommenden Mittwoch nach San Diego beordert wird. Ich glaube, das wär's.«

»Ja«, sagte Andy. »Das glaube ich auch.« Er lehnte sich im Sitz zurück und schloß die Augen. Zusammenhanglose Erinnerungsfragmente aus Vergangenheit und Gegenwart gingen ihm durch den Kopf, ohne Ziel, wie Strohpuppen, die der Wind durch die Luft fegt. Konnte dies wirklich funktionieren, oder bedeutete das seinen Tod und den seiner Tochter? Sie wußten jetzt, wozu Charlie in der Lage war; sie wußten es aus erster Hand. Ging es schief, würden sie beide ihre Reise im Frachtraum der Armeemaschine beenden. In zwei Särgen.

Cap hielt an der Wache, ließ das Seitenfenster herunter und reichte eine Plastikkarte nach draußen, die der diensthabende Beamte in einen Computer-Terminal schob.

»Sie können durchfahren, Sir«, sagte er.

Cap fuhr weiter.

»Noch eines, Captain Hollister. Sie werden unsere Unterhaltung vergessen. Sie werden das Ihnen Aufgetragene unverzüglich erledigen. Sie werden es mit niemandem diskutieren.«

»In Ordnung.«

Andy nickte. Nichts war in Ordnung, aber das mußte reichen. Das Risiko, in diesem Mann ein fatales Echo auszulösen, lag ungewöhnlich hoch, denn erstens war Andy gezwungen gewesen, außerordentlich hart zuzustoßen, und zweitens gingen die Anweisungen, die er Cap gegeben hatte, diesem absolut gegen den Strich. Vielleicht brachte er alles ganz einfach kraft seiner Position über die Bühne. Das mußte aber nicht unbedingt der Fall sein. Im Augenblick war Andy zu müde und hatte zu heftige Schmerzen, als daß er sich darum noch kümmern konnte.

Er konnte kaum aussteigen, und Cap mußte seinen Arm nehmen, um ihm behilflich zu sein. Dumpf registrierte er, daß der kalte Herbstregen, der ihm ins Gesicht schlug, angenehm war.

Die beiden Männer aus dem Biscayne sahen ihn kalt an, und er las den Ekel in ihren Blicken. Einer von ihnen war Don Jules. Er trug ein Hemd mit der Aufschrift OLYMPISCHE SAUFMANNSCHAFT der USA.

Seht euch den fetten Drogensüchtigen ruhig noch einmal an, dachte Andy verschwommen. Er war schon wieder den Tränen nahe, und das Atmen machte ihm Mühe. Seht ihn euch gut an, denn wenn dieser fette Kerl euch diesmal entwischt, wird er diesen ganzen verfaulten Laden hochgehen lassen.

»Na, na«, sagte Cap und strich ihm gönnerhaft über die Schulter.

Tu du nur, was dir aufgetragen wurde, dachte Andy und kämpfte mit aller Gewalt gegen die Tränen an; er wollte vor keinem von ihnen mehr weinen. Tu du nur, was ich dir aufgetragen habe, du Hurensohn.

6

Wieder in seiner Wohnung, wußte Andy kaum noch, was er tat. Er taumelte ins Bett und schlief sofort ein. Wie tot lag er sechs Stunden lang da, während aus einem winzigen Riß in seinem Gehirn Blut sickerte und eine Anzahl von Zellen weiß wurden und abstarben.

Als er aufwachte, war es zehn Uhr abends. Die Kopfschmerzen wüteten immer noch. Er legte die Hände ans Gesicht. Die tauben Stellen – eine unter dem linken Auge, eine am linken Jochbein und eine unter dem Kinn – waren wieder da. Diesmal waren sie größer.

Ich kann nicht mehr lange so weitermachen, ohne mich umzubringen, dachte er, und er wußte genau, daß er sich nicht irrte. Aber diese Sache würde er noch durchstehen. Charlie mußte ihre Chance haben, wenn er es nur irgendwie schaffte. Er durfte jetzt nicht aufgeben.

Er ging ins Badezimmer und trank ein Glas Wasser. Dann legte er sich wieder hin, aber es dauerte lange, bis er einschlief. Sein letzter Gedanke war, daß Charlie inzwischen seine Notiz gelesen haben mußte.

7

Nachdem Cap Hollister von Herm Pynchots Beerdigung zurückgekommen war, hatte er sehr viel zu tun. Er hatte sich kaum an seinen Schreibtisch gesetzt, als ihm seine Sekretärin eine interne Mitteilung mit der Aufschrift DRINGEND hereinreichte. Sie kam von Pat Hockstetter. Cap bat das Mädchen, ihn mit Vic Puckeridge zu verbinden, und nahm sich das Papier vor. Ich sollte öfter ins Freie gehen, dachte er; gut für die Gehirnzellen. Während der Rückfahrt war ihm eingefallen, daß es sinnlos wäre, McGees Überführung nach Maui noch eine Woche aufzuschieben; der nächste Mittwoch war schon spät genug.

Dann erwachte seine Aufmerksamkeit.

Hockstetters Mitteilung war nicht im gewohnten kühlen, wenn auch barocken Stil abgefaßt. Er hatte sie in bunte, geradezu hysterische Prosa gekleidet. Amüsiert überlegte Cap, daß das Kind für Hockstetter tatsächlich eine Nummer zu groß war.

Die Notiz lief darauf hinaus, daß Charlie sich auf die Hinterbeine gestellt hatte. Früher als man erwarten konnte, weiter nichts. Vielleicht – nein, wahrscheinlich – sogar früher, als Rainbird vermutet hatte. Er würde die Mitteilung einfach ein paar Tage liegenlassen, und dann ...

Er verlor den Faden. Er starrte vor sich hin und mußte an einen Golfplatz denken. Er hörte sogar, wie die Schläger die Bälle trafen, wie die Bälle durch die Luft sausten. Weit wurde ein Ball durch die Luft geschlagen, hob sich weiß gegen den blauen Himmel ab. Aber er war angeschnitten ... angeschnitten ...

Er gab sich einen Ruck. Woran hatte er nur gedacht? Es war überhaupt nicht seine Art, plötzlich von einem Thema abzuschweifen. Charlie hatte sich auf die Hinterbeine gestellt; daran hatte er eben gedacht. Kein Grund, aus der Fassung zu geraten. Man würde sie einfach eine Weile in Ruhe lassen, vielleicht bis zum Wochenende, und dann Rainbird auf sie ansetzen. Sie würde eine Menge Feuer anzünden, um Rainbird aus der Patsche zu helfen.

Seine Hand tastete zur Brusttasche mit dem kleinen gefalteten Zettel. Und wieder hörte er in Gedanken einen Golfschläger durch die Luft sausen; das Geräusch schien den ganzen Raum zu erfüllen. Aber jetzt war es eher ein zischendes Geräusch, fast wie von ... einer Schlange. Das war unangenehm. Seit frühester Kindheit hatte er sich vor Schlangen geekelt.

Gewaltsam verscheuchte er die albernen Gedanken an Golfschläger und Schlangen. Vielleicht hatte ihn die Beerdigung doch mehr als erwartet mitgenommen.

Die Sprechanlage summte, und seine Sekretärin stellte Puck zu ihm durch. Cap nahm den Hörer auf, und nach Austausch einiger Belanglosigkeiten fragte er Puck, ob der Flug nach Maui problemlos auf Mittwoch vorverlegt werden könne. Puck überlegte kurz und sagte dann, daß das kein Problem sei.

»Sagen wir, um drei Uhr nachmittags?«

»Kein Problem«, wiederholte Puck. »Aber jetzt sollten Sie den Termin nicht mehr ändern, sonst sind wir im Eimer. Hier ist mehr Betrieb als auf der Autobahn nach Feierabend.«

»Nein, dieser Termin ist endgültig«, sagte Cap. »Und noch etwas: ich fliege selbst mit. Aber das sollten Sie für sich behalten, okay?«

Puck lachte laut und herzlich. »Sonne, Meer und Mädchen im Baströckchen was?«

»Warum eigentlich nicht?« sagte Cap. »Ich begleite eine sehr wertvolle Fracht. Wenn ich mich vor einem Senatsausschuß rechtfertigen müßte, hätte ich wahrscheinlich keine Schwierigkeiten. Und ich habe seit 1973 keinen richtigen Urlaub mehr gehabt. Und damals haben mir die verdammten Araber und ihr Öl die letzte Woche versaut.«

»Ich werde es für mich behalten«, versprach ihm Puck. »Werden Sie dort draußen auch Golf spielen? Auf Maui kenne ich mindestens zwei große Plätze.«

Cap schwieg. Nachdenklich starrte er ins Leere. Der Hörer glitt ihm ein wenig vom Ohr.

»Cap? Sind Sie noch da?«

Leise deutlich hörte er wieder dieses Zischen, das in seinem kleinen Büro fast unheimlich klang.

»Scheiße, ich glaube, die Verbindung ist unterbrochen«, murmelte Puck. »Cap! Cap?«

»Schneiden Sie immer noch die Bälle an, alter Junge?« fragte Cap.

Puck lachte. »Sie machen wohl Witze? Ich dachte schon, die Verbindung sei abgerissen.«

»Nein, ich bin noch da«, sagte Cap. »Puck, gibt es in Hawaii eigentlich Schlangen?«

Puck stutzte.

»Wie bitte?« fragte er erstaunt.

»Schlangen. Giftschlangen.«

»Ich . . . verdammt, ich habe keine Ahnung. Aber wenn es wichtig ist, werde ich mich erkundigen . . .« Puck dachte: Cap muß fünftausend Schnüffler beschäftigen, wenn er sich um solche Lappalien kümmert.

»Nein, nicht nötig«, sagte Cap. Er hatte den Hörer wieder fest am Ohr. »Ich habe wohl nur laut gedacht. Ich glaube, ich werde alt.«

»Sie nicht, Cap. In Ihnen steckt zuviel von einem Vampir.«

»Vielleicht. Vielen Dank, alter Junge.«

»Keine Ursache. Ich freue mich, daß Sie mal ein bißchen rauskommen. Wenn man bedenkt, was im letzten Jahr alles los war, hat das keiner mehr verdient als Sie.« Er dachte natürlich an Caps Frau; von den McGees wußte er nichts. Und das bedeutete, dachte Cap müde, daß er nicht einmal die Hälfte wußte.

Er war schon im Begriff, sich zu verabschieden, und fragte

noch beiläufig: »Sie wissen nicht zufällig, wo die Maschine zum Auftanken zwischenlandet?«

»Durban, Illinois«, sagte Puck sofort. »In der Nähe von Chicago.«

Cap bedankte sich und legte auf.

Wieder tasteten seine Finger nach dem Zettel in seiner Brusttasche, und dann fiel sein Blick auf Hockstetters Mitteilung. Es hörte sich so an, als hätte das Mädchen sich ziemlich aufgeregt. Vielleicht konnte es nicht schaden, wenn er hinunterging, um mit ihr zu reden. Sie brauchte gewiß ein paar Streicheleinheiten.

Er beugte sich vor und drückte auf den Knopf an der Sprechanlage.

»Ja, Cap?«

»Ich gehe mal kurz nach unten«, sagte er. »Ich bin in etwa dreißig Minuten wieder zurück.«

»Okay.«

Er stand auf und verließ sein Büro. Verstohlen tastete er wieder nach dem Zettel in seiner Tasche.

8

Fünfzehn Minuten nachdem Cap gegangen war, lag Charlie entsetzt und verstört auf ihrem Bett und stellte wirre Überlegungen an. Sie wußte buchstäblich nicht mehr, was sie denken sollte.

Er war vor einer halben Stunde um sechzehn Uhr fünfzehn gekommen und hatte sich als Captain Hollister vorgestellt (»aber nenn mich ruhig Cap; das tun hier alle«). Er hatte ein freundliches, kluges Gesicht, das sie ein wenig an die Illustrationen aus dem Buch *Der Wind in den Weiden* erinnerte. Sie hatte sein Gesicht kürzlich irgendwo gesehen, es aber nicht unterbringen können, bis Cap ihrem Gedächtnis nachhalf. Er war es gewesen, der sie nach dem ersten Test in ihr Quartier gebracht hatte, als der Mann im weißen Kittel weggelaufen war. Sie war von Entsetzen und Schuldgefühlen und – ja – einem Triumphgefühl so benebelt gewesen, daß es kein Wunder war, daß sie sich sein Gesicht nicht gemerkt hatte. Das wäre ihr bei jedem anderen genauso ergangen.

Er sprach so glatt und überzeugend, daß sie ihm von Anfang an mißtraute.

Er berichtete ihr, daß Hockstetter sich Sorgen machte, weil sie darauf bestand, ihren Vater zu sehen, bevor sie an weiteren Tests teilnahm. Charlie gab nur die Tatsache zu und schwieg im übrigen trotzig ... hauptsächlich aus Angst. Wenn man so glatten Leuten gegenüber irgendwelche Dinge begründete, würden sie jedes Argument zerpflücken, bis aus Schwarz Weiß wurde und umgekehrt. Es war besser, ganz einfach seine Forderung zu stellen. Und es war sicherer.

Aber er hatte sie in Überraschung versetzt.

»Okay«, hatte er gesagt, »wenn du darauf bestehst.« Ihr erstauntes Gesicht muß komisch gewirkt haben, denn er lachte. »Das zu arrangieren, wird allerdings einige Zeit dauern, aber –«

Bei den Worten »das zu arrangieren« wurde ihr Gesicht sofort wieder abweisend. »Keine Feuer mehr«, sagte sie. »Keine Tests mehr. Und wenn es zehn Jahre dauert, es zu ›arrangieren‹.«

»Oh, so lange natürlich nicht«, sagte er ohne das geringste Anzeichen von Verstimmung. »Aber ich muß das gewissen Leuten gegenüber verantworten, Charlie. Und in einem Laden wie diesem gibt es viel Papierkrieg. Aber du brauchst vorher nicht einmal eine Kerze anzuzünden.«

»Gut«, sagte sie mit versteinertem Gesicht und glaubte ihm kein Wort. Sie glaubte nicht, daß er irgend etwas arrangieren würde. »Ich würde es auch nicht tun.«

»Vielleicht kann ich es bis ... Mittwoch arrangieren. Ja, das wäre zu schaffen.«

Dann hatte er plötzlich geschwiegen und den Kopf schiefgelegt, als lauschte er auf etwas, das sie nicht hören konnte. Charlie sah ihn erstaunt an und wollte schon fragen, ob ihm etwas fehle. Aber sie schwieg. Irgend etwas ... irgend etwas an der Art, wie er so dasaß, kam ihr bekannt vor.

»Glauben Sie wirklich, daß ich ihn am Mittwoch sehen kann?« fragte sie ängstlich.

»Ich denke doch«, sagte Cap. Er saß unruhig auf seinem Stuhl und stieß einen lauten Seufzer aus. Sie sahen einander an, und er lächelte ein wenig verwirrt ... auch dieses Lächeln kam ihr irgendwie bekannt vor. Völlig zusammenhanglos sagte er dann: »Dein Vater spielt doch einigermaßen Golf, nicht wahr?«

Charlie dachte scharf nach. Soweit sie wußte, hatte ihr Vater in seinem ganzen Leben keinen Golfschläger angefaßt. Das wollte sie gerade sagen . . . als ihr plötzlich alles klar war.

(*Mr. Merle! Er ist wie Mr. Merle!*)

Mr. Merle war einer der leitenden Angestellten gewesen, die sich in New York an ihren Vater gewandt hatten. Ein kleiner Mann, hellblond und mit einer rosagerandeten Brille. Er war gekommen, um sich sein Selbstvertrauen stärken zu lassen, wie die anderen Klienten auch. Er war bei einer Versicherungsgesellschaft oder einer Bank oder so was. Und Daddy hatte sich eine Zeitlang Sorgen um Mr. Merle gemacht. Es ging um ein Echo. Und es hatte etwas mit einem Buch zu tun, das Mr. Merle einmal gelesen hatte. Daddy hatte Mr. Merle beeinflußt, damit er mehr Selbstvertrauen bekam, und seitdem wurde er ganz krank, wenn er an die Geschichte dachte. Daddy sagte, daß das Echo von dieser Geschichte kam und wie ein Tennisball in seinem Kopf herumhüpfte. Es kam nie zur Ruhe, und die Erinnerung an diese Geschichte wurde immer schlimmer, bis Mr. Merle sehr krank wurde. Aber Charlie wußte, daß Daddy viel Übleres befürchtete; er hatte Angst, daß Mr. Merle sterben könnte. Deshalb mußte Mr. Merle eines Abends länger bleiben, und Daddy beeinflußte ihn, so daß er glaubte, er hätte die Geschichte nie gelesen. Und danach ging es Mr. Merle wieder gut. Daddy hoffte nur, wie er ihr einmal sagte, daß Mr. Merle niemals den Film »*The Deer Hunter*« sehen würde, aber er erklärte ihr nicht den Grund.

Aber bevor Daddy Mr. Merle behandelte, hatte der so ausgesehen wie Cap jetzt.

Sie war plötzlich ganz sicher, daß ihr Vater diesen Mann beeinflußt hatte, und gewaltige Aufregung ergriff sie. Nachdem sie, abgesehen von Johns spärlichen Berichten, nichts von ihrem Vater gehört hatte und nicht wußte, wo er sich befand, hatte sie jetzt das eigenartige Gefühl, daß ihr Vater plötzlich bei ihr im Zimmer war und ihr sagte, daß alles in Ordnung und er in der Nähe sei.

Cap stand plötzlich auf. »Ich gehe jetzt. Aber ich komme wieder, Charlie. Und mach dir keine Sorgen.«

Sie wollte ihn bitten zu bleiben und ihr von ihrem Vater zu erzählen. Sie wollte wissen, wo er war und wie es ihm ging ... aber sie brachte kein Wort heraus.

Cap ging zur Tür und blieb dann stehen. »Oh, fast hätte ich es vergessen.« Er trat auf sie zu, nahm einen gefalteten Zettel aus der Brusttasche und reichte ihn ihr. Sie nahm ihn stumm, betrachtete ihn und steckte ihn in die Tasche ihres Bademantels. »Und wenn du auf diesem Pferd reitest, mußt du auf Schlangen achten«, riet er ihr. »Wenn ein Pferd eine Schlange sieht, scheut es. Jedesmal. Es –«

Er brach ab und rieb sich die Schläfe. Einen Augenblick lang sah er ganz alt und wirr aus. Dann schüttelte er langsam den Kopf, als wollte er den Gedanken abschütteln. Er verabschiedete sich und ging.

Als er weg war, blieb Charlie einen Augenblick stehen. Dann nahm sie den Zettel heraus und las ihn. Und jetzt sah alles ganz anders aus.

9

Charlie, Liebes –

Erstens: wenn du dies gelesen hast, mußt du den Zettel durch die Toilette spülen, okay?

Zweitens: Wenn alles abläuft wie geplant – was ich hoffe –, werden wir am nächsten Mittwoch hier herauskommen. Der Mann, der dir diesen Zettel gab, arbeitet mit uns zusammen, obwohl er es nicht weiß ... wenn du verstehst, was ich meine.

Drittens: Du mußt am Mittwoch nachmittag um ein Uhr im Stall sein. Wie du das machst, ist gleich – zünde notfalls noch ein Feuer für sie an. Aber du mußt unbedingt kommen.

Viertens, und das ist das Wichtigste: *Du darfst diesem John Rainbird nicht trauen.* Das bringt dich vielleicht ein wenig aus der Fassung, denn ich weiß, daß du Vertrauen zu ihm hattest. Aber er ist ein sehr gefährlicher Mann. Niemand nimmt dir übel, daß du ihm vertraut hast – Hollister sagt, daß er seine Rolle höchst überzeugend gespielt hat. Aber du mußt eins wissen: er war der Anführer der Männer, die uns bei Großvaters Hütte gefangennahmen. Hoffentlich regst du dich nicht zu sehr auf, aber wie ich dich kenne, wird das wohl der Fall sein. Es macht keine Freude festzustellen, daß andere einen für ihre Zwecke ausgenutzt haben. Hör zu, Charlie: falls Rainbird dich aufsucht – und das wird er wahrscheinlich tun – ist es *sehr wichtig*, daß er nicht merkt, daß sich deine Einstellung zu ihm verändert hat. Am Mittwoch wird er uns nicht mehr im Wege sein.

Wir gehen nach Los Angeles oder Chicago, Charlie, und ich glaube, es wird mir gelingen, eine Pressekonferenz zu arrangieren. Ich rechne damit, daß ein alter Freund namens Quincey uns helfen wird, und ich glaube – ich muß es glauben –, daß er sich für uns einsetzen wird, wenn es uns gelingt, Verbindung mit ihm aufzunehmen. Man würde uns vielleicht immer noch festhalten wollen, aber wir wären wenigstens zusammen. Ich hoffe, daß du dir das genausosehr wünschst wie ich.

Alles wäre nicht so schlimm, wenn sie nicht die falschen Gründe dafür hätten, dich Feuer anzünden zu lassen. Wenn du Bedenken dagegen hast, wieder fortzulaufen, dann vergiß nicht, daß es das letzte Mal ist . . . und auch deine Mutter hätte es so gewünscht.

Ich vermisse dich, Charlie, und hab' dich sehr lieb.

Dad.

10

John?

John der Anführer der Männer, die auf sie und ihren Vater mit Betäubungspfeilen geschossen hatten?

John?

Sie schüttelte den Kopf. Ein Gefühl der Verlassenheit und des Schmerzes überwältigte sie. Wenn sie ihrem Vater glaubte, hatte John sie von Anfang an belogen und betrogen, nur damit sie mit den Tests einverstanden war. Wenn sie aber weiter an John glaubte, dann war die Mitteilung, die sie zerknüllt und durch die Toilette gespült hatte, eine mit dem Namen ihres Vaters unterschriebene Lüge. Jede dieser Möglichkeiten tat weh und setzte ihr gewaltig zu. Bedeutete Erwachsensein *das*? Solche Schmerzen zuzufügen? So viel Leid? Wenn es so war, würde sie gerne jung sterben.

Sie wußte noch, wie sie bei ihrem ersten Ritt auf Necromancer einmal aufgeschaut und Johns Lächeln gesehen hatte ... und etwas hatte in seinem Lächeln gelegen, das ihr gar nicht gefiel. Sie erinnerte sich daran, daß sie seine Gefühle nicht hatte deuten können. Er war gegen sie wie abgeschirmt gewesen oder ... oder ...
Sie versuchte, den Gedanken beiseite zu schieben,
(oder innerlich tot)
aber es gelang ihr nicht.
Aber so *war* er nicht. Er war doch ganz *anders*. Seine entsetzliche Angst in der Dunkelheit. Seine Geschichte über das, was die Vietcong ihm angetan hatten. Konnte das eine Lüge gewesen sein? Wo doch sein zerstörtes Gesicht dafür sprach, daß seine Geschichte stimmte?
Sie lag mit dem Kopf auf dem Kissen und bewegte ihn immer wieder hin und her in einer fortwährenden Geste der Verneinung. Sie wollte nicht daran denken. Sie wollte es einfach nicht.
Aber sie konnte nicht anders.
Wenn sie ... wenn sie nun den Stromausfall absichtlich herbeigeführt hatten? Oder wenn er ganz einfach passiert war ... *und er ihn ausgenutzt hatte?*
(NEIN! NEIN! NEIN! NEIN!)
Aber sie hatte jetzt keine bewußte Kontrolle über ihre Gedanken, die mit kalter und unerbittlicher Entschlossenheit um dieses schreckliche und quälende Dilemma kreisten. Sie war ein gescheites Mädchen, und sie spulte die Kette ihrer Logik so gewissenhaft ab, wie ein reumütiger Sünder rückhaltlos und bis zum bitteren Ende die Beichte ablegt.
Sie erinnerte sich an ein Fernsehstück aus der Serie *Starsky und Hutch*, das sie einmal gesehen hatte. Sie hatten den Kriminalbeamten mit dem Verbrecher, der alles über einen Raub wußte, zusammen in eine Zelle gesteckt. Der Beamte, der so tat, als sei er ein Verbrecher, war ein »Spitzel« gewesen.
War John Rainbird ein Spitzel?
Ihr Vater behauptete das. Und warum sollte ihr Vater sie belügen?
Wem glaubst du jetzt? John oder Daddy? Daddy oder John?
Nein, nein, nein, wiederholte ihr Verstand monoton ... aber

sie kam zu keinem Ergebnis. Die quälende Ungewißheit, in der sie steckte, war zuviel für ein achtjähriges Mädchen. Als sie endlich einschlief, kam auch der Traum wieder. Aber diesmal erkannte sie das Gesicht der Silhouette, die sich vor das Licht gestellt hatte.

11

»Ja, um was geht es denn?« fragte Hockstetter mürrisch.

Sein Ton verriet, daß er sich nicht mit Lappalien belästigen lassen wollte. Es war Sonntag, und er hatte gerade einen Film mit James Bond gesehen, als das Telefon klingelte und eine Stimme ihm sagte, daß es mit dem kleinen Mädchen ein Problem gäbe. Über eine offene Leitung wagte Hockstetter nicht zu fragen, um was es sich denn handle. Er zog sich nicht erst um, sondern behielt seine farbbeschmierten Jeans und ein Tennishemd an.

Er hatte gleich Angst gehabt und eine Tablette gegen sein Sodbrennen genommen. Dann hatte er sich von seiner Frau verabschiedet und auf ihren fragenden Blick hin gesagt, daß er eine geringfügige technische Störung beheben müsse. Was hätte sie wohl gesagt, wenn sie wüßte, daß diese »geringfügige Störung« ihn jeden Augenblick umbringen könnte.

Jetzt stand er da und schaute auf den gespenstischen Infrarotmonitor, mit dem man Charlie überwachte, wenn das Licht aus war, und wünschte sich wieder einmal, daß alles vorbei und das Mädchen aus dem Weg wäre. Mit diesen Komplikationen hatte er nicht gerechnet, als das Ganze noch ein in ein paar blauen Ordnern zusammengefaßtes akademisches Problem war.

Die Wahrheit aber war eine brennende Mauer aus Schlacke; die Wahrheit waren Spitzentemperaturen von über 16 000 Grad; die Wahrheit war, daß Brad Hyuck über Urkräfte, die das Universum bewegten, geredet hatte; und die Wahrheit war, daß er schreckliche Angst hatte. Er hatte das Gefühl, auf einem Kernreaktor zu sitzen, der außer Kontrolle geriet.

Neary, der Mann, der gerade Dienst hatte, fuhr herum, als Hockstetter eintrat. »Cap hat sie um ungefähr siebzehn Uhr besucht«, sagte er. »Sie wollte abends nicht essen und ist früh ins Bett gegangen.«

Hockstetter schaute auf den Monitor. Charlie lag angezogen auf dem Bett und warf sich unruhig hin und her. »Sie scheint einen Alptraum zu haben.«

»Oder eine ganze Serie von Alpträumen«, sagte Neary grimmig. »Ich habe Sie angerufen, weil die Temperatur bei ihr im Raum in der letzten Stunde um drei Grad angestiegen ist.«

»Das ist nicht viel.«

»Wenn man bedenkt, wie wir den Raum klimatisieren, ist es eine ganze Menge. Zweifellos verursacht sie selbst den Temperaturanstieg.«

Hockstetter überlegte und biß sich dabei auf einen Knöchel.

»Ich denke, jemand sollte hineingehen und sie wecken«, sagte Neary, der endlich zur Sache kam.

»Haben Sie mich deshalb geholt?« schrie Hockstetter. »Ein Kind zu wecken und ihm ein Glas warme Milch zu bringen?«

»Ich wollte meine Kompetenzen nicht überschreiten«, sagte Neary ungerührt.

»Nein«, sagte Hockstetter und verschluckte, was er sonst noch sagen wollte. Wenn die Temperatur noch sehr viel höher stieg, mußte man das Mädchen tatsächlich wecken, und es bestand immer die Möglichkeit, daß sie sich nach dem Erwachen gegen den ersten Menschen wandte, den sie zu Gesicht bekam. Dazu würde schon ausreichen, daß sie sich erschreckte. Immerhin hatten sie sich selbst bemüht, die Hemmungen und Kontrollen, die ihrer pyrokinetischen Fähigkeit vorgelagert waren, abzubauen, und das mit bemerkenswertem Erfolg.

»Wo ist Rainbird?« fragte er.

Neary zuckte die Achseln. »Der pfeift in Winnipeg nach seinem Wiesel, soweit ich weiß. Aber für die Kleine hat er dienstfrei. Sie würde ganz schön mißtrauisch werden, wenn er plötzlich aufkreuzte und –«

Das Digitalthermometer an Nearys Kontrollanlage flackerte um einen Grad höher, verhielt und legte dann rasch noch zwei Grad zu.

»Jemand *muß* hineingehen«, sagte Neary, und jetzt klang seine Stimme ein wenig nervös. »Die Temperatur im Raum beträgt schon vierundzwanzig Grad. Die kann noch bis zum Himmel steigen.«

Hockstetter versuchte, sich darüber klarzuwerden, was zu tun war, aber sein Gehirn schien eingefroren zu sein. Sein Schweiß lief jetzt in Strömen, aber sein Mund war trocken wie eine Wollsocke. Er wollte nach Hause, sich in seinen Sessel setzen und James Bond sehen. Oder sonstwas. Hier wollte er nicht bleiben. Er wollte die roten Zahlen unter dem kleinen Glasviereck nicht mehr sehen und darauf warten, daß sie in Sprüngen von zehn, zwanzig oder hundert stiegen, wie es bei der Schlackenmauer der Fall gewesen war, als sie –

Denk nach! rief er sich zur Ordnung. *Was tust du denn? Was –*

»Sie ist gerade aufgewacht«, sagte Neary leise.

Sie starrten beide gebannt auf den Monitor. Charlie hatte die Beine auf den Fußboden gestellt und saß mit gesenktem Kopf auf dem Bettrand, die Handflächen an die Wangen gelegt, das Gesicht von den Haaren verdeckt. Nach einer Weile stand sie auf und ging mit leerem Gesichtsausdruck und halb geschlossenen Augen ins Bad – wahrscheinlich schlief sie noch halb, dachte Hockstetter. Neary legte einen Schalter um, und der Monitor für das Badezimmer war eingeschaltet. Im Licht der fluoreszierenden Röhre war das Bild klar zu erkennen. Hockstetter erwartete, daß sie urinieren würde, aber Charlie blieb an der Tür stehen und sah zur Toilette hinüber.

»Heilige Mutter Maria, sehen Sie sich das an«, murmelte Neary.

Das Wasser im Toilettenbecken hatte angefangen, leicht zu dampfen. Das blieb etwas mehr als eine Minute so (eine Minute und einundzwanzig Sekunden nach Nearys Aufzeichnung), und dann spülte Charlie, urinierte, spülte noch einmal, trank ein Glas Wasser und ging wieder ins Bett. Diesmal schien sie leichter und ruhiger zu schlafen. Hockstetter schaute auf das Thermometer und sah, daß die Temperatur um vier Grad gefallen war. Dann sank sie um einen weiteren Grad und lag nur noch ein Grad höher als die normale Temperatur der Räumlichkeiten.

Hocksletter blieb bis nach Mitternacht bei Neary. »Ich gehe zum Schlafen nach Hause. Sie schreiben doch ein Protokoll, nicht wahr?«

»Dafür werde ich schließlich bezahlt«, sagte Neary ungerührt.

Hockstetter fuhr nach Hause. Am Tag darauf schrieb er eine Mitteilung, in der er darauf hinwies, daß jede weitere Information, die man durch weitere Tests vielleicht erlangen mochte, gegen die Gefahr möglicher Risiken abgewogen werden müsse, und daß diese Gefahr, seiner Ansicht nach, schon ungemütlich hoch sei.

12

An diese Nacht erinnerte sich Charlie nur schwach. Sie wußte noch, daß ihr heiß geworden war, daß sie dann aufgestanden war, um die Hitze loszuwerden. Sie erinnerte sich an den Traum, wenn auch nur vage – an ein Freiheitsgefühl,
(*Voraus war Licht – das Ende des Waldes, offenes Land, über das sie mit Necromancer für immer dahinrasen konnte*)
aber auch ein Gefühl der Angst und das Bewußtsein eines Verlustes. Es war sein Gesicht gewesen. Es war von Anfang an John Rainbirds Gesicht gewesen. Und vielleicht hatte sie es gewußt. Vielleicht hatte sie es schon die ganze Zeit
(*Die Wälder brennen, tun Sie den Pferden nichts, o bitte, tun Sie den Pferden nichts*)
gewußt.

Als sie am nächsten Morgen aufwachte, hatte bei ihr die vielleicht unvermeidliche Umwandlung von Angst, Verwirrung und Hoffnungslosigkeit in helle, harte Wut eingesetzt.
Er soll uns bloß am Mittwoch nicht über den Weg laufen, dachte sie. *Wenn er wirklich getan hat, was Daddy schreibt, soll er mir und Daddy am Mittwoch besser nicht nahe kommen.*

13

Später am Vormittag kam Rainbird und rollte seinen Wagen mit Reinigungsmitteln, Scheuertüchern, Schwämmen und Lappen herein. Seine weiße Wärterkleidung hing lose um ihn herum.

»Hallo, Charlie«, sagte er.

Charlie saß auf dem Sofa und las in einem mit Illustrationen ausgestatteten Buch. Sie schaute auf, und ihr Gesicht war blaß und ernst . . . sie war auf der Hut. Die Haut schien ihr zu straff über die Wangenknochen gespannt. Endlich lächelte sie. Aber Rainbird glaubte zu erkennen, daß es nicht ihr normales Lächeln war.

»Hallo, John.«

»Du siehst heute morgen gar nicht gut aus, Charlie, wenn ich das mal sagen darf.«

»Ich habe nicht gut geschlafen.«

»So?« Er wußte es schon. Hockstetter, dieser Narr, hatte fast Schaum vor dem Mund gehabt, weil sie den Raum im Schlaf um ein paar Grad aufgeheizt hatte. »Das tut mir aber leid. Ist es wegen Daddy?«

»Ich glaube ja.« Sie schloß das Buch und stand auf. »Ich denke, ich werde mich einen Augenblick hinlegen. Ich möchte mich jetzt nicht unterhalten.«

»Natürlich. Das kann ich gut verstehen.«

Er sah ihr nach, und als die Tür zum Schlafzimmer ins Schloß gefallen war, ging er in die Küche, um seinen Scheuereimer zu füllen. Wie sie ihn angesehen hatte. Das Lächeln. Das gefiel ihm nicht. Gut, sie hatte eine schlechte Nacht verbracht. Das konnte jedem mal passieren, und am nächsten Morgen schrie man dann seine Frau an oder starrte ein Loch durch die Zeitung.

Alles gut und schön. Aber . . . irgend etwas in ihm schlug Alarm. Seit Wochen hatte sie ihn nicht mehr so angesehen. Sie war ihm heute nicht aus Freude, ihn zu sehen, entgegengelaufen, und das gefiel ihm genausowenig. Sie hatte sich ihm heute verschlossen. Das beunruhigte ihn. Vielleicht war es wirklich auf die schlechte Nacht zurückzuführen, und vielleicht hatte sie sich auch den Magen verdorben und deshalb schwer geträumt. Er war dennoch beunruhigt.

Und noch etwas nagte in ihm. Cap hatte sie gestern am späten Nachmittag besucht, und das hatte er noch nie getan.

Rainbird setzte seinen Eimer ab, tauchte das Scheuertuch ein, wrang es aus und fing an, den Fußboden aufzuwischen. Sein entstelltes Gesicht wirkte ruhig und konzentriert.

Hast du mir ein Messer in den Rücken gestoßen, Cap? Oder hast du geglaubt, es reichte schon? Oder hast du vielleicht nur Schiß vor mir gehabt?

Wenn das letzte stimmte, hatte er Cap völlig falsch eingeschätzt. Mit Hockstetter war es etwas anderes. Hockstetters Erfahrungen mit Senatsausschüssen und Unterausschüssen waren nicht der Rede wert; ein bißchen Gepinkel hier, ein bißchen Gepinkel da. Zeug, das irgendwelche Ergebnisse bestätigte. Er konnte sich den Luxus erlauben, Angst zu haben. Cap nicht. Cap wußte genau, daß es durchaus noch nicht genügend Beweise gab, besonders wenn es sich um etwas so potentiell Explosives handelte (der Witz war *wirklich* beabsichtigt) wie Charlie McGee. Und Cap würde nicht nur weitere Mittel beantragen. Wenn er erst in der geheimen Ausschußsitzung auftrat, würde von seinen Lippen jener von Bürokraten gefürchtete Satz fallen: *langfristige Mittel*. Und im Hintergrund, unausgesprochen aber bedeutsam, lauerte die Eugenik. Rainbirds Vermutung war, daß Cap es auf längere Sicht kaum würde vermeiden können, daß Senatoren Charlies Vorführungen beiwohnten. Vielleicht sollte man ihnen erlauben, ihre Kinder mitzubringen, dachte Rainbird, während er aufwischte. Dies war doch mal was anderes als die dressierten Delphine in Sea World.

Cap würde jede Hilfe brauchen, die er bekommen konnte.

Warum hatte er sie also gestern nachmittag besucht? Warum brachte er den Kahn zum Schaukeln?

Rainbird drückte den Lappen aus und sah, wie das schmutziggraue Wasser in den Eimer zurücklief. Durch die offene Küchentür sah er Charlies geschlossene Schlafzimmertür. Sie hatte ihn ausgesperrt, und das gefiel ihm nicht. Es machte ihn nervös. *Sehr* nervös.

14

An jenem Montag abend Anfang Oktober kam ein leichter Sturm auf, der schwarze, zerrissene Wolken von Süden herantrieb. Es war Vollmond. Die ersten Blätter fielen und raschelten über den sorgfältig gepflegten Rasen und das übrige Gelände, um am nächsten Morgen von den unermüdlichen Gärtnern wieder entfernt zu werden. Einige waren in den Ententeich gewirbelt und trieben dort wie kleine Schiffe. Es war wieder Herbst in Virginia.

In seinem Quartier saß Andy vor dem Fernseher und versuchte, mit seinen Kopfschmerzen fertig zu werden. Die tauben Stellen in seinem Gesicht waren zurückgegangen, aber nicht verschwunden. Er konnte nur hoffen, daß er sich am Mittwoch nachmittag erholt haben würde. Wenn alles nach Plan verlief, würde er seine Fähigkeiten nur noch minimal einsetzen müssen. Wenn Charlie seine Notiz bekommen hatte und es ihr gelang, sich mit ihm bei den Ställen drüben zu treffen ... dann würde *sie* seine Fähigkeit ersetzen, er würde *sie* als Hebel, als Waffe benutzen. Wer wollte mit ihm schon lange streiten, wenn er eine Art Atomkanone zur Verfügung hatte?

Cap war in seiner Wohnung in Longmont Hills. Wie an dem Abend, an dem Rainbird ihn besucht hatte, trank er ein Glas Brandy, und aus der Stereoanlage klang Musik. Heute abend war es Chopin. Cap saß auf der Couch. An der gegenüberliegenden Seite des Raumes lehnte unter zwei Drucken von van Gogh seine abgewetzte alte Golftasche an der Wand. Er hatte sie aus dem Keller geholt, wo sich allerlei Sportgeräte angesammelt hatten, seit er vor zwölf Jahren mit Georgia dieses Haus bezogen hatte. Er hatte die Golftasche ins Wohnzimmer gebracht, weil er in letzter Zeit immer wieder an Golf denken mußte. An Golf und an Schlangen.

Er hatte die Golftasche heraufgebracht, weil er sich die beiden Schläger ansehen wollte. Vielleicht beruhigte es ihn ein wenig, wenn er sie berührte. Und dann schien einer der Schläger ... es war merkwürdig (sogar lächerlich), aber einer der Schläger schien sich *bewegt* zu haben. Als ob er kein Golfschläger sei, sondern eine Schlange, eine Giftschlange, die in die Tasche gekrochen war –

Cap hatte die Tasche gegen die Wand fallen lassen und war zurückgesprungen. Ein halbes Glas Brandy sollte das leichte Zittern seiner Hände kurieren. Wenn das Glas leer war, konnte er sich einbilden, daß er überhaupt nicht gezittert hatte.

Er führte das Glas zum Mund und hielt inne. Da war es wieder! Eine Bewegung ... oder spielten ihm seine Augen einen Streich?

Eine optische Täuschung. Ganz bestimmt. In dieser verdammten Golftasche waren keine Schlangen. Nur Schläger, die er lange nicht benutzt hatte. Er war zu beschäftigt gewesen. Dabei war er kein schlechter Golfspieler. Natürlich kein Nicklaus oder Tom Watson, aber er schlug einen guten Ball. Er schnitt die Bälle nicht an wie Puck. Cap mochte den Ball nicht gern anschneiden, denn dann kam man leicht in unebenes Gelände, ins hohe Gras, und da waren manchmal –

Reiß dich zusammen. Reiß dich ganz einfach zusammen. Entweder bist du noch der Captain oder nicht.

Seine Finger zitterten wieder. Woran lag das nur? Woran, um alles in der Welt, lag das? Manchmal schien es eine Erklärung zu geben, eine völlig vernünftige Erklärung – vielleicht etwas, das jemand gesagt hatte und an das er sich ganz einfach . . . nicht . . . erinnern konnte. Aber manchmal

(wie jetzt, verdammt, wie jetzt)

hatte er das Gefühl, kurz vor einem Nervenzusammenbruch zu stehen. Es war, als zögen diese fremden Gedanken, derer er sich nicht erwehren konnte, sein Gehirn auseinander wie ein weiches Sahnebonbon.

(Bist du nun noch der Captain oder nicht?)

Cap schleuderte plötzlich das Brandyglas in den Kamin, wo es wie eine Bombe zerschellte. Ein ersticktes Geräusch – ein Schluchzen – drang ihm aus der Kehle, wie etwas Verfaultes, das um jeden Preis ausgestoßen werden mußte. Dann zwang er sich, durch das Zimmer zu gehen (er taumelte dabei wie betrunken), die Riemen der Tasche zu ergreifen (wieder schien sich in ihr etwas zu bewegen . . . zu zischen) und sie sich über die Schulter zu werfen. Er nahm allen Mut zusammen und schaffte die Tasche in das Dunkel des Kellers zurück. Dicke Schweißtropfen standen ihm auf der Stirn, und sein Gesicht war zu einer Fratze der Angst und der Entschlossenheit erstarrt.

Es sind nur Golfschläger, nichts als Golfschläger, sang ihm sein Verstand immer wieder vor, und bei jedem Schritt erwartete er, daß etwas Langes, Braunes mit schwarzen Perlenaugen und scharfen Giftzähnen aus der Tasche vorstoßen würde, um ihm die tödliche Doppelspritze ins Genick zu jagen.

Als er wieder in seinem Wohnzimmer war, fühlte er sich viel

besser. Abgesehen von quälenden Kopfschmerzen, fühlte er sich sehr viel besser.

Er konnte wieder zusammenhängend denken.

Fast.

Er betrank sich.

Und am nächsten Morgen fühlte er sich wieder besser.

Für kurze Zeit.

15

Rainbird verbrachte den stürmischen Montag abend damit, Informationen zu sammeln. Beunruhigende Informationen. Zuerst wandte er sich an Neary, den Mann, der die Monitore überwacht hatte, als Cap Charlie besucht hatte.

»Ich will die Videobänder sehen«, sagte Rainbird.

Neary hatte vorsichtshalber nichts dagegen. Er gab Rainbird die Bänder von Sonntag, die er dann auf einem Sony-Gerät abspielen konnte. Neary schickte ihn in einen Nebenraum und war froh, ihn loszuwerden. Er hoffte nur, daß Rainbird nicht noch einmal kam. Das Mädchen war schlimm genug. Rainbird, diese verdammte Schlange, war unvergleichlich schlimmer.

Es waren Dreistundenbänder, markiert von 0000 bis 0300. Rainbird fand das Band mit Cap und ließ es viermal durchlaufen. Dabei bewegte er sich nicht, außer, um das Band an der Stelle zurückzuspulen, an der Cap sagte: »Ich gehe jetzt. Aber ich komme wieder, Charlie. Und mach dir keine Sorgen.«

Aber auf diesem Band war sehr viel aufgezeichnet, das Rainbird Sorgen machte.

Caps Aussehen gefiel ihm nicht. Er schien gealtert, und wenn er mit Charlie sprach, schien er manchmal den Faden zu verlieren, wie ein Mann, der langsam senil wird. Sein wirrer Blick erinnerte Rainbird auf fatale Weise an das Aussehen von Leuten, bei denen sich eine Frontneurose ankündigte.

Vielleicht kann ich es bis . . . Mittwoch arrangieren. Ja, das wäre zu schaffen.

Warum, um Gottes willen, hatte er das gesagt?

In dem Kind eine solche Erwartung zu wecken, war nach Rainbirds Ansicht die sicherste Methode, weitere Tests unmöglich zu machen. Der Schluß lag nahe, daß Cap sein eigenes kleines Spiel spielte – er intrigierte in der besten Tradition der Firma.

Aber das glaubte Rainbird nicht. Cap wirkte nicht wie ein Mann, der intrigierte. Er wirkte total kaputt und völlig durcheinander. Zum Beispiel seine Bemerkung, daß Charlies Vater doch wohl Golf spiele. Diese Bemerkung war absolut sinnlos gewesen und hatte mit dem vorher und nachher Gesagten nicht das geringste zu tun. Ganz kurz spielte Rainbird mit dem Gedanken, daß es sich vielleicht um eine Art Geheimsprache handeln mochte, aber das war offensichtlich lächerlich. Cap wußte, daß alles, was in Charlies Räumen passierte, überwacht und aufgezeichnet wurde und ständiger Nachprüfung zugänglich war. Cap hätte das geschickter angefangen. Eine Bemerkung über Golf. Sie hing einfach so im Raum. Sinnlos und ohne jeden Zusammenhang.

Und dann die Sache am Schluß.

Rainbird ließ die Szene immer wieder ablaufen. *Oh, fast hätte ich es vergessen.* Und dann gibt er ihr etwas, das sie neugierig betrachtet und dann in die Tasche ihres Bademantels steckt.

Rainbird ließ die Finger an den Knöpfen des Sony-Geräts, und Cap sagte ein dutzendmal *oh, fast hätte ich es vergessen.* Ein dutzendmal gab er ihr den Gegenstand. Zuerst dachte Rainbird, es sei ein Kaugummi, und dann stoppte er das Bild und holte es so nah wie möglich heran. Das überzeugte ihn davon, daß es sich höchstwahrscheinlich um einen Zettel handelte.

Cap, was, zum Teufel, hast du vor?

16

Rainbird verbrachte den Rest des Abends und den frühen Dienstag vormittag an einer Computer-Konsole und rief jede erdenkliche Information über Charlie McGee ab, um vielleicht eine Art Muster zusammenzustellen. Erfolglos. Er hatte sein Auge so angestrengt, daß der Kopf weh tat.

Er stand auf, um das Licht auszuschalten, als ihm plötzlich ein Gedanke kam. Er hatte nichts mit Charlie zu tun, sondern mit der fetten, drogensüchtigen Null, die ihr Vater war.

Pynchot.

Pynchot hatte sich mit Andy McGee befaßt, und vorige Woche hatte sich Herman Pynchot auf die gräßlichste Weise das Leben genommen, die sich Rainbird vorstellen konnte. Offensichtlich war er aus dem Gleichgewicht geraten. Verrückt geworden. Cap nimmt Andy zur Beerdigung mit – vielleicht ein wenig seltsam, wenn man es recht bedachte, aber in keiner Weise auffällig.

Dann fängt Cap an, sich eigenartig zu verhalten – er redet über Golf und gibt Zettel weiter.

Das ist lächerlich. Er ist umgekippt.

Rainbirds Hand lag immer noch an den Lichtschaltern. Der Bildschirm an der Computer-Konsole leuchtete wie ein frisch gegrabener Smaragd.

Wer sagt, daß er umgekippt ist? Er?

Plötzlich fiel Rainbird ein, daß noch etwas anderes sehr merkwürdig war. Hinsichtlich Andys Fähigkeit hatte Pynchot aufgegeben und beschlossen, ihn nach Maui zu schicken. Wenn Andy nichts dazu beitragen konnte, die Wirkung von Lot Sechs zu demonstrieren, gab es keinen Grund mehr, ihn hier festzuhalten . . . und es wäre sicherer, ihn von Charlie zu trennen. Soweit in Ordnung. Aber dann überlegt es sich Pynchot plötzlich anders und entscheidet sich für eine weitere Testreihe.

Und dann beschließt er, den Müllzerkleinerer zu reinigen . . . während dieser noch läuft.

Rainbird ging an die Computer-Konsole zurück. Er überlegte einen Augenblick und tippte dann HALLO COMPUTER/ANFRAGE STATUS ANDREW MCGEE 14 112/WEITERE TESTS/NIEDERLASSUNG MAUI/Q4

PROCESS blitzte der Computer auf. Und ein wenig später: HALLO RAINBIRD/ANDREW MCGEE 14 112 KEINE WEITEREN TESTS/ ANWEISUNG »STARLING«/GEPLANTE ABREISE NACH MAUI 15.00 9. OKTOBER/ANWEISUNG »STARLING«/ANDREWS AIRFORCE BASE – DURBAN (ILLINOIS) AIR FORCE BASE – KALAMI AIRFIELD (HAWAII)/ BREAK

Rainbird sah auf die Uhr. Der 9. Oktober war der nächste Mittwoch. Andy sollte Longmont morgen nachmittag in Richtung Hawaii verlassen. Wer sagte das? Die Anweisung Starling sagte das. Und das war Cap selbst. Aber Rainbird erfuhr es erst jetzt.

Wieder tanzten seine Finger über die Tasten.

A NFRAGE W AHRSCHEINLICHKEIT A NDREW M C G EE 14112 / VERMUTETE F ÄHIGKEIT GEDANKLICHER B EEINFLUSSUNG ANDERER / Q UERVERWEIS H ERMAN P YNCHOT

In dem zerfledderten Code-Verzeichnis, das er eingesteckt hatte, bevor er herunterkam, mußte er erst Pynchots Code-Nummer suchen.

14 409 Q4

P ROCESS antwortete der Computer, und der Schirm blieb so lange leer, daß Rainbird schon glaubte, er habe falsch programmiert und würde für seine ganze Mühe nur eine »609« bekommen.

Dann leuchtete der Schirm wieder auf. A NDREW M C G EE 14 112/W AHRSCHEINLICHKEIT GEDANKLICHER B EEINFLUSSUNG ANDERER 35%/Q UERVERWEIS H ERMAN P YNCHOT/B REAK

Fünfunddreißig Prozent?

Wie war das möglich?

In Ordnung, dachte Rainbird. Wir wollen sehen, was geschieht, wenn wir Pynchot aus der verdammten Gleichung rausnehmen.

Er tippte A NFRAGE W AHRSCHEINLICHKEIT A NDREW M C G EE 14 112/VERMUTETE F ÄHIGKEIT GEDANKLICHER B EEINFLUSSUNG Q4

P ROCESS blitzte der Computer, und diesmal kam die Antwort innerhalb von fünfzehn Sekunden. A NDREW M C G EE 14 112/ W AHRSCHEINLICHKEIT GEDANKLICHER B EEINFLUSSUNG 2%/B REAK

Rainbird lehnte sich zurück, schloß das gesunde Auge, und trotz seiner dumpfen Kopfschmerzen durchfuhr ihn ein Gefühl des Triumphes. Er hatte die wichtigsten Fragen zuletzt gestellt, aber das war der Preis, den der Mensch für seine intuitiven Sprünge zahlen mußte, Sprünge, von denen der Computer nichts wußte, obwohl er darauf programmiert war, »Hallo«, »Goodbye«, »Tut mir leid (Name des Programmierers)«, »Wie ärgerlich«, und »Scheiße« zu sagen.

Der Computer hielt es für wenig wahrscheinlich, daß Andy noch die Fähigkeit besaß, andere gedanklich zu beeinflussen . . . bis man den Pynchot-Faktor hinzufügte. Dann stieg der Prozentsatz fast bis zum Mond.

Er tippte Anfrage warum steigt Wahrscheinlichkeit Fähigkeit gedanklicher Beeinflussung Andy McGee 14 112 von 2% auf 35% bei Querverweis Herman Pynchot 14 409 Q4

Process antwortete der Computer und dann: Herman Pynchot 14 409 Selbstmord festgestellt/Wahrscheinlichkeit steigt weil Verursachung des Selbstmords durch Andrew McGee 14 112 möglich/ Gedankliche Beeinflussung/ Break

Da hatte er es. Direkt aus dem Datenspeicher des größten und kompliziertesten Computers der Westlichen Hemisphäre.

Er wartete nur darauf, daß man die richtigen Fragen stellte.

Vielleicht sollte ich eingeben, was ich bei Cap als sicher annehme, dachte Rainbird und beschloß, den Gedanken in die Tat umzusetzen. Wieder zog er das zerfledderte Code-Verzeichnis aus der Tasche und suchte Caps Nummer heraus.

Speichern tippte er. Captain James Hollister 16 040/ Teilnahme Beerdigung Herman Pynchot 14 409/ zusammen mit Andrew McGee 14 112 F4

Gespeichert las Rainbird.

Speichern tippte er. Captain James Hollister 16 040/ zur Zeit Anzeichen starker seelischer Belastung F4

609 las Rainbird. Wahrscheinlich konnte der Computer »seelische Belastung« nicht verstehen.

»Verdammter Mist«, murmelte Rainbird und versuchte es noch einmal.

Speichern/ Captain James Hollister 16 040/ verhält sich zur Zeit entgegen Direktiven betr. Charlene McGee 14 111 F4

Gespeichert

»Gleich haben wir es«, sagte Rainbird. Seine Finger glitten wieder über die Tasten.

Anfrage Wahrscheinlichkeit Andrew McGee 14 112/ vermutete Fähigkeit gedanklicher Beeinflussung anderer/ Querverweis Herman Pynchot 14 409/ Querverweis Captain James Hollister 16 040 Q4

Process leuchtete auf, und Rainbird lehnte sich zurück und wartete, wobei er den Schirm nicht aus den Augen ließ. Zwei Prozent waren zu wenig und auf fünfunddreißig Prozent konnte man auch noch keine Wette abschließen. Aber –

Jetzt gab der Computer diese Auskunft: Andrew McGee 14 112/ Fähigkeit gedanklicher Beeinflussung 90%/ Querverweis

Herman Pynchot 14 409/Querverweis Captain James Hollister 16 040/ Break

Jetzt waren es schon neunzig Prozent, und darauf *konnte* man schon wetten.

John Rainbird hätte noch auf zwei andere Dinge gewettet; erstens, daß Cap Charlie tatsächlich eine Nachricht von ihrem Vater überbracht hatte, und zweitens, daß diese Nachricht eine Art Fluchtplan enthielt.

»Du dreckiger alter Hurensohn«, murmelte Rainbird – nicht ohne Bewunderung für Andy McGee.

Er schob sich wieder an den Computer heran und tippte
600 Goodbye Computer 600
604 Goodbye Rainbird 604
Rainbird schaltete die Tastatur aus und grinste zufrieden.

17

Rainbird fuhr zu dem Haus zurück, in dem er wohnte, und schlief ein, ohne sich vorher auszuziehen. Am Dienstag wachte er kurz nach Mittag auf, rief Cap an und entschuldigte sich für den Nachmittag. Er sei stark erkältet, und er wolle Charlie nicht gern anstecken.

»Hoffentlich hindert Sie das nicht daran, morgen nach San Diego zu fliegen«, sagte Cap schnell.

»San Diego?«

»Drei Akten«, sagte Cap. »Top secret. Ich brauche einen Kurier. Der sind Sie. Ihre Maschine startet morgen früh um sieben Uhr in Andrews.«

Rainbird überlegte blitzschnell. Auch das war Andy McGees Werk. McGee hatte von ihm gehört. Natürlich. Und zusammen mit irgendeinem verrückten Fluchtplan, den McGee sich ausgedacht hatte, war auch Rainbird in der Notiz an Charlie erwähnt worden. Das erklärte auch, warum sich das Mädchen am Vortag so eigenartig benommen hatte. McGee hatte Cap während der Fahrt zur Beerdigung oder auf dem Rückweg einen gewaltigen Stoß versetzt, und Cap hatte ausgepackt. McGee sollte morgen nachmittag von Andrew abfliegen; und jetzt wollte Cap ihn, Rainbird, morgen früh nach San Diego schikken. McGee wollte ihn aus dem Weg schaffen und benutzte dazu Cap. Er war –

»Rainbird? Sind Sie noch am Apparat?«

»Ja«, sagte Rainbird. »Können Sie nicht einen anderen Mann schicken? Ich fühl mich ziemlich mies.«

»Ich habe keinen, dem ich so traue wie Ihnen«, erwiderte Cap. »Dies Zeug ist explosiv. Wir wollen doch nicht . . . daß irgendeine Schlange im Gras . . . damit abhaut.«

»Sagten Sie Schlange?« erkundigte sich Rainbird.

»Ja! Schlange!« Cap kreischte fast.

Kein Zweifel, McGee hatte zugestoßen und eine Lawine ausgelöst, die sich im Zeitlupentempo in Cap Hollisters Kopf bewegte. Rainbird hatte plötzlich das Gefühl – nein, die intuitive Gewißheit, daß Cap explodieren würde, wenn er sich weigerte und weiter auf ihn einredete. Genauso wie Pynchot explodiert war.

Wollte er das wirklich? Nein, das wollte er wirklich nicht. »In Ordnung«, sagte er. »Ich werde in der Maschine sein. Sieben Uhr morgens. Und ich werde mich mit Antibiotika vollpumpen. Sie sind ein Schwein, Cap.«

»Ich kann meine Abstammung einwandfrei nachweisen«, sagte Cap, aber der Scherz klang gequält und hohl. Er wirkte erleichtert, aber ein wenig angeschlagen.

»Ja, das glaube ich gern.«

»Vielleicht könnten Sie da drüben ein bißchen Golf spielen.«

»Ich spiele nicht –« Golf. Auch Charlie gegenüber hatte er Golf erwähnt – Golf und Schlangen. Irgendwie gehörten diese Dinge zu dem seltsamen Karussell, das McGee in Caps Gehirn in Bewegung gesetzt hatte. »Ja, vielleicht«, sagte er dann.

»Sie müssen um sechs Uhr dreißig in Andrews sein«, sagte Cap. »Fragen Sie nach Dick Folsam. Er ist Major Puckeridges Adjutant.«

»In Ordnung«, sagte Rainbird. Er hatte nicht die Absicht, am nächsten Tag auch nur in der Nähe der Andrews Air Force Base zu sein.

Er legte auf und setzte sich auf das Bett. Dann zog er seine alten Wüstenstiefel an und fing an zu planen.

18

HALLO COMPUTER/ ANFRAGE STATUS JOHN RAINBIRD 14 222/ ANDREWS AIR FORCE BASE (DISTRICT OF COLUMBIA) NACH SAN DIEGO (KALIFORNIEN) BESTIMMUNGSORT

HALLO CAP/ STATUS JOHN RAINBIRD 14 222/ ANDREWS (DISTRICT OF COLUMBIA) NACH SAN DIEGO (KALIFORNIEN) BESTIMMUNGSORT/ ABFLUG ANDREWS AIR FORCE BASE 0700 UHR EASTERN STANDARD TIME/ STATUS OK/ BREAK.

Computer sind wie Kinder, dachte Rainbird, als er die Antwort las. Er hatte einfach Caps neuen Code eingegeben – Cap würde verrückt werden, wenn er wüßte, daß er ihn hatte –, und für den Computer war er Cap. Er fing an, tonlos zu pfeifen. Es war kurz nach Sonnenuntergang. SPEICHERN TOP SECRET

CODE BITTE

CODE 19 180

CODE 19 180 wiederholte der Computer BITTE EINGEBEN TOP SECRET

Rainbird zögerte nur kurz und tippte dann SPEICHERN/ JOHN RAINBIRD 14 222/ ANDREWS (DISTRICT OF COLUMBIA) NACH SAN DIEGO (KALIFORNIEN) BESTIMMUNGSORT/ ANNULLIEREN/ ANNULLIEREN/ ANNULLIEREN F9 (19 180)

GESPEICHERT

Unter Zuhilfenahme des Code-Verzeichnisses wies er den Computer an, die entsprechenden Benachrichtigungen vorzunehmen. Victor Puckeridge und sein Adjutant Richard Folsom. Die neuen Anweisungen würden um Mitternacht per Telex nach Andrews abgehen, und die Maschine, die er benutzen sollte, würde einfach ohne ihn starten. Niemand, einschließlich Cap, würde etwas erfahren.

600 GOODBYE COMPUTER 600

604 GOODBYE CAP 604

Rainbird schob seinen Stuhl zurück. Es wäre natürlich durchaus möglich, dem ganzen Spuk schon heute abend ein Ende zu bereiten. Aber das wäre nicht überzeugend. Bis zu einem gewissen Grad konnte er sich auf das Material des Computers stützen, aber damit war nicht viel auszurichten. Man mußte sie stoppen, wenn die Sache schon ablief und die Hintergründe zu erkennen waren. Das war auch viel amüsanter.

Die Sache war überhaupt zum Lachen. Während sie sich auf das Mädchen konzentriert hatten, hatte der Mann seine Fähigkeit wiedererlangt, wenn er sie je wirklich verloren hatte. Vielleicht hatte er sie die ganze Zeit nur erfolgreich vor ihnen verborgen. Wahrscheinlich nahm er schon lange keine Drogen mehr. Jetzt hatte er Cap im Griff, und es bedurfte für ihn nur noch eines Schritts, um die ganze Organisation in den Griff zu bekommen, deren Gefangener er war. Es war wirklich komisch; Rainbird wußte aus Erfahrung, daß das Ende solcher Spiele oft komisch war.

Er wußte nicht genau, was McGee plante, aber er konnte es sich denken. Sie würden tatsächlich nach Andrews fliegen, aber Charlie würde mitkommen. Cap würde sie ohne Schwierigkeiten vom Gelände schaffen – Cap und wahrscheinlich sonst niemand auf der Welt. Sie würden nach Andrews fliegen, aber nicht nach Hawaii. Vielleicht hatte Andy die Absicht, sich nach Washington, D.C. abzusetzen. Möglicherweise wollten sie das Flugzeug auch in Durban verlassen, und Andy würde Cap darauf programmieren, ihnen einen Dienstwagen zu besorgen. In diesem Fall würden sie nach Shytown verschwinden – aber nur, um ein paar Tage später in Balkenschlagzeilen der Chicago *Tribune* wieder aufzutauchen.

Er hatte kurz mit dem Gedanken gespielt, sich überhaupt nicht einzumischen. Auch das wäre amüsant. Cap würde wahrscheinlich im Irrenhaus landen, wo er über Golfschläger und Schlangen im Gras phantasieren oder sich das Leben nehmen würde. Was die Firma anbetraf: Man brauchte sich nur einen Ameisenhaufen vorzustellen, unter dem ein Kanister mit einer Viertelgallone Nitroglyzerin steht. Keine fünf Monate, nachdem die Presse von dem seltsamen Schicksal der Familie McGee erfahren hatte, so vermutete Rainbird, würde die Firma aufhören zu existieren. Er empfand der Firma gegenüber keine Loyalität und hatte sie nie empfunden. Er war sein eigener Herr, ein verkrüppelter Söldner des Glücks, ein kupferhäutiger Todesengel. Sein Status hier interessierte ihn nicht viel mehr als Bullendreck auf einer Wiese. In diesem Augenblick galt seine Loyalität nicht der Firma.

Sie galt Charlie. Sie beide hatten eine Verabredung. Er würde ihr in die Augen schauen und sie ihm ... und es

könnte passieren, daß sie gemeinsam verbrennen würden. Auch die Tatsache, daß er die Welt möglicherweise vor einer fast unvorstellbaren Katastrophe bewahrte, wenn er sie tötete, hatte in seinen Überlegungen keine Rolle gespielt. Er schuldete der Welt nicht mehr Loyalität als der Firma. Nicht nur die Firma, sondern auch die Welt hatte ihn aus einer in sich geschlossenen Wüstengesellschaft herausgerissen, die seine Rettung hätte sein können . . . oder ihn doch wenigstens zu einem Schnaps saufenden harmlosen Indianer gemacht, der in einer Tankstelle an der 76 Benzin verkauft oder an einem schäbigen Stand an der Straße zwischen Flagstaff und Phoenix als Eingeborenenkunst deklarierte billige Puppen verhökert.
Aber Charlie. Charlie!
Schon seit jener endlosen, dunklen Nacht während des Stromausfalls hatte er mit ihr eng umschlungen einen langen Todeswalzer getanzt. Was er an jenem frühen Morgen in Washington, als Wanless unter seinen Händen starb, nur vermutet hatte, war zur unumstößlichen Gewißheit geworden: das Mädchen gehörte ihm. Aber es würde ein Akt der Liebe sein, nicht der Zerstörung, weil mit fast der gleichen Sicherheit auch das Entgegengesetzte stimmte.
Das konnte man akzeptieren. In vieler Hinsicht wünschte er sich den Tod. Und durch sie, in ihren Flammen, zu sterben, wäre ein Akt der Reue . . . und möglicherweise der Absolution.
Wenn sie und ihr Vater wieder zusammen waren, würde sie zu einer geladenen Kanone werden . . . nein, zu einem geladenen Flammenwerfer. Er würde das Mädchen beobachten und nichts dagegen tun, daß sie sich mit ihrem Vater traf. Was würde dann geschehen? Wer konnte das wissen?
Und würde dieses Wissen nicht den ganzen Spaß verderben?

19

Am gleichen Abend fuhr Rainbird nach Washington und fand einen jungen Anwalt, der zu dieser späten Stunde noch arbeitete. Diesem Anwalt gab er dreihundert Dollar in kleinen Scheinen. Und im Büro des Anwalts regelte er seine wenigen Angelegenheiten, um für den nächsten Tag gerüstet zu sein.

Feuerkind

1

Am Mittwoch stand Charlie McGee morgens um sechs Uhr auf, zog ihr Nachthemd aus und ging unter die Dusche. Sie seifte sich ab, wusch sich die Haare, drehte auf kalt und blieb noch eine Minute zitternd unter dem Strahl stehen. Dann rieb sie sich trocken und zog sich sorgfältig an – Baumwollslip, Seidenslip, blaue Kniestrümpfe, Drellanzug. Zuletzt stieg sie in ihre ausgetretenen Mokassins.

Sie hatte nicht gedacht, daß sie die ganze Nacht so gut schlafen würde; sie war voller Angst und in nervöser Aufregung ins Bett gegangen. Aber sie hatte geschlafen. Unablässig hatte sie geträumt, aber nicht von Necromancer und dem Ritt durch die Wälder, sondern von ihrer Mutter. Das war sonderbar, denn sie dachte in letzter Zeit nicht mehr so oft an ihre Mutter wie früher; manchmal hatte sie ihr Gesicht nur in vager Erinnerung. Aber in den Träumen der letzten Nacht hatte das Gesicht ihrer Mutter – ihre lachenden Augen, ihr hübscher, freundlicher Mund – so deutlich vor ihr gestanden, als hätte Charlie sie erst einen Tag vorher gesehen.

Jetzt, da sie angezogen und auf den Tag vorbereitet war, zeigte ihr Gesicht nicht mehr die verkniffenen Falten der Anspannung.

An der Wand neben der Tür, die zur Küche führte, war unter dem Lichtschalter eine Glanzchromplatte angebracht, in die ein Sprechgitter mit einem Rufknopf eingelassen war. Sie drückte auf den Knopf.

»Ja, Charlie?«

Den Mann, dem die Stimme gehörte, kannte sie nur als Mike. Um sieben Uhr – in etwa einer halben Stunde – würde Mike verschwinden, um von Louis abgelöst zu werden.

»Ich gehe heute nachmittag in den Stall zu Necromancer. Sagen Sie das den Leuten bitte?«

»Ich werde Dr. Hockstetter einen Zettel hinlegen, Charlie.«

»Danke.« Sie schwieg einen Augenblick. Man kennt ihre Stimmen. Die von Mike, Louis und Gary. Man macht sich eine Vorstellung von ihrem Aussehen, genauso wie man sich vorstellt, wie die Discjockeys aussehen, die man im Radio hört. Man mag sie sogar. Plötzlich wurde ihr klar, daß sie höchstwahrscheinlich nie wieder mit Mike sprechen würde.

»War noch was, Charlie?«

»Nein, Mike. Ich . . . ich wünsche Ihnen einen schönen Tag.«

»Danke, Charlie.« Mikes Stimme klang überrascht, aber gleichzeitig schien er erfreut zu sein. »Das wünsche ich dir auch.«

Sie schaltete das Fernsehgerät ein und wählte den Kanal, auf dem jeden Morgen über Kabel der Trickfilm kam. Popeye inhalierte Spinat durch seine Pfeife und machte sich bereit, Bluto fürchterlich zu verprügeln.

Wenn Hockstetter ihr nun sagte, daß sie nicht in den Stall gehen dürfe?

Auf dem Schirm waren gerade Popeyes gewaltige Muskeln im Querschnitt zu sehen.

Das soll er lieber nicht sagen. Denn ich gehe. So oder so. Ich gehe.

2

Andys Schlaf war nicht so leicht und erholsam gewesen wie der seiner Tochter. Er hatte sich unruhig hin und her geworfen, und wenn er eingeschlafen war, hatte irgendein schrecklicher Alptraum ihn aufschrecken lassen. In dem einzigen, an den er sich erinnern konnte, taumelte Charlie im Stall den Gang zwischen den Boxen entlang. Sie hatte keinen Kopf mehr, aber statt Blut schossen rötlichblaue Flammen aus ihrem Hals.

Er hatte bis sieben Uhr im Bett bleiben wollen, aber als die Digitaluhr auf seinem Nachttisch sechs Uhr fünfzehn anzeigte, hielt es ihn nicht länger. Er stand auf und ging unter die Dusche.

Gestern abend kurz nach neun hatte Dr. Nutter, Pynchots früherer Assistent, Andys Reisepapiere gebracht. Nutter, ein großer Mann Ende Fünfzig, dem schon die Haare ausgingen, trat laut und onkelhaft auf. Schade, daß Sie uns verlassen; ich wünsche Ihnen einen angenehmen Aufenthalt in Hawaii; ich wünschte, ich könnte mitfliegen, ha-ha-ha; bitte unterschreiben Sie dies.

Das Papier, das Nutter ihm zur Unterschrift vorlegte, war ein Verzeichnis seiner persönlichen Habseligkeiten (auch sein Schlüsselbund war aufgeführt, wie Andy voll schmerzhafter Nostalgie feststellte). In Hawaii würde es erneut eine Bestandsaufnahme geben, und auf einem weiteren Formular mußte er bestätigen, daß er die Gegenstände auch tatsächlich zurückerhalten hatte. Sie muteten ihm zu, ein seine persönliche Habe betreffendes Formular zu unterschreiben, nachdem sie seine Frau ermordet und ihn und Charlie durch das halbe Land gejagt, gekidnappt und gefangengehalten hatten. Das hielt Andy für einen recht finsteren Humor; kafkaesk. *Ich möchte die Schlüssel wirklich nicht gern verlieren*, dachte Andy, während er seine Unterschrift kritzelte; *vielleicht brauche ich gelegentlich einen davon, um eine Flasche Soda zu öffnen. Stimmt's, Jungs?*

Er erhielt auch eine von Cap säuberlich abgezeichnete Kopie des Zeitplans für diesen Mittwoch. Die Abfahrt war auf zwölf Uhr dreißig festgesetzt, und Cap würde Andy in seinem Quartier abholen. Er und Cap würden sich dann zum östlichen Kontrollpunkt begeben, wobei sie den Parkplatz C passieren mußten. Dort würden sich ihnen zwei Begleitfahrzeuge anschließen. Dann würden sie nach Andrews fahren und um etwa fünfzehn Uhr die Maschine besteigen. Zum Auftanken war nur eine Zwischenlandung vorgesehen – Durban Air Force Base in der Nähe von Chicago.

In Ordnung, dachte Andy. *Okay.*

Er zog sich an und wurde aktiv. Er packte seine Kleidung ein, sein Rasierzeug, Schuhe, Hausschuhe. Man hatte ihm zwei Samsonite-Koffer zur Verfügung gestellt. Er vergaß nicht, alles sehr bedächtig zu tun. Er bewegte sich mit der vorsichtigen Konzentration eines Mannes, der unter Drogen steht.

Nachdem er von Cap über Rainbird informiert worden war,

hatte er zuerst gehofft, mit ihm zusammenzutreffen: es wäre ein solches Vergnügen gewesen, den Mann, der Charlie den Betäubungspfeil in den Hals geschossen und sie später noch übler verraten hatte, so zu beeinflussen, daß er sich die Waffe an die Schläfe setzte und abdrückte. Aber er wollte Rainbird nicht mehr treffen. Er wollte keine Überraschungen. Die tauben Stellen in seinem Gesicht waren auf die Größe von Stecknadelköpfen geschrumpft, aber sie waren noch da – eine ständige Erinnerung daran, daß er wahrscheinlich sterben würde, wenn er seine Fähigkeit zu sehr strapazieren mußte.

Er wollte nur, daß alles glatt ablief.

Seine wenigen Habseligkeiten waren schnell gepackt, und jetzt konnte er sich nur noch hinsetzen und warten. Bei dem Gedanken, daß er seine Tochter bald wiedersehen würde, wurde ihm warm ums Herz.

Auch ihm erschien die Zeit bis dreizehn Uhr wie eine Ewigkeit.

3

Rainbird hatte die ganze Nacht nicht geschlafen. Er war gegen fünf Uhr morgens von Washington zurückgekommen, hatte seinen Cadillac in die Garage gefahren, und saß jetzt an seinem Küchentisch und trank eine Tasse Kaffee nach der anderen. Er wartete auf einen Anruf aus Andrews, und bevor dieser Anruf kam, konnte er sich nicht in Sicherheit wiegen. Es war theoretisch denkbar, daß Cap noch erfuhr, daß er den Computer manipuliert hatte. McGee hatte Cap Hollister zwar ganz schön durcheinandergebracht, aber dennoch sollte man ihn nicht unterschätzen.

Gegen sechs Uhr fünfundvierzig klingelte das Telefon. Rainbird setzte seine Tasse ab, ging ins Wohnzimmer und nahm den Hörer ab. »Rainbird hier.«

»Rainbird? Hier spricht Dick Folsom in Andrews. Adjutant von Major Puckeridge.«

»Sie haben mich geweckt, Mann«, sagte Rainbird. »Ich wünsche Ihnen Filzläuse so groß wie Apfelsinenkisten. Das ist ein alter indianischer Fluch.«

»Ihr Flug ist annulliert«, sagte Folsom. »Das wußten Sie wohl schon.«

»Ja, Cap hat mich gestern abend selbst angerufen.«

»Tut mir leid«, sagte Folsom. »Übliche Routine, weiter nichts.«

»Gut, und die haben Sie eingehalten. Kann ich jetzt weiterschlafen?«

»Ja. Ich beneide Sie.«

Rainbird ließ das obligatorische Lachen hören und legte auf. Er ging in die Küche zurück, nahm seine Tasse, ging ans Fenster, schaute hinaus, sah nichts.

Dabei ging ihm das Totengebet seines Volkes durch den Sinn.

4

Cap erschien an diesem Morgen erst gegen halb elf in seinem Büro, anderthalb Stunden später als sonst. Bevor er das Haus verließ, hatte er seinen kleinen Vega von hinten bis vorne durchsucht. Während der Nacht war in ihm die Überzeugung gereift, daß es in dem Wagen von Schlangen nur so wimmelte. Für die Durchsuchung hatte er zwanzig Minuten gebraucht – er mußte sichergehen, daß sich keine Klapperschlangen oder Mokassinschlangen (oder gar etwas noch Bösartigeres und Exotischeres) in der Dunkelheit des Kofferraums eingenistet hatten, auf dem warmen Motorblock schliefen oder sich im Handschuhfach ringelten. Er hatte das Handschuhfach aus sicherer Entfernung mit einem Besenstiel geöffnet, für den Fall, daß eins der zischenden Ungeheuer ihm entgegensprang, und als eine Karte von Virginia aus dem viereckigen Loch im Armaturenbrett herausglitt, hätte er fast laut aufgeschrien.

Dann, auf dem halben Weg zur Firma, war er am Greenway Golfplatz vorbeigefahren und hatte auf dem Seitenstreifen angehalten, um mit einer Art verträumter Konzentration den Spielern zuzuschauen, wie sie das achte und neunte Loch in Angriff nahmen. Immer wenn einer von ihnen den Ball schnitt und ins unebene Gelände schlug, konnte er kaum dem Zwang widerstehen, aus dem Wagen zu steigen und ihnen zuzubrüllen, sie sollten sich in dem hohen Gras vor Schlangen in acht nehmen.

Endlich schreckte ihn die Hupe eines Lastzugs aus seiner Benommenheit, und er fuhr weiter.

Seine Sekretärin empfing ihn mit einem Bündel Fernschreiben, die über Nacht eingegangen waren, und Cap nahm sie einfach entgegen, ohne sich die Mühe zu machen, sie durchzublättern, um zu sehen, ob etwas Wichtiges dabei war. Das Mädchen am Schreibtisch beschäftigte sich mit einigen Anfragen und Mitteilungen, als sie plötzlich neugierig zu Cap aufschaute. Cap beachtete sie überhaupt nicht. Mit wirrem Blick betrachtete er die breite Schublade oben in ihrem Schreibtisch.

»Verzeihung«, sagte sie. Selbst nach so vielen Monaten fühlte sie sich immer noch ganz als die Neue, die an die Stelle einer Frau getreten war, die Cap nahegestanden hatte. Mit der er vielleicht sogar geschlafen hatte, wie sie manchmal glaubte.

»Hmmmm?« Endlich schaute er sie an. Aber seine Augen behielten ihren leeren Ausdruck. Es war irgendwie erschreckend . . . sie wirkten wie die geschlossenen Fensterläden eines Hauses, in dem es spukt.

Sie zögerte und sagte dann rasch: »Cap, ist Ihnen nicht gut? Sie sehen . . . ein wenig blaß aus.«

»Ich fühle mich ausgezeichnet«, sagte er und schien einen Augenblick wieder ganz er selbst zu sein. Das zerstreute einen Teil ihrer Zweifel. Seine Haltung straffte sich, und seine Augen blickten wieder klar. »Wer nach Hawaii fliegt, muß sich doch wohl fühlen, stimmt's?«

»Hawaii?« sagte Gloria mißtrauisch. Das war ihr neu.

»Die Sachen haben Zeit«, sagte Cap, nahm die Anfragen und Mitteilungen und legte sie zu den Fernschreiben. »Ich sehe sie mir später an. Gibt es irgendwas über die McGees zu berichten?«

»Es gibt etwas«, sagte sie. »Ich wollte gerade darauf zu sprechen kommen. Mike Kellaher sagt, daß Charly heute nachmittag in den Stall zu den Pferden gehen will –«

»Aber selbstverständlich«, sagte Cap.

»– und ein wenig später klingelte sie wieder und sagte, daß sie um Viertel vor eins gehen wolle.«

»Geht in Ordnung.«

»Wird Mr. Rainbird sie abholen?«

»Rainbird ist auf dem Weg nach San Diego«, sagte Cap, und seine Befriedigung war nicht zu überhören. »Ich werde einen Mann schicken, der sie abholt.«

»In Ordnung. Ich zeige Ihnen am besten noch . . .« Ihre Stimme verlor sich. Caps Blick hatte sich von ihr gelöst, und er starrte jetzt die breite Schublade an. Sie war immer ein Stück geöffnet, denn das war Vorschrift. In ihr lag eine Schußwaffe. Gloria war eine ausgezeichnete Schützin, genau wie Rachel es gewesen war.

»Cap, sind Sie sicher, daß alles in Ordnung ist?«

»Sie sollten die Schublade geschlossen halten«, sagte Cap. »Sie lieben dunkle Örtlichkeiten. Sie kriechen gern hinein und verstecken sich.«

»Sie?« fragte sie vorsichtig.

»Schlangen«, sagte Cap und marschierte in sein Büro.

5

Er saß am Schreibtisch, und die Fernschreiben und Mitteilungen lagen unordentlich verstreut vor ihm. Er hatte sie vergessen. Er hatte alles vergessen und dachte nur noch an Schlangen und Golfschläger und an das, was er um Viertel nach zwölf zu tun hatte. Er würde hinuntergehen und Andy McGee aufsuchen. Er war fest überzeugt, daß Andy ihm sagen würde, was als nächstes zu tun war. Er war fest überzeugt, daß Andy schon alles in Ordnung bringen würde.

Was die Zeit nach zwölf Uhr fünfzehn anbetraf, so lag alles in tiefster Dunkelheit.

Es war ihm gleich. Es war für ihn sogar eine Erleichterung.

6

Um neun Uhr fünfundvierzig schlich Rainbird sich in den kleinen Überwachungsraum in der Nähe von Charlies Quartier. Louis Tranter, ein ungeheuer fetter Mann, dessen Hintern über die Kanten des Stuhls quoll, auf dem er saß, kontrollierte gerade den Monitor. Das Digitalthermometer zeigte eine Temperatur von zwanzig Grad an. Er schaute sich um, als die Tür aufging, und als er Rainbird sah, spannten sich die Muskeln in seinem Gesicht.

»Ich dachte, Sie sind weggefahren«, sagte er.

»Annulliert«, sagte Rainbird. »Und Sie haben mich heute morgen nicht gesehen, Louis.«

Louis sah ihn argwöhnisch an.

»Sie haben mich nicht gesehen«, wiederholte Rainbird. »Nach fünf Uhr heute nachmittag ist es mir scheißegal. Aber bis dahin haben Sie mich nicht gesehen. Und sollte ich hören, daß Sie mich doch gesehen haben, komme ich her und schneide Ihnen eine Portion Speck aus dem Wanst. Kapiert?«

Louis Tranter wurde deutlich blasser. Der Kuchen, den er gerade aß, fiel ihm aus der Hand auf die schräge Stahlplatte, auf der die TV-Monitoren und die Mikrophonsteuerung installiert waren. Eine Spur von Krümeln hinter sich lassend, rollte das Kuchenstück die schräge Fläche hinab und fiel unbeachtet auf den Fußboden. Plötzlich hatte Louis überhaupt keinen Hunger mehr. Man hatte ihm schon erzählt, daß dieser Kerl verrückt war, und jetzt sah er, daß es wirklich stimmte.

»Ja, ich habe kapiert«, flüsterte er und registrierte ängstlich das unheimliche Grinsen und das durchdringende einäugige Starren des anderen.

»Gut«, sagte Rainbird und bewegte sich auf ihn zu. Louis zuckte zurück, aber Rainbird ignorierte ihn im Augenblick völlig und schaute auf den Monitor. Da stand Charlie, und in ihrem blauen Anzug sah sie bildhübsch aus. Mit dem Auge eines Liebenden bemerkte Rainbird, daß sie ihr Haar heute nicht zu Zöpfen geflochten hatte. Es fiel ihr lose und sehr hübsch über Hals und Schultern. Sie saß auf dem Sofa, ohne sich mit irgend etwas zu beschäftigen. Kein Buch, kein Fernsehen. Sie sah aus wie eine Frau, die auf den nächsten Bus wartet.

Charlie, dachte er voll Bewunderung, *ich liebe dich. Ich liebe dich wirklich.*

»Was hat sie sich für heute vorgenommen?« fragte Rainbird.

»Nichts weiter«, sagte Louis eifrig. Fast lallte er. »Sie will nur um Viertel vor eins in den Stall gehen, um das Pferd zu striegeln, auf dem sie immer reitet. Morgen soll sie noch einen Test machen.

»Morgen also?«

»Ja.« Die Tests waren Louis so oder so gleichgültig, aber er dachte, Rainbird würde sich darüber freuen und vielleicht gehen.

Er schien auch zufrieden zu sein. Sein Grinsen kam wieder zum Vorschein.

»Sie geht also um Viertel vor eins zu den Ställen?«

»Ja.«

»Wer bringt sie hin? Da ich ja auf dem Weg nach San Diego bin?«

Louis lachte laut. Sein Lachen klang schrill, fast wie das einer Frau. Er wollte zeigen, daß er den Witz verstanden hatte.

»Ihr Freund. Dieser Don Jules.«

»Er ist nicht mein Freund.«

»Natürlich nicht«, gab ihm Louis eilfertig recht. »Er . . er fand die Anweisung ein wenig komisch, aber da sie direkt von Cap kam –«

»Komisch? Was fand er daran komisch?«

»Nun, sie einfach in den Stall zu bringen und dann dort allein zu lassen. Cap sagte, die Stallknechte würden schon auf sie aufpassen. Aber sie wissen doch von nichts. Don dachte, daß es sehr riskant –«

»Ja, aber er wird nicht fürs Denken bezahlt. Nicht wahr, Fettsack?« Er schlug Louis auf die Schulter. Hart. Es hörte sich an wie ein kleiner Donnerschlag.

»Nein, natürlich nicht«, sagte Louis schnell. Er schwitzte jetzt.

»Bis später«, sagte Rainbird und ging wieder zur Tür.

»Gehen Sie jetzt?« Louis konnte seine Erleichterung nicht verbergen.

Rainbird blieb stehen, die Hand am Türknauf. Er drehte sich um. »Was meinen Sie damit?« sagte er. »Ich war nie hier.«

»No, Sir. Sie waren nie hier«, stimmte Louis hastig zu.

Rainbird nickte und glitt nach draußen. Er schloß die Tür hinter sich.

Louis starrte einige Sekunden lang die geschlossene Tür an und stieß dann einen tiefen Seufzer der Erleichterung aus. Er war schweißnaß unter den Armen, und sein weißes Hemd klebte ihm am Rücken. Er hob seinen Kuchen auf, wischte ihn ab und aß weiter. Das Mädchen saß immer noch ruhig und untätig da. Wie Rainbird – ausgerechnet *Rainbird* – es geschafft hatte, daß sie ihn mochte, war Louis Tranter völlig schleierhaft.

7

Um Viertel vor Eins, – für Charlie war seit ihrem Aufwachen an diesem Morgen eine Ewigkeit vergangen – ertönte kurz der Summer, und Don Jules trat ein. Er trug eine Baseball-Jacke und alte Kordhosen und sah sie kalt und ohne besonderes Interesse an.

»Komm«, sagte er.

Charlie ging mit.

8

Der Tag war kühl und heiter. Um zwölf Uhr dreißig schlenderte Rainbird über den noch grünen Rasen auf die L-förmig angelegten Ställe mit ihrem roten Anstrich – die Farbe von trocknendem Blut – und den weißen Verzierungen zu. Große Schönwetterwolken zogen langsam über den Himmel. Eine leichte Brise zerrte an seinem Hemd.

Falls jemand sterben sollte, war dieser Tag dafür geeignet.

Im Stall ging er zum Büro des Oberstallknechts und trat ein. Er zeigte seinen Ausweis mit der A-Klassifizierung.

»Ja, Sir?« sagte Drabble.

»Räumen Sie das Gebäude«, sagte Rainbird. »Alles raus. Fünf Minuten.«

Der Stallknecht wagte keinen Widerspruch, und wenn er ein wenig blaß wurde, war es bei seiner gesunden Bräune kaum zu erkennen. »Auch die Pferde?«

»Nur die Leute. Hinten raus.«

Rainbird trug eine Arbeitsmontur. Die Taschen der Hose waren weit, und aus einer dieser Taschen zog er eine großkalibrige Pistole. Ohne Anzeichen von Überraschung betrachtete der Oberstallknecht die Waffe. Rainbird hielt sie locker in der Hand; der Lauf zeigte nach unten.

»Wird es Ärger geben, Sir?«

»Vielleicht«, sagte Rainbird ruhig. »Ich weiß es nicht genau. Beeilen Sie sich, Alter.«

»Ich hoffe nur, daß den Pferden nichts passiert.«

Rainbird lächelte. *Das hofft sie wohl auch*, dachte er. Er hatte ihre Augen gesehen, wenn sie bei den Pferden war. Und dies Gebäude mit dem losen Heu in den Raufen, den Heuballen auf dem Boden und dem vielen trockenen Holz ringsum war das reinste Pulverfaß. Ein Pulverfaß mit vielen Rauchverbotsschildern.

Er wanderte auf einem schmalen Grat.

Aber seit er im Laufe der Jahre immer sorgloser mit seinem Leben umgegangen war, hatte es wesentlich schmalere gegeben.

Er ging zu den großen Doppeltüren zurück und hielt Ausschau. Noch war niemand zu sehen. Er wandte sich ab und ging an den Boxen entlang. Der süßliche, scharfe Geruch der Pferde drang ihm in die Nase. Er vergewisserte sich, daß die Boxen alle verriegelt waren.

Dann ging er wieder zu den Doppeltüren. Zwei Gestalten. Sie waren noch jenseits des Ententeichs, etwa fünf Minuten Fußweg entfernt. Es waren nicht Cap und Andy McGee. Es waren Don Jules und Charlie.

Komm zu mir, Charlie, dachte er zärtlich. *Komm jetzt zu mir.*

Er schaute einen Augenblick zum dunklen Heuboden hinauf, trat dann an die Leiter – einfache, an einen Balken genagelte Holzsprossen – und stieg leicht und geschmeidig nach oben.

Drei Minuten später traten Charlie und Don Jules in den schattigen und kühlen Stall. Sie blieben am Eingang stehen, bis ihre Augen sich an die Dunkelheit gewöhnt hatten. Die .357 Magnum in Rainbirds Hand war so umgebaut, daß ein Schalldämpfer angebracht werden konnte, den Rainbird selbst konstruiert hatte. Wie eine seltsame schwarze Spinne saß er auf dem Lauf. Sehr wirksam war das Ding allerdings nicht: es ist fast unmöglich, eine großkalibrige Waffe ohne Lärm abzufeuern. Wenn – falls – er abdrückte, würde es beim ersten Mal ein heiseres Bellen geben, beim zweiten Mal einen dumpfen Knall;

und dann würde der Schalldämpfer nicht mehr funktionieren. Rainbird hoffte, daß es ihm erspart bleiben würde, von der Waffe Gebrauch zu machen, aber vorläufig hielt er sie mit beiden Händen so, daß der Schalldämpfer sich auf einen kleinen Kreis auf Don Jules' Brust ausrichtete.

Jules sah sich vorsichtig um.

»Sie können gehen«, sagte Charlie.

»Heh!« rief Jules laut, ohne Charlie zu beachten. Rainbird kannte Jules. Ein Agent nach Vorschrift. Buchstabengetreu führte er jeden Befehl aus, und niemand konnte ihm an den Karren fahren. Er sicherte sich immer ab. »Heh, Stallknecht. Ist denn niemand hier? Ich bringe das Kind!«

»Sie können jetzt gehen«, sagte Charlie noch einmal, und wieder ignorierte Jules sie.

»Komm«, sagte er und umklammerte Charlies Handgelenk. »Wir müssen jemanden finden.«

Mit einigem Bedauern machte Rainbird sich bereit, Don Jules zu erschießen. Es hätte schlimmer kommen können; wenigstens würde Jules nach Vorschrift sterben. Und abgesichert.

»Ich sagte, daß Sie jetzt *gehen* können«, sagte Charlie, und plötzlich ließ Jules ihre Hand los. Er ließ sie nicht einfach los; er riß seine Hand weg, wie man es tut, wenn man etwas Heißes angefaßt hat.

Aufmerksam beobachtete Rainbird diese interessante Entwicklung. Jules hatte sich umgedreht und sah Charlie an. Er rieb sich das Handgelenk, aber Rainbird konnte nicht erkennen, ob er eine Brandwunde hatte oder nicht.

»Sie verschwinden jetzt«, sagte Charlie leise.

Jules griff sich unter die Jacke, und wieder machte Rainbird sich bereit, ihn zu erschießen. Er würde es erst dann tun, wenn Jules seine Waffe ganz gezogen hatte und seine Absicht klar war, Charlie wieder ins Gebäude zurückzubringen.

Aber kaum hatte er die Kanone halb draußen, als er sie mit einem Aufschrei fallen ließ. Mit weit aufgerissenen Augen sprang er zwei Schritte von dem Mädchen zurück.

Charlie wandte sich halb ab, als interessiere Jules sie nicht mehr. In der Mitte der Längsseite des L ragte ein Wasserhahn aus der Wand, unter dem ein halb mit Wasser gefüllter Eimer stand.

Träge stieg Dampf aus dem Eimer auf.

Rainbird glaubte nicht, daß Jules es bemerkt hatte, denn sein Blick war auf Charlie geheftet.

»Raus, Sie Schwein«, sagte sie, »oder ich verbrenne Sie. Ich werde Sie rösten.«

John Rainbird spendete Charlie stummen Applaus.

Jules blieb unentschlossen stehen und sah sie an. In diesem Augenblick, den Kopf gesenkt und leicht schief, mit flackerndem Blick, sah er aus wie eine gefährliche Ratte. Rainbird war bereit, ihr Spiel mitzuspielen, falls sie eins beabsichtigte, aber er hoffte, daß Jules vernünftig sein würde. Ihre Kräfte konnten sehr leicht außer Kontrolle geraten.

»Verschwinden Sie jetzt«, sagte Charlie. »Dahin, wo Sie hergekommen sind. Ich werde genau aufpassen. *Bewegen Sie sich! Raus hier!*«

Die schrille Wut in ihrer Stimme gab den Ausschlag.

»Langsam, langsam«, sagte er. »Okay. Aber wohin wolltest du schon gehen? Es wird verdammt schwer für dich werden.«

Während er sprach, glitt er an ihr vorbei und bewegte sich rückwärts zur Tür.

»Ich werde aufpassen«, sagte Charlie böse. »Wagen Sie es nicht, sich auch nur umzudrehen, Sie . . . Sie Stück Scheiße.«

Jules ging. Er sagte noch etwas, aber Rainbird konnte ihn nicht verstehen.

»*Verschwinden Sie!*« schrie Charlie.

Den Rücken Rainbird zugewandt, stand sie im Eingang, eine schmale Silhouette in der fahlen Nachmittagssonne. Wieder überkam ihn ein Gefühl der Zuneigung. Dies war also der Ort ihrer Verabredung.

»Charlie«, rief er leise von oben.

Sie erstarrte und trat einen Schritt zurück. Sie drehte sich nicht um, aber er spürte deutlich, wie beim Klang seiner Stimme die Wut in ihr aufstieg, wenn es auch nur daran zu erkennen war, daß sie ganz langsam die Schultern hob.

»Charlie«, rief er noch einmal. »Heh, Charlie.«

»Sie!« flüsterte sie. Er hörte es kaum. Irgendwo unter ihm schnaubte leise ein Pferd.

»Ja, ich bin es«, bestätigte er. »Ich war es die ganze Zeit.«

Jetzt drehte sie sich doch um und schaute den langen Gang

hinunter. Rainbird beobachtete sie dabei, aber sie sah ihn nicht; er hockte hinter einem Stapel Heuballen und war in der Dunkelheit, die auf dem Boden herrschte, nicht zu erkennen.

»Wo sind Sie?« rief sie heiser. »Sie haben mich betrogen! Sie waren es! Mein Daddy sagt, daß Sie es waren, damals bei Großvaters Haus!« Instinktiv griff sie sich an den Hals, wo er sie mit dem Pfeil getroffen hatte. »*Wo sind Sie?*«

Das möchtest du wohl gern wissen, Charlie.

Ein Pferd wieherte; diesmal war es kein Laut der Zufriedenheit, es war ein Laut plötzlicher, tiefer Angst. Der Schrei wurde von einem anderen Pferd aufgenommen. Es gab ein dumpfes Krachen, als einer der Vollblüter gegen die verriegelte Tür seiner Box trat.

»*Wo sind Sie?*« schrie sie wieder, und Rainbird merkte, daß die Temperatur plötzlich anstieg. Direkt unter ihm wieherte eines der Pferde – vielleicht Necromancer – laut, und es hörte sich an, als ob eine Frau schrie.

9

Kurz und schrill ertönte der Summer, und Cap Hollister betrat Andys Quartier unter dem Nordgebäude. Er war nicht mehr der Mann, der er noch vor einem Jahr gewesen war. Jener Mann war zwar schon älter, aber zäh, gesund und scharfsinnig gewesen; jener Mann hatte ein Gesicht gehabt, das man bei einem Mann vermutet hätte, der im November bei der Entenjagd plötzlich aus dem Schilf auftaucht, die Schrotflinte lässig in der Hand. Dieser Mann aber bewegte sich wie abwesend und mit schlurfenden Schritten. Sein Haar, vor einem Jahr noch stahlgrau, war jetzt fast weiß und schütter wie das eines Babys. Sein Mund zuckte unkontrolliert. Aber die größte Veränderung war an seinen Augen festzustellen, die verwirrt und irgendwie kindisch blickten. Dieser Ausdruck wurde gelegentlich durch mißtrauische und ängstliche Seitenblicke abgelöst, durch die er fast kriecherisch wirkte. Er ließ die Hände herabhängen und bewegte fahrig und sinnlos die Finger. Das Echo hatte sich gewaltig verstärkt und raste mit irrsinniger, tödlicher Geschwindigkeit durch sein Gehirn.

Andy stand auf. Er war genauso gekleidet wie an dem Tag, als er mit Charlie die Third Avenue entlanghastete, während die Limousine der Firma ihnen hart auf den Fersen war. Der Saum der Kordjacke war an der Schulter gerissen, und die Hose war abgewetzt und glänzte hinten.

Das lange Warten hatte ihm gutgetan. Er fühlte, daß es ihm gelungen war, zur Ruhe zu kommen. Das Verständnis für diese Dinge fehlte ihm zwar immer noch, und er würde es auch dann nicht haben, wenn es ihm und Charlie trotz der ungeheuren Schwierigkeiten gelang, zu fliehen, um irgendwo weiterzuleben. Er konnte an seinem Charakter keinen Fehler entdecken, den er dafür verantwortlich machen konnte, daß er in dieses Durcheinander hineingeraten war, keine Sünde des Vaters, für die die Tochter büßen muß. Es war kein Unrecht, dringend zweihundert Dollar zu brauchen oder an einem kontrollierten Experiment teilzunehmen, und es war auch kein Unrecht, wenn man frei sein wollte. *Wenn ich hier rauskomme,* dachte er, *werde ich den Leuten folgendes sagen: lehrt eure Kinder, lehrt eure Babys, und lehrt es sie gründlich: sie sagen zwar immer, daß sie wissen, was sie tun, und manchmal stimmt es, aber meistens lügen sie.*

Aber zunächst mußte er sich mit den Gegebenheiten abfinden. So oder so, auf jeden Fall würden sie den Laden hier ganz schön durcheinanderwirbeln. Aber das konnte ihn nicht dazu bringen, für die Leute, die ihnen das alles angetan hatten, Verständnis zu haben oder ihnen gar zu verzeihen. Wenn er mit sich selbst ins reine gekommen war, hatte er dadurch seinen Haß auf die gesichtslosen bürokratischen Kretins, die dies alles im Namen der nationalen Sicherheit, oder wie sie es sonst nennen mochten, getan hatten, lediglich eingedämmt. Allerdings waren sie jetzt nicht mehr gesichtslos: einer von ihnen stand vor ihm. Lächelnd, zuckend und mit leerem Blick. Aber Andy hatte mit Cap und seinem elenden Zustand nicht das geringste Mitgefühl.

Selbst schuld, alter Junge.

»Hallo, Andy«, sagte Cap. »Sind Sie fertig?«

»Ja«, sagte Andy. »Würden Sie bitte einen meiner Koffer tragen?«

Die Leere in Caps Augen verschwand, und er sah Andy mit einem jener listigen Blicke an, die man in letzter Zeit manchmal an ihm bemerken konnte. »Haben Sie sie durchsucht?« bellte er. »Auf Schlangen untersucht?«

Andy stieß zu – nur ganz leicht. Er wollte so viel Kraft wie möglich für den Notfall aufsparen. »Nehmen Sie ihn auf«, sagte er und deutete auf einen der beiden Koffer.

Cap ging hin und hob den Koffer auf. Andy griff sich den anderen.

»Wo steht Ihr Wagen?«

»Gleich draußen vor der Tür«, sagte Cap. »Man hat ihn hergebracht.«

»Wird irgend jemand uns überprüfen?« Was er meinte, war: *Wird jemand versuchen, uns aufzuhalten?*

»Warum sollten sie?« fragte Cap ehrlich überrascht. »Ich bin der Boß.«

Damit mußte Andy sich zufriedengeben. »Wir gehen jetzt«, sagte er, »und das Gepäck kommt in den Kofferraum –«

»Der Kofferraum ist okay«, unterbrach ihn Cap. »Ich habe ihn heute morgen untersucht.«

»– und dann fahren wir zu den Ställen und holen meine Tochter. Noch Fragen?«

»Nein«, sagte Cap.

»Gut. Gehen wir.«

Sie verließen die Wohnung und gingen zum Fahrstuhl. In der Halle begegneten ihnen einige Leute, die ihrer jeweiligen Beschäftigung nachgingen. Sie sahen Cap verstohlen an und schauten dann wieder weg. Mit dem Fahrstuhl fuhren sie zum Tanzsaal hoch, und Cap ging ihm voraus durch die breite Eingangshalle.

Josie, die Rothaarige, die an dem Tag Dienst gehabt hatte, als Cap Al Steinowitz nach Hastings Glen schickte, hatte längst etwas Besseres zu tun. Jetzt saß hier ein junger Mann, der vorzeitig eine Glatze bekam, und brütete über einem Computer-Programm. In der einen Hand hielt er einen gelben Filzstift. Als sie sich ihm näherten, schaute er auf.

»Hallo, Richard«, sagte Cap. »Machen Sie die Unterlagen fertig?«

Richard lachte. »Ich würde eher sagen, sie machen mich fertig.« Er sah Andy neugierig an. Gleichgültig gab Andy den Blick zurück.

Cap schob seinen Daumen in einen Schlitz, und man hörte ein Rasseln. Auf Richards Konsole leuchtete grünes Licht auf.

»Wohin?« fragte Richard. Er vertauschte den Filzstift mit einem Kugelschreiber und hielt ihn erwartungsvoll hoch. Vor ihm lag ein kleines Meldebuch.

»Zu den Ställen«, sagte Cap rasch. »Wir holen Andys Tochter ab, und dann wollen die beiden fliehen.«

»Andrews Air Force Base«, konterte Andy und stieß zu. Wie ein stumpfes Hackmesser fuhr ihm der Schmerz ins Gehirn.

»Andrews Air Force Base«, wiederholte Richard und schrieb es samt Uhrzeit in sein Buch. »Ich wünsche Ihnen einen schönen Tag.«

Sie traten in den kühlen, sonnigen Oktobertag hinaus. Caps Vega parkte auf dem weißen Kies der halbkreisförmigen Anfahrt. »Geben Sie mir Ihre Schlüssel«, sagte Andy. Cap reichte sie ihm. Andy öffnete den Kofferraum, und sie verstauten das Gepäck. Andy schlug die Klappe wieder zu und gab die Schlüssel zurück. »Fahren Sie.«

In einer Schleife fuhr Cap um den Ententeich herum zu den Ställen. Während der Fahrt beobachtete Andy einen Mann in einer Baseballjacke, der zu dem Gebäude hinüberrannte, das sie gerade verlassen hatten, und ihn beschlich Unbehagen. Cap hielt vor der geöffneten Stalltür.

Er griff nach den Schlüsseln, und Andy schlug ihm leicht auf die Hand. »Nein. Lassen Sie den Motor laufen. Kommen Sie.« Er stieg aus. In seinem Kopf klopfte es. Rhythmisch pulsierte der Schmerz in seinem Gehirn, aber es war auszuhalten. Noch.

Auch Cap stieg aus und blieb unentschlossen stehen. »Ich gehe dort nicht hinein«, sagte er. Wild schossen seine Blicke hin und her. »Zu dunkel. Sie lieben Dunkelheit. Sie verstecken sich. Sie beißen.«

»Da sind keine Schlangen«, sagte Andy und stieß leicht zu. Es reichte, Cap in Marsch zu setzen, aber er wirkte nicht sehr überzeugt.

Sie gingen in den Stall.

Einen entsetzlichen Augenblick lang fürchtete Andy, daß sie nicht hier war. Bei dem plötzlichen Übergang vom Licht zur Dunkelheit des Stalles konnte er kaum etwas erkennen. Im Innern war es heiß und stickig, und irgend etwas hatte die

Pferde beunruhigt. Sie wieherten und traten unruhig gegen ihre Boxen. Andy sah nichts.

»Charlie?« rief er drängend und mit rauher Stimme. *»Charlie?«*

»Daddy!« hörte er sie rufen, und ein Glücksgefühl durchströmte ihn – ein Glücksgefühl, das sich in Entsetzen verwandelte, als er die schrille Angst in ihrer Stimme erkannte. »Daddy, komm nicht rein! Daddy, komm nicht –«

»Dafür ist es wohl ein wenig zu spät«, sagte eine Stimme irgendwo über ihnen.

10

»Charlie«, sagte die Stimme jetzt leise. Sie kam von oben, aber woher genau? Sie schien von überall zu kommen.

Wut hatte sie gepackt – eine Wut, die dadurch angeheizt wurde, daß alles so grauenhaft unfair war, daß es nie endete, daß immer wieder einer von ihnen auftauchte, um jeden Fluchtweg zu versperren. Und gleichzeitig spürte sie, daß *es* wieder aus ihr herausbrechen wollte. *Es* schien in letzter Zeit viel dichter unter der Oberfläche zu liegen . . . und war nur noch schwer zu beherrschen. Wie bei dem Mann, der sie hergebracht hatte. Als er seinen Revolver zog, hatte sie ihn einfach heißgemacht, damit er ihn fallen ließ. Er konnte von Glück sagen, daß die Patronen nicht explodiert waren.

Sie spürte schon, wie sich die Hitze in ihr staute und, da sich jetzt diese unheimliche Batterie, oder was immer es war, einschaltete, nach außen abstrahlte. Forschend blickte sie zum Boden hinauf, aber sie konnte ihn nicht entdecken. Dort lagen zu viele Heuballen, und es gab zuviel Schatten.

»Sei vernünftig, Charlie.« Seine Stimme war jetzt ein wenig lauter; aber immer noch ruhig. Sie durchschnitt den Nebel ihrer Wut und ihrer Verwirrung.

»Sie sollten runterkommen!« rief Charlie laut. Sie zitterte. »Sie sollten runterkommen, bevor ich auf den Gedanken komme, alles anzuzünden! Ich könnte es!«

»Ich weiß, daß du es könntest«, antwortete die leise Stimme. Sie schwebte aus dem Nirgendwo herab. Sie kam von überall.

»Aber wenn du es tust, wirst du eine Menge Pferde verbrennen, Charlie. Hörst du sie nicht?«

Sie hörte sie. Jetzt, da er sie darauf aufmerksam gemacht hatte, hörte sie sie. Sie waren fast verrückt vor Angst, wieherten und traten gegen das Holz ihrer Boxen. In einer dieser Boxen stand Necromancer.

Ihr stockte der Atem.

Wieder sah sie die Feuerschlange, die über den Hof der Mandersfarm züngelte und die Hühner in Flammen aufgehen ließ.

Sie wandte sich wieder dem Wassereimer zu und hatte jetzt schreckliche Angst. Ihre Kräfte waren im Begriff, ihre Fähigkeit, sie zu kontrollieren, zunichte zu machen, und im nächsten Augenblick

(*Zurück!*)

würden sie zum Ausbruch kommen

(ZURÜCK!)

und unaufhaltsam ihren Lauf nehmen.

(ZURÜCK, ZURÜCK, HÖRT IHR MICH, ZURÜCK!!)

Diesmal dampfte der halbvolle Eimer nicht nur; der Inhalt fing an, wild zu brodeln. Wenig später verbog sich der Wasserhahn über dem Eimer, drehte sich wie ein Propeller und riß von der Leitung ab, die aus der Wand ragte. Wie eine Rakete schoß er durch den ganzen Gang und prallte hart von der hinteren Wand ab. Wasser sprudelte aus der Leitung. Kaltes Wasser; sie *spürte* seine Kälte. Aber kaum hatte es das Rohr verlassen, als es auch schon verdampfte. Dunstiger Nebel hing im Gang zwischen den Boxen. Ein aufgerollter grüner Plastikschlauch, der neben der Wasserleitung an einem Pflock hing, war geschmolzen.

(ZURÜCK!)

Sie bekam es wieder unter Kontrolle, und der Ausbruch schwächte sich ab. Vor einem Jahr wäre sie dazu nicht imstande gewesen; unaufhaltsam hätte es seinen Weg der Zerstörung vollendet. Jetzt aber beherrschte sie es besser . . . aber ach, es gab noch so viel anderes, das man unter Kontrolle bringen mußte.

Sie stand zitternd da. »Was wollen Sie noch mehr?« fragte sie leise. »Warum lassen Sie uns nicht einfach gehen?«

Hell und verängstigt wieherte ein Pferd. Charlie wußte genau, was das Tier empfand.

»Niemand denkt auch nur im Traum dran, dich einfach gehen zu lassen«, antwortete Rainbirds ruhige Stimme. »Nicht einmal dein Vater glaubt das. Du bist gefährlich, Charlie, und du weißt es. Wir könnten dich gehen lassen, und die nächsten, die dich erwischen, könnten Russen sein oder Nordkoreaner, vielleicht sogar die heidnischen Chinesen. Du denkst vielleicht, ich mache Spaß, aber das ist nicht der Fall.«

»Es ist doch nicht meine Schuld!« schrie sie.

»Nein«, sagte Rainbird nachdenklich. »Natürlich nicht. Es ist sowieso alles Scheiße. Über den Z-Faktor habe ich mir noch nie Gedanken gemacht, Charlie. Ich mache mir nur um dich Sorgen.«

»*Oh, Sie Lügner!*« kreischte Charlie gellend. »Sie haben mich betrogen. Sich für etwas ausgegeben, das Sie nicht sind –«

Sie verstummte. Gewandt kletterte Rainbird über einen Stapel Heuballen hinweg, setzte sich oben auf die Kante und ließ die Füße baumeln. Die Pistole lag auf seinem Schoß. Wie ein geborstener Mond hing sein Gesicht über ihr.

»Dich belogen? Nein. Ich habe nur die Wahrheit durcheinandergebracht, Charlie, mehr habe ich nie getan. Und ich tat es, um dich am Leben zu halten.«

»Dreckiger Lügner«, flüsterte sie und stellte voll Entsetzen fest, daß sie ihm nur zu *gern* geglaubt hätte; sie spürte schon die Tränen hinter den Lidern. Sie war so müde, und sie wollte ihm glauben. Sie wollte glauben, daß er sie gemocht hatte.

»Es ging überhaupt nicht um irgendwelche Tests«, sagte Rainbird. »Auch bei deinem Vater nicht. Aber was sollten die Leute tun? Sollten sie sagen ›Oh, es tut uns leid, wir haben einen Fehler gemacht‹ und euch wieder auf die Straße schicken? Du hast diese Kerle doch arbeiten sehen, Charlie. Du hast gesehen, wie sie in Hastings Glen auf Manders geschossen haben. Sie haben deiner eigenen Mutter die Fingernägel rausgerissen und sie dann getö . . .«

»*Hören Sie auf!*« schrie sie gequält, und wieder regten sich ihre Kräfte unruhig und ganz dicht unter der Oberfläche.

»Nein, ich höre nicht auf«, sagte er. »Es ist Zeit, daß du die Wahrheit erfährst, Charlie. Ich selbst habe dich auf Trab gebracht. Durch mich bist du für sie erst wichtig geworden. Du denkst, ich habe es getan, weil es mein Job ist? Beim Teufel, nein. Das sind Arschlöcher. Cap, Hockstetter, Pynchot, dieser Jules, der dich hergebracht hat – sie sind alle Arschlöcher.«

Sie starrte zu ihm hinauf, als sei sie von dem über ihr schwebenden Gesicht hypnotisiert.

Er trug keine Augenklappe, und die Stelle, an der sein Auge gewesen war, sah aus wie ein schrecklicher zerfurchter Abgrund, wie eine grauenhafte Erinnerung.

»Darüber habe ich dich nicht belogen«, sagte er und faßte sich ans Gesicht. Leicht, fast zärtlich glitten seine Finger über die tiefen Narben am Kinn, die zerfetzte Wange und die ausgebrannte Augenhöhle. »Ich habe die Wahrheit durcheinandergebracht, ja. Es hat kein Rattenloch in Hanoi gegeben und keine Vietkong. Meine eigenen Leute haben es getan. Weil sie genau solche Arschlöcher waren wie diese Kerle.«

Charlie verstand nicht, wußte nicht, was er meinte. Sie war ganz verwirrt. Wußte er denn nicht, daß sie ihn, wie er dort saß, rösten konnte?

»Nichts von alledem spielt eine Rolle«, sagte er. »Nur du und ich. Wir müssen miteinander ins reine kommen. Mehr will ich nicht. Nur mit dir ins reine kommen.«

Und sie spürte, daß er die Wahrheit sagte – aber auch, daß sich hinter seinen Worten eine dunklere Wahrheit verbarg. Er verschwieg ihr etwas.

»Komm rauf«, sagte er. »Wir wollen darüber reden.«

Ja, es war wie Hypnose. Und in gewisser Hinsicht war es wie Telepathie. Denn, obwohl sie die Natur dieser dunklen Wahrheit erkannte, bewegten sich ihre Füße auf die Leiter zu. Er wollte mit ihr über nichts reden. Er wollte etwas beenden. Den Zweifel, das Elend und die Angst beenden . . . die Versuchung beenden, immer größere Feuer zu machen, bis es eines Tages entsetzlich endete. Auf seine verdrehte und verrückte Art sagte er, daß er ihr in einer Weise Freund sein wolle, wie es sonst niemand sein könne. Und . . . ja, etwas in ihr wollte das. Etwas in ihr wollte ein Ende, eine Befreiung.

Sie bewegte sich auf die Leiter zu, und ihre Hände lagen schon an den Sprossen, als ihr Vater hereinstürzte.

11

»Charlie?« rief er, und der Bann war gebrochen.

Sie nahm die Hände von den Sprossen, und ihr kam eine schreckliche Erkenntnis. Sie drehte sich zur Tür um und sah ihn dort stehen. Ihr erster Gedanke

(Daddy, bist du dick geworden!)

war so schnell wieder weg, daß sie ihn kaum registrierte. Dick oder nicht dick, sie hätte ihn überall wiedererkannt, und ihre ganze Liebe zu ihrem Daddy stieg wieder in ihr auf und raffte Rainbirds Einfluß hinweg wie Nebel. Und sie begriff: was immer Rainbird für sie bedeuten mochte, für ihren Vater bedeutete er den Tod.

»Daddy!« schrie sie. »Komm nicht rein!«

Rainbird runzelte irritiert die Stirn. Er hatte die Pistole nicht mehr auf dem Schoß liegen; sie war direkt auf die Silhouette im Eingang gerichtet.

»Dafür ist es wohl ein wenig zu spät«, sagte er.

Neben Daddy stand ein Mann. Sie hielt ihn für den Mann, der sich Cap genannt hatte. Er stand nur da und ließ die Schultern hängen, als ob sie gebrochen seien.

»Kommen Sie herein«, sagte Rainbird, und Andy kam. »Bleiben Sie jetzt stehen.«

Andy blieb stehen. Cap folgte ihm in ein oder zwei Schritten Abstand, als sei er an ihn gefesselt. In der Dunkelheit des Stalls huschten seine Blicke unruhig hin und her.

»Ich weiß, daß du es könntest«, sagte Rainbird. »Ihr könntet es gemeinsam tun. Aber, Mr. McGee ... Andy? Darf ich Sie Andy nennen?«

»Sie können mich nennen wie Sie wollen«, sagte ihr Vater. Seine Stimme zeigte keine Erregung.

»Andy, wenn Sie versuchen sollten, Ihre Fähigkeiten gegen mich einzusetzen, werde ich versuchen, lange genug zu widerstehen, um noch Ihre Tochter zu erschießen. Und natürlich, Charlie, wenn du versuchst, deine Fähigkeiten gegen mich einzusetzen ... wer weiß, was dann geschieht?«

Charlie rannte zu ihrem Vater. Sie preßte ihr Gesicht gegen den rauhen Stoff seiner Cordjacke.

»Daddy, Daddy«, flüsterte sie heiser.

»Hallo, Kleines«, sagte er und strich ihr übers Haar. Er nahm sie in den Arm und schaute dann zu Rainbird hinauf. Der saß auf dem Heuboden wie ein Seemann auf dem Mast und war der Inbegriff des einäugigen Piraten, von dem Andy geträumt hatte. »Und was soll jetzt geschehen?« fragte er Rainbird. Ihm war klar, daß Rainbird sie wahrscheinlich hier festhalten konnte, bis der Bursche, den er über den Rasen hatte laufen sehen, Hilfe geholt hatte, aber irgendwie hatte er das Gefühl, daß Rainbird etwas ganz anderes wollte.

Rainbird ignorierte seine Frage. »Charlie?« sagte er.

Charlie zuckte in den Armen ihres Vaters zusammen, aber sie drehte sich nicht um.

»Charlie«, sagte er wieder leise und eindringlich. »Sieh mich an, Charlie.«

Langsam und widerwillig drehte sie sich um und schaute zu ihm hoch.

»Komm rauf«, sagte er, »wie du es vorhin schon wolltest. Nichts hat sich geändert. Wir werden unsere Sache erledigen, und alles wird zu Ende sein.«

»Nein, das kann ich nicht zulassen«, sagte Andy fast liebenswürdig. »Wir gehen jetzt.«

»Komm rauf, Charlie«, sagte Rainbird, »oder ich schieße deinem Vater sofort eine Kugel durch den Kopf. Du kannst mich verbrennen, aber ich wette, daß ich vorher noch abdrücke.«

Charlie stöhnte wie ein verwundetes Tier.

»Bleib hier, Charlie«, sagte Andy.

»Ihm wird es gutgehen«, sagte Rainbird. Seine Stimme klang leise, sachlich und überzeugend. »Sie werden ihn nach Hawaii schicken, und dort wird es ihm gutgehen. Du kannst wählen, Charlie. Für ihn gibt es eine Kugel in den Kopf oder den goldenen Sand am Strand von Kalami. Was von beiden soll es sein? Du hast die Wahl.«

Ihre blauen Augen fest auf Rainbirds verwüstetes Gesicht gerichtet, entfernte sie sich zitternd einen Schritt von ihrem Vater.

»Charlie!« sagte Andy scharf. »Nein!«

»Es wird vorbei sein«, sagte Rainbird. Der Lauf der Pistole bewegte sich nicht; er blieb auf Andys Kopf gerichtet. »Und das willst du doch eigentlich, nicht wahr? Ich werde es ganz sanft und sauber erledigen. Du kannst mir vertrauen, Charlie. Tu es für deinen Vater und tu es für dich selbst. Vertraue mir.«

Sie tat noch einen Schritt. Und noch einen.

»Nein«, sagte Andy. »Hör nicht auf ihn, Charlie.«

Aber es war, als hätte er ihr einen Grund gegeben zu gehen. Wieder trat sie an die Leiter. Sie legte die Hände an die Sprosse direkt über ihrem Kopf und verharrte so. Sie schaute zu Rainbird hinauf, und ihre Blicke trafen sich.

»*Versprechen Sie mir, daß es ihm gutgehen wird?*«

»Ja«, sagte Rainbird, aber plötzlich empfand Andy die ganze Ungeheuerlichkeit dieser Lüge ... all seiner Lügen.

Ich muß sie beeinflussen, dachte er in sprachlosem Erstaunen. *Nicht ihn sondern sie.*

Er konzentrierte sich darauf. Sie stand schon auf der ersten Sprosse, und ihre Hand griff über ihrem Kopf nach der nächsten.

In diesem Augenblick geschah es, daß Cap – keiner hatte mehr an ihn gedacht – anfing, laut zu schreien.

12

Als Don Jules das Gebäude erreicht hatte, das Cap und Andy erst vor ein paar Minuten verlassen hatten, sah er so wild aus, daß Richard, der immer noch den Eingang bewachte, sofort zu seiner Waffe in der Schublade griff.

»Was –« fing er an.

»Alarm, sofort Alarm auslösen!« brüllte Jules.

»Haben Sie Vollma ...«

»Ich habe jede Vollmacht, die ich brauche, Sie verdammter Dummkopf! Das Mädchen! Das Mädchen will abhauen!«

An Richards Konsole befanden sich zwei Wählscheiben für Zahlenkombinationen. Nervös warf er den Kugelschreiber hin und drehte die linke Scheibe auf etwas weiter als sieben. Jules trat hinter den Tisch und stellte die rechte Scheibe auf etwas weiter als eins. Wenig später ertönte ein tiefes Summen aus der Konsole, und das gleiche Geräusch ertönte überall auf dem Gelände der Firma.

Die Gärtner stellten ihre Rasenmäher ab und rannten zu den Schuppen, in denen die Gewehre aufbewahrt wurden. Die Türen zu den Räumen, in denen die empfindlichen Computer-Terminals standen, schlossen und verriegelten sich automatisch. Caps Sekretärin Gloria nahm ihre Waffe aus der Schublade. Alle verfügbaren Agenten der Firma rannten zu den Lautsprechern, um weitere Instruktionen abzuwarten, und knöpften sich dabei die Jacken auf, um leichteren Zugang zu ihren Waffen zu haben. Die elektrische Ladung des äußeren Zaunes, die während des Tages beim Anfassen nur kitzelte, wurde auf eine tödliche Voltzahl hochgefahren. Die Dobermänner zwischen den Zäunen witterten die Veränderung, als die Firma sich für den Ernstfall rüstete, und bellten laut und sprangen hysterisch hin und her. Auch die Tore zur Außenwelt schlossen und verriegelten sich automatisch. Einem Bäckereifahrzeug, das die Verpflegungsstelle beliefert hatte, wurde durch ein sich schließendes Schiebetor die hintere Stoßstange abgerissen, und der Fahrer hatte Glück, daß er keinen tödlichen Stromschlag bekam.

Das Summen schien kein Ende zu nehmen.

Jules riß das Mikrophon von Richards Konsole und sagte: »Alarmstufe Hellgelb. Ich wiederhole, Alarmstufe Hellgelb. Dies ist keine Übung. Ställe von allen Seiten sichern. Äußerste Vorsicht.« Er versuchte, sich an den Code zu erinnern, den man Charlie zugewiesen hatte, aber er fiel ihm nicht ein. Der verdammte Code wurde anscheinend jeden Tag geändert. »Es geht um das Mädchen. Sie wird wieder aktiv! Ich wiederhole, sie wird aktiv!«

13

Orv Jamieson stand unter dem Lautsprecher im Aufenthaltsraum im dritten Stock des Nordgebäudes und hielt seinen Revolver in der Hand. Als er Jules' Durchsage hörte, setzte er sich hin und steckte die Waffe wieder ein.

»Hmmm«, murmelte er vor sich hin, als die drei anderen, mit denen er Pool gespielt hatte, rausgerannt waren. »Ohne mich. Auf mich könnt ihr nicht rechnen.« Sollten die anderen ruhig hinrennen wie Hunde auf einer heißen Fährte, wenn sie Lust hatten. Sie waren nicht auf der Mandersfarm gewesen. Sie hatten die Kleine noch nicht in Aktion gesehen.

Mehr als alles andere wünschte sich OJ zu diesem Zeitpunkt ein tiefes Loch, um hineinzukriechen und es über sich zuzuschütten.

14

Cap Hollister hatte von der Unterhaltung zwischen Charlie, ihrem Vater und Rainbird kaum etwas mitbekommen. Er befand sich in der Schwebe; die alten Befehle waren ausgeführt, neue noch nicht erteilt. Die Unterhaltung lief an ihm vorbei, und er hatte Zeit, an Golf und Schlangen zu denken, an neun Löcher und eine Boa Constrictor, an Golfschläger für kürzere Schläge und solche mit geneigter Schlagfläche, an Klapperschlangen und Pythons, die so groß waren, daß sie eine Ziege in einem Stück verschlingen konnten. Dieser Ort gefiel ihm überhaupt nicht. Hier lag zu viel loses Heu herum, und das erinnerte ihn an den Geruch des unebenen, mit hohem Gras bewachsenen Geländes auf einem Golfplatz. Als Cap erst drei Jahre alt war, hatte er erlebt, wie sein Bruder im Heu von einer Schlange gebissen wurde. Es war keine sehr gefährliche Schlange gewesen, aber sein Bruder hatte ganz fürchterlich geschrien, und der Geruch von Heu und Klee und Gras hatte in der Luft gehangen, und sein Bruder war zwar der stärkste und mutigste Junge der Welt, aber jetzt *schrie* er, der große, kräftige Leon Hollister *schrie*. »Hol *Daddy*!« schrie er, und Tränen liefen ihm übers Gesicht, als er sich das anschwellende Bein hielt. Und als der dreijährige Cap Hollister tun wollte, was sein Bruder sagte, und dabei vor Angst schluchzte, war es über seinen *Fuß* gekrochen, über seinen eigenen *Fuß*, wie giftiges grünes Wasser – und später hatte der Doktor gesagt, daß der Biß nicht gefährlich sei, daß die Schlange vorher etwas anderes gebissen und ihre Giftdrüse entleert haben müsse, aber Lennie glaubte, sterben zu müssen, und überall hatte der Sommergeruch von Gras gelegen, und die Grashüpfer hüpften und zirpten; angenehme Gerüche und angenehme Geräusche, Golfplatzgerüche und Golfplatzgeräusche, dazu das Geschrei seines Bruders, und die Schlange hatte sich trocken und schuppig angefühlt, und er hatte ihren flachen dreieckigen Kopf gesehen und ihre schwarzen Augen . . . und die Schlange war auf dem Weg ins hohe Gras über seinen Fuß geglitten . . . zurück ins unebene Gelände könnte man sagen . . . und es war der gleiche Geruch gewesen wie jetzt hier im Stall . . . und ihm gefiel dieser Ort nicht.

Golf und Nattern und Schläger und Mokassinschlangen –
Immer schneller schoß das Echo in seinem Kopf hin und her, und geistesabwesend starrte Cap in das Dunkel des Stalles, während Rainbird sich mit den McGees auseinandersetzte. Endlich blieb sein Blick an dem teilweise geschmolzenen grünen Plastikschlauch neben der geborstenen Wasserleitung hängen. Vom Pflock gehalten, war der Schlauch immer noch aufgerollt und in den sich zerteilenden Dampfschwaden nur undeutlich zu erkennen.

Entsetzen stieg in ihm auf, so explosiv wie Flammen, die sich in einen Haufen dürres Reisig fressen. Einen Augenblick war sein Entsetzen so groß, daß er kaum atmen, geschweige denn einen Warnruf ausstoßen konnte. Seine Muskeln waren wie erstarrt.

Dann entkrampften sie sich. Cap sog tief die Luft ein und stieß sie in einem ohrenbetäubenden Schrei wieder aus. »*Eine Schlange! SCHLANGE! SCHLAAANGE!*«

Er rannte nicht weg. Obwohl geschwächt, war Cap Hollister nicht der Mann, der wegrannte. Er taumelte vorwärts wie ein defekter Roboter und ergriff einen Rechen, der an der Wand lehnte. Es war eine Schlange, und er würde sie totschlagen, sie vernichten, sie zermalmen. Er würde . . . würde . . .

Er würde Lennie retten!

Den Rechen schwingend, rannte er auf den teilweise geschmolzenen Schlauch zu.

Dann überstürzten sich die Ereignisse.

15

Die Agenten, die meisten mit Faustfeuerwaffen, und die Gärtner, die fast alle Gewehre hatten, bewegten sich von allen Seiten auf das niedrige L-förmige Stallgebäude zu, als das Geschrei anfing. Wenig später hörte man ein Geräusch wie von einem schweren Fall und eines, das man für einen erstickten Schmerzensschrei halten konnte. Eine Sekunde später ein dumpfer Knall, der nur von einer Waffe mit Schalldämpfer kommen konnte.

Die Männer, die den Kreis um das Stallgebäude gebildet hatten, blieben stehen und bewegten sich dann weiter nach innen.

16

Caps Aufschrei und sein plötzlicher Sprung Richtung Rechen störten Rainbird einen Augenblick in seiner Konzentration, aber dieser Augenblick genügte. Er riß die Pistole herum und zielte jetzt auf Cap; es war eine instinktive Bewegung, die rasche und hellwache Reaktion eines Tigers bei der Jagd im Dschungel. Und so kam es, daß seine feinen Instinkte ihm einen Streich spielten und dafür sorgten, daß er von dem schmalen Grat herunterstolperte, auf dem er so lange gewandert war.

Genauso rasch und genauso instinktiv stieß Andy zu. Als die Pistole herumfuhr und sich auf Cap richtete, rief er Rainbird zu: »Spring!« und er stieß härter zu, als er es je in seinem Leben getan hatte. Wie ein zerplatzendes Schrapnell schoß ihm der Schmerz so heftig durch den Kopf, daß ihm übel wurde. Er spürte, daß etwas in ihm zerbrach. Endgültig und unwiderruflich.

Ausgebrannt, dachte er. Der Gedanke war verschwommen. Er taumelte zurück. Seine ganze linke Körperseite war gefühllos. Sein linkes Bein wollte ihn nicht mehr tragen.

(Jetzt ist es soweit, ich bin ausgebrannt, das verdammte Ding hat mich geschafft)

Rainbird stieß sich mit den Armen hart vom Heuboden ab.

Sein Gesicht zeigte einen fast komischen Ausdruck der Überraschung. Er hielt die Waffe fest; selbst als er wuchtig auf den Boden aufschlug und mit einem gebrochenen Bein liegenblieb, hielt er die Waffe fest. Er schrie auf vor Schmerz und Verblüffung, aber er hielt die Waffe fest.

Cap hatte den grünen Schlauch erreicht und drosch wild mit dem Rechen auf ihn ein. Er bewegte die Lippen, aber kein Laut war zu hören – nur Speichel sprühte hervor.

Rainbird schaute auf. Das Haar hing ihm ins Gesicht. Er riß den Kopf zurück, um freie Sicht zu haben. Sein Auge funkelte. Seine Mundwinkel waren scharfe Striche. Er hob die Pistole und richtete sie auf Andy.

»Nein!« kreischte Charlie. »Nein!«

Rainbird feuerte, und Rauch drang aus den Luftschlitzen des Schalldämpfers. Die Kugel fetzte neben Andys angelehntem Kopf helle, frische Splitter aus dem Holz. Rainbird stützte sich auf einen Arm und feuerte noch einmal. Andys Kopf fuhr ruckartig nach rechts, und aus seiner linken Halsseite floß Blut.

»Nein!« schrie Charlie wieder und schlug die Hände vors Gesicht. »*Daddy! Daddy!*«

Rainbird zog die Hand unter seinem Körper hervor und riß sich dabei lange Splitter in die Handfläche.

»Charlie«, murmelte er. »Charlie, sieh mich an.«

17

Sie hatten jetzt das Gebäude umstellt und warteten unentschlossen. Sie wußten nicht recht, wie sie sich in dieser Situation verhalten sollten.

»Das Mädchen«, sagte Jules. »Wir erledigen sie –«

»*Nein!*« schrie Charlie im Stall, als hätte sie gehört, was Jules plante. Dann: »*Daddy! Daddy!*«

Wieder gab es einen Knall, viel lauter als der erste, und ein greller Blitz flammte auf, so daß die Männer die Augen mit den Händen schützten. Aus den offenen Stalltüren schlug ihnen eine Hitzewelle entgegen, vor der sie zurücktaumelten.

Dann folgten Rauch und rote Feuersglut.

Irgendwo in der Hölle, die dort entstand, schrien Pferde.

18

Völlig aufgelöst rannte Charlie zu ihrem Vater, aber als Rainbird sprach, drehte sie sich zu ihm um. Er lag auf dem Bauch und versuchte mit beiden Händen, seine Waffe ruhig zu halten.

Es war unglaublich, aber er lächelte.

»Komm«, krächzte er. »Ich will deine Augen sehen. Ich liebe dich, Charlie.«

Und er drückte ab.

Wild und völlig außer Kontrolle brachen ihre Kräfte aus ihr heraus, bewegten sich auf Rainbird zu und ließen das Bleigeschoß verdampfen, das ihr sonst ins Gehirn gedrungen wäre. Einen Augenblick lang schien es, als kräuselte ein scharfer Wind Rainbirds Kleidung – und die von Cap, der weiter hinten stand – und als ob sonst nichts geschah. Aber es war nicht nur Kleidung, die sich kräuselte; es war das Fleisch selbst, das sich kräuselte, um dann wie Talg herabzufließen; und dann wurde es von den schon schwarzgesengten und brennenden Knochen gefegt. Lautlos flammte ein greller Lichtblitz auf, der sie blendete; sie sah es nicht, aber sie hörte, wie die Pferde in ihren Boxen vor Angst fast verrückt wurden . . . und sie spürte den Rauchgeruch.

Die Pferde! Die Pferde! dachte sie und versuchte, sich in der gleißenden Helle vor ihren Augen zurechtzufinden. Das war ihr Traum. Etwas anders, aber er war es. Und plötzlich sah sie sich wieder auf dem Flughafen von Albany, ein kleines Mädchen, fünf Zentimeter kleiner und zehn Pfund leichter und entsprechend unschuldiger, ein kleines Mädchen mit einer Einkaufstasche aus der Mülltonne, die von Telefonzelle zu Telefonzelle ging und jeden Apparat veranlaßte, sein Silber auszuspucken . . .

Fast blind versuchte sie, sich darüber klarzuwerden, was sie tun mußte.

Wie eine Welle fuhr es an den Türen der Boxen entlang, die den längeren Balken des L bildeten. Qualmend und durch die Hitze verbogen, lösten sich die Verriegelungen nacheinander und fielen auf den Stallboden.

Der rückwärtige Teil des Stalles hatte sich, nachdem die Kraft, wie aus einer psychischen Kanone abgefeuert, über Cap und Rainbird hinweggerast war, in ein Inferno von brennenden Balken und Brettern verwandelt. Brennendes, splitterndes Holz schoß in einem breiten Fächer fünfzig Meter weit nach draußen, und die Agenten der Firma, die dort standen, wurden niedergestreckt. Ein Mann namens Clayton Braddock wurde von einem heranwirbelnden Brett aus der Seitenwand der Scheune enthauptet. Der Mann neben ihm wurde von einem Balken, der wie ein verrückt gewordener Propeller durch die Luft sauste, in zwei Teile gerissen. Einem dritten trennte ein brennendes Stück Holz ein Ohr ab, und er merkte es erst zehn Minuten später.

Die Gefechtslinie der Agenten löste sich auf. Wer nicht mehr rennen konnte, kroch davon. Nur ein Mann blieb auf seinem Posten, wenn auch nur kurz. Es war George Sedaka, der Mann, der in New Hampshire zusammen mit Orv Jamieson Andys Briefe geraubt hatte. Sedaka hatte auf dem Weg nach Panama City nur kurz auf dem Gelände der Firma Station gemacht. Der Mann, der links von Sedaka gestanden hatte, lag jetzt stöhnend im Gras. Der Mann rechts von Sedaka war der unglückliche Clayton Braddock gewesen.

Sedaka selbst war wie durch ein Wunder unverletzt geblieben. Keiner der brennenden Splitter hatte ihn getroffen. Ein scharfkantiger Packhaken hatte sich keine zehn Zentimeter neben seinen Füßen in die Erde gebohrt. Er war rotglühend, und ein Treffer wäre tödlich gewesen.

Der hintere Teil des Stalles sah aus, als hätte man dort ein halbes Dutzend Stangen Dynamit gezündet. Herabgestürzte, brennende Balken lagen um ein schwarzes Loch von etwa acht Metern Durchmesser herum. Ein großer Komposthaufen hatte Charlies explosiv hervorbrechende Energien zum großen Teil aufgefangen und brannte jetzt. Was hinten im Stall noch intakt war, fing ebenfalls an zu brennen.

Im Gebäude hörte Sedaka die Pferde wiehern und schreien. Er sah das gespenstische Orangerot der Flammen aufleuchten, als sie sich zu dem Boden mit dem vielen trockenen Heu emporfraßen. Es war, als ob man durch ein Tor direkt in die Hölle schaute.

Plötzlich beschloß Sedaka, daß er von alledem nichts mehr sehen wollte.

Es war ein wenig unangenehmer, als auf irgendwelchen Landstraßen unbewaffnete Postbeamte zu überfallen.

George Sedaka steckte seine Pistole ein und lief davon.

19

Sie konnte noch immer keinen klaren Gedanken fassen und konnte nicht begreifen, was geschehen war. »*Daddy*« schrie sie. »*Daddy! Daddy!*«

Alles war auf gespenstische Weise verschwommen. Heißer, erstickender Rauch lag in der Luft, und überall zuckten rote Flammenblitze. Die Pferde traten immer noch gegen die Türen ihrer Boxen, und die Türen, die nicht mehr verriegelt waren, sprangen auf. Wenigstens einigen der Pferde war es gelungen, sich zu befreien.

Charlie sank auf die Knie und tastete sich zu ihrem Vater vor. Die Pferde rasten an ihr vorbei ins Freie, aber sie nahm sie nur als undeutliche Schemen wahr. Von oben stürzte ein brennender Sparren herab und entzündete das lose Heu in den Raufen. An der kurzen Seite des L explodierte mit dumpfem Knall ein Dreißiggallonenfaß voll Traktorentreibstoff.

Nur um Zentimeter verfehlten die Hufe der flüchtenden Tiere Charlies Kopf, während sie wie blind dahinkroch. Dann streifte sie der Huf eines der Pferde, und sie taumelte zurück. Mit der einen Hand fühlte sie einen Schuh.

»Daddy?« wimmerte sie. »Daddy?«

Er war tot. Sie war sicher, daß er tot war. Alles war tot; die Welt stand in Flammen; sie hatten ihre Mutter getötet, und jetzt hatten sie auch ihren Vater umgebracht.

Sie konnte wieder ein wenig sehen, aber alles war noch trübe. In Wellen ging die Hitze über sie hinweg. Sie tastete an seinem Bein entlang, berührte seinen Gürtel, und dann glitten ihre Finger über sein Hemd, bis sie einen feuchten, klebrigen Fleck erreichten, der sich ausbreitete. Entsetzt hielt sie inne. Sie wagte es nicht, ihre Finger weiterzubewegen.

»Daddy?« flüsterte sie.

»Charlie?«

Es war nur ein leises, rauhes Krächzen . . . aber er war es.

Seine Hand fand ihr Gesicht, und kraftlos zog er sie an sich. »Komm her. Komm . . . näher.«

Sie schob sich neben ihn, und jetzt tauchte sein Gesicht aus dem grauen Nebel auf. Die linke Seite war zu einer Fratze verzerrt; sein linkes Auge war stark blutunterlaufen, und das erinnerte sie an jenen Morgen in Hastings Glen, als sie im Motel aufwachten.

»Daddy, sieh dir dieses Elend an«, stöhnte Charlie und fing an zu weinen.

»Keine Zeit«, sagte er. »Hör zu. Hör zu, Charlie!«

Sie beugte sich über ihn, und ihre Tränen fielen auf seine Wangen.

»Das mußte so kommen, Charlie . . . du darfst meinetwegen nicht weinen. Aber –«

»Nein! Nein!«

»Charlie, halt den Mund!« sagte er energisch. »Sie werden dich jetzt töten wollen. Hast du verstanden? Jetzt . . . jetzt wird nicht mehr gespielt. Jetzt geht es nur noch mit harten Bandagen.« Nur schwer verständlich kamen die Worte aus seinem grausam verzerrten Mund. »Du darfst es nicht zulassen, Charlie. Und du darfst nicht zulassen, daß dies alles vertuscht wird. Sie dürfen nicht behaupten, daß es einfach nur ein Feuer war . . .«

Er hatte den Kopf leicht gehoben und ließ ihn keuchend wieder zurücksinken. Von außen war durch das laute Prasseln des Feuers schwach das Echo von Schüssen zu hören . . . und wieder das Geschrei von Pferden.

»Daddy, sprich nicht . . . ruh dich aus . . .«

»Nein. Keine Zeit.«

Mit Hilfe seines rechten Arms gelang es ihm, sich halb aufzurichten und sie anzusehen. Blut lief ihm aus beiden Mundwinkeln. »Du mußt von hier verschwinden, wenn es nur irgendwie geht, Charlie.« Sie wischte ihm mit dem Ärmel das Blut ab. »Du mußt verschwinden, wenn du es schaffst. Und wenn du die Leute umbringen mußt, die sich dir in den Weg stellen, dann tu es. Dies ist Krieg, und sie sollen es erfahren.«

Die Stimme versagte ihm. »Lauf weg, wenn du kannst, Charlie. Tu es für mich. Hast du verstanden?«

Sie nickte.

Über ihnen, ein wenig weiter hinten, stürzte, wie ein gelbe und orangefarbene Funken sprühendes Feuerrad, ein weiterer Sparren aus dem Dach. Die Hitze traf sie jetzt wie aus einem offenen Hochofen. Wie hungrige, beißende Insekten trafen Funken ihre Haut, um dann zu verlöschen.

»Sorg dafür« – er hustete dickes Blut und konnte kaum noch sprechen. »Sorg dafür, daß sie so etwas nie wieder tun können. Laß es verbrennen, Charlie. *Brenn alles nieder.*«

»Daddy –«

»Geh jetzt. Bevor alles zusammenstürzt.«

»Ich kann dich hier nicht allein zurücklassen«, sagte sie hilflos und mit zitternder Stimme.

Er lächelte und zog sie noch näher an sich, als ob er ihr etwas ins Ohr flüstern wollte. Aber statt dessen küßte er sie.

»– hab dich lieb, Ch. . .« sagte er und starb.

20

Durch seinen eigenen Fehler war Jules die Leitung des ganzen Unternehmens zugefallen. Er wartete, nachdem das Feuer ausgebrochen war, so lange er konnte, denn er war überzeugt, daß das Mädchen ihnen ins Schußfeld laufen würde. Als das nicht geschah – und als die Männer vor den Stallungen erkannten, was ihren Kollegen hinter dem Gebäude zugestoßen war –, sah er ein, daß er nicht länger warten konnte, wenn er die Kontrolle über die Männer nicht verlieren wollte. Er begann vorzurücken, und die anderen folgten ihm . . . aber ihre Gesichter waren straff und angespannt. Sie sahen nicht mehr so aus, als handle es sich nur um eine Fasanenjagd.

Dann bewegten sich Schatten innerhalb der geöffneten Doppeltür. Sie kam heraus. Die Waffen fuhren hoch, und zwei Männer feuerten, bevor überhaupt etwas herauskam. Dann –

Aber es war nicht das Mädchen; es waren die Pferde, ein halbes Dutzend, acht, zehn, die Flanken schweißbedeckt und mit vor Angst verdrehten Augen, in denen man nur noch das Weiße sah.

Jules' Männer eröffneten das Feuer. Selbst diejenigen, die sich zurückgehalten hatten, weil sie sahen, daß nicht Menschen, sondern Pferde aus dem Stall kamen, waren nicht mehr zu bremsen, als ihre Kollegen angefangen hatten zu schießen. Es war ein Massaker. Zwei der Pferde knickten mit den Vorderbeinen ein, und eins davon wieherte jämmerlich. Blut floß im Licht der blassen Oktobersonne in das Gras.

»Halt!« brüllte Jules. »Halt, verdammt noch mal. Hört auf, die *verdammten Pferde zu erschießen!«*

Genausogut hätte er König Knut sein können, der den Wogen gebieten wollte. Die Männer – die Angst vor etwas hatten, was sie nicht sehen konnten, und von dem Dröhnen des Summers für Alarmstufe Hellgelb wie hypnotisiert waren, die schließlich auch noch hörten, wie das Faß mit dem Traktorentreibstoff brüllend detonierte – hatten endlich lebende Ziele, auf die sie schießen konnten ... und sie schossen.

Zwei Pferde lagen tot im Gras. Ein drittes lag halb auf dem Rasen, halb auf dem Kies der Auffahrt, und seine Flanken hoben und senkten sich in schnellem Rhythmus. Drei Tiere brachen in ihrer Angst nach links aus und rasten auf die vier oder fünf Männer zu, die dort verteilt lagen. Sie versuchten, den Tieren aus dem Weg zu laufen, während sie immer noch schossen, aber einer stolperte über seine eigenen Füße und schrie grauenhaft, als er zertrampelt wurde.

»Hört auf!« kreischte Jules. »Hört auf! Einstellen – Feuer einstellen! Verdammt noch mal, hört auf zu schießen, ihr Arschlöcher!«

Aber das Massaker nahm seinen Fortgang. Mit seltsam leerem Gesichtsausdruck luden die Männer nach. Viele von ihnen waren wie Rainbird Veteranen des Vietnamkriegs, und ihre Gesichter zeigten den stumpfen, entsetzten Audruck von Männern, vor denen mit wahnsinniger Intensität ein alter Alptraum wieder lebendig wird. Einige hatten das Feuer eingestellt, aber sie waren in der Minderheit. Fünf Pferde lagen verwundet oder tot im Gras oder auf dem Kies. Ein paar andere waren davongaloppiert, und unter ihnen war Necromancer, der seinen Schweif wie ein Feldbanner flattern ließ.

»Das Mädchen!« brüllte jemand und zeigte auf die Stalltür. *Das Mädchen!«*

Es war zu spät. Das Abschlachten der Pferde war kaum zu Ende, und ihre Aufmerksamkeit war abgelenkt. Als sie endlich dorthin schauten, wo Charlie stand, den Kopf gesenkt, klein

443

und unheildrohend in ihrem Drellanzug und den blauen Kniestrümpfen, strahlten von ihr die Feuerstränge aus und bewegten sich auf die Männer zu wie die Fäden eines tödlichen Spinnennetzes.

21

Charlie war tief in ihre furchtbaren Kräfte eingetaucht und empfand das als Erleichterung.

Der Verlust ihres Vaters, der sie scharf und schneidend wie ein Dolchstoß getroffen hatte, trat zurück und war nur noch ein dumpfer Schmerz.

Wie immer fand sie Gefallen an ihrer Fähigkeit, wie an einem faszinierenden und schrecklichen Spielzeug, dessen ganze Möglichkeiten noch der Entdeckung harrten.

Die Feuerstränge rasten auf die schon gelichtete Formation der Männer zu.

Ihr habt die Pferde getötet, ihr Schweine, dachte sie, und wie ein Echo hallte die Stimme ihres Vaters in ihr nach: *Wenn du die Leute umbringen mußt, die sich dir in den Weg stellen, dann tu es. Dies ist Krieg, und sie sollen es erfahren.*

Ja, beschloß sie, sie wollte ihnen schon zeigen, daß dies Krieg war.

Einige der Männer gaben auf und rannten. Mit einer leichten Kopfbewegung lenkte sie eine der Feuerschlangen nach rechts, und drei von ihnen waren in Flammen gehüllt. Ihre Kleidung bestand nur noch aus brennenden Fetzen. Sie stürzten zu Boden und wälzten sich schreiend im Gras.

Etwas pfiff an Charlies Kopf vorbei, und etwas anderes zog eine heiße Spur über ihr Handgelenk.

Es war Jules, der sich aus Richards Station ein neues Gewehr geholt hatte. Breitbeinig stand er da, die Waffe im Anschlag, und schoß auf sie.

Charlie stieß zu: sie konzentrierte ihre ganze Energie auf ihn, und es war wie ein Donnerschlag.

Urplötzlich und mit furchtbarer Gewalt wurde Jules zurückgeschleudert. Es war, als hätte ihn die Abrißbirne eines riesigen, unsichtbaren Krans mit ihrer ganzen Wucht getroffen. Er schoß fünfzehn Meter weit durch die Luft, kein Mensch mehr, sondern ein brodelnder Feuerball.

Dann stob alles auseinander und rannte. Sie rannten, wie sie auf der Mandersfarm gerannt waren.

Gut, dachte sie. *Gut für euch.*

Sie wollte keine Menschen töten. Das hatte sich seit früher nicht geändert. Was sich geändert hatte: heute war sie bereit zu töten, wenn es sein mußte. Wenn man sich ihr in den Weg stellte.

Sie ging auf das am nächsten gelegene der beiden Gebäude zu, hinter dem eine Scheune stand. Es war ein Augenblick wie aus dem Bilderbuch. Jenseits der weiten Rasenfläche lag das zweite Gebäude.

Mit dem Knallen von Gewehrschüssen zerplatzten die Fensterscheiben. Das Efeuspalier, das sich an der Ostseite hochrankte, erzitterte und fing dann an mehreren Stellen an zu brennen. Die Farbe qualmte, warf Blasen und flammte auf. Wie Hände, die nach etwas griffen, erreichte das Feuer das Dach.

Eine der Türen flog auf, und das aufgeregte Heulen der Alarmsirene war zu hören. Zwei Dutzend Sekretärinnen, Techniker und Analytiker stürzten aus dem Haus. Sie rannten quer über den Rasen zum Zaun und machten vor der tödlichen Stromspannung des Zauns und den kläffenden Hunden Halt. Sie drängten sich wie verängstigte Schafe zusammen. Die Energie ging in ihre Richtung, aber Charlie lenkte sie ab und konzentrierte sie auf den Zaun selbst. Die hübschen rautenförmigen Kettenglieder tropften und weinten Tränen aus geschmolzenem Metall. Mit einem tiefen Dröhnen kündigte sich die Überlastung an, und mit lautem Knacken erfolgte in einem Segment nach dem andern der Kurzschluß. Grelle, purpurfarbene Funken sprangen auf. Kleine Feuerbälle tanzten oben auf dem Zaun, und die Isolatoren aus Porzellan zerplatzten wie Tontauben auf dem Schießstand.

Die Hunde waren wie toll. Mit gesträubtem Fell rasten sie wie Ungeheuer der Hölle auf und ab. Einer von ihnen sprang in den funkensprühenden Hochspannungszaun und wurde als hilfloses Bündel in die Luft geschleudert. Verschmort und qualmend schlug er auf dem Boden auf, und wild und hysterisch fielen seine Artgenossen über ihn her.

Hinter dem Haus, in dem man Charlie und ihren Vater gefangengehalten hatte, stand keine Scheune. Dort lag ein langes, niedriges, sorgfältig gepflegtes und ebenfalls rot und weiß gestrichenes Gebäude. Hier war die Fahrbereitschaft der Firma untergebracht. Jetzt flogen die breiten Türen auf, und ein gepanzerter Cadillac mit Regierungskennzeichen raste ins Freie. Das Schiebedach war geöffnet, und Kopf und Oberkörper eines Mannes schauten heraus. Er stützte sich mit den Ellenbogen vom Dach ab und feuerte mit einer leichten Maschinenpistole auf Charlie. Direkt vor ihr fetzten die Geschosse große Brocken aus dem Rasen.

Charlie drehte sich zu dem Wagen um und lenkte ihre Energien in seine Richtung. Ihre Kräfte wuchsen noch; sie verwandelten sich in etwas, das bei all seiner Wucht flexibel zu handhaben war, etwas, das sich in einer Art Kettenreaktion der freigesetzten Kräfte selbst zu erhalten schien. Der Benzintank der Limousine explodierte und zerriß das Heck des Fahrzeugs. Das Auspuffrohr schoß wie ein Pfeil in den Himmel. Aber noch bevor das geschah, waren Kopf und Oberkörper des Schützen zu Asche verbrannt, die Windschutzscheibe geborsten und die pannensicheren Spezialreifen wie Talg geschmolzen.

Durch seinen eigenen Flammenring rollte der Wagen weiter und geriet außer Kontrolle. Er verlor seine ursprüngliche Form und schmolz, so daß er wie ein Torpedo aussah. Dann rollte er zweimal über die Seite und wurde von einer weiteren Explosion geschüttelt.

Jetzt verließen die Sekretärinnen fluchtartig das andere Haus. Sie rannten wie Ameisen. Sie hätte das Feuer über sie hinwegjagen können – und etwas in ihr hatte großes Verlangen danach –, aber unter Aufbietung ihrer ganzen, schon schwindenden Willenskraft richtete sie ihre Energien gegen das Haus selbst, das Haus, in dem sie gegen ihren Willen festgehalten worden waren . . . das Haus, in dem John seinen Verrat an ihr begangen hatte.

Sie stieß mit aller Gewalt zu. Einen Augenblick lang schien überhaupt nichts zu geschehen; ein leichtes Flimmern hing in der Luft, wie über einem Grill, unter dem die Kohlen kräftig angefacht wurden . . . und dann explodierte das ganze Haus.

Die einzige Erinnerung, die ihr blieb (und später wurde es

durch die Aussagen von Überlebenden mehrfach bestätigt), war der Anblick des Schornsteins, der, scheinbar intakt, wie eine Rakete aus Ziegeln in den Himmel stieg, während unter ihm das Gebäude mit seinen fünfundzwanzig Zimmern auseinanderfiel wie die Puppenstube eines kleinen Mädchens in der Flamme einer Lötlampe. Steine, Bretter und Planken wurden in die Luft geschleudert und flogen im heißen Drachenhauch der Energien davon, die Charlie produzierte. Eine IBM-Schreibmaschine, zusammengeschmolzen und verbogen zu etwas, das wie grüne Stahlwolle aussah, schoß hoch in die Luft und landete zwischen den beiden Zäunen, wo sie einen tiefen Krater riß. Der Stuhl einer Sekretärin, dessen Drehsitz wie wild herumwirbelte, verschwand in der Ferne, schnell wie der Pfeil einer Armbrust.

Die Hitze dörrte den Rasen und kroch auf Charlie zu.

Sie schaute sich um, ob es noch etwas zu zerstören gab. Von verschiedenen Stellen aus stieg jetzt Rauch in den Himmel – von den beiden schönen alten Häusern (von denen nur eins noch als Haus zu erkennen war), vom Stallgebäude und von den Überresten der Limousine. Selbst hier draußen im Freien war die Hitze kaum noch erträglich.

Und immer noch wollten sich die Kräfte entfalten, *mußten* sich entfalten, um nicht auf ihre Quelle zurückgeworfen zu werden und sie zu zerstören.

Charlie hatte keine Ahnung, welche unvorstellbaren Dinge noch geschehen konnten. Aber als sie sich wieder dem Zaun und der Straße, die aus dem Gelände der Firma hinausführte, zuwandte, sah sie Menschen, die sich in blinder und wilder Panik gegen den Zaun warfen. An einigen Stellen war der Zaun so beschädigt, daß es einigen gelungen war, über ihn zu klettern. Die Hunde hatten eine junge Frau in einem gelben Gaucho-Rock angefallen, die fürchterlich schrie. Und so deutlich, als ob er noch lebte und neben ihr stünde, hörte sie ihren Vater sagen: *Genug, Charlie! Es ist genug. Hör auf, solange du noch kannst!*

Aber war sie dazu überhaupt noch in der Lage?

Sie wandte sich vom Zaun weg und hielt verzweifelt Ausschau nach etwas, das sie dringend brauchte, um die Kräfte zurückzudrängen, sie im Gleichgewicht und in der Schwebe zu halten. Sie breiteten sich weiter aus, ziellos und in verrückten Spiralen, die auf dem Gras ein sich ständig ausdehnendes Muster bildeten.

Nichts, Nichts. Nur –
Der Ententeich.

22

OJ wollte verschwinden, und kein Hund sollte ihn aufhalten.

Er war aus dem Haus geflüchtet, als die anderen im Begriff waren, das Stallgebäude zu umstellen. Er hatte große Angst, aber er befand sich noch nicht in solcher Panik, daß er versucht hätte, den elektrisch aufgeladenen Zaun zu übersteigen, nachdem sich die Tore automatisch geschlossen hatten. Er hatte hinter dem knorrigen Stamm einer alten Ulme gestanden und von dort aus die Katastrophe beobachtet. Nachdem das kleine Mädchen die Kurzschlüsse im Zaun herbeigeführt hatte, wartete er, bis sie sich auf die Zerstörung des Hauses konzentrierte. Dann rannte er an den Zaun, den Revolver in der rechten Hand.

Als diese Sektion des Zauns ohne Strom war, stieg er hinüber und sprang in den Hundeauslauf hinab. Zwei der Tiere attackierten ihn. Er stützte sein rechtes Handgelenk mit der Linken und erschoß beide. Die Biester waren riesig, aber sein Revolver war stärker. Die Köter konnten kein Pal mehr fressen, es sei denn, das Zeug wurde auch im Hundehimmel serviert.

Ein dritter Hund fiel ihn von hinten an, riß ihm die Hose auf und ein gutes Stück aus seiner linken Hinterbacke und stieß ihn zu Boden. OJ drehte sich um und wehrte mit einer Hand den Hund ab. In der anderen hielt er den Revolver, mit dessen Griff er auf das Tier einschlug. Als der Hund nach seiner Kehle schnappte, stieß er ihm den Lauf entgegen. Sauber glitt der Lauf dem Dobermann in den Rachen, und OJ drückte ab. Es gab einen gedämpften Knall.

»Das war knapp!« schrie OJ und kam zitternd wieder auf die Beine. Er lachte hysterisch. Die äußere Pforte stand nicht mehr unter Strom; auch hier hatte es einen Kurzschluß gegeben. OJ versuchte, sie zu öffnen. Schon hatten sich weitere Leute herangedrängt und rüttelten am Zaun. Die restlichen Hunde waren knurrend zurückgewichen. Einige der überlebenden Agenten hatten ebenfalls ihre Waffen gezogen und erledigten ein Tier nach dem anderen. Genügend Disziplin war zurückgekehrt, daß die Männer mit Revolvern um die unbewaffneten Sekretärinnen, Analytiker und Techniker einen Halbkreis bildeten, um sie gegen die wütenden Tiere abzuschirmen.

OJ warf sich mit seinem ganzen Gesicht gegen die Pforte, aber sie gab nicht nach. Wie alles andere hatte sie sich automatisch verriegelt. OJ sah sich um und wußte nicht, was er tun sollte. Allein und unbeobachtet das Weite zu suchen, war gut und schön, aber hier gab es zu viele Zeugen.

Wenn dieses Höllenkind überhaupt Zeugen übrigließ.

»Sie müssen über den Zaun steigen!« schrie er. Seine Stimme verlor sich in der allgemeinen Verwirrung. »Rübersteigen, verdammt!« Keiner antwortete. Sie drängten sich nur gegen den Zaun, stumm und mit Gesichtern, in denen nackte Panik zu lesen war.

OJ packte eine Frau, die sich neben ihm gegen die Pforte gelehnt hatte. »Neiiin!« kreischte sie.

»Steig rüber, du Miststück!« brüllte OJ und stieß ihr zur Aufmunterung in den Rücken. Sie fing an zu klettern.

Andere sahen es und begriffen. Der innere Zaun qualmte noch, und stellenweise sprühten noch Funken auf. Ein fetter Kerl, den OJ als einen der Köche erkannte, hielt sich an grob geschätzten zweitausend Volt fest. Er zuckte und sprang, und seine Füße vollführten im Gras einen wilden Tanz. Er hatte den Mund weit aufgerissen, und seine Wangen färbten sich schwarz.

Wieder sprang einer der Hunde vor und riß einem mageren, bebrillten jungen Mann in einem Laborkittel einen Fetzen Fleisch aus dem Bein. Einer der Agenten schoß auf den Hund, verfehlte ihn und zerschmetterte statt dessen dem jungen Mann den Ellenbogen. Der Labortechniker stürzte und wälzte sich am Boden, wobei er sich den Arm hielt und die Heilige Jungfrau um Hilfe anflehte. OJ erschoß den Hund, bevor er dem jungen Mann die Kehle zerfleischen konnte.

Was für ein elender Scheißdreck, stöhnte er innerlich. O Gott, was für ein elender Scheißdreck.

Mittlerweile stiegen etwa ein Dutzend Leute über die breite Pforte. Die Frau, die OJ angetrieben hatte, war jetzt oben und fiel mit einem erstickten Schrei an der anderen Seite herunter. Sofort fing sie laut an zu schreien. Die Pforte war hoch; etwa zwei Meter siebzig; sie war falsch gelandet und hatte sich den Arm gebrochen.

Oh, mein Gott, was für ein Elend.

OJ wandte den Kopf und versuchte, das Kind irgendwo zu entdecken. Er wollte sehen, ob es sie vielleicht verfolgte. Wenn das der Fall war, sollten die Leute selbst sehen, wie sie damit fertig wurden; er hätte dann schon den Zaun hinter sich und wäre verschwunden.

Plötzlich schrie einer der Analytiker gellend auf. »Was, um Gottes willen –«

Das zischende Geräusch schwoll an und übertönte seine Stimme. Später behauptete OJ, daß er zuerst geglaubt habe, seine Großmutter würde Eier braten, nur war dieses Geräusch millionenfach lauter, als hätte sich ein ganzer Stamm von Riesen entschlossen, gemeinsam Eier zu braten.

Das Geräusch schwoll immer noch an, und plötzlich war der Ententeich zwischen den beiden Häusern von aufsteigendem weißem Dampf eingehüllt. Der ganze Teich, etwa fünfzehn Meter im Durchmesser und in der Mitte ein Meter fünfzig tief, kochte.

Ganz kurz konnte OJ Charlie erkennen, die etwa zwanzig Meter vom Teich entfernt stand, den Rücken den Leuten zugewandt, die immer noch versuchten, den Zaun zu überwinden, und dann war sie im Dampf verschwunden. Das Zischen hörte nicht auf. Weißer Nebel zog über den grünen Rasen, und die helle Herbstsonne malte bizarre Regenbögen auf die feuchten Schwaden. Die wogende Dampfwolke verteilte sich über dem Gelände. Wie Fliegen hingen noch einige Flüchtende am Zaun, schauten über die Schulter zurück und beobachteten das Schauspiel.

Wenn im Teich nun nicht genug Wasser ist? dachte OJ plötzlich. Was ist, wenn es nicht ausreicht, ihr Streichholz oder ihre Fackel oder was es auch immer ist, zu löschen? Was geschieht dann?

Orville Jamieson beschloß, nicht zu bleiben, um das herauszufinden. Er hatte lange genug die Heldenrolle gespielt. Er stieß den Revolver in das Schulterhalfter zurück und rannte fast die Pforte hoch. Elegant sprang er ab und landete federnd und geduckt neben der Frau, die sich immer noch schreiend den Arm hielt.

»Ich rate Ihnen, sparsam mit Ihrer Luft umzugehen und verdammt schnell zu verschwinden«, sagte OJ und befolgte sofort seinen eigenen Rat.

23

Charlie stand allein in ihrer Welt aus Weiß und lenkte ihre Energien in den Ententeich. Sie kämpfte mit ihren Kräften, versuchte, sie zu reduzieren, zur Ruhe zu bringen. Ihre Vitalität war ungebrochen. Sie hatte sie zwar unter Kontrolle und richtete sie, wie durch ein unsichtbares Rohr, gezielt in den Teich. Aber was würde geschehen, wenn alles Wasser im Teich verkochte, bevor sie den Ausbruch stoppen und zerstreuen konnte?

Keine Zerstörung mehr. Lieber wollte sie die Kräfte auf sich lenken und sich selbst vernichten, als ihnen weiter freien Lauf lassen.

(Zurück! Zurück!)

Jetzt spürte sie endlich, daß die Kräfte zur Ruhe kamen, ihre . . . ihren Zusammenhalt verloren. Alles fiel auseinander. Überall dichter weißer Dampf und ein Geruch wie in einer Wäscherei. Sie konnte das brodelnde, zischende Wasser im Teich nicht mehr sehen.

(ZURÜCK!!)

Flüchtig dachte sie wieder an ihren Vater, und der Gedanke schnitt ihr ins Herz, aber gleichzeitig schien er die Kräfte weiter zurückzudrängen, und endlich ließ das Zischen nach. Majestätisch wälzte sich der Dampf an ihr vorbei. Wie eine glanzlose Silbermünze stand oben die Sonne.

Ich habe die Sonne verändert, dachte sie verwirrt, und dann: *Nein – nein, nicht ich – es ist der Dampf – der Nebel – er wird wegwehen –*

Aber mit einer plötzlichen Gewißheit, die tief aus ihrem

Innern kam, wußte sie, daß sie *tatsächlich* die Sonne verändern konnte, wenn sie es wollte . . . irgendwann.

Ihre Kräfte würden zunehmen.

Mit diesem Akt der Zerstörung, mit dieser Apokalypse hatte sie lediglich ihre jetzigen Grenzen erreicht.

Das *Potential* war kaum angezapft.

Charlie sank im Gras auf die Knie und weinte. Sie trauerte um ihren Vater, um die Menschen, die sie umgebracht hatte, sogar um John. Vielleicht wäre das, was Rainbird mit ihr beabsichtigt hatte, das Beste für sie gewesen, aber trotz ihres Vaters Tod, trotz all der Zerstörungen, die sie auf sich geladen hatte, fühlte sie sich vom Leben angesprochen, hatte sie den stummen und zähen Willen zum Überleben.

Und deshalb trauerte sie vielleicht am meisten über sich selbst.

24

Wie lange sie, den Kopf in die Arme gestützt, auf dem Rasen gesessen hatte, wußte sie nicht; so unmöglich es auch schien, sie meinte sogar, kurz eingeschlafen zu sein. Wie lange es auch gewesen sein mochte, als sie sich ihrer Umgebung wieder bewußt wurde, sah sie, daß die Sonne wieder heller war und ein wenig weiter westlich stand. Ein leichter Wind hatte den letzten Dampf aus dem kochenden Teich auseinandergeweht.

Langsam stand Charlie auf und schaute sich um.

Zuerst fiel ihr der Teich ins Auge. Sie sah, daß es eben noch gutgegangen war . . . eben noch. Nur ein paar Wasserpfützen waren geblieben, die, von der sinkenden Sonne beschienen, wie in den glatten Teichgrund eingelegter, heller Glasschmuck wirkten. Hier und da lagen schlammbedeckte Wasserlilien und andere Wasserpflanzen wie beschädigte Juwelen herum; stellenweise war der Schlamm schon getrocknet und gerissen. Sie sah ein paar Münzen und einen verrosteten Gegenstand, vielleicht ein langes Messer oder die Klinge eines Rasenmähers. Das Gras um den Teich herum war schwarz.

Über dem Gelände der Firma lag tödliche Stille, die nur von dem Knacken und Prasseln der verschiedenen Feuer unterbrochen wurde. Ihr Vater hatte ihr geraten, ihnen zu zeigen, daß sie sich im Krieg befanden, und was hier noch übrig war, sah wirklich wie ein verlassenes Schlachtfeld aus. Der Stall, die Scheune und das Haus jenseits des Teichs standen noch immer in hellen Flammen. Von dem Haus auf der anderen Seite waren nur rauchende Trümmer übriggeblieben, als sei das Gebäude von einer großen Brandbombe oder einer V2-Rakete des Zweiten Weltkriegs getroffen worden.

Über den Rasen liefen in alle Richtungen versengte und geschwärzte Streifen, die ein verrücktes spiralenförmiges Muster bildeten und noch rauchten. Die gepanzerte Limousine, unter der die Explosionen den Boden ausgehöhlt hatten, war ausgebrannt. Sie hatte mit einem Wagen keine Ähnlichkeit mehr und sah nur noch aus wie ein gestaltloser Haufen Schrott.

Am schlimmsten sah es am Zaun aus.

Auf dem Gelände innerhalb des Zauns lagen ein halbes Dutzend Leichen. Zwischen den beiden Zäunen lagen zwei oder drei weitere und auch zahlreiche tote Hunde.

Wie im Traum schlug Charlie die Richtung zum Zaun hin ein.

Auf dem Rasen bewegten sich noch andere Leute, aber nur wenige. Zwei von ihnen sahen Charlie kommen und rannten ihr aus dem Weg. Einige schienen keine Ahnung zu haben, wer sie war, und nicht zu wissen, daß sie das alles verursacht hatte. Sie gingen mit den merkwürdig verträumten Schritten von Leuten, die eine Katastrophe überlebt haben und unter Schockeinwirkung stehen.

Charlie machte sich daran, über den inneren Zaun zu klettern.

»Das würde ich nicht tun«, rief ein Mann in weißer Wärterkleidung ihr zu. »Wenn du das tust, fallen dich die Hunde an, Mädchen.«

Charlie beachtete ihn nicht. Die verbliebenen Hunde knurrten zwar, aber sie kamen nicht näher; auch sie schienen genug zu haben. Sie kletterte über den äußeren Zaun, wobei sie sich langsam und vorsichtig bewegte und bedächtig die Spitzen ihrer Mokassins in die rautenförmigen Zwischenräume schob.

Oben angekommen, schwang sie erst ein Bein, dann das andere über den Zaun und kletterte auf der anderen Seite ebenso vorsichtig wieder nach unten. Zum ersten Mal seit einem halben Jahr stand sie jetzt auf einem Gelände, das nicht der Firma gehörte. Einen Augenblick blieb sie einfach stehen, als ob auch sie unter Schockeinwirkung stünde.

Ich bin frei, dachte sie dumpf. *Frei.*

In der Ferne hörte man Sirenengeheul, das rasch näher kam.

Die Frau mit dem gebrochenen Arm saß immer noch im Gras, etwa zwanzig Schritte von dem verlassenen Kontrollgebäude entfernt. Sie sah aus wie ein dickes Kind, das zu faul ist aufzustehen. Sie war blaß unter den Augen, ihre Lippen hatten eine bläuliche Färbung angenommen.

»Ihr Arm«, sagte Charlie heiser.

Die Frau schaute hoch, und ihr Blick zeigte, daß sie Charlie erkannt hatte. Vor Angst wimmernd, kroch sie zur Seite. »Komm mir nicht zu nahe«, zischte sie rauh. »All ihre Tests! All ihre Tests! Ich brauche keine Tests! Du bist eine Hexe! Eine Hexe!«

Charlie blieb stehen. »Ihr Arm«, sagte sie. »Bitte. Ihr Arm. Es tut mir so leid.« Und wieder zuckten ihre Lippen. Die Panik, in der sich die Frau befand, die Art, wie sie mit den Augen rollte, wie sie unbewußt die Lippen hochzog, so daß ihre Zähne zu sehen waren – das war für Charlie schlimmer als alles andere.

»Bitte!« rief sie. »Es tut mir leid! Sie haben meinen Daddy umgebracht!«

»Sie hätten dich auch umbringen sollen«, sagte die Frau keuchend. »Warum verbrennst du dich nicht selbst, wenn dir alles so leid tut?«

Charlie ging einen Schritt auf sie zu, und die Frau wich weiter vor ihr zurück. Sie schrie, als sie auf ihren verletzten Arm fiel.

»Komm mir nicht zu nahe!«

Und plötzlich fand Charlie die Worte für ihren Schmerz, ihren Kummer und ihre Wut.

»*Es war alles nicht meine Schuld!*« schrie sie die Frau mit dem gebrochenen Arm an. »*Es war nicht meine Schuld; sie haben es sich selbst zuzuschreiben, und ich lasse mir keine Vorwürfe machen, und ich werde mich auch nicht umbringen! Haben Sie das gehört?*«

Ängstlich duckte sich die Frau und murmelte etwas vor sich hin.

Das Heulen der Sirenen kam näher.

Charlie spürte, daß bei ihrer Erregung die Kräfte wieder in ihr aufstiegen und zum Ausbruch drängten.
Aber sie bezwang sie, ließ sie verschwinden.
(Und auch das werde ich nicht wieder tun)
Sie überquerte die Straße und ließ die jammernde Frau hinter sich zurück. Jenseits der Straße lag eine Wiese mit hüfthohem Gras, das der beginnende Herbst schon gebleicht hatte, das aber noch sommerlich duftete.
(Wohin gehe ich?)
Sie wußte es noch nicht.
Aber sie würde sich nie wieder einfangen lassen.

Charlie allein

1

Unvollständig wurden die Ereignisse an jenem Mittwoch abend in den Abendnachrichten des Fernsehens berichtet. Die ganze Geschichte erfuhren die Amerikaner erst, als sie am nächsten Morgen aufstanden. Bis dahin hatte man alle verfügbaren Informationen zu dem zusammengefügt, was die Amerikaner offenbar wirklich meinen, wenn sie sagen, daß sie »die Nachrichten« hören wollen – und was sie wirklich meinen, ist »Erzählt mir eine Geschichte« und sorgt dafür, daß sie einen Anfang, eine Mitte und irgendein Ende hat.

Die Geschichte, die Amerika zum Morgenkaffee über *Today*, *Good Morning, America*, und *The CBS Morning News* aufgetischt bekamen, war diese: Terroristen hatten auf ein unter Top Secret operierendes wissenschaftliches Institut in Longmont, Virginia, einen Bombenanschlag verübt. Es sei noch nicht bekannt, um welche Terroristengruppe es sich handelte, obwohl sich schon drei gemeldet und die Verantwortung übernommen hätten – eine Gruppe Japanischer Roter, die Khafadi-Splittergruppe des Schwarzen September und eine einheimische Gruppe mit dem blumigen und wunderschönen Namen Militant Midwest Weatherpeople.

Obwohl niemand genau wußte, wer für den Anschlag verantwortlich war, schienen die Berichte über seine Durchführung eindeutig zu sein. Ein Agent namens John Rainbird, Indianer und Vietnamveteran, sei Doppelagent gewesen und habe im Auftrag der terroristischen Organisation die Bomben gelegt. Er sei dabei entweder tödlich verunglückt oder habe im Stallgebäude, in dem er ebenfalls eine Bombe deponiert hatte, Selbstmord begangen. Eine Quelle wollte wissen, daß Rainbird der Hitze und dem Rauch zum Opfer gefallen sei, als er versuchte, die Pferde aus dem brennenden Stall zu treiben; dazu gab es den üblichen irononischen Kommentar über eiskalte Terroristen, denen Tiere mehr bedeuten als Menschen. Die Tragödie hatte zwanzig Menschenleben gefordert, und fünfundvierzig Leute waren verletzt worden, zehn davon schwer. Die Überlebenden seien von der Regierung vorläufig unter »Schutz« gestellt worden.

Soweit die Geschichte. Die Firma selbst wurde nur am Rande erwähnt. Alles war befriedigend geklärt.

Bis auf eines.

2

»Mir ist es egal, wo sie ist«, sagte die neue Chefin der Firma vier Wochen nach der Brandkatastrophe und Charlies Flucht. Während der ersten zehn Tage hatte völlige Verwirrung geherrscht. Dabei hätte man das Mädchen möglicherweise leicht wieder ins Netz bekommen. Auch jetzt war man noch nicht zur Normalität zurückgekehrt. Die neue Chefin saß an einem behelfsmäßigen Schreibtisch; ihr eigener sollte erst in drei Tagen geliefert werden. »Und mir ist es auch egal, was sie anrichten kann. Sie ist ein achtjähriges Kind und keine Superfrau. Sie kann sich nicht lange verstecken. Ich will, daß man sie findet, und ich will, daß man sie dann tötet.«

Sie sprach zu einem Mann in mittleren Jahren, der wie ein Kleinstadtbibliothekar aussah. Selbstverständlich war er keiner. Er legte die Hand auf einen Stapel Computer-Ausdrucke, die sie vor sich auf dem Tisch liegen hatte. Caps Akten hatten den Brand nicht überstanden, aber fast alle Informationen waren in den Datenbänken der Computer gespeichert. »Wie ist denn jetzt die Lage?«

»Was Lot Sechs anbetrifft, sind sämtliche Fälle vorläufig ad acta gelegt«, klärte ihn die Chefin auf. »Natürlich aus politischen Gründen. Elf alte Kerle, ein junger Mann und drei grauhaarige alte Damen, die wahrscheinlich Anteile an Schweizer Frischzellenkliniken besitzen . . . sie alle schwitzen Blut und Wasser, wenn sie daran denken, was geschehen würde, wenn das Mädchen wieder auftaucht. Sie –«

»Ich bezweifle sehr, ob die Senatoren aus Idaho, Maine und Minnesota Blut und Wasser schwitzen«, murmelte der Mann, der kein Bibliothekar war.

Die Chefin zuckte auf seinen Einwand hin die Achseln. »Natürlich sind sie an dem Projekt Lot Sechs interessiert.« Sie fuhr sich mit der Hand durch ihr langes Haar – kraus, aber ein hübsches, dunkles Rot. »›Vorläufig ad acta gelegt‹ heißt, nur so lange, bis wir ihnen das Mädchen mit einem Etikett an der Zehe vorzeigen können.«

»Wir müssen Salome spielen«, murmelte der Mann vor ihrem Schreibtisch. »Aber das Tablett ist noch leer.«

»Verdammt noch mal, was reden Sie da?«

»Nichts weiter«, sagte er. »Wir sind also wieder bei Null.«

»Das nicht«, erwiderte die Chefin böse. »Sie hat ja nicht mehr den Vater, der auf sie aufpaßt. Sie ist allein. Und ich will, daß man sie findet. Schnell.«

»Und wenn sie alles erzählt, bevor wir sie finden?«

Die Chefin lehnte sich in Caps Stuhl zurück und verschränkte die Hände hinter dem Nacken. Der Mann, der kein Bibliothekar war, beobachtete genüßlich, wie der Pullover sich über ihren Brüsten straffte. Cap war ganz anders gewesen.

»Wenn sie alles erzählen wollte, hätte sie es wohl schon längst getan.« Sie beugte sich vor und tippte auf den Tischkalender. »Wir haben den fünften November«, sagte sie, »und nichts ist geschehen. Inzwischen haben wir alle nötigen Sicherheitsmaßnahmen getroffen. Die *Times*, die Washington *Post*, die Chicago *Tribune* . . . wir lassen keine wichtige Zeitung aus, aber bis jetzt hat sich nichts getan.«

»Nehmen wir an, sie wendet sich an eine kleinere Zeitung? An die Podunk *Times* statt an die New York *Times*? Wir können doch nicht jedes Provinzorgan überwachen.«

»Bedauerlicherweise haben Sie recht«, sagte die Chefin. »Aber bisher war nichts. Und das bedeutet, daß sie sich noch nicht geäußert hat.«

»Wer würde einer Achtjährigen denn eine solche entsetzliche Geschichte glauben?«

»Wenn sie am Ende der Geschichte ein kleines Feuer anzündet, wären die Leute wohl dazu geneigt«, antwortete die Chefin. »Wollen Sie wissen, was der Computer sagt?« Sie lächelte und tippte auf den Bogen. »Der Computer sagt, daß wir dem Komitee mit achtzigprozentiger Sicherheit ihre Leiche bringen können, ohne auch nur einen Finger zu rühren . . . außer um sie zu identifizieren.«

»Selbstmord?«

Die Chefin nickte. Die Aussicht darauf schien ihr sehr zu gefallen.

»Gut«, sagte der Mann, der kein Bibliothekar war, und stand auf. »Was mich betrifft: ich erinnere mich, daß der Computer mit einiger Sicherheit registriert hat, daß Andrew McGee seine Fähigkeiten nicht mehr besaß.«

Über das Lächeln der Chefin legte sich ein leiser Schatten.

»Ich wünsche Ihnen einen angenehmen Tag, Chefin«, sagte der Mann, der kein Bibliothekar war, und schlenderte hinaus.

3

An eben diesem Novembertag war ein Mann in einem Flanellhemd, Flanellhosen und hohen grünen Stiefeln mit Holzhacken beschäftigt. Es war ein milder Tag, und der Winter schien noch weit entfernt; die Temperatur betrug angenehme zehn Grad. Die Jacke des Mannes, die er auf dringenden Wunsch seiner Frau angezogen hatte, hing jetzt an einem Zaunpfahl. Hinter ihm, an der Wand der alten Scheune aufgestapelt, lag ein beachtlicher Haufen orangeroter Kürbisse – von denen einige bedauerlicherweise schon faulten.

Der Mann legte einen weiteren Klotz auf den Hackblock, hob die Axt und ließ sie niedersausen. Mit einem Krachen wurde der Klotz gespalten, und an jeder Seite des Blocks fiel ein Scheit herab. Er bückte sich gerade, um sie aufzuheben und zu den anderen zu werfen, als eine Stimme hinter ihm sagte: »Sie haben einen neuen Block, aber die Stelle ist noch zu sehen, nicht wahr? Sie ist noch da.«

Erschrocken fuhr er herum. Was er sah, ließ ihn unwillkürlich einen Schritt zurücktreten, wobei er die Axt vom Block stieß, daß sie auf die immer noch deutlich erkennbare Brandstelle fiel. Zuerst glaubte er einen Geist vor sich zu sehen, das grausige Gespenst eines Kindes, das aus dem drei Meilen weiter an der Straße gelegenen Friedhof von Dartmouth Crossing aufgestiegen war. Blaß und schmutzig und dünn stand sie an der Auffahrt. Ihre Augen lagen tief in den Höhlen und hatten einen eigenartigen Glanz. Ihr Kleidung war zerlumpt und zerrissen. An ihrem rechten Arm lief eine Kratzwunde bis zum Ellenbogen. Sie sah entzündet aus. An den Füßen trug sie Mokassins oder was einmal Mokassins gewesen waren; jetzt waren sie kaum noch als solche zu erkennen.

Und dann erkannte er sie plötzlich. Es war das kleine Mädchen von vor einem Jahr; sie hatte sich Roberta genannt und hatte einen Flammenwerfer im Kopf.

»Roberta?« sagte er. «Du lieber Gott, ist das Roberta?«

»Ja, die Stelle ist immer noch da«, wiederholte sie, als ob sie seine Worte nicht gehört hätte, und er wußte, was der Glanz in ihren Augen zu bedeuten hatte: sie weinte.

»Roberta«, sagte er, »was ist denn los, Kleines? Wo ist dein Daddy?«

»Sie ist noch da«, sagte sie ein drittes Mal, und dann brach sie ohnmächtig zusammen. Irv Manders konnte sie gerade noch auffangen. Im Schmutz des Hofes kniend und das Mädchen im Arm haltend, schrie Irv Manders nach seiner Frau.

4

Dr. Hofferitz kam bei Anbruch der Dämmerung und hielt sich zwanzig Minuten bei dem Mädchen im hinteren Schlafzimmer auf. Irv und Norma Manders saßen in der Küche, und statt sich ihrem Abendessen zu widmen, starrten sie einander an. Norma sah ihren Mann nicht vorwurfsvoll, sondern fragend an, und nicht so sehr in ihren Augen wie um sie herum war Angst zu erkennen – die Augen einer Frau, die sich ihre Kopfschmerzen oder vielleicht Rückenschmerzen nicht anmerken lassen will.

Am Tag nach dem großen Feuer war dieser Tarkington gekommen. Er hatte Irv im Krankenhaus besucht und ihm seine Karte gegeben, auf der lediglich stand: WHITNEY TARKINGTON REGIERUNGSBEAUFTRAGTER FÜR AUSGLEICHSZAHLUNGEN.

»Machen Sie, daß Sie rauskommen«, hatte Norma gesagt. Sie

hatte die blutleeren Lippen zusammengepreßt, und um ihre Augen hatte der gleiche Ausdruck des Schmerzes gelegen wie jetzt. Sie hatte auf den Arm ihres Mannes gezeigt, der in dicke Bandagen gewickelt war; man hatte Schläuche eingeführt, die erhebliche Schmerzen verursachten. Irv hatte ihr gesagt, daß er den ganzen Zweiten Weltkrieg, von entsetzlichen Hämorrhoiden abgesehen, heil überstanden hätte, um dann ausgerechnet zu Hause auf seinem eigenen Besitz zusammengeschossen zu werden. »Machen Sie, daß Sie rauskommen«, wiederholte Norma.

Aber Irv, der vielleicht ein wenig mehr Zeit zum Nachdenken gehabt hatte, meinte nur: »Sagen Sie schon, was zu sagen ist, Tarkington.«

Tarkington hatte einen Scheck über fünfunddreißigtausend Dollar aus der Tasche gezogen – der Scheck war nicht von der Regierung, sondern von einer großen Versicherungsgesellschaft ausgestellt worden, allerdings von einer, mit der Manders keine geschäftlichen Beziehungen unterhielt.

»Wir wollen Ihr Schweigegeld nicht«, hatte Norma wütend gesagt und nach dem Rufknopf über Irvs Bett gegriffen.

»Ich denke, Sie sollten zuhören, bevor Sie etwas unternehmen, was Sie vielleicht später bedauern«, hatte Whitney Tarkington ruhig und höflich erwidert.

Norma schaute Irv an, und Irv hatte genickt. Sie ließ die Hand wieder sinken, die sie nach dem Rufknopf ausgestreckt hatte. Widerwillig.

Tarkington hatte eine Aktentasche bei sich. Jetzt nahm er sie auf die Knie, öffnete sie und nahm eine mit MANDERS und BREEDLOVE beschriftete Akte heraus. Norma bekam ganz große Augen, und der Magen krampfte sich ihr zusammen. Niemand sieht gern eine Regierungsakte mit seinem eigenen Namen darauf; der Gedanke, daß Listen geführt wurden, daß vielleicht Gehimnisse bekannt waren, hatte etwas Schreckliches an sich.

Tarkington hatte vielleicht fünfundvierzig Minuten lang leise und sachlich mit ihnen geredet. Manchmal illustrierte er, was er sagen wollte, mit Foto-Kopien aus der Manders/Breedlove-Akte. Norma überflog die Bögen mit zusammengepreßten Lippen und reichte sie dann an Irv in seinem Krankenbett weiter.

Es geht um die nationale Sicherheit, hatte Tarkington an jenem schrecklichen Abend gesagt. Das müssen Sie verstehen. Wir tun es ungern, aber wir müssen ganz einfach darauf dringen, daß Sie Vernunft zeigen. Dies sind Dinge, über die Sie sehr wenig wissen.

Ich weiß, daß Sie versucht haben, einen unbewaffneten Mann und seine kleine Tochter umzubringen, hatte Irv geantwortet.

Tarkington hatte kalt gelächelt – ein für jene Leute reserviertes Lächeln, die närrischerweise so tun, als wüßten sie, wie die Regierung arbeitet, um die ihr Anvertrauten zu schützen – und erwidert, Sie wissen nicht, was Sie gesehen haben und was es bedeutet. Es ist nicht mein Job, Sie von dieser Tatsache zu überzeugen. Mein Job ist es, Sie zu veranlassen, nicht darüber zu reden. Schauen Sie her: dies brauchte alles gar nicht so schwierig zu sein. Der Scheck ist steuerfrei. Er reicht für die Reparaturen an Ihrem Haus und für die Krankenhausrechnung, und es bleibt noch eine hübsche Summe übrig. Und überdies können wir auf diese Weise viele Unannehmlichkeiten vermeiden.

Unannehmlichkeiten, dachte Norma jetzt, während sie Dr. Hofferitz im Hinterzimmer hantieren hörte, und sah auf ihr Abendessen, das sie kaum angerührt hatte. Als Tarkington damals gegangen war, hatte Irv sie angeschaut, und sein Mund hatte gelächelt, aber seine Augen hatten elend und gekränkt geblickt. Er sagte zu ihr: Mein Vater sagte immer, wenn man an einem Wettbewerb im Scheißeschleudern teilnimmt, spielt es keine Rolle, wieviel man wirft, sondern wieviel an einem hängenbleibt.

Sie stammten beide aus kinderreichen Familien. Irv hatte drei Brüder und drei Schwestern; Norma hatte vier Schwestern und einen Bruder. Sie hatten haufenweise Onkel, Nichten, Neffen und Cousinen. Es gab Eltern, Großeltern, Schwäger . . . und, wie in jeder Familie, ein paar schwarze Schafe.

Einer von Irvs Neffen, ein Junge namens Fred Drew, den er höchstens drei- oder viermal gesehen hatte, baute laut Tarkingtons Unterlagen in einem Hinterhof in Kansas Rauschgift an. Einer von Normas Onkeln, ein Bauunternehmer, steckte bis zum Hals in Schulden und windigen Geschäften an der Golfküste von Texas; dieser Mann, der Milo Breedlove hieß, mußte eine siebenköpfige Familie ernähren, und ein Wink seitens der Regierung hätte Milos ganzes Kartenhaus zum Einsturz gebracht, und sie wären alle als gewöhnliche Bankrotteure auf die Fürsorge angewiesen. Eine von Irvs Cousinen (eine Cousine zweiten Grades, die er wahrscheinlich irgendwann kennengelernt hatte, aber an deren Aussehen er sich nicht erinnern konnte) hatte offenbar bei der Bank, bei der sie bis vor sechs Jahren beschäftigt war, einen gewissen Geldbetrag unterschlagen. Es war herausgekommen, aber die Bank hatte auf eine Strafanzeige verzichtet, um ungünstige Publicity zu vermeiden. Irvs Cousine hatte den Schaden innerhalb von zwei Jahren ersetzt und war jetzt mit einem Schönheitssalon in North Fork, Minnnesota, leidlich erfolgreich. Aber die Sache war noch nicht verjährt, und sie konnte immer noch nach irgendwelchen das Bankgewerbe betreffenden Bundesgesetzen verfolgt werden. Das FBI hatte eine Akte über Normas jüngsten Bruder Don. Don hatte in den Sechzigern in linksgerichteten Studentenkreisen verkehrt und könnte Mitwisser eines geplanten Bombenanschlags auf das Büro der Dow Chemical Company in Philadelphia sein. Die Beweise reichten zur Anklageerhebung nicht aus (und Don hatte Norma selbst erzählt, daß er sich entsetzt von der Gruppe abgewandt habe, als er erfuhr, was dort gespielt wurde), aber wenn eine Kopie der Akte seiner Firma zugespielt worden wäre, hätte er mit Sicherheit seinen Job verloren.

Endlos und mit monotoner Stimme hatte Tarkington in dem engen kleinen Zimmer auf sie eingeredet. Das Beste hatte er sich für den Schluß aufgespart. Als Irvs Urgroßeltern 1888 aus Polen nach Amerika kamen, hatte die Familie noch Mandrowski geheißen. Sie waren Juden, obwohl seit seinem Großvater, der eine Nichtjüdin geheiratet hatte, niemand aus der Familie noch dem mosaischen Glauben anhing; sie selbst hatten immer in einem glücklichen Agnostizismus gelebt. Der jüdische Anteil war weiter zurückgegangen, als auch Irvs Vater eine Nichtjüdin heiratete (und Irv hatte es ihm durch seine Eheschließung mit Norma Breedlove, die aus einer Methodistenfamilie stammte, gleichgetan). Aber in Polen lebten noch Mandrowskis, und Polen lag hinter dem Eisernen Vorhang, und wenn die CIA wollte, konnte sie etwas in Gang setzen, das diesen Verwandten, die er nie gesehen hatte, das Leben sehr, sehr schwermachen würde. Juden waren hinter dem Eisernen Vorhang nicht sehr beliebt.

Tarkington schwieg. Er steckte seine Akte wieder ein, ließ die Tasche zuschnappen, stellte sie zwischen seine Füße zurück und sah die beiden so strahlend an wie ein Student, der eben einen gelungenen Vortrag gehalten hat.

Irv lehnte sich gegen sein Kissen und fühlte sich sehr müde. Tarkington hielt immer noch die Augen auf ihn gerichtet, doch das machte ihm nicht viel aus, aber auch Normas Augen sahen ihn an, ängstlich und fragend.

Sie haben doch Verwandte in der alten Heimat, nicht wahr? dachte Irv. Das war ein solches Klischee, daß es komisch war, aber irgendwie war ihm überhaupt nicht zum Lachen zumute. *Wann ist man mit den Leuten nicht mehr verwandt? Wenn es Vettern vierten Grades sind? Sechsten? Achten? Mein Gott. Und wenn wir uns von diesem scheinheiligen Kerl nicht einwickeln lassen und sie die Leute nach Sibirien verfrachten, was soll ich dann tun? Soll ich auf einer Postkarte schreiben, daß sie nur deshalb im Salzbergwerk arbeiten, weil ich in Hastings Glen eine kleine Göre und ihren Daddy in meinem Wagen mitgenommen habe? Mein Gott!*

Dr. Hofferitz, der fast achtzig war, kam langsam aus dem hinteren Schlafzimmer und strich sich mit der knotigen Hand über das Haar. Irv und Norma sahen ihn an. Sie waren beide froh, aus ihren unangenehmen Erinnerungen gerissen zu werden.

»Sie ist wach«, sagte Dr. Hofferitz und zuckte die Achseln. »Sie ist in keiner guten Verfassung, Ihr kleiner Strolch, aber es besteht auch keine Gefahr. Sie hat einen entzündeten Riß am Arm und einen auf dem Rücken. Sie sagt, den habe sie sich geholt, als sie unter einem Stacheldraht hindurchkriechen mußte, um ›vor einem wütenden Schwein zu flüchten‹.«

Hofferitz setzte sich an den Küchentisch, holte seine Schachtel Camel heraus und zündete eine an. Er hatte sein ganzes Leben lang geraucht und gelegentlich Kollegen zu verstehen gegeben, soweit es ihn beträfe, könne der Inspekteur des Sanitätswesens ihn am Arsch lecken.

»Wollen Sie etwas essen, Karl?« fragte Norma.

Hofferitz sah auf ihre Teller. »Nein – aber wenn ich wollte, hätten Sie wohl nichts Neues aufzutragen brauchen«, sagte er trocken.

»Wird sie lange im Bett bleiben müssen?« fragte Irv.

»Man sollte sie nach Albany schaffen«, sagte Hofferitz. Auf dem Tisch stand eine Schüssel mit Oliven, und er nahm sich eine Handvoll. »Hauptsächlich muß sie essen, trinken und sich ausruhen. Unterernährung. Zu wenig Flüssigkeit.« Er schob sich eine Olive in den Mund. »Es war richtig, daß Sie ihr Hühnerbrühe gegeben haben, Norma. Etwas anderes wäre ihr bestimmt nicht bekommen. Morgen nur klare Flüssigkeiten. Rinderbrühe, Hühnerbrühe, viel Wasser. Und natürlich viel Gin; das ist die beste aller klaren Flüssigkeiten.« Er gackerte über diesen alten Witz, den Irv und Norma schon hundertmal gehört hatten, und steckte sich noch eine Olive in den Mund. »Wissen Sie, ich müßte eigentlich die Polizei verständigen.«

»Nein«, sagten Irv und Norma wie aus einem Mund und sahen einander so entsetzt an, daß Dr. Hofferitz wieder lachen mußte.

»Sie steckt doch offenbar in Schwierigkeiten, nicht wahr?«

Irv war unbehaglich zumute. Er öffnete den Mund und schloß ihn dann wieder.

»Hat es vielleicht etwas mit dem Ärger zu tun, den Sie im letzten Jahr hatten?«

Diesmal öffnete Norma den Mund, aber bevor sie etwas sagen konnte, meinte Irv: »Ich dachte, Sie müssen nur Schußverletzungen melden, Karl.«

»Nach dem Gesetz, nach dem Gesetz«, sagte Hofferitz ungeduldig und drückte seine Zigarette aus. »Aber es gibt nicht nur den Buchstaben, es gibt auch den Geist des Gesetzes. Hier ist ein kleines Mädchen, und Sie sagen, sie heißt Roberta McCauley, und das glaube ich sowenig, wie ich glaube, daß ein Schwein Dollarnoten scheißt. Sie sagt, daß sie sich den Rücken aufgekratzt hat, als sie unter einem Stacheldraht hindurchkriechen mußte. Daß einem so etwas auf dem Weg zu seinen Verwandten passiert, ist doch recht seltsam, selbst wenn das Benzin knapp ist. Sie sagt, daß sie sich an die letzte Woche kaum erinnern könne, und das glaube ich ihr. Wer ist sie, Irv?«

Norma sah ängstlich ihren Mann an. Irv lehnte sich in seinem Stuhl zurück und sah Dr. Hofferitz an.

»Ja«, sagte er endlich, »sie hat mit dem Ärger zu tun, den wir hier im letzten Jahr hatten. Deshalb habe ich Sie gerufen, Karl. Sie haben selbst Schwierigkeiten erlebt, hier und früher in Europa. Sie wissen, was wahre Schwierigkeiten sind. Und Sie wissen, daß Gesetze nur so gut sind wie die Leute, die sie handhaben. Ich sage nur dies: Wenn Sie darüber reden, daß das kleine Mädchen hier ist, werden eine Menge Leute, die es nicht verdient haben, erhebliche Schwierigkeiten bekommen. Norma und ich, eine ganze Anzahl von unseren Verwandten . . . und sie selbst. Mehr, glaube ich, kann ich Ihnen nicht sagen. Wir kennen uns seit fünfundzwanzig Jahren. Sie müssen selbst entscheiden, was Sie tun wollen.«

»Und wenn ich den Mund halte«, sagte Hofferitz und zündete sich noch eine Zigarette an, »was werden Sie dann tun?«

Irv und Norma schauten einander an. Nach einer Weile schüttelte sie den Kopf und schlug die Augen nieder.

»Ich weiß es nicht«, sagte Irv ruhig.

»Wollen Sie sie wie einen Papagei in einem Käfig halten?« fragte Hofferitz. »Dies ist eine kleine Stadt, Irv. Ich kann den Mund halten, aber ich bin in der Minderheit. Ihre Frau und Sie sind Mitglieder in der Kirche. Sie sind im Farmerverein. Hier kommen und gehen die Leute. Die Meiereiinspektoren überwachen Ihre Kühe. Eines schönen Tages kommt der Mann vom Finanzamt – dieser widerliche Glatzkopf –, um Ihr Gebäude zu veranlagen. Was wollen Sie tun? Ihr im Keller ein Zimmer ausbauen? Schönes Leben für ein kleines Kind.«

Norma sah immer besorgter aus.

»Ich weiß es nicht«, wiederholte Irv. »Ich denke, ich muß ein wenig darüber nachdenken. Ich weiß, was Sie meinen . . . aber wenn Sie die Leute kennen würden, die hinter ihr her sind . . .« Hofferitz sah ihn scharf an, aber er sagte nichts.

»Ich muß nachdenken. Werden Sie wenigstens vorläufig schweigen?«

Hofferitz schob sich die letzte Olive in den Mund, seufzte und stand auf. Er hielt sich mit der Hand an der Tischkante fest. »Es geht ihr einigermaßen. Die Entzündung wird durch die Medikamente zurückgehen. Ich werde den Mund halten, Irv. Aber Sie sollten sich Gedanken machen. Lange und gründlich. Denn ein kleines Kind ist kein Papagei.«

»Nein«, sagte Norma leise. »Natürlich nicht.«

»Etwas ist seltsam an dem Kind«, sagte Hofferitz und nahm seine schwarze Tasche auf. »Etwas an ihr ist verdammt merkwürdig. Ich habe es gesehen. Ich kann es nicht genau definieren . . . aber ich habe es deutlich gemerkt.«

»Ja«, sagte Irv. »Es ist wirklich etwas Seltsames an ihr, Karl. Deshalb steckt sie ja auch in Schwierigkeiten.«

Er begleitete den Arzt in den warmen, verregneten Novemberabend hinaus.

5

Nachdem der Doktor sie mit seinen alten, knotigen, aber wunderbar sanften Händen abgetastet und befühlt hatte, fiel Charlie in einen fiebrigen, aber nicht unangenehmen Halbschlaf. Sie hörte die Stimmen im Nebenzimmer. Sie wußte, daß man über sie sprach, aber sie war ganz sicher, daß nur geredet wurde . . . daß keine Pläne ausgeheckt wurden.

Die Laken waren kühl und sauber. Die Steppdecke auf ihrer Brust gab ihr ein Gefühl der Geborgenheit. Gedanken zogen vorbei. Sie erinnerte sich an die Frau, die ihr gesagt hatte, sie sei eine Hexe. Sie erinnerte sich daran, daß sie weggegangen war. Sie erinnerte sich daran, daß ein Wagen voller Hippies sie mitgenommen hatte, die Hasch rauchten und Wein tranken. Und sie hatten sie kleine Schwester genannt und gefragt, wohin sie wolle.

»Nach Norden«, hatte sie geantwortet, und das hatte einen Begeisterungssturm ausgelöst.

An das, was danach geschehen war, konnte sie sich kaum erinnern. Sie wußte nur noch, daß sie gestern von einem Schwein angegriffen worden war. Wahrscheinlich wollte es sie fressen. Wie sie die Mandersfarm erreicht hatte, warum sie hergekommen war – ob es ein bewußter Entschluß gewesen war oder etwas anderes –, an all das erinnerte sie sich nicht.

Endlich schlief sie fest ein. Und im Traum waren sie wieder alle in Harrison, und mit tränennassem Gesicht fuhr sie nachts im Bett hoch und schrie vor Entsetzen, und ihre Mutter stürzte herein, und ihr rotblondes Haar glänzte in der Morgensonne, und Charlie hatte geweint. »Mami, ich habe geträumt, du wärst tot und Daddy auch.« Und ihre Mutter streichelte ihr mit ihrer kühlen Hand die heiße Stirn und sagte: »Pssst, Charlie, pssst. Es ist schon heller Morgen. Was für ein alberner Traum.«

6

Für Irv und Norma Manders gab es in dieser Nacht wenig Schlaf. Sie sahen zur Hauptsendezeit einige alberne Fernsehspiele, dann die Nachrichten und später die *Tonight* Show. Und ungefähr alle fünfzehn Minuten stand Norma auf und verließ leise das Zimmer, um nach Charlie zu sehen.

»Wie geht es ihr?« fragte Irv gegen Viertel vor eins.

»Gut. Sie schläft.«

Irv grunzte.

»Hast du darüber nachgedacht, Irv?«

»Sie muß hierbleiben, bis sie wieder gesund ist. Dann werden wir mit ihr sprechen. Wir müssen herausbekommen, was mit ihrem Vater ist. Weiter habe ich noch nicht gedacht.«

»Wenn sie nun wiederkommen –«

»Warum sollten sie?« fragte Irv. »Sie haben uns zum Schweigen verpflichtet und denken, sie hätten uns Angst gemacht –«

»Sie *haben* mir Angst gemacht«, sagte Norma leise.

»Aber es war unrecht«, sagte Irv genauso leise. »Und das weißt du. Dieses Geld . . . dieses ›Versicherungsgeld‹ . . . dabei habe ich nie ein gutes Gefühl gehabt. Du etwa?«

»Nein«, sagte sie und rutschte nervös hin und her. Aber was Dr. Hofferitz sagt, stimmt, Irv. Ein kleines Mädchen braucht ihre Familie . . . und sie muß in die Schule gehen . . . und Freunde haben . . . und . . . und –«

»Du weißt doch, was sie damals getan hat«, sagte Irv tonlos. »Dieses Pyro. . . wie heißt es noch. Du selbst hast sie ein Ungeheuer genannt.«

»Dies unfreundliche Wort habe ich schon lange bereut«, sagte Norma. »Ihr Vater – er schien ein so netter Mann zu sein. Wenn wir nur wüßten, wo er jetzt ist.«

»Er ist tot«, sagte eine Stimme hinter ihnen, und Norma schrie auf, als sie sich umdrehte und Charlie in der Tür stehen sah. Sie war jetzt sauber und sah dafür um so blasser aus. Ihre Stirn glänzte fiebrig, und Normas Flanellnachthemd hing lose an ihr. »Mein Daddy ist tot. Sie haben ihn umgebracht, und ich weiß nicht, wohin ich gehen soll. Bitte, helfen Sie mir. Es tut mir so leid. Es ist doch nicht meine Schuld. Ich habe ihnen gesagt, daß es nicht meine Schuld ist . . . ich habe es ihnen gesagt . . . aber diese Dame sagte, ich sei eine Hexe . . . sie sagte . . .« Jetzt kamen die Tränen und flossen ihr die Wangen herab, und Charlies Stimme löste sich in Schluchzen auf.

»Oh, Honey, komm her zu mir«, sagte Norma, und Charlie rannte hin.

7

Dr. Hofferitz kam am nächsten Tag und stellte fest, daß Charlies Befinden sich gebessert hatte. Er kam zwei Tage später und stellte fest, daß sich ihr Befinden sehr gebessert hatte. Er kam am Wochenende und erklärte sie für gesund.

»Irv, weißt du schon, was du tun willst?«
Irv schüttelte den Kopf.

8

An diesem Sonntag morgen ging Norma allein in die Kirche und sagte den Leuten, daß Irv stark erkältet sei. Irv war bei Charlie geblieben, die immer noch schwach war, sich aber im Haus bewegen konnte. Am Vortage hatte Norma ihr einige Kleidungsstücke gekauft – nicht in Hastings Glen, wo ein solcher Kauf aufgefallen wäre, sondern in Albany.

Irv saß am Ofen und schnitzte, und nach einer Weile kam Charlie und setzte sich neben ihn. »Wollen Sie es nicht erfahren?« fragte sie. »Wollen Sie nicht wissen, was geschah, nachdem wir mit Ihrem Auto weggefahren waren?«

Irv sah von seiner Schnitzarbeit auf und lächelte. »Ich denke, das wirst du uns schon erzählen, wenn du soweit bist, Kleines.«

Sie lächelte nicht zurück, und ihr Gesicht blieb blaß und angespannt. »Haben Sie keine Angst vor mir?«
»Sollte ich denn?«
»Haben Sie keine Angst, daß ich Sie verbrenne?«
»Nein, Kleines. Das glaube ich nicht. Ich will dir mal etwas sagen. Du bist kein kleines Mädchen mehr. Vielleicht auch kein großes Mädchen – irgendwo in der Mitte –, aber du bist groß genug. Ein Kind in deinem Alter – jedes Kind – kann, wenn es will, Streichhölzer nehmen und das Haus anzünden. Aber das tun nicht viele. Warum sollten sie es auch tun wollen? Und warum solltest du es tun wollen? Einem Kind in deinem Alter sollte man ein Taschenmesser oder Streichhölzer anvertrauen können, wenn es einigermaßen gescheit ist. Nein. Ich habe keine Angst.«

Charlies Gesicht entspannte sich und zeigte einen Ausdruck fast unbeschreiblicher Erleichterung.

»Ich werde es Ihnen erzählen«, sagte sie dann. »Ich werde Ihnen alles erzählen.« Sie fing an zu sprechen und sprach immer noch, als Norma eine Stunde später nach Hause kam. Norma blieb an der Tür stehen, hörte zu und knöpfte langsam ihren Mantel auf und zog ihn aus. Sie legte ihr Portemonnaie auf den Tisch. Und immer noch sprach Charlie mit ihrer jungen und doch irgendwie alten Stimme unentwegt weiter und erzählte. Sie ließ nichts aus.

Und als sie fertig war, wußten sie beide, worin das Risiko bestand und wie enorm hoch es jetzt war.

9

Der Winter kam, und noch war keine endgültige Entscheidung gefallen. Irv und Norma gingen wieder gemeinsam in die Kirche und ließen Charlie allein im Haus. Sie war strikt angewiesen, nicht den Hörer aufzunehmen, wenn das Telefon klingelte, und sofort in den Keller zu gehen, wenn jemand, während sie allein war, auf den Hof fuhr. Hofferitz' Worte ›wie ein Papagei in einem Käfig‹ kamen Irv immer wieder in den Sinn. Er kaufte einige Schulbücher – in Albany – und unterrichtete Charlie selbst. Obwohl sie schnell begriff, machte ihm die

Sache Schwierigkeiten. Norma konnte es ein wenig besser. Aber manchmal saßen sie, über ein Geschichts- oder Erdkundebuch gebeugt, in der Küche, und Norma sah ihn dann an und in ihren Augen stand eine Frage ... eine Frage, auf die Irv keine Antwort wußte.

Neujahr kam; März. Charlies Geburtstag. In Albany gekaufte Geschenke. Wie ein Papagei in einem Käfig. Charlie schien es nicht übermäßig viel auszumachen, und in gewisser Weise, so überlegte Irv nachts, wenn er nicht schlafen konnte, war diese lange Zeit der Heilung für sie vielleicht das Beste. Vielleicht war jeder Tag dieses langsam verstreichenden Winters für sie nur gut. Aber was kam dann?

Er wußte es nicht.

An einem Tag Anfang April, es hatte zwei Tage lang geregnet, war das verdammte Feuerholz so naß, daß er den Küchenofen nicht anzünden konnte.

»Treten Sie bitte einen Augenblick zur Seite«, sagte Charlie, und er gehorchte automatisch, weil er glaubte, daß sie in den Ofen hineinschauen wollte. Er spürte, daß etwas durch die Luft an ihm vorbeizog, etwas Dichtes und Heißes, und einen Moment später flammte das Holz auf.

Irv starrte sie mit weit aufgerissenen Augen an und merkte, daß Charlie ihn nervös und schuldbewußt, aber auch ein wenig hoffnungsvoll ansah.

»Ich wollte Ihnen doch nur helfen«, sagte sie, und ihre Stimme zitterte ein wenig. »Es war doch nicht schlimm, oder?«

»Nein«, sagte er. »Nicht, wenn du es unter Kontrolle hast, Charlie.«

»Die kleinen Feuer habe ich unter Kontrolle.«

»Tu's nur nicht, wenn Norma da ist, Mädchen. Sie würde verrückt werden.«

Charlie lächelte ein wenig.

Irv zögerte und sagte dann: »Für mich kannst du es tun, wenn du mir helfen willst und ich mich dann nicht mit dem verdammten Feuerholz abmühen muß. Mit dem Feuer habe ich dauernd Schwierigkeiten.«

»Ich werde es tun«, sagte sie und lächelte jetzt noch mehr. »Und ich will auch sehr vorsichtig sein.«

»Aber ja«, sagte er, und ganz kurz sah er die Männer auf der

Veranda vor sich, die sich auf das brennende Haar schlugen und versuchten, die Flammen zu löschen.

Charlie erholte sich zusehends, aber sie hatte immer noch schlimme Träume, und ihr Appetit ließ zu wünschen übrig. Sie war, was Norma Manders »reizbar« nannte.

Manchmal wachte sie aus diesen Alpträumen ganz plötzlich auf. Der Traum ließ sie nicht einfach los, sie wurde aus ihm herausgeschleudert wie ein Pilot aus seiner Maschine. Das passierte ihr eines Nachts in der zweiten Aprilwoche; erst schlief sie, und im nächsten Augenblick lag sie hellwach in ihrem schmalen Bett im Hinterzimmer, und ihr ganzer Körper war schweißbedeckt. Eine Zeitlang hielt der Alptraum sie noch gefangen, lebendig und schrecklich (der Saft lief jetzt reichlich aus den Ahornbäumen, und Irv hatte sie am Nachmittag mitgenommen, um die Eimer auszuwechseln; in ihrem Traum waren sie wieder im Wald gewesen, und hinter ihnen hatte sich etwas geregt, und als sie sich umdrehte, hatte sie John Rainbird gesehen, der sich an sie heranschlich. Er huschte von Baum zu Baum und war kaum zu sehen; sein Auge funkelte unheivoll und erbarmungslos; er hielt die Pistole, mit der er ihren Daddy erschossen hatte, in der Hand und kam immer näher.) Und dann war der Traum weg. Glücklicherweise behielt sie diese schrecklichen Träume nie lange im Gedächtnis, und sie schrie auch nur noch selten, wenn sie aus ihnen erwachte, so daß sie Irv und Norma nachts nicht mehr erschreckte, die früher dann immer in ihr Zimmer gestürzt waren, um zu sehen, was los war.

Charlie hörte sie in der Küche miteinander sprechen. Sie tastete nach dem Big Ben auf dem kleinen Tisch neben ihrem Bett und hielt ihn dicht vor das Gesicht. Es war zehn Uhr. Sie hatte nur anderthalb Stunden geschlafen.

»– denn tun?« fragte Norma.

Man durfte nicht lauschen, aber wie sollte sie es vermeiden? Und sie sprachen über sie; das wußte sie genau.

»Ich weiß es nicht«, sagte Irv.

»Hast du mal wieder an die Zeitung gedacht?«

Zeitung, dachte Charlie. *Daddy wollte sich an die Zeitungen wenden. Daddy sagte, dann würde alles wieder gut.*

»Welche denn?« fragte Irv. »Die Hastings *Bugle*? Sie könnten es direkt zwischen die Kleinanzeigen und die Kinoreklame rücken.«

»Aber ihr Vater hatte das geplant.«

»Norma«, sagte er. »Ich könnte mit ihr nach New York City fahren. Ich könnte sie zur *Times* bringen. Aber was geschieht, wenn schon im Foyer vier Kerle die Kanonen ziehen und anfangen zu schießen?«

Charlie war jetzt ganz Ohr. Sie hörte Normas Schritte in der Küche, der Deckel der Teekanne klapperte, und was sie erwiderte, ging im Geräusch von fließendem Wasser unter.

Irv sagte: »Ja, das könnte passieren. Und ich will dir sagen, was noch viel schlimmer wäre, sosehr ich an der Kleinen hänge. Sie könnte ihre Kräfte gegen *sie* anwenden. Und wenn das außer Kontrolle gerät wie in dem Laden, in dem man sie festgehalten hat . . . in New York City leben immerhin acht Millionen Menschen, Norma. Ich glaube, ich bin zu alt, um ein solches Risiko einzugehen.«

Charlie hörte Norma zum Tisch zurückgehen, und die alten Dielen knarrten unter ihren Schritten. »Aber Irv, jetzt hör einmal zu«, sagte sie. Norma sprach langsam und überlegt, als hätte sie lange darüber nachgedacht. »Selbst eine kleine Zeitung, selbst eine kleine Wochenzeitung wie die Hastings *Bugle* ist an diese Fernschreiber der Associated Press angeschlossen. Heutzutage kommen Nachrichten von überall. Vor zwei Jahren bekam eine kleine Zeitung in Südkalifornien für eine Geschichte sogar den Pulitzerpreis, und die hatte eine Auflage von unter fünfzehnhundert!«

Er lachte, und Charlie wußte plötzlich, daß er über dem Tisch ihre Hand genommen hatte. »Du hast dich sehr damit beschäftigt, nicht wahr?«

»Ja, das habe ich, und das ist noch lange kein Grund für dich, mich auszulachen, Irv Manders! Dies ist eine ernste Angelegenheit! Wir sind in einer verzwickten Lage! Wie lange können wir sie bei uns behalten, bevor jemand es merkt? Du hast sie heute nachmittag zu den Ahornbäumen mitgenommen –«

»Norma, ich habe dich nicht ausgelacht, und das Kind muß doch mal an die frische Luft –«

»Glaubst du, ich weiß das nicht? Habe ich etwa nein gesagt? Das ist es ja gerade! Ein Kind, das noch wächst, braucht frische

Luft und Bewegung. Sie muß das haben, damit sie Appetit bekommt, und sie hat –«

»Hat keinen Appetit, ich weiß.«

»Sie ist blaß und hat keinen Appetit, das stimmt. Deshalb habe ich auch nicht nein gesagt. Ich war froh, daß du sie mitgenommen hast. Aber Irv, wenn nun Johnny Gordon oder Ray Parks heute draußen gewesen wären? Wenn sie zu dir gegangen wären, um dich zu fragen, was du da machst, wie sie es manchmal tun?«

»Honey, sie haben es nicht getan.« Man hörte Irvs Stimme an, daß ihm bei dem Gedanken nicht wohl war.

»Diesmal nicht. Das erste Mal auch nicht. Aber Irv, das kann nicht so weitergehen. Wir haben bis jetzt nur Glück gehabt, und das weißt du genau!«

Wieder waren ihre Schritte in der Küche zu hören und dann das Geräusch, als der Tee eingeschenkt wurde.

»Ja«, sagte Irv. »Ja, ich weiß es. Aber . . . danke, Darling.«

»Bitte«, sagte sie und setzte sich wieder. »Und hier gibt es kein Aber. Du weißt doch, nur einer oder zwei brauchen es zu wissen, und schon wissen es alle. Es wird *herauskommen*, daß wir ein kleines Mädchen bei uns haben. Das wäre noch nicht so schlimm, aber wenn *sie* es nun erfahren?«

Charlie bekam in ihrem dunklen Zimmer eine Gänsehaut.

Irv antwortete langsam und bedächtig. »Ich weiß, was du meinst, Norma. Wir müssen irgend etwas unternehmen. Ich denke dauernd darüber nach. Eine kleine Zeitung . . . das wäre einfach nicht *sicher* genug. Die Geschichte muß ganz groß rausgebracht werden, wenn wir erreichen wollen, daß das Mädchen den Rest ihres Lebens in Sicherheit verbringt. Um das zu erreichen, müssen eine Menge Leute erfahren, daß es sie gibt und wozu sie imstande ist – stimmt das nicht? Eine *Menge* Leute.«

Norma saß unruhig da, aber sie schwieg.

Irv sprach weiter. »Wir müssen das Richtige für sie tun, und auch für uns müssen wir das Richtige tun. Es geht schließlich auch um unser Leben. Mich hat man schon einmal angeschossen. Ich müßte es wissen. Ich liebe sie wie mein eigenes Kind, und ich weiß, daß es dir nicht anders geht, aber wir müssen die Sache realistisch betrachten, Norma. Wir könnten durch sie umkommen.«

Charlie spürte, wie sie vor Scham errötete . . . und vor Entsetzen. Sie dachte dabei nicht an sich sondern an Irv und Norma. Was hatte sie nur über dieses Haus gebracht?

»Und es geht nicht nur um sie. Du weißt doch, was dieser Tarkington uns sagte. Du erinnerst dich an die Akten, die er uns zeigte. Es geht auch um deinen Bruder und meinen Neffen Fred und Shelley und —«

»— und um all die Verwandten in Polen«, ergänzte Norma.

»Nun, damit hat er vielleicht nur geblufft. Ich bitte Gott, daß es so war. Ich kann kaum glauben, daß jemand so gemein sein könnte.«

»Sie sind schon ziemlich gemein gewesen«, sagte Norma böse.

»Wie dem auch sei«, meinte Irv. »Ich weiß, daß die Schweine nicht lockerlassen werden. Und dann geht es hier wieder los. Ich sage nur, Norma, ich will nicht, daß die Scheiße hier wieder losgeht. Wenn wir etwas unternehmen, dann muß es etwas Vernünftiges sein. Ich will nicht zu einer kleinen Provinzzeitung gehen, damit sie es erfahren und unterdrücken. Das könnten sie. Glaub mir, das könnten sie.«

»Aber was bleibt uns dann übrig?«

»Das«, sagte Irv langsam, »überlege ich mir ja gerade die ganze Zeit. Eine Zeitung oder eine Illustrierte, aber eine, an die sie nicht denken. Es muß ein angesehenes Blatt und in ganz Amerika verbreitet sein. Aber das Wichtigste ist, es darf nicht von der Regierung beeinflußt sein oder die Meinung der Regierung vertreten.« »Du meinst, die Meinung der Firma.«

»Ja, genau das meine ich.« Es gab ein leises Geräusch, als Irv seinen Tee schlürfte. Charlie lag im Bett, horchte und wartete.

. . . es geht schließlich auch um unser Leben . . . mich hat man schon einmal angeschossen . . . ich liebe sie wie mein eigenes Kind, und ich weiß, daß es dir nicht anders geht, aber wir müssen die Sache realistisch betrachten, Norma . . . wir könnten durch sie umkommen.

(nein, bitte nicht.)

(wir könnten durch sie umkommen wie ihre Mutter durch sie umgekommen ist)

(nein, bitte, bitte, sagt das nicht)

(wie ihr Daddy durch sie umgekommen ist)

(bitte, hört auf)

Sie hatte das Gesicht zur Seite gedreht, und Tränen liefen ihr jetzt in die Ohren und auf das Kopfkissen.

»Gut, wir werden noch ein wenig darüber nachdenken«, sagte Norma zuletzt. »Es gibt eine Antwort darauf, Irv. Irgendwo.«

»Ja. Das hoffe ich.«

»Und inzwischen«, sagte sie, »können wir nur hoffen, daß niemand weiß, daß sie hier ist.« Ihre Stimme wurde plötzlich ganz aufgeregt. »Irv, vielleicht sollten wir einen Anwalt nehmen –«

»Morgen«, sagte er. »Ich bin müde. Und noch weiß keiner, daß sie hier ist.«

Aber jemand wußte es. Und die Neuigkeit machte schon die Runde.

10

Bis er Ende Sechzig war, hatte Dr. Hofferitz, ein eingefleischter Junggeselle, mit seiner langjährigen Haushälterin Shirley McKenzie geschlafen. Die sexuelle Seite der Angelegenheit war dann allmählich eingeschlafen; das letzte Mal war, soweit sich Hofferitz erinnern konnte, vor vierzehn Jahren gewesen, und auch das kam damals schon fast einer Anomalie gleich. Aber die beiden waren eng befreundet geblieben; nachdem der Sex ausgeklammert war, hatte sich die Freundschaft sogar noch vertieft und hatte etwas von der gespannten Gereiztheit verloren, die so oft die sexuellen Beziehungen bestimmt. Ihre Freundschaft war jetzt von jener platonischen Art, die nur bei sehr jungen und sehr alten Menschen beiderlei Geschlechts Bestand zu haben scheint.

Dennoch behielt er sein Wissen um den »Logiergast« auf der Mandersfarm über drei Monate für sich. Dann aber hatten er und Shirley an einem Februarabend (Shirley war im Januar gerade fünfundsiebzig geworden) vor dem Fernsehgerät gesessen, und nach drei Gläsern Wein hatte er ihr die ganze Geschichte erzählt, nicht ohne sie zu strengstem Stillschweigen zu verpflichten.

Geheimnisse, das hätte Cap Dr. Hofferitz sagen können, sind

sowenig stabil wie Uran-235, und diese geringe Stabilität verringert sich dann noch proportional zur Anzahl der Personen, die das Geheimnis teilen. Shirley McKenzie behielt das Geheimnis fast einen Monat für sich, bevor sie es Hortense Barcley, ihrer besten Freundin, erzählte. Hortense schwieg zehn Tage, bevor sie es an *ihre* beste Freundin weitergab, eine gewisse Christine Traegger. Christine erzählte es ihrem Mann und ihren besten Freundinnen (allen dreien) auf der Stelle.

So verbreitet sich in kleinen Städten die Wahrheit; und an dem Aprilabend, an dem Irv und Norma ihr belauschtes Gespräch führten, wußte ein guter Teil der Einwohnerschaft von Hastings Glen, daß die beiden ein mysteriöses Mädchen beherbergten. Die Neugier schlug hohe Wellen, und die Zungen gerieten in Bewegung.

Am Ende erreichte die Neuigkeit ein verkehrtes Paar Ohren. Von einem Zerhackertelefon aus wurde ein Gespräch geführt.

Zum zweiten Mal machten sich am letzten Apriltag Agenten der Firma zur Mandersfarm auf den Weg; diesmal bewegten sie sich im Morgengrauen durch den Frühnebel über die Felder und sahen in ihren leuchtenden Feuerschutzanzügen wie schreckliche Invasoren vom Planeten X aus. Sie wurden verstärkt durch eine Einheit der Nationalgarde, deren Angehörige allerdings nicht wußten, warum, zum Teufel, man sie in die friedliche kleine Stadt Hastings Glen im Staate New York geschickt hatte.

Sie trafen Irv und Norma in der Küche an. Die beiden waren völlig verdutzt, und zwischen ihnen lag eine Nachricht. Irv hatte sie morgens gefunden, als er um fünf Uhr aufstand, um die Kühe zu melken. Sie bestand aus einer einzigen Zeile: *Ich glaube, ich weiß jetzt, was ich zu tun habe. Liebe Grüße, Charlie.*

Wieder war sie den Agenten der Firma entkommen – aber wo sie sich auch aufhalten mochte, sie war allein.

11

Der Bibliothekar war ein junger Mann von sechsundzwanzig Jahren mit Bart und langen Haaren. Vor seinem Tisch stand ein kleines Mädchen in grüner Bluse und Bluejeans. In einer Hand hielt sie eine Einkaufstasche. Sie war erbärmlich mager, und der junge Mann fragte sich, was ihre Eltern ihr nur zu essen gegeben hatten . . . wenn überhaupt.

Aufmerksam und höflich hörte er sich ihre Frage an. Ihr Daddy, sagte sie, habe ihr erzählt, daß man, wenn man eine wirklich schwierige Frage hat, in die Bibliothek gehen muß, weil die Leute in der Bibliothek die Antwort auf fast alle Fragen wissen. Hinter ihnen warf die große Halle der öffentlichen Bibliothek von New York ein leises Echo zurück; draußen hielten die beiden steinernen Löwen ihre endlose Wache.

Als sie fertig war, wiederholte der Bibliothekar ihr Anliegen und zählte die wichtigsten Punkte mit Hilfe der Finger auf.

»Also eine Illustrierte.«

Sie nickte.

»Eine große . . . das heißt, in ganz Amerika verbreitet.«

Wieder nickte sie.

»Darf nichts mit der Regierung zu tun haben.«

Zum dritten Mal nickte das Mädchen.

»Darf ich fragen, warum?«

»Ich –« sie zögerte –, »ich habe ihnen etwas zu erzählen.«

Der junge Mann überlegte einen Augenblick. Er schien gerade etwas sagen zu wollen, aber dann stieß er einen Finger in die Luft und besprach sich mit einem Kollegen. Er ging zu dem kleinen Mädchen zurück und sagte zwei Worte.

»Können Sie mir die Adresse geben?« fragte sie.

Er suchte die Adresse heraus und schrieb sie deutlich und in Druckbuchstaben auf ein viereckiges Stück gelbes Papier.

»Danke«, sagte das Mädchen und wandte sich zum Gehen.

»Hör zu«, sagte er, »wann hast du zuletzt gegessen, Kleine? Brauchst du ein paar Dollar?«

Sie lächelte – ein erstaunlich freundliches und sanftes Lächeln. Einen Augenblick lang war der Bibliothekar fast in sie verliebt.

»Ich habe Geld«, sagte sie und hielt die Einkaufstasche auf, damit er hineinsehen konnte.

Die Papiertasche war voll Silbergeld.

Bevor er etwas sagen konnte – sie vielleicht fragen, ob sie ihr Sparschwein geschlachtet habe oder ähnliches – war sie verschwunden.

12

Das kleine Mädchen fuhr mit dem Fahrstuhl in den dritten Stock des Wolkenkratzers. Einige der Männer und Frauen, die mit ihr in der Kabine standen, schauten die Kleine neugierig an – ein kleines Mädchen in einer grünen Bluse und Bluejeans, die in der einen Hand eine zerknitterte Einkaufstüte, in der anderen eine Dose Orangensaft trug. Aber sie waren New Yorker, und das Wichtigste für einen New Yorker ist es, sich um seine eigenen Angelegenheiten zu kümmern.

Sie stieg aus dem Fahrstuhl, las die Schilder und wandte sich nach links. Am Ende des Korridors lag hinter doppelten Glastüren ein hübsch ausgestatteter Empfangsraum. Unter dem Namen, den der Bibliothekar ihr genannt hatte, hing ein Motto: »Wir bringen alles, was interessant ist.«

Charlie blieb noch einen Augenblick draußen.

»Ich tu es jetzt, Daddy«, flüsterte sie. »Oh, hoffentlich tu ich das Richtige.«

Charlie McGee zog eine der Glastüren auf und ging in das Büro des *Rolling Stone*, wohin der Bibliothekar sie geschickt hatte.

Am Empfang saß eine junge Frau mit klaren grauen Augen. Sie schaute Charlie einige Sekunden lang schweigend an und registrierte die zerknitterte Einkaufstüte, die Dose mit Orangensaft und das Mädchen selbst: es war schlank, fast mager, aber groß, und sein Gesicht strahlte heitere Ruhe aus. *Sie wird einmal sehr schön werden*, dachte die junge Frau am Empfang.

»Was kann ich für dich tun, kleine Schwester?« fragte die junge Frau und lächelte.

»Ich muß jemanden sprechen, der für Ihre Illustrierte schreibt«, sagte Charlie. Ihre Stimme war leise, aber klar und fest. »Ich habe eine Geschichte zu erzählen. Und etwas zu zeigen.«

»Wie eine Bildbeschreibung in der Schule, was?« fragte die Frau.

Charlie lächelte. Es war das Lächeln, das schon den Bibliothekar begeistert hatte.

»Ja«, sagte sie. »Ich habe lange darauf gewartet.«

ENDE

STEPHEN KING • SHINING
Band 13 008 • 624 Seiten

Ein Hotel in den Bergen von Colorado. Jack Torrance, ein verkrachter Intellektueller mit Psycho-Problemen, bekommt den Job als Hausmeister, um den er sich beworben hat. Zusammen mit seiner Frau Wendy und seinem Sohn Danny reist er in den letzten Tagen des Herbstes an. Das Hotel ›Overlook‹ ist ein verrufener Ort. Wer sich ihm ausliefert, verfällt ihm, wird zum ausführenden Organ aller bösen Träume und Wünsche, die sich in ihm manifestieren ...

STEPHEN KING • CUJO
Band 13 035 • 352 Seiten

Cujo, ein zwei Zentner schwerer Bernhardiner, ist der Liebling von ganz Castle Rock, einer verträumten Kleinstadt im amerikanischen Bundesstaat Maine. Eines Tages jagt Cujo ein Wildkaninchen, das sich in einem versteckten Erdloch in Sicherheit bringt. In blindem Jagdeifer will der Hund seine Beute verfolgen und scheucht dabei ein namenloses Übel auf, das die Idylle von Castle Rock nach und nach in eine Hölle verwandelt, die von einem vierbeinigen, mordgierigen Ungeheuer beherrscht wird...

STEPHEN KING • CARRIE
Band 13 121 • 336 Seiten

Als Dreijährige läßt sie einen Steinregen auf ihr Elternhaus niederregnen, weil ihre Mutter ihr in einem Anfall religiösen Wahns nach dem Leben trachtet. Als Sechzehnjährige muß sie einen Augenblick tiefster Demütigung erleben. Schon immer von ihren Mitschülern wegen ihrer scheuen zurückhaltenden Art gehänselt, wird sie auf dem Abschlußball der Schule das Opfer eines bösen Streichs. Schmerz, Enttäuschung, Wut treiben sie zum Äußersten: Mit schierer Kraft ihres Willens entfesselt sie ein Inferno, gegen das die Hölle ein lieblicher Garten Eden ist. Das ist Carrie, beseelt, besessen von einer unheimlichen Gabe mit ungeheurer Tragweite und furchtbaren Folgen ...

 Taschenbücher – überall im Buchhandel